EVA ALMSTÄDT

Dornteufel

Weitere Titel der Autorin:

Kalter Grund
Engelsgrube
Blaues Gift
Grablichter
Tödliche Mitgift
Ostseeblut
Düsterbruch
Ostseefluch
Ostseesühne
Ostseefeuer
Ostseetod
Ostseejagd
Ostseerache
Ostseeangst
Ostseegruft

Ostseemorde
Ostseelüge – mit MP3-CD Kalter Grund

Titel auch als Hörbuch erhältlich

Über die Autorin:

Eva Almstädt absolvierte eine Ausbildung in den Fernsehproduktionsanstalten der Studio Hamburg GmbH und studierte Innenarchitektur in Hannover. Ihr erster Roman KALTER GRUND wurde zum Auftakt der erfolgreichen Serie um die Lübecker Kommissarin Pia Korittki. Eva Almstädt lebt in Hamburg.

Eva Almstädt

DORNTEUFEL

Thriller

lübbe

Dieser Titel ist auch als Hörbuch und E-Book erschienen

Dieses Werk wurde vermittelt durch die
Thomas Schlück GmbH, 30161 Hannover

Titelillustration: © Ilona Wellmann/Trevillion Images
Umschlaggestaltung: Manuela Städele-Monverde
Satz: hanseatenSatz-bremen, Bremen
Gesetzt aus der New Baskerville/Futura
Druck und Verarbeitung: GGP Media GmbH, Pößneck
Printed in Germany
ISBN 978-3-404-18339-5

2 4 5 3 1

Sie finden uns im Internet unter
www.luebbe.de
Bitte beachten Sie auch: www.lesejury.de

Prolog

Midi-Pyrénées, Frankreich

Der Fruchtkörper des Pilzes besaß einen dünnen Stiel mit einem eiförmigen Hut, der von gallertartigem Schleim überzogen war. Er hatte die Farbe von roher Leber. Wie viele seiner Art stellte auch dieser, ähnlich einer kleinen chemischen Fabrik, über zwanzig für ihn charakteristische Stoffe her.

Professor Eduard Konstantin hatte ein paar Exemplare des Pilzes von einem befreundeten Ethnologen aus Südamerika geschickt bekommen. Der Ethnologe war, während er mit einer indigenen Gruppe im Amazonasgebiet gelebt hatte, auf eine außergewöhnliche Heilmethode gestoßen. Zunächst ließen die Indios den Pilz auf der Haut sterbenskranker Menschen wachsen – allerdings nicht, um die Todgeweihten doch noch zu heilen, sondern um einen Wirkstoff zu erhalten, der sich auf diese Weise im Pilz bildete. Mit der gallertartigen Flüssigkeit, die der Fruchtkörper des Pilzes absonderte, rieb man anschließend menschliche Haut ein, an der sich sowohl eine heilende als auch eine dramatisch verjüngende Wirkung zeigte.

Professor Konstantin hatte inzwischen herausgefunden, dass der Pilz mithilfe eines Nährstoffes aus menschlichem Hautgewebe ein noch unbekanntes Enzym synthetisierte. Ein Enzym, dessen Einsatz die Kosmetik revolutionieren würde. Doch lange konnte er nicht mehr mit seinem einzigen, hirntoten Probanden experimentieren. Dessen Rücken war bereits vollständig von dem Myzel des Pilzes zerstört. Er hatte es auch mit Mäusen, Ratten, sogar mit einem Schwein versucht – ohne Erfolg. Er brauchte Menschen.

1. Kapitel

Bihar, Indien

Das Metalltor schob sich langsam seitwärts, bis von der indischen Nacht nichts mehr zu sehen war. Es rastete mit einem endgültig klingenden Klacken ein. Julia Bruck stand in einer Schleuse, umgeben von fünf Meter hohen Wänden aus Beton und Stahl. Die Minuten schlichen dahin, und nichts passierte. Nach einer Weile hielt sie das Herumstehen nicht mehr aus und ging langsam auf und ab. Das Geräusch ihrer Schritte hallte von den harten Wandflächen wider. Entspannt bleiben, ermahnte sie sich. Das hier war nichts als eine kleine Machtdemonstration ihres neuen Auftraggebers.

Über die Forschungsmethoden des Kosmetikkonzerns Serail Almond und vor allem über den Umgang mit Mitarbeitern und Probanden kursierten ein paar hässliche Gerüchte. An die hatte sich Julia prompt erinnert, als auf der Herfahrt der gläserne Baukörper des Forschungszentrums in der Dunkelheit vor ihr aufgetaucht war. Wie das Facetten-Auge einer überdimensionalen Fliege hatte er ausgesehen, bläulich schimmernd – ein Fremdkörper zwischen den Feldern und Dörfern des indischen Bundesstaates Bihar. Beim Näherkommen waren ihr dann die hohen Mauern und die Masten mit den Scheinwerfern und Kameras aufgefallen, die das Forschungszentrum umgaben: eine moderne Festung mitten in Indien, rund achttausend Kilometer von Deutschland entfernt. Und nun die Prozedur mit der Schleuse ... Na ja, wenn es ihr hier nicht gefiel, konnte sie ja jederzeit wieder gehen. Nur eben gerade jetzt nicht, da sie von Beton- und Stahlwänden eingeschlossen war.

Wahrscheinlich hatte dieser Tony Gallagher sie mit seiner Nervosität angesteckt. Die Reise von Frankfurt nach Neu-Delhi und der Anschlussflug nach Patna hatten insgesamt fünfzehn Stunden gedauert. Am Lok Nayak Jayaprakash Airport war Julia von Tony Gallagher mit einer konzerneigenen Limousine abgeholt worden. Als Ingenieurin für Versorgungstechnik war sie von ihrem Arbeitgeber, der ICL Thermocontrol GmbH, nach Indien geschickt worden, um die Klima- und Lüftungsanlage ihres Kunden, des Forschungszentrums von Serail Almond, zu sanieren und zu erweitern. Reinraum-Klimatechnik für Labors war Julias Spezialgebiet.

Tony Gallagher, der Facility-Manager von Serail Almond India, war für dieses Projekt mitverantwortlich. Heute war er nicht gerade zu Smalltalk aufgelegt gewesen. Während der Fahrt in dem gepanzerten BMW hatte er die meiste Zeit aus dem Fenster gestarrt und dabei seine sommersprossigen Hände so stark geknetet, dass die Gelenke knackten. Der indische Bundesstaat Bihar, durch den sie fuhren, gelte als einer der rückständigsten und ärmsten Indiens, hatte er ihr erklärt. Sowohl er als auch der indische Fahrer hatten eine Waffe getragen. In der Umgebung hier wimmele es von Räubern und Schlimmerem, war Gallaghers Kommentar zu Julias interessiertem Blick auf sein Schulterholster gewesen. Die nicht asphaltierte, vom Monsunregen ausgewaschene Straße war Julia bedrohlicher erschienen als die Aussicht, hier Ganoven in die Hände zu fallen. Auf sie wirkte der Verkehr in der Dunkelheit geradezu infernalisch: Von Rädern über unbeleuchtete Ochsenkarren bis hin zu motorisierten Fahrzeugen aller Art – einschließlich Doppelstock-Reisebussen – war hier eigentlich alles unterwegs, was fahren und etwas transportieren konnte. Nach eineinhalb Stunden war der Fahrer auf eine neu asphaltierte Straße abgebogen. Eine der Wohltaten von Serail Almond, vermutete Julia. Bis auf ein paar LKWs, die sie überholten, waren sie danach allein durch die Nacht gefahren.

Ein Lautsprecher knisterte. In der linken Wand der Schleuse befand sich ein Fenster. Dahinter leuchtete jetzt ein mattes Licht. Ein uniformierter Inder tauchte jenseits der Glasabtrennung auf und räusperte sich.

»Miss Bruck? Willkommen bei Serail Almond. Ihren Reisepass bitte.«

Julia zog ihren Ausweis aus der Tasche und legte ihn in eine ausfahrende Schublade.

Der Mann sah sich das Dokument aufmerksam an. »Und Ihr Mobiltelefon. Alle, wenn Sie mehrere haben.«

»Wie bitte?«

»Ist Vorschrift.« Er konnte sie anstarren, ohne zu zwinkern.

»Bekomme ich es zurück?«

»Privathandys sind hier nicht erlaubt.«

Sie war im Begriff, sich zu weigern, aber sie wollte raus aus der Schleuse. Also legte sie ihr Telefon ebenfalls in die Lade. Die Schublade glitt wieder rein, und es war verschwunden.

»Haben Sie ein Notebook, Palmtop, Blackberry oder Ähnliches bei sich?«, schnarrte es aus dem Lautsprecher.

»Was wollen Sie denn damit?« Bei den Firmen, für die sie sonst arbeitete, reichte es normalerweise aus, einen Einfuhrschein auszufüllen.

»Ist Vorschrift.«

»Ich brauche mein Notebook. Da sind alle meine privaten Daten drauf; das gebe ich nicht aus der Hand.«

»Ist Vorschrift.«

»Darüber wird man doch reden können. Lassen Sie mich jetzt rein! Oder soll ich wieder gehen?«

Seine Miene blieb ausdruckslos.

»Ist Ihr Vorgesetzter zu sprechen?«, fragte Julia gereizt. Sie hatte sich schon gedacht, dass es eine Umstellung sein würde, für einen Kunden wie Serail Almond zu arbeiten. Bisher war sie von ICL Thermocontrol als Klimatechnik-Ingenieurin eher in mittelständischen Unternehmen eingesetzt worden. Der Kosmetikkonzern Serail Almond hingegen war ein internationales Großunternehmen, das in Bihar eines der größten Hautforschungszentren der Welt unterhielt. *Heute schon wissen, was die Haut morgen braucht,* lautete Serail Almonds Unternehmensphilosophie. Mit sechzig Tochterunternehmen und so bekannten Marken wie Skin-o-via oder Canella Polar deckten sie sowohl den internationalen Massenmarkt als auch das Premiumsegment der Hautpflege ab. Julia hatte recherchiert – sie wusste das alles. Was sie jedoch nicht erfahren hatte, war die Vorgehensweise bei ihrer Ankunft: Was sie hier erlebte, erinnerte sie an eine Inhaftierung.

Der Pförtner griff zum Telefon und sprach mit jemandem, ohne dass Julia ein Wort davon verstehen konnte. Dann tat er so, als habe er etwas im Hintergrund seines Kabuffs zu tun.

»Was ist jetzt?«, fragte sie.

Keine Reaktion.

Sie klopfte gegen die Scheibe. »Hallo? Antworten Sie mir! Und wo ist eigentlich Mr. Gallagher abgeblieben?«

Er ignorierte sie und verließ den kleinen Raum durch eine Hintertür. Sie war wieder allein. Langsam kam es Julia so vor, als würden sich die Wände der Schleuse auf sie zubewegen. So in etwa musste sich ein Verurteilter fühlen, wenn er sein zukünftiges Gefängnis betrat. Hilflosigkeit, kombiniert mit … böser Vorahnung?

Sie wollte nur ein halbes Jahr als Expat in Indien verbringen. Nachdem sie vier Jahre lang als Ingenieurin bei ICL in Deutschland gearbeitet hatte, waren ihr wohl doch die Gene ihrer Eltern in die Quere gekommen: Fabian und Beatrice Bruck hatten als Varietékünstler die Welt bereist und nie einen festen Aufenthaltsort besessen. Ihr Vater entstammte einer waschechten Artistenfamilie; ihre Mutter hatte sich als junges

Mädchen in den Mann und wohl auch in das Künstlerleben verliebt. Tragischerweise waren beide vor drei Jahren bei einem Unfall ums Leben gekommen, der nicht einmal etwas mit ihrem Beruf zu tun gehabt hatte. Julia vermisste sie sehr, doch das Artistenleben, den unsteten, abenteuerlustigen Lebensstil, hatte sie immer verabscheut. Zumindest glaubte sie das. Ihr oberstes Ziel war es gewesen, ein bürgerliches Leben zu führen und sich darauf verlassen zu können, dass ihr jeden Monat ein gutes Gehalt überwiesen wurde. Das war auch ein paar Jahre lang gut gegangen. Aber als sich die Chance ergeben hatte, die Abteilung zu wechseln und nach Indien zu gehen, war es passiert: Ihr Job in Deutschland war ihr mit einem Mal öde vorgekommen. Die Aussicht auf eine neue Aufgabe und vor allem auf das Leben in einem fremden Land hatten sie gereizt.

Das alles ging ihr in der Schleuse durch den Kopf, bevor sie sich die Frage stellte, warum sie sich jetzt so schrecklich hilflos fühlte. Wie schnell hatte sich die Situation ihrer Kontrolle entzogen? Sie rief noch mal nach dem Pförtner und forderte ihn auf, sie rein- oder rauszulassen. Nichts passierte. Die Blöße, an den Toren nach einem Griff oder Schalter zu suchen und womöglich daran zu rütteln, gab Julia sich nicht. Sie fühlte, dass sie beobachtet wurde. Da, wo man Lautsprecher installierte, waren auch Kameras nicht weit. Julia lehnte sich gegen die Wand, weil ihr die Füße und der Rücken wehtaten. Der Beton fühlte sich kühl an. Draußen herrschten trotz der nächtlichen Stunde noch Temperaturen von über zwanzig Grad, und auch die Luft in der Schleuse war warm. Wie konnte die Wand dann so kalt sein?

Ein Klicken ertönte. Das vordere Tor schob sich lautlos zur Seite, sodass der Nachthimmel und dann ein paar Palmen und ein von spiegelnden Fassaden eingefasster Innenhof sichtbar wurden. Zwei Männer standen vor der Schleuse. Julia ging vor Wut schnaubend auf sie zu. Einer von ihnen war Tony Gallagher, der Facility-Manager, der sie vom Flughafen abgeholt hatte. Er starrte nach oben und tat so, als würde er ein Sternbild betrachten. Der andere Mann hatte die Hände in die Hüften gestemmt und musterte sie aufmerksam, während sie auf ihn zuging.

»Miss Bruck, willkommen bei Serail Almond India.« Er sprach sie auf Englisch an, obwohl sein Akzent ihr sagte, dass er auch aus Deutschland kam. Lächelnd streckte er ihr die Hand entgegen. »Mein Name ist Robert Parminski. Chief Information Security Officer.«

Sie ergriff seine Rechte, erwiderte die Begrüßung und musterte ihn dabei. Er war ein großer, schlanker Mann mit eckiger Brille, der richtig gut ausgesehen hätte, wenn sein Haarschnitt weniger akkurat und seine Gesichtszüge etwas entspannter gewesen wären.

Julia holte tief Luft. »Erklären Sie mir bitte, warum ich Ihnen meinen privaten Computer und mein Handy aushändigen soll?«

»Wir lassen grundsätzlich keine Fremdgeräte auf das Gelände. Hat man Ihnen das nicht vorher gesagt, Miss Bruck?« Er sah sie mit durchdringendem Blick an. Die Iris seiner Augen waren dunkelgrau und wiesen Flecken auf – wie Granit.

»Nein. Nur, dass das Fotografieren nicht erlaubt ist.«

»Und Ihr Handy hat bestimmt eine Kamera-Funktion, oder? Sie bekommen von uns ein Mobiltelefon gestellt.« In seiner dunklen Anzughose und dem weißen Hemd mit aufgekrempelten Ärmeln sah er so aus, als hätte er bis eben noch hinter seinem Schreibtisch gesessen. Sein vorgeschobenes Kinn, seine ganze Körperhaltung brachten zum Ausdruck, dass er nicht bereit war, auch nur einen Millimeter nachzugeben, egal, worum es ging.

»Auf dem Notebook sind alle meine privaten Daten. Ich fülle Ihnen gern einen Einfuhrschein mit Seriennummer und allem anderen aus – wenn gewünscht, in doppelter Ausführung. Aber das sollte genügen.«

»Tut es leider nicht. Ich bin IT Security Officer und für die Datensicherheit bei Serail Almond verantwortlich. Es gibt Bestimmungen, an die sich jeder Mitarbeiter halten muss. Wir werden auch Ihr Gepäck durchleuchten, um sicherzugehen, dass Sie keine unerlaubten technischen Geräte einführen.«

»Es muss doch eine Möglichkeit geben, dass ich meine Sachen behalten kann?«

»Sie haben die Möglichkeit, uns Ihr Notebook zu überlassen, sodass wir es nach unseren Vorgaben *mastern* können. Was halten Sie davon?«

»Nichts.«

Julia und der Security Officer standen sich unnachgiebig gegenüber.

»Serail Almond hat berechtigte Sorgen, was Betriebsspionage angeht«, versuchte Gallagher zu vermitteln. »Da achtet man ganz besonders sorgfältig darauf, wen und was man hereinlässt.«

»Ich bin mir sicher, dass ich eingehend überprüft worden bin«, entgegnete Julia. »Mit Führungszeugnis und allem. Ich wäre doch gar nicht hier, wenn Sie meinetwegen irgendwelche Zweifel hegen würden.«

Robert Parminski musterte sie nun von ihrem Kopf – mit dem dunklen, aufgesteckten Haar, das nach der langen Reise feucht war und sich widerspenstig in ihrem Nacken kringelte – bis zu ihren nackten Füßen, deren Zehennägel rot lackiert waren und die in Riemchensandalen steckten. Dann sah er Julia ein wenig verblüfft an.

Sie wusste, was dieser Blick ausdrückte. Es war immer das Gleiche: Eine Ingenieurin der Versorgungstechnik stellten sich Männer anders vor.

»Sie sind natürlich überprüft worden«, bestätigte Parminski. »Das Angebot lautet: Sie bekommen ein Telefon von uns, und Ihren Rechner mastern wir, oder wir schließen ihn während Ihres Aufenthaltes sicher weg.«

Julia schluckte. Dies hier führte zu nichts. Ihr wurde klar, dass sie gegen die Vorschriften nichts ausrichten konnte. Doch allein die Art und Weise des Vorgehens machte sie wütend. Sie trat einen Schritt auf Parminski zu. Dass sie dabei zu ihm aufblicken musste, verdarb die psychologische Wirkung ein wenig. Sie war schon recht groß, doch er überragte sie noch um zehn Zentimeter. »Dann schließen Sie meinen Laptop weg, Mr. Parminski. Sie garantieren mir bestimmt, dass ich ihn einwandfrei zurückbekomme – persönlich.«

MANHATTAN, NEW YORK, USA

Die auch um elf Uhr abends noch belebte Walker Street in Chinatown, Manhattan, lag sechs Stockwerke unter ihnen. Die Frau war auf einem Absatz der Feuertreppe über das Geländer gestiegen und stand jetzt nur noch mit den Fersen auf der Kante des Podests. Ihre Hände, die aus den Ärmeln eines zu großen Kapuzenshirts guckten, klammerten sich krampfhaft um die Metallstange des Geländers, das sich hinter ihr befand. Sie hatte sich ein wenig vornübergebeugt und starrte hinunter. Um ihre schlanken Beine flatterte dünner Stoff. Es sah so aus, als hätte sie das Shirt über ein Sommerkleid oder ein Nachthemd gezogen. Plötzlich begann sie, ein bisschen hin- und herzuwippen – ihre Knie schienen immer wieder ein paar Zentimeter nachzugeben –, so als probe sie schon den Absprung.

»Ich komm jetzt zu Ihnen raus!«, rief Ryan Ferland, Detective 2nd Grade beim New York City Police Department. Dann schwang er sein Bein über die Fensterbrüstung. Nicht, dass er große Lust hatte, auf einer vielleicht maroden Feuertreppe herumzuklettern, noch dazu im Februar, bei mickrigen vier Grad Lufttemperatur und Windstärke fünf. Es war ein Samstagabend, und neben dem Einsatzfahrzeug hatte sich eine erkleckliche Anzahl Schaulustiger auf der Straße eingefunden. Der dünne Metallrost bebte, als er mit beiden Füßen das Podest betrat. Der Wind draußen war eisig, aber sein Parka, seine Mütze und Handschuhe würden ihn einigermaßen warm halten, sollte das hier länger dauern. Der Körper der Frau musste vor Kälte schon taub und gefühllos sein.

Die Meldung, dass in einem Gebäude an der Walker Street, Ecke Baxter Street, eine Frau auf einer Feuertreppe im sechsten Stock stand und anscheinend herunterspringen wollte, war vor zehn Minuten über Funk eingegangen. Pech für ihn, dass er sich gerade in der Nähe befunden hatte. Pech auch, dass er der dienstälteste Detective seiner Abteilung beim NYPD war, der nicht unter Höhenangst litt. Aufgrund seines Gesundheitszustandes war er allerdings nicht gerade in Bestform: Sie hatten ihm vor ein paar Wochen ein malignes Melanom im Nacken entfernt, und die ärztliche Prognose lautete, dass seine Fünf-Jahres-Überlebenschance bei 40 Prozent lag. Das machte ihm zu schaffen – allerdings in diesem Augenblick mehr wegen der Frau an der Brüstung als um seinetwillen. Wenn er sich nicht richtig konzentrierte und einen Fehler beging, sodass er sie nicht retten könnte, würde er sich deswegen schuldig fühlen.

»Kommen Sie nicht näher!«, schrie die Frau ihn an, ohne ihn anzusehen. Sie war, der Stimme nach zu urteilen, noch nicht alt, Anfang bis Mitte zwanzig vielleicht.

Herrgott, da hatte sie ihr Leben noch vor sich. Er musste mit ihr reden. Vor allem musste er sich jetzt langsam mal daran erinnern, was man in so einem Fall sagen sollte. Da gab es Richtlinien, die er gelernt hatte. Doch sein Kopf war leer.

»Tun Sie's nicht«, erwiderte er. »Es gibt immer eine Lösung.«

Na toll, wie überzeugend war das denn? Was wusste er schon über diese Frau und ihre Probleme? Sie drehte den Kopf und warf ihm einen Blick über die Schulter zu. Es war dunkel, und der Wind wehte ihr trotz der Kapuze, die sie trug, das lange Haar vors Gesicht. Er konnte nicht viel mehr davon erkennen als zwei weit aufgerissene Augen, die verzweifelt aussahen. Er registrierte, wie ihr schmaler Körper zuckte und sich eine Hand am Geländer lockerte. Noch schaffte sie es nicht, die Metallstange loszulassen, aber es fehlte nicht mehr viel.

»Sie können mich nicht daran hindern. Wenn Sie näher kommen, springe ich. Ich tu's sowieso.«

»Sie hätten es längst hinter sich bringen können. Ihr Zögern ist ein Zeichen dafür, dass Sie es nicht wirklich wollen.«

»Glauben Sie etwa, dass das einfach ist?«

Der Wind blies so stark, dass er Mühe hatte, sie zu verstehen. Sie blickte jetzt wieder stur nach unten. Er sah nur die Kapuze, die flatternden Haarsträhnen und die schmalen, geröteten Hände an der Metallstange.

»Ich heiße übrigens Ryan«, sagte er. »Ich meine, wenn wir uns schon zusammen hier draußen den Arsch abfrieren, können wir uns ja gegenseitig ein wenig kennenlernen. Wer sind Sie?«

»Moira. Aber geben Sie sich nicht zu viel Mühe. Das lohnt sich nicht. Lassen Sie mich in Ruhe.«

»Wenn Sie tot sind, Moira, haben Sie alle Ruhe der Welt. Warum die letzten Minuten nicht noch nutzen?«

»Verschwinden Sie!« Sie heulte fast, aber er glaubte, dass sie insgeheim froh war, dass er hier in ihrer Nähe stand. Selbst kurz vor seinem Tod wollte der Mensch nicht allein sein. Er musste verhindern, dass sie sprang – mit den richtigen Worten. Er würde sie jedenfalls nicht festhalten können, wenn sie losließ. Unmöglich. Dann konnte er nur noch zusehen ...

»Es gibt eine Lösung, Moira. Lassen Sie uns drinnen darüber reden. Geben Sie mir eine Chance.«

»Sie können mir nicht helfen«, entgegnete sie, ohne ihn anzusehen.

»Vielleicht doch. Was haben Sie zu verlieren?«

»Sie wissen gar nichts.«

»Kommen Sie rein! Erzählen Sie mir, was los ist.«

Sie schüttelte den Kopf und lehnte sich noch weiter nach vorn. »Da sind so viele Menschen«, sagte sie nach einer Weile. »Was wollen die alle von mir?«

»Dass Sie nicht springen.« Das war eine Lüge. Es gab immer Schaulustige, die darauf spekulierten, dass jemand sprang. Vielleicht wurden schon Wetten auf den Ausgang dieses Schauspiels abgeschlossen.

»Tun Sie mir einen Gefallen?« Sie drehte sich noch einmal kurz zu ihm um. Ihre Stimme klang flehend. »Sehen Sie mich nicht an.«

Ihre Finger lockerten sich wie im Zeitlupentempo. Sie zuckte noch einmal zurück, als bereue sie ihren Entschluss, und dann fiel sie hinab – lautlos, ohne einen Schrei. Sie verschwand aus seinem Blickfeld, als hätte es sie nie gegeben. Ferland trat zurück, schloss die Augen. Am liebsten hätte er die Hände gegen seine Ohren gedrückt, um nichts mehr hören zu müssen, doch hier oben kam außer dem Pfeifen des Windes sowieso nicht viel an. Sie hieß Moira, und sie hatte sich in den Tod gestürzt. Er konnte nichts mehr für sie tun.

»Komm wieder rein, Ryan.« Er fühlte die Hand seines Kollegen Flavio auf der Schulter. »Das war doch von vornherein ein verlorenes Spiel.«

Das sollte ihn jetzt wohl trösten? Große Klappe, aber im Ernstfall blieb doch immer alles an ihm hängen. Er würde sich Vorwürfe machen, die kurze Begegnung in Gedanken immer wieder durchspielen und nach seinem Fehler, nach seiner verpatzten Chance suchen. Der Hausmeister, der sie in die leer stehende Wohnung gelassen hatte, verschloss wieder sorgfältig das Fenster und betonte, dass er sich nicht vorstellen konnte, wie diese Frau überhaupt in die Wohnung gekommen sei: wahrscheinlich von außen hochgeklettert, diese Verrückten brächten ja alles fertig. Wie sie dort hochgekommen war? Er konnte sich das nicht erklären. Vielleicht war sie auf einen Müllcontainer geklettert, um den ersten Absatz der Feuertreppe zu erreichen? Also, seine Schuld war das gewiss nicht.

Sie gingen durch das schwach erleuchtete Treppenhaus hinunter, das nach Suppe und schmutzigen Babywindeln roch. Ferland versuchte, sich vor dem Anblick zu wappnen, den die Leiche der Frau gleich bieten würde. Nach einem Sturz aus dem sechsten Stock – bestimmt achtzehn Meter oder mehr – sah ein menschlicher Körper schrecklich aus. Die Haut eines Menschen war zwar zäh und hielt einer Menge Belastungen stand, aber die Wucht des Aufpralls war so stark, dass alle möglichen Knochen im Körper brachen und die inneren Organe zerrissen wurden. Manchmal war sogar die Aorta zerfetzt. Wie üblich würde er auch in diesem Fall im Bericht der Rechtsmedizin detailliert nachlesen können, welche Verletzungen die Selbstmörderin erlitten hatte.

Als sie aus dem Haupteingang traten, waren die Sanitäter und ein Notarzt bei ihr. Es dauerte nicht lange, da winkte einer der Männer ihn zu sich. »Nichts mehr zu machen. Das war's für uns. Wir hauen ab.«

Ferland straffte die massigen Schultern und näherte sich der Toten. Die Blicke der Schaulustigen hinter der Absperrung prickelten in seinem Nacken. Ein paar Fragen waren noch nicht geklärt. Nicht nur die nach dem Motiv. An der Art der Brüche konnte man für gewöhnlich sehen, ob die Frau doch noch versucht hatte, den Sturz irgendwie abzufangen, was dafür sprechen würde, dass Moira ihren Entschluss im letzten Moment bereut hatte. Waren die Handgelenke und die Armknochen gebrochen?

Er beugte sich zum linken Arm hinab, der im Licht eines eilig installierten Scheinwerfers gut zu sehen war. Ferland musste schlucken. Sein Verstand sagte ihm, dass sich ihr Daumen beim Aufprall durch den Handrücken gebohrt hatte. Weiter nichts. Sein Blick ging weiter zu den entblößten Beinen. Wie erwartet, zeichneten sich die Röhrenknochen als gut erkennbare Abdrücke weißlich unter der Haut ab, umrahmt von zahllosen Blutergüssen. Doch die Haut der Frau sah an den Beinen seltsam schlaff und fleckig aus. Das war ihm zwar schon häufiger zu Gesicht gekommen – aber nur, wenn sich eine Leiche länger unentdeckt in einer Wohnung befunden hatte. Moira hingegen war erst seit ein paar Minuten tot. Er sah an der Fassade des Gebäudes empor. Die schwarze Feuertreppe, auf der er eben noch mit ihr zusammen gestanden hatte, zog sich zickzackförmig vor der grauen Fassade empor: ein beliebtes Fotomotiv für New-York-Touristen. Über ihm spannte sich ein bewölkter Nachthimmel. Nichts, was zu trösten vermochte.

Ferland konzentrierte sich wieder auf die Fakten: Wenn jemand unfreiwillig fiel, versuchte er meistens noch, auf den Füßen zu landen; dann brachen nacheinander die Fußknochen, die Beine, die Hüften und die Wirbelsäule. Bei einer zu großen Fallhöhe gelang das meistens nicht mehr, und die Menschen kamen zuerst mit dem Kopf oder dem Rumpf auf. Ferland gab sich einen Ruck und ging um die Frau herum, um ihr ins Gesicht zu schauen. Er musste dem Tod ein Gesicht geben. Das kannte er schon von früheren Fällen. Noch schlimmer als der Anblick der Toten waren die Ungewissheit und das, was die Fantasie dann daraus machte.

Er umrundete die nach allen Seiten ausgestreckten, verdrehten Glieder und das dunkelrote Rinnsal, das langsam auf einen Gully zufloss. Ferland ging vor ihrem Kopf in die Hocke. Die Kapuze war verrutscht, bedeckte aber immer noch ihr dunkles Haar. Vor wenigen Minuten noch war es bestimmt so schön gewesen, dass es bei dem einen oder anderen Mann den Wunsch geweckt hätte, es zu streicheln. Nun nicht mehr. Es war totes Material. Er fasste eine Haarsträhne, hob sie an und wollte sie zur Seite legen, um ihr ins Gesicht zu sehen – doch Ferland erstarrte in der Bewegung.

Aufgrund ihrer Stimme und ihres schlanken Körpers hatte er eine junge Frau erwartet. Der Kontrast dazu – der Anblick, den sie bot – ließ ihn erstarren. Aus dem totenblassen, von Altersflecken überzogenen Gesicht starrten ihn zwischen faltigen Lidern zwei starre hellbraune Augen an. Die Haut der Toten sah so runzelig und schuppig aus, dass sie ihn an die einer Echse erinnerte.

2. Kapitel

BIHAR, INDIEN

Eine etwa zwanzigjährige Inderin in einem leuchtend blauen Sari stand vor der Apartmenttür. Sie hatte die Handflächen zu der indischen Begrüßungsgeste aneinandergelegt und den Kopf leicht geneigt, während sie Julia erklärte, sie werde ihr beim Zurechtfinden in der neuen Umgebung behilflich sein. Ihr Name sei Leela Kumari, Assistentin von Mr. Gallagher, und sie würde Miss Bruck zum Frühstück abholen.

Anschließend führte sie Julia in einen weitläufigen Innenhof des Geländes von Serail Almond, wo das *Garden Restaurant* lag. Unter Sonnenschirmen und ein paar Kokospalmen befand sich ein Büfett, um das herum Tische und üppig gepolsterte Stühle standen. Leela steuerte zielstrebig auf einen zur Hälfte besetzten Tisch zu, winkte einem weiß livrierten Kellner, um Tee und Kaffee zu ordern, und stellte die anwesenden Mitarbeiter vor.

Julia hielt die Chance, vor der ersten Tasse Kaffee schon alle Namen mit den dazugehörigen Gesichtern zu behalten, für gering. Die Kollegen am Tisch waren genau wie sie bei der ICL Thermocontrol GmbH angestellt, die als Dienstleister für die Klima- und Reinlufttechnik bei Serail Almond verantwortlich war.

»Sie scheinen sich ja keine Sorgen um Ihr Cholesterin zu machen«, bemerkte Gundula Keller, eine rothaarige Schweizerin, als Julia vom Büfett zurückkehrte. Sie lächelte, aber eine ihrer schmalen Augenbrauen schnellte geringschätzig in die Höhe.

»Gunda ist unser Kaninchen«, warf ein Mann ein, der ihr als Milan Gorkic vorgestellt worden war. »Gemüse, Salat und Obst den ganzen Tag. Wenn sie zur Abwechslung mal was Anständiges essen würde, hätte sie bestimmt auch bessere Laune.« Er spießte ein vor Fett triefendes Würstchen mit der Gabel auf und biss hinein.

»Ich hoffe, dass mich das viele Salz zum Frühstück etwas munter macht«, sagte Julia. Auf ihrem Teller lag knusprig gebratener Speck, dessen köstlicher Duft ihr in die Nase stieg. »Ich bin erst um halb drei Uhr in der Nacht hier angekommen.«

»Aus Deutschland, nicht wahr? Woher kommen Sie da?« Milan tunkte das Fett auf seinem Teller mit einem angebissenen Brötchen auf.

»Aus Hamburg. Und Sie alle?«

»Slowenien«, antwortete Milan. »Aus der Nähe von Maribor.«

»Bern«, sagte Gundula.

»Mobile, Alabama«, nuschelte ein stämmiger Mann namens Barry, ohne von seinen Frühstücksflocken aufzusehen.

»Bangalore.« Leela lächelte kühl. Sie hatte nur einen Orangensaft vor sich stehen.

Nach etwa zehn Minuten sah sie auf ihre Uhr. »Wir müssen los, Miss Bruck. Gleich findet eine große Mitarbeiterversammlung statt, zu der Sie auch erwartet werden.«

Sie führte Julia unter blühenden Jacarandabäumen hindurch zu einem Gebäude, das in den Park ragte wie der Bug eines Kreuzfahrtschiffes. Sie betraten es über eine Art Gangway, die ein Wasserbassin überbrückte. Die Gebäude von Serail Almond glänzten unter der indischen Sonne so weiß-silbern wie die Tiegel ihrer Luxus-Kosmetiklinie.

Im Versammlungsraum wurde Julia von Leela nach vorn in die zweite Reihe dirigiert.

»Es ist eine Feier zum fünfzehnjährigen Bestehen dieses Forschungszentrums«, erklärte ihr Leela. »Direktor Coulter wird eine Rede halten.«

Der Saal füllte sich schnell. Nach einer Weile sah Julia auch ihre ICL-Kollegen im hinteren Bereich Platz nehmen. Die Stimmung schien ihr für eine Firmenveranstaltung am frühen Morgen seltsam aufgekratzt zu sein. Das Forschungszentrum von Serail Almond beschäftigte in Bihar mehr als neunhundert Mitarbeiter. Der Konzern, der hauptsächlich im Kosmetik-, aber auch im Pharmabereich tätig war, ließ hier in Indien mithilfe künstlicher menschlicher Haut forschen, durch die neue Wirkstoffe schneller zur Marktreife gelangen sollten. Serail Almond beschäftigte sich unter anderem mit der Entwicklung neuer Intensiv-Pflegeprodukte für »ewig jugendliche Haut«, so viel wusste Julia schon. Vielleicht hatten die Wissenschaftler ja Erfolg damit, bevor sie selbst alt und runzelig war. Solange man eine Pfirsichhaut hatte, konnte man über Leute lachen, die Geld für teure, aber zumeist wirkungslose Kosmetika verschwendeten. Doch irgendwann würde einem dieses Lachen im Halse stecken bleiben.

Ihr fiel auf, dass die Mitarbeiter, die sich hier versammelten, zum größten Teil jung, gesund und zufrieden aussahen. Nur einer im Saal wirkte nicht so, als habe er vor dem Frühstück schon ein paar Glückspillen eingeworfen: Robert Parminski, der Security Officer, stand mit verschränkten Armen neben einem Seiteneingang. Er strahlte dieselbe arrogante Unnahbarkeit aus wie in der Nacht zuvor. Manche Frau mochte sich von einem männlichen Gehabe dieser Art angezogen fühlen, doch Julia hielt sich für immun.

Während ihres Studiums waren auf fünfhundert Männer drei Frauen gekommen, und so glaubte sie, das andere Geschlecht durchschauen zu können. Zumindest wenn es sich dabei um Ingenieure und Techniker handelte, mit denen sie überdies sehr gut zurechtkam. Zu einigen Studienkollegen, mit denen sie in der Prüfungsphase quasi durch die Hölle gegangen war, hatte sie immer noch Kontakt. Außerdem wusste sie Männer zu genießen, sowohl beim Sex als auch bei interessanten Gesprächen. Aber vor einer länger andauernden Partnerschaft war sie bisher immer zurückgeschreckt: Ihre Unabhängigkeit, speziell die finanzielle, war ihr ungeheuer wichtig.

Schließlich erschien Norman Coulter, der Direktor und Bereichsleiter von Serail Almond India, und begrüßte die Anwesenden. In einer kleinen Ansprache drückte er seine Freude über fünfzehn Jahre Serail-Almond-Forschung in Indien und seine Zuversicht aus, dass die Arbeit hier weiterhin erfolgreich fortgeführt würde. Er übergab dann einer Mitarbeiterin das Wort, die mittels einer Slideshow das Forschungszentrum, die Philosophie und die aktuellen Projekte vorstellte. »Dieses Forschungszentrum trägt dazu bei, die Unternehmensstrategie von Serail Almond weiter voranzutreiben«, betonte sie. »Wir werden hier das große wissenschaftliche Potenzial Indiens nutzen!«

Die Präsentation vermittelte kaum mehr als das, was Julia eh schon auf der Website von Serail Almond erfahren hatte. Sie langweilte sich, und da sie in der Nacht nur wenig hatte schlafen können, fühlte sie sich immer müder. Plötzlich schreckte sie auf und drückte automatisch den Rücken durch, als ein Name laut genannt und Beifall geklatscht wurde. Sie musste wohl kurz weggedämmert sein. Anschließend verfolgte sie eher belustigt als beeindruckt, wie nacheinander Leute aufgerufen wurden, die jeweils Genannten aufstanden und verlegen um sich blickten, während die versammelten Mitarbeiter recht unmotiviert Beifall spendeten. Nach einer Weile vernahm sie ihren eigenen Namen, und im nächsten Moment spürte sie Leelas Finger zwischen ihren Rippen.

»Aufstehen«, befahl die Inderin mit unnachgiebigem Lächeln.

Julia erhob sich. Applaus an sich war ja keine schlechte Sache, aber sie hätte vorher doch gern eine Kleinigkeit geleistet, die diesen Beifall rechtfertigte. Als sie kurz zur Seite sah, fing sie Parminskis spöttischen Blick auf.

Nachdem die Veranstaltung zu Ende war, wurde Julia von Leela in ihr zukünftiges Büro geführt. Sie konnten kaum zwanzig Meter weit durch die gläsernen Gänge gehen, ohne irgendwelche Türen öffnen zu müssen. Überall benötigte man eine Keycard, den richtigen Code und den passenden Fingerabdruck für den Scan. Der vorläufige Besucherausweis, den man Julia gestern Nacht noch ausgehändigt hatte, war gerade mal so etwas wie ein Dokument ihrer Daseinsberechtigung, mit dem sie jedoch nirgendwohin gelangen konnte.

Als sie einmal neben einer Tür darauf wartete, dass Leela ihnen Einlass verschaffte, strich Julia neugierig mit dem Finger über die Blätter einer exotischen Blume, die künstlich aussah – wie beinahe alles hier. Leela warnte sie sofort, bloß nichts anzufassen: Die Pflanzen hier könnten giftig sein. Mit dieser Warnung im Hinterkopf erreichte Julia schließlich mit ihrer Führerin den Bürobereich, in dem die ICL-Mitarbeiter saßen. Offensichtlich besaß Leela keine gültige Keycard für den Zutritt, denn sie klingelte. Barry, der Amerikaner, den sie schon beim Frühstück getroffen hatten, öffnete die Tür, und Julia trat ein. Leela Kumari blieb jedoch an der Schwelle stehen, als sei dies die Grenze zum Feindesland. Sie erklärte, sie würde Julia um sechs wieder abholen, und verschwand.

»Ist das hier immer so?«, wollte Julia wissen, während sie ihren neuen Arbeitsplatz musterte. Sie befand sich in einem luftigen, sparsam eingerichteten Raum, in dem es keine angestammten Plätze gab. Zwischen Topfpalmen und mobilen Schallschutzwänden standen Schreibtische und fahrbare Rollcontainer. Automatische Jalousien filterten das Licht und warfen gestreifte Muster auf Teppichboden und Wände.

»Wie ist es denn hier?«, fragte Milan.

»Fürsorglich?« Bevormundend, dachte Julia. »Hier nimmt doch wohl niemand ernsthaft an, ich würde nachher nicht zurück in mein Apartment finden.«

»Solange Sie nur einen vorläufigen Besucherausweis haben, dürfen Sie sich nicht unbegleitet auf dem Gelände fortbewegen.«

»Genießen Sie die Fürsorge, solange sie andauert, also noch etwa …« Gundula warf einen Blick auf die Uhr an der Wand. »Zweiundzwanzig Stunden. Danach heißt es: Friss oder stirb.«

»Und was soll ich fressen?«

Gundula ignorierte einfach die Frage, blickte zu ihrem Computer und tippte auf der Tastatur herum.

Milan Gorkic wühlte zunächst in den Schubladen seines Bürocontainers, bevor er schließlich zu Julia aufblickte und antwortete: »Die wunderbare Welt von Serail Almond.«

Ein paar Augenblicke später wandte Gundula sich ihr wieder zu und gab ihr einen ersten Überblick über ihren Aufgabenbereich. »Sie übernehmen Tjorven Lundgrens Aufgaben. Haben Sie ihn eigentlich mal kennengelernt?«

»Nicht persönlich. Wir haben mal miteinander telefoniert, glaube ich.«

»Schade. Ein Schwede – sehr netter Kerl. Und ein fähiger Mann, aber leider auch ein Chaot. Ich fürchte, er hat Ihnen einen Haufen ungeordnete Arbeit hinterlassen.«

»Machen wir denn keine Übergabe?«, fragte Julia.

Gundula blinzelte. »Das geht nicht.«

Julia sah sie fragend an, erhielt jedoch keine Erklärung.

Nach ein paar Augenblicken unbehaglichen Schweigens merkte Milan an: »Tjorven ist schon seit drei Wochen weg.«

»Wurde er etwa fristlos entlassen?«, hakte Julia nach und fügte in Gedanken hinzu: Oder ist dieser Tjorven Lundgren tot umgefallen? Eine Weile blickte sie in verlegene Gesichter.

»Er ist ein Outdoor-Freak«, erwiderte schließlich Milan. »Zelten, wandern, mit den Einheimischen in Kontakt kommen und so. Nach einem langen Wochenende in der Pampa ist er nicht wieder zu Serail Almond zurückgekehrt.«

»Ist er einfach so abgehauen?«

»Er ist wie vom Erdboden verschwunden. Spurlos.«

MANHATTAN, NEW YORK, USA

»Wir können das auch mit einem Foto erledigen.« Der Polizist, der Rebecca Stern gegenübersaß, musterte sie mit kaltem Blick. »Das ist die normale Vorgehensweise bei Identifizierungen im OCME.«

In diesem Land liebte man Abkürzungen. Rebecca hatte vorab recherchiert, was in New York auf sie zukommen würde, und wusste daher, dass der Beamte das *Office of the Chief Medical Examiner* meinte, also die Rechtsmedizin. Er mochte *sie* nicht – das hatte sie schon bei der Begrüßung auf dem Flur gespürt: Ryan Ferlands kleine, helle Augen waren über ihren Körper geglitten wie über eine besonders dekadente Schaufensterdekoration. Doch im Unterschied zum Bummel durch die Straßen konnte er hier und jetzt nicht einfach weitergehen, sondern musste sich mit ihr beschäftigen. Er war Zeuge gewesen, als sich ihre Schwester Moira das Leben genommen hatte. Vielleicht war das der Grund, weshalb er sich ihr gegenüber so abweisend gab: Sie war die Schwester einer jungen, sorglos vor sich hin lebenden Frau, die einfach so in den Tod gesprungen war. Dafür hatte er als Polizist, der mit beiden Beinen im Leben stand und es in seinen übelsten Ausprägungen kannte, sicherlich kein Verständnis. Sie verstand es ja auch nicht.

Rebecca erinnerte sich, gelesen zu haben, dass die New Yorker Polizei fest in italienischer und irischer Hand war. Ryan Ferland gehörte offensichtlich der irischen Fraktion an. Er war von bulliger Statur, und sein hellrotes Haar sah aus wie kurz geschorene Drahtwolle. Seine Haut – oder zumindest die Teile davon, die von der schlecht sitzenden Uniform nicht verdeckt wurden – war von Malen und Sommersprossen übersät, und von seinen Handgelenken kräuselten sich rötliche Haare bis hin zu den Fingern.

»Ich muss Moira richtig sehen, sonst glaube ich nicht, dass sie tot ist«, erklärte Rebecca mit fester Stimme. Gleichwohl war die Versuchung groß, jetzt einen Rückzieher zu machen und einer Identifizierung über ein Foto auf einem Bildschirm zuzustimmen. Sie könnte in einer Viertelstunde hier raus sein und in Lower Manhattan in irgendeiner Bar einen Latte macchiato mit Sojamilch oder etwas Stärkeres trinken. Aber Moira war ihre Schwester gewesen. Sie hatte ihr nicht beigestanden, als es ihr schlecht ging. Sie hatte nicht mal gewusst, dass es so schlimm um Moira stand. Am Telefon hatte sie die Probleme ihrer Schwester heruntergespielt, und später, bei der Erinnerung an das Gespräch, ihre Sorgen um Moira verdrängt. Nun saß Rebecca hier, im Headquarter des NYPD am Police Plaza, und ihre Schwester lag tot in der Rechtsmedizin. Sie konnte ihr Versäumnis nicht wiedergutmachen. Niemals. Aber davor, Moira ein letztes Mal zu sehen, konnte und wollte sie sich nicht drücken. Vielleicht war es aber nur der Wunsch, sich selbst zu bestrafen? Und sie hatte das unangenehme Gefühl, dass Ryan Ferland genau das vermutete.

»Wie Sie wünschen, Ma'am.« Er erhob sich ächzend. Seine

Körperhaltung, die herausgedrückte Brust, zeigte ihr, dass er mit dem Verlauf der Unterhaltung zufrieden war. »Ich begleite Sie. Wir fahren gemeinsam in die First Avenue. Sie kennen sich ja hier nicht aus. Woher kommen Sie noch mal?«

»Aus Paris«, antwortete Rebecca.

»Das ist weit. Ich dachte, Sie sind Amerikanerin?«

»Ursprünglich komme ich aus North Carolina.«

»Richtig. Wie Ihre Schwester Moira. Aufgewachsen sind Sie bei einer Tante in Raleigh, richtig?«

Sie nickte stumm; sie war nicht willens, weiter ihre Vergangenheit vor ihm auszubreiten. Er hatte, was Moira betraf, wohl seine Hausaufgaben gemacht. Sie hatte nicht erwartet, dass ein Cop aus New York so viel Interesse an einem Suizid zeigen würde. Was man so hörte, hatten die hier doch ganz andere Sorgen. Das ständige Geheul der Polizeisirenen – ebenso wie die gehetzten Passanten und hupenden Taxifahrer – war Rebecca schon nach wenigen Stunden auf die Nerven gegangen.

Noch während der Fahrt zu den OCME's Headquarters wunderte sich Rebecca, dass Ferland sich die Zeit nahm, sie zu begleiten. Kurze Zeit später wurde ihr klar, warum er es tat.

»Die Lady hier ist extra aus Europa angereist, um ihre verstorbene Schwester ein letztes Mal zu sehen. Nicht auf einem Foto, sondern in echt«, erklärte er einem gehetzt und abweisend aussehenden Mitarbeiter des OCME.

»Das kann ich nicht entscheiden. Und es kann dauern. Sie sehen doch, was hier los ist!«

»Ich kenn doch den Weg«, sagte Ferland. »Lassen Sie uns einfach runtergehen. Irgendwer wird schon da sein, der uns dann weiterhilft.«

Der Mitarbeiter rollte mit den Augen. »Warten Sie!«, blaffte er und griff zum Telefon.

Ferland drehte sich halb zu Rebecca um und nickte ihr zu.

Es sollte wohl beruhigend aussehen und so viel bedeuten wie: »Ich mach das schon, ich hab hier alles im Griff.«

Rebecca sank der Mut. Wenn man es den Menschen so schwer machte, die sterblichen Überreste ihrer Familienangehörigen zu sehen, hatte das ja vielleicht auch einen triftigen Grund. Und Moira half das alles sowieso nicht mehr. Es war zu spät. Viel zu spät. Sie war schon so weit, Ferland auf den Arm zu tippen und einen Rückzieher zu machen, als er plötzlich eine Frau laut ansprach, die eilig an ihnen vorbeilief.

»Martinez!«

Sie drehte sich zu ihm um und schaute erst irritiert drein, dann grinste sie. »Ferland, mein Lieblings-Cop. Was treibt dich denn hierher?«

»Die Lady hier, Miss Stern, muss unbedingt ihre gerade verstorbene Schwester sehen, aber sie lassen uns nicht zu ihr runter.«

»Und da meinst du, ich würde dir mal eben helfen?« Die Augen in ihrem dunkelhäutigen Gesicht glitzerten spöttisch, als sie Rebeccas Gestalt, den akkuraten Pagenkopf, den schwarzen Hosenanzug und den grauen Kaschmirmantel taxierte.

»Es dauert nicht lange«, versprach Ferland. »Wir wollen nur einmal runter für eine offizielle Identifizierung.«

Rebeccas Blick fiel auf das Namensschild, das an der Brust der Frau befestigt war: *Gina Martinez – Identification Staff.*

»Dann geht in mein Büro und wartet dort auf mich«, sagte Martinez und sah auf ihre Uhr. Warnend fügte sie hinzu: »Es kann aber eine halbe Stunde dauern.«

»Du bist ein Engel, Martinez.« Ferland bedeutete Rebecca mit dem Kopf, ihm zu folgen. Auf dem Weg in das Büro teilte er ihr mit: »Wenn wir den offiziellen Weg gehen, kann das nämlich noch viel länger dauern.«

Erneut fragte sich Rebecca, ob es normal war, dass ein Polizist so viel Zeit opferte, um bei einer simplen Identifizierung dabei zu sein.

Nach zwanzig Minuten holte Martinez sie und Ferland in ihrem Büro ab und geleitete sie dorthin, wo die Leichen der Verstorbenen aufbewahrt wurden. Während der Takt ihrer Schritte durch die langen Gänge hallte, dachte Rebecca, dass der heutige Tag viel Material für ihre nächsten Albträume liefern würde.

Martinez stieß schließlich eine doppelte Metalltür auf, und sie waren mittendrin im Reich der Toten.

Rebecca schreckte zurück. Es roch ... Sie hätte darauf vorbereitet sein sollen, dachte sie. Es roch fast wie der Napf mit dem Katzenfutter, den sie eine Woche lang in ihrer Wohnung unter der Heizung hatte stehen lassen, als sie mal mit Noël nach Prag gereist war. Ihre Katze war derweil in einer Tierpension gewesen und mit einem Dachschaden wieder bei ihr eingezogen.

»Sorry, nicht gerade ordentlich hier«, entschuldigte sich Martinez und stieß eine Rollbahre zur Seite, auf der unter einem Tuch grün-grau angelaufene Füße hervorschauten.

Nachdem Rebecca dies gesehen hatte, zwang sie sich, ihren Blick stur auf Ferlands Nacken zu richten, und befahl ihren Gedanken, sich mit seiner Narbe zu beschäftigen, die unter seinem Haaransatz knallrot auf der hellen Haut leuchtete. Das Wundmal war noch nicht alt. Was war das? Eine Stichverletzung?

Mit dieser Taktik gelangte sie mit nicht mehr als einem leichten Unwohlsein im Magen vor eine Wand mit Edelstahlschubladen. Das flaue Gefühl war alles andere als eine Überraschung. Sie atmete flach und presste ihre Handtasche an sich. Gleich hast du es hinter dir, sagte sie sich. Alles klärt sich auf. Vielleicht war es gar nicht Moira, die hier lag. Solange sie ihre Schwester nicht tot gesehen hatte, gab es Hoffnung. Das alles war vielleicht nur ein Irrtum, der sich gleich aufklären würde. Diese Reise und der grauenhafte Ort hier: Das alles hatte doch nichts mit dem Leben von Rebecca Stern zu tun!

Die Mitarbeiterin des OCME zog mit geübtem Griff eine der Schubladen vor.

Rebecca bemerkte noch, wie Ferland neben sie trat. Hatte er Angst, sie würde im letzten Moment weglaufen? Oder umfallen? Sie zwang ihren Blick in die Richtung, wo der Kopf der Leiche liegen musste. Sie sah langes, dunkles Haar, das ein gräulich-blasses Gesicht umrahmte. Eine spitze Nase, schuppige, faltige Haut ... Sehr alte Haut. »Das ist nicht meine Schwester!«, rief sie mit überschnappender Stimme, bevor ihre Knie nachgaben.

Rebecca blinzelte irritiert. Das Licht war zu hell. Und warum lag sie auf dieser Liege? Da tauchte Ferlands Kopf als riesiger Schatten vor ihr auf.

»Sind Sie okay?«, erkundigte er sich.

»Was ist passiert?«

»Sie sind umgefallen, Miss Stern. Kommt in den besten Familien vor.«

So viel Zartgefühl hatte sie ihm gar nicht zugetraut. Sie setzte sich auf und schwang ihre Beine über den Rand der Liege. Ihr war immer noch schwindelig, aber wenigstens roch es hier besser. Ihrer Kleidung entströmte noch schwach ein Hauch von Tod und Verwesung, aber der dominierende Geruch in diesem Raum war der nach Desinfektionsmitteln und angebranntem Kaffee. Jetzt einen Kaffee ... Sie fühlte sich irgendwie erleichtert, fast euphorisch. Im nächsten Moment begriff sie, warum: Moira war nicht tot! Als Rebecca aufstehen wollte, legte sich eine Hand auf ihre Schulter und drückte sie zurück.

»Moment noch. Möchten Sie ein Glas Wasser?«, fragte Martinez.

»Nein, danke. Ich muss nur raus hier, dann geht es mir sofort besser.«

»Das geht uns allen so«, sagte Martinez ohne den Anflug eines Lächelns. »Aber einen Moment dauert es noch.« Sie saß vor einem Computerbildschirm und tippte etwas auf der Tastatur. »Bei der Toten handelt es sich nicht um Ihre Schwester Moira Stern, sagen Sie?«

»Hey, sie ist noch gar nicht wieder ganz da«, beschwerte sich Ferland.

»Da liegt eine alte Frau, und Sie wollen mir weismachen, dass das meine Schwester Moira ist?«, brauste Rebecca auf. »Moira ist jünger als ich; sie ist erst zweiundzwanzig!«

»Der Verwesungsprozess ist möglicherweise schon so weit fortgeschritten ...«, wandte Martinez nüchtern ein.

»Sie sah aber bereits ein paar Minuten nach ihrem Tod genauso aus«, hörte Rebecca Ferland sagen.

»Der Tod verändert einen Menschen stark«, entgegnete Martinez und sah Rebecca prüfend an. »Sie sollten sich ganz sicher sein. Hat Ihre Schwester irgendwelche unveränderlichen Kennzeichen?«

»Sie hat sich die Ohren anlegen lassen, als sie fünfzehn war. Da sind Narben hinter ihren Ohren, und es gibt eine am linken Knie. Ein Unfall mit Inlinern, als sie zwölf war.«

»Tätowierungen, Piercings, größere Operationsnarben?«

»Moiras Körper ist ihr Kapital, sie würde ihn niemals freiwillig verunstalten.«

»Warten Sie hier«, wies Martinez sie an und verließ den Raum. Ferland eilte hinterher.

Die Tür fiel mit einem Knall hinter ihm zu; und Rebecca blieb allein in einem fensterlosen Raum zurück, umgeben von drückender Stille. Sie stand auf und ging ein paar Schritte umher in der Hoffnung, auf diese Weise etwas von ihrer Anspannung loszuwerden. Die Tote, die sie gesehen hatte, konnte nicht Moira sein. Wieder hatte sie das faltige, schuppige Gesicht vor Augen – das Gesicht einer sehr alten Frau. Aber wo war dann Moira geblieben? Es musste eine Verwechslung sein, was durchaus vorstellbar war bei den vielen Toten in New York: den Opfern von Gewaltverbrechen, nicht identifizierten Toten, Menschen, die mit einer unklaren Todesursache verstorben waren. Wie sollte man Moiras Leiche, wenn sie denn überhaupt hier war, da jemals wiederfinden? Die wenigen Sachen, die man ihr kurz gezeigt hatte und die ihre Schwester getragen haben sollte, konnten Moiras gewesen sein – oder auch nicht. Sie hatten sich zu selten gesehen in letzter Zeit. Wie auch? Rebecca hatte einen anspruchsvollen und zeitraubenden Beruf und seit ein paar Monaten auch wieder einen festen Freund ... Noël Almond zu treffen bedeutete meistens, sich in ein Flugzeug zu setzen; da reiste man nicht mal schnell in die USA, um sich Moiras Gejammer anzuhören. Verdammt. Sie war neunundzwanzig, Moira zweiundzwanzig, da dachte man doch, man habe noch alle Zeit der Welt, um sich irgendwann mal richtig auszusprechen!

Die Tür wurde aufgestoßen, und Martinez und Ferland betraten mit ernster Miene den Raum.

»Da sind Narben hinter den Ohrmuscheln«, berichtete Gina Martinez. »Außerdem hat die Tote eine etwa drei Zentimeter lange, senkrecht verlaufende Narbe auf dem linken Knie. Keine weiteren unveränderlichen Kennzeichen. Die Körperlänge beträgt hundertsiebenundsiebzig Zentimeter.« Sie maß Rebeccas hochgewachsene Gestalt mit einem kurzen Blick. »Und sie ist untergewichtig.«

»Das stimmt so weit alles«, sagte Rebecca schwach. »Aber warum sieht sie so schrecklich aus?«

Ryan Ferland verzog sein Gesicht zu einer zufriedenen Grimasse. »Ich sag doch. Das schreit nach einer Autopsie.«

3. Kapitel

BIHAR, INDIEN

Als Julia, gewissenhaft von Leela begleitet, zurück in ihr Apartment kam, standen ihre Koffer neben dem Schreibtisch. Sie hob den ersten aufs Bett und klappte ihn auf. Julia hatte keine technischen Geräte in ihren Koffern gehabt – keinen Fotoapparat, kein weiteres Mobiltelefon, nicht mal einen E-Book-Reader. Trotzdem waren ihre Sachen durchsucht worden, wie sie sogleich sah. Das Durchleuchten hatte offensichtlich nicht gereicht ... Die Vorstellung, wie jemand in ihren Kleidungsstücken und persönlichen Dingen gewühlt hatte, gefiel ihr ganz und gar nicht.

Dann sah sie ein neues Mobiltelefon auf dem Schreibtisch, das offenbar für sie bestimmt war; daneben befand sich ein Zettel, auf dem der PIN-Code stand. Julia nahm es in die Hand und schaltete es ein. Sie hatte ihrer Freundin Sonja versprochen, sie anzurufen, sobald sie bei Serail Almond angekommen war. Das war gestern durch die Aktion in der Schleuse unmöglich geworden. Nun zögerte sie. Natürlich konnte man sie damit abhören, die Frage war nur, wozu? Sie dachte an die Mauer, die das Gelände umgab, die Prozedur in der Schleuse und das unnachgiebige und unnahbare Auftreten des Security Officers. Und wenn sie es mit ihrem Sicherheitswahn nicht dabei beließen? Schließlich hatten sie sich auch ungefragt Zugang zu ihrem Apartment verschafft.

Immerhin lag auf der Schreibtischplatte auch ihr Reisepass. Daneben hatte jemand, wie um zum Ausdruck zu bringen, dass Serail Almond alles sah, ihr Multifunktionswerkzeug gelegt.

Sie besaß einen *Leatherman Surge*, der ihr bei ihrer Arbeit manchmal gute Dienste leistete. Den hatte sie während des Fluges natürlich im Koffer verstauen müssen. »Sie« hatten ihn beim Durchleuchten ihres Gepäcks natürlich gefunden – und sich vielleicht gewundert.

Julias Blick wanderte durch das funktionell eingerichtete Apartment. Es schien hier alles in Ordnung zu sein. Dann sah sie zur Decke und entdeckte den Rauchmelder, der nicht nach einem Standardgerät aussah. Eines der beiden Glasaugen war sicherlich dazu da, Rauch zu erkennen. Aber das zweite? Julia schnitt eine Grimasse und klappte einen Schraubendreher aus ihrem *Leatherman* heraus. Dann zog sie sich einen Stuhl heran, stieg darauf und schraubte den Deckel des Rauchmelders ab. Das zweite Glasauge sah aus wie das Objektiv einer Minikamera mit Fischauge. Sie wagten es, in ihrem Privatbereich ... Wütend stach Julia mit der Spitze des Werkzeugs hinein; Glassplitter fielen zu Boden. Sie nahm sich vor, den Rauchmelder in Zukunft täglich zu kontrollieren und sich außerdem bei Parminski darüber zu beschweren. Sie atmete tief ein und aus, schraubte den Deckel wieder zu und stieg vom Stuhl. Anschließend verstaute sie ihren Reisepass im aufgetrennten Futter ihres Koffers, nahm das neue Handy und wählte Sonjas Nummer.

»Julia! Bist du jetzt erst angekommen?«

»Nein. Ich melde mich erst heute, weil sie mir gestern bei der Ankunft mein Telefon abgenommen haben.«

»Sie haben was? Wo bist du denn gelandet?«

»Ich musste Handy, Laptop und Reisepass abgeben. Und mein Gepäck wurde durchsucht. Um eine Leibesvisitation bin ich gerade noch herumgekommen.«

»Das wagt doch eh keiner.« Sie hörte, wie Sonja am anderen Ende der Welt lächelte.

»Ich kam mir so vor, als ginge ich in den Knast! Hast du nicht behauptet, dass Serail Almond ein fortschrittliches Unternehmen ist?«

»Es gibt bestimmt einen Grund dafür, dass die so vorsichtig sind. Hast du alles wiederbekommen?«

»Nicht alles.« Sie überlegte kurz, ob sie Sonja auch von der Kamera im Rauchmelder erzählen sollte, ließ es dann aber bleiben. »Und was machst du so?«, fragte sie, um von ihrem Ärger abzulenken.

»Ich war gestern mit meinem Bruder essen. Ich hab ihn ein bisschen ausgefragt, weil du jetzt auch für Serail Almond arbeitest. Stefan war in Plauderstimmung. Er sagte, dass sie bei Serail Almond kurz vor einem sensationellen Durchbruch stehen.«

»Vielleicht sind sie ja deswegen so paranoid? Du hast ihm aber nicht gesagt, dass ich hier arbeite?«, fragte Julia alarmiert.

»Kann sein, dass ich es erwähnt habe. Meinst du, das interessiert ihn?«

Das klang nicht gut. Stefan Wilson, Sonjas Bruder, war das jüngste Vorstandsmitglied von Serail Almond. »Ich hatte dich doch ausdrücklich gebeten, es ihm nicht zu sagen.«

»Er hat mir gar nicht richtig zugehört, Julia. Er ist viel zu sehr mit sich selbst beschäftigt.«

Julia verdrehte die Augen. Egozentrisch war Stefan Wilson schon immer gewesen. Sie sollte sich nicht weiter aufregen. Bestimmt erinnerte er sich nicht einmal mehr an sie. Während des Flugs nach Indien hatte Julia in einem Wirtschaftsmagazin einen schmeichelhaften Artikel über ihn gelesen: Er hatte zunächst ein hochspezialisiertes kleines Pharma-Unternehmen geführt, das er mithilfe des Erbes seines Vaters gegründet und aufgebaut hatte. Doch es sei für eine Firma zu risikoreich, hatte er dem Verfasser der Reportage erklärt, nur an ein oder zwei neuen Produkten zu forschen, da im Schnitt lediglich eine von zehn Neuentwicklungen überhaupt zur Marktreife gelange. Aus diesem Grund habe er sein Unternehmen an Serail Almond verkauft. Ihm war dadurch der Karrieresprung in den Vorstand eines internationalen Konzerns gelungen.

Ehrgeizig ist er ja schon immer gewesen, dachte Julia, und ausschließlich auf seinen eigenen Vorteil bedacht. Sie hatte sich als Vierzehnjährige Hals über Kopf in ihn verliebt. Er war Student gewesen und hatte sie, die Freundin seiner kleinen Schwester, nicht mehr beachtet als die Topfpflanzen auf der Fensterbank. Julia, die oft bei Sonja übernachtet hatte, war Zeugin seiner ausgedehnten Exkursionen ins Hamburger Nachtleben geworden – oder besser gesagt, seiner Ausfallerscheinungen an den Tagen danach. Sie hätte damals niemals gewagt, auf ihn zuzugehen. Mit vierzehn hatte sie, dünn und hochgewachsen wie sie war, mehr wie eine Giraffe als wie eine junge Frau ausgesehen. Und sie hatte sich »skurrilen« Interessen hingegeben, wie etwa den Naturwissenschaften, und kein Geld für Schminke oder teure Kleidung besessen.

Dann war Sonja eines Abends nicht wie abgesprochen gegen halb neun von der Musikstunde nach Hause gekommen. Sonjas Eltern befanden sich zu jener Zeit im Urlaub, und Stefan, der auf sie aufpassen sollte, war unauffindbar. Julia suchte daher alleine nach Sonja und entdeckte schließlich ihr Fahrrad und dann sie selbst in einem Straßengraben. Ihre Freundin war verletzt – ein Unfall mit Fahrerflucht. Julia verständigte den Rettungsdienst und wartete später im Krankenhaus, was die Untersuchungen ergeben würden. Für Sonja ging es noch glimpflich aus, sie hatte nur Rippenbrüche und eine Gehirnerschütterung erlitten. Julia erreichte die Eltern ihrer Freundin in Singapur und berichtete ihnen von dem Unfall, Stefan hingegen konnte sie zunächst nicht erreichen. Er tauchte erst kurz vor Mitternacht im Krankenhaus auf, als es Sonja schon wieder den Umständen entsprechend gut ging. Julia fuhr anschließend mit ihm zum Haus seiner Eltern. Sie übernachtete in den Ferien sowieso oft bei Sonja, weil ihre Eltern als Varietékünstler meistens irgendwo in der Weltgeschichte unterwegs waren. Stefan hatte sie, im Haus angekommen, erst aus ihren vom Regen durchnässten Sachen und dann von ihrer Jungfräulichkeit befreit.

Das alles lag viele Jahre zurück und hatte nichts mit der Julia Bruck zu tun, die sie heute war. Sie arbeitete zwar für ICL Thermocontrol, die wiederum für Serail Almond India tätig war, aber sie hatte nicht vor, deswegen Stefan Wilson zu begegnen.

Das Telefonat mit Sonja endete mit einer atmosphärischen Störung, die nicht auf die Entfernung zwischen Hamburg und Bihar zurückzuführen war.

An Bord der *Aurora*

Kamal Said wusste nicht, wie spät es war. Er hatte seine Uhr in der griechischen Hafenstadt Patras einem italienischen LKW-Fahrer überlassen. Und der Schlepper hatte seine gesamten Ersparnisse bekommen.

Im Container herrschte Dunkelheit. War es Tag oder Nacht da draußen? Sah man die Sonne oder den Mond und die Sterne? Er wusste nur, dass die *Aurora*, ein Frachtschiff mit dem Heimathafen Velmerido, inzwischen ausgelaufen war. Er hörte den Schiffsmotor laut dröhnen und spürte die Vibration, weshalb er annahm, dass er sich recht weit unten im Schiffsrumpf befand. Außerdem wusste er, dass der Container, in dem er sich aufhielt, relativ früh verladen worden sein musste.

Navid schlief oder er war in Ohnmacht gefallen, was besser für ihn wäre, da er vorher offenkundig große Schmerzen verspürt hatte. Er hatte sich wahrscheinlich den Arm gebrochen und Hautabschürfungen erlitten, als er von einem LKW gestürzt war. Die Wunde musste sich ja entzünden – bei den schlechten hygienischen Verhältnissen, unter denen sie als Flüchtlinge lebten.

Doch Kamal konnte nicht viel für ihn tun; nicht hier, nicht in der Dunkelheit. Er hatte versucht, mit ihm zu reden, um ihn ein wenig abzulenken, was jedoch schwierig gewesen war, weil der Junge nicht Kamals Sprache beherrschte und auch nur ein paar Brocken Englisch konnte. Sein Feuerzeug zu benutzen, um Licht zu machen und sich Navids Wunde genauer anzusehen, traute er sich nicht, denn im Container stank es nach Benzin oder anderen leicht brennbaren Flüssigkeiten. Und seine Taschenlampe hatte schon am ersten Tag ihren Geist aufgegeben. Das Ganze war ein Himmelfahrtskommando. Wenn er sich wenigstens mit jemandem über die Gefahren und Hoffnungen, die mit diesem Teil der Flucht verbunden waren, hätte austauschen können … Doch sein Schicksalsgenosse stöhnte und jammerte die meiste Zeit, und wenn er mal still war, meinte Kamal seinen Blick im Nacken zu spüren. Und das war noch schlimmer.

Bihar, Indien

Ein wenig unsicher betrat Julia zusammen mit Gundula Keller den Konferenzraum.

Jeden Donnerstagvormittag gab es ein Meeting der ICL Thermocontrol mit ihrem Kunden. Daran nahmen für gewöhnlich drei Mitarbeiter des Dienstleisters und vier von Serail Almond teil. Julia war heute als Nachfolgerin des vermissten Tjorven Lundgren das erste Mal bei diesem Jour fixe anwesend. Zwei der vier Mitarbeiter von Serail Almond kannte sie bereits: Es waren Tony Gallagher, der Facility-Manager, und

Direktor Norman Coulter, der diesmal ausnahmsweise an der Sitzung teilnahm. Die beiden anderen – eine Frau und ein junger, ehrgeizig wirkender Inder namens Harish Prajapati, der Coulters Assistent war – wurden ihr bei der Begrüßung kurz vorgestellt; dann nahmen alle am Tisch Platz. Julia und ihre Kollegin setzten sich nebeneinander. Wenige Augenblicke später hetzte der sonst stets entspannt wirkende Barry als Letzter in den Raum. Nervös grüßte er die Anwesenden und ließ sich dann auf den anderen Stuhl neben Julia fallen.

Sie saßen in einem unterkühlten, fensterlosen Besprechungsraum bei Mineralwasser, Kaffee und frisch aufgeschnittenem Obst, das hier zu jeder Tages- und Nachtzeit für die Mitarbeiter bereitstand. Julia, die sich bereits einen groben Überblick über ihre zukünftige Arbeit verschafft hatte, schwante nichts Gutes. Warm war hier nur der Kaffee. Zumindest funktionierte zu diesem Zeitpunkt in allen Bereichen des Forschungszentrums die Klimaanlage. In den letzten Wochen hatte es jedoch immer wieder Probleme gegeben, vor allem im Trakt C und in der Verwaltung.

Darauf kam Norman Coulter gleich als ersten Tagesordnungspunkt zu sprechen. Im vergangenen Monat war in den Verwaltungsräumen dreimal die Klimaanlage ausgefallen. Einmal hatte es vier Tage gedauert, bis wieder alles funktionierte. Eine der Angestellten war wegen Kreislaufversagens auf die Krankenstation gekommen, fügte Harish Prajapati vorwurfsvoll hinzu. Gundula verteidigte die Arbeit von ICL, indem sie die Funktionsstörungen der Klimaanlage auf die ständig wiederkehrenden Stromausfälle zurückführte: ein weit verbreitetes Problem in Indien, dem man in sensiblen Bereichen, wie den Labors und den Server-Räumen, mit eigenen großen Generatoren begegnete. Sie schlug vor, die Notstromversorgung auch auf die Steuerung der Klimaanlagen der Trakte A und B auszuweiten. Das System sei sowieso viel zu groß dimensioniert. Coulter winkte ab. ICL solle im Störfall einfach nur schneller und effektiver reagieren, ergänzte die anwesende Serail-Almond-Mitarbeiterin bissig. Die Büroangestellten würden ein oder zwei Stunden ohne Klimaanlage gut überstehen, bei drei Tagen höre der Spaß zu dieser Jahreszeit aber auf. Barry wandte ein, dass die Leute in den Büros die Dauer des Ausfalls selbst mitverschuldet hätten, weil erst nach neunundvierzig Stunden eine Störung an ICL gemeldet worden sei. Sie diskutierten eine Weile über die fehlende Kommunikation zwischen ICL und Serail Almond: ein Thema, das anscheinend nicht zum ersten Mal zur Sprache kam, wie Julia bemerkte.

Die Serail-Almond-Mitarbeiter beklagten sich außerdem, dass Tjorven Lundgrens Arbeitsplatz zu lange unbesetzt und deshalb vieles unerledigt geblieben sei. Julia schlug ein kurzfristig anzusetzendes Treffen vor, um Versäumtes aufzuarbeiten. Dann kam sie auf ihr vorrangiges Anliegen zu sprechen: Die Konstruktionspläne der bestehenden Klimaanlage, die ICL von einer Vorgängerfirma übernommen hatte, seien, gelinde ausgedrückt, unvollständig. Vor einer Komplettsanierung müsse deswegen zunächst einmal eine lückenlose Bestandsaufnahme gemacht werden. Über die Anlage in Trakt C, dem ältesten Teilbereich, hätte sie im Grunde nur Pläne, die Lundgren wohl selbst nach eigenen Untersuchungen erstellt habe. Das war der Punkt, an dem sich Norman Coulter mit dem Hinweis auf einen wichtigen Termin verabschiedete und es seinem Assistenten Prajapati überließ, sich des Themas anzunehmen. Der beteuerte routiniert, da könne er leider rein gar nichts für ICL tun, aber das sei doch sicher *no problem* für so kompetente Ingenieure. Julia knirschte mit den Zähnen.

Als die Besprechung beendet war, beugte sich Barry zu ihr hinüber. »Tjorven hat das auch immer wieder versucht«, flüsterte er ihr ins Ohr. »Entweder hüten sie solche Unterlagen wie die Kronjuwelen, oder die Pläne sind irgendwann mal aus Versehen im Altpapier gelandet …«

»Die müssen doch irgendwo abgespeichert gewesen sein. Ich dachte, hier sei alles perfekt.«

Barry zuckte lächelnd mit den Schultern. Julia drehte sich um und sah, dass Gundula sie aufmerksam beobachtete.

An Bord der *Aurora*

Er schien sich seit Stunden in diesem Dämmerzustand zwischen Wachsein und Schlaf zu befinden. Sein Kopf dröhnte.

Zumindest war Kamal jetzt auf einem Schiff in Richtung Großbritannien unterwegs. Thamesport, ihr Zielhafen, lag in der Nähe von London; jedenfalls hatte der Schlepper ihm das versichert. Seine Familie verließ sich auf ihn. Viereinhalb Monate waren vergangen, seit er seine Heimat Afghanistan verlassen hatte, in der Hoffnung, nach Griechenland und von dort auf ein Schiff zu gelangen, das ihn nach England bringen würde. Eine Cousine seines Vaters wohnte in London. Sie hatte versprochen, ihm zu helfen – nach allem, was der Familie Said zugestoßen war.

Das Dorf, in dem die Familie von Kamal gelebt hatte, war in lang andauernde Kampfhandlungen verwickelt gewesen, und eine Mine hatte seine achtjährige Schwester Hadia verletzt, sodass sie gezwungen gewesen waren, nach Kabul zu gehen. Sie waren in einer der Zeltstädte vor den Toren Kabuls untergekommen, wo alle – auch die drei anderen Geschwister – in einem einzigen Raum leben mussten. Ihr Vater, der als Lehrer gearbeitet hatte, fand hier keine Anstellung mehr, um Geld zu verdienen. So war es schwer, Hadias Medikamente zu bezahlen, die ständig Schmerzen hatte und wohl nie wieder würde laufen können, und sie alle hatten Hunger. Kamals älterer Bruder Davut hatte deshalb angefangen, als Übersetzer für die US-Armee zu arbeiten, doch als bekannt geworden war, womit er sein Geld verdiente, hatten die Drohungen begonnen. Nun war Davut tot, ermordet in einem Hinterhalt der Taliban, und seinen Vater hatte man unter einem Vorwand verhaftet. Kamal war nun die einzige Hoffnung seiner Familie.

Aber was sollte er tun, wenn es Navid schlechter und schlechter ging? Er konnte natürlich abwarten und Navid einfach sterben lassen. Doch der Gedanke, in diesem Blechsarg ohne Licht mit einem Toten zu sein, flößte Kamal Entsetzen ein. Außerdem – und das gab den Ausschlag – wollte er sich nicht schuldig machen am Tod seines Mitflüchtlings. Er hatte so viel Unmenschliches gesehen und erfahren, doch er wollte darüber nicht selbst zum Unmenschen werden.

Aber jetzt aufzugeben kam auch nicht infrage. Er musste es bis nach England schaffen.

BIHAR, INDIEN

»Noch ein paar Scampi, Barry? Noch ein Glas Barolo?«, fragte Gundula abends im *Garden Restaurant* mit einem betörenden Lächeln.

»Nein, danke.« Er strich sich über den flachen Bauch. »Diese Büfetts bringen mich noch um.«

»Jetzt beschwert er sich, dass das Essen zu gut ist.« Milan Gorkic schenkte sich großzügig Wein nach. Seine Augen waren schon ein wenig glasig. Julia vermutete, dass er kurz vor einem Lagerkoller stand und seine Langeweile mit Alkohol betäubte. Sie aßen fast jeden Abend hier oder in dem anderen Restaurant von Serail Almond, dem *Suriya.* Wer kochte schon für sich allein in der Pantryküche eines Ein-Zimmer-Apartments, wenn er sich für eine lächerlich geringe Summe am Büfett bedienen konnte?

»Das Essen ist nicht zu gut – es ist die pure Verschwendung«, ereiferte sich Barry. »Die Hälfte davon schmeißen die hinterher weg.«

»Das glaube ich nicht. Wir sind hier in Indien«, protestierte Milan.

»Meinst du nicht?«, entgegnete Gundula, die wie immer nur Salat vor sich stehen hatte. »Wir werden hier jedenfalls versaut für den Rest unseres Lebens.«

»Verschwendung, wohin man schaut«, empörte sich Barry.

»Kennt ihr schon Serail Almonds neueste Manie?«, fragte Milan mit gedämpfter Stimme. »Ich bestell was, beispielsweise neue Luftfilter oder Telefonieschalldämpfer. Und nach ein paar Tagen bekomme ich per Mail eine Kopie der Auftragsbestätigung. Darauf ist alles doppelt bestätigt. Wenn ich deswegen nachfrage, wird abgewunken. Das sei schon richtig so. Sicherheitsredundanz.«

»Ist mir auch schon passiert«, sagte Gundula mit einem raschen Blick über ihre Schulter. »Als ob sie nicht wüssten, wohin mit den Dollars.«

»Denen geht's einfach zu gut«, erklärte Barry. »Verschwendung ist meistens der Anfang vom Ende.«

»Genießen, solange es geht – das ist mein Motto«, sagte Milan und ging noch mal zum Büfett.

»Habt ihr eigentlich schon was vom Land gesehen?«, fragte Julia, die sich inzwischen mit ihren neuen Kollegen duzte.

»Kein Interesse«, antwortete Barry träge.

»Du kannst dich für Ausflüge eintragen – vorn im Holiday-Center«, informierte Gundula sie.

»Ich hab aber nicht an organisierte Ausflüge gedacht.«

»Willst du so richtig mit Rucksack von Ashram zu Ashram trampen?« Barry grinste. »Ist nur zu empfehlen, wenn du einer

Kolonie Leprakranker in verschiedenen Stadien des Verfalls begegnen kannst, ohne deinen Impfausweis zu kontrollieren.«

»Gegen die Lepra kann man sich nicht impfen, du Schlaumeier«, erwiderte Gundula hämisch.

»Ich will was von Indien sehen, wenn ich schon mal hier bin. Hier auf dem Gelände ist alles künstlich.« Julia sah in die Runde, um herauszufinden, ob sie mit ihrer Ansicht tatsächlich allein dastand.

»Das haben schon andere vor dir gesagt«, meinte Barry lakonisch.

»Ja, in der Tat sehr künstlich«, entgegnete Gundula sarkastisch. »Es gibt anständige Toiletten anstatt Löcher im Boden, und du kannst alles essen, ohne dir über den berüchtigten *Dehli Belly* Gedanken zu machen – oder darüber, dass dir gerade eine Ratte über die Füße gelaufen ist.« Sie lächelte spöttisch und zeigte dabei ihre schneeweiß verblendeten Zähne.

»Aber so, wie es hier aussieht, könnte das Forschungszentrum von Serail Almond auch einer der Center Parcs in Belgien oder ein Hotel-Resort in Kenia sein.«

»Und wenn schon«, erwiderte Milan, der mit einem voll beladenen Teller zurückgekehrt war. »Finde ich prima, solange ich hier gutes Geld verdiene.« Er trank noch einen Schluck; sein Gesicht war vom Wein bereits stark gerötet. Obschon er Outdoor-Kleidung trug, sah man seiner Figur an, dass er sich nur äußerst selten draußen bewegte und sehr gerne aß. »Ich muss nicht raus, um mich überfallen und ausrauben zu lassen oder mir irgendwo die Pest zu holen.«

»Indien ist nicht Disney World.« Barry sah Julia mit schmalen Augen an. »Es kann zuschnappen.«

»Ja und?« Julia stand auf, das Unverständnis ihrer Kollegen irritierte sie. »Ich hol mir noch etwas zu essen«, sagte sie. »Solange es noch was gibt.«

»Wenn du dir was von dem Hähnchen-Zeug holst, musst du

unbedingt die scharfe Soße dazu nehmen«, riet Barry ihr. Er deutete mit dem Daumen hinter sich in Richtung der Soßenspender.

Julia zuckte mit den Schultern und ging zum Büfett. Dort ließ sie sich noch einmal Kebab nachfüllen und trug ihren Teller anschließend zu den großen Spenderflaschen, die für alle möglichen Geschmacksverirrungen Ketchup, Senf und eben die berüchtigte scharfe Soße enthielten. Wie so oft, hatte sich vor den Soßenspendern eine kleine Schlange gebildet. Nach ein paar Augenblicken wurde Julia bewusst, dass Robert Parminski direkt vor ihr stand. Sie hatte den Security Officer seit Tagen nicht mehr zu Gesicht bekommen; offenbar hatte er sonst andere Essenszeiten. Als er sich von der scharfen Soße nahm und dann zur Seite trat, erblickte er sie und nickte ihr kaum wahrnehmbar zu. Nahm er ihr den Protest bei ihrer Ankunft persönlich übel? Gedankenverloren drückte Julia etwas zu schwungvoll auf den Dosierhebel des Spenders, und die dunkelrote Soße schoss mit einem Zischen heraus. Erschrocken stellte sie fest, dass der Ärmel von Parminskis grauem Jackett ein paar Spritzer abbekommen hatte. Erst jetzt fiel ihr auf, dass er heute recht formell gekleidet war.

»Oh, Mist!«, rief sie aus. »Das tut mir leid.«

»Was?« Er sah an sich hinunter. »Volltreffer, würde ich sagen.« Parminski zog die Augenbrauen zusammen.

»Das sieht übel aus. Ich bezahle Ihnen die Reinigung. Hoffentlich geht das Zeug wieder raus.«

»Unsinn. Kommt nicht infrage! Diese Soßenspender sind gemeingefährlich.« Er musterte sie leicht genervt.

»Sie könnten wenigstens so tun, als ob es Ihnen nichts ausmacht«, sagte sie mit einem ironischen Lächeln. Dass es ausgerechnet den einen Kerl getroffen hatte, der laut Gundula zum Lachen in den Keller oder – wenn man die Räumlichkeiten bei

Serail Almond bedachte – in die Schleuse ging, war persönliches Pech.

Das Eis schien ein paar Risse zu bekommen. »Es macht mir natürlich gar nichts aus. Ich habe Dutzende Anzüge im Schrank.« Seine Augen hinter den Brillengläsern glitzerten. »Davon, dass Sie die Reinigung bezahlen, will ich nichts wissen. Aber Sie müssen mir zur Strafe beim Essen Gesellschaft leisten. Dann treffen mich die Häme und der Spott meiner Mitmenschen wegen dieser Flecke wenigstens nicht ganz allein.«

»Ich weiß nicht, ob meine Kollegen mich entbehren können«, erwiderte Julia.

»Die haben Sie doch jeden Tag.« Er sah sie auffordernd an.

Da ihr zum einen kein Grund einfiel, sich zu weigern, und sie zum anderen neugierig war, begleitete sie ihn zu einem Tisch nahe dem Springbrunnen. Er stellte sie ein paar Leuten vor, die Julia interessiert musterten und sich höflich nach ihrer Tätigkeit erkundigten. Sie erzählte ihnen, was sie bei Serail Almond tat und woher sie kam.

»Wenn wir hier schwitzen, ist das also Ihre Schuld«, erklärte ein korpulenter Mittvierziger, der neben ihr saß, und wischte sich mit einer Papierserviette über die Stirn. »Und wenn wir frieren, auch.«

»Genau. Aber das trifft nur in den geschlossenen Räumen zu«, entgegnete Julia.

»Ich finde ja, sie sollten endlich ein Glasdach über das ganze Gelände bauen«, warf eine Frau ein, die Julia schräg gegenübersaß. »Dann wären wir vielleicht auch die lästigen Moskitos los.« Sie blickte nach Beifall heischend in die Runde.

»O Gott, ich fühle mich hier sowieso schon wie im Aquarium«, sagte Parminski halblaut in Julias Richtung.

»Aber es wäre bestimmt noch sicherer«, bemerkte Julia trocken.

»Haben Sie eigentlich schon was von Indien gesehen seit Ihrer Ankunft?«, fragte er sie mit einem hinterhältigen Lächeln.

Ihr war klar, dass er über die begrenzten Möglichkeiten, das Gelände von Serail Almond zu verlassen, sicher bestens im Bilde war. Vielleicht wusste er sogar, dass sie gerade eben den Wunsch geäußert hatte, mal rauszukommen. Unsinn, nicht einmal er würde wohl so plump lauschen.

»Bisher noch nicht. Man hat mich an das Holiday-Center mit seinem Ausflugsprogramm verwiesen«, antwortete sie mit einem Hauch Sarkasmus.

»Das Holiday-Center … Das wird bestimmt nett«, stichelte er. »So ein klimatisierter Reisebus hat alles, was man sich nur wünschen kann.«

»Alternativ könnte ich mir auch einen Reisebericht über Indien im hauseigenen Kino anschauen.«

»Ich wusste, Sie sind insgeheim doch eher eine Sicherheitskandidatin«, erklärte Parminski. »Trotz Ihres Protests.«

»Und Sie rauben mir den letzten Nerv.«

»Vielleicht täusche ich mich ja auch? Haben Sie am Samstag Zeit?« Seine Frage klang beiläufig.

Julia wollte an diesem Tag noch ein paar Stunden arbeiten und hatte sich für den Abend tatsächlich einen Film im Kino ausgesucht. Nichts, auf das sie nicht ohne Weiteres verzichten konnte. »Wofür denn?«

»Ich habe eine Einladung zu einer indischen Hochzeit in Patna. Wenn Sie Lust haben – begleiten Sie mich einfach.«

»Einfach?« Julia zog die Augenbrauen hoch. Wie kam er dazu, sie einzuladen? Sie war allerdings noch nie auf einer indischen Hochzeit gewesen. Außerdem würde sie mal wieder etwas anderes sehen als das ummauerte Areal von Serail Almond, wenn sie mit ihm ginge.

»Es macht sich besser, wenn ich in Begleitung einer Dame erscheine.« Er verzog keine Miene.

»Ich verstehe und fühle mich geschmeichelt.« Julia musterte ihn. Einen Moment meinte sie, so was wie Humor in seinen Augen aufblitzen zu sehen, aber es konnte genauso gut eine Reflexion auf seinen Brillengläsern gewesen sein.

»Und ich dachte schon, Ihre neuen Kollegen hätten Ihnen Angst vor Indien gemacht«, spottete er.

4. Kapitel

Bihar, Indien

Parminski hatte einen Toyota Landcruiser mit Fahrer organisiert, der sie nach Patna brachte. Sie waren gegen elf Uhr aufgebrochen, und die Fahrt würde, in Anbetracht der chaotischen Straßenverhältnisse, sicherlich mehrere Stunden dauern. Draußen brannte die Sonne auf Felder herab, auf denen Getreide, Zuckerrohr, Sesam und Reis angebaut wurde. Es war März, aber gegen Mittag würden die Temperaturen wieder die dreißig Grad überschreiten. Das Innere des Wagens war auf zweiundzwanzig Grad heruntergekühlt, sodass es Julia in dem einzigen halbwegs festlichen Kleid, das sie nach Indien mitgenommen hatte, angenehm kühl war. Sie versuchte, Parminski ein paar Informationen über das bevorstehende Fest zu entlocken, aber er antwortete meist recht einsilbig. Der Bräutigam war ein junger Mann aus Kolkata, den Parminski angeblich von einem früheren Arbeitgeber in Indien her kannte. Die Eltern seiner indischen Braut mussten wohlhabend sein, da die Feier mit über dreihundert Gästen im besten Hotel am Ort stattfinden sollte. Julia hatte den Eindruck, dass er das Hochzeitspaar längst nicht so gut kannte, wie er vorgab. Parminski starrte die meiste Zeit still aus dem Fenster, sah immer mal wieder auf die Uhr und schob seinen Unterkiefer vor und zurück. Was sollte das heute werden?

In Patna angekommen, wurden sie von einem Hotelpagen durch das Foyer in den Garten geführt. Dort tummelten sich festlich gekleidete Menschen auf der Terrasse, um den Pool herum und auf dem kurz geschnittenen Rasen. Parminski entschuldigte sich und verschwand. Während Julia auf ihn wartete, musterte sie die Umstehenden. Die meisten waren Inder, und viele schienen sich untereinander zu kennen. Nur wenige Europäer standen in kleinen Gruppen herum und warfen Julia hin und wieder neugierige Blicke zu. Parminski tauchte schließlich wieder neben ihr auf, und sie reihten sich in eine Schlange ein, die irgendwo hinten im blühenden Garten bei dem Brautpaar enden würde, das dort die Gratulationen und die Geschenke entgegennahm.

Parminski hatte nun eine längliche Schachtel im Arm, die in geschmacklos bedrucktem, golden glitzerndem Papier eingewickelt war. Er steckte einen Umschlag unter das pinkfarbene Satinband. »Ich habe in Ihrem Namen mit unterzeichnet«, sagte er. »Das ist Ihnen doch recht?«

»Kommt darauf an, was drin ist«, entgegnete sie. Wo hatte er das Ding auf einmal her? Der Fahrer hatte sie vor dem Portal abgesetzt, und da waren seine Hände noch leer gewesen.

»Ich weiß nicht genau, was es ist.« Er schüttelte den Karton. »Es tickt nicht. Ich nehme an, es ist ungefährlich.«

»Aber Ihr Job bei Serail Almond hinterlässt keine bleibenden Schäden, oder?«, fragte Julia.

»Ich fürchte doch.« Er grinste, was ihn völlig verändert aussehen ließ.

Nach einer Viertelstunde erreichten sie ein üppig mit Satinstoffen und Blumen dekoriertes Podest, auf dem das Brautpaar in thronähnlichen Sesseln saß. Julia fand, dass der Bräutigam ein bisschen feist und die Braut entsetzlich jung wirkte. Insgesamt machten die beiden einen gestressten und auch einen etwas gelangweilten Eindruck. Es musste Stunden dauern, bis sie alle Gäste formvollendet begrüßt hatten. Die Braut nahm das Präsent entgegen und reichte es, ohne einen Blick darauf zu werfen, an einen der Hotelpagen im Hintergrund weiter, der es auf dem langen Geschenktisch ablegte.

»Ich wette, unser Geschenk ist da nicht zum ersten Mal hingelegt worden«, flüsterte Julia, als Parminski sie nach der Gratulation des Brautpaars in Richtung Bar zog. »Wo haben Sie die Karte gelassen?«

»Die ist heruntergefallen«, raunte er. »Aber keine Sorge: Wenn man sie unter dem Tisch findet, bekommen die edlen Spender auch ihre Danksagung.«

Julia lächelte. »Wie beruhigend.«

»Ich brauche jetzt einen Drink. Und Sie?«

Sie bestellten Gin Tonic. Julia musterte Parminski mit neu erwachtem Interesse. »Sie sind überhaupt nicht eingeladen gewesen, oder?«, mutmaßte sie nach dem ersten Schluck. »Und Sie kennen das Brautpaar gar nicht.«

»Aber ich wusste, dass sie heute hier heiraten.«

»Das stand bestimmt nur in der Zeitung«, behauptete sie und fragte sich im Stillen: Ein Security Officer, der solche Spielchen trieb?

»Das ist nicht ›Serail Almond‹-konform«, sagte er, als hätte er ihre Gedanken erraten.

»Was?«

»So kritische Fragen zu stellen, wie Sie das gerade tun. So kritische Fragen überhaupt zu denken.« Seine Augen blickten wieder so unnachgiebig wie an dem Tag, als sie ihn kennengelernt hatte.

Julia ließ sich nicht davon beeindrucken. »Was wollen Sie wirklich hier, Parminski?«

»Sie haben das Büfett noch nicht gesehen.«

An Bord der *Aurora*

Es musste Tag sein, denn durch die Türritzen des Containers fielen Streifen bläulichen Lichts. Kamal Said hatte ein wenig geschlafen, und vom Liegen auf dem harten Untergrund taten ihm die Knochen weh. Er lauschte, bevor er sich zu rühren wagte. Der Schiffsdieselmotor brummte gleichmäßig. Er fühlte das Rollen der Wellen und glaubte, auch Wind- und Wassergeräusche zu hören, doch er wusste, dass man sich nach den eintönigen Stunden in diesem Metallverlies alles Mögliche einbilden konnte.

Als er sich aufrichtete, wurde ihm schwindelig. Sein Mund war trocken. Er fühlte nach seinem Wasserkanister, hob ihn an und merkte erschrocken, dass der Behälter sich schon viel leerer anfühlte als beim letzten Mal. Wasser ... Würde das Wasser für sie beide reichen? Navid war krank. Und er, Kamal, hatte eine Verantwortung gegenüber dem Jüngeren. Er glaubte jedenfalls, der Ältere von ihnen zu sein. Immerhin hatte Navid erklärt, er wäre erst fünfzehn. Das hatte er ihm mit den paar Brocken Englisch, die er konnte, mitgeteilt. Es war natürlich ratsam, sich jünger zu machen, wenn man sich auf der Flucht befand. Kamal glaubte sogar, Navid ganz kurz in der Villa Azadi gesehen zu haben, der Unterkunft für minderjährige Flüchtlinge auf der Insel Lesbos, wo er selbst ein paar Wochen gelebt hatte, um Kraft für die Fortsetzung seiner Flucht zu sammeln. Das Alter eines Menschen konnte man schwer schätzen, und so unterernährt und mitgenommen, wie die meisten Flüchtlinge waren, sahen sie entweder jünger oder viel älter aus. Er selbst mit seinen siebzehn Jahren wurde immer für wesentlich älter gehalten, als er war. Das lag wohl auch daran, was er alles in den letzten zwei Jahren in Afghanistan erlebt hatte. Navid kam aus einem kleinen Dorf im Iran; das hatte er ihm erzählt, als das Fieber ihn noch nicht so geschwächt hatte.

Kamal erhob sich und wankte zwischen den Kisten und den beiden Motorrädern im Container zu Navid hinüber. Inzwischen musste er sich nicht mehr ausschließlich auf seinen Tastsinn verlassen, denn seine Augen hatten sich an die Dunkelheit gewöhnt. Allein durch das wenige Licht, das durch die Ritzen drang, konnte er bei Tag Umrisse sehen. Sein Mitflüchtling lag auf einigen Packdecken und rührte sich nicht. Kamals Herz klopfte, als er sich zu ihm hinunterbeugte.

Navid atmete leise und pfeifend. Er lebte noch, immerhin.

Kamal berührte den Jungen am Arm und zuckte sogleich erschrocken zurück, weil sich die Haut heiß und feucht anfühlte. Wenn er selbst schon durstig war, wie musste es dann einem Fieberkranken ergehen? Kamal holte den Wasserkanister, wog ihn in der Hand. Halb voll … höchstens. Er hatte Navid gestern davon zu trinken gegeben, und da sie keine Becher hatten, war es schwer zu sagen, wie viel er in sich hineingeschüttet hatte. Kamal selbst hatte höchstens einen Liter zu sich genommen. Nach dem Schlafen müsste er eigentlich Wasser lassen, aber er verspürte nicht den Drang dazu. Einerseits war das gut, denn in ihrem Containergefängnis stand ihnen nur ein Eimer in der hintersten Ecke zur Verfügung, der jetzt schon erbärmlich stank. Andererseits zeigte das an, dass sein Körper bereits unter Wassermangel litt und seinen Nieren befahl, die Flüssigkeit im Körper zu halten. Und in der Villa Azadi hatten sie noch gedacht: Wenn sie erst einmal auf dem richtigen Schiff sein würden, vorzugsweise in Richtung Nordeuropa, wären die größten Probleme überwunden. Wie die meisten Flüchtlinge in der Villa Azadi war er auf einem Paddelboot aus der Türkei gekommen. Er hatte es schon beim dritten Versuch geschafft und das Glück gehabt, nicht zu ertrinken oder erschlagen oder zurück nach Afghanistan abgeschoben worden zu sein. Doch Griechenland war nur eine Zwischenstation: Die Asylanerkennungsrate lag dort unter 0,05 Prozent. Außerdem dauerte das Warten auf einen Bescheid oft mehrere Jahre.

Navid stöhnte und wachte auf. Der Junge sagte etwas, das Kamal nicht verstand. Seine Stimme wurde lauter. Er wiederholte die unbekannten Worte.

»Psst!«, zischte Kamal beunruhigt. »Sei ruhig. *Be quiet!*«

Navid starrte ihn mit weit aufgerissenen Augen an. Das Weiß seiner Augen leuchtete in der Dunkelheit.

Kamal lauschte angespannt, doch bis auf die regelmäßigen Motor- und Wassergeräusche vernahm er nichts. Es war unwahrscheinlich, dass jemand sie draußen auf dem Schiff hören konnte. Es würde sie vielleicht selbst dann niemand hören, wenn sie es darauf anlegten. Und dieser Gedanke war noch beängstigender.

PATNA, BIHAR, INDIEN

Das Hochzeitsbüfett war auf zwei Tischreihen angerichtet, die sich in rund vier Meter Entfernung gegenüberstanden. Julia schätzte, dass sie jeweils fünfzehn Meter lang waren. Eine Versuchung aus hundert Millionen Kalorien. Auf beiden Seiten waren exakt die gleichen Speisen arrangiert, so als wäre das Büfett gespiegelt. Dahinter standen ganz in Weiß gekleidete Köche und füllten den Gästen die Teller.

»Das Büfett ist in viele verschiedene Themen unterteilt«, erklärte Parminski ihr. »Es fängt vorne mit der indischen Küche an, dann folgt eine kulinarische Reise rund um unseren Planeten.«

»Das wäre doch nicht nötig gewesen«, sagte Julia und sah an sich hinunter, um festzustellen, wie viel Raum ihr Kleid unterhalb der Taille bot.

»Es war zugegebenermaßen nicht meine Idee«, bekannte er. »Aber sie hätte von mir sein können.« Mit begierigen Blicken schlenderte er auf die Speisen zu.

Nach ihrem dritten Gang zum Büfett lehnte sich Julia erschöpft in den weichen Polstern ihres Gartenstuhls zurück. Vor ihr glitzerte die türkisblaue Fläche des Pools, und rundherum saßen die festlich gekleideten Hochzeitsgäste in kleinen Gruppen an den Tischen. Sie aßen und tranken, als gäbe es kein Morgen. Parminski stellte sich als amüsanter Gesprächspartner heraus. Serail Almond entkommen, fiel der Security Officer mehr und mehr von ihm ab. Er erzählte Anekdoten aus früheren Arbeitsverhältnissen, und so erfuhr sie ganz nebenbei, dass er schon weit in der Welt herumgekommen war und eine Menge unterschiedlicher Jobs erledigt hatte.

»Wie ist es dazu gekommen, dass Sie nun ausgerechnet als Security Officer bei Serail Almond arbeiten?«, wollte Julia irgendwann wissen. Zuerst hatte er wie die ideale Besetzung für diesen Job gewirkt, aber das Bild bekam gerade ein paar Risse.

Er zögerte kurz, trank von seinem Wein. »Die Arbeit ist angenehm, und sie zahlen anständig. Warum also nicht?«

Seine Pupillen hatten sich zusammengezogen, und seine Körperhaltung drückte wieder Wachsamkeit aus. Merkwürdig war auch, dass er mehrmals einen kurzen Blick auf seine Armbanduhr warf. Julia bedauerte, dass sie ein wenig angetrunken und ihr Magen so voll war, was ihre Konzentrationsfähigkeit etwas beeinträchtigte. Sie schien gerade ein Thema berührt zu haben, das zu aufschlussreichen Erkenntnissen führen konnte, wenn man richtig nachhakte. Sie wagte einen Vorstoß. »Sie machen nicht den Eindruck, ein Mensch zu sein, der sich wahnsinnig für Sicherheit interessiert.«

»Wie kommen Sie denn darauf?«, fragte er.

Julia drückte instinktiv den Rücken gerade. »War nur eine Vermutung ... Bedenken Sie mal: Wir können hier jederzeit auffliegen und mit Schimpf und Schande aus dem Hotel gejagt werden.«

»Wenn es Sie beruhigt: Ich werde die volle Verantwortung dafür übernehmen.« Er lächelte wieder, aber diesmal wirkte es aufgesetzt. Dann sah er wieder unauffällig auf seine Uhr. »Sie entschuldigen mich einen Moment?« Er stand auf, beugte sich aber noch einmal zu ihr hinunter und flüsterte ihr ins Ohr: »Am besten verhalten Sie sich unauffällig: indem Sie zum Beispiel zum Büfett gehen und uns etwas von dem Nachtisch sichern, so wie alle das hier machen.«

Die lockere Bemerkung passte nicht zu der Anspannung in seinem Gesicht. Er richtete sich auf und bedachte die Menschen um sie herum mit einem prüfenden Blick, bevor er sich entfernte. Julia blickte ihm hinterher und sah, wie seine breitschultrige Gestalt in der Menge verschwand. Sie sagte sich, dass es sie nichts anging, was auch immer er nun vorhatte. Schließlich war sie nur hergekommen, um mal rauszukommen und sich zu amüsieren. Wahrscheinlich machte sie sich zu viele Gedanken, und Parminski wollte nur den Wein wegbringen, den er getrunken hatte.

Sie ließ ihren Blick über die gepflegte Anlage schweifen. Die Zeit schien stillzustehen, während sie wartete. Parminski tauchte einfach nicht wieder auf, und außer ihm kannte sie hier niemanden. Genervt wurde ihr klar, dass sie Serail Almond entkommen war, nur um sich erneut in einer Kunstwelt wiederzufinden. Das Warten wurde ihr schließlich zu dumm. Sie erhob sich. Nach dem vielen Essen und Trinken würden ihr ein paar Schritte guttun.

Julia schlenderte zwischen den Tischen hindurch und um den Swimmingpool herum. Die Menschen verließen nach und nach das Areal. Hinter dem Pool befand sich üppiges, gepflegtes Grün. Sie durchquerte eine Baumgruppe und kam an einem künstlichen See vorbei, über dem ein kleiner Wasserfall plätscherte. Auf den warmen Steinen sonnten sich Geckos, die weghuschten, als sie näher kam. Sie überraschte beinahe ein knutschendes Pärchen, das sich hinter einen Oleanderbusch zurückgezogen hatte, und ging in die andere Richtung weiter. Kurz darauf erreichte sie die Grenzmauer der Anlage. Auf der

Mauer erkannte sie die schlanke Gestalt eines Languren-Affen. Als sie herantrat, wandte er ihr das dunkle, kleine Gesicht mit den schwarzen Knopfaugen zu. Regungslos starrte er sie an, nur sein langer Schwanz bewegte sich hin und her. Er wusste, sie würde ihm nichts tun: Hanuman-Languren galten in Indien als heilig, daher wurden sie nie gestört oder gar belästigt. Doch wo ein Affe war, befanden sich normalerweise noch weitere in der Nähe. Julia beschloss, nach ihnen Ausschau zu halten. Die Mauer, die die Hotelanlage umgab, war etwa zwei Meter hoch, aber ein Stück weiter rechts stand eine Steinbank direkt davor. Julia ging hin und stieg hinauf. Sie musste sich recken, um hinübersehen zu können.

Hinter der Mauer gab es eine Straße, auf deren anderer Seite verfallene Hütten und nie fertiggestellte, aber bewohnte Rohbauskelette standen. Im zweiten Stock eines solchen Gebäudes döste zwischen Wäscheleinen eine weiße Ziege. Die Hütten bestanden aus Brettern, Plastikfolien und Wellblech, die sich hinter einer Wand aus Werbetafeln duckten. Ein paar Kinder spielten davor mit einem Autoreifen. Ein kleiner Junge mit schmalem Gesicht hob den Kopf, sah ihr direkt in die Augen – und lächelte.

Julia fühlte sich wie eine Voyeurin. Sie lächelte zurück und trat verwirrt den Rückzug an. Hier das protzige Büfett, da die offensichtliche Armut. Man hatte sie gewarnt, dass das in Indien nun mal so war. Theoretisch war ihr das stets klar gewesen. Trotzdem versetzte ihr der Anblick des Kindes einen diffusen Schmerz, vermischt mit Scham. Sie hatte sich gerade den Bauch an dem Büfett vollgeschlagen, während ein paar Hundert Meter weiter ... Der Junge hatte so mager ausgesehen.

Sie ging weiter, ohne auf die üppig blühende Umgebung zu achten. Ihre Gedanken kreisten um den Slum, der direkt neben dem Hotel lag, sodass sie die zwei Männer, die im Schatten eines Niembaumes standen, beinahe nicht bemerkt hätte.

Dann blickte sie überrascht zu den beiden: Es waren Parminski und ein Einheimischer in einem weißen Anzug. Den Inder hatte sie schon einmal gesehen – nur wo? Es musste bei Serail Almond gewesen sein. Sicherlich ebenfalls ein Mitarbeiter. Doch warum redeten sie hier miteinander? Unvermittelt sah Parminski zur Seite und entdeckte sie. Er nickte seinem Gesprächspartner noch einmal zu und kam zu ihr herüber. Als sie etwas zu ihm sagen wollte, schüttelte er warnend den Kopf und legte ihr seine Hand auf den Arm.

»Gehen Sie wieder an unseren Platz«, sagte er leise. »Bitte!«

Eine kleine Gruppe lachender Mädchen in leuchtenden Saris ging an ihnen vorbei. Julia blickte sich noch einmal um. Der Inder in dem weißen Anzug war verschwunden. Sie machte sich von Parminski los und kehrte an ihren Tisch zurück.

In Indien wurde es schnell dunkel. Eben noch saß Julia bei Tageslicht mit Robert Parminski an einem Tisch, und ehe sie sich's versah, war die Sonne weg. Rund um die Rasenfläche entzündeten Hotelangestellte Fackeln und stellten Windlichter auf die Tische. Die Unterwasserbeleuchtung des Swimmingpools sprang an.

Julia hatte sich so intensiv mit Parminski unterhalten, dass sie gar nicht mitbekommen hatte, wie der Hochzeitsempfang sich auflöste. »Wir werden gleich rausgeschmissen«, sagte sie.

»Soll ich dem Fahrer Bescheid geben?«

»Mir ist noch nicht danach, zurückzufahren.« Das war raus, noch ehe sie richtig nachgedacht hatte, was sie antworten sollte. Die warme Luft, die Gerüche und Geräusche – sogar in dieser Hotelanlage spürte sie mehr von Indien als bei Serail Almond. Sie bemerkte, dass er sie nachdenklich ansah. Nach dem Ausflug an die Grenzmauer der Hotelanlage war ihr sein Verhalten nochmals verändert vorgekommen. Er wirkte entspannt – ja, er konnte sogar regelrecht witzig sein. Sie hatten sich die letzten zwei Stunden so gut unterhalten, dass Julia ihm ihre verunglückte erste Begegnung schon verziehen hatte. Inzwischen waren sie auch zum Du übergegangen.

»Du sagst mir bestimmt gleich, dass es zu gefährlich ist, allein in Patna herumzulaufen«, neckte sie ihn.

»Nicht, wenn du mich als Begleitschutz akzeptierst.«

Die Freiheit war ganz nah. »Worauf warten wir noch?«

»Du musst vorher nicht noch mal für kleine Mädchen oder so? Ich will zumindest den Fahrer informieren. Und wenn wir erst morgen zurückfahren, sollten wir uns zwei Hotelzimmer reservieren und auch bei Serail Almond Bescheid sagen. Gallagher macht sich sonst ins Hemd.«

»Als er mich aus Patna vom Flughafen abgeholt hat, ist er auf der Fahrt beinahe vor Angst gestorben. Was hat der Typ eigentlich für ein Problem?«

»Er hat sich Tjorven Lundgrens Verschwinden sehr zu Herzen genommen. Die beiden waren zusammen zu der Wanderung zu den Kakolat-Wasserfällen aufgebrochen und hatten sich erst später, quasi auf halbem Weg, voneinander getrennt.«

»Was passierte dann?«

»Gallagher ist umgekehrt, Lundgren hat die Tour allein fortgesetzt und ist nie wieder aufgetaucht. Das ist alles, was wir wissen.«

»Waren die beiden Freunde?«

»Für ›Serail Almond‹-Verhältnisse schon. Man sollte genau hinschauen, mit wem man sich näher einlässt.«

»Danke für den Tipp.« Julia griff nach ihrer Tasche und ging in Richtung Hotellobby. Erst morgen zurück? Wahrscheinlich würde er argumentieren, dass es zu gefährlich war, nachts durch Bihar zu fahren. Vielleicht stimmte das sogar? Julia hatte es nicht eilig, wieder in das Luxus-Terrarium von Serail Almond zu kommen – jetzt, wo sie gerade ein kleines bisschen Freiheit geschmeckt hatte.

An Bord der *Aurora*

Kamals Zunge war geschwollen, und sein Mund fühlte sich an wie mit Watte ausgestopft. Sein Gesicht spannte, als hätte er den ganzen Tag in der Sonne gearbeitet. Navid hatte den Kanister so gut wie leer getrunken. Ansonsten war da nur noch der Eimer mit dem Urin. Wie schlimm stand es um ihn, dass er daran dachte? Noch schüttelte es ihn, aber wenn der Durst schlimmer wurde ... Er wusste, er würde seinen Ekel überwinden. Er brauchte Flüssigkeit.

Was ihm ebenso Angst machte wie der Mangel an Trinkwasser, war, dass sich in den Geruch nach Schweiß und Benzin etwas Süßliches, Krankes gemischt hatte. Es konnte das Blut aus Navids Wunde sein, es konnte die Wunde selbst sein. Wie sollte er das wissen, wenn er kaum etwas sehen konnte?

Fauliges Fleisch – so roch es.

5. Kapitel

PATNA, BIHAR, INDIEN

Womit Julia nicht gerechnet hatte, war der gewaltige Lärm. Als sie das Hotel hinter sich ließen, schien Indien sie wie eine gigantische Welle zu überrollen. Es war nicht nur warm und überfüllt, voller fremdartiger Gerüche und grell leuchtender Farben, sondern auch extrem laut. Überall hupte, ratterte, piepte, plärrte und quietschte es. Was sie besonders befremdete: Während sie mit Parminski durch die Stadt schlenderte und sich staunend umsah, bestaunte man auch sie. Inder starrten sie an, junge Frauen mit langen schwarzen Zöpfen stupsten sich gegenseitig und kicherten. Kinder aller Altersgruppen liefen ihnen hinterher und lachten.

»Hab ich mich am Büfett mit Soße bekleckert?«, fragte Julia und sah an sich hinunter.

»Es ist die helle Haut«, erklärte Parminski. »Und dein rötliches, lockiges Haar. Das macht dich hier zu einer Sensation.« Er grinste.

»Ich hab keine roten Haare.« Sie fasste sich prüfend in den Nacken, um zu fühlen, ob sich noch nicht zu viele ungebärdige Locken aus ihrer Frisur gelöst hatten. Es war so warm hier, dass sie ihr Haar nicht mehr offen tragen mochte. Trotzdem erregte sie offensichtlich Aufsehen. Ein Rikschafahrer hielt sogar vor ihnen an, damit seine Fahrgäste Julia fotografieren konnten. »Ein Hauch von Kastanienbraun, allerhöchstens ...«, räumte sie ein.

Sie besichtigten einen Sikh-Tempel aus weißem Marmor, schlenderten über einen Markt und sahen sich den Golghar an, einen Getreidespeicher aus dem achtzehnten Jahrhundert, von dessen Spitze man einen wunderbaren Blick über Patna und den Ganges hatte. Zum Schluss landeten sie in einem Kellerrestaurant, wo Parminski und Julia die einzigen Europäer weit und breit waren. Irgendwie schaffte er es, den Wirt zu bestechen; jedenfalls blieben sie in dem Laden von Fotowünschen und allzu lästiger Neugierde unbehelligt. Sie saßen auf einfachen Holzbänken, Seite an Seite und Rücken an Rücken mit den anderen Gästen, und tranken schäumenden Chai, einen indischen Gewürztee. Parminski wollte sie überreden, die zahllosen Süßspeisen zu probieren, für die Patna berühmt war. Doch Julia war noch zu satt vom Hochzeitsbüfett und ließ sich etwas einpacken. Gegen Mitternacht gingen sie zurück zum Hotel.

Gerade als sie die mehrspurige Straße vor dem Hotel überquerten, fuhr ein großer Wagen mit aufheulendem Motor aus einer nahe gelegenen Ausfahrt und bog rücksichtslos in den dichten Verkehr ein. Die hintere Tür flog auf, und Julia sah etwas Helles auf die Straße fliegen. Sie hörte einen dumpfen Knall und das Knirschen von Metall und Glas, dann spürte sie, wie Parminski sie am Ellenbogen packte und sie zurückriss. Die Fahrzeuge in der Nähe bremsten; einige von ihnen stießen zusammen und verknäulten sich ineinander. Das daraufhin einsetzende Hupen war ohrenbetäubend. Julia und Parminski schlängelten sich durch die zum Stehen gekommenen Autos, Fuhrwerke und Rikschas zum Unfallort. Dort hatte sich bereits eine Menschentraube gebildet, dennoch konnte Julia erkennen, dass jemand am Boden lag. Sie erblickte ein weißes, blutdurchtränktes Hosenbein und einen Fuß ohne Schuh ...

Ein Mensch war direkt vor ihren Augen überfahren worden. Julia hatte ihn nicht über die Straße gehen sehen. Wo war er so schnell hergekommen? Oder war er aus dem Wagen gefallen? Vielleicht sogar gestoßen worden? Das Unfallfahrzeug stand mit offener Fahrertür da, keiner saß mehr drin. Der Fahrer befand sich sicherlich unter den Menschen, die sich um das Unfallopfer drängten.

»Tust du mir einen Gefallen?«, sagte Parminski, der blass geworden war. »Geh in die Hotelhalle und warte dort auf mich!«

Sein ernster Gesichtsausdruck veranlasste Julia dazu, nur zu nicken und zu tun, worum er sie bat. Sich dem Unfallopfer zu nähern, um auf irgendeine Art und Weise Hilfe zu leisten, war sowieso unmöglich. In der Lobby erfuhr sie nach zehn langen Minuten, dass es sich bei dem Unfallopfer um einen unbekannten Inder handelte. Als Parminski kurz danach zu ihr trat, immer noch blass und mit zusammengepressten Lippen, fragte sie ihn sofort: »Hast du irgendwas herausgefunden? Was ist passiert?«

»Der Mann ist tot – beim Überqueren der Straße überfahren worden«, antwortete er widerstrebend. »Das ist alles.«

»Aber von wo soll er denn gekommen sein? Wir hätten ihn doch sehen müssen!«

»Bei dem Verkehr hier?«, entgegnete er brüsk.

Der warnende Blick, mit dem er sie bedachte, veranlasste sie dazu, den aufkeimenden Protest herunterzuschlucken. Stattdessen erkundigte sie sich: »Bist du okay? Du siehst so aus, als könntest du gerade ein etwas stärkeres Getränk vertragen.«

Er rang sich ein Lächeln ab. »Es geht schon. Aber die Idee ist nicht schlecht. Wir sollten allerdings dieses Hotel heute nicht mehr verlassen. Es gibt hier eine Bar auf dem Dach.«

Sie fuhren mit dem Fahrstuhl hoch und fanden einen Zweiertisch nahe der Brüstung, von wo sie auf die Lichter von Patna und das breite, dunkle Band des Ganges blicken konnten.

»Atemberaubend«, sagte Julia.

»Im Dunkeln sieht Indien immer gut aus.«

Und auch ihm stand die Dunkelheit gut, fand sie. »Nur im Dunkeln?«, entgegnete sie. »Mir hat unser Ausflug auch tagsüber gut gefallen.«

»Dann musst du dir unbedingt Varanasi anschauen. Es liegt ebenfalls am Ganges, und es heißt, wenn man dort im Fluss badet, kann man sich von seinen Sünden reinwaschen.«

»Von begangenen Sünden oder auch von zukünftigen?«, fragte sie im Plauderton.

»Ich würde es nicht darauf ankommen lassen. Der Fluss ist total verschmutzt«, antwortete er ernst und verstummte dann.

Julia merkte, dass es ihn einige Mühe kostete, locker zu plaudern. Der Unfall hatte ihn ziemlich aus der Fassung gebracht. Sie nippte an ihrem Drink und ließ die vergangenen Stunden in Patna Revue passieren. Parminski saß da, äußerlich entspannt; gleichwohl hatte Julia den Eindruck, dass er seine Umgebung recht wachsam beobachtete.

Irgendwann sagte er: »Wenn es dich wirklich so nervt – dieses ›Eingesperrt‹-sein bei Serail Almond –, dann ist der Job vielleicht nicht ganz das Richtige für dich.«

»Der Job gefällt mir. Und mein Aufenthalt hier ist ja sowieso begrenzt auf ein halbes Jahr.«

»Das kann sehr lang werden.«

»Willst du mich loswerden?«

Er sah sie nachdenklich an. Schließlich gestand er: »Ich will dich ganz und gar nicht loswerden. Du bist das Beste, was mir seit meiner Ankunft hier passiert ist. Aber ...«

»Aber was?«

»Das hier ist nicht das Richtige für dich. Du kannst doch als Ingenieurin sonst wo arbeiten. Denk wenigstens noch einmal drüber nach.«

Das hatte sie schon. Wenn an den Gerüchten über Serail Almonds Forschungspraktiken etwas dran war, dann war das wirklich nicht der richtige Arbeitsplatz für sie. Es hieß, dass Probanden nicht über mögliche Nebenwirkungen der neu entwickelten Wirkstoffe aufgeklärt und teilweise sogar gegen ihren Willen festgehalten worden waren. Und Mitarbeiter, die sich in der Öffentlichkeit über die Zustände beklagten, hatte man angeblich gefeuert und sogar bedroht. Andererseits stürzte sich die Presse immer gern auf solche Geschichten, selbst wenn die Verdachtsmomente sehr unsicher waren ... Und es gab nichts, das je bewiesen worden war. Im Zweifelsfall handelte es sich nur um Gerüchte, die von der Konkurrenz verbreitet wurden. Außerdem war sie nicht bei Serail Almond angestellt, sondern bei einem Dienstleister des Konzerns. Auch würde es sich in ihrem Lebenslauf nicht gut machen, wenn sie hier alles hinschmiss, nur weil sie plötzlich aufgrund vager Gerüchte ein paar moralische Bedenken bekommen hatte. Und überhaupt, was mischte Parminski sich ein? »Ich habe darüber nachgedacht. Wieso soll es für dich richtig sein und für mich nicht?«, fragte sie eine Nuance schärfer als beabsichtigt.

»Ich weiß wenigstens in etwa, worauf ich achten muss.« Er trank noch einen Schluck. »Und ich habe besondere Gründe, es durchzuziehen.«

»Welche Gründe kann es geben – außer, dass einem die Arbeit gefällt, das Umfeld ... oder das Geld?«

»Ich bin der richtige Mann für den Job.«

»Ach ja? Aber du bist nicht unersetzlich, oder?«

Er schien etwas dazu sagen zu wollen, schluckte die Bemerkung aber herunter. »Security liegt nicht jedem«, meinte er lapidar. »Security muss man verkörpern. Sie muss sichtbar sein.«

»Du verkörperst also ... Sicherheit.«

»Zumindest sieht es für die anderen so aus. Das reicht.«

»Und das gefällt dir? Immer nur Meetings, Audits und Sicherheitsschulungen? Den Leuten auf die Finger klopfen, *Policies* und Direktiven entwerfen?«

»Immerhin hast du eine Vorstellung davon, was ich so treibe.« Er lächelte; offenbar versuchte er, sie abzulenken.

»Du meinst, für eine Ingenieurin ...«

»Ich könnte nicht den ganzen Tag über Luftvolumen, Luftwechsel, Transmission, Wärmemengen in kWh und so weiter nachdenken, wenn du das meinst.«

»Du bist auch gut informiert.«

»Ja, ich bin über beinahe alles informiert, was bei Serail Almond läuft. Gib mir einen kleinen Vertrauensvorschuss, und denk darüber nach.«

»Worüber?« Sie hatte Probleme, sich zu konzentrieren. Die beiden Cocktails, die sie hier oben getrunken hatte, waren großzügige Mischungen gewesen.

»Darüber, Serail Almond den Rücken zu kehren.«

»Das geht jetzt zu weit, Robert.« Julia stand auf. Wie launisch er doch war. Sie hatte keine Lust, sich das weiter anzuhören. »Ich geh schlafen«, erklärte sie und legte einen Geldschein auf den Tisch. »Um wie viel Uhr wollen wir morgen starten?«

»Warte.« Er winkte dem Kellner.

Julia ging allein in Richtung Fahrstuhl, doch er holte sie schnell ein, nachdem er bezahlt hatte. »Sorry«, sagte er. »Du bist so richtig oder falsch bei Serail Almond wie ich. Aber im Gegensatz zu dir weiß ich in etwa, worauf ich mich eingelassen habe.«

»Ach ja? Und worauf haben wir uns eingelassen?« Sie betraten den leeren Fahrstuhl.

»Es ist nicht ganz ungefährlich, Julia«, warnte er.

»Da musst du schon konkreter werden.« Der Fahrstuhl setzte sich in Bewegung. »Hat deine plötzliche Besorgnis mit dem Unfall vor dem Hotel zu tun?«, fragte sie nach einer kleinen Pause. Das zumindest ergäbe einen Sinn.

»Nein, wie kommst du darauf?« Er schüttelte abwehrend den Kopf.

Irgendetwas verschwieg er ihr. Und sie wollte es herausfinden, bevor er ihr entwischte. Julia drückte auf den Notknopf, und der Fahrstuhl kam ruckend zwischen dem sechsten und dem fünften Stock zum Stehen. Er warf ihr einen überraschten Blick zu. Sie trat ein Stück näher an ihn heran, um ihm besser in die Augen sehen zu können. »Wer A sagt, muss auch B sagen, Robert.«

»Ich habe schon zu viel gesagt«, erwiderte er und wich keinen Millimeter vor ihr zurück.

»Was ist so gefährlich, Chief Information Security Officer?«

»Im Moment du«, antwortete er. »Im Ernst. Ich weiß nicht viel mehr als du, Julia. Sei einfach vorsichtig.«

Sie dachte an den Toten vor dem Hotel. Den Fuß ohne Schuh. Das Blut ... Wie schnell das Leben zu Ende sein konnte. Und wie sinnlos es war, sich zu streiten. Sie stand zwischen ihm und dem Schaltbrett des Fahrstuhls. Unvermittelt musste sie lächeln über die groteske Situation.

Er legte seine Hände um ihre Taille und zog sie an sich. Seine Nähe fühlte sich gut an. Den ersten Eindruck, den sie von ihm gewonnen hatte, musste sie jedenfalls revidieren: Er war unterhaltsam, nett und sehr sexy. Und alles andere würde sich später klären. Sie legte ihm eine Hand in den Nacken und zog sein Gesicht dichter zu sich heran. Sie küsste ihn, und er erwiderte den Kuss, erst erstaunt, dann leidenschaftlich.

AN BORD DER *AURORA*

Wie viel Zeit wohl inzwischen vergangen war? Wie lange konnte er noch durchhalten? Kamal kauerte in seiner Ecke des Containers, fühlte die leise Vibration des Schiffsdiesels und den Wellengang. Je weniger er sich bewegte, desto weniger

Wasser verbrauchte er. Er musste nur die Zeit rumkriegen. Kamal schloss die Augen und versuchte, sich in das Dorf seiner Kindheit zurückzuversetzen. Er sah seine Eltern und seine Geschwister vor sich, in Zeiten, als es ihnen noch weitaus besser ergangen war und der Krieg ihnen noch nicht die Lebensgrundlage entzogen hatte.

Er dachte an die gemeinsamen Mahlzeiten in ihrem alten Haus zurück. Seine Mutter hatte Hadia auf dem Schoß gehabt und gefüttert und später den kleinen Elyas, der jetzt eigentlich zur Schule kommen sollte. Es hatte oft Pilaw gegeben oder Hammelfleisch mit Fladenbrot – und zu besonderen Gelegenheiten den süßen Reispudding, den er so sehr liebte. Er fragte sich, ob er jemals ...

Wenn er seinen Eltern doch nur bald Geld schicken könnte. Er war jetzt der Älteste. Der Sohn der Nachbarn hatte es auch geschafft. Der lebte in Deutschland und sorgte aus der Ferne für das Überleben seiner Angehörigen. Das letzte Mal, als er von Lesbos aus mit Angehörigen hatte sprechen können, war es für sie unbegreiflich gewesen, warum er so lange brauchte, um nach England zu gelangen. Die Verantwortung, der sich Kamal an jedem Tag seiner Flucht bewusst war, stellte eine entsetzliche Last dar. Er durfte nicht scheitern. In diesem Container zu sterben würde weiteres Unglück über seine Familie bringen – und Schande über ihn. Der Schlepper, dem er sein letztes Geld hatte geben müssen, hatte gesagt, die Überfahrt würde acht bis zwölf Tage dauern. Er solle genügend Vorräte mitnehmen und sich keinesfalls entdecken lassen. Doch niemand hatte erwähnt, dass er sich auch noch um einen kranken Jungen würde kümmern müssen. Der Hunger war auszuhalten, den kannte er, aber der Durst ...

Julia und Parminski landeten ein paar Minuten später auf ihrem Hotelbett. Ein Teil von ihr schien das eigene Verhalten von außen zu beobachten und diagnostizierte akuten Lagerkoller. Sie hatte Robert am Anfang doch eigentlich ziemlich nervig gefunden. Ihr Urteil über ihn hatte sich jedoch in den letzten Stunden grundlegend geändert. Sie mochte ihn. Sehr sogar. Er hatte wirklich etwas. Und er roch auch noch gut. Oder war ihr gegenseitiges Verlangen nur die verzweifelte Reaktion auf den Tod eines Menschen – ein tragisches Ereignis, das sich beinahe direkt vor ihren Augen zugetragen hatte? Auf jeden Fall war es gut, jetzt und hier nicht allein zu sein.

Er umklammerte ihren Körper und drehte sich mit ihr, sodass sie schließlich auf ihm lag, während sein Mund den ihren erforschte. Sie fühlte ihn unter sich – seinen warmen, festen Körper, seine Erektion. Seine Hände strichen ihren Rücken hinunter, umfassten ihren Po, drückten zu.

»Gibt es irgendeine Möglichkeit, dich aus diesem Kleid zu bekommen, ohne dass ich es zerreiße?«, fragte er.

Julia setzte sich auf, öffnete den Reißverschluss und zog sich das Kleid über den Kopf. Er beobachtete sie mit dem konzentrierten Blick, den sie schon von ihm kannte. Sie warf das Kleid weg, knöpfte sein Hemd auf und streifte es ihm ab. Wer hätte gedacht, dass er unter diesem langweiligen Zeug einen so ansehnlichen Körper versteckt hatte? Julia streichelte ihn, fühlte die Muskeln unter der warmen Haut, das raue, dichte Brusthaar. Sie befreiten sich gegenseitig von den restlichen Kleidungsstücken und erkundeten sich gegenseitig; sie waren beide erstaunt über das, was sie taten, und dennoch entschlossen, es fortzuführen.

Doch plötzlich stutzte Julia. In die Haut auf seinem Schulterblatt war das Bild einer Echse eintätowiert. Nicht dass ein Tattoo an sich ungewöhnlich war; in gewissen Kreisen gehörte es heute einfach dazu, sich an irgendeiner Körperstelle eine Zeichnung einstechen zu lassen. Aber so etwas hatte sie noch nie gesehen: eine orangerote Echse, die über und über mit spitzen Stacheln bedeckt war. Das Tier sah beinahe lebensecht aus und hatte etwas Diabolisches an sich. Es schien den Betrachter jeden Moment anspringen zu wollen. Die Tätowierung passte irgendwie nicht zu dem seriösen Security-Experten, den Robert Parminski gemeinhin verkörperte.

»Wer oder was ist das?«, fragte sie, für den Moment abgelenkt. Sie zeichnete mit dem Finger die Umrisse des Tieres nach.

»Den hab ich aus Australien mitgebracht. Ein Dornteufel.«

Parminski zog sie wieder an sich und bedeckte sie überall mit Küssen. Sie fühlte seine Zungenspitze auf ihrer Haut, spürte, wie er an ihren Brustwarzen sog. Leise stöhnte sie auf. Jegliche Überlegungen, was das Tattoo über seinen Besitzer aussagte, lösten sich in nichts auf. Waren es nicht letztendlich die Brüche, die einen Menschen ausmachten? Das war so ziemlich ihr letzter zusammenhängender Gedanke. Er liebte sie mit erstaunlicher Hingabe – schien seine Zurückhaltung und die Ahnung drohenden Unheils vergessen zu haben.

»Wir haben die Balkontür nicht zugemacht«, sagte Julia, als sie später erschöpft, aber zufrieden nebeneinanderlagen. »Das hätten wir besser vorher tun sollen.«

»Hey, das ist mein Part«, flüsterte er. »Schon vergessen?«

MANHATTAN, NEW YORK, USA

Inzwischen hatte ein DNA-Test das Unglaubliche bestätigt: Bei der wie eine Hundertjährige aussehenden Toten in der Rechtsmedizin handelte es sich tatsächlich um ihre zweiundzwanzigjährige Schwester Moira. Rebecca Stern hatte sich im Newton Hotel in der Broadway Avenue einquartiert, weil es in der Nähe des Apartments ihrer Schwester in Harlem lag. Nun stand sie also vor der Aufgabe, die Wohnung aufzulösen.

Rebecca hatte sich beim Frühstück vorgenommen, alle Sachen dort gründlich durchzugehen. Nach Moiras überstürztem Aufbruch aus ihrer Wohnung in Paris hatte Rebecca ein paar Dinge vermisst. Sie konnte sich natürlich irren; ja sie wünschte sich sogar, dass sie sich irrte. Und es ging ihr auch nicht um Kosmetika und die paar teuren Strümpfe, die fehlten: Das war Kleinkram. Aber die Ohrringe mit den Südseeperlen, die auf ihrem Nachttisch gelegen hatten – die hatten sich doch nicht einfach in Luft auflösen können? Vielleicht fand sie ja dieses wertvolle Geschenk ihrer Großmutter in Moiras Sachen. Und wenn nicht ... Sie musste in jedem Fall alles einmal in Ruhe sichten, um zu entscheiden, was sie behalten und was sie gegebenenfalls spenden oder verkaufen wollte. Um den Rest würde sich dann ein Unternehmen für Haushaltsauflösungen kümmern, das sie beauftragen wollte.

Unter Menschen, beim Frühstück mit Rührei, knusprigem Speck und Bagels, war es relativ einfach gewesen, diese vernünftigen Pläne zu schmieden – die Umsetzung war es weit weniger: Als Rebecca mit dem Schlüssel, den Ferland ihr ausgehändigt hatte, die Wohnungstür aufschloss und eintrat, fühlte sie sich wie ein Eindringling. Der Eindruck, unerwünscht zu sein, verstärkte sich, als sie die Tür hinter sich zuzog. Sie war noch nie zuvor in dieser Wohnung gewesen, und nun ahnte sie auch, warum ihre Schwester sie nie mit hergenommen hatte. Die Behausung war ein Loch: dunkel und beengt; zudem roch es hier muffig, mit einer eigenartigen Unternote, die ihr entfernt bekannt vorkam. Hatte Moira ein Haustier? Oder stammte der Geruch von Ungeziefer? Und das Chaos ... War das etwa Moiras Werk? Ihre Schwester war nie die Ordentlichste gewesen, aber das Bild, das sich Rebecca bot, sprengte jeglichen Rahmen. Die Kleidung lag auf den wenigen Möbelstücken verteilt, ein Großteil auf dem ungemachten Bett. Kleider, T-Shirts, Strümpfe und Unterwäsche – alles war durcheinandergeworfen worden. Die Schränke und Schubladen standen offen, und wo noch etwas drin war, quoll der Inhalt halb heraus. Die Jalousie vor dem einzigen Fenster im Wohnraum war heruntergerissen. Auch der Fußboden war mit Moiras Besitztümern bedeckt, sodass Rebecca die Farbe des verschlissenen Teppichbodens kaum erkennen konnte. Da es muffig roch, wollte sie das Fenster öffnen, aber sie konnte nirgendwohin den Fuß setzen, ohne etwas zu beschädigen. So stand sie wie gebannt da. Sie hörte unter sich den Verkehr rauschen – außerdem Sirenen, Hupen und über ihrem Kopf das Geratter eines Hubschraubers. Das war es! Die Polizei hatte die Wohnung durchsucht. Sie spürte Wut in sich aufwallen, vor allem darüber, wie man mit dem Besitz einer Toten umgegangen war.

Sie hörte ihren gepressten Atem. Im Mietshaus selbst war es totenstill. Gingen die Bewohner etwa alle einer geregelten Arbeit nach, oder lagen sie im Bett und schliefen irgendeinen Rausch aus? Sie musste an Moiras Drogenprobleme denken und an ihre Behauptung, sie mittlerweile überwunden zu haben. Amphetamine und hin und wieder etwas Koks, hatte sie damals eingeräumt, aber inzwischen sei sie clean. Rebecca war nur allzu gern bereit gewesen, ihr das zu glauben, weil sie ansonsten hätte handeln müssen.

Ein Zimmer mit Kochnische und einem winzigen Bad: Das war Moiras Zuhause gewesen. Ihre Schwester hatte wenig unternommen, um es wohnlicher zu gestalten. Sollte sie so knapp bei Kasse gewesen sein? Sie war doch ihren eigenen Angaben zufolge oft gebucht worden, als Letztes für einen Unterwäsche-Katalog ... Die Jobs waren wohl doch nicht so toll gewesen, wie sie anderen vorgemacht hatte.

Rebecca setzte vorsichtig einen Fuß vor den anderen, ging um eine Ecke und gelangte so in die Kochnische. Auch hier regierte das Chaos. Doch als sie Nudeln und Frühstücksflocken auf dem Boden verteilt sah, war sie sich sicher, dass weder ihre Schwester noch die Polizei dieses Durcheinander hinterlassen hatten. Jemand war bei Moira eingebrochen und hatte ihre Wohnung durchwühlt. Und das offenbar vor nicht allzu langer Zeit.

6. Kapitel

An Bord der *Aurora*

Kamals Herz hämmerte, und er hörte knackende Geräusche in seinen Ohren. War das Navid, der sich bewegte? Solange er sich noch rührte, war es ja gut. Dann lebte er noch. Wenn er nur nicht wieder zu stöhnen und zu rufen anfing.

Er wollte sich nicht vorstellen, was alles passieren konnte, sollte man sie entdecken. Viele Kapitäne gingen nicht gerade zimperlich mit blinden Passagieren um, die bei ihnen an Bord gefunden wurden. Auch auf hoher See schien durchaus noch hin und wieder das Gesetz des Stärkeren zu gelten. Es gab Geschichten von Flüchtlingen, die ausgesetzt worden waren. Manchmal in kleinen Beibooten oder auf einer Rettungsinsel – oder man hatte sie einfach über Bord geworfen. Alles, nur das nicht! Er konnte den Durst noch eine Weile aushalten. Er musste zählen, wie oft es hell und wieder dunkel wurde, damit er in etwa einschätzen konnte, wie viele Tage sie schon unterwegs waren. Wichtig war, dass er irgendwie bei Kräften blieb. Er hatte noch einen Kanten Brot in seinem Rucksack, aber er bezweifelte, dass er ihn ohne Spucke runterkriegen würde. Am schnellsten verging die Zeit, wenn er schlief. Draußen schien es wieder dunkel zu sein. Er schloss die Augen und konzentrierte sich auf seinen Atem. Doch er konnte nur an eines denken: Wasser.

Der Einbruch in die Wohnung ihrer Schwester machte alles noch schlimmer. Eine unwillkommene Komplikation, die das Auflösen der Wohnung verzögern würde. Sie war so geschockt, dass sie ein paar Minuten lang nur regungslos dastand. Sie musste wohl oder übel diesen Polizisten, Ferland, davon unterrichten. Rebecca holte ihr Handy heraus, suchte kurz nach seiner abgespeicherten Nummer und rief ihn an.

»Miss Stern? Wie komme ich zu der Ehre?« Ferlands raue Stimme klang so laut an ihrem Ohr, dass sie meinte, er würde neben ihr stehen. Irgendwie fand sie es beruhigend, seinen ironischen Tonfall zu hören.

»Ich bin gerade in der Wohnung meiner Schwester. Hier ... Ich glaube, es ist eingebrochen worden. Zumindest ist alles durchwühlt.«

»Gibt es Einbruchsspuren, die auf ein gewaltsames Eindringen schließen lassen?«

»Nein, keine Ahnung. Das weiß ich doch nicht!«, fuhr sie ihn an. Sie war selbst überrascht von ihrer kaum noch zu kontrollierenden Nervosität.

»Okay. Können Sie vor Ort auf mich warten?«

»Bleibt mir wohl nichts anderes übrig.«

»Und rühren Sie nichts an!«

»Zu Befehl, Officer.« Sie unterbrach die Verbindung, wütend darüber, dass er diesen Ton ihr gegenüber anschlug. Trotzdem war sie erleichtert, dass er sich des Problems annahm.

Es war bedrückend, allein in Moiras Wohnung zu sein. Wie einsam sie sich hier fühlte. Ein einziges Bild hing über dem Bett: ein Poster, das Moira als Fee in einem pinkfarbenen Hemdchen zusammen mit einer überdimensionalen Flasche rosa Limonade zeigte. Rebecca schluckte. Sie hatte Durst, wollte etwas trinken, irgendwo in Gesellschaft. Doch in der Nähe der Wohnung hatte sie nichts gesehen, was dafür infrage kam. Und außerdem hatte sie zugesagt, hier zu warten. Sie sah auf die Uhr. Eine Viertelstunde brauchte Ferland bestimmt. Draußen heulte wieder ein Autoalarm los.

Ferland erschien schließlich zusammen mit zwei Beamten von der Spurensicherung und einem jungen Officer. Er sah sich kurz um, fluchte vor sich hin und schob Rebecca aus der Wohnung. »Schöne Scheiße«, murmelte er. »Diese Aasgeier! Die müssen Wind davon bekommen haben, dass Ihre Schwester tot ist. Wissen Sie, ob sie Wertsachen besessen hat?«

»Sieht es für Sie hier nach Wertsachen aus?«, fuhr Rebecca ihn an. »Sie ... Wie sie gehaust hat! Ich hatte ja keine Ahnung.«

Er sah sie mitleidlos an, während sie mit zitternder Hand ein Taschentuch hervorzog und sich die Nase schnäuzte.

»Glauben Sie, dass die Einbrecher wussten, dass sie tot ist, und daraufhin in die Wohnung eingebrochen sind?«, rief sie empört. »Das ist ja pervers.«

»Ich sag doch: Aasgeier. Was mich wundert, ist, dass die Tür unversehrt ist. War sie abgeschlossen oder nur zugezogen?« Er betrachtete die Wohnungstür noch mal von außen.

Rebecca runzelte die Stirn. »Nur zugezogen, glaube ich. Ich war nervös und habe nicht darauf geachtet.«

»Vielleicht haben die ein Pick-Set benutzt«, murmelte Ferland. »Oder es waren Bekannte Ihrer Schwester. Wissen Sie, wer alles einen Schlüssel zu dieser Wohnung hatte? Freund, Freundin, Nachbarn ...« Er sah sie erwartungsvoll an.

»Keine Ahnung. Ich hatte nicht so eine enge Beziehung zu ihr.«

»Möchten Sie mich noch mal aufs Revier begleiten, oder wollen wir in der Nähe etwas trinken gehen? Sie sehen aus, als könnten Sie was vertragen.«

»Danke vielmals. Ich könnte wirklich was vertragen. Einen heißen Kaffee meine ich natürlich.«

»Selbstredend.« Er verzog keine Miene. »Folgen Sie mir.«

Er führte sie in eine dunkle irische Bar einen Block weiter und orderte ungefragt zwei Whiskey. Dass Rebecca eine Augenbraue hochzog und rasch noch einen Kaffee bestellte, überging er geflissentlich. Der hagere Mann hinter dem Tresen ebenfalls. Ferland kippte wie selbstverständlich seinen Drink herunter.

»Nun noch mal von vorn: Wir haben Ihre tote Schwester, Moira Stern, die sich vor meinen Augen von einer Feuertreppe in den Tod gestürzt hat, die aber als Leiche nicht mehr wie Ihre Schwester aussieht, sondern eher wie eine alte ägyptische Mumie.« Er ignorierte, dass Rebecca bei diesem Vergleich scharf die Luft einsog. »Des Weiteren gibt es einen Einbruch in der Wohnung Ihrer Schwester zu vermelden, aber keine Einbruchsspuren. Wann das passiert ist, wissen wir nicht. Auch nicht, warum. Es sei denn, Sie offenbaren mir jetzt, dass Ihre Schwester im Besitz irgendwelcher Reichtümer gewesen ist.«

Rebecca entschied sich, ihm nicht zu erzählen, dass Moira vermutlich ihre Ohrringe gestohlen hatte. Er wusste sowieso schon zu viel aus ihrem Privatleben. »Das bisschen Familienschmuck, das ihr mal gehörte, hat sie entweder versetzt oder mir zur Verwahrung gegeben.«

»Um was handelte es sich denn da?«

Rebecca beschrieb ihm ihre Perlenohrringe und die Halskette, die Moira von der Großmutter geerbt hatte. Vielleicht tauchten sie ja doch noch mal irgendwo auf?

»In was für Schwierigkeiten hat Ihre Schwester da eigentlich gesteckt?«, fragte Ferland mitleidlos.

Rebecca unterdrückte den Drang, diese Annahme rigoros abzustreiten. Stattdessen berichtete sie ihm von Moiras wohl wenig erfolgreicher Karriere als Model, von ihrer überwundenen Drogensucht, ihrem Hang zu Männern, die nicht gut für sie waren, und schloss damit, dass ihr beiderseitiges Verhältnis nicht gerade das beste gewesen sei.

»Wo lag das Problem?«

Rebecca fühlte sich unter seinen wassergrünen Augen wie auf einem Seziertisch. »Sie war eifersüchtig, weil ich einen guten Job habe, eine schöne Wohnung und ...« Sie zögerte.

»Ja?«

»Einen großzügigen Freund.«

»Aha. Eifersucht deswegen?«

»Moira ist in dem Glauben aufgewachsen, dass ihr, weil sie so hübsch war – viel hübscher als ich –, alles Glück der Welt zustünde. Bedauerlicherweise haben die Leute, die ihr das eingeredet haben, ihr nicht erzählt, dass sie im Leben auch etwas leisten muss.«

»Das viel beschriebene Unglück der Schönen?«, fragte Ferland zynisch.

»Bei ihr war es so. Aber warum sie so verzweifelt gewesen ist, dass sie sich umgebracht hat, kann ich trotzdem nicht begreifen.«

»Das liegt doch auf der Hand«, sagte Ferland und sah ihr prüfend in die Augen.

Rebecca verspürte den Wunsch, den Whiskey zu trinken, der vor ihr stand. Und vielleicht noch einen zweiten. »Ach ja?«

»Haben Sie sich Ihre Schwester eigentlich richtig angeschaut, Miss Stern?«

Bihar, Indien

Julia arbeitete sich weiter in Tjorven Lundgrens Arbeitsbereich ein, und Milan stand ihr dabei mehr oder weniger hilfreich zur Seite. Da die klimatechnische Anlage wie der gesamte Gebäudekomplex nach und nach erweitert worden war, existierten keine umfassenden Pläne für das gesamte System. Lundgren hatte verschiedene Fassungen der Pläne auf DVDs gespeichert, die nicht auf der Festplatte ihres Arbeitsrechners zu finden waren. Sie hatte die DVDs in der untersten Schublade seines Rollcontainers gefunden, zwischen einem Indien-Reiseführer und ICL-Themocontrol-Unterlagen.

Julia wunderte sich über die unorthodoxe, zum Teil schlampige Dokumentation der in Betrieb befindlichen Anlage. Sie saß gerade allein vor ihrem Bildschirm und studierte eine technische Zeichnung, die sie sich von einer DVD hochgeladen hatte, als Robert Parminski anklopfte und dann eintrat. Julia zog erstaunt die Augenbrauen hoch. Nach ihrer gemeinsam verbrachten Nacht in Patna waren sie übereingekommen, dass es niemanden bei Serail Almond etwas anging, was sie füreinander empfanden. Dies bedeutete jedoch, dass sie sich nur heimlich treffen konnten und vor anderen weiterhin ein wenig unterkühlt miteinander kommunizierten.

Er sah sich kurz um. Als er feststellte, dass sie beide alleine waren, zog er Julia von ihrem Sitz hoch, legte die Arme um sie und küsste sie leidenschaftlich. »Das habe ich jetzt gebraucht.« Er löste sich nur zögernd von ihr.

»Ist was passiert? Hat dich jemand geärgert?« Nicht, dass ihr diese Art von Begrüßung missfiel – ganz im Gegenteil. Doch dass er in ihr Büro spazierte und sie in den Arm nahm, war noch nicht vorgekommen.

»Die Polizei war gerade da und hat mich noch mal zu Lundgrens Verschwinden befragt.« Er lehnte sich gegen die Tischkante und verschränkte die Arme vor der Brust. »Ich habe das natürlich schon geahnt. Trotzdem ist es ein Schock.«

»Was ist los?«

»Sie haben eine Leiche gefunden, in der Nähe der Kakolat-Wasserfälle. Höchstwahrscheinlich ist es Tjorven Lundgren. Jedenfalls der Kleidung und dem Aussehen nach zu urteilen.

Oder nach dem, was man nach der langen Zeit im Freien und bei den Temperaturen und der Luftfeuchtigkeit noch so erkennen kann ... Ich werde ihn identifizieren müssen.«

»Kann Gallagher das nicht besser als du?«

»Der drückt sich gern, wenn es ernst wird. Außerdem fühle ich mich für Lundgrens Tod irgendwie mitverantwortlich.«

Julia schnaubte. »Lundgren war ein erwachsener Mann. Wenn auch in mancher Hinsicht ein Chaot, wie ich aus den Unterlagen schließe, die er hinterlassen hat. Du bist hier nicht für alles verantwortlich, Robert.«

»Für die Sicherheit der Mitarbeiter aber schon. Ich bin nicht nur für die IT, sondern auch für die physische Sicherheit der Leute hier verantwortlich, auch wenn ich da mit dem Werkschutz zusammenarbeiten muss.«

»Muss?«

Er zögerte. »In gewissen Bereichen sind die Zuständigkeiten nicht klar umrissen.«

»Macht dir jemand einen Vorwurf wegen Lundgrens Tod?«

»Noch nicht. Aber nun haben wir wohl eine Leiche. Mal sehen, wie es wird, wenn Norman Coulter nach einem Sündenbock sucht, den er dem Vorstand präsentieren kann.«

Julia zuckte leicht zusammen, als sie an die Vorstandsmitglieder von Serail Almond dachte, vor allem an eines von ihnen. »Du brauchst wirklich ein wenig Aufmunterung«, sagte sie und schloss ihn in die Arme – auch, um sich selbst abzulenken. Sie küssten sich wieder, aber Julia merkte, dass er nicht richtig bei der Sache war. Ihr Bildschirm oder, besser gesagt, das, was darauf zu sehen war, schien ihn abzulenken.

»Ist das einer von Lundgrens Plänen?«, fragte er.

Julia seufzte. Sie deutete lustlos auf die technische Zeichnung. »Wenn er mich persönlich hätte einweisen können, wäre es wahrscheinlich einfacher: Nun muss ich oft erst mal raten, was Sache ist: Es gibt mehrere Fassungen der technischen Pläne, ohne dass man erkennen kann, welche die aktuellste ist. Außerdem scheinen einige Teile der Anlage redundant zu sein. Wegen der häufigen Stromausfälle hier ist sie ja oft nicht funktionstüchtig. Aber es gibt anscheinend auch Klimaschächte, die ins Leere laufen, zum Beispiel hier im Bereich des alten Labors. Ein Teil der unterirdischen Räume soll während eines Monsunregens mal unterspült worden und eingestürzt sein. Der Rest wird noch als Lager genutzt. Ich nehme an, entweder ist das von Lundgren falsch dokumentiert worden, oder er hat einfach die Pläne seines Vorgängers übernommen, ohne es nachzuprüfen.«

»Woher weißt du das mit dem alten Labor?«

»Das hat Milan mir erzählt. Milan Gorkic. Er hat viel mit Lundgren zusammengearbeitet.«

»Würdest du sagen, dass Lundgrens Zeichnungen mit der Realität übereinstimmen?«

Julia nickte nachdenklich. »Die Zeichnungen scheinen mir weitgehend den Tatsachen zu entsprechen. Lundgren hat sich aber wohl über ein paar Unstimmigkeiten gewundert, die die Anlage selbst betreffen.«

»Woher weißt du das?«

»Ich begnüge mich nicht damit, am Schreibtisch zu sitzen, weißt du. Ich prüfe das eine oder andere auch gern mal vor Ort nach.«

»Darüber sollte ich eigentlich Bescheid wissen.« Er klang besorgt. Oder war er misstrauisch?

»Ich tue nichts, was die Sicherheit gefährdet.«

Parminski sah wieder zum Plan auf dem Bildschirm. »Lass das lieber. Du musst hier in Bihar andere Maßstäbe anlegen, Julia. Einige der Gebäude standen schon, bevor Serail Almond daraus seinen Musterforschungspark gemacht hat.« Er legte ihr eine warme Hand in den Nacken, fuhr ihr langsam den Rücken hinunter.

Es war sehr angenehm, doch gleichzeitig hatte sie das Gefühl, dass er vom Thema ablenken wollte. Sie löste sich von ihm. »Das ändert nichts an der Tatsache, dass ich die Anlage kennen muss, die ich betreuen soll.«

Er seufzte. »Ich hatte eigentlich nur Sehnsucht nach dir und wollte wenigstens einen Kaffee mit dir zusammen trinken.«

»Ach wirklich?« Sie war immer noch misstrauisch.

»Ich weiß, dass ihr Ingenieure von ICL die beste Kaffeemaschine von Serail Almond bei euch im Büro versteckt habt.«

Julia wunderte sich über den Wunsch, ging jedoch bereitwillig in die Teeküche, um die Jura Impressa in Betrieb zu setzen. Bei ihr dauerte es eine Weile, denn meistens bedienten Barry oder Gundula das Gerät, aber die waren heute nicht im Büro. Julia suchte nach ein paar Keksen zum Kaffee und kam dabei an der angelehnten Bürotür vorbei. Aus den Augenwinkeln sah sie Parminski, der direkt vor ihrem Bildschirm stand und ihn mit seinem Handy fotografierte. Galt das Fotoverbot für ihn nicht? Und außerdem ... sich unter einem Vorwand bei ihr hereinzuschleichen?

Sie stieß die Tür auf. »Was soll das?«

Er zuckte zusammen. »Du musst vorsichtiger sein«, erwiderte er. »Es ist ziemlich leicht, hier hereinzukommen.«

»Spinnst du? Wem kann man denn hier trauen, wenn nicht dir?«

»Niemandem.«

»Na klasse. Und die Bestimmung, alle technischen Geräte abzugeben, galt wohl auch nicht für dich. Warum hat dein Handy eine Fotofunktion und meines nicht?«

»Könntest du das für dich behalten?«

»Dann erklär mir, was das eben sollte.«

»Ich muss wissen, was mit Lundgren pa...« Abrupt hielt er inne und hob die Hand.

Sie wollte ihrem Ärger und ihrer Verwunderung Luft machen,

doch sein warnender Blick hielt sie davon ab. Auf dem Gang war das Geräusch schmatzender Gummisohlen zu hören. Wenige Sekunden später kam Milan in ihr Büro.

An Bord der *Aurora*

Vor ihm erstreckte sich die im Sonnenlicht glitzernde Wasserfläche bis zum Horizont. Kamal hörte es plätschern, spürte die kühle Gischt auf seiner Haut, doch er konnte sie nicht erreichen. Die Sonne stach ihm ins Gesicht. Kamal blickte zur Seite. Zwei Mädchen gingen an ihm vorüber. Sie kamen von dem Gewässer, ihre Kleider waren nass, und auf den Köpfen balancierten sie Tonkrüge, aus denen Wasser schwappte. Es tropfte neben ihn auf den Sandboden und versickerte, noch bevor er seine Zunge danach ausstrecken konnte. Kamal wollte den Mädchen hinterherrufen und sie um etwas zu trinken bitten, doch der Kloß in seiner Kehle war zu groß, sodass er nicht einmal krächzen konnte. Wasser!

Er öffnete die Augen, starrte in die Dunkelheit. Ein lautes Geräusch hatte ihn geweckt. Ärger war das Erste, was er empfand. Wäre er nicht wach geworden, hätte er bestimmt im Traum noch Wasser zu trinken bekommen: Noch nicht einmal das war ihm vergönnt. Das metallische Geräusch erklang wieder. Der Container vibrierte, ein hohles Klopfen war zu hören. Was bedeutete das? Dass sie verladen wurden? Dass sie endlich in England angekommen waren? Doch das Geräusch kam nicht von außerhalb. Jemand klopfte im Container gegen die Stahlwand.

»Navid!«

Kamal hatte ihm vorhin das letzte Wasser eingeflößt. Ein paar Schlucke nur noch ... Danach war er in seiner Verzweiflung in die Traumwelt geflüchtet. Er kroch zu seinem Leidensgenossen hinüber. Gehen konnte er nicht mehr. Das Geräusch erklang wieder. Ein dröhnender Schlag. Er spürte einen Luftzug … Etwas zischte direkt an seinem Kopf vorbei und schlug gegen das Metall.

»Navid, *no!*«

Unglaublich, was für eine Kraft der Todkranke entwickelte. Kamal fehlte die Energie, den von Fieber und Durst schier Wahnsinnigen am Schlagen gegen die Wände ihres Gefängnisses zu hindern.

Navid holte noch einmal aus und ließ die Eisenstange, die er gefunden hatte, gegen die Wand krachen, dann gab er einen gurgelnden Laut von sich und brach zusammen. Es war wieder still. Still bis auf Navids schluchzenden Atem. Nach einer Weile war auch das nicht mehr zu hören.

Kamal lauschte. Totenstille.

Hier kann uns niemand hören, dachte er. *Wir befinden uns auf einem Totenschiff, auf direktem Weg in die Hölle.*

7. Kapitel

An Bord der *Aurora*

Die Stimmen musste er sich einbilden. Kamal hatte seit Tagen keine menschlichen Stimmen mehr gehört, von Navids Stöhnen einmal abgesehen. Vielleicht halluzinierte er schon? Wer so lebhaft träumte, dass er die Gischt von Wasser spürte, der konnte auch Stimmen hören, die nicht existierten.

Trotzdem lauschte er angespannt. Doch, er hörte etwas. Ein Quietschen und Scharren. Der Container vibrierte. Plötzlich wurde es hell. Kamal hob den Kopf, blinzelte in gleißendes Licht. Die Stimmen wurden lauter, taten ihm in den Ohren weh. Er versuchte, hochzukommen, doch die Beine knickten unter ihm weg. Aufgeregte, fremd klingende Rufe erklangen. Er starrte in den Lichtschein. Langsam konnte er Umrisse erkennen. Zwei Männer standen vor ihm. Als seine Augen sich an die Helligkeit gewöhnt hatten, sah Kamal, dass er in die Mündung eines Gewehrs blickte.

Bihar, Indien

Julia kam nicht mehr dazu, Robert Parminski auf diesen merkwürdigen Vorfall anzusprechen. Seltsam war auch, dass er sich weder am Abend noch am nächsten Tag bei ihr meldete. Fast fühlte sie sich beleidigt …

Zwei Tage später spielte sie mit Gundula Tennis. Während einer Pause am Spielfeldrand sagte ihre Kollegin unvermittelt: »Hast du schon gehört, dass unser Security Officer weg ist?«

»Parminski?«

»Er hat angeblich fristlos gekündigt.«

Julia wischte sich mit einem Handtuch den Schweiß von der Stirn. Sie spürte ihr Herz schneller schlagen. »Auf einmal?«

Gundula bedachte sie mit einem langen Blick. »Ich habe es von Tony Gallagher gehört. Du weißt doch, wie es mit solchen Leuten ist. Die sehen alles, denen bleibt nichts verborgen.«

Julia versuchte, beiläufig zu klingen, als sie fragte: »Warum denn? Er schien sich doch bei dem, was er hier machte, ziemlich wohlzufühlen. Nicht, dass das mein Ding wäre ...«

Gundula griff nach ihrer Wasserflasche und trank einen Schluck. »Er hat sich wohl mal wieder mit Tony Gallagher gestritten. Seit Lundgrens Tod war da bei denen irgendwie der Wurm drin. Jedenfalls sah Tony Gallagher noch immer stinkwütend aus.« Sie lächelte boshaft.

»Aber deshalb ...« Julia brauch mitten im Satz ab, um nicht zu viel von ihren Gedanken zu verraten. Sie glaubte nicht, dass ein Streit mit Tony Gallagher ihren Freund dazu veranlasst haben könnte, fristlos zu kündigen. Aber was war dann passiert? Und hätte er sich nicht zumindest von ihr verabschiedet, wenn bei seinem Weggang alles einigermaßen normal verlaufen wäre? »Er ist halt ein seltsamer Typ«, sagte sie. Um sich ihre Verwirrung nicht anmerken zu lassen, begann sie, die herumliegenden Tennisbälle vom Boden aufzuheben.

»Findest du?« Gundula beobachtete sie. »Gestern Abend war er noch bei mir, weil er angeblich was über die Klimaanlage in Trakt C wissen wollte. Ob Lundgren mit mir darüber gesprochen hätte ...« Sie zwinkerte vielsagend. »Und danach muss er zu Norman Coulter gerannt sein und fristlos gekündigt haben.«

Julia steckte sich zwei Tennisbälle in die Tasche ihrer Shorts und warf die übrigen quer über den Platz in den Korb am Spielfeldrand. Es ging keiner daneben.

Gundula sah sie erstaunt an. »Wie hast du das denn gemacht?«

»Spielen wir weiter?«, fragte Julia. Erfolgreich abgelenkt, dachte sie. Dank der Kunststückchen, die sie in ihrer Kindheit erlernt hatte. Einer Kindheit, die sie meistens zu verheimlichen versuchte. Doch sie war froh, dass Gundula das Thema Robert Parminski nicht weiter verfolgte. Und sie war ebenso froh, dass sie gleich einen Schläger in die Hand nehmen und kräftig auf die Bälle einschlagen konnte.

Nach dem Sport ging Julia noch mal in ihr Büro. Jetzt am Abend war es still in den Räumen, lediglich die Klimaanlage rauschte. Sie schaltete nur das Licht an ihrem Arbeitsplatz an und ließ ihren Computer hochfahren. Sie holte Lundgrens DVD hervor und rief wieder die technischen Zeichnungen auf, für die Parminski sich so interessiert hatte. Es war ihr letztes Treffen gewesen. Dass er nun fort sein sollte, tat ihr in der Seele weh. Warum hatte er sie nicht in seine Pläne eingeweiht? Und warum hatte sie ihn nicht weiter ausgefragt? Weil sie gedacht hatte, dass sie später noch Zeit dafür haben würde? Weil in den Büros die Wände offensichtlich Ohren hatten? Weil Milan aufgekreuzt war?

Sie sah immer noch nichts Besonderes an Lundgrens Plan: der Verwaltungstrakt, die ehemaligen und die neuen Labors, die Wäscherei und die Tiefgarage. Das Ganze war nicht sehr sinnvoll angeordnet, weil man das Forschungszentrum von Serail Almond India immer wieder erweitert hatte. Die Wäscherei und die Tiefgarage lagen neben dem ehemaligen Labortrakt, der teilweise unterspült und eingebrochen war. Die Schächte für die Klimatechnik liefen oberhalb der Wäscherei und durch die Garage bis in die leer stehenden Labors. Julia hatte schon mal rein zufällig von der Parkgarage aus einen der früheren Zugänge zu den alten Labors gesehen, der allerdings aus Sicherheitsgründen zugemauert worden war.

Sie fuhr mit dem Cursor hin und her, betätigte einige Male die rechte Maustaste. Ein Doppelkreuz blinkte plötzlich auf. Lundgren hatte eine Notiz angefügt, die bei normalem Betrachten der Zeichnung nicht zu sehen war. Es stellte sich heraus, dass er eine zweite Ebene hinter die technische Zeichnung gelegt hatte. Es gab weitere Notizen, die sie nun nach und nach anklickte; seltsamerweise hatte er sie auf Schwedisch geschrieben. Sie hätte das gern fotografiert, aber sie durfte hier ja kein Fotohandy mit sich führen. Ihr eigenes lagerte zusammen mit ihrem Notebook irgendwo in einem Sicherheitsschrank von Serail Almond, und sie würde es erst zurückbekommen, wenn sie das Forschungsgelände wieder verließ.

Julia schaltete den Drucker an.

AN BORD DER *AURORA*

Das Tageslicht stach in seine Augen, als Kamal aus dem Container gestoßen wurde. Er landete in einer öligen Pfütze. Der Aufprall verschlug ihm den Atem. Die frische Luft prickelte auf seiner Haut und ließ ihn zittern. Er roch das Meer, überlagert von Dieselgestank und dem fast greifbaren Hass der Männer, die ihn gefunden hatten.

Die Besatzungsmitglieder waren Filipinos, vermutete Kamal. Sie trugen Schutzhelme und orangefarbene Overalls. Einer stand schräg über ihm und hielt ein Maschinengewehr auf seinen Kopf gerichtet. Ein zweiter Mann beugte sich zu ihm herab und fesselte seine Hände auf den Rücken. Die anderen riefen sich Befehle zu, die er nicht verstand, und betraten nochmals den Container. Gleich würden sie Navid finden. Der Junge hatte es ja so gewollt.

Die Angst schnürte Kamal die Kehle zu. *Lasst euch auf gar keinen Fall finden*, hatte der Schlepper sie gewarnt. *Als blinder Passagier bist du rechtlos und der Besatzung auf Gedeih und Verderb ausgeliefert.* Kamal lag auf der Seite und schmeckte sein Blut. Er musste sich beim Sturz auf die Zunge gebissen haben. Sie war vor Durst geschwollen, er hatte kaum noch Gefühl darin. Würden sie ihnen Wasser geben? Navids Wunde versorgen? Er sah in das Gesicht des Mannes, der über ihm stand, doch es war so unergründlich wie eine Maske. Er konnte nichts darin lesen. Mitleid, Verachtung oder sogar Wut wären besser gewesen als dieses ... Nichts.

Es dauerte nicht lange, da landete Navid neben ihm. Die Besatzungsmitglieder schrien sie an, zerrten sie schließlich hoch und schafften sie dann nach unten in einen kleinen Maschinenraum. Sie banden sie mit einer Hand an Metallrohre, die quer durch den Raum verliefen. Navids Kopf kippte nach vorn. Im Licht der Neonröhren sah Kamal erstmals die eitrige Wunde an seinem Ellenbogen. Die Lippen des Jungen waren aufgesprungen, seine Haut so trocken wie altes Papier. Sah er auch so aus? Die Tür des Maschinenraums fiel zu. Es klang so abschließend und hoffnungslos in seinen Ohren wie das Fallbeil einer Guillotine. Dann ging das Licht aus. Sie waren wieder allein und im Dunkeln.

BIHAR, INDIEN

Lundgrens Pläne und Notizen für den alten Teil der Anlage waren nicht sehr aufschlussreich. Er hatte das Gesamtvolumen des Traktes berechnet, für den die Klimaanlage konzeptioniert war, und den gewünschten Luftwechsel berücksichtigt: in Büroräumen zwei- bis fünffach, in Labors bis zu zehnfach. In dem älteren, teilweise schon außer Betrieb genommenen Bereich des Forschungszentrums war alles deutlich zu groß dimensioniert gewesen und zudem schlampig dokumentiert. Bei einigen Plänen sah es gar so aus, als hätte Lundgren sie erst nachträglich gezeichnet. Außer der schlechten Ingenieursleistung in diesem Bereich fand Julia nichts Bemerkenswertes. Warum aber hatte Parminski die Pläne fotografiert? Und warum war er danach Hals über Kopf verschwunden? Gab es da einen Zusammenhang? Hatte er sich mit Tony Gallagher oder gar Norman Coulter angelegt und war deshalb umgehend vor die Tür gesetzt worden?

Julia versteckte die Ausdrucke in ihrem Kleiderschrank und beschloss, Gallagher in seinem Büro aufzusuchen, um ihn ein wenig auszuhorchen. Auf dem Weg dorthin begegnete sie in einem der Glasgänge Parminskis Assistenten Ayran Bakshi. Julia hatte noch nie ein persönliches Wort mit ihm gewechselt, doch sie wusste, dass Parminski große Stücke auf ihn hielt. Er hatte den Kopf gesenkt, sodass sie ihn ansprechen musste, bevor er überhaupt Notiz von ihr nahm.

»Mr. Bakshi? Ich würde gern mit Ihnen reden. Es geht um Parminskis Kündigung. Können wir uns irgendwo in Ruhe hinsetzen?«

Er sah irritiert über seine Schulter. »Miss Bruck? Ich kann Ihnen gar nichts darüber sagen, weil ich auch nichts weiß.«

»Bitte! Nur fünf Minuten. Es ist wichtig.«

»Tut mir leid. Ich habe es gerade sehr eilig.«

»Wann würde es Ihnen denn passen?«, fragte sie eindringlich.

Niemals! war in seinen dunklen Augen zu lesen. Bakshi schickte sich an, weiterzugehen.

Julia sah, dass der Gang zum Verwaltungstrakt leer war, und daher stellte sie sich ihm entschlossen in den Weg. »Kommen Sie schon. Bitte! Irgendetwas muss vorgefallen sein.« Sie bemerkte, dass sein Gesicht verschlossen und abweisend blieb. Rasch fügte sie hinzu: »Hat es etwas mit Tjorven Lundgren zu tun? Ich kann auch zu Gallagher oder zu Norman Coulter gehen und die nach Parminskis Verbleib ausfragen.«

»Schon gut!«, zischte er. »Ich werde ja mit Ihnen reden. Aber nur, wenn Sie nicht anschließend damit zu Mr. Gallagher oder Mr. Coulter gehen.« Bakshi überlegte kurz und senkte dann die Stimme: »Nachher gegen neun geh ich noch eine Runde im Pool schwimmen. Kennen Sie den Wasserfall?«

Julia lächelte und wollte etwas gegen diesen ungewöhnlichen Ort für eine Besprechung einwenden, doch im nächsten Moment erkannte sie, dass Parminskis Assistent nicht zum Scherzen aufgelegt war. Er nickte noch einmal, sein Gesicht sah aus wie erstarrt, und eilte anschließend davon.

MANHATTAN, NEW YORK, USA

Ryan Ferland starrte Dr. Fiona Rungfords Sekretärin wütend an. »Ich brauche nur fünf Minuten, und ich weiß, dass sie jetzt gerade in ihrem Büro sitzt und Kaffee trinkt.« Die Worte »auf ihrem breiten Hintern« verkniff er sich, denn das wäre der Sache nicht dienlich. Er hatte die Gerichtspathologin Rungford schon durchs Fenster gesehen, und er musste sie so schnell wie möglich sprechen.

»Ich soll niemanden zu ihr lassen. Dr. Rungford hat heute Vormittag wichtige Telefonate zu erledigen.«

»Miss Taylor, mein Anliegen ist mindestens ebenso wichtig.«

»Das entscheide nicht ich, Mr. ... Ferland.«

»Detective.«

»Detective Ferland.« Sie hielt seinem Blick stand. Nach einer kleinen Pause, in der keiner von ihnen sich die Blöße gab, zuerst wegzuschauen oder zu zwinkern, rückte sie ihre Brille zurecht und blätterte wieder in den Unterlagen.

Ferland starrte die Sekretärin weiterhin an. Sie war haargenau die Art Mitarbeiterin, die zu Dr. Rungford passte: engstirnig, überheblich und unflexibel.

Taylor sah wieder auf. »Was ist? Wollen Sie nun einen Termin mit Dr. Rungford vereinbaren oder nicht?«

»Ja, und heute noch, wenn irgend möglich.«

Die Sekretärin tippte auf der Tastatur herum und sah dann zu ihm hoch. »Und was sagten Sie noch gleich, worum es geht?«

»Um den vorläufigen Obduktionsbericht im Fall Moira Stern«, stieß er mühsam beherrscht hervor. »Aber machen Sie sich keine unnötige Mühe. In ein paar Stunden ist es zu spät.«

»Zu spät? Ich bitte Sie, Mr. Ferland.« Sie schüttelte mit geschürzten Lippen den Kopf. »Also, um sechzehn Uhr zehn kann ich Sie kurz reinschieben. Okay?«

Sie konnte sich ihren Termin sonstwo reinschieben. Rebecca Sterns Rückflug ging morgen Abend um acht ab JFK, wie sie ihm per SMS mitgeteilt hatte. »Tragen Sie mich in Gottes Namen ein. Mit Rotstift!« Ferland drehte sich auf dem Absatz um und knallte die Tür zu.

Nicht die Art Abgang, mit der man sich hier Freunde machte. Aber die Weiber kosteten ihn heute den letzten Nerv. Erst Rebecca, nun diese Miss Taylor ... Dabei wollte er nur seine Arbeit tun: die Umstände des Todes von Moira Stern aufklären. Es war das erste Mal seit gefühlten hundert Jahren, dass ihn ein Fall wirklich interessierte. Es war das alte Jagdfieber, das sich zurückgemeldet hatte. Das untrügliche Gefühl, dass unter der Oberfläche etwas Größeres brodelte ... Er stapfte wütend den Flur hinunter.

»Detective Ferland!«

Abrupt blieb er stehen und drehte sich um. Dr. Fiona Rungford stand vor der Tür zu ihrem Vorzimmer, die Arme vor den ausladenden Brüsten verschränkt, und sah ihn genervt an.

»Da sind Sie ja. Ich hatte mir gerade einen Termin bei Ihnen ertrotzt, Doc.«

»Das hab ich gehört.« Sie ging ein paar Schritte auf ihn zu. »Alle auf diesem Flur haben es gehört. Was ist denn so wichtig, dass Sie es gar nicht abwarten können, mich zu sehen?«

»Ich muss mit Ihnen über den Fall Moira Stern sprechen. Die Tote, die sich von der Feuertreppe –«

»Ich weiß, wen Sie meinen.« Sie sah auf ihre Armbanduhr. »Ich wollte gerade hoch zu Dr. Markovich. Sie dürfen mich begleiten, wenn Sie wollen.«

Ferland wollte. Als sie losmarschierten, kam er direkt zur Sache. »Sie gehen im Obduktionsbericht nur auf die Sturzverletzungen ein, nicht auf den Zustand von Moira Sterns Haut.«

»Die Frau ist ohne Zweifel an den Folgen des Sturzes gestorben. Und das galt es zu klären, oder?«

»Was war los mit ihr? Sie war erst zweiundzwanzig Jahre alt.«

»Wir haben die Standard-Toxi-Tests durchgeführt und noch ein paar andere mehr, aber nichts gefunden, was den schlechten Hautzustand erklären könnte. Selbst mit einem Dauer-Solarium-Einsatz hätte die Frau das nicht so hinbekommen. Ergo haben wir es hier mit etwas zu tun, das post mortem eingetreten ist. Die Leiche wurde wahrscheinlich unsachgemäß aufbewahrt oder kam mit einer ätzenden Substanz in Berührung. Sie kennen ja die Zustände hier ...«

»Das glauben Sie doch selbst nicht!«, fuhr Ferland die Gerichtspathologin an. Die Leute vor dem Fahrstuhl blickten ihn teils entrüstet, teils amüsiert an. »Ich habe Moira Stern direkt nach dem Sprung gesehen. Und da war sie schon so verschrumpelt.«

»Haben Sie sie auch vor ihrem Tod gesehen?«

»Ja ... nein. Nicht richtig. Es war ja dunkel da oben.«

»Sehen Sie, Detective. Wir haben keinerlei Beweise dafür, dass diese Frau schon vor ihrem Tod so aussah. Ansonsten wäre sie damit bestimmt auch mal zu einem Arzt gegangen, denke ich.« Rungford lächelte kühl.

»Genau das würde ich gern abklären. Aber dazu brauche ich Ihre Unterstützung.«

Der Fahrstuhl ließ auf sich warten. Die Gerichtspathologin wandte sich ab. »Na, dann nehmen wir doch lieber die Treppe.« Sie ging zum Eingang des Treppenhauses und stieß die Tür auf.

Ferland folgte ihr. »Ich kann nur weiter ermitteln, wenn in Ihrem Obduktionsbericht zumindest ein winziges Fragezeichen steht, Dr. Rungford. Wenn Sie meinem Chef weismachen, dass wir es mit einer ganz normalen Selbstmörderin zu tun haben, legt er den Fall sofort zu den Akten.«

»Ich will niemandem etwas weismachen!« Sie blieb auf dem Treppenabsatz stehen, weil Ferland nicht hinterherkam, und funkelte ihn von oben herab an. »Und Sie können mir nicht vorschreiben, was in meinem Bericht zu stehen hat und was nicht.«

»Das war doch kein normaler Selbstmord!«, rief Ferland schnaufend zu ihr hinauf. Sollte er ihr von dem Einbruch in Sterns Wohnung erzählen? Er vermutete, dass dieses Ereignis für Rungford erst recht keine Rolle spielen würde.

»War das alles, Detective?«, fragte sie und stieg weiter die Treppe hoch.

»Finden Sie heraus, was mit der Frau passiert ist, dass sie so aussah«, entgegnete er.

»Vertrauen Sie mir«, schallte es von weiter oben zu ihm herunter. »Ob es ein Selbstmord war oder nicht – das lesen Sie dann in meinem abschließenden Bericht.«

Um zehn vor neun verließ Julia ihr Apartment, um zum Schwimmbecken zu gehen. Doch kaum hatte sie ihre Tür geschlossen, trat Gundula auf sie zu und wollte sich mit ihr zu einer weiteren Partie Tennis verabreden. Julia schlug einen Abend in der nächsten Woche vor und versuchte, sich nicht anmerken zu lassen, dass sie es eilig hatte. Das hätte womöglich die neugierige Schweizerin dazu veranlasst, sie zum Pool zu begleiten. So kam es, dass es schon fast neun Uhr war, als sie den Plattenweg entlang in den hinteren Teil des Parks lief, der den Mitarbeitern von Serail Almond für ihre Freizeitgestaltung zur Verfügung stand.

Der Pool leuchtete einladend in der Dunkelheit. Julia zwang sich, trotz der Verspätung ohne Hast zu gehen, so als habe sie nichts anderes im Sinn, als vor dem Schlafengehen eine Runde zu schwimmen. Das Becken war fast leer, nur zwei Schwimmer zogen noch ihre Bahnen. Auf der Plattform über dem Wasserfall und daneben war niemand zu sehen. Sie legte ihren Bademantel und ihr Handtuch auf einen der Liegestühle und ging zum Beckenrand. Wo war Bakshi? Hatte er sie auf den Arm genommen mit diesem Treffpunkt? Aber er hatte nicht so ausgesehen, als würde er spaßen. Sie sah, dass einer der Schwimmer aus dem Becken stieg. Hinter dem Wasserfall befand sich eine nicht einsehbare künstliche Grotte. Sie hoffte, dass Parminskis Assistent nicht ausgerechnet dort auf sie wartete.

Julia sprang kopfüber ins Wasser und kraulte zwei Bahnen, dabei schielte sie unauffällig zum Wasserfall. Bakshi war noch immer nicht aufgetaucht. Als auch der zweite Schwimmer das Becken verließ und in Richtung der Duschen trottete, schwamm Julia zum Wasserfall hinüber. Das Rauschen des herabstürzenden Wassers übertönte alle anderen Geräusche.

Durch die Gischt konnte sie kaum etwas sehen, doch direkt am Wasserfall war wirklich niemand. Verdeckt im Felsen montierte Lampen ließen das Wasser leuchten und tauchten die künstliche Grotte in blaues Licht. Julia schwamm hinein.

In der hintersten Ecke der Grotte trieb ein dunkelhaariger Mann bäuchlings auf dem Wasser; offenbar war er dort in einem kleinen Strudel gefangen. Er hatte die Arme ausgebreitet, nur der Hinterkopf und der Nacken guckten aus dem Wasser. Julia schnappte nach Luft. Ihr erster Impuls war, umzukehren und die künstliche Höhle zu verlassen. Sie riss sich jedoch zusammen, schwamm zu ihm und versuchte, ihn umzudrehen. Er war schwer, seine Haut fühlte sich warm an und war glitschig. Sie schaffte es erst im dritten Anlauf, und als sie sein Gesicht sah, bestätigte sich ihre schlimmste Vermutung: Es war Ayran Bakshi.

Er war tot. Seine Augen starrten ins Leere, und er hatte einen Schaumpilz vor dem Mund – ein Zeichen dafür, dass er ertrunken war. Sie kam zu spät. Parminskis ehemaliger Assistent konnte ihr nichts mehr mitteilen.

Julia stieß einen erstickten Schrei aus. Hören konnte sie hier niemand. Auch nicht sehen. Bakshi hatte den idealen Platz für ein geheimes Treffen gewählt – aber es war ihm zum Verhängnis geworden.

8. Kapitel

Bihar, Indien

Es war Viertel nach zehn, als Julia in ihr Apartment zurückkehrte. Der eilig gerufene Betriebsarzt hatte nur noch den Tod von Ayran Bakshi feststellen können. Später war die Polizei erschienen und hatte Julia zum Unfallhergang befragt. Sie hatte ihnen nicht gesagt, dass sie mit Bakshi verabredet gewesen war. Ihr war selbst nicht so ganz klar, was sie dazu veranlasst hatte, die Polizei anzulügen.

Sie stellte sich unter die heiße Dusche, rieb sich zweimal mit Duschgel ein und spülte den Schaum mit viel warmem Wasser wieder ab. *Ich versuche, den Tod abzuwaschen,* dachte sie immer noch zitternd. Sie frottierte sich ab, dann zog sie frische Unterwäsche, Jeans und ein T-Shirt an. Nach diesem furchtbaren Erlebnis würde sie gewiss nicht schlafen können. Außerdem fühlte sie sich nicht mehr sicher in einem Apartment, in den gewisse Mitarbeiter von Serail Almond aus- und eingehen konnten, wie sie wollten. Wo man versuchte, sie mit einer Kamera zu beobachten, sogar während sie schlief. Sie hatte das Objektiv im Rauchmelder zwar zerstört, war sich aber nicht sicher, ob nicht irgendwo noch eine andere Kamera installiert worden war. Wenn sie jetzt nicht nur herumgehen und auf jedes Geräusch lauschen wollte, musste sie irgendetwas tun. Aber was?

Sie holte schließlich die Ausdrucke von Lundgrens Plänen aus dem Schrank: die Klimaanlage von Trakt C. Pläne, die Parminski fotografiert hatte, bevor er – angeblich – fristlos gekündigt hatte.

Irgendetwas musste an diesen Plänen, an Lundgrens Arbeit überhaupt, faul sein. Auf den ersten Blick war die Anlage nur etwas verworren angelegt und überdimensioniert – einfach eine mittelprächtige und zum Teil miese Ingenieursleistung. Aber vielleicht steckte auch etwas anderes dahinter? Ein kleines Wort, von Lundgren nachträglich eingefügt, fiel ihr ins Auge. Es markierte einen Wartungszugang zu einem Schacht der Klimaanlage, der in der Tiefgarage direkt hinter einer Wand entlanglief: *ingång*. Das war schwedisch, wie sie inzwischen wusste – im Rollcontainer hatte sie ein Wörterbuch ihres Vorgängers entdeckt –, und hieß so viel wie »Eingang« oder »Einlass«. Jetzt, nachdem sie wie jeden Abend ihren »Rauchmelder« überprüft hatte, fiel ihr mit einem Mal ein, was die vielen von Lundgren eingezeichneten Winkel und Kreise bedeuten konnten. Sie markierten die Lage und den Kontrollbereich der Überwachungskameras. Parminski hatte davon gesprochen, dass die Videoüberwachung in Block C einmal ausgefallen war. Alles wurde überwacht. Sogar der kaum genutzte Trakt C. Doch Lundgrens *ingång* lag ausnahmsweise nicht innerhalb eines der Winkel. Der Revisionszugang zum Schacht wurde nicht von einer Kamera erfasst.

Julias Gedanken rotierten. Was sie so bestürzte, war der offenkundige Zusammenhang zwischen Parminskis Verschwinden und dem Tod von Ayran Bakshi – ein Tod, der eintrat, kurz bevor er mit ihr hatte reden können. Sie zweifelte nicht daran, dass es kein Unfall gewesen war, sondern Mord. Auch war sie fassungslos, dass der Betriebsarzt so schnell von einem »Unfalltod durch Ertrinken« gesprochen hatte, obwohl Bakshis Körper ihrer Meinung nach Druckstellen im Schulterbereich aufwies. Julia hatte das dringende Bedürfnis, mit jemandem über ihren furchtbaren Verdacht zu reden. Das Verstörende daran war, dass sie niemandem bei Serail Almond trauen konnte.

Sie fragte sich, ob Tjorven Lundgrens Verschwinden genauso schlampig untersucht worden war.

Die entsetzliche Ahnung, dass sie als Nächste verschwinden würde, schoss aus den Tiefen ihres Unterbewusstseins an die Oberfläche und blieb dort in einem Gedankenstrudel gefangen – wie Bakshis lebloser Körper im Wasser der Grotte.

Julia hoffte, dass es ihr gelungen war, ungesehen in die Tiefgarage zu gelangen. Sie wusste keine glaubwürdige Erklärung dafür, was sie spätabends hier wollte.

Als sie das Treppenhaus zur Parkebene hin verließ, duckte sie sich vorsichtshalber hinter die parkenden Fahrzeuge und hastete in gebückter Haltung zu der Stelle, die Lundgren als *ingång* markiert hatte. Dort stellte sie sich wieder aufrecht. Wenn Lundgren recht hatte, war sie hier für die Überwachungskameras nicht mehr sichtbar. Das *ingång* war ein quadratisches graues Blech unten in der Betonwand: ein Revisionszugang zu dem Teil der Klimaanlage, der eine Ebene tiefer verlief. Sie hatte sich vorbereitet: eine Jacke mit vielen Taschen, in denen sie die Zeichnungen, eine kleine Maglite, ihr Multifunktionswerkzeug, ihre Brieftasche, ihr Telefon und ein paar Arbeitshandschuhe verstaut hatte. Nun streifte sie die Handschuhe über, ging in die Knie und drehte die Schrauben heraus, die den Deckel hielten. Sie spürte einen ersten Luftzug – die Anlage war also in Betrieb. Sie entfernte das Blech und leuchtete in den Schacht darunter. Es gab eine weitere Abdeckung, die sie öffnete. Sogleich spürte sie den Luftdruck. Die normalen Zugänge hatte man zugemauert, aber mit etwas Glück führte dieser Abluftkanal geradewegs in das stillgelegte, teilweise eingestürzte Labor. Sie war sich nicht ganz klar darüber, was sie suchte. Doch sie musste einfach wissen, was es mit all den Geheimnissen hier auf sich hatte, und zwar nicht nur mit denen der Klimaanlage ... Seit Ayran Bakshis Tod, an dem sie sich irgendwie mitschuldig fühlte, war sie an einem Punkt angelangt, an dem sie nicht mehr einfach so weitermachen konnte wie zuvor.

Julia hörte die Luft im Kanal heulen, während sie hineinblickte. Die Öffnung war groß genug für einen Menschen, um hineinzusteigen. Sie hatte schon Abluftkanäle geplant und gesehen, durch die man mit einem Rad hätte fahren können, doch so großzügig waren die Dimensionen hier nicht: vielleicht achtzig Zentimeter breit und sechzig hoch. Sie würde kriechen müssen. Entschlossen streckte sie die Füße vor, kletterte in den Schacht und zog die Klappe hinter sich zu. Es herrschte absolute Finsternis, und die Luftströmung war noch stärker, als sie gedacht hatte, sodass ihr das Atmen schwerfiel. Der Lärm erinnerte an einen startenden Düsenjet.

Sie schnappte nach Luft. Tastete nach der Klappe, um sie wieder zu öffnen, fand sie jedoch nicht. Julia versuchte, ruhig zu atmen. Sie würde hier im Kanal ersticken, wenn die Strömungsgeschwindigkeit zu hoch war.

Sie kam langsamer voran, als sie erwartet hatte.

Vom Strömungsgeräusch dröhnten Julia die Ohren, ihre Augen brannten. Dank ihrer Taschenlampe konnte sie genug sehen, um sich zu orientieren. Das Atmen war zwar mühsam, aber sie bekam genug Luft. Problematischer war, dass wegen der starken Strömungsgeschwindigkeit ihre Muskeln schnell auskühlten. Sie brauchte aber ihre ganze Kraft, um nicht fortgerissen und gegen einen Abzweig oder ein anderes Hindernis geschleudert zu werden.

An einer Gabelung musste Julia stoppen und auf die Zeichnung schauen; im Lichtkegel ihrer Taschenlampe konnte sie die dünnen Linien nur mühsam erkennen. Die Kanäle wurden enger, sodass Julia befürchtete, sich vielleicht nicht mehr umdrehen zu können, wenn sie umkehren wollte oder musste. Ihre Knie und Ellbogen brannten. Wurde der Lichtschein der Taschenlampe schon schwächer? Verflucht, warum hatte sie keine Ersatzbatterien eingesteckt? Plötzlich erblickte sie etwas Helles vor sich. Sie leuchtete mit ihrer Lampe dorthin und sah, dass Licht von unten durch ein Gitter schien ... Eilig kroch sie zu der Stelle. Unter ihr befand sich ein schwach beleuchteter Raum.

Ein Raum, der nicht in den Plänen verzeichnet war, aus dem jedoch Luft strömte.

An Bord der *Aurora*

Kamal konzentrierte sich auf die Geräusche außerhalb ihres Gefängnisses, weil er nicht länger Navids pfeifendem Atem lauschen wollte. Immer wieder erklangen Schritte, die sich aber jedes Mal wieder entfernten. Als Kamal schon glaubte, von Gott und der Schiffsbesatzung vergessen worden zu sein, kamen zwei der Männer in orangefarbenen Overalls und stellten ihm und Navid wortlos Plastikflaschen, die mehrere Liter Wasser enthielten, und Essen in Aluminiumschalen vor die Füße. Kamal griff mit seiner freien Hand nach einer der Flaschen und öffnete sie mit zitternden Fingern. Gierig setzte er sie an den Mund. Doch kaum hatte das kalte Wasser seine Magenwände berührt, da krampften sie sich zusammen, und er erbrach, was er eben getrunken hatte.

Die Männer sahen ihn verärgert an. »Langsam«, sagte der eine auf Englisch. Der andere musterte mit finsterem Blick den ausgemergelten Körper von Navid und starrte dann auf die Verletzung. Schließlich sagte er etwas zu seinem Begleiter, das Kamal nicht verstand, und sprach danach in sein Funkgerät.

Die Männer verschwanden, kehrten aber nach ein paar Minuten mit einer Trage zurück. Darauf legten sie Navid, der zu schwach war, um sich zu rühren, und trugen ihn aus dem Raum.

Als er allein war, griff Kamal erneut nach dem Wasser. Er musste etwas trinken, wenn er am Leben bleiben wollte! Doch es führte zum gleichen Ergebnis. Sobald die Flüssigkeit seine raue Kehle hinunterlief, musste er würgen und sich erbrechen. Würde er vor den gefüllten Wasserflaschen verdursten?

BIHAR, INDIEN

Julia untersuchte das Deckenauslass-Gitter. Es war nur eingehakt, sie konnte es problemlos hochheben. Bevor sie es zur Seite schob, lauschte sie angestrengt. Außer dem Rauschen der Luft und einem monotonen Brummen war nichts zu hören. Vorsichtig schaute sie durch die quadratische Öffnung in den Raum unter sich: Etwa drei Meter tiefer sah sie sauber glänzenden Fliesenboden. Das da unten war kein stillgelegtes, verschüttetes Labor. Wie ein Lager sah es auch nicht aus. Aber was war es dann? Wenn sie hinuntersprang, kam sie wahrscheinlich nicht so ohne Weiteres wieder hoch. Aber es würde schon von dort unten irgendwie weitergehen, dachte sie. Sie war nun so weit gekommen und musste wissen, womit sie es hier zu tun hatte. Umkehren und so weitermachen, als sei nichts geschehen, konnte sie sowieso nicht mehr.

Sie ließ sich durch die Öffnung hinabgleiten und sprang das letzte Stück hinunter. Julia landete hart auf den Füßen und duckte sich, den Schmerz in Fußgelenken, Knien und Hüfte ignorierend, sofort hinter einen Aktenschrank. Automatisch tastete sie ihre Jackentaschen ab, um zu überprüfen, ob sie noch alles bei sich hatte. Dann blickte sie sich um. In dem

Raum brannte eine Nachtbeleuchtung. Nachdem sie durch den dunklen Kanal gekrochen war, hatte sie keine Schwierigkeiten, die neue Umgebung in dem dämmrigen rötlichen Licht zu erkennen. Sie befand sich in einem länglichen Laborraum. In der Mitte gab es Laborbänke mit sechs Arbeitsplätzen. Darauf standen Zentrifugen, Mikroskope und andere Geräte, deren Namen Julia nicht kannte. Doch das Ganze hier entsprach in etwa dem Labor, das ihr bei einem Betriebsrundgang in den ersten Tagen gezeigt worden war. Vielleicht waren die Pläne ja falsch, und sie hatte sich in eines der ihr bekannten Labors verirrt? Nein, von der Lage her konnte das nicht sein. Außerdem hatten die anderen Labors Fenster nach draußen, während sie sich hier offenkundig unter der Erde befand.

Es gab zwei Türen. Julia ging zur ersten, drückte die Klinke nach unten und rüttelte mehrfach daran. Vergeblich. Sie schritt zur zweiten Tür, die in einen Nebenraum führte, wie man an den verglasten Durchreichen in der Wand daneben sehen konnte. Diesmal hatte sie mehr Glück. Julia stieß die Tür auf, durchquerte eine Art Schleuse und gelangte in das zweite Labor.

Auch hier brannte nur die Nachtbeleuchtung. Es roch nach Desinfektionsmitteln, Waldboden und etwas Unbekanntem, Stechendem. Im hinteren Teil des Raumes standen, unter blinkenden Apparaturen aufgereiht, längliche Tanks aus durchsichtigem Kunststoff. Sie waren mit einer grünen Flüssigkeit befüllt, von der anscheinend auch der Geruch herrührte. Neugierig trat Julia auf die Becken zu. In ihnen trieb etwas, das Julia zunächst an überdimensionale Fische in der Auslage eines Geschäftes denken ließ. Beim Näherkommen sah sie, dass es menschliche Körper waren. Sie lagen auf dem Bauch – mit den Gesichtern in der Flüssigkeit. Über Schläuche und Kabel waren sie mit den Apparaturen über ihnen verbunden.

Julia taumelte zurück und presste sich die Hand vor den Mund. Warum lagen die Menschen hier? Befanden sie sich in einer Art Koma, war das hier eine Intensivstation? Doch wo waren die Ärzte, wo das Pflegepersonal? Die Menschen in den Becken sahen zwar tot aus, doch die blinkenden Lichter und die zuckenden Kurven auf den Monitoren über ihnen schienen anzuzeigen, dass noch Leben in ihnen war. Die Hinterköpfe sowie die Schultern, Rücken und Rückseiten der Beine ragten aus der Flüssigkeit heraus. Auf den frei liegenden Hautpartien waren Raster gezeichnet worden. Dort bedeckten rotbraune, pilzähnliche Geschwulste die Hautoberfläche, die unterschiedlich groß waren – von kaum sichtbar bis zu taubeneigroßen Fruchtkörpern. Sie saßen auf dünnen Stielen, die aus der Haut wuchsen. Julia spürte Übelkeit in sich aufsteigen.

Plötzlich lenkte ein Geräusch sie von dem grausigen Anblick ab: Leise surrend bewegte sich eine Kamera schräg über ihrem Kopf, bis das Objektiv auf sie gerichtet war. Julia stolperte ein paar Schritte in Richtung der Tür und stieß gegen ein weiteres Becken, dessen Flüssigkeit daraufhin hin- und herschwappte. Der Körper darin schien noch nicht ganz so stark wie bei den anderen Menschen hier mit pilzähnlichen Geschwulsten »bewachsen« zu sein, aber das Raster war schon zu erkennen, und die Haut sah aufgeweicht auf.

Julias Blick fiel auf die Schulter. Es dauerte jedoch ein paar Sekunden, bis ihr Verstand realisierte, was sie dort sah: ein Tattoo, das einen Dornteufel darstellte.

9. Kapitel

BIHAR, INDIEN

Das war nicht Robert, der hier lag. Das durfte ... Das konnte einfach nicht sein! Was bedeutete schon ein dämliches Tattoo: Jeder konnte sich das Bild eines Dornteufels in die Schulter stechen lassen, oder etwa nicht? Julia strich mit dem Finger über den Kopf des Dornteufels, der sie anzufauchen schien, und zuckte zurück, weil sich die Haut unter ihren Fingern warm und glitschig anfühlte.

Ihre Gedanken überschlugen sich. Robert hatte fristlos gekündigt und das Gelände von Serail Almond verlassen. Wahrscheinlich befand er sich auf dem Weg zurück nach Deutschland, oder er ließ sich am Strand von Goa die Sonne auf den Bauch scheinen. Langhaarige Männer und barbusige Frauen mit Blumen im Haar, die zu Hippiemusik ihre Hüften wiegten, erschienen kurz in Julias Vorstellung. Alles war besser als das hier. Doch dann schob sich das tote Gesicht Ayran Bakshis vor ihr inneres Auge. Schlagartig hörte sie auf, sich ihren Fantasien hinzugeben. Das hier war die Realität.

Langsam löste sich ihre Erstarrung und machte aufkommender Panik Platz. Sie unterdrückte das Schluchzen, das ihr in der Kehle hochstieg. Nicht hier, nicht jetzt – wenn sie nicht genauso enden wollte wie Robert Parminski oder Bakshi. Eines war ihr klar: Die Kamera hatte ihre Anwesenheit aufgezeichnet, das unerlaubte Eindringen in einen nicht offiziell existierenden Bereich des Forschungszentrums. Sie musste an die Gerüchte über Serail Almond denken, die harmlos gewesen waren im Vergleich zu dem, was sie hier gerade entdeckt hatte.

Wenn sie die Situation richtig einschätzte, blieb ihr wahrscheinlich nicht viel Zeit, um zu verschwinden. Sie warf noch einen Blick auf den Dornteufel, der halb in der grünen Flüssigkeit lag und immer noch zum Sprung bereit schien. Dann wandte sie sich mit einem Ruck von dem Anblick ab. Wenn sie Robert noch helfen konnte, dann nur außerhalb von Serail Almond. Für Trauer und Entsetzen blieb im Moment keine Zeit.

Sie musste sich zusammenreißen und einen Fluchtweg finden. Auch dieser Raum besaß einen Deckenauslass. Wenn sie den Edelstahlwagen, auf dem normalerweise Laborutensilien transportiert wurden, darunterrollte, käme sie vielleicht hinauf. Nein, doch nicht. Sie würde wohl mit den Händen hoch genug kommen, um die Abdeckung zu entfernen, aber nie im Leben käme sie anschließend durch die Öffnung. Sie hatte nicht genug Kraft in den Armen für einen derartigen Klimmzug. Im Nebenraum gab es allerdings einen Aktenschrank neben der Abluftöffnung an der Decke. Das Möbelstück war etwas mehr als anderthalb Meter hoch. Wenn sie den Laborwagen hinüberrollen würde, könnte sie zuerst auf ihn und dann auf den Schrank klettern – oder nicht? Es war jedenfalls ihre einzige Chance.

Julia rollte den Wagen zur Tür und öffnete sie. Der Wagen passte hindurch, aber im Schleusenbereich schrammte er laut klappernd an der Wand entlang. Julia hielt erschrocken inne. Als nichts geschah, keine eiligen Schritte, kein Alarm zu hören waren, schob sie den Wagen um die lange Laborbank herum bis zum Aktenschrank und arretierte die kleinen Räder. So weit, so gut. Sie zwang sich, nicht auf die bewegliche Kamera zu schauen, die es auch in diesem Raum gab. Natürlich würde alles aufgezeichnet, was sie tat. Sie hoffte jedoch, dass man ihr Gesicht in dem schwachen Licht der Nachtbeleuchtung nicht richtig erkennen konnte.

Der Rollwagen quietschte und bebte, als Julia hinaufkletterte und sich vorsichtig aufrichtete. Durch das Zittern ihrer Knie geriet die labile Konstruktion unter ihr ins Schwanken. Dennoch gelang es ihr, von dort auf den Aktenschrank zu klettern. Die Decke mit der Abluftöffnung war jetzt dicht über ihr. Sie würde den Rand der Öffnung, die sich schräg über ihr befand, ergreifen können. Sie blickte nach unten, und ihr wurde ein wenig mulmig, doch sie riss sich zusammen. Keine Zeit zu zögern, sie musste dort hinauf. Als sie sich vorbeugte und ihre Arme zur Öffnung hochstreckte, hatte sie einen Moment lang das Gefühl, den Halt zu verlieren und in die Tiefe zu stürzen. Doch dann gelang es ihr, sich hochzuziehen, bis sie mit dem Oberkörper im Schacht lag. Sie schob ihr rechtes Knie in die Öffnung und stemmte sich hoch. Einen kurzen Augenblick hing sie in der Luft, dann zog sie sich ganz durch die quadratische Öffnung. Erleichtert schluchzte sie auf, als sie wieder auf dem glatten Blech des Kanals lag.

Sie schob das Abluftgitter noch zurück auf die Öffnung, bevor sie sich auf den Rückweg begab. Dieses Mal kroch sie mit der Strömung. Es heulte in ihren Ohren, und sie hatte den Eindruck, noch schwerer Luft zu bekommen als auf dem Hinweg. Das musste Einbildung sein – das war der Stress. Der Kanal wurde wieder breiter, als er sich mit einem anderen vereinigte. Schließlich erreichte sie den Revisionszugang, durch den sie hineingekommen war: Lundgrens *ingång*. Doch sie wollte sehen, wo der Abluftschacht hinführte, also kroch sie weiter. Nach einer Weile wurde das Licht ihrer Maglite schwächer. Sie schaltete die Lampe aus, weil sie sich die verbleibende Energie aufsparen wollte, wenn sie das Licht wirklich brauchte. Es war allerdings beklemmend, sich in völliger Dunkelheit kriechend fortzubewegen. Sie hoffte, dass sie es rechtzeitig merken würde, wenn sie auf ein Hindernis stoßen sollte, wie etwa auf eine Feuerschutzklappe, einen Volumenstromregler, Wärmetauscher, Luftfilter oder Telefonieschalldämpfer. Als sie schon glaubte, dass der Schacht niemals enden würde, sah Julia einen Lichtschein, der von der glatten Oberfläche des Kanals reflektiert wurde. Alles war besser als diese bedrückende Finsternis, und so kroch sie so schnell wie möglich auf die Helligkeit zu. Kurz davor hielt sie enttäuscht inne: Vor ihr war ein massiv aussehendes Gitter, das ihr den Weg ins Freie versperrte.

AN BORD DER *AURORA*

Die Magenkrämpfe ließen zwar wieder nach, doch Kamal war verzweifelt. Er musste Flüssigkeit zu sich nehmen, sonst würde er sterben. Doch wie?

Er versuchte es erneut, indem er nur eine winzige Menge Wasser in den Mund nahm. Vorsichtig benetzte er damit seine Lippen, die Zunge und die Mundschleimhaut, bis der Brechreiz nachließ. Dann schluckte er langsam und bewusst. Er hielt sich den Bauch, schloss konzentriert die Augen. Die Flüssigkeit blieb drin. Das wiederholte er mehrmals. Manchmal blieb das Wasser in seinem Magen, manchmal erbrach er es wieder. Er hoffte nur, dass sein Körper dadurch mehr Flüssigkeit aufnahm, als er abgab. Mit Geduld und verzweifelter Ausdauer leerte er langsam eine halbe Flasche. Nach einer Weile brauchte er nicht mehr zu brechen, und er konnte etwas zügiger trinken. Jede Pore seines Körpers schien die Flüssigkeit aufzusaugen.

Als der erste Durst gestillt war, meldete sich der Hunger zurück. Nagender, ihm inzwischen wohlbekannter Hunger. Er überwand sein Misstrauen gegenüber der Schiffsbesatzung und probierte das Essen, das man ihm dagelassen hatte. Die Mahlzeit bestand aus Hühnerfleisch in einer braunen Soße, die schon ein wenig angetrocknet war, und verklumptem Reis.

Es schmeckte nach wenig, und das vorherrschende Gewürz war ihm unbekannt; zudem war das Essen inzwischen kalt geworden. Trotzdem schlang er es in sich hinein. Besteck hatte er nicht bekommen, also benutzte er seine rechte Hand. Plötzlich musste er ungewollt an seine Familie denken: an die gemeinsamen Mahlzeiten, wenn sie alle im Haus seiner Eltern zusammen gegessen hatten. An seine Mutter und seinen Vater, der verhaftet und seitdem nicht mehr gesehen worden war. An seine Großmutter, die Geschwister und an seinen ältesten Bruder, den man ermordet hatte. Inzwischen war so viel passiert, dass die Erinnerung daran schon verblasste. Nur an den Geschmack von süßem Reis – an den konnte er sich gut entsinnen.

Auf der Flucht waren schmackhafte Speisen oder auch nur ausreichend große Essensmengen eine Illusion gewesen. Lediglich in der Villa Azadi hatte es regelmäßige Mahlzeiten gegeben. Er dachte auch an seine Freunde – Minderjährige wie er selbst, die ohne Begleitung von Erwachsenen auf der Flucht waren. Daran, wie sie im Garten der Villa Azadi zusammengesessen, gegessen und geredet hatten, während die Zikaden ihr durchdringendes Konzert anstimmten. Sie hatten nicht über die Vergangenheit, die Schrecken und Entbehrungen der Flucht geredet, sondern über ihre Zukunft.

Und nun hatte ihm das Schicksal auch noch Navid genommen, seinen Begleiter. Kamal ließ seinen Kopf auf die Knie sinken und schloss die Augen. Bloß keine Erinnerungen wachrufen – nicht nachdenken müssen. Das Einzige, was zählte, war die Zukunft. Dieses Schiff war auf dem Weg nach Nordeuropa! Er hatte Griechenland hinter sich gelassen. Und sie würden ihm wohl kaum etwas zu essen geben, um ihn anschließend über Bord zu werfen, versicherte er sich. Trotzdem ... das Wort »Henkersmahlzeit« drängte sich ungewollt in sein Bewusstsein.

Zwischen Julia und der klaren Nachtluft befand sich ein feuerverzinktes, grobmaschiges Schweißgitter. Ungefähr drei Meter unter ihr lag eine asphaltierte Fläche, die von einer Flutlichtanlage erhellt wurde. Mehrere LKWs parkten auf dem Areal. Einer davon stand mit abgeblendeten Scheinwerfern und laufendem Motor ein Stück weiter rechts an einer Rampe. Sie musste am Parkplatz bei den Lagerhallen sein, wo Lebensmittel und andere Waren angeliefert wurden.

Sie rüttelte an dem Gitter und untersuchte es: Die einzelnen Streben waren zu dick, als dass Julia sie mit ihrer Zange hätte durchtrennen können. Durchsägen wäre auch noch eine Option gewesen, wenn auch eine langwierige. Dann bemerkte sie, dass das Gitter von innen verschraubt und nicht verschweißt war. Sie zog ihr Werkzeug aus der Tasche und klappte einen passenden Schraubendreher heraus. Ihr war bewusst, dass ihr der Fluchtweg durch eine festgerostete Schraube, die sich nicht mehr bewegen ließ, versperrt sein könnte. Dennoch machte sie sich ans Werk, und nach langer kräftezehrender Arbeit mit dem Schraubenzieher löste sich schließlich das Gitter.

Julia überblickte prüfend den Parkplatz. Im Moment war niemand zu sehen. Sie musste das Risiko eingehen und das Gitter nach unten fallen lassen. Der Lärm, den es dabei verursachte, schien ihr unglaublich laut zu sein. Sie lauschte angespannt. Kein Mensch ließ sich blicken ... Auch in dem LKW mit dem laufenden Motor war niemand zu sehen, lediglich ein Tor des Lagerhauses stand offen. Es hatte keinen Sinn, länger zu warten. Sie musste es riskieren. Entschlossen kletterte sie rückwärts aus dem Schacht hinaus, und als sie sich nicht mehr halten konnte, rutschte sie an der rauen Wand hinab. Sie landete auf den Füßen, hatte aber so viel Schwung, dass sie zur

Seite kippte und sich mit den Händen am Boden abstützen musste. Ein scharfer Schmerz fuhr ihr in den linken Knöchel. Die Stelle war ihr Schwachpunkt, dank einer alten Verletzung, die ihr das harte Training in der Kindheit eingebracht hatte. Akrobatik! Damals hatte man auch sie zur Artistin ausbilden wollen – selbst das Messerwerfen war ihr beigebracht worden. Doch irgendwann rächte sich alles. Julia biss sich auf die Lippe. Verdammt, das fehlte noch, dass sie nicht mehr laufen konnte!

Sie richtete sich auf. Vorsichtig belastete sie ihren linken Fuß; spürte, wie ihr der Schweiß ausbrach. Es tat weh, aber sie konnte es aushalten. Was blieb ihr auch anderes übrig? Jetzt musste sie überlegen, was sie als Nächstes tun sollte. Sie könnte in ihr Apartment humpeln und den Fuß kühlen, oder sie könnte sich mit einer halbgaren Erklärung in der Krankenstation beim Betriebsarzt melden. Aber die Überwachungskameras im Labortrakt hatten sie erfasst. Die Wahrscheinlichkeit, dass man sie auf den Aufnahmen wiedererkannte, war hoch. Und sie hatte zu viel gesehen. Wenn man sie einsperrte oder Schlimmeres mit ihr anstellte, würde sie Robert nicht helfen können ... Wenn es denn überhaupt noch etwas gab, was sie für ihn tun konnte. Die Befürchtung, ihn für immer verloren zu haben, schmerzte furchtbar. Und sie hatte nicht einmal die Zeit, ihre Trauer zuzulassen. Nicht hier und nicht jetzt.

Sie musste schleunigst fort von hier. Als sie jedoch an die Mauer, die das Gelände umgab, und die Toranlage dachte, verließ sie jede Zuversicht. Wie sollte sie hier nur herauskommen?

Julia sah ins Innere der Lagerhalle, die von Neonlampen erhellt wurde. Zwei Männer standen an einen Stapel Kisten gelehnt und unterhielten sich. Einer von ihnen war bestimmt der LKW-Fahrer. Die hintere Plane des LKWs war hochgerollt, seine Ladefläche leer bis auf ein paar Spanngurte, Packdecken und Folien, die auf dem Boden herumlagen. Offenbar hatte man den LKW gerade entladen. Julia kletterte auf die Ladefläche und versteckte sich unter einer Packdecke. Würde der Fahrer den leeren LKW kontrollieren, bevor er ihn verschloss? Und wenn er sie entdeckte – würde sie ihn überreden oder bestechen können, damit er sie mitnahm?

Schwer atmend verharrte Julia unter der nach Staub und Getreide riechenden Decke. Immer wieder wurde sie von Zitteranfällen heimgesucht. Sie wartete darauf, dass etwas passierte, trotzdem fuhr sie erschrocken zusammen, als sie hörte, wie die Heckplane herunterfiel. Die Wagentür schlug zu, und der LKW setzte sich in Bewegung. Doch das Flattern der Plane, die man augenscheinlich nicht wieder befestigt hatte, verhieß nichts Gutes. So würde der Fahrer keine weiten Strecken zurücklegen. Vielleicht fuhr er nur zur nächsten Rampe, um doch noch Ware zu laden?

Sie richtete sich auf, unsicher, ob sie abspringen oder an Ort und Stelle verharren sollte. Wenn sie absprang, sah der Fahrer sie im Rückspiegel. Oder der andere Mann stand noch an der Rampe und entdeckte sie. Außerdem wäre ihr linker Fuß danach wahrscheinlich überhaupt nicht mehr zu gebrauchen. Mangels echter Alternativen legte sich Julia wieder hin und wartete ab, was als Nächstes passierte. Nur wenige Augenblicke später stoppte der Laster mit quietschenden Bremsen. Sie hörte Stimmen. Die Kontrolle am Tor? Sie kauerte reglos unter der Decke. Wenn Wachleute die Ladefläche kontrollierten, würde man sie entdecken. Sie presste sich gegen die Rückwand und fühlte ihr Multitool in ihrer Tasche. Schnell – sie musste schnell handeln. Sie zog ihr Werkzeug-Set hervor und klappte das größte Messer heraus. Indien hatte Linksverkehr, sodass der Fahrer rechts saß, erinnerte sie sich, bevor sie an der linken

Fahrzeugseite die Plane aufschlitzte. Sie stieg auf die Seitenbordwand und quetschte sich durch den Spalt, gerade als am Heck die Plane zur Seite geschlagen wurde und ein Lichtstrahl auf die Ladefläche fiel. Der LKW erbebte, als Männer mit schweren Stiefeln hinten einstiegen. Julia hielt sich, auf der Bordwandkante balancierend, an der Außenseite des Fahrzeugs fest und betete, dass weder der Riss in der Plane noch die Umrisse ihres Körpers von innen sichtbar waren.

Zumindest in einer Hinsicht hatte sie Glück: Sie klammerte sich an der Fahrzeugseite fest, die dem Pförtnergebäude abgewandt war. Vor ihr befand sich das massive Metalltor mit der Schleuse. Sie hörte das vertraute Klacken, und das Metalltor öffnete sich. Der LKW setzte sich mit einem Ruck in Bewegung, sodass Julia fast abstürzte. Mit letzter Kraft schob sie sich durch den Spalt zurück auf die Ladefläche. Die Plane an der Rückwand des LKWs war nun heruntergelassen und festgezurrt. Der Wagen stoppte noch einmal für ein paar Minuten, als er sich in der Schleuse befand, anschließend verließ er das Firmengelände.

Die Fahrt war unbequem, und in Julias Knöchel pochte ein dumpfer Schmerz. Als sie den Fuß etwas höher legte, spürte sie in ihrer Tasche das Mobiltelefon und zog es hervor. Sie hatte es ausgeschaltet, als sie aufgebrochen war. Sollte sie nun jemanden anrufen und um Hilfe bitten? Mit einem Telefon von Serail Almond? Und wer konnte ihr helfen? Bei Serail Almond fiel ihr außer Robert keiner ein, und außerhalb des Konzerns kannte sie auch niemanden, dem sie vertrauen konnte. Die indische Polizei? Oder die deutsche Botschaft? Julia hatte große Zweifel, dass man ihren Worten Glauben schenken würde: Ein Großkonzern, der in seinem Forschungszentrum grausige Menschenversuche durchführte – das war auch für sie selbst bis vor Kurzem einfach unvorstellbar gewesen. Und wie schnell würde man sie über ihr Handy orten können? Sie ließ es daher ausgeschaltet und nahm den Akku heraus, entschied sich aber, es erst einmal zu behalten.

Spätestens morgen früh würde man ihr Fehlen bemerken, wenn sie nicht zum Frühstück und auch nicht an ihrem Arbeitsplatz erschien. Man würde das Gelände nach ihr absuchen. Spätestens danach müsste den Verantwortlichen klar sein, dass es sich bei der Gestalt, die nachts in dem Labor von zwei Kameras erfasst worden war, um die Klimatechnik-Ingenieurin Julia Bruck handelte. Wie sie in das Labor hatte eindringen können, war dann auch kein Rätsel mehr: Sie hatte den Deckel am *ingång* nicht wieder verschließen können.

Der Fahrer des LKWs bremste immer mal wieder ab. Sollte sie irgendwann abspringen? Sie hatte die Chance, im Dunkel der Nacht zu entkommen. Auch könnte sie warten, bis der Fahrer die erste Pause einlegte, und dann ungesehen den LKW verlassen. Nur wohin? Oder sollte sie erst einmal dafür sorgen, dass sie weit entfernt vom Forschungszentrum war? Es bestand aber die Gefahr, dass ihr Eindringen in das Labor schneller entdeckt wurde. Dann lag auch die Verbindung zu dem Abluftschacht, dem Parkplatz und diesem LKW nahe. Sie konnten den Fahrer anrufen oder das Fahrzeug stoppen lassen ...

Plötzlich fuhr der Wagen viel zu schnell durch eine enge Kurve und legte sich dabei so stark zur Seite, dass Julias verletzter Fuß abrutschte und auf den Boden prallte. Der Schmerz ließ kleine rote Punkte vor ihren Augen aufleuchten. Der LKW schaukelte hin und her, als würde er über eine Buckelpiste fahren. Julia kroch zu der Stelle, wo sie die Plane aufgeschlitzt hatte, und zog sie auseinander. Im Mondlicht erkannte sie schmale Felder und eine Ansammlung von Hütten rund um einen alten Banyanbaum. Der LKW bremste und hielt an. Eine Fahrzeugtür wurde geöffnet, dann waren Schritte zu hören.

Julia überlegte, was der Grund für diesen Stopp sein könnte. Möglicherweise wohnte der Fahrer hier im Dorf, oder er wollte eine Rast einlegen. Dann könnte sie nun unbemerkt aussteigen und verschwinden, bevor jemand bei Serail Almond eine Verbindung zwischen dem Eindringling im Labor, dem geöffneten Abluftkanal und diesem LKW herstellte. Das Verschwinden zu Fuß würde mit dem verletzten Knöchel allerdings schmerzhaft sein und vielleicht sogar misslingen. Die Gefahr, entdeckt zu werden, war jedoch im Fahrzeug höher als irgendwo da draußen. Daher kroch sie durch den Schlitz in der Plane, ließ sich vorsichtig zu Boden gleiten und schaute sich um. Vor ihr war das Dorf, links und rechts lagen die Felder, die leider keinerlei Versteckmöglichkeiten boten, und hinter ihr wand sich ein Weg, der zur Hauptstraße führen musste.

Würde sie in diesem Dorf Hilfe finden? Vielleicht gab es hier sogar eine Polizeistation? Aber würde sie den Beamten trauen können? Sie erinnerte sich, was Gallagher ihr über die Polizei in Bihar erzählt hatte: dass es Probleme mit Korruption gab. Dies bedeutete freilich nicht, dass sich die Leute von Serail Almond diesen Umstand nicht ebenfalls zunutze machten; möglicherweise bestachen sie Polizisten, damit ihre Machenschaften nicht aufflogen.

Sie hatte nach dem Halten des LKWs gehört, wie der Fahrer ausgestiegen war; trotzdem kletterte Julia auf die Trittstufe und versicherte sich mit einem Blick in dic Fahrerkabine, dass diese leer war. Durch die Fenster hindurch sah sie, wie der Fahrer auf der anderen Seite des LKWs mit einem weiteren Mann zusammenstand. Beide rauchten, und die Zigaretten glommen immer wieder in der Dunkelheit auf, während sie miteinander redeten.

Julia vernahm Motorgeräusche und drehte sich um. Aus Richtung Hauptstraße tauchte ein Paar Autoscheinwerfer auf, das rasch näher kam. Dahinter folgte ein zweiter Wagen, wie sie einen Moment später erkannte. Rasch presste sie sich dicht an das Fahrerhaus. Sie hörte, wie die Wagen auf der anderen Seite des LKWs anhielten und Autotüren aufklappten. Vorsichtig spähte Julia durch die Fenster des Fahrerhauses und sah, dass zwei Personen aus den Wagen gestiegen waren.

An Bord der *Aurora*

Kamal wachte auf. Sein Arm, dessen Handgelenk man an das Rohr gebunden hatte, war eingeschlafen, und es stach bis in seine Fingerspitzen, als er ihn bewegte. Er war allein. Und er konnte sich nicht einmal mehr daran erinnern, eingeschlafen zu sein. Vor ihm standen noch der Aluteller, von dem er gegessen hatte, und ein paar Wasserflaschen. Er griff nach einer vollen Flasche und trank in großen Schlucken, erleichtert, dass sein Körper nicht mehr dagegen rebellierte. Doch der Durst ließ sich nicht vollständig stillen. Er befürchtete, nun sein Leben lang unablässig Durst zu verspüren: eine nagende Gier nach Wasser – weil sein Körper diesen Mangel nicht so schnell vergessen würde.

Er überlegte, wann sein Drang, Wasser zu lassen, so stark sein würde, dass er auf sich aufmerksam machen müsste. Sollte er dann rufen oder klopfen? Bestand überhaupt die Chance, dass ihn jemand hörte? Und was war mit Navid? Wurde er medizinisch versorgt?

Obwohl er darauf hätte gefasst sein müssen, erschrak er, als die Tür aufging und drei Männer eintraten. Zwei Schwarzhaarige, die ihm bekannt vorkamen, und ein Hüne mit hellrotem Haar, wie er es noch nie gesehen hatte. Sie trugen Overalls, Schutzhelme und warme Parkas. Kamal fragte sich, ob es noch andere Besatzungsmitglieder auf dem Schiff gab, vielleicht auch höhere Dienstgrade, und wo sie alle waren. Vor allem – wo war der Kapitän?

Die Männer banden ihn los und zogen ihn mit sich nach

draußen. Ob sie ihn jetzt auf die Brücke brachten? Feiner Sprühregen trieb fast waagerecht über das Deck. Kamal versuchte, mit den Männern zu reden. Sie ignorierten ihn, obwohl sie Englisch konnten, wie er den wenigen Worten entnahm, die sie sich zuwarfen. Er spürte ihre Verachtung, sah Hass und noch etwas anderes in ihren Augen … War es Aufregung? Erwartungsfreude? Sensationslust?

Er verlangte, den Kapitän zu sprechen. Sie lachten nur. Er begann zu zittern. Das war ganz schlecht. *Zeige nie, dass du dich fürchtest!* Ihm fielen wieder die Horrorstorys über blinde Passagiere ein, die er in der Villa Azadi gehört hatte. Er durfte ihnen seine Angst nicht zeigen. Aber gegen das Zittern war er machtlos.

Sie zerrten ihn in Richtung Reling.

BIHAR, INDIEN

Zwischen den Männern begann eine lebhafte Unterhaltung, die Julia allerdings nicht verstehen konnte. Sie sah, dass im Dorf ein paar Lichter angingen. Jemand rief etwas. Eine Gruppe junger Männer löste sich aus dem Schatten der Hütten und schlenderte auf die Neuankömmlinge zu. Irgendwo plärrte ein Radio los, und ein großer Hund sprang kläffend heran, schnüffelte an Julias Bein und umrundete dann den LKW. Ein weiteres Fahrzeug, ein Kleinlaster, fuhr herbei und kam ebenfalls auf der anderen Seite des LKWs zum Stehen. Erneut stiegen Personen aus und beteiligten sich an der Diskussion.

Julia wurde immer nervöser. Wenn einer der Männer um den LKW herumging, würde er sie entdecken. Kurz erwog sie, in den LKW zu steigen und loszufahren – und in den nächsten Ort, in die nächste Stadt zu fliehen. Doch da sie erst auf beengtem Raum würde wenden müssen, bevor sie richtig Gas geben konnte, war dieses Vorhaben wenig aussichtsreich. Es wäre für die Männer ein Leichtes, in die Fahrerkabine zu springen und sie zu überwältigen. Außerdem wusste sie nicht, ob sie mit dem verletzten Knöchel kräftig genug auf das Kupplungspedal eines mindestens fünfzig Jahre alten LKWs treten konnte.

Sie hörte sich schnell nähernde Motorräder. Julia wandte sich um und sah zwei Biker. Entschlossen trat sie vor und winkte den beiden zu, die daraufhin neben ihr anhielten. Der eine hatte einen Affen mit einem Halsband hinter sich sitzen; der andere grinste sie an und zeigte dabei seine leuchtend weißen Zähne.

Die wenigen Worte Hindi, die Julia gelernt hatte, reichten für das, was sie sagen wollte, bei Weitem nicht aus. Daher betete sie, dass einer der beiden Englisch sprach, und fragte: »Können Sie mich von hier fortbringen?« Sie zog demonstrativ ein paar Geldscheine aus der Tasche.

»Wohin wollen Sie denn?«, entgegnete der Motorradfahrer, ohne das Geld auch nur zu beachten.

Sie zeigte mit dem Kopf in Richtung des Dorfes. Er verzog den Mund zu einem breiten Lächeln und bedeutete ihr mit der Hand, auf dem Sozius Platz zu nehmen. Keine Sekunde zu früh, denn hinter dem LKW tauchte ein Mann auf, der Julia etwas zurief, als er sie sah. Rasch schwang sie ihr Bein über das Motorrad und hielt sich an dem Fahrer fest. Er startete, es gab einen Ruck, und sie schossen vorwärts. Der Fahrer hielt auf die Ansammlung dicht stehender Hütten zu, zwischen denen es keine Durchfahrt zu geben schien. Erst im letzten Moment war eine dunkle Gasse zu erkennen.

Die schmale Straße war um diese Uhrzeit menschenleer, und Julia betete, dass dies auch so bleiben möge. Hinter ihnen folgte in kurzem Abstand das zweite Motorrad mit dem Affen als Mitfahrer. Sie jagten durch eine Toreinfahrt und dann nach rechts in einen Weg hinein, der so schmal war, dass er gerade breit genug für das Motorrad war. Eine Ziege floh meckernd in die Dunkelheit. Dann ging es bergab, durch eine Ansammlung flacher Hütten und Bretterzäune, immer tiefer in das Labyrinth hinein.

10. Kapitel

An Bord der *Aurora*

Jemand stieß ihn grob in den Rücken. Kamal stolperte über ein Tau und fiel dahinter zu Boden. Er spürte das Auf und Nieder des Schiffes in der Dünung jetzt ganz deutlich. Sie mussten weit entfernt von der Küste sein.

»Willst du schwimmen?«, rief einer der Männer auf Englisch. Die übrigen lachten.

Ein anderer machte mit den Armen Schwimmbewegungen. »Schwimmen? Schwimmen?«

Kamal setzte sich auf. »Ich will mit dem Kapitän sprechen!«, verlangte er mit all der Bestimmtheit, die er trotz seiner Angst aufbringen konnte.

Sie lachten wieder. Nicht amüsiert, sondern boshaft und erregt, wie die Söhne seines Nachbarn, wenn sie Hunde mit Steinen beworfen oder junge Katzen gequält hatten. Er glaubte immer noch, dass einer von ihnen seinen Bruder an die Taliban verraten hatte ... Das Gesicht des Rothaarigen war plötzlich direkt vor seinem. Kamal roch Alkohol und sah die seltsam gelben Wimpern, die seine blassen Fischaugen umrahmten.

»Dein Freund spricht schon mit den Fischen«, sagte er, so als hätte er Kamals Gedanken über seine Augen erraten und wollte nun darauf anspielen. Mit lauter Stimme fügte er hinzu: »Nicht mit dem Kapitän – sondern mit den Fischen!«

Kamal traf ein Schlag in den Solarplexus, sodass er zurück auf das Deck sackte. Der Mann stand nun über ihm, die Hand zur Faust geballt. Dahinter war der graue Himmel, unendlich weit und kalt. Kamal wurde übel, und sein Blickfeld verengte sich. Eben noch sah er den weißen Aufbau der *Aurora* mit den kleinen Lichtern, die in der Dämmerung glühten, wie ein Hochhaus neben sich aufragen, dann schrumpfte das Bild auf Stecknadelkopfgröße zusammen, als wenn man falsch herum durch ein Fernglas schaute. Aber hören konnte er noch – und auch die Männer verstehen, denn sie sprachen weiterhin Englisch.

»Wir müssen ihn loswerden«, sagte der eine.

»Keiner hat ihn gebeten, an Bord zu kommen!«, rief ein anderer.

»Was, wenn jemand davon erfährt?«, wandte ein dritter ein.

»Aber er is'n Problem.«

»Los, lassen wir ihn schwimmen.«

Kamal fühlte, wie er aufgerichtet und gegen die Reling gelehnt wurde. Er roch das Wasser, spürte die weiche Gischt im Gesicht. Die Angst ließ ihn wieder klarer sehen: ein bartloses Gesicht mit schmalen Augen, der Rothaarige mit den kräftigen Händen. Sie hoben ihn hoch, sodass er über dem Boden schwebte. Er sah das Wasser, graugrün mit weißem Schaum darauf ... und trat und schlug mit aller Kraft um sich. Plötzlich stand er wieder auf dem Deck. Die Panik verlieh ihm neue Kraft. Einer der Männer schrie wütend, als seine Nase getroffen wurde und es knackte. Doch starke Hände packten Kamal; er verlor den Halt unter den Füßen, hing hilflos in der Luft. Dann ließen sie ihn los.

Kamal fiel.

Er schlug hart auf und erwartete, von den Wellen verschluckt und in eisige Kälte hinabgerissen zu werden. Etwas blitzte in seinem Kopf rot auf. Es rauschte in seinen Ohren: Meeresrauschen? Er bekam keine Luft. Hilflos ruderte er mit den Armen. Wasser – wo war das Wasser?

Kamal riss die Augen auf, sah schemenhaft ein Gesicht vor dem seinen. War es Davut, sein verstorbener Bruder? Dann war jetzt also auch sein Ende gekommen! Doch das Gesicht verschwamm, entfernte sich, und er fühlte sich unendlich allein gelassen. Alles drehte sich. Dann wurde sein Blick wieder klarer – der Mensch vor ihm war nicht Davut: hellbraune Augen, faltige Haut, dichte weiße Augenbrauen.

»Bist du okay?«, hörte er eine ihm unbekannte Stimme fragen.

BIHAR, INDIEN

Julia hatte jegliche Orientierung verloren, als der Fahrer schließlich bremste. Der Motor erstarb. Das zweite Motorrad musste an einer der Abzweigungen einen anderen Weg genommen haben, denn es war nicht mehr zu hören und zu sehen. Julia löste etwas verlegen den festen Griff, mit dem sie den Fahrer umschlungen hatte.

»Danke sehr. Wo sind wir?«, fragte sie mit bebender Stimme.

Er strich sich eine dunkle Haarsträhne aus der Stirn und antwortete mit einem kurzen Satz, den sie nicht verstand. Es konnte der Ortsname sein oder auch etwas ganz anderes bedeuten.

Julia stieg ab und zuckte, als sie ihren Fuß belastete.

»Sind Sie verletzt?«, erkundigte er sich.

»Das ist nichts.« Verglichen mit ihrem vorrangigen Problem war es wirklich nichts. Sie wollte keinesfalls den Männern in die Hände fallen, die dem LKW gefolgt waren. Diese Leute hatten sicherlich den Auftrag, sie zu finden und zurückzubringen – oder dafür zu sorgen, dass sie für immer verschwand. Daran bestand für sie kein Zweifel. Aber was sollte sie nun machen? Wenn sie zu Fuß durch dieses Labyrinth humpelte, würden ihre Verfolger sie über kurz oder lang ergreifen. Als Europäerin fiel sie auf, und sie kannte sich hier nicht aus.

Der Mann verschwand in einer der Hütten. Nur wenige Augenblicke später tauchte er mit einem größeren Jungen wieder auf und musterte sie. Hinter ihm stand eine Frau in einem Sari, die ein Baby auf dem Arm hatte. Das Kind schlief, und die Mutter sah müde aus. Ihr Retter sprach gestenreich auf die Frau und den Burschen ein. Dann bestieg er sein Motorrad, und der große Junge setzte sich erstaunlich flink hinter ihm auf den Sozius. Der Mann winkte Julia zu, bevor sie mit lautem Getöse in den schmalen Gassen verschwanden.

Julia merkte plötzlich, dass sie immer noch die Geldnoten umklammert hielt. Sie blickte die Frau an und bat auf Englisch: »Kann ich ein paar Stunden bei Ihnen bleiben?« Als sie die Frage stellte, hatte sie ein schlechtes Gewissen, weil sie die Menschen hier in Gefahr brachte.

»Was haben Sie getan?«, wollte die Frau wissen, sah auf das Geld und anschließend Julia in die Augen. »Wer sucht nach Ihnen?«

Julia antwortete nicht direkt. »Ich komme von Serail Almond«, sagte sie nur.

Der Name schien der Frau etwas zu sagen. Hinter ihr in der Gasse wurde der schmale Lichtfinger eines wandernden Scheinwerfers sichtbar. Entfernte Stimmen hallten durch die Nacht. Die Augen der Frau weiteten sich erschrocken. Schnell packte sie Julia an der Hand und zog sie mit sich in ihr Haus. Sie betraten einen niedrigen Raum, der Kochstelle, Schlafplatz und Wohnraum zugleich darstellte. Ein Vorhang im Hintergrund teilte sich, und zwei weitere Kinder und eine Greisin sahen sie neugierig an. Die Frau mit dem Baby löschte hastig das einzige Licht und zeigte mit der freien Hand an, dass Julia sich setzen sollte. Draußen waren Rufe zu hören, dann das Zuschlagen von Türen und ein leiser Schrei.

Sie kauerten sich in der Dunkelheit zusammen. Die Frau wiegte den Säugling in ihren Armen und gab ihm die Brust. Draußen in der Nacht erklangen Schritte und Stimmen, die immer näher kamen. Ein Suchtrupp! Bald waren die Geräusche dieser Männer schon so nah, dass sie in der Hütte nebenan sein mussten. Etwas schepperte und ging zu Bruch. Ein Kind hinter der dünnen Bretterwand schrie auf.

Die Frau stand auf, ging zu einem Haufen Decken und bedeutete Julia, sich darunter zu verstecken. Eilends folgte sie der Anweisung. Dann setzte sich die Frau mit dem Baby davor und schirmte den Haufen mit ihrem Körper ab. Draußen rief jemand etwas und schlug gegen die Wand. Julia hörte, wie die Tür in den Angeln knirschte, als sie aufgestoßen wurde. Mit wild schlagendem Herzen kauerte sie sich noch mehr zusammen, und ihr brach der Schweiß aus. Sie fürchtete, man würde die Angst riechen, die ihr aus jeder Pore drang. Gedämpft von den Decken, vernahm sie Schritte im Raum, eine kurze, harsche Frage, die ohne Antwort blieb. Etwas Hartes traf sie schmerzhaft an der Schulter. Wahrscheinlich ein Fußtritt, der durch die Decken gedämpft wurde. Das Baby fing an zu schreien. Etwas zerrte an den Decken ...

Julia hörte erneut die Stimmen der Männer, grob und ungeduldig. Dann knallte die Tür, und es war wieder still. Gab es etwas Wirkungsvolleres, Männer in die Flucht zu treiben, als Babygeschrei? Die Frau zog die Decke weg. Das Baby in ihrem Arm drehte das Köpfchen hin und her, fand die Brust und verstummte.

»Es tut mir so leid«, erklärte Julia. »Ich muss von hier fort.«

Die Frau nickte.

Julia zog noch einmal das Geld hervor, doch die Frau schüttelte den Kopf. Julia legte die Scheine auf den niedrigen Tisch. Langsam ging sie zur Tür, nicht recht wissend, wie es für sie nun weitergehen sollte.

»Warten Sie.« Die Frau drückte ihr halb schlafendes, halb nuckelndes Baby einem der größeren Kinder in den Arm und ging zu einer Nische. Dort zog sie ein zusammengelegtes Tuch hervor und legte es Julia in die Hände. Ein kleines Mädchen kicherte. »Sie müssen ... es anlegen«, sagte die Frau und begleitete ihre Worte mit Gesten, die zeigten, was sie meinte.

Julia entfaltete den Stoff: Es war ein Sari aus bunter Seide, den sie in ihren Händen hielt.

Als der Ort in der anbrechenden Morgendämmerung zum Leben erwachte, schenkte man ihr, einer humpelnden Frau in einem orangeroten Sari mit einem Bündel unter dem Arm, nicht viel Aufmerksamkeit. Das Dorf war größer und weitläufiger, als Julia gedacht hatte. Es bestand aus Hütten, die aus einem Sammelsurium an zusammengesuchten Materialien hergestellt waren, und vereinzelten Steinhäusern. Ohne erkennbare Ordnung hatte man die Behausungen auf einem flachen Hang errichtet.

Julia befürchtete, dass die Männer des Suchtrupps, die dem LKW mit zwei Wagen gefolgt waren, irgendwo auf sie lauerten. Deshalb ging sie nicht wieder zu der Stelle hoch, von wo aus man die Hauptstraße erreichen konnte, sondern durch die schmalen Gassen den Berg hinunter. Die Prellung am linken Knöchel war als dumpfes Pochen zu spüren, aber sie hatte einen Stock entdeckt, mit dem sie ihren Fuß etwas entlasten konnte.

Nach einer Weile fand sie sich auf einem staubigen Weg wieder, der querfeldein führte. Sie vermutete, dass das Forschungszentrum irgendwo im Westen lag, also beschloss sie, nach Osten zu gehen – in die Richtung, wo sich der Himmel heller färbte. Sie begegnete einem Bauern mit einem schwer beladenen Eselskarren. Als sie kurz darauf hinter sich Motorengeräusch hörte, zuckte sie zusammen und suchte nach einem Versteck. Ihre Kleidung mochte auf den ersten Blick täuschen, aber ihre Haltung und Körpergröße, ihr Gesicht und die nicht vorhandenen Sprachkenntnisse ... Sie würde, wenn es darauf ankam, die Täuschung nicht aufrechterhalten können. Zum Glück wurde sie jedoch nur von zwei Motorradfahrern überholt, die an ihren Lenkern und hinter den Satteltaschen Milchkannen transportierten.

Milch! Ihr Magen knurrte, aber noch schlimmer war der Durst.

Hinter der grau-lila schimmernden Hügelkette am Horizont ging die Sonne als blassroter Kreis auf, schob sich durch den milchigen Dunst und löste ihn langsam auf. Ein Schwarm Vögel mit langen Schwingen erhob sich davor in die Luft und flog davon. Der Anblick war schön und friedlich; sie allerdings fühlte sich beinahe davon verhöhnt angesichts ihrer Lage. Die Bilder der letzten Nacht – die der leblosen Körper in den Wasserbecken – traten ihr immer wieder vor Augen. Was war mit Robert Parminski? Lebte er noch?

Als es wärmer wurde, setzte sich Julia abseits des Weges in den Schatten eines Baumes, direkt neben einen winzigen Wasserlauf. Sie wollte die Pause nutzen, um den schmerzenden Knöchel in dem Bach zu kühlen, der die Felder bewässerte. Sie musterte die braune Brühe, schöpfte etwas davon mit der Hand und roch daran. Das zu trinken wäre ein fataler Fehler, erkannte sie. Um sich von Hunger und Durst abzulenken, zog sie ihr Telefon hervor und wog es in der Hand. Den Akku hatte sie herausgenommen, damit man sie nicht orten konnte. Sollte sie es riskieren, einen kurzen Anruf zu tätigen und damit ihre Position zu verraten? Die Versuchung war groß.

Aber wen sollte sie anrufen? Die indische Polizei oder die deutsche Botschaft? Ihren Vorgesetzten, Dr. Michael Schrewen von der ICL Thermocontrol GmbH? Fast musste sie grinsen, als sie sich ausmalte, wie konsterniert, ja, ungläubig er auf die Schilderung ihrer jüngsten Erlebnisse bei Serail Almond reagieren würde. Das passte nicht in sein schwäbisches Weltbild. Sollte sie Sonja anrufen? Doch was sollte die tun? Oder Sonjas Bruder Stefan? Ausgeschlossen. Letzten Endes kämen, wenn sie ihre Position hier verriet, die Leute von Serail Almond immer zuerst an sie heran. Und dann gäbe es wieder einen bedauernswerten Unfall, so wie bei Tjorven Lundgren, der vielleicht ein paar Zweifel weckte, aber keine Konsequenzen nach sich zog. Nicht für die Verantwortlichen von Serail Almond – und schon gar nicht für die Opfer in dem mysteriösen Labor. Es ging um weit mehr als bloß um ihr eigenes Überleben … Sie musste schlauer sein als ihre Gegner, ihnen immer einen Schachzug voraus sein. Wenn sie nur nach Deutschland gelangen könnte! Dort würde sie die Polizei, die Presse, das Außenministerium und wer weiß noch wen alles informieren.

Doch beim Blick über die Felder, die sich flimmernd bis zum Horizont erstreckten, wurde ihr bewusst, dass es fast eines Wunders bedurfte, um zurück nach Deutschland zu kommen.

MANHATTAN, NEW YORK, USA

Die Fahrt zum John-F.-Kennedy-Flughafen war wie immer eine Geduldsprobe. Ferland trommelte abwechselnd aufs Lenkrad, fluchte laut und starrte die Leute in den anderen Fahrzeugen finster an. Im Hintergrund sah er, wie sich Flugzeuge im Dreißig-Sekunden-Takt hintereinander in den grauen Himmel erhoben. Wo wollten die alle hin? Sollten anständige Menschen nicht um diese Uhrzeit schlafen? Hatte das einer unter Kontrolle? Hatte überhaupt noch irgendwer irgendwas auf dieser Welt unter Kontrolle? Sein Vorgesetzter würde eine weitergehende Ermittlung zum Tode von Moira Stern rigoros ablehnen. Es sei denn ...

Er versuchte es noch einmal mit dem Telefon. Doch Rebecca Stern ging nicht an ihr Handy. Seine SMS hatte sie auch nicht beantwortet. Diese dumme Pute! Wenn sie am Flughafen erst durch die Sicherheitskontrolle war, würde es eng.

Als er schließlich dort war, stellte er seinen Wagen auf einem der teuren Parkplätze nahe den Terminals ab und hastete in die Abflughalle. Rasch studierte er die Liste der anstehenden Abflüge. Womit flog sie? War es ein Direktflug nach Paris? Air France? Er lief die Schalter ab, suchte ihre schlanke Gestalt mit dem dunklen, akkurat geschnittenen Haar. Es waren einfach zu viele Menschen. Sollte er sie ausrufen lassen? Er befürchtete, dass sie dann erst recht durch die Sicherheitskontrolle zu ihrem Gate verschwinden würde. Denn vermutlich wollte sie ihn nicht sprechen, und wenn sie ihren Namen aus den Lautsprechern hörte, wäre sie gewarnt. Da sah er sie! Sie stand in einer Warteschlange an einem der Schalter.

»Miss Stern, wie schön, Sie zu treffen!«

Rebecca Stern zuckte zusammen und fuhr herum. »Was wollen Sie denn noch? Es ist doch alles geklärt.«

»Nichts ist geklärt. Im Obduktionsbericht wird stehen, dass Ihre Schwester an einem Genickbruch gestorben ist.«

»Ja und?«

»Dann werden die Ermittlungen eingestellt, Miss Stern.«

»Haben Sie ein Problem damit?«

Er zögerte, da er nicht recht wusste, inwieweit er sich ihr offenbaren sollte. »Offen gestanden – ja«, antwortete er schließlich. »Die Geschichte stinkt. Da steckt mehr dahinter. Ihre

Schwester wurde in den Tod getrieben, weil ... weil sie aussah wie ...«

»Wie was?«

»Eine Greisin, ein Zombie. Sie haben ihre Haut doch auch gesehen! Schuppig und höckrig wie die einer Echse. Wir müssen herausfinden, was vor ihrem Tod mit ihr passiert ist.«

»Davor? Das ist lächerlich. In der Leichenhalle war die Rede von einem ungewöhnlich schnell verlaufenden Verwesungsprozess.«

»Das ist Unsinn; ich hab sie kurz nach dem Sturz gesehen«, sagte Ferland.

»Mein Flug geht gleich.«

»Sie müssen nur offiziell Beschwerde gegen die Ermittlung einlegen. Schreiben Sie eine Mail an meinen Vorgesetzten. Mehr verlange ich gar nicht.«

»Warum sind Sie so ... engagiert, Mr. Ferland?«

Er wollte sie ein Stück zur Seite ziehen, doch sie weigerte sich, ihren Platz in der Schlange aufzugeben. Na gut, dachte er, dann würden eben alle hier mithören. »Weil mehr hinter dem Tod Ihrer Schwester steckt. Sehen Sie das nicht, oder interessiert es Sie nur nicht?«

»Das ist eine gemeine Unterstellung.«

»Tut mir leid«, lenkte er ein. »Es ist nur: Ich habe nicht mehr viel Zeit, und dieser Fall beschäftigt mich. Tun Sie mir den Gefallen, Miss Stern, und helfen Sie mir, die Wahrheit ans Licht zu bringen.«

»Was meinen Sie mit ›nicht mehr viel Zeit‹? Stehen Sie kurz vor der Pensionierung?«

»Ich bin krank. Meine Überlebensprognose ist nicht gerade berauschend, sagen die Ärzte.«

»Und dann wollen Sie Ihre kostbare Zeit meiner toten, ihres Lebens überdrüssigen Schwester opfern?« Ihre sonst so wohltemperierte Stimme klang ätzend.

»Ich will die Wahrheit ans Licht bringen.«

»Sehen Sie, jeder will halt etwas anderes. Ich will einfach nur vergessen.« Sie blickte auf ihre Uhr. Ein Schweizer Fabrikat, klein und elegant, mit Diamanten besetzt. »Im Gegensatz zu meiner Schwester habe ich nämlich noch ein Leben.« Sie drehte sich um, den Blick stur auf den Nacken des vor ihr anstehenden Mannes gerichtet.

Ferland war bestürzt. Diese Frau ließ ihn einfach mitten in der Abflughalle stehen wie einen verdammten Idioten.

BIHAR, INDIEN

Der Weg führte Julia durch Reis- und Gemüsefelder. Es war unerträglich heiß. Sie sah Menschen in gebückter Haltung auf den Feldern arbeiten und kam sich verweichlicht und wehleidig vor, wenn sie an ihnen vorbeihumpelte. Als der Feldweg eine größere Straße kreuzte, kaufte sie sich an einem Stand Wasser in Kunststoffflaschen und Reiskuchen. Es gelang ihr, einen Traktor zu stoppen, dessen Fahrer sie auf dem Anhänger mitnahm, wo sie von einer Familie samt misstrauisch blickender Ziege beäugt wurde. Als der Feldweg in eine größere Straße mündete, stieg sie wieder ab.

Auf der größeren Straße kam sie schneller vorwärts. Außerdem war die Chance höher, mitgenommen zu werden – aber auch die Gefahr, entdeckt zu werden. Als sie sich einer Bushaltestelle näherte, entschied sich Julia dafür, in einem der brechend vollen Überlandbusse mitzufahren, und gesellte sich zu den Wartenden. Der Fußmarsch war durch den ständig zunehmenden Verkehr immer gefährlicher geworden. Unzählige Baustellen und plötzlich überholende Fahrzeuge machten die Straße zu einer Todespiste. Selbst wenn sie ein Stück weit neben dem Fahrweg ging, war Julia ihres Lebens nicht sicher:

Gab es einen Stau, wichen einige Autofahrer einfach auf das benachbarte Feld aus.

Als sich ein Bus näherte, rafften die Menschen, die an der Haltestelle warteten, ihr Gepäck zusammen und drängten nach vorn. Julia wurde förmlich mitgerissen. Kaum hatte der Fahrer gehalten, warfen einige Passagiere ihr Gepäck durch die offenen Fenster, um sich einen Platz zu reservieren. Im Pulk der Menschen wurde Julia in den Bus hineingepresst, kurz bevor er wieder anfuhr.

Zusammengequetscht zu einem riesigen Knäuel aus Leibern, Armen, Beinen und den Habseligkeiten der Reisenden, darunter auch Haustiere, rumpelten sie in dem Bus über den löchrigen Asphalt. Trotz der Enge wurde Julia hin und her geworfen. Sie hatte es damit noch gut getroffen, wie sie fand, denn einige Passagiere saßen auf dem Dach oder standen hinten auf der Stoßstange, wo sie sich nur mühsam festhalten konnten: bei dem Verkehr auf der Hauptstraße ein lebensgefährliches Unterfangen. Julia stand zwischen einer Frau, die zwei Hühner in einem geflochtenen Korb mit sich trug, und mehreren Schulkindern in Uniform, die sie, wohl wegen ihrer auffällig hellen Haut, anstarrten und kicherten. So sah es also aus – das wahre Indien, das sie ja unbedingt hatte sehen wollen.

Julia litt entsetzlich unter der drückenden Hitze im Bus. Als er eine Stadt erreichte, klebte der Sari ihr am ganzen Körper, und sie war überdies so müde, dass sie auf der Stelle einschlafen wollte, egal wo. Ein Gasthof, ein Hotel, eine Herberge musste her. Ihr Reisepass befand sich in ihrer Jacke, etwas Bargeld besaß sie auch, aber sie wusste nicht, ob sie den Ausweis vorzeigen konnte. Wenn man sie tatsächlich überall in der Gegend suchte und die Polizei tatsächlich so korrupt war, wie Gallagher behauptet hatte, standen ihre Chancen zu entkommen schlecht.

Kamal hörte, wie die Männer nebenan miteinander stritten. Er saß in der Offiziersmesse, bewacht von einem gleichgültig dreinblickenden Crewmitglied, und trank Wasser. Immer langsam, Schluck um Schluck. Er würde wohl nie wieder damit aufhören können.

Ein Teil von ihm war vorhin ins Meer gestürzt und ertrunken. Der Rest von ihm war erleichtert und unendlich müde. Als er überlegte, ob er einfach den Kopf auf die Arme legen und schlafen sollte, kamen der Mann, der eben eingegriffen und wohl sein Leben gerettet hatte, und zwei weitere Besatzungsmitglieder herein. Ihre Gesichter waren ernst, und sie musterten ihn wie einen Käfer in ihrer Suppe, sodass sein Herz erneut einen Ruck tat.

Einer von ihnen fragte, wo er herkäme, wie alt er sei, wie er hieße, und ein anderer machte sich Notizen. Dann wollten sie das Gleiche über Navid wissen, und sie schienen ihm nicht so recht zu glauben, dass er den Jungen kaum kannte. Einer von den dreien wurde regelrecht wütend und bezichtigte ihn, ein Lügner zu sein. Als der Wortschwall endete, erkundigte sich Kamal nach Navids Gesundheitszustand. Sein Retter versicherte ihm, dass es seinem Freund gut ginge. Kamal fühlte sich erleichtert. Navid war nicht zu Fischfutter geworden! Dann ließen sie ihn wieder mit dem gleichgültigen Aufpasser allein. Kamal nickte ein und schreckte hoch, als sein Retter allein wieder hereinkam und sich mit resignierter Miene zu ihm auf die Bank setzte.

»Im nächsten Hafen, wo wir anlegen, werden wir die Hafenbehörde verständigen«, teilte der Mann ihm mit. »Wir können dich und deinen Freund nicht mit nach England nehmen.«

»Ich muss aber nach England«, entgegnete Kamal. »Ich gehe nicht wieder nach Afghanistan zurück.«

»Was willst du in England?«

»Ich habe Verwandte dort, die mir helfen werden.«

»Glaub mir, die können dir auch nicht helfen.« Er schnaubte verächtlich. »Du hast doch gesehen, was los ist: Blinde Passagiere an Bord bedeuten Scherereien für den Kapitän und die Reederei. Sie kosten Zeit und Geld.«

»Ich bezahle die Passage, wenn ich Arbeit in England gefunden habe.«

»Du meinst, du bekommst eine Arbeitserlaubnis?«

»Ich kann gut arbeiten«, beharrte er.

»Das schert aber keinen!«, brauste der Mann auf. »Soll ich dir sagen, wie das läuft? Noch bevor wir im Hafen einlaufen, muss der Kapitän der Hafenbehörde melden, dass wir blinde Passagiere an Bord haben. Dann geht der Ärger los. Du wirst wahrscheinlich nicht mal dazu kommen, einen Asylantrag zu stellen. Und selbst wenn, kann es Jahre dauern, und dann wird er doch abgelehnt.«

»Ich spreche gut Englisch«, beteuerte Kamal. »Ich schaffe das.«

Der Offizier sah ihn nachdenklich an. »Vielleicht gibt es eine Chance. Ich hab von einer neuen Hilfsorganisation gehört, die *Hanseatic Real Help*. Sie kümmert sich um Flüchtlinge, speziell um blinde Passagiere. Die bezahlen Dolmetscher und gute Anwälte. Sie handeln angeblich im Interesse der Flüchtlinge und nicht der Reedereien und Versicherer.«

»Wie kann ich mit denen in Kontakt treten?«, fragte Kamal.

»Ich kümmere mich darum.«

Kamal wurde in eine leer stehende Kabine gebracht. Es gab ein Fenster, auch wenn es mit Kisten zugestellt war, ein Waschbecken, einen Schreibtisch und ein Bett. Kamal trank noch etwas Wasser. Dann ließ er sich auf das Bett fallen und schlief augenblicklich ein.

Der Überlandbus spuckte Julia in einer Stadt aus, die am Ufer eines Flusses lag. Der Breite nach zu urteilen, war es nicht der Ganges, aber vielleicht einer seiner Nebenflüsse. Zunächst stand Julia mit ihrem Bündel Kleidung unter dem Arm ratlos und verwirrt auf der Straße. Um sie herum wimmelte es von Menschen, und es herrschte ein ohrenbetäubender Lärm, dass eine Unterhaltung auf offener Straße nahezu unmöglich war. Anders als bei ihrem Ausflug in Patna beachtete sie hier niemand. Sie sah sich um. Eine weitere Nacht auf der Straße würde sie zu sehr schwächen und überdies sehr gefährlich sein. Außerdem brauchte sie dringend ein unbedenkliches Telefon. Sie musste ein Quartier finden, wo sie ihren Fuß hochlegen und etwas Schlaf finden konnte. Morgen würde sie dann ihren Rückflug nach Deutschland organisieren.

Julia begann, durch die Straßen zu gehen. Sie sprach Passanten auf Englisch an und erfuhr so, dass sie in Hajipur gelandet war. Die Stadt, die auf einer baumlosen Ebene errichtet worden war, bestand aus einem Wirrwarr bunt gestrichener Häuser, über denen ein Gespinst aus Stromleitungen hing. Julia fand nach mehrmaligem Nachfragen ein Hotel an der Dakbanglo Road, die parallel zu einer Bahnlinie verlief.

Sie betrat eine klimatisierte Lobby und fragte nach einem Zimmer für eine Nacht. Der Mann hinter dem Tresen musterte sie kurz und verlangte ihren Reisepass. Sie händigte ihn aus und erhielt im Gegenzug ein mehrseitiges Formular zum Ausfüllen. Julia nahm den bereitgestellten Kugelschreiber und ging zu einer Sitzgruppe, wo sie sich niederließ. Der Fragenkatalog auf dem Formular war sehr ausführlich und würde einige Zeit beanspruchen. Während sie sich darüber wunderte, was der Geburtsname ihrer Mutter in einer Hotelanmeldung zu suchen hatte, sah sie aus dem Augenwinkel, dass der Portier sie unentwegt anblickte. War sie – eine Europäerin in einem Sari – eine so ungewöhnliche Erscheinung in diesem Hotel? Klar, es gab andere Arten von Bekleidung, die vorteilhafter für sie waren. Andererseits war das Gewand luftig und bequem, und sie hatte schon mehrfach Touristinnen so in Indien herumlaufen sehen.

Der Portier griff unvermittelt zum Telefon und wandte sich von ihr ab. Hatte sie ihn zu sehr angestarrt? Die Sitten und Gebräuche in Indien waren ihr immer noch fremd. Er sprach leise ins Telefon, warf dabei einen prüfenden Blick in ihren Pass und nickte. Julia beantwortete rasch noch ein paar Fragen und kehrte dann mit dem Formular zum Tresen zurück. Der Mann zuckte zusammen, ging ein paar Schritte von ihr fort und telefonierte weiter. Julia wartete. Als er sein Gespräch beendet hatte und sich ihr wieder zuwandte, standen Schweißperlen über seiner Oberlippe. Er griff nach ihrem halb ausgefüllten Formular, ohne einen Blick darauf zu werfen, und legte ihr einen Zimmerschlüssel auf den Tresen. Er fragte sie nach weiteren Gepäckstücken. Julia erklärte, dass sie keine dabeihatte, und verlangte höflich ihren Reisepass zurück.

»Ja, kein Problem«, erwiderte der Portier. »Ich mache bloß noch eine Kopie. Bitte warten Sie.« Er verschwand in einem Raum hinter dem Empfang.

Julia stützte sich auf den Tresen. Ihr Fuß pochte, und sie war zum Umfallen müde. Die Minuten vergingen. Warum dauerte das so lange? Gleich … gleich konnte sie sich auf ein Bett fallen lassen, und es war ihr fast egal, wie es aussah.

Die Tür hinter dem Tresen öffnete sich wieder, doch nicht der Portier kam heraus. Es war ein Junge von vielleicht elf oder zwölf Jahren, der dunkle Haut hatte. Er trug eine Schuluniform, die aus kurzen, dunkelgrünen Hosen und einem leuchtend weißen Hemd bestand, das ihm aus der Hose gerutscht war. Er grinste Julia an, und sie lächelte zurück. Flink umrundete er den Tresen und ging zur Eingangstür des Hotels. Er sah auf die Straße hinaus, dann zog er die Tür zu, steckte behutsam einen Schlüssel ins Schloss und drehte ihn um.

»Warte!«, rief Julia, die misstrauisch geworden war. Weil ihr nichts Besseres einfiel, fügte sie hinzu: »Ich habe draußen meinen Koffer vergessen.«

Er beachtete sie nicht, sondern flitzte an ihr vorbei und kehrte in den Raum hinter dem Tresen zurück. Julia wollte ihm folgen, doch da hörte sie, wie auf der anderen Seite der Tür ebenfalls ein Schlüssel umgedreht wurde. Sie drückte die Klinke nach unten – vergeblich. Hatte man sie soeben eingesperrt?

Sie sah sich um und entdeckte eine weitere Tür, durch die man wohl in den Frühstücksraum gelangte. Doch auch dieser Ausgang war verschlossen, wie sie Sekunden später feststellte. Ihr Blick fiel auf einen Vorhang. Sie eilte dorthin und entdeckte dahinter eine Treppe, die in die anderen Stockwerke führte. Julia lief zum Tresen und schnappte sich ihren Zimmerschlüssel und ihr Bündel. Durch die verglaste Eingangstür sah sie, dass ein weißer Hyundai Accent mit blauen Streifen und dem roten Schriftzug *Police* vor dem Portal anhielt. Zwei Uniformierte stiegen aus.

War das gut oder schlecht? Die Frage wurde ihr beantwortet, als ein weiteres Fahrzeug hinter dem Polizeiwagen parkte. Einen der Männer, die das Auto verließen, erkannte sie wieder: Sie hatte ihn in der Nacht zuvor mit dem LKW-Fahrer sprechen sehen.

Julia rannte zum Treppenhaus. Sollte sie nach oben oder nach unten gehen? Sie erinnerte sich, Gitter vor den Fenstern in den oberen Stockwerken bemerkt zu haben; würde sie dorthin fliehen, konnte ihr das zur Falle werden. Daher nahm sie die Treppe nach unten, wo sie in einen dunklen Kellerflur gelangte. An den Wänden stapelten sich Getränkekisten neben Wäschewagen, und es gingen mehrere Türen ab. Sie öffnete die zweite von links. Der dahinter liegende Raum war finster und vollkommen zugestellt mit Kisten und Kanistern. Wenn hier Waren angeliefert wurden, gab es bestimmt noch einen Ausgang nach draußen.

Julia trat ein, um nach einer zweiten Tür zu suchen. Der Boden war rutschig, und es roch ungesund. Sie schob sich zwischen den Kisten und gestapelten Waren bis an die Außenwand durch. An ein paar Haken vor dem Fenster hing totes Geflügel kopfüber, aber noch im vollen Federkleid von der Decke herab. Daneben befand sich eine Tür – aber auch sie ließ sich nicht öffnen. Klar, wenn hier Waren lagerten, musste man die vor Diebstahl schützen. Julia hörte Getrampel auf der Treppe. Wahrscheinlich suchte der eine Polizist oben und der andere hier unten. Julia drückte sich hinter einen Kistenstapel, kauerte sich unter die toten Hühner und hielt die Luft an. Sie hörte, wie ihr Verfolger näher kam.

11. Kapitel

MANHATTAN, NEW YORK, USA

Nach dem Lärm auf der Straße war es in dem Gebäude still wie in einer Kirche. Ein unauffälliges Edelstahlschild wies Ryan Ferland darauf hin, dass sich die Agentur *Millennium Faces* im vierten Stock befand. Er war in einem der wenigen, noch nicht rundum sanierten Lagerhäuser in Tribeca, einem Stadtteil, der zwischen dem Hudson River und dem Broadway lag. Ferland nahm den antiquierten Lastenaufzug, der früher zweckmäßig und heute cool war – vor allem auch wegen des Nervenkitzels, dass man mit diesem alten Kasten abstürzen konnte.

Während der Fahrt sah er auf seine Uhr. Eine halbe Stunde konnte er abknapsen. Auf dem Revier wusste niemand, dass er hier war. Er hatte diesen Termin zwischen zwei offizielle geschoben, weil ihn der Fall Moira Stern einfach nicht losließ. Das, was ihm Anthony Graziano, sein Vorgesetzter, mittlerweile an Arbeit anvertraute, könnte ein ambitionierter Achtjähriger erledigen. Doch er brauchte eine Beschäftigung, die so anspruchsvoll war, dass seine Gedanken ständig darum kreisten. Und es war einfacher, sich mit der Krankheit und dem Tod der jungen Frau auseinanderzusetzen als mit seinem eigenen Verfall. Wen interessierte schon sein Schicksal? Er würde über kurz oder lang ein weiterer Krebstoter in der New Yorker Statistik sein. Moiras Tod hingegen war ein Rätsel. Und er wollte es lösen, selbst wenn es das Letzte war, womit er sich beschäftigte.

Oben angekommen, stieß er eine schwere Glastür auf und durchquerte eine schwach beleuchtete Halle, bis er vor einem

Empfangstresen stand. Die Dame dahinter musterte ihn kurz und setzte dann ihr Telefonat fort. Hinter einer weiteren Glastür befand sich ein Warteraum, wie in einer Arztpraxis. Doch schicker eingerichtet als bei den Ärzten, die Ferland konsultierte. Niemand wartete, der Raum war leer. Durch verdeckte Lautsprecher dudelte einschläfernde Musik.

»Guten Morgen! Womit kann ich Ihnen helfen?« Die Frau hinter dem Tresen zog eine Grimasse, die wohl ihr professionelles Lächeln darstellte, das aber selbst Caligula in seine Schranken verwiesen hätte. Alles an ihr war spitz: ihre Nase, die Fassung ihrer Brille und sogar ihre weiß lackierten Fingernägel.

»Ich bin vom NYPD und ermittle im Fall des plötzlichen Todes von Moira Stern. Sie war Model und bei *Millennium Faces* unter Vertrag.«

»Oh, das sind viele ... Wie war noch gleich der Name des Mädchens?«

»Moira Stern.«

Sie tippte auf ihrer Tastatur. *Klick, klick, klick* machten die Fingernägel.

»Die wurde schon länger nicht mehr gebucht«, sagte sie geringschätzig.

»Sie ist ja auch tot.«

»Ach? Und wieso weiß ich nichts davon? Dann muss ich sie ja von der Liste nehmen.« Sie schüttelte den Kopf.

»Wann hatte sie denn zuletzt einen Auftrag?«

»Das darf ich Ihnen nun wirklich nicht mitteilen.« Da könnte ja jeder kommen, schien sie zu denken und schürzte ihre Lippen.

»Und wer kann mir da Auskunft geben?«

»Oh, tut mir leid. Das sieht ganz schlecht aus heute. Heather ist nicht da. Und Tom kommt auch erst morgen wieder ins Büro. Wollen Sie vielleicht einen Termin vereinbaren?« Sie sah nicht begeistert aus.

Ein Termin war schwierig. Ferland wusste nicht, wann er sich in den nächsten Tagen wieder loseisen konnte. »Ich muss kurzfristig mit jemandem sprechen, der Moira Stern kannte. Eine Kollegin vielleicht?«

»Bedaure«, erwiderte die Frau und nahm das nächste Telefonat an. »*Millennium Faces*, mein Name ist Gilly Shaw, was kann ich für Sie tun?«, flötete sie in das Mikro ihres Headsets.

Er legte eine seiner Karten auf den Tresen und wandte sich ab. Doch statt zum Ausgang schlenderte er durch die Halle und sah sich um, einfach um Miss Shaw noch ein wenig auf den Geist zu gehen. Konnte sie etwa riechen, dass er keine offizielle Befugnis hatte, hier zu ermitteln? Die Hoffnung, in diesem Haus auf ein menschliches Wesen zu treffen, mit dem er sich über Moira Stern unterhalten könnte, hatte er schon aufgegeben, da rumpelte es hinter seinem Rücken, und wenige Augenblicke später strich ein kühler Luftzug durch die Halle. Ferland drehte sich um und sah eine junge Frau, die auf mörderisch hohen Absätzen über den schwarzen Granitfußboden stolzierte. Sie warf eine Mappe auf den Tresen, beugte sich vor und sprach erregt auf Gilly Shaw ein, die ihr Telefonat inzwischen beendet hatte. Die Frau mit den hohen Absätzen hatte ihr Kinn kampflustig vorgereckt; ihr Gesicht war blass, und das schwarze Haar hatte sie zu einem Zopf zusammengebunden. Er konnte ihre Ohren sehen, die rot glühend ihre Gemütsverfassung verrieten.

»Du kannst das nur mit Heather klären, Kim«, sagte die Empfangsdame schließlich genervt. »Und das sieht ganz schlecht aus heute.« Offensichtlich ihr Standardsatz.

Die junge Frau entgegnete etwas, das Ferland nicht verstehen konnte. Er näherte sich ein wenig dem Tresen, um besser lauschen zu können.

»Heather ist morgen ab elf wieder da«, wurde ihr gnädig mitgeteilt.

»Morgen ist es zu spät. Da ist der Auftrag doch gelaufen.«

»Tut mir leid, Kim ... Willst du einen Termin vereinbaren?«

Gilly Shaw hat es auch nicht ganz leicht, dachte Ferland und sah zu, dass er aus der Halle kam. Im Treppenhaus lehnte er sich neben dem Fahrstuhlschacht gegen einen Pfeiler und wartete. Ein paar Minuten später tauchte die junge Frau im Treppenhaus auf, die Mappe wieder unter den linken Arm geklemmt.

»Hi, kann ich kurz mit Ihnen sprechen?«

Sie musterte ihn, als ob er ein Halsabschneider wäre.

»NYPD. Ferland ist mein Name.« Er zeigte ihr seinen Ausweis.

Das machte es offensichtlich auch nicht besser. Sie wich vor ihm zurück und sah sich nach einem Fluchtweg um. Die Treppen mit den abgetretenen Stufen waren bei ihren Schuhen jedoch keine geeignete Option.

»Es geht um eine Kollegin von Ihnen – Moira Stern«, ergänzte er und versuchte gewinnend zu lächeln.

»Die kenn ich nicht«, entgegnete sie prompt. »Ich kenne überhaupt keine Moira.«

Ferland drückte auf die Ruftasten für den Fahrstuhl, der sich daraufhin ächzend aus einem der unteren Stockwerke auf den Weg machte. Sie trat von einem Fuß auf den anderen, und so blickte er unwillkürlich nach unten auf ihre Beine. Die Knöchel waren so dünn wie seine Handgelenke, dabei war sie bestimmt einen halben Kopf größer als er.

»Es ist wichtig«, sagte Ferland. »Ich brauche wirklich Ihre Hilfe.«

Der Fahrstuhl kam, und sie stiegen ein. Die Frau, die Kim genannt worden war, verschränkte die Arme vor der flachen Brust und starrte an ihm vorbei. Vierter Stock, dritter, zweiter ...

Ferland versuchte es noch einmal. »Aber Sie haben bestimmt Kolleginnen, von denen die eine oder andere Moira Stern gekannt haben könnte. Vielleicht wissen Sie eine, die schon lange im Geschäft ist und die viele der Models hier persönlich kennt?«

Die Frau schüttelte so heftig den Kopf, dass ihr Zopf hin- und herflog.

Ferland reichte ihr einen kleinen Stapel Visitenkarten. »Moira Stern wurde vielleicht ermordet. Sie war eine von Ihnen. Es geht dabei um Ihrer aller Sicherheit. Falls eine Kollegin von Ihnen Moira kannte ...« Er sah ihr direkt in die mandelförmigen Augen.

Sie blickte jetzt nicht nur abweisend, es war eine Ahnung von Furcht hinzugekommen.

»Ich hab gehört, dass eins der Mädchen gestorben ist. Aber ich bin neu hier. Ich weiß gar nichts.«

»Die Aufklärung des Falles ist in Ihrer aller Interesse.« Ferland setzte eine ernste Miene auf. Er kam sich mies vor, weil er es so darstellte, als wäre ein Wahnsinniger unterwegs, der wahllos Models meuchelte. Die Fahrstuhltür öffnete sich. Kim sah ihn noch mal an und stöckelte davon.

»Super gemacht: Ferland, der Frauenverschrecker«, murmelte er sarkastisch und machte sich auf den Rückweg ins Revier.

Dort angekommen, ging er zuerst in die Kantine. Nach einem Mittagsmahl, einem Burger mit Pommes, der nach Frittierfett und alten Lappen geschmeckt hatte, holte er sich noch einen Becher mit starkem schwarzem Kaffee und fuhr hinauf in sein Büro. Dort erwartete ihn eine böse Überraschung: June Cassidy sah hoch, als er sich gerade an ihrem Tisch vorbeimogeln wollte, und deutete mit einem ihrer Wurstfinger auf ihn.

»Da bist du ja endlich, Ryan. Wo hast du so lange gesteckt?«, fragte sie vorwurfsvoll.

»Mich auf dem Washington Square gesonnt, was denn sonst, June?«

Sie verzog keine Miene. »Der Lieutenant will dich sprechen.«

Hatte sie auf einmal Namensdemenz? »Hat Graziano plötzlich Sehnsucht nach mir bekommen?«

Nachdem Ferland seine Erkrankung und die Diagnose hatte publik machen müssen, war er von seinem Vorgesetzten wie die Beulenpest gemieden worden. Nach dem ersten ungläubigen Erstaunen und der Wut, die aus seiner Verletztheit resultierte, hatte er sich damit arrangiert. Er hatte sich gesagt, dass es ihm vor falschem Mitleid und aufgesetzter Fröhlichkeit sowieso graute. Heute schien seine Schonzeit beendet zu sein.

Junes schwarz umrandete Augen funkelten. »Sehnsucht würde ich das nicht nennen«, zischte sie. »Er ist stinksauer auf dich.«

HAJIPUR, BIHAR, INDIEN

Die staubigen Hühnerfedern kitzelten Julia in der Nase. Es roch nach Geflügelmist und Verwesung. Sie betete, dass sie nicht niesen oder würgen musste, denn der Mann, der sie suchte, hatte jetzt den Kellerraum betreten. Sie konnte ihn atmen hören. Er hatte vor ein paar Minuten schon einmal in den Kellerraum geschaut und war dann den Gang heruntergelaufen. Als sie dachte, dass man sie nicht mehr entdecken würde, war er zurückgekommen.

Julias Augen hatten sich inzwischen an die Lichtverhältnisse gewöhnt, und so fiel ihr auf, dass die Außentür von innen nur mit einem Riegel verschlossen war. Sie hörte, wie der Mann in ein Funkgerät sprach. Er war also abgelenkt. Sie schob vorsichtig den Riegel zurück, und die Tür schwang auf. Leise schlich

Julia die Stufen hinauf und fand sich in einer Gasse wieder. Sie wandte sich nach links, hastete durch die schmale Straße und landete wenig später auf einem größeren Platz. Um sie herum wuselten Inder und auch ein paar Touristen. Auf der anderen Seite des Platzes sah sie Hauseingänge und kleine Geschäfte. Sie drängte sich durch das Gewühl und dachte dabei, dass mittlerweile wahrscheinlich alle Polizisten dieser Stadt eine Personenbeschreibung von ihr erhalten hatten. In Gedanken verfluchte sie den leuchtenden Farbton ihres Saris und ihre Körpergröße. Als sie vor sich eine Polizeiuniform aufblitzen sah, reagierte sie sofort und stolperte seitwärts in eines der Geschäfte.

Ein uralter Mann saß zwischen einem Wirrwarr von Produkten, die man wohl als Kolonialwaren bezeichnen konnte, und starrte sie aus sehr hellen Augen an. Julia fragte auf Englisch nach einem zweiten Ausgang. Er reagierte nicht, blinzelte nicht einmal.

»Bitte, helfen Sie mir!« Sie zog einen Geldschein hervor und drückte ihn in seine Hand, die auf dem Verkaufstresen ruhte.

Er betastete den Schein, starrte aber weiter an ihr vorbei. Sie wollte schon hinauslaufen, denn der Verkaufsraum schien eine Sackgasse zu sein, doch da drehte der Mann seinen Kopf, steckte den Geldschein in seinen Ärmel und murmelte etwas. Julia blickte in die Richtung, in die er sich gewandt hatte. Mit einem Mal bemerkte sie den Perlenvorhang, der hinter allerlei Waren, die von der Decke hingen, so gut wie unsichtbar war. Sie schlüpfte dahinter, landete in einem Hinterzimmer mit Bett, Tisch und Hocker und gelangte von dort in einen Innenhof. Sie ging an einem Ziegenverschlag vorbei, passierte einen schmalen Durchgang und kam auf eine Parallelstraße zu der Gasse hinter dem Hotel. Julia winkte eine der vielen Fahrradrikschas herbei; und da ihr kein anderes Ziel einfiel, befahl sie dem Fahrer, sie zum Bahnhof zu bringen.

Es war eine schlechte Idee, wie sich herausstellte: Als sie sich dem Bahnhof näherten, standen bereits zwei Polizeiwagen davor ... An einem lehnten zwei Uniformierte mit dunklen Sonnenbrillen, und einer von ihnen telefonierte. Offenkundig hatten ihre Verfolger in Betracht gezogen, dass sie die Absicht haben könnte, ihre Flucht im Zug fortzusetzen.

MANHATTAN, NEW YORK, USA

»Ich hab vorhin einen Anruf aus dem OCME bekommen«, sagte Anthony Graziano, ohne von seinen Notizen aufzusehen.

Ferland zog sich unaufgefordert einen Stuhl herbei und setzte sich mit einem Ächzen vor den Schreibtisch. Ein Schreibtisch, der eigentlich ihm gehören sollte, hatte er früher oft gedacht. Inzwischen wollte er ihn nicht mehr. »In welcher Sache?«, fragte er.

»Wie viele Leichengeschichten hast du gerade am Laufen, Ryan?« Immer noch kein Augenkontakt. Dafür ein dezenter Hinweis darauf, dass Ferland nur noch Kleinscheiß zugeteilt bekam. Bis auf den Fall Moira Stern, aber der hatte ja auch als drohender Suizid mitten in einer saukalten Nacht begonnen, als gerade kein anderer da gewesen war.

»Soweit ich weiß, keine«, stieß Ferland hervor. Der Fall Stern war offiziell abgeschlossen.

»Dr. Rungford lässt ausrichten, dass ich meinen Terrier zurückpfeifen soll. Sie hat ihrem Bericht in der Sache Moira Stern nichts weiter hinzuzufügen.« Der Lieutenant sah immer noch nicht auf. »Und ändern wird sie ihn schon gar nicht.«

Ferland bemerkte, dass sich die Wangen seines Chefs gerötet hatten: Grazianos Gesichtsfarbe war ein zuverlässiges Barometer für seine Gemütsverfassung.

»Oh, dann hat Dr. Rungford meine Mails also doch bekommen. Ich dachte schon …«

»Dr. Rungford ist stinksauer. Sie überlegt, sich beim First Deputy Commissioner über dich zu beschweren.«

»Dann kommt ja was in Gang.«

»Meinst du? Was willst du dir damit beweisen?« Endlich richtete er den Blick auf Ferland. Aus seinen Augen sprühten Funken.

Vielleicht, dass ich noch am Leben bin, antwortete Ferland im Stillen. *Tote provozieren nicht mehr diese Art von Ärger.* Der tägliche Mist, wenn sich eine Behörde mit der anderen auseinandersetzen musste. Kompetenzgerangel um jeden Zentimeter Boden. Er warf einen Blick auf das gerahmte Foto, auf dem Grazianos perfekte Familie zu sehen war, die vor den Niagarafällen stand und den Betrachter angrinste. »Ich will beweisen, dass Moira Stern nicht einfach nur eine x-beliebige Suizidtote ist. Es gibt verdächtige Begleitumstände, die eine Untersuchung erfordern.«

Grazianos Oberkörper ruckte vor. »Der Fall Stern ist abgeschlossen, Ferland. Geht das nicht rein in deinen Dickschädel?«

»Was schadet es, wenn ich ein bisschen nachbohre? Es ist ja nicht gerade so, dass ich meine andere Arbeit darüber vernachlässige«, entgegnete Ferland ruhig. Bei einem Brüllduell mit dem Lieutenant käme eh nichts heraus. Darin war sein Vorgesetzter die wirkliche Nummer eins.

Graziano ließ seine Faust auf die Tischplatte niederkrachen. Einen Moment sah es so aus, als würde er tatsächlich losbrüllen. Dann sagte er in ätzendem Tonfall: »Was das schadet? Du lässt deinen Kollegen Flavio allein in einer heruntergekommenen Pfandleihe Befragungen durchführen, während du deinen privaten Interessen nachgehst. Daraus kann sich verdammt schnell eine verdammt heikle Lage entwickeln!«

»Einmal!« Ferland hielt einen Finger hoch. »Ein einziges Mal hat Flavio etwas allein durchgezogen.«

»Du hast damit sein Leben riskiert.«

»Das war doch vollkommen ungefährlich. Und Flavio war damit einverstanden. Er kannte den Typen. Hat er etwa ...«

»Flavio hat dich nicht verpfiffen, falls es das ist, was du vermutest. Er hat es erst auf meine Nachfrage hin zugegeben.«

Plötzlich klang Graziano müde. Das war jedoch bedenklicher als die allseits bekannte Wut. Immerhin war Flavio nicht petzen gegangen. Ein kleiner Trost. War die Standpauke nun vorbei? Ferland schielte zur Tür.

»Was soll ich nur mit dir machen?«, fuhr Graziano fort. »Du warst doch immer ein guter Mann, Ryan. Einhundert Prozent zuverlässig. Und jetzt das.«

Du warst ... Er sprach bereits in der Vergangenheitsform über ihn. Ferland war geschockt. »Das ist zum Glück das Problem eines Lieutenants – und nicht meins.«

Er verließ polternd den Raum. *Toller Abgang*, gratulierte er sich ironisch. Das würde Konsequenzen haben. Wenn seine Welt den Bach runterging, dann doch bitte auch mit Getöse.

HAJIPUR, BIHAR, INDIEN

Julia hatte den Rikschafahrer angewiesen, weiterzufahren, als ihr die Polizisten vor dem Bahnhof aufgefallen waren. Während sie das rosa Gebäude mit der Aufschrift *Hajipur Jn.* passierten, hatte sie sich tief in den rissigen Sitz der Rikscha gedrückt. Nun wollte der Fahrer allmählich wissen, wo sie hinwollte und ob sie auch Geld dabeihabe.

Geld ... Wie weit würde sie wohl mit ihrem Bargeld kommen? Mit ihrer Kreditkarte irgendwo Geld abzuheben wäre beinahe genauso gefährlich, wie das Mobiltelefon von Serail Almond zu benutzen. Damit würde sie eine elektronische Spur legen, die man in kürzester Zeit entdecken könnte. Doch warum eigentlich nicht? Die Kerle vermuteten sowieso, dass sie in Hajipur war. Vermuteten? Nein, sie wussten es. Der Portier hatte ihren Pass gesehen und ihre Daten irgendwohin durchgegeben. Schlimmer, er hatte ihren Pass immer noch! Julia wurde es eiskalt. Die Erkenntnis, dass ihr Reisepass in den Händen ihrer Feinde war, fühlte sich an wie ein Sturz ins Bodenlose.

Denk an was anderes, befahl sie sich. *Überleg lieber, wen du jetzt anrufen könntest!* Während sie das Mobiltelefon anstarrte und sich nicht dazu durchringen konnte, den Akku wieder einzusetzen, kam ihr eine Idee. Sie bat den Fahrer, vor dem Stand eines Straßenhändlers zu stoppen, und fragte ihn, ob er ein Handy besaß. Er zog ein kleines Mobiltelefon hervor und zeigte es ihr. Es war ein Prepaid-Handy, der Akku vollgeladen.

»Möchten Sie es tauschen?« Sie zeigte ihm ihres.

Er betrachtete es interessiert, schüttelte dann aber den Kopf. Es folgten zähe Verhandlungen, bis er endlich einwilligte, und dann auch nur, weil er zusätzlich zum Mobiltelefon noch ein paar Geldscheine erhielt. Anschließend tauschten sie ihre Telefon- und PIN-Nummern aus.

Julia bezahlte den Rikschafahrer, kaufte sich noch eine Flasche Wasser und ließ sich neben dem Stand des Straßenhändlers unter einem großen Baum nieder, unter dem schon ein paar Rucksacktouristen lagerten. Sie wollte den Anschein erwecken, als gehöre sie dazu. In einer Gruppe Europäer oder Australier fiel sie sehr viel weniger auf als unter Indern. Gleichwohl achtete sie darauf, so viel Abstand zu den Touristen zu haben, dass man sie nicht hörte, wenn sie leise sprechen würde.

Julia wog das fremde kleine Telefon in ihrer Hand. Ihr wurde klar, dass sie mit dem alten Handy auch ihr gesamtes Telefonregister verloren hatte. Wie viele Nummern wusste sie überhaupt auswendig?

Einen kurzen Moment fürchtete Julia, ihre Freundin würde ihr nicht glauben, nachdem sie berichtet hatte, was ihr passiert war. Sie konnte es ja selbst kaum glauben. Doch sie hatte Sonja in dieser Beziehung unterschätzt.

»Du hast doch nichts getrunken, Julia?«, fragte ihre Freundin nur.

Als auch das geklärt war, sagte Julia: »Ich muss zur deutschen Botschaft. Oder zu einem Generalkonsulat. Ich brauche einen Passersatz. Und ich weiß nicht, wie lange ich von diesem Handy aus telefonieren kann.« Ein Wunder, dass man damit überhaupt Auslandsgespräche führen konnte.

»Brauchst du Geld?«

»Bestimmt. Aber ich will meine Karten nicht benutzen.«

»Ich kümmere mich darum. Das kriegen wir hin, Julia. Ich ruf dich an, sobald ich mehr weiß. Sei bitte vorsichtig!«

Sie beendeten das Gespräch, und Julia steckte das Telefon ein. Es gelang ihr, sich ein wenig zu beruhigen: Der Horror, verfolgt zu werden, ging langsam in ein erträgliches Grauen über. Sie betrachtete die anderen Leute unter dem Baum. Die Männer und Frauen saßen allein oder in kleinen Gruppen zusammen und warteten offenbar das Ende des Tages ab. Einige lachten, andere dösten. Es waren normale Backpacker, wie man sie in Indien erwartete: ohne viel Geld oder größeres Gepäck unterwegs, dafür mit einer Mischung aus Lebenshunger und Lebensmüdigkeit gesegnet – und mit dem Vorsatz, so viele Erfahrungen wie möglich zu sammeln, ohne eine Gegenleistung dafür zu erbringen.

Julia fühlte sich unsagbar müde und unfähig, sich mit dem geschwollenen Knöchel noch weiterzubewegen. Als die Sonne als matte Scheibe hinter den Häusern versank, kam sie mit drei Deutschen ins Gespräch, die wie sie noch ein Quartier für die Nacht suchten. Mangels eines Geistesblitzes stellte sie sich als Viola vor, der Kurzform ihres zweiten Vornamens Violetta, den sonst nur Behördenvertreter zu sehen oder zu hören bekamen. Die drei jungen Leute – sie hießen Niklas, Marvin und Paula – hatten es nicht besonders eilig, sich um eine Unterkunft zu kümmern. Eine Feldflasche mit Rotwein und ein Joint machten die Runde. Niklas berichtete, dass er und sein Kumpel aus Frankfurt kamen, während Paula nicht genau wusste, ob sie noch in Bamberg studierte oder nicht. Marvin schwieg beharrlich, rauchte dafür umso mehr und warf Julia immer mal wieder einen misstrauischen Blick zu. Als sie eine dramatische Story über einen Überfall in Patna und einen Streit mit ihrem Reisebegleiter erzählte, von dem sie sich danach getrennt hätte, schien sie Marvin davon überzeugt zu haben, bloß eine harmlose Touristin zu sein. Jedenfalls gab er ihr anschließend etwas von seinem Reiskuchen ab.

Als es dunkel war, sammelten die drei ihre Sachen zusammen und machten sich, mit Julia im Schlepptau, auf die Suche nach einem Quartier. Paula redete in einem fort, sodass es nicht auffiel, wie schweigsam Julia war. Niklas sprach auf ihrem Weg andere Backpacker an, tauschte Tipps und Joints aus. Schließlich landeten sie in einer Privatpension, wo die indische Wirtin ihnen ein unmöbliertes Hinterzimmer mit einem Waschbecken zur Verfügung stellte. Die Frauen schickten die Männer hinaus in den Innenhof, um sich zu waschen, und Julia spülte noch ein paar Kleidungsstücke mit Paulas Haarshampoo aus, um den Gestank von Angstschweiß loszuwerden. Die Grillen zirpten noch, als sie sich in ihrer Unterwäsche und einem T-Shirt in die dünne Decke einrollte, die Marvin ihr großmütig zur Verfügung gestellt hatte. Augenblicklich schlief sie ein.

Sie wurde urplötzlich wach, als sie ein rhythmisches Geräusch hörte. Um sie herum war es stockfinster, und es dauerte einen Moment, bis sie wusste, wo sie sich befand: Indien, Bihar, Hajipur, die kleine Pension ... Einigermaßen beruhigt schloss sie wieder die Augen. Neben ihr schlief Paula auf einer Isomatte. Den Geräuschen nach zu urteilen bewegte sie sich unruhig im Schlaf. Hatte sie einen schlechten Traum? Doch dann wurde Julia klar, dass Paula nicht träumte. Sie hatte Sex mit jemandem. Wahrscheinlich mit Niklas, der ihr den ganzen Abend über schon lüsterne Blicke zugeworfen hatte. Genervt zog sich Julia die Decke über die Ohren. Doch sie konnte nicht wieder einschlafen.

Endlich hörte sie Niklas unterdrückt stöhnen, die Decken neben ihr raschelten noch heftiger. Julia bezweifelte, dass Paula in dieser Situation ebenfalls zum Höhepunkt gekommen war, aber was ging es sie an? Vielleicht konnte sie ja jetzt wieder einschlafen? Eine Weile hörte sie nichts, dann tiefe, entspannte Atemzüge. Es gab doch kein besseres Schlafmittel, als eine kleine Nummer zu schieben ...

Sie war kurz davor, wieder wegzunicken, da hörte sie ein leises Geräusch aus Richtung der Terrassentür. Sie blinzelte und sah einen Schatten, der sich vor dem helleren Nachthimmel bewegte. Wegen der Wärme hatten sie vorhin die Tür nach draußen offen gelassen, weil sie nur in einen ummauerten Innenhof führte.

Doch eine Mauer, die nur einen Meter fünfzig hoch war, stellte kein ernsthaftes Hindernis für jemanden dar, der hier eindringen wollte.

12. Kapitel

HAJIPUR, BIHAR, INDIEN

Eine Weile war alles still in der kleinen Pension. Julia fragte sich schon, ob sie nur geträumt hätte, da vernahm sie das Geräusch nackter Füße auf Steinboden. Es befand sich jemand im Innenhof der Pension. Ein Dieb? Oder waren es ihre Verfolger? Sie blinzelte. Ein Schatten zeichnete sich hinter der offenen Tür ab. Kam auf sie zu.

»Psst. Kannst du auch nicht schlafen?«

Die leise Stimme war unverkennbar die von Marvin.

»Wenn hier Ruhe wäre, schon«, zischte sie böse. Der Idiot – ihr solch einen Schrecken einzujagen! Wollte er sie, inspiriert durch seine Mitreisenden, jetzt etwa anmachen?

»Ich glaube, du bist auch schon eine ganze Weile wach«, flüsterte er. Seine Finger berührten sie an der Schulter und wanderten weiter nach vorn.

Julia richtete sich auf, packte sein Handgelenk und verbog es, sodass er einen erschrockenen Laut von sich gab. »Sei ganz vorsichtig«, warnte sie ihn.

»Hey, ist ja gut. War nur ein Versuch.«

Sie ließ ihn los. »Toll. Jetzt kann ich bestimmt nicht wieder schlafen.«

»Ist vielleicht auch besser. Komm mit. Ich muss dir was zeigen.«

Julia verdrehte die Augen. Sie wollte sich wieder hinlegen, doch er ließ ihr keine Ruhe.

»Nicht, was du denkst. Komm schon …«, drängte er sie leise.

Sie überlegte kurz. An Schlaf war jetzt sowieso nicht mehr zu denken. Paula neben ihr schnarchte. Der Raum war stickig, und von draußen strich angenehm kühle Nachtluft herein. Sie schlug die Decke zurück und folgte Marvin hinaus in den Innenhof.

Julia setzte sich auf eine gemauerte Bank und er sich auf einen wackeligen Schemel ihr gegenüber. Er trug nur eine Unterhose, seine bleiche Haut schimmerte im Mondlicht. Dann griff er neben sich und zog eine Zeitung hervor.

»Die hab ich vorhin hier draußen gefunden«, sagte er. »Als ihr euch gewaschen habt. Die *Hindustan Times.*«

»Aha.«

»Schau mal.« Er hielt ihr eine aufgeblätterte Seite entgegen. Dann machte er ihr mit seinem Feuerzeug Licht.

Julia erschrak. Das konnte nicht wahr sein: Da war ein Bild von ihr abgedruckt – und zwar das Foto, das man bei Serail Almond für ihren Mitarbeiterausweis aufgenommen hatte. Es zeigte sie mit Bluse und Blazer und leicht genervter Miene. Inzwischen sah sie ganz anders aus – dennoch hatte Marvin sie erkannt.

»Ja und? Wer soll das sein?«, fragte sie.

Im ersten Moment war er irritiert, dann lächelte er wissend. »Nicht schlecht. Du hast wohl Übung. In dem Artikel steht, du bist als Expat in Indien. Und dass du vermisst wirst. Sie befürchten, dass du entführt wurdest oder dich irgendwo verlaufen hast...«

»Ich kenne die Frau nicht«, sagte sie mit fester Stimme.

»Viola... oder wie auch immer du heißt. Julia?« Er kramte in einem Beutel, den er mit nach draußen genommen hatte. »Sie suchen dich jedenfalls. Für Hinweise, die zu deinem Auffinden führen, hat diese Firma – Serail Almond – eine Belohnung ausgesetzt.«

Julia nahm ihm das Feuerzeug ab und las den Artikel, soweit das in dem flackernden Licht möglich war. Er drehte sich unterdessen einen Joint. Als sie fertig war, sah sie ihn ratlos an. Er zündete den Joint an und zog genüsslich daran. Dann hielt er ihn ihr hin. Sie schüttelte den Kopf. Das Zeug wirkte bei ihr sowieso nicht. Und außerdem musste sie einen klaren Kopf behalten: Es war alles noch schlimmer, als sie gedacht hatte. Fünftausend Dollar – zweihundertsechzigtausend Rupien Belohnung. Für sehr viele Inder stellte das ein Vermögen dar. Und auch Leuten wie Marvin garantierte so eine Summe über Jahre ein sorgenfreies Leben in Indien. Sie konnte niemandem mehr trauen.

»Was willst du jetzt tun?«, fragte er; zum Schutz gegen den Rauch hatte er die Augen zusammengekniffen.

»Das kann ich dir nicht sagen.« Julia erhob sich.

»Du kannst mir vertrauen. Ehrlich. Egal, was du angestellt hast. Ich mag diese Großkonzerne sowieso nicht. Das sind doch alles Verbrecher …«

»Ich will euch nicht in Schwierigkeiten bringen«, sagte Julia. »Danke, dass ihr mir geholfen habt.«

Er stand ebenfalls auf und versperrte ihr den Weg zurück ins Zimmer. »Bleib doch wenigstens bis morgen früh«, drängte er sie. »Dann überlegen wir uns zusammen was.«

»Ein verführerisches Angebot, aber: nein. Tut mir leid, Marvin.«

Er zuckte mit den Schultern und gab den Weg frei. Julia nahm ihre noch feuchten Kleidungsstücke, die sie nach dem Waschen provisorisch aufgehängt hatte, und zog sie über. Nicht den Sari, sondern ihre Jeans, die Jacke und das T-Shirt. In dem indischen Gewand fühlte sie sich irgendwie verletzlicher, und das war das Letzte, was sie jetzt gebrauchen konnte. Den Sari und ihre restlichen Sachen wickelte sie zu einem Bündel zusammen. Marvin beobachtete jede ihrer Bewegungen, langsam rauchend und mit wachsamem Blick.

»Ich will nicht durch das Haus gehen und dabei womöglich unsere Landlady aufwecken«, sagte Julia leise, als sie fertig war. »Hilfst du mir über die Mauer?«

»Natürlich. *Fuck.* Das gefällt mir nicht, Viola.«

»Mir auch nicht«, gestand sie und zog ihn kurz in ihre Arme. »Viel Spaß noch und weiterhin gute Reise.«

Er drückte ihr einen flüchtigen Kuss auf die Wange und half ihr dann über die Mauer. »Pass auf dich auf!«, rief er ihr leise hinterher. Er klang ehrlich besorgt.

Die Straße jenseits der Mauer war menschenleer. Zwei Katzen, die sich unterhalb der Mauer gebalgt hatten, verschwanden in langen Sätzen in einem Haufen Unrat am Straßenrand. Ein paar Blechdosen klapperten. War es klug gewesen, mitten in der Nacht die Unterkunft zu verlassen? Julia sah auf ihre Armbanduhr: halb vier. Es war die einsamste Stunde der Nacht. Sie schauderte in ihren klammen Klamotten. Vor ihr lag ein mühseliger Weg durch drei indische Bundesstaaten, wenn sie das Generalkonsulat in Kolkata erreichen wollte. Im Moment fühlte es sich so an, als könne das genauso gut auf dem Mond sein, der blass, fast durchscheinend, oberhalb der Giebel und Stromleitungen am Himmel stand.

Sie musste nachdenken, wie sie weiter vorgehen sollte. Julia zog ihr eingetauschtes Handy hervor und schaltete es ein. Es war tot. Was hatte sie erwartet? Sie seufzte und lenkte sich mit dem vordringlichsten Problem von ihrem Ärger ab: Sie hatte keinen Pass. Und sie besaß nur noch rund zweitausend Rupien, also umgerechnet knapp dreißig Euro, sowie dreihundertfünfzig Euro. Mit dem Flugzeug oder mit der Bahn weiterzureisen konnte sie ohne ein Ausweisdokument sowieso vergessen. Ihren deutschen Führerschein hatte sie noch bei sich. Der sollte immerhin ausreichen, um sich im Generalkonsulat auszuweisen. Aber erst einmal musste sie dorthin kommen. Den Leuten von Serail Almond war es offensichtlich wichtig, sie zu finden. Das besagte die Anzeige in der Zeitung ... und natürlich die Tatsache, dass man sie verfolgt hatte. Der Polizei in Bihar konnte sie nicht trauen. Korruption und Bestechung gab es überall ... Was würde passieren, wenn ihre Verfolger sie erwischten? Sie würde wohl kaum von Serail Almond herzlich empfangen werden und dann einfach an ihren Arbeitsplatz zurückkehren. Man würde sie auch nicht nach Deutschland reisen lassen – nach dem, was sie gesehen hatte. Wahrscheinlich würde sie einen Unfall haben oder aber bei einem angeblichen Raubüberfall ums Leben kommen, so wie Lundgren. Und ... sie würden damit durchkommen; selbst Sonjas Aussage könnte nichts daran ändern. Doch Julia wollte nicht sterben. Sie wollte leben – und Robert und die anderen retten, wenn das noch irgendwie möglich war.

Sie musste schon eine Weile durch die nächtliche Stadt gelaufen sein, denn so langsam erwachten die Bewohner von Hajipur. Ein Bauer mit einem hoch mit Heu beladenen Eselskarren schlurfte müde an ihr vorbei, und eine »allein reisende« weiße Kuh kam Julia entgegen. Zwei Motorradfahrer überholten sie mit Getöse, eine alte Frau goss die Topfpflanzen vor ihrer Haustür. Dann kam Julia an einer Bankfiliale vorbei. Sie war noch geschlossen, aber wenn sie öffnete, wollte Julia sich dort Geld holen. Ohne Bargeld war sie verloren, und ihre Verfolger wussten sowieso, dass sie sich in diesem Ort aufhielt. Die Information würde ihnen also nicht viel weiterhelfen. Julia hoffte, dass sie schon weitergereist sein würde, wenn die Verfolger von ihrer Geldabhebung erführen.

Ein Chai-Shop, an dem sie eben vorübergegangen war, hatte schon Feuer unter den Kesseln. Sie könnte dort etwas frühstücken, bis die Bank öffnete. Julia knurrte der Magen, und ihr war immer noch kalt. Während sie zurückging, wurde sie sich des Risikos bewusst, auf offener Straße umherzuspazieren, denn es waren noch keine Touristen unterwegs, in deren Mitte sie untertauchen könnte. Dafür sah sie immer mehr Inder, vor allem Handwerker und Angestellte, die sich auf dem Weg zur Arbeit befanden …

Julia kaufte sich in dem Laden einen Chai-Tee mit Milch sowie Bananen-Porridge und ließ sich auf einer der Bänke im hinteren Bereich nieder. Erst beim Essen merkte sie richtig, wie hungrig sie war. Mit leerem Magen konnte sie nicht richtig denken – und das musste sie, wenn sie heil nach Kolkata kommen wollte. Wenn Flugzeug und Bahn wegfielen, blieben nur noch Autos oder Busse als Fortbewegungsmittel. Auf den ersten Blick schien sie sich in einem der überfüllten Busse am besten verstecken zu können. Bei einer Kontrolle – hin und wieder gab es auch regelrechte Straßensperren der Polizei – gab es allerdings kein Entkommen. Und zumindest in Bihar bestand die Gefahr, dass auf den Hauptverkehrswegen nach ihr gesucht würde. Ein Auto mit einem Fahrer, der sich auf den Straßen gut auskannte, war sicherer und schneller. Dies war wohl die beste Option, um ihre Flucht erfolgreich fortzusetzen. Sie ließ sich noch einmal schäumenden Milchtee nachschenken und kaufte sich zudem ein paar Reiskuchen als Proviant, obwohl ihre Rupien langsam zur Neige gingen. Wenn es hart auf hart kam, war es am wichtigsten, immer etwas zu essen zu haben, dachte sie. Wie schnell man das zu Hause in Deutschland vergaß, wo es für die allermeisten völlig normal war, regelmäßig Mahlzeiten zu sich nehmen zu können.

Kurz bevor die Bankfiliale öffnen sollte, machte sie sich auf den Weg dorthin. Die Straßen waren jetzt wieder von hektischer Betriebsamkeit erfüllt, und das gab ihr einen gewissen Schutz. Sie bog um die Ecke … und blieb abrupt stehen: Ein Polizeifahrzeug, ein weißer Tata, parkte ein paar Häuser von der Bankfiliale entfernt. Und direkt neben dem Eingang zur Bank stand ein Uniformierter und starrte stoisch auf die an ihm vorbeieilenden Menschen. Eine Routinemaßnahme? Oder rechnete man damit, dass sie eine Bank in der Stadt aufsuchen würde? Julia wich zurück und prallte gegen ein paar Schulkinder, die kicherten, als sie sich umdrehte. Verdammt, sie brauchte Bargeld! Sollte sie abwarten, bis der Polizist wieder fortging? Sie konnte schlecht hier herumstehen. Das würde Aufmerksamkeit erregen. Nun näherte sich auch noch ein Polizeijeep und verlangsamte vor der Bank sein Tempo. Er hielt neben dem Polizisten an, sodass der Fahrer und der uniformierte Beamte miteinander sprechen konnten. War das ein Zufall?

Ihre Frage beantwortete sich, kaum dass Julia sie gedacht hatte. Im Inneren des Jeeps presste sich ein Gesicht gegen die hintere Scheibe. Ein Gesicht, das sie kannte.

Marvin.

PARIS, FRANKREICH

In Gedanken versunken machte sich Rebecca auf den Weg zur Beerdigung ihrer Schwester.

Auf dem Friedhof *Père Lachaise* war kein Grab zu bekommen gewesen, jedenfalls nicht für jemanden, der nicht dauerhaft in Paris gewohnt hatte. Nicht mal im Tod wurden die Menschen gleich behandelt, dachte Rebecca Stern. Dabei hätte es Moira gefallen, auf demselben Friedhof beerdigt zu werden wie Jim Morrison. Na ja, vielleicht wäre es ihrer Schwester auch vollkommen egal gewesen ... Aber ihr selbst war es nicht egal.

In Rebeccas erstem Jahr in Paris waren Moira und sie irgendwann einmal zusammen an Morrisons Grab gewesen. Kichernd waren sie den aufgemalten Pfeilen und Hinweisen gefolgt, wie bei einer Schnitzeljagd, und hatten sich x-mal verlaufen, bevor sie das Grab gefunden hatten. Es war ein Treffpunkt für Fans und Touristen, sodass die Grabstelle zeitweilig von Ordnungskräften bewacht wurde. Sie beide hatten auf der warmen Steinplatte gesessen, ihren mitgebrachten Rotwein getrunken und mit den Flics dort geplaudert. Dann hatte Moira ein winziges, wohl verwaistes Katzenbaby auflesen wollen …

Das war typisch für ihre Schwester gewesen! Letzten Endes hätte sie, Rebecca, sich mit der Katze rumschlagen müssen, während Moira, gänzlich unbelastet, doch in dem Wissen, ein gutes Werk getan zu haben, zurück in die USA geflogen wäre. Nie hatte ihre Schwester für irgendwas Verantwortung übernommen! Als dieser Gedanke in Rebecca hochkam, stutzte sie: Die alten Konflikte schwelten immer noch, selbst nach Moiras Tod.

Rebecca hatte auch jetzt ihr Möglichstes gegeben. Allein von Europa aus die Einäscherung in die Wege zu leiten und die Urne überführen zu lassen … Die vielen Formulare. Und dann die Suche nach einer geeigneten Grabstelle. Das hätte nicht jeder für eine Schwester wie Moira getan. Erst auf dem Cimetière de Montrouge an der Porte d'Orléans, direkt an der Stadtautobahn gelegen, hatte sie einen Platz für ein einfaches Urnengrab gefunden. Schon bei der Besichtigung war ihr klar gewesen, dass sie hier nicht so oft auftauchen würde wie vielleicht auf dem *Père Lachaise.* In diesem steinernen, fast baumlosen Rechteck zwischen Autobahn und Häuserblöcken fühlte sie sich wie eine Gefangene.

Das Wetter war entsetzlich, selbst für eine Beerdigung. Ein nasskalter, windiger Märztag, an dem Schirme überklappten und der Regen falsche Tränenspuren im Gesicht hinterließ. Gar nicht davon zu reden, dass das Wetter binnen Minuten jede Frisur und jedes anständige Paar Schuhe ruinierte. Wie ihre schwarzen Fratelli-Rossetti-Stiefel und den Knoten im

Nacken, zu dem sie ihr halblanges, schweres Haar so kunstvoll geschlungen hatte.

Rebecca sah auf ihre Armbanduhr. Schon kurz vor elf. Wenn Noël nicht bald auftauchte, müsste sie ohne ihn hineingehen. Dann wäre sie ganz allein, um sich von Moira zu verabschieden. Wie sah das aus? Und er hatte ihr doch versprochen, dass er da sein würde! Verdammter Idiot.

Eine knappe halbe Stunde später war es schon vorbei. Rebecca verließ den Friedhof, betrachtete ihre mit Schlamm bespritzten Wildlederstiefel und zog ihr Telefon hervor, um sich ein Taxi zu rufen. Ihr war eiskalt und auch ein wenig flau im Magen. Sie presste das Handy an ihr Ohr. Im Hintergrund toste der Straßenlärm, und über ihrem Kopf ratterte ein Hubschrauber, der jedoch wegen der tief über Paris hinwegziehenden Wolken nicht zu sehen war. Das Auto mit den dunkel getönten Scheiben bemerkte sie erst, als es direkt neben ihr zum Stehen kam.

»Noël!« Rebecca kniff wütend die Augen zusammen. »Wo bist du gewesen? Du bist zu spät! Es ist schon alles vorbei.«

»Meine Maschine hatte Verspätung. Komm, steig ein. Du wirst sonst noch nasser und ruinierst die Sitze.«

»Ich wüsste nicht, weshalb.«

»Weil es schüttet wie im Regenwald«, entgegnete er ironisch. »Und du siehst so aus, als könntest du einen anständigen Drink vertragen.«

»Wenn ich etwas trinken möchte, kann ich es mir selber kaufen. Ich bin schon erwachsen, verstehst du?«

»Du bist wütend, *chérie*. Verständlicherweise. Steig erst mal ein. Die Leute starren dich schon an ...«

Rebecca sah sich fast gegen ihren Willen um. Der Geistliche, der die Trauerrede gehalten hatte, kam gerade durch das Friedhofstor und musterte sie und die vor ihr stehende Limousine mit misstrauischem Blick. Hinter ihm folgte ein Friedhofsmitarbeiter, der, als sich ihre Blicke trafen, demonstrativ seinen Schirm aufspannte. Er beugte sich mit dem Schirm ein wenig nach vorn und verschwand dann eiligst. Zwei ältere Frauen auf der anderen Straßenseite, eine mit einem Mops an der Leine, die andere mit zwei schweren Einkaufstüten beladen, starrten ebenfalls ungeniert in ihre Richtung und fingen an, miteinander zu reden. Die schmalen Lippen bewegten sich auf und zu, ohne dass Rebecca etwas von dem Geschwätz hören konnte.

»Sie sehen nicht mich an, sondern dein Auto«, konterte sie. Doch anschließend stieg sie ein. Der Wagen ließ ein sanftes Blubbern aus acht Zylindern hören und rollte davon. Wenigstens ein anständiger Abgang war ihr vergönnt. Rebecca strich sich eine nasse Haarsträhne hinters Ohr, die der Wind aus ihrem Knoten gelöst hatte, und sah schweigend aus dem Fenster.

»Nicht gerade die beste Ecke hier«, bemerkte Noël.

»Du wusstest, dass ich das nicht allein durchstehen wollte. Wenn ich dich einmal um etwas bitte ...«

»Es tut mir leid. Aber du wusstest auch, was ich von Einäscherungen halte.«

»Es ging hier mal nicht um dich, Noël.« Sie wusste, dass er Feuerbestattungen ablehnte, wohl aus Angst, lebendig verbrannt zu werden. Doch mit dieser Anspielung machte er sie faktisch mundtot, denn er zielte direkt auf ihr schlechtes Gewissen. Wie unfair das war!

»Ich gehe grundsätzlich nicht zu Urnenbeisetzungen. Es ist ein barbarischer Brauch: das Feuer und die Asche ... Außerdem kannte ich deine Schwester kaum.« Er legte ihr die Hand auf den Arm. Seine Stimme wurde weicher. »Es ist vorbei. Ich bin ja jetzt für dich da.« Er berührte sie sanft im Nacken, strich die Vertiefung unter ihrem Haaransatz hinunter, tastete jeden Wirbel einzeln ab.

Rebecca legte den Kopf zurück, sodass er seine Hand zurückziehen musste. »Fahren Sie uns bitte ins *Le 27*, Rue Vineuse«, wies sie Noëls Chauffeur an. »Ich mag jetzt nicht diskutieren, Noël. Aber ich warne dich: So einfach kommst du mir nicht davon.«

»Ich kann auch sofort zurückfliegen«, sagte Noël beleidigt. »Es war nicht gerade einfach, mich für dich loszueisen. Im Büro brennt die Luft.«

»So wie ich Catherine einschätze, hat sie alles unter Kontrolle«, erwiderte Rebecca. *Und ganz besonders dich*, ergänzte sie in Gedanken.

Noël entgegnete nichts darauf.

HAJIPUR, BIHAR, INDIEN

Julia ging zurück zum Chai-Shop. Vor dem Geschäft standen ein paar dreirädrige, reich geschmückte Motorrikschas. Sie fragte einen der Fahrer, ob er sie nach Patna bringen könnte. Er verlangte tausend Rupien, doch sie handelte ihn auf vierhundertfünfzig Rupien herunter. Als er noch weitere Leute zusteigen ließ, minimierte sich der Betrag für Julia auf zweihundert Rupien. Nur noch wenig Bargeld zu besitzen wirkte sich förderlich auf ihr Verhandlungsgeschick aus.

Der Weg führte sie über die mehr als fünf Kilometer lange Mahatma-Gandhi-Setu-Brücke, die sie schon einmal passiert hatte. Die Maut dafür musste sie sich mit den anderen Passagieren teilen, was ihr Bargeld auf einen kläglichen Rest zusammenschrumpfen ließ. Dafür genoss sie im seitlich offenen Gefährt, in dem man jeden Spalt und jede Fuge in der Fahrbahn nachdrücklich spürte, den grandiosen Blick auf die bräunlich schimmernde, weite Fläche des Ganges und die ihn umgebende Ebene.

Die Fahrt durch Patna erinnerte Julia an ein Rennen mit waghalsigen Wende- und Überholmanövern, und ihr wurde sogar ein wenig flau im Magen. Den letzten Teil der Strecke legten sie durchweg hupend und mehr oder weniger auf zwei Rädern zurück. Als sie vor dem Bahnhof von Patna zum Stehen kamen, widerstand Julia nur knapp dem Impuls, sich zu bekreuzigen. Doch kaum hatte sie ihre Füße auf den vor Hitze weichen Asphalt gesetzt, fühlte sie sich besser – und vor allem sicherer. Im Gewühl der Großstadt sollte man sie erst einmal finden!

Sie kam an einer Bank vorbei und hob in einer längeren Prozedur die maximal erlaubte Bargeldmenge von ihrem Konto ab. Dadurch legte sie zwar eine Datenspur, die zu Patna und dieser Bankfiliale führte, aber ihre Verfolger mussten sie erst einmal in dieser Millionenstadt ausfindig machen. Wenn alles gut ging, war sie heute Nachmittag schon auf dem Weg nach Kolkata oder Delhi. Julia kaufte sich eine Landkarte, ein paar Kleidungsstücke inklusive Sonnenbrille und -hut, Kosmetikartikel und eine Reisetasche, in der sich alles verstauen ließ. Danach hielt sie nach einem Platz Ausschau, wo sie sich frisch machen und etwas essen konnte. Sie entschied sich schließlich für ein Hotel in der Exhibition Road, nicht allzu weit vom Bahnhof entfernt. Seltsamerweise musste sie zwei Stockwerke hochsteigen, um die Rezeption des Windsor Hotels zu erreichen.

Später besuchte sie das hauseigene Restaurant, in dem lebhafter Betrieb herrschte: Es gab hier viele Ausländer, Geschäftsreisende und auch ein paar Touristen. Nachdem Julia *Reshami Kebab* und *Coconut Rice* verspeist und einen Kaffee getrunken hatte, fühlte sie sich fast euphorisch. Das änderte sich, als sie die neu erworbene Landkarte studierte. Vor ihr lagen fast sechshundert Kilometer bis nach Kolkata. Ein weiter Teil davon führte quer durch Bihar. Und es gab im Grunde nur eine zweckmäßige Route: über die National Highways 22 und

2. Alternativ könnte sie zwar noch über Bihar Sharif und den NH 31 zum NH 2 fahren, doch es wäre für ihre Verfolger kein Problem, sie auf dieser Strecke abzufangen. Nach Delhi, das rund tausend Kilometer entfernt lag, sah es auch nicht viel besser aus. Und gen Norden nach Nepal zu reisen, was gar nicht mal so weit entfernt lag, war ohne Reisepass nicht sinnvoll.

Julia trank den letzten Rest ihres Kaffees und stützte den Kopf in die Hände. Ihre Gedanken zu kontrollieren, sich immer wieder auf das direkt vor ihr liegende Problem zu fokussieren, kostete Kraft. Und was war mit Marvin, Paula und Niklas? Hatte die Polizei die drei einkassiert, um sie zu befragen? Was würde sonst noch mit ihnen geschehen? Und wie hatten ihre Verfolger sie überhaupt gefunden? War sie selbst doch nicht so gut darin, sich zu verstecken, wie sie in ihrer Naivität dachte? Sie sah sich um: Mitten in Patna war sie zwar für den Moment sicher, aber im Grunde saß sie in einer Falle.

PARIS, FRANKREICH

Im schummrigen Licht der Bar *Le 27*, umschmeichelt von dunklen Jazzklängen, entspannte sich Rebecca ein wenig. Auch Noëls massige Schultern wirkten nach den zwei Gin Fizz etwas lockerer, und er schob nicht mehr unentwegt seinen Kiefer vor und zurück. Kauen war seine Art, auf Stress zu reagieren, wie Rebecca inzwischen wusste. Würde sein Job bei Serail Almond total nervenaufreibend sein, hätte er sich bestimmt längst die Backenzähne weggehobelt. Außerdem war ihr drückender Kopfschmerz über der Nasenwurzel verschwunden, ohne dass sie sagen konnte, wann genau das passiert war.

Die drohende Beisetzung hatte wie eine dunkle Wolke über ihr gehangen, und nun, nachdem es vorbei war, konnte sie wieder vorwärtsschauen. Moira war tot und begraben. Ihre Gedanken wanderten zum Gesicht ihrer Schwester auf der Bahre, als sie sie in New York identifiziert hatte. Friede und Erlösung sahen anders aus. Rebecca musste an Ferland denken. Der aufdringliche Polizist hatte noch zweimal versucht, sie zu erreichen. Jetzt endlich schien er verstanden zu haben, dass sie mit dem Tod ihrer Schwester abgeschlossen hatte. Obwohl ... Seltsam war es schon, was ihr in Manhattan passiert war.

Sie trank noch einen Schluck und lächelte Noël an. »Die letzten Wochen haben mich ganz schön geschafft«, sagte sie einlenkend. »Tut mir leid, wenn ich mich hin und wieder vielleicht seltsam benommen habe. Aber nun steht nichts mehr zwischen uns.« Sie strich ihm über den Oberschenkel, verharrte mit der Hand kurz vor seinem Schritt. »Du glaubst gar nicht, wie sehr ich mich darauf freue, im April ein paar Tage mit dir auf der *Aurelie* zu verbringen.« Es sollte ein Friedensangebot sein: das Signal, dass es von nun an wieder besser zwischen ihnen sein würde.

Noël zog die Augenbrauen zusammen. »Hab ich es dir noch nicht gesagt? Den Urlaub können wir wohl vergessen.«

»Wie bitte? Ich habe mir extra dafür freigenommen. Hab alle Kunden informiert, die Vertretung organisiert ... alles schon vorbereitet!«

»Aus dem Urlaub wird nichts.« Er betrachtete konzentriert sein Glas, drehte es ein wenig im Licht hin und her.

»Und warum nicht?«

»Es geht einfach nicht«, erwiderte er ausweichend. »Keine Zeit.«

Rebecca merkte, wie ihr der Hals anschwoll. Die paar jämmerlichen Tage, die sie zusammen verbringen wollten, war er ihr schuldig. »Es ist nicht mal ein richtiger Urlaub, es handelt sich gerade mal um ein verlängertes Wochenende, Noël«, sagte sie scharf. »Ich wüsste nicht, was dich davon abhalten könnte, wenn du es wirklich wolltest.«

»Fang du jetzt auch noch so an!« Er setzte sein Glas mit einem lauten Knall auf dem Tresen ab, sodass der Barmann erstaunt eine Augenbraue hochzog.

»Sag mir, was los ist«, beharrte Rebecca.

Er hatte ein schlechtes Gewissen. Sie sah es an seinen Augen. »Kann ich nicht. Aber ich wäre auch lieber mit dir auf der *Aurelie* als mit den anderen Knalltüten in irgendwelchen Konferenzräumen.«

»Du weißt das schon länger, nicht wahr?«, argwöhnte Rebecca. »Du hast es nur nicht für notwendig gehalten, mir mitzuteilen, dass sich unsere Pläne ändern?«

»Wir holen es nach, versprochen.«

Früher wäre ihr eine solche Erklärung vielleicht genug gewesen, zusammen mit dem Blick aus seinen braunen Augen, die sie auf einmal an einen verletzten Cockerspaniel erinnerten. Aber jetzt war sie zu wütend, um sich so abspeisen zu lassen, allerdings noch nicht wütend genug, um mitten im *Le 27* laut zu werden. »Seit wann weißt du es?«, zischte sie ihn an.

»Wir wissen erst seit Kurzem von dem Problem. Vielleicht hat sich das bis April auch alles wieder in Wohlgefallen aufgelöst. Aber so, wie es gerade aussieht, kann ich nicht weg. Auch nicht für drei oder vier Tage.«

»Was ist los bei euch?«

»Ich bitte dich, *chérie.* Darüber kann ich nicht sprechen!«

»Wer sagt das? Catherine?«

Der Barkeeper sah Rebecca ob ihres schriller werdenden Tonfalls wachsam an.

»Lass meine Frau aus dem Spiel. Geschäft ist eben Geschäft. Es ist auch meine Kohle, die da drinsteckt. Und es ist ernst.«

»Mir ist es auch ernst«, erwiderte Rebecca und stand auf. »Entschuldige mich einen Augenblick.« Sie musste einen Moment nachdenken, die Enttäuschung überwinden. Keinesfalls wollte sie ihm zeigen, wie verletzt sie sich gerade fühlte. Seine

Flirterei mit Moira, als ihre Schwester bei ihr gewohnt hatte – war es wirklich harmlos gewesen? –, hatte ihr gezeigt, wie sehr sie ihn liebte. Mit erhobenem Kopf marschierte sie zur Damentoilette.

Nachdem sie auf der Toilette gewesen war, wusch sie sich sorgsam die Hände und kontrollierte ihr Aussehen im Spiegel. Makellos, wenn man davon absah, dass sie keine zweiundzwanzig mehr war wie Moira. Sie zog sich die Lippen nach und ging wieder in die Bar. Noël hatte ihr den Rücken zugewandt. Er telefonierte. Seine Stimme klang so erregt, dass sie neugierig wurde. Sie blieb hinter ihm stehen und lauschte.

»Es war ein Unbefugter da drinnen? Ich dachte, das sei alles hermetisch abgeriegelt?« Er schwieg einen Moment. »Eine Ingenieurin! Etwa der Ersatz für diesen lästigen Lundgren? ... Und was meinen Sie mit ›weg‹, Gallagher?«

Rebecca blieb im Hintergrund stehen und tat so, als schreibe sie eine SMS.

»Die weiß also Bescheid? Und jetzt läuft diese Julia Bruck in Indien herum?« Noël trommelte mit den Fingern auf den Tresen. »Sehen Sie zu, dass Sie das in den Griff bekommen mit dieser Ingenieurin. Sie darf nicht reden. Und behelligen Sie Catherine nicht damit!«

Rebecca tippte ihm leicht auf die Schulter. »Ich muss nach Hause. Danke fürs Abholen, Noël.«

Überrascht drehte er sich um. »Was? Jetzt schon?« Er war ziemlich verwirrt. »Und wann sehen wir uns wieder?«

Sie zuckte mit den Schultern. »Das liegt an dir. Hast du noch genug Geld, um die Drinks zu bezahlen, oder steht es schon zu schlecht um euch?«, fragte sie lächelnd. Dann ging sie.

Am Ausgang schaute Rebecca kurz über die Schulter, um Noëls Reaktion zu sehen. Er starrte ihr nach. Doch er schien nicht sauer zu sein, nicht einmal verwundert. Er wirkte eher ... erleichtert. Wahrscheinlich dachte er: *Ein Problem weniger, um das ich mich kümmern muss.* Sie hatte eigentlich mit ihm reden wollen – vielleicht sogar über ihre Erlebnisse in New York. Aber das ging erst, wenn er den Kopf wieder für sie freihatte. Er verließ sich darauf, dass sie warten würde, bis er wieder zu ihr käme. Und die Schwierigkeiten bei Serail Almond verdarben ihm anscheinend die Lust auf alles – sogar auf Sex. Dann war es wirklich ein ernstes Problem.

Während sie unter einem Vordach auf ein Taxi wartete und der nasskalte Wind an ihren Haaren und dem Mantel zog, fragte sie sich, um was für Schwierigkeiten es sich wohl handelte, in die Serail Almond da geraten war? Und was war das mit der Ingenieurin gewesen, die nicht reden durfte? So eine Information musste doch einen gewissen Wert besitzen. Sie war wütend. Zu wütend, um klar zu denken. Rebecca zog ihr Telefon hervor, um Paul Renard anzurufen. Er hatte immer noch, auch drei Jahre nachdem es vorbei war, die Kurzwahlziffer Zwei.

PATNA, BIHAR, INDIEN

Eine Gruppe von sechs Deutschen betrat das Restaurant und sah sich laut diskutierend nach einem freien Tisch um. Es waren drei Paare, in praktische beige Hemden, Blusen und Hosen gekleidet. Sie hatten altes, bequemes Schuhwerk an den Füßen, auf denen sie wahrscheinlich schon gute sechzig Jahre die Welt unsicher machten. Julia beobachtete, dass auch ein elegant aussehender Inder zu ihnen gehörte, der einen grauen Anzug im westlichen Stil trug. Er sprach mit dem Kellner, steckte ihm einen Schein zu, und die kleine Reisegruppe wurde zu einem Tisch in der Ecke geführt. Der Inder schien ihr Reiseleiter zu sein. Sicher kannte er sich gut aus in Patna … Der Mann sprach noch kurz mit den Deutschen, lächelte höflich und setzte sich dann ein kleines Stück abseits der Gruppe an einen Zweiertisch. Er holte ein paar Unterlagen hervor, und kurz darauf hatte er sein Telefon am Ohr.

Julia kam eine Idee. Sie wartete, bis er sein Gespräch beendet hatte und seine Schützlinge mit dem ersten Gang beschäftigt waren, dann ging sie zu ihm hinüber. Er sah überrascht zu ihr auf: ein gut aussehender Mann mit dunkler, glatter Haut, fast schwarzen Augen und dichtem, kurz geschnittenem Haar, das an den Schläfen grau wurde. Erst in diesem Moment wurde ihr klar, was für einen seltsamen Anblick sie bieten musste. Sie hatte sich zwar im Waschraum des Restaurants notdürftig wieder hergerichtet, aber die letzten Tage und Nächte waren nicht spurlos an ihr vorübergegangen. Sie setzte ein gewinnendes Lächeln auf und fragte, ob sie ihn kurz sprechen könne.

»Womit kann ich Ihnen helfen?« Er klang höflich, aber seine Zurückhaltung war nicht nur darauf zurückzuführen, dass sie, eine europäische Frau, in aller Öffentlichkeit einen ihr unbekannten indischen Mann ansprach. »Wollen Sie sich setzen?«, fragte er widerstrebend.

»Vielen Dank.« Julia nahm Platz und sah sich noch einmal prüfend um, wie es ihr inzwischen zur Gewohnheit geworden war. Sie stellte sich vor, wagte aber nicht, ihren wahren Namen zu erwähnen. Erneut nannte sie sich Viola und setzte noch den Mädchennamen ihrer Mutter, Brandner, hinzu.

Er hieß Rajani Patil und sprach fließend Deutsch mit einem sehr charmanten Akzent. Und Julia hatte sich nicht getäuscht, was seinen Beruf anbelangte: Er organisierte Touren durch Indien.

Julia kam sogleich zur Sache. »Ich möchte nach Kolkata reisen. Dafür suche ich ein Auto mit einem erfahrenen Fahrer.«

»Wissen Sie, wie weit das ist?«, fragte Patil mit hochgezogener Augenbraue.

»Sechshundert Kilometer«, antwortete Julia. »Ist das an einem Tag zu schaffen?«

»Es hängt davon ab. Trotzdem würde ich Ihnen raten, zu fliegen oder mit dem Zug zu fahren. Wissen Sie, wo Sie ein Ticket bekommen?«

Sie überlegte, wie viel sie ihm anvertrauen sollte – oder gar musste. Schließlich wollte sie etwas von ihm. »Ich habe meinen Reisepass verloren«, bekannte sie. »Ich muss zum Generalkonsulat in Kolkata, um einen Ersatzpass zu beantragen.«

Patil schnalzte bedauernd mit der Zunge. »Das ist allerdings ein Problem«, gab er zu. »Ich würde Ihnen raten, sich in dieser Angelegenheit besser an die Polizei zu wenden.« Er musterte sie mit mäßigem Interesse.

»Ich habe den Verlust schon angezeigt«, behauptete Julia. »Und nun muss ich schnellstmöglich nach Kolkata.«

»Nun gut, Frau ... Brandner. Eventuell kenne ich jemanden. Sie haben nicht auch Ihr Geld verloren, oder?« Er warf einen prüfenden Blick auf ihre Schweizer Uhr, die sie sich nach Unterzeichnung ihres ersten Arbeitsvertrags als Ingenieurin gekauft hatte.

»Was denken Sie, was es kosten würde?«, fragte sie.

Patil nannte eine Summe. »Im Voraus«, setzte er leise hinzu und sah sie aufmerksam an.

»Dafür kann ich ja dreimal fliegen«, entgegnete Julia ärgerlich.

»Nein, können Sie nicht ...« Sein Lächeln blieb höflich, aber seine Augen glitzerten spöttisch. »Nicht ohne Ihren Pass. Wir Inder haben ein paar verhängnisvolle Dinge von den Engländern geerbt. Eines davon ist die Bürokratie.«

Julia handelte ihn noch ein wenig herunter, doch er war hartnäckig, was seine Geldforderung betraf. Und im Grunde war es ihr fast egal, wie viel es kosten würde – wenn sie nur heil aus der Sache herauskam. Das schien er zu spüren. Schließlich sagte sie: »Ich zahle die erste Hälfte vorab und die zweite, wenn ich in Kolkata vor dem Generalkonsulat stehe.«

Patil nickte knapp. »Geben Sie mir eine halbe Stunde. Meine Leute hier«, er deutete auf die Deutschen am Nebentisch, »sind noch eine Weile beschäftigt.«

Julia atmete tief durch. Gut möglich, dass er ihr Bild in der Zeitung gesehen hatte. Dass er die Polizei oder Serail Almond verständigte.

Immerhin war eine üppige Belohnung auf sie ausgesetzt. Doch es nützte nichts. Irgendwem musste sie in dieser Angelegenheit vertrauen. »Wen werden Sie fragen?«

»Meinen Cousin«, antwortete Rajani Patil, ohne zu zögern. »Er ist ein guter Autofahrer und sehr zuverlässig. Er heißt Mahesh ... Sie können ihm vertrauen.«

13. Kapitel

Manhattan, New York, USA

Eine wunderschöne Frau und Tränen – was für eine nervtötende Kombination, dachte Ryan Ferland. Er rutschte unruhig auf der glatten Bank des Imbisses hin und her. Das *Bubby's* in der Hudson Street, das sie vorgeschlagen hatte, war laut und überfüllt gewesen, und deshalb hatten sie es umgehend verlassen. Jetzt saß sie ihm gegenüber: Svetlana, Moira Sterns beste und einzige Freundin, wie sie von sich behauptete.

Sie war gerade von einem Fototermin aus Florida zurückgekehrt und hatte von ihrer Kollegin Kim erfahren, dass Ferland jemanden suchte, mit dem er über Moira sprechen konnte. Klar, dass die Schnepfe am Empfang das nicht weitergegeben hatte. Auch heute, als er zehn Minuten in den heiligen Hallen von *Millennium Faces* auf Svetlana gewartet hatte, hätte sie ihn während dieser Zeit wohl am liebsten in der Putzkammer versteckt. Seine Optik passte nicht zum Image von *Millennium Faces*. Der Vorschlag, sich in den Räumen der Agentur zu treffen, war von Svetlana gekommen. Sie hatte regelrecht darauf bestanden und auch seinen Polizeiausweis mehr als aufmerksam betrachtet. War sie von Natur aus misstrauisch – oder erst seit Moiras Tod? Das zumindest wäre ein Punkt, an dem er ansetzen könnte. Wenn nur diese Tränen nicht wären.

»Wie gut kannten Sie Moira?«

»Wir waren allerbeste Freundinnen.«

»Wann haben Sie zuletzt mit ihr gesprochen?«

Sie schluchzte auf. »O Gott. Das war, als ich in Vegas gewesen bin. Wir haben telefoniert. Es ging ihr nicht gut, das habe ich gleich gemerkt. Sie war deprimiert.«

»Hat sie gesagt, weshalb?«

»Sie hatten ihr einen Job bei *Val Walker* zugesagt. Das ist ein New Yorker Modelabel. Das war seit Langem mal wieder ein anständiger Auftrag für sie. Aber dann hat Tony es abgesagt und stattdessen Meghan hingeschickt.«

»Warum das?«

»Tony ist ein Arsch.«

»Es muss doch einen Grund dafür gegeben haben, dass er sich umentschieden hat.«

»Der Kunde hat es sich angeblich anders überlegt. Moira hatte Probleme mit ihrer Haut«, vertraute Svetlana ihm an. »Trockene Haut, Rötungen ... Meistens hat man es nicht gesehen. Sie hat es geschickt abgedeckt. Doch dann wurde es schlimmer. Vielleicht war es auch einfach nur Panik. Sie hat alles Mögliche dagegen ausprobiert, aber nichts hat so richtig geholfen.«

»War sie in letzter Zeit anders als sonst? Nervös? Hatte sie besonderen Stress, oder hatte sie vor irgendetwas Angst?«

Svetlana schien darüber nachzudenken. »Die große Frage ist: Löst der Stress die Hautprobleme aus oder die Hautprobleme den Stress?«

»Ich meine eher, ob da was anderes war außer ihrer Haut, das ihr Sorgen gemacht hat.« Verdammt, dachte Ferland, das Mädchen hatte sich sechs Stockwerke in die Tiefe gestürzt.

»Sie hat nichts gesagt. Aber sie hat auch nicht mehr gearbeitet, und sie wollte nicht mehr auf Partys gehen. Und nach ihrer Rückkehr hat sie sogar mir einmal abgesagt. Sie meinte, sie hätte keine Zeit, mich zu treffen. Aber was sollte sie schon groß vorhaben, ohne einen Job? Ich hab ihr versprochen, sie jeden Tag anzurufen, wenn ich unterwegs bin, aber dann war so viel los ...« Sie versuchte, die neuerlich aufsteigenden Tränen wegzublinzeln, aber sie quollen aus ihren rot geweinten Augen und liefen über die Wangen ihrer makellos glatten Haut.

Ferland wartete einen Moment ab und widmete sich seinem *Mr. Crunch*-Sandwich. Als er auf der einen Seite hineinbiss, fiel der Belag auf der anderen heraus. »Was heißt ›nach ihrer Rückkehr‹?«, fragte er, als der Tränenstrom wieder versiegt war.

»Moira ist eine Weile in Paris gewesen. Sie hat ihre Schwester besucht und wollte sehen, ob sie dort einen Job bekommt.«

»Hat es geklappt?« Ferland versuchte, das Bild der Toten mit der Vorstellung eines Models in Einklang zu bringen.

»Sie hat mir kaum was darüber erzählt. Ich weiß nur, dass sie später in Paris in einer Jugendherberge gewohnt hat. Ich vermute, sie hat sich mit ihrer Schwester gestritten. Es würde zumindest passen.«

»Wieso?«

»Moiras Erzählungen nach ist das eine eiskalte, eingebildete Karrierefrau. Aber das waren nur ihre Worte; ich kenne die Schwester nicht.«

Ferland nickte. Irgendwie gefiel ihm diese Sichtweise. Das war sicherlich kein netter Charakterzug von ihm. Aber mit Nettigkeit kam er nicht weiter. »Was passierte, als Moira zurückkam?«

»Sie hat alle Kontakte abgebrochen und sich immer mehr zurückgezogen.«

»Haben Sie sie kurz vor ihrem Tod gesehen?«

»Wie gesagt, ich war viel unterwegs ... Unser Job ist hart. Jede muss sehen, wo sie bleibt.«

»Waren Sie überrascht, als Sie hörten, dass sie sich umgebracht hat?«

»Also ... das war schon krass. Dass sie das getan hat. Ich wollte ihr ja helfen. Aber dann ... war es zu spät.« Sie blickte irritiert auf ihr Handy, das sie neben sich auf die Tischplatte gelegt hatte. »O Gott, nein!«

»Was ist los?«

»Ich hab ganz vergessen, dass ich um fünfzehn Uhr bei einem Casting sein muss. Es ist schon zwanzig vor.« Sie kramte in ihrer überdimensionalen Handtasche herum und zog einen Spiegel heraus. »Wie sehe ich jetzt bloß aus!«

»Sie sehen großartig aus«, log Ferland. »Die roten Augen sind doch gleich wieder weg.«

»Echt?« Sie wischte sich vorsichtig über das nasse Gesicht und stand auf. Dann schlüpfte sie in ihren Parka. »Danke auch fürs Mittagessen.« Svetlana warf ihm noch eine Kusshand zu und verschwand mit geschulterter Umhängetasche nach draußen.

Ferland sammelte die Reste zusammen, die aus seinem Sandwich auf das Tablett gefallen waren, und steckte sie sich gedankenverloren in den Mund. Moira Stern hatte ihre Schwester in Paris besucht und sich dort angeblich mit ihr gestritten. Er wüsste zu gern, ob das stimmte, und, wenn ja, worüber sie so in Streit geraten waren, dass Moira die Wohnung ihrer Schwester wieder verlassen hatte. Dann war Moira nach New York zurückgekommen, und ihr Hautzustand hatte sich verschlechtert. So sehr, dass sie nicht mehr als Model tätig gewesen war. Doch die Veranlagung zu ihrer Krankheit hatte vielleicht viel länger oder sogar schon immer bestanden. Svetlana hatte behauptet, dass Moira immer mal wieder von Hautproblemen heimgesucht worden war. Demnach wäre Moira Stern nur das Opfer einer Hautkrankheit geworden, wegen der sie sich selbst das Leben genommen hatte. Aber hätte ihre Schwester nicht von so einer Krankheit wissen müssen? Nicht unbedingt. Und selbst wenn ... Er trank seine Coca Cola aus, und dann, nach kurzem Zögern, auch noch den Rest aus Svetlanas Kaffeebecher. Das Zeug war schwarz, ohne Zucker; es schmeckte so bitter, dass er sich schüttelte. Er war keinen Schritt weitergekommen. Es sei denn, es gab einen Grund, warum Rebecca Stern den Besuch ihrer Schwester und einen möglichen Streit verschwiegen hatte.

Bihar, Jharkhand und Westbengalen, Indien

Mahesh war jung, knapp über zwanzig Jahre alt, schlank, durchtrainiert und hatte glänzendes schwarzes Haar. Er fuhr einen etwa zwanzig Jahre alten Hindustan Ambassador mit Glockendach und markanter Front. Man sah diese Wagen noch recht häufig, meistens als Taxi oder als Fahrzeug für Touristen, die auf diese Art Nostalgie wohl standen.

Schon kurz nach dem Einsteigen wurde Julia klar, dass Mahesh gern indischen Pop hörte. Mit seinem Cousin, dem seriösen Reiseleiter, schien er wenig gemeinsam zu haben. Gleichwohl entschied sie, ihm ihr Leben anzuvertrauen. Immerhin, langweilig würde die Fahrt nach Kolkata wahrscheinlich nicht sein. Zunächst versuchte Mahesh, sie auszufragen, was sie mit Gegenfragen zu seinem Leben und seiner Familie erwiderte. Dann machte er ihr einen Heiratsantrag, den er jedoch zurückzog, als er erfuhr, dass sie in Deutschland weder einen BMW noch einen Mercedes, noch ein Haus besaß.

Julia beobachtete, wie er, die Knie unters Lenkrad geklemmt, mit der Lenkradschaltung hantierte, unentwegt hupte – was alle anderen Autofahrer auch taten – und dabei die im Radio gespielten Songs lauthals mitsang, ohne sich allzu sehr vom höllischen Verkehr beeindrucken zu lassen. Als sie endlich die überfüllten, mehrspurigen Straßen Patnas hinter sich ließen, atmete Julia auf. Sie hatte sich jedoch zu früh gefreut, denn die Hauptverkehrsroute war ebenso verstopft. Eine zähe Masse aus Blech, Menschen und Tieren quälte sich auf der Schlaglochpiste in Richtung Süden. Wenn sie Dörfer passierten, und das taten sie eigentlich andauernd, schlängelten sich ständig Menschen und Tiere zwischen den Fahrzeugen hindurch, um die andere Straßenseite zu erreichen: Manöver, die oft haarscharf an einer Katastrophe vorbeiführten. Doch wenn man es genau betrachtete, hatten die Dorfbewohner keine andere Chance, als hier tagtäglich ihr Leben zu riskieren.

Mahesh ertrug das Chaos mit blendender Laune. Er trommelte mit seinen schlanken braunen Händen auf dem rissigen Lenkrad herum, wich geschickt allen Hindernissen aus und nuckelte dabei an einer Cola-Flasche, die er im selbst montierten Becherhalter mitführte. Er bot ihr ebenfalls ein Getränk an; das schien im horrenden Fahrpreis mit enthalten zu sein. Eine Klimaanlage besaß der Ambassador nicht – genauso wenig wie andere moderne und deshalb störanfällige Elektronik –, sodass es brütend heiß im Wagen war. Julia versuchte, sich wach zu halten, doch irgendwann konnte sie nicht mehr gegen die Müdigkeit ankämpfen und schlief ein.

Sie erwachte, als Mahesh sie an der Schulter rüttelte.

»Ma'am!«

»Oh, Mist, bin ich eingeschlafen? Was ist los?«

»Polizei. Die suchen da vorn irgendwas oder irgendwen. Die schauen in jedes Auto.«

Etwa fünfzig Meter vor ihnen standen zwei Polizeiwagen. Beamte kontrollierten den Verkehr, sodass die Fahrzeuge nur noch in Schrittgeschwindigkeit vorankamen. Einige wenige Autos durften an der Stelle langsam weiterfahren, andere wurde herausgewunken, und die Fahrgäste mussten aussteigen. Nach welchen Kriterien dabei vorgegangen wurde, war nicht ersichtlich.

Julia beugte sich weit zur Seite, um das Geschehen besser

überblicken zu können, und erschrak: Die Polizisten trugen Maschinenpistolen, und es waren mehr, als sie zuerst gesehen hatte. Die Autos fuhren Stoßstange an Stoßstange, und ihr Ambassador rollte langsam an der Mittelleitplanke aus Beton entlang. Wenden war unmöglich. Wie ein Schaf, das mit seiner Herde einen schmalen Gang passierte, der zur Schlachtbank führte, bewegten sie sich unausweichlich auf den Kontrollpunkt zu.

Während Julia mit bangem Herzen nach vorne starrte, bemerkte sie plötzlich, dass Mahesh auf die äußere Spur wechselte; er hatte eine winzige Lücke zwischen einem Milchlaster und einer Motorrikscha abgepasst.

»Sie haben Sonderservice gebucht und bezahlt!«, rief er. »Also bekommen Sie ihn auch.«

Blitzschnell und mit aller Kraft riss er das Lenkrad herum, sodass sich seine Armmuskeln unter dem dünnen T-Shirt spannten: Der Wagen machte einen Satz, flog über den Fahrbahnrand. Es knirschte bedrohlich, und sie rasten schräg die sandige Böschung hinab. Mit einem lauten metallenen Ächzen setzten sie in einem trockenen Feld auf. Mehrfach schaukelte das Auto auf und nieder, und Julia wurde auf ihrem Sitz hin und her geworfen. Mahesh ließ sich davon nicht irritieren: Er gab Vollgas und brauste parallel zur Fahrbahn durch den weichen Sandboden an der Straßensperre vorbei.

Julia hielt den seitlichen Haltegriff fest umklammert und befürchtete jeden Moment, dass die Polizisten schießen würden. Sie sah, wie trockene Halme und Strünke gegen die Windschutzscheibe prallten und sich in den Scheibenwischern verhedderten. Der Motor dröhnte, und der Wagen schwankte bedrohlich. Wenn sie an Schwung verlören, würden sie sicherlich stecken bleiben. Und wenn ein größerer Stein oder Knüppel im Weg läge, würde ihr Wagen innerhalb von Sekunden zu einem Haufen Schrott. Wie reagierte die Polizei auf das Manöver? Julia schaute nach hinten und blickte nur auf eine gigantische gelbe Staubwolke.

Mahesh lachte kurz auf und sang aus vollem Hals, während er am Feldrain entlangraste. Als sie neben einer Straßenkurve fuhren, sah Julia durch das Seitenfenster, dass ihnen mindestens vier Fahrzeuge folgten – und es war nicht die Polizei! Bei einem davon handelte es sich um den Laster, den sie überholt hatten und dessen Aufbauten nun gefährlich hin- und herschwankten.

»Eine gute Idee findet immer Nachahmer!«, kommentierte Mahesh zufrieden.

»Meinen Sie, die Polizei denkt, dass wir es einfach nur eilig haben?«, fragte Julia.

Das wilde Schaukeln hatte nachgelassen. Sie fuhren nun einen Feldweg entlang, der von der Hauptstraße wegführte, an der Spitze einer Kolonne von inzwischen sieben Fahrzeugen, die allesamt Maheshs Beispiel gefolgt waren und die Straßensperre umfahren hatten. Mahesh gestattete ein paar besonders Eiligen, sie zu überholen, sodass sie inmitten der anderen fuhren.

»Sie wollen schnell nach Kolkata – ich fahre sie hin«, sagte er lächelnd.

Lebend ankommen wäre auch nicht schlecht, dachte Julia. Aber er hatte sie gerettet. Zwar konnte sie es nicht mit Bestimmtheit sagen, aber es bestand durchaus die Möglichkeit, dass die Polizisten an jenem Kontrollpunkt nach ihr suchten.

Später stießen sie wieder auf den NH 83, und bald darauf bogen sie in Richtung Südosten auf den NH 2, der geradewegs nach Kolkata führte. Als sie die Grenze von Bihar nach Jharkhand passierten, fühlte Julia sich befreit. Serail Almond lag nun in einem anderen Bundesstaat. Sie glaubte nicht, dass

Norman Coulters Beziehungen zur indischen Polizei und Verwaltung so weit reichten, dass man auch hier von offizieller Seite aus nach ihr suchte. Beim Erreichen von Westbengalen, dem nächsten Bundesstaat, war es bereits stockdunkel.

Mahesh drängte darauf, ein Quartier für die Nacht zu suchen. Julia hingegen wäre am liebsten weitergefahren, denn Kolkata war nicht mehr weit. Doch letzten Endes sagte sie sich, dass sie schlecht nachts das Generalkonsulat aufsuchen konnte. Daher wäre es wohl besser, am nächsten Morgen sehr früh aufzubrechen, sodass sie vormittags ihr Ziel erreichen würden.

Sie übernachteten in einer kleinen privaten Pension, weil Julia befürchtete, dass man sie in den größeren Hotels und Gasthäusern am Rande der Straße nach Kolkata vielleicht doch erwartete, so wie in Hajipur. Genau genommen gab es nur zwei behelfsmäßig ausgestattete Zimmer, und die Blutspritzer und toten Insekten an den Wänden deuteten darauf hin, dass schon die Gäste, die vor Julia hier gewesen waren, ein Moskitonetz vermisst hatten. Sie war so müde, dass sie sofort in einen tiefen Schlaf fiel, nachdem sie sich zwischen den fadenscheinigen Laken ausgestreckt hatte.

Die Nacht verlief ohne Störungen. Um fünf Uhr früh, nach einem Chai-Tee in der Küche ihrer Vermieterin, waren sie und Mahesh wieder auf der NH 2 in Richtung Kolkata unterwegs. Die Stunden auf dem überfüllten Highway erschienen Julia endlos. Erst am frühen Nachmittag standen sie in der Hastings Park Road in Kolkata. Julia betrachtete das Gebäude im Kolonialstil, das inmitten eines grünen Parks stand und das deutsche Generalkonsulat in Kolkata beherbergte. Die erwartete Entspannung bei diesem Anblick stellte sich jedoch nicht ein. Sie zahlte Mahesh die verabredete Geldsumme und verabschiedete sich fast widerstrebend von ihm. Irgendwie mochte sie ihn, und sein waghalsiges Manöver an der Straßensperre würde sie ihm nie vergessen. Er blieb am Straßenrand stehen und sah ihr nach, bis sie die Wachposten passiert hatte und sich auf dem Konsulatsgelände der Bundesrepublik Deutschland befand. Er hob noch einmal die schlanke braune Hand zum Gruß und brauste davon.

Julia kam sich deplatziert vor, als sie schmuddelig, verschwitzt und mit ihrer notdürftigen Habe – einer Reisetasche mit ein paar Klamotten und einer Brieftasche – die Eingangshalle betrat. Sie wurde reserviert empfangen, weil sie offensichtlich kurz vor Ende der Öffnungszeit eingetroffen war. Beinahe hätte sie darüber gelacht, da ihr all die Strapazen und Gefahren in den Sinn kamen, die sie durchlebt hatte, nur um hier anzukommen. Aber das konnte ja keiner ahnen.

Ein professionell freundlicher, wenn auch skeptischer Konsulatsangestellter klärte sie darüber auf, wie in ihrem Fall – dem Verlust des Reisepasses und damit auch der Aufenthaltsgenehmigung – zu verfahren sei. Da sie den Verlust des Passes noch nicht bei einer lokalen indischen Behörde gemeldet hatte, musste sie das unverzüglich tun, um einen *First Information Report* (FIR) zu erhalten. Danach konnte sie die Ersatzreisedokumente beantragen und den Verlust den deutschen Behörden melden. Dies würde über die Passstelle des Generalkonsulats laufen. Sie müsste ein Formular zweifach ausfüllen und bei ihrem nächsten Termin in der Passstelle abgeben. Anschließend würde sie einen Reiseausweis zur Rückkehr oder einen vorläufigen Reisepass ausgestellt bekommen, je nachdem, ob die Rückreise über Drittländer erfolgen sollte oder nicht. Außerdem musste sie noch ihren indischen Aufenthaltstitel erneuern, und zwar bei der für sie örtlich zuständigen indischen Ausländerbehörde, dem *Foreigners Regional Registration Office.* Die Adressen würde er ihr noch geben, fügte der Angestellte hinzu. Das Verfahren dauerte erfahrungsgemäß zwei bis maximal acht Tage.

Julia, die sich bislang in Geduld geübt hatte, entfuhr ein entsetzter Ausruf. Sie musste schnellstmöglich nach Deutschland. Mal davon abgesehen, dass sie hier nicht sicher war, musste sie alles Mögliche unternehmen, damit die Labors von Serail Almond überprüft wurden. Es standen Menschenleben auf dem Spiel.

Als sie dies zu erklären versuchte, wollte oder konnte der Botschaftsangestellte ihren Ausführungen nicht folgen. Er versicherte ihr, dass die Passstelle ein entsprechendes Empfehlungsschreiben für sie ausstellen würde, falls es erforderlich sein sollte. Julia machte sich klar, dass er wahrscheinlich dauernd mit aufgeregten, verzweifelten und in Bedrängnis geratenen Landsleuten zu tun hatte und sich nur seinen Weisungen und Erfahrungen entsprechend verhielt. Sie erklärte, dass sie unbedingt den Generalkonsul sprechen wollte. Zunächst wies der Angestellte dieses Ansinnen zurück, doch als sie hartnäckig darauf bestand, erhielt sie schließlich einen Termin, und zwar am nächsten Tag um elf Uhr. Dann bestellte man ihr ein Taxi, das sie in ein Hotel ihrer Wahl bringen würde.

Julia entschied sich für das Taj Bengal in der Nähe des Konsulats. Die Aussicht auf eine Fünf-Sterne-Luxusunterkunft und die damit verbundene Sicherheit waren nach den Tagen auf der Straße zu verlockend.

Als Julia ihr Zimmer im dritten Stock eines gesichtslosen Hotelblocks bezogen, ausgiebig geduscht und ein Abendessen beim Zimmerservice bestellt hatte, kamen ihr die letzten Tage irreal vor. Sie fühlte sich sicher ... und genau das konnte sich als verhängnisvoller Fehler erweisen.

14. Kapitel

Paris, Frankreich

Wie schnell man in alte Gewohnheiten verfiel. Als Treffpunkt mit Paul Renard hatte Rebecca das L'Hôtel du Nord am Canal Saint-Martin vorgeschlagen. Die Teakholztische und -stühle vor dem Haus waren dunkel vor Nässe; sie sahen verwaist und vernachlässigt aus. Rebecca kämpfte sich durch den schweren Samtvorhang am Eingang, ließ den großen Zinktresen hinter sich und stieg die wenigen Stufen zur Bibliothek hoch. Hier hatte sie oft mit Paul gesessen und Backgammon gespielt. Im *Petit Salon* gab es sogar WLAN, und man war recht ungestört; eine Weile hatte Paul hier gearbeitet und sozusagen zum Inventar gehört. Rebecca fühlte sich in die Vergangenheit zurückversetzt. Sie hasste dieses Gefühl der Nostalgie, das sich immer aus Freude und einer gehörigen Portion Trauer zusammensetzte. Meistens überwog die Trauer. Allerdings trank sie heute keinen Wein, sondern bestellte sich einen Kaffee mit einem Glas Wasser. Das geplante Gespräch würde ihre volle Konzentration erfordern.

Paul kam eine Viertelstunde zu spät – nicht einmal das hatte sich geändert. Rebecca musterte ihn verstohlen, wie er seinen Schirm einklappte, den Wirt begrüßte und sich dann in dem dämmrigen Raum nach ihr umsah. Paul war nicht sehr groß, und obwohl er inzwischen auf die vierzig zuging, war auch seine Figur gleich geblieben und kein Gramm überflüssiges Fett an ihm dran. Sein Kleidungsstil hatte sich ebenfalls nicht geändert: nachlässig und stets nur in dunklen Farben, die sich am nassen Pariser Asphalt orientierten. Sein Haar war in der

Mitte gescheitelt und reichte ihm fast bis zum Kinn, und er trug nun einen schmalen Bart, der seinen Mund umrahmte. Als er sie entdeckte und bei der Begrüßung auf die Wangen küsste, versetzte sie sein typischer Geruch nach Gauloises, einem herben Aftershave und ihm selbst einen kleinen Stich.

»*Mon cœur,* wie komme ich zu dieser Ehre?«

»Wir haben uns lange nicht gesehen, Paul.«

Er musterte sie lächelnd. »Ich habe dich auch vermisst. Du siehst bezaubernd aus, wie immer. Aber du hast Sorgen, *ma jolie.* Womit kann ich dir helfen?«

Sie hatte fast vergessen, dass er immer direkt zur Sache kam. Und dass er Schwierigkeiten roch wie ein Trüffelschwein.

»Es geht um Serail Almond.«

»Den Kosmetikkonzern?« Paul winkte dem Kellner und bestellte sich einen Weißwein. Dann fragte er sie etwas verspätet nach ihren Wünschen, doch sie winkte ab.

»Ist Serail Almond dein Kunde?«, erkundigte er sich.

»Nein, ich bin ... persönlich betroffen.«

Pauls haselnussfarbene Augen weiteten sich. »Also wirklich, wie konnte das passieren? Deine neueste Eroberung?«

»Eher ein guter Freund«, antwortete sie ausweichend.

»Verstehe. Und wie komme ich ins Spiel?«

»Serail Almond steckt in Schwierigkeiten. Und es müssen ernsthafte Schwierigkeiten sein, wenn dafür Jachturlaube an der Côte d'Azur mit der Geliebten geopfert werden.«

»Das tut mir leid für dich, *mon cœur.* Und du bist sicher«, er senkte die Stimme, »dass nicht ein gewisser Überdruss des Freundes gegenüber seiner Geliebten eine Rolle spielen könnte?«

»Gegenüber seiner Geliebten vielleicht. Aber die Jacht ist sein Ein und Alles. Sein Lebenssinn und -zweck.«

»Reden wir hier von der *Aurelie?*«

Verdammt, Paul war gut. Aber was hatte sie erwartet? Das würde es leichter machen und seine Erfolgschancen erhöhen.

»Exakt. Stattdessen wird Noël Almond in Hamburg an irgendwelchen Krisensitzungen teilnehmen.«

»Im Prinzip ist eine Krise immer gut.« Paul ergriff das Glas Wein, das gerade vor ihm hingestellt worden war, und trank einen Schluck.

Er beugte sich vor, sodass sie im Ausschnitt seines Hemdes das Lederband sehen konnte, an dem, wie sie wusste, ein flacher, rechteckiger Metallanhänger hing. Es stand ein Zitat darauf, irgendwas mit »Ideen«, aber sie erinnerte sich nicht mehr an den genauen Wortlaut.

»Ich lebe von den Krisen anderer Leute«, fuhr er fort. »Aber jeder weiß, dass Noëls Frau, Catherine Almond, bei Serail Almond die Zügel in der Hand hält. Die meistert jede Art von Krise ganz allein. Ich bin ihr einmal begegnet. Und ich weiß nicht, ob ich das ein zweites Mal riskieren würde.« Er lehnte sich wieder zurück.

»Der tapfere Paul hat Angst vor einer Frau?«

»Oh, ich bin ein Hasenfuß, was das angeht.« Er hob die Hände. »Es geht das Gerücht um, Catherine Almond verspeise Menschenherzen zum Frühstück. Man nennt sie auch ›die Kalte‹, nach Shitala, der indischen Pockengöttin.«

Rebecca meinte tatsächlich eine Spur Besorgnis in seinem Gesicht zu sehen. »Catherine macht mir keine Angst«, behauptete sie mit fester Stimme.

»Trotzdem solltest auch du dich von ihr fernhalten. Dein Herz ist zu schade für eine wie die.«

Ihr wurde bewusst, dass Paul einer der wenigen Männer war, die sie so sahen, wie sie wirklich war: verwundbar. »Wirst du Erkundigungen über Serail Almond einziehen?«

»Wo soll ich denn deiner Meinung nach ansetzen?«

Sie überlegte, ob das, was sie zufällig gehört hatte, Basis seiner Recherchen sein sollte. »Noël hat mit einem Mann namens Gallagher telefoniert. Ich meine mich zu erinnern, dass er für

Serail Almond in Indien arbeitet. Du weißt, dass der Konzern in Indien eines der modernsten Hautforschungszentren der Welt unterhält?«

»Ich bin grob im Bilde.«

»Soweit ich es verstanden habe, ist dort eine Ingenieurin verschwunden, die etwas gesehen hat, das sie nicht sehen sollte. Noël sagte zu diesem Gallagher, sie dürfe keinesfalls reden.«

»Hast du einen Namen?«

»Die Ingenieurin hieß Julia Bruck.«

»Hm. Das ist alles recht mager, Rebecca.«

»Es könnte aber eine große Sache für dich werden.«

»Angenommen, ich finde etwas darüber heraus. Einen wie auch immer gearteten Skandal. Was hast du davon?«

»Ich will Noël eins auswischen.«

»Und was habe ich davon?«

»Eine gute Story.«

Er lachte auf. »Das sieht mir eher nach viel Arbeit mit ungewissem Ausgang aus.«

»Bitte, Paul. Früher hätte dich die Aussicht, einen Skandal bei Serail Almond aufzudecken, in Hochstimmung versetzt.«

»Wir werden alle älter und lernen, die einfachen Freuden des Lebens zu schätzen.«

»Auch die kosten Geld. Und Geld verdient man mit Arbeit. Aber wenn du kein Interesse an einer Story über Serail Almond hast, dann gehe ich damit zu Emmeline Bellier.«

Sie wusste, dass Emmeline seine Erzfeindin war – die größte Konkurrentin und zeitweise wohl auch seine Geliebte –, doch er biss nicht an. Rebecca zog ihren letzten Trumpf hervor. Sie legte ein paar Visitenkarten mit der Rückseite nach oben auf den Tisch. Als sie das letzte Mal auf der Jacht gewesen war, hatte sie einige seltsame Dinge bemerkt. Noël war recht schweigsam gewesen, als sie ihn darauf angesprochen hatte. Dann war sie auf Visitenkarten gestoßen, die sie damals einfach an sich genommen hatte – ohne eigentlich recht zu wissen, warum.

»Was ist das?«, fragte Paul.

»Noël hat gerne Gäste auf der *Aurelie.* Aber dass Leute während seiner Abwesenheit Urlaub an Bord seiner Jacht machen dürfen, ist neu. Und das drei Wochen lang. Ich habe mich gefragt, wieso Noël es einfach schluckt, wenn sich diese bisher unbekannten Menschen an Bord der *Aurelie* schlecht benehmen, das Parkett verkratzen, die Stewardess antatschen und Rotweinflecken auf den hellen Polstern hinterlassen.«

»Woher weißt du das?«

»Ich hab Augen im Kopf. Und außerdem lassen diese Leute zu viel herumliegen.«

Paul griff nach den Karten, doch sie zog sie weg. »Emmeline wüsste das vielleicht mehr zu schätzen ...«

»Nein, ich kümmere mich darum. Versprochen.«

»Aber nicht nur, weil du deiner Kollegin nicht das Schwarze unter den Fingernägeln gönnst? Du musst hinter der Sache stehen.«

Er kniff die Augen zusammen. »Tue ich doch immer. Aber vielleicht finden wir einen Interessenausgleich zwischen harter Arbeit und den einfachen Freuden des Lebens?«

»Nun ja ... einfache Freuden. Ich könnte dich mal zum Essen einladen, wenn du was herausgefunden hast.« Sie schob ihm die Karten hinüber.

Er las mit großem Interesse den Namen und die Adresse, die auf der obersten Visitenkarte gedruckt war. Dann grinste er. »Lars Wagenknecht – und er wohnt in Hamburg? Und dort findet auch die Krisensitzung statt? Damit kann ich vielleicht was anfangen. Eine Indienreise liegt nämlich gerade nicht in meinem Budget.«

»Brauchst du Geld?«, fragte sie. »Einen Vorschuss?«

Paul schüttelte den Kopf. »Ich muss zusehen, dass ich loslege.«

»Es lohnt sich, das verspreche ich dir.«

Sie standen beide auf.

»Soll ich dir Noëls Kopf auf einem goldenen Teller servieren?«, wollte er wissen. »Oder lieber den von Catherine?«

»Schreib einfach was Hübsches.«

Er küsste sie auf die Wangen und ging, ohne sich noch mal umzusehen. Rebecca blieb mit dem unguten Gefühl zurück, dass die Würfel gefallen waren.

MANHATTAN, NEW YORK, USA

Der Märzmorgen war kalt und regnerisch. Ein Tief kreiste über der Ostküste der USA. Dichter Dunst hing in den Straßenzügen Manhattans und sammelte die Abgase und Ausdünstungen der Großstadt unter sich, die sich dann als schmieriger Film auf Straßen, Fassaden und Autos legten. Die feinen Regentropfen, die unablässig gegen die Fensterscheiben prallten, ließen Ryan Ferland kaum die Ampel an der nächsten Kreuzung sehen. Er hatte sich in seinem Büro verschanzt, einen Milchkaffee und zwei Bagels mit italienischem Schinken auf seinem Schreibtisch, und rief seine E-Mails ab.

Seit Paula fort war, konnte er ja essen, was er wollte. Er musste nicht mehr ihre harten Vollkornbrote mit Ziegenkäse, Gurken, Blattsalat und glitschigen Tomaten aus Schüler-Lunchboxen essen, deren Inhalt auf der Fahrt von Queens hierher oft zu einer unappetitlichen Pampe geworden war. Wenn er heute den ganzen Tag lang *Big Macs* oder *Choc Choc Chips* und *Almond Coconut Crunch Cookies* aus dem Cookie Island am Broadway verspeisen wollte, kümmerte es sie nicht mehr. Paula lebte inzwischen bei ihrer ökologisch-dynamischen Freundin in Philadelphia. Doch seltsamerweise hatte er jetzt, wo es egal war, nicht einmal mehr Appetit auf Kuchen oder Fastfood. Er sehnte sich danach, mal wieder Schnittchen in einer pinkfarbenen Lunchbox vor sich zu haben. Wenn er ehrlich war, hatte er generell keinen großen Appetit mehr, und das war, mit der Diagnose Krebs allemal, ein schlechtes Zeichen. So schlecht, wie Rebecca Sterns höfliche, aber direkte Ablehnung, weiter mit ihm zu korrespondieren und seine Fragen über ihre Schwester zu beantworten.

Ferland wusste nicht mehr weiter. Moira Sterns Tod war vielleicht sein letzter richtiger Fall, und er scheiterte daran, ebenso wie er am Leben gescheitert war.

Eine halbe Stunde später waren Kaffee und Bagels vernichtet, und er hatte die Akte Stern noch einmal von hinten nach vorn durchgelesen, ohne eine neue Erkenntnis hinzugewonnen zu haben. Er hatte bloß ein weiteres Mal erkannt, dass alles unschlüssig und höchst unbefriedigend war. Ihm fehlten Informationen darüber, ob Moira wegen ihrer Hautveränderungen Ärzte konsultiert hatte. War sie im Krankenhaus gewesen? Er bezweifelte, dass sie krankenversichert gewesen war. Ihre Schwester sollte so etwas freilich wissen … Sein Telefon blinkte. June Cassidy informierte ihn leicht außer Atem, dass er zu Anthony Graziano ins Büro kommen sollte.

»Was gibt's denn?«, erkundigte er sich. Hatte sich Rebecca Stern etwa eine Hierarchieebene höher über ihn beschwert?

»Keine Ahnung. Nur zu deiner Information, Ferland: Dr. Rungford ist gerade wutschnaubend hier reingestiefelt.«

»Noch besser. Ich komme sofort.«

»Würde ich dir auch geraten haben.«

Beim Anblick seines Vorgesetzten schwante Ferland nichts Gutes. Anthony Graziano saß hinter seinem Schreibtisch, die

Arme verschränkt, das Kinn vorgereckt, und seine Gesichtsfarbe glich auf besorgniserregende Weise seinem modischen weinroten Hemd. Zum Glück war eine Ärztin anwesend: Fiona Rungford – Dr. Rungford – hatte auf dem Besucherstuhl Platz genommen. Sie hatte ein Bein über das andere geschlagen und wippte mit dem Fuß, während sie ihn feindselig anstarrte. Da er nicht vor den beiden stehen wollte wie ein Schuljunge, zog Ferland sich aus der Sitzgruppe einen Stahlrohrstuhl herbei und setzte sich ebenfalls. Er positionierte sich so, dass er sowohl die Ärztin als auch seinen Chef im Blick hatte. Ferland lehnte sich zurück, das altgediente Sitzmöbel knackte, und das obere Rohr drückte sich in seine Wirbelsäule. Er fühlte sich so, wie er sich gab: erwartungsvoll, aber nicht beunruhigt oder gar besorgt.

»Dr. Rungford hat mir gerade mitgeteilt, dass sie offiziell Beschwerde gegen dich einlegen will, Ferland«, sagte Graziano ohne irgendeine Einleitung.

»Weshalb?«

»Tun Sie doch nicht so, Ferland«, schnaubte Rungford. »Sie sollten mir lieber sagen, wie Sie das bewerkstelligt haben. Das ist eine Sicherheitslücke, die wir schnellstmöglich schließen müssen. Da könnte ja jeder kommen …«

»Ich weiß nicht, worüber wir hier sprechen.« Ferland sah von einem zum anderen. »Klärt mich auf, damit ich mich mit aufregen kann.«

»Das ist kein Spaß, Ferland!«, brüllte sein Vorgesetzter. »Ich lasse dir schon einen sehr langen Zügel, aber du kannst nicht tun und lassen, was du willst, nur weil … weil …« Er kniff die Augen zusammen und schüttelte den Kopf.

Vergaloppiert, dachte Ferland. »Nur weil was?«

Graziano ließ die Frage unbeantwortet, doch Ferland wusste sowieso, was sein Chef hatte sagen wollen: *Weil du sowieso bald stirbst …*

Rungford war offensichtlich entweder nicht über seinen Zustand im Bilde, oder sie hatte weniger Hemmungen als der Lieutenant. Sie holte tief Luft: »Es wird den First Deputy Commissioner vielleicht interessieren, dass Sie sich, auf welche Weise auch immer, unberechtigt Zugang zu einer Leiche verschafft und Manipulationen an ihr vorgenommen haben – einer Leiche, die sich in meiner Verantwortlichkeit im OCME befunden hat.«

»Wie bitte?« Ferland starrte sie verwundert an.

»Tun Sie bloß nicht so«, schrie sie wutentbrannt. »Gewebeproben entnehmen ... Ohne Erlaubnis! Ich war ein paar Tage auf einem Kongress in Dallas, und als ich wiederkomme ...«

»Es ist Zeit, die Karten auf den Tisch zu legen, Ferland«, erklärte Graziano. »Wir wissen, dass du an dem Fall Stern einen Narren gefressen hast. Bisher hab ich dich einfach machen lassen, weil du deine übrige Arbeit nicht über Gebühr vernachlässigt hast, aber das hier ...«

»Was ist mit der Leiche von Moira Stern passiert?«, fragte Ferland die Ärztin, ohne sich um die Worte seines Vorgesetzten zu kümmern. »Los, sagen Sie schon!«

»Ferland, du überschreitest gerade eine Grenze!« Grazianos Gesicht hatte die Farbe von Erdbeersirup angenommen. »Dein Interesse an dem Fall grenzt ja schon an Besessenheit.«

Rungford antwortete mit harter Stimme: »Sie wollen wissen, wie ich Ihnen auf die Schliche gekommen bin? Dr. Timmer ist bei uns unter anderem für die letzte Leichenschau vor der Kremation zuständig. Moira Sterns Einäscherung ist auf den Wunsch ihrer Schwester hin angeordnet worden, weil sie die Tote nach Europa überführen lassen wollte. Bei der letzten Untersuchung hat Timmer Haut-Ausstanzungen an der Leiche von Stern entdeckt, die ihm seltsam vorgekommen sind. Er wollte mich sofort informieren, aber da ich nicht anwesend war, hat es sich verzögert. Nun haben wir leider keine Möglichkeit mehr zur Untersuchung. Aber das rettet Sie nicht! Die Manipulation an der Leiche stammte weder von mir noch von meinen Leuten. Wie zum Teufel haben Sie das bewerkstelligt, Ferland?«

»Ich habe nichts bewerkstelligt. Und ich hatte keine Ahnung davon. Jemand hat sich im OCME an Moira Sterns Leiche zu schaffen gemacht? Das ist doch ... aufschlussreich.«

»Tun Sie nicht so unschuldig! Wer außer Ihnen sollte ein Interesse daran haben, an dieser Leiche herumzuschnippeln?«

»Das weiß ich nicht«, bekannte Ferland. »Haben Sie eigentlich mal einen Geigerzähler an die Leiche gehalten? Nur um alle Möglichkeiten auszuschalten?«

»Der Zustand der Leiche hat nichts, aber auch gar nichts mit radioaktiver Verseuchung zu tun«, erwiderte Rungford kalt.

»Sicher? Und was ist mit ihr passiert? Mit der Leiche, meine ich.«

»Sie ist kremiert worden. Was sonst?«

»Shit.« Er sah Rungford in die Augen. »Aber Sie müssen zugeben, dass der Vorfall meine Theorie stützt, dass mehr hinter dem Tod dieser Frau steckt.«

»Ich gebe gar nichts zu. Sie überschätzen Ihre Kompetenzen, Ferland. Ich werde dafür sorgen, dass Ihre Sturheit, Ihre Anmaßung und gefährliche Einmischung in die Arbeit meiner Behörde Konsequenzen für Sie haben werden.«

KOLKATA, INDIEN

Julias Erledigungen für ihre Abreise aus Indien verliefen ohne Zwischenfälle. Der Generalkonsul verschob allerdings ihren Gesprächstermin zunächst um einen und dann um zwei Tage. Erst ärgerte sie sich darüber. Doch nach zwei längeren Telefonaten mit Sonja kam Julia zu dem Schluss, dass der Generalkonsul, was Serail Almond anging, sowieso nicht der optimale Ansprechpartner war. Und ... sie ertappte sich dabei, wie sie in schwachen Momenten nach einer völlig anderen Erklärung für das suchte, was sie in dem geheimen Labor gesehen hatte – nach einer Erklärung, die nichts mit verbrecherischen, menschenverachtenden Forschungsmethoden bei Serail Almond zu tun hatte. So drängte sie nicht weiter auf einen Termin beim Generalkonsul.

Einen Tag vor ihrem Abflug nach Deutschland klingelte vormittags das Zimmertelefon. Sie lag noch in Unterwäsche auf dem Bett und döste vor sich hin, daher brauchte sie ein paar Augenblicke, bis sie den Hörer abnahm. Eine Dame von der Hotelrezeption teilte ihr mit, dass ein Angestellter des deutschen Generalkonsulats sie sprechen wollte. Julia ließ ihn durchstellen. Der Mann richtete ihr aus, der Generalkonsul habe jetzt endlich Zeit für das Gespräch mit ihr. Er würde einen Wagen schicken, der sie in fünf Minuten vor dem Hotel abholen und ins Konsulat bringen könnte.

Julia brauchte einen Moment, um wach zu werden und ihre Gedanken zu sortieren. Wollte sie dieses Gespräch überhaupt noch? Allerdings konnte sie jede Unterstützung brauchen, die sich ihr möglicherweise bot. Und je mehr Leute von ihren Erlebnissen bei Serail Almond wussten, desto gefährlicher war es für ihre Verfolger, sie auszuschalten. Und daher sagte sie dem Mann am Telefon, dass sie kommen würde.

Rasch schob sie das Tablett beiseite, auf dem sich die Reste des von ihr georderten Frühstücks befanden; sie konnte sich immer noch nicht dafür erwärmen, in einem voll besetzten Frühstücksraum Platz zu nehmen. Sie eilte ins Bad, schaufelte sich kaltes Wasser ins Gesicht und zog sich an. Die Auswahl an Kleidungsstücken war immer noch begrenzt, aber sie hatte den Wasch- und Bügelservice des Hauses in Anspruch genommen und fand, dass sie auch in Jeans und T-Shirt halbwegs präsentabel aussah.

Ein paar Minuten später verließ Julia mit ihrer Tasche und ihren Aufzeichnungen das Hotelzimmer. Wie schon in den vorhergehenden Tagen blieb sie an der Tür stehen und spähte vorsichtig durch den langen Flur bis zu den Fahrstühlen, doch das Hotel war um diese Uhrzeit ruhig. Sie kam ohne Zwischenfälle unten an. In der Hotelhalle tummelten sich wie immer Touristen und Hotelangestellte. Julia schritt zielstrebig durch die weitläufige Halle, nickte einem der Portiers an der Rezeption zu und näherte sich der gläsernen Eingangstür. Draußen war gerade ein kleiner Reisebus angekommen, der ihr die Sicht versperrte. Julia überlegte, ob sie draußen warten sollte, da sah sie eine schwarze Limousine, einen Mercedes-Benz S-Klasse mit getönten Scheiben, langsam die Auffahrt hochrollen. Der Wagen hielt ein Stück hinter dem Reisebus an. Julia trat durch den Eingang und ging auf den Mercedes zu.

Am Steuer saß ein Inder in Uniform. Handelte es sich wirklich um den Wagen, der sie abholen sollte? Das Auto hatte kein deutsches Diplomatenkennzeichen, wie sie bemerkte. Ein x-beliebiger Wagen … Sie blickte sich um. Außer ihr und den Insassen des Reisebusses, die jetzt nach und nach im Hotel verschwanden, war niemand vor dem Taj Bengal zu sehen. Konnte sie sich überhaupt sicher sein, dass der Anruf tatsächlich aus dem Konsulat gekommen war? Die Beifahrertür der Limousine sprang auf, und ein Mann stieg aus. Sein Jackett zeigte unter der linken Achsel eine verdächtige Ausbeulung. Eine der hinteren Wagentüren öffnete sich ebenfalls; ein weiterer Mann saß dort, dessen Gesicht sie allerdings nicht erkennen konnte. Zwei Leute plus Fahrer, um sie abzuholen?

Julia wich zurück. Sie stolperte über ein paar Taschen, die man gerade aus dem Reisebus entladen hatte, fing sich wieder und schlüpfte mit dem letzten der gerade angekommenen

Touristen durch die Glastür ins Innere des Hotels zurück. Sie ging eilig und möglichst immer in der Nähe der herumstehenden Hotelgäste durch die Halle in Richtung der Fahrstühle. Dabei blickte sie mehrmals kurz über ihre Schulter. Der Kerl mit dem Jackett trat gerade durch die Glastür, blieb dort stehen und schaute sich suchend um. Wo war der Mann, der hinten im Mercedes gesessen hatte? Sie bemerkte, dass die schwarze Limousine langsam an der Eingangstür vorbeifuhr. Hatten diese Männer es am Ende überhaupt nicht auf sie abgesehen? Verdammte Paranoia.

Julia hielt kurz inne und ging dann zum Empfangstresen, wobei sie den Mann am Eingang im Blick behielt. Sie erklärte einer der Angestellten, sie solle von einem Wagen des deutschen Generalkonsulats abgeholt werden, und fragte, ob sich schon jemand gemeldet hätte. Die Frau hinter dem Tresen verneinte das, versprach aber, ihr Bescheid zu sagen, wenn sich jemand vom Konsulat meldete. Der Verkehr auf der Belvedere und der Alipore Road sei um diese Uhrzeit höllisch, es würde sicherlich noch ein wenig dauern. Daraufhin bat Julia, sie auf ihrem Zimmer anzurufen, wenn es so weit wäre, und vorher die Herkunft des Wagens zu überprüfen, was ihr einen verständnislosen Blick einbrachte.

Sie glaubte nicht mehr daran, dass der Generalkonsul einen Wagen schickte. Julia wollte im Konsulat anrufen und es nachprüfen. Das hätte sie gleich tun sollen! Sie ärgerte sich, dass sie sich so leicht hatte austricksen lassen. Aber sie war noch im Halbschlaf gewesen, und die scheinbare Sicherheit des Luxus-Hotels hatte sie leichtsinnig werden lassen. Der Mann mit dem ausgebeulten Jackett war plötzlich nicht mehr zu sehen. Wenn sie nur wüsste, wie der Kerl aussah, der in dem Wagen gesessen hatte. Es könnte jeder in der Halle sein. Was sollte sie jetzt tun?

Sie zog, noch am Tresen stehend, ihr neues Mobiltelefon

hervor und rief im Konsulat an. Nach wenigen Augenblicken erfuhr sie, dass man keinen Wagen für sie geschickt hatte, und der Generalkonsul erwartete sie auch nicht zu einem Gespräch, sondern war irgendwo in Westbengalen unterwegs. Julia überlegte noch, wem sie von den jüngsten Entwicklungen erzählen sollte, als sie sah, wie der Mann mit dem Jackett hinter einer der Säulen hervortrat und sich ihr näherte. Sie steckte das Telefon ein und mischte sich unter eine Gruppe Hotelgäste, die in Richtung der Fahrstühle strebte. Der Mann sah sich suchend um. Hielt er etwa Ausschau nach seinem Kumpan?

Julia stieg als Letzte in einen der überfüllten Fahrstühle und fuhr darin nach oben. Die anderen Fahrstühle auf dieser Seite waren auf dem Weg nach unten, sodass der Mann ihr nicht so schnell folgen konnte. Und über die Treppen würde es ebenfalls länger dauern. Wussten ihre Verfolger, welches Zimmer sie hatte? An der Rezeption hatte sie wiederholt die Anweisung hinterlassen, niemandem ihre Zimmernummer mitzuteilen. Aber wenn sie hier im Hotel angerufen worden war, bestand die Möglichkeit, dass die Männer es trotzdem wussten. Meistens waren die Durchwahlziffern eines Hotelzimmers mit der Raumnummer identisch. Doch wenn die Kerle genau wussten, wo sie zu finden war, dann hätten sie sich die Geschichte mit der Limousine eigentlich schenken können? Obwohl ... sie einfach vor dem Hotel einzusammeln und mit ihr wegzufahren erregte am wenigsten Aufsehen. Es war wohl einen Versuch wert gewesen, ihr diese plumpe Falle zu stellen.

Kaum hatte Julia den Fahrstuhl verlassen, rannte sie, so schnell sie konnte, durch den Flur zu ihrem Zimmer. In Windeseile öffnete sie die Tür und verriegelte sie hinter sich. Ihr Herz schlug so heftig, dass ihr beinahe schlecht war. Sie ließ ihre Tasche aufs Bett fallen, versuchte tief durchzuatmen und überlegte, was sie nun tun sollte.

Hinter ihr erklang plötzlich ein Scharren. Sie fuhr herum. Die Badezimmertür öffnete sich, und ein Mann erschien im Türrahmen. Sein Anblick kam ihr unwirklich vor: seine starre Miene, das erhitzte, rote Gesicht, das in einem seltsamen Kontrast zu dem rotblonden Haar stand, und die große Hand mit den Sommersprossen, die eine Pistole hielt.

»Gallagher, verdammt!«, stieß Julia hervor.

15. Kapitel

Kolkata, Indien

»Tut mir leid«, sagte er. »Das war's, Miss Bruck.«

»Sie glauben nicht ernsthaft, dass Sie damit durchkommen, wenn Sie mich hier und jetzt erschießen, Gallagher?« Julia versuchte, ihr Entsetzen hinter Sarkasmus zu verbergen. »Die Leute vom Konsulat sind von dem Manöver hier informiert. Ich habe sie eben vom Empfang aus angerufen.«

»Das ist mir scheißegal!«, entgegnete er.

»Man wird den Schuss im ganzen Hotel hören. Sie glauben doch nicht, dass Sie dann noch abhauen können.«

»Lassen Sie das meine Sorge sein.«

»Warum wollen Sie mich ermorden?«

»Weil es sein muss.«

»Warum?«

»Sie hat es angeordnet, verdammt.« Gallagher schien ebenso panisch zu sein wie sie. Nichtsdestotrotz war er gefährlich.

»Wer ist sie?« Julia spielte auf Zeit, weil ihr nichts Besseres einfiel. Sie musste ihn hinhalten – egal, wie.

»Die Kalte. Noch nie von ihr gehört?« Er lachte auf. »Das hier fällt mir auch nicht leicht, aber das nützt Ihnen nichts.« Seine Hand begann zu zittern, und er musste sie mit der anderen stützen. Eine Schweißperle lief ihm die Stirn hinunter. Sie sah, wie er die Waffe mit dem Daumen entsicherte. Sein Zeigefinger am Abzug bebte. Das ... war nicht gut.

»Sie sind ... kein Mörder, Gallagher«, stammelte sie. Ihr Mund war trocken. Ihre Zunge fühlte sich an wie Klebeband, das sie nur mit größter Mühe vom Gaumen lösen konnte.

»Mir bleibt keine Wahl.«

Julia wollte nicht sterben! »Ich glaub, mir wird schlecht«, sagte sie, hielt sich den Bauch und beugte sich nach vorn.

Sie wankte zur Seite – und griff schnell nach der Teekanne, die neben den Resten ihres Frühstücks auf dem Tablett stand, das auf dem Bett lag. Das Porzellan fühlte sich noch sehr warm an. Blitzschnell warf Julia die halb volle Kanne gegen Gallaghers rechtes Handgelenk. Er schrie auf; die Hand mit der Pistole zuckte nach unten, und ein Schuss löste sich. Der Knall verursachte ein Singen in Julias Ohren. Sie packte das Tablett und schleuderte es samt Geschirr und Essensresten auf Gallagher. Er taumelte rückwärts und stieß gegen eine Kommode. Die Vase mit üppiger Blumendekoration, die darauf stand, kippte gegen seinen Rücken. Reflexartig versuchte er, sich irgendwo festzuhalten, und ließ dabei die Pistole auf den Teppichboden fallen.

Julia sprang vor und griff nach der Waffe. Auch Gallagher stürzte nach vorn, um sie daran zu hindern, doch sie hatte die Pistole schon in der Hand. Er reagierte blitzschnell und trat wie ein Kickboxer nach ihr. Sie wurde an der Schulter getroffen und rückwärts auf das Bett geschleudert. Doch sie hielt, auf dem Rücken liegend, die Waffe mit beiden Händen umklammert und zielte damit auf Gallagher. Er erstarrte, als er in die Mündung seiner eigenen Pistole blickte. Sie rollte sich zur Seite, kam auf die Füße und hastete zur Tür, die sie eben noch selbst verriegelt hatte. Er machte einen Schritt auf Julia zu, aber sie riss die rechte Hand hoch und richtete die Waffe auf Gallagher. Wie eingefroren stand er da, während sie mit der Linken die Zimmertür öffnete und hinausspähte. Der Flur lag verwaist vor ihr. Das Lämpchen über dem rechten Fahrstuhlschacht blinkte. Irgendjemand war auf dem Weg nach oben: Hotelgäste oder ihre Verfolger aus der Limousine? Links lag das Treppenhaus, wo man fast nie jemanden antraf. Die Chancen standen fifty-fifty. Julia entschied sich für das Treppenhaus.

In der Hotelhalle angekommen, war sie einen Moment lang perplex über die Normalität der Szenerie, die sich ihr bot. Sie konnte kaum mit einer Pistole in der Hand hier durchrennen. Rasch verstaute sie die Waffe im Bund ihrer Jeans und zog das T-Shirt darüber, beließ die Hand jedoch am Gürtel. Dann informierte sie die Angestellten am Empfang über den Überfall und bestand darauf, dass nicht nur die Polizei, sondern auch das Konsulat benachrichtigt wurde. Der Hotelmanager zog sie in sein Büro – ob zu ihrem Schutz oder um den anderen Hotelgästen eine Szene zu ersparen, wusste sie nicht. Sie musste verstört aussehen, denn er reichte ihr einen Spezialtrunk für außergewöhnliche Anlässe aus seiner Hausbar.

Julia übergab die Waffe, mit der Gallagher sie bedroht hatte, der bald darauf eintreffenden Polizei. Zusammen mit den Beamten kehrte sie in ihr Hotelzimmer zurück. Dort fanden sie Teeflecken, ein Einschussloch in der cremefarbenen Überdecke sowie Porzellanscherben, Besteck und Reste des Frühstücks, die sich über den Boden verteilt hatten. Doch für Julias Behauptung, dass Leute von Serail Almond hinter ihr her gewesen waren, gab es keinerlei Beweise. Und so kamen die Polizisten zu dem Schluss, es wäre ein »normaler« Einbruch gewesen, bei dem Julia den Täter auf frischer Tat ertappt hatte.

Sie widersprach nicht allzu heftig und verschwieg sogar, dass sie den Angreifer erkannt hatte. Jetzt, wo es fast so weit war, wollte sie ihre Ausreise nach Deutschland nicht gefährden. Immerhin wurde sie für die letzte Nacht in ein anderes Hotel umquartiert und am nächsten Tag mit einer Spezialeskorte zum Flughafen gebracht. Sowohl das Generalkonsulat als auch die Polizei schienen froh zu sein, sie endlich loszuwerden. Als sie durch die Sicherheitskontrolle des Airports ging, zeichnete sich Erleichterung in den Gesichtern ihrer Begleiter ab. Anschließend wurde sie von zwei stoisch blickenden Flughafenpolizisten in Empfang genommen, die sie zum Gate brachten und warteten, bis sie in der Lufthansa-Maschine verschwunden war.

PARIS, FRANKREICH

Der Journalist Paul Renard erwachte mit einem wattigen Gefühl im Mund und stechenden Kopfschmerzen. Er schaltete das Licht neben seinem Bett ein, um zu sehen, wie spät es war, stöhnte und machte es sofort wieder aus. Als er gefühlte fünf Minuten später erneut aus seinen Albträumen gerissen wurde, zeigte ihm der Winkel, in dem das graue Tageslicht durch die Jalousien fiel, dass er einen guten Teil des Vormittags verschlafen hatte. Regen pladderte gegen die Scheiben, und der stürmische Wind rüttelte an den maroden Fensterrahmen. Warum jemals wieder aufstehen, wo er sich doch gestern – er erinnerte sich leider erstaunlich klar daran – vor allen Kollegen lächerlich gemacht hatte?

Die ehrgeizige Emmeline Bellier hatte ihn mit ihrer blöden Reportage über einen Lebensmittelskandal übertrumpft, bei dem es um einen abgetrennten Finger in einer Thunfischdose ging. Kummer dieser Art war er ja gewohnt. Doch als sie dann seiner im Nachhinein betrachtet mehr als peinlichen Anmache widerstanden hatte, war er so zornig gewesen, dass er – war das wirklich passiert? – sie als *pute* beschimpft hatte. Und dann ... Er wünschte, seine Erinnerung würde ihn an diesem Punkt verlassen, doch er war sich sicher: Er hatte sie mit Kügelchen beworfen, die von ihm aus Papierserviettenfetzen unter Zuhilfenahme von Spucke geformt worden waren. Er brauchte nie wieder aufzustehen. Sein Leben war aus und vorbei.

Aber schon eine halbe Stunde später war Paul aufgestanden und hatte zu seinen alten Geheimwaffen gegen Frust, Antriebsschwäche und allgemein aussichtslose Situationen gegriffen: einem Notizblock, seinem aufgeladenen Notebook und einem Bier in einem Straßencafé. Er war schon zu lange im Geschäft, um noch zu glauben, dass Zögern und Leiden seine Lage irgendwie verbessern könnten. Arbeit hingegen half.

Als Erstes schrieb er eine förmliche Entschuldigungsmail an Emmeline, die er allerdings nicht abschickte. Er fühlte sich gleich schon viel besser und las in seinem Notizblock nach, was er sich im Anschluss an sein Gespräch mit Rebecca notiert hatte. Viel war es nicht, was sie ihm gegeben hatte. Aber er vertraute ihrem Gespür. Eine spontan einberufene Krisensitzung und eine Ingenieurin bei Serail Almond in Indien, die zum Schweigen gebracht werden sollte? Er konnte es sich nicht leisten, mal kurz nach Indien zu fliegen, um sich persönlich bei diesem Gallagher danach zu erkundigen. Er würde sich erst mal in das Thema einlesen und dann sehen, ob ihn etwas ansprang. Besonders den Typen, der seine Visitenkarten auf der *Aurelie* hatte liegen lassen, musste er überprüfen.

Zwei Biere, eine halbe Schachtel Zigaretten und ein leichtes Mittagsmahl später kam Paul sich vor wie Ali Baba vor der Räuberhöhle, aber ohne den sie öffnenden Zauberspruch zu kennen. Er stieg auf Kaffee um, woraufhin sein Magen wie immer mit fiesem Stechen antwortete, aber sein Gehirn einen Gang zulegte. Nicht Serail Almond selbst war das »Sesam, öffne dich!«, sondern die Beziehungen, die sonstigen Unternehmungen und Jobs der Vorstandsmitglieder, die sie anscheinend nicht gern im Licht der Öffentlichkeit ausgebreitet wissen wollten, sagte er sich.

Über Noël Almond, Rebeccas Lover oder Exlover, wie er hoffte, gab es Unmengen an Informationen. Die meisten davon schienen belanglos zu sein. Noël war beliebt bei der

Klatschpresse, da er sich auf den Nobel-Partys und an den Laufstegen der Côte d'Azur oft sehen ließ. Und er war der stolze Besitzer der *Aurelie*, einer Elegance 98 Dynasty: Die knapp dreißig Meter lange Motorjacht besaß zwei MTU-16-Zylinder-Dieselmotoren, die jeweils zweitausendvierhundert PS stark waren; zudem hieß es, das Schiff habe unter anderem zwei Außen-Whirlpools. So was lasen die Leute gern, wenn sie sich echauffieren wollten. Dass Noël Almond auch Vorstandsmitglied von Serail Almond und dort für den Bereich Personal und Strategie zuständig war, blieb zumeist unerwähnt.

Paul erfuhr auch, dass Noël in Biochemie promoviert hatte, während seine Ehefrau, Catherine Almond, geborene Kendall, Doktorin der Wirtschaftswissenschaften war. Im Unterschied zu ihrem Mann gab es über sie wenig im World Wide Web. Vielleicht hatte sie mal professionell aufräumen lassen? Es wurde ja immer beliebter, unliebsame Jugendsünden gegen Geld verschwinden zu lassen. Eine Information war den Säuberungen allerdings entgangen: ihr Spitzname »die Kalte« – nach Shitala, der indischen Pockengöttin. Paul fand auch die Information wieder, die er Rebecca weitergegeben hatte. Catherine Almond hatte eine Bronzefigur der Göttin in ihrem Büro aufgestellt und opferte ihr regelmäßig kalte Speisen ... Vielleicht mochte sie ja den Vergleich mit der furchterregenden Shitala? Es gab bloß ein paar offizielle Fotos von Catherine Almond und insgesamt nur sehr wenige Informationen über ihre Zeit vor Serail Almond, in deren Vorstand sie gekommen war, nachdem sie Noël geheiratet hatte. Mittlerweile war sie seit vier Jahren die Vorstandsvorsitzende. Es hieß, die Geschäfte führe sowieso weitgehend sie, während er sich mehr den angenehmen Seiten des Lebens widmete. Es schien zu funktionieren. Noël Almonds Begleiterinnen kamen und gingen, ohne dass es Catherine zu irritieren schien. Rebecca hielt sich anscheinend schon erstaunlich lange an seiner Seite. An ihrer

Stelle hätte er sich in Acht genommen vor Catherine Almond. Sie war außer bei Serail Almond noch im Vorstand einer Privatklinik im Departement Ariège; Paul kostete es einiges an Kombinationsgabe, um das herauszufinden.

Stefan Wilson war das dritte Vorstandsmitglied von Serail Almond. Der mittelständische Betrieb, den er von seinem verstorbenen Vater geerbt hatte, war in Fachkreisen wegen seiner hervorragenden Forschungsabteilung bekannt gewesen. Man hatte angefangen, im Bereich Biotechnologie zu forschen, bevor die Firma aufgekauft worden war. Wilson hatte die Übernahme seines Unternehmens durch Serail Almond dazu genutzt, um selbst in den Vorstand des Konzerns aufzusteigen. Er war dort für den Bereich Technologie und Innovation zuständig. In einem Interview hatte er mit pathetischen Worten den schmerzhaften, aber lohnenswerten Schritt hervorgehoben, den es für ihn bedeutet habe, sich aus der Forschungsarbeit zurückzuziehen, um sich nur noch auf das wirtschaftliche Wohl von Serail Almond zu konzentrieren. Paul Renard entdeckte noch andere heroische Eigenschaften an dem Unternehmer: Engagement für den Sport – Wilson war in seiner Jugend ein erfolgreicher Hockeyspieler gewesen – und selbstredend auch für gemeinnützige Organisationen. Er hatte sich in seiner Jugend für den Naturschutz eingesetzt und war nun im Vorstand eines Vereins, der sich um Flüchtlinge aus Krisengebieten kümmerte. Vor allem dieses Engagement wurde in der Presse »gewürdigt«. So zeigte ein Illustrierten-Foto, wie er einem farbigen Flüchtling mit Goldzahn-Lächeln die Hand reichte und dabei sein gebräuntes Gesicht perfekt in Szene setzte. Paul Renard wusste nicht, welchen der drei er abstoßender finden sollte: Noël Almond, die hedonistische Kröte, Catherine Almond, »die Kalte«, oder »Smarty« Wilson mit der Hockey-Bräune?

Blieb noch das vierte Vorstandsmitglied von Serail Almond:

Dr. Ralph Kämper, eine blasse Erscheinung. Er war für die Finanzen zuständig und grundsolide, wie erste Recherchen suggerierten. Und nun waren sie alle in Hamburg, weil Serail Almond in irgendwelchen Schwierigkeiten steckte.

Beim Blick auf die Papierserviette neben seinem Teller musste Paul wieder an Emmeline Bellier denken. Ihr triumphierendes Lächeln. Er hatte zwar noch nichts Konkretes gegen Serail Almond in der Hand, aber etwas Besseres als einen verwesten Finger in einer Thunfischdose sollte in Hamburg doch wohl aufzutreiben sein.

16. Kapitel

PARIS, FRANKREICH

Rebecca Stern verließ die Metro an der Station *Madeleine*. Es regnete schon wieder. Sie spannte den Schirm auf, den sie in ihrer pistaziengrünen Ledertasche mit sich trug. Nichts wirkte unprofessioneller, als mit nassen Haaren und verschmiertem Make-up bei einem Kunden zu erscheinen. Und dazu reichten im Zweifelsfall die zehn Meter vom Taxi zum Eingang eines Bürogebäudes. Desgleichen aß sie auch keine Schokolade mehr, wenn sie beruflich unterwegs war. Einmal hatte sie sich, kurz vor dem nahenden Hungertod, an einer Tankstelle einen Müsliriegel mit Schokolade gekauft, ihn im Auto heruntergeschlungen und im Dunkeln nicht bemerkt, dass anschließend ein Schokoladenfleck auf dem Revers ihres Blazers prangte. Ohne es zu wissen, hatte sie so einen Kunden begrüßt. Den Auftrag hatte sie trotzdem bekommen, doch wenn ihr bewusst gewesen wäre, wie sie aussah, hätte sie die Verhandlungen sicherlich vergeigt.

Jetzt wartete allerdings kein Kunde mehr auf sie, sondern nur ihre leere Wohnung. Es war kurz nach acht Uhr. Früh am Abend – für ihre Verhältnisse. Doch in ihrem Haus in der Rue Tronchet kamen die Mieter alle spät von der Arbeit nach Hause. Die meisten waren Singles, beruflich stark eingespannt, schon um das Leben in Paris und die horrenden Mieten überhaupt bezahlen zu können. Dafür gab es hier auch den Luxus einer Concierge, die tagtäglich in ihrer Loge saß, die Post annahm und darauf achtete, wer ein- und ausging. Nebenbei knüpfte sie Teppiche mit sentimentalen Motiven, wie zum Beispiel schmusende Katzenkinder und Sonnenuntergänge im Gebirge. Zurzeit arbeitete Madame Bertrand an einem Knüpfbild, das drei Gänse an einem mit Blumen umrankten Brunnen zeigte. Man konnte es sehen, wenn man in ihr Fenster im Durchgang zum Innenhof blickte. Madame Bertrand wollte es als Wandbehang ihrer achtzigjährigen Mutter schenken, hatte sie vor ein paar Tagen erzählt. Rebecca legte Wert darauf, sich mehr oder weniger regelmäßig mit all ihren Bekannten zu unterhalten, selbst mit ihrer Concierge und dem Personal beim Feinkosthändler Fauchon am Place de la Madeleine. Sonst sprach sie am Ende nur noch mit Leuten aus ihrem Job.

Rebecca, der der eisige Regen gegen ihre Beine in den dünnen Nylonstrümpfen schlug, tippte mit klammen Fingern den vierstelligen Code für den Hauseingang ein. Es summte, und das schwere grüne Tor öffnete sich. Rasch trat sie ein. Automatisch ging in der Eingangshalle das Licht an. Normalerweise zog die Hausmeisterin die Scheibengardine an ihrem Logenfenster beiseite, wenn das schwere Tor ins Schloss fiel. Den Bewohnern nickte sie freundlich zu; wenn es ein Fremder war, öffnete sie das Fenster und fragte, wohin er wolle. Warum schaute sie heute nicht heraus? Wahrscheinlich saß Madame Bertrand vor ihrem Großbildfernseher und hatte den Ton voll aufgedreht, oder sie telefonierte mit ihrer schwerhörigen *maman.*

Das Gebäude war im typischen Haussmann-Stil erbaut, mit hohen Decken und Stuck, sehr charmant und dementsprechend unpraktisch. Im Vorderhaus hatte man irgendwann in den Siebzigerjahren einen Aufzug eingebaut, der aber nicht immer funktionierte. Die Wände des Hauses waren zwar solide gemauert, aber die alten Fenster hatte man bislang leider unangetastet gelassen. Im Winter waren sie ständig beschlagen, und das Tauwasser lief daran herunter ... Es war still in der Eingangshalle. So still, dass Rebecca die Tropfen hören konnte, die von ihrem Regenschirm auf die Marmorfliesen fielen. Der Fernseher in der Loge, der kleinen Erdgeschosswohnung der Concierge, lief jedenfalls nicht. Auch kein Radio. Die Stimme von Madame Bertrand, die immer sehr laut mit ihrer Mutter telefonierte, war ebenfalls nicht zu hören.

Rebecca schüttelte ihren Schirm aus und ging zu dem Fenster, hinter dem Madame Bertrand normalerweise ihre Zeit totschlug. Die Gardine war zurückgezogen. Eine Illustrierte lag aufgeschlagen auf dem Tisch, darauf stand ein halb leerer Kaffeebecher mit Lippenstiftabdrücken am Rand. Madame Bertrand bevorzugte helle Pinktöne. Ihr Holzstuhl mit dem dicken Kissen war umgefallen.

»Madame Bertrand?«, rief Rebecca.

Der neue Knüpfteppich, beleuchtet von einer Stehlampe mit geblümtem Stoffschirm, von deren Licht Rebecca Depressionen bekommen würde, war fast fertig. Eine der weißen Gänse hatte rote Punkte. Das war seltsam. Aber die Motive waren immer seltsam.

»Madame Bertrand, sind Sie da?«

Als Rebecca keine Antwort erhielt, klopfte sie gegen die Scheibe. Das Fenster der Loge müsste dringend mal geputzt werden, dachte sie. Was für einen Eindruck sollten Besucher von diesem Haus bekommen? Nicht, dass sie viel Besuch bekam. Nur Noël, wenn er sich in Paris aufhielt, doch er war kein Besuch im eigentlichen Sinne. Er besaß sogar einen Schlüssel. Doch das hatte sich jetzt vielleicht auch erledigt. Nichtsdestotrotz: Da waren braune Spritzer auf dem Glas, ebenso auf der Fensterbank. Sie sollte wirklich mal mit der Hausverwaltung über Madame Bertrands Verhalten sprechen, dachte Rebecca.

Die Tür zu Madame Bertrands Wohnzimmer im hinteren Teil der Loge stand einen Spalt offen. Dort brannte ebenfalls Licht. Sie konnte nicht weit sein.

»Madame Bertrand, ist alles in Ordnung bei Ihnen?«, fragte Rebecca mit noch lauterer Stimme.

Erneut bekam sie keine Antwort. Sie schellte an der Wohnungstür neben dem Fenster und hörte durch die Glasscheibe schwach das melodische Klingeln im Inneren der Wohnung. Es folgten jedoch weder Schrittgeräusche noch irgendwelche Äußerungen, die erklärten, weshalb Madame Bertrand nicht auf Rebeccas Rufe reagierte. Vielleicht war die Concierge ja krank oder ohnmächtig geworden, hatte einen Schlaganfall erlitten oder sich bei einem Sturz den Kopf angeschlagen?

Auf einmal bemerkte Rebecca, dass die Tür gar nicht richtig zugezogen war. Hatte Madame Bertrand kurz ihre Wohnung verlassen, vielleicht, um nach einem der Mieter zu sehen? Normalerweise rechnete Madame Bertrand ständig mit der Schlechtigkeit ihrer Mitmenschen und schloss daher ihre Loge gewissenhaft ab, selbst wenn sie nur kurz durch das Haus ging. Rebecca stieß leicht gegen die Tür, und sie schwang auf. In dem kleinen Raum, der zugleich Küche und Esszimmer war, roch es nach Fisch und Essig.

»Madame Bertrand, sind Sie da? Darf ich reinkommen?« Rebecca rechnete nicht mehr mit einer Antwort. Von der Loge gelangte man durch eine schmale Tür in einen zweiten kleinen Raum, der als Wohn- und Schlafzimmer genutzt wurde. Sie ging durch den vorderen Raum, umrundete dabei den auf dem Boden liegenden Stuhl und betrat das Hinterzimmer. Hier roch es noch unangenehmer. Nach Urin und Exkrementen?

Ihr Blick glitt kurz durch den Raum – und dann entdeckte sie das Entsetzliche: Madame Bertrand lag bäuchlings auf dem Boden, eingequetscht zwischen einem Ohrensessel und der wuchtigen Anrichte aus Mahagoni, und ihr Rücken war blutüberströmt. Rebeccas Blickfeld verengte sich. Bloß nicht ohnmächtig werden. Sieh hin! Sie schaute nach unten und betrachtete als Erstes die Pantoffeln, die neben den Füßen lagen. Madame Bertrand trug unter ihrem hochgerutschten Kleid Nylonkniestrümpfe, deren Ränder ihr unterhalb der Knie ins weiche Fleisch schnitten. Rebeccas Blick glitt den Körper hinauf und heftete sich auf den blutdurchtränkten, zerfetzten Stoff zwischen den Schulterblättern. Eine Stichwaffe war nicht zu sehen.

Schau dir ihr Gesicht an!, sagte Rebecca zu sich selbst. Sie ging zwei Schritte vor und beugte sich zum Kopf der Frau hinunter. Lebte Madame Bertrand vielleicht noch? Sie musste den Rettungskräften am Telefon doch sagen, was sie hier erwartete. Aber sie vermochte nur auf das in steife Locken gelegte Haar zu starren; sie traute sich nicht, den Kopf zur Seite zu drehen. Neben der Schulter war Blut in den Teppich gesickert.

Rebecca schluckte. Sie überwand sich und fasste der Concierge an den schlaffen Hals. Die Haut schien warm zu sein, aber ihre Hände waren ja auch eiskalt. Fühlte sie einen Puls? Schließlich ergriff sie die Frau an der Schulter und drehte sie ein Stück herum, um ihr ins Gesicht zu sehen. Es war rot und verquollen. Rebecca schrie auf, als Madame Bertrands Augen sie blicklos anstarrten.

Schon wieder war Rebecca direkt neben einer Leiche gewesen. Und diesmal handelte es sich sogar um Mord. Sie hatte wirklich eine Pechsträhne. Rebecca dachte an den Tod von Madame Bertrand und an das Schicksal ihrer Schwester und korrigierte sich: nicht sie, die Menschen in ihrem Umfeld … Was war das für eine schlechte Welt, in der sie lebte. Wo mitten in Paris eine harmlose ältere Frau, die nichts von größerem Wert besaß und niemandem etwas getan hatte, in ihrer Wohnung überfallen und brutal niedergestochen wurde. In dem

Haus, wo sie, Rebecca, wohnte. Wo war man eigentlich noch sicher?

Nachdem sie eine erste Aussage zu Protokoll gegeben hatte, ging sie in Begleitung einer Polizistin zu ihrer Wohnung. Alle Türen im Haus wurden auf Einbruchspuren hin untersucht. Immerhin war es möglich, dass die Concierge einen Einbrecher auf frischer Tat ertappt hatte; aber dieser Verdacht bestätigte sich bislang nicht. Auch an Rebeccas Tür war nichts zu sehen, was auf ein gewaltsames Eindringen schließen ließ.

»Vielleicht hat die Concierge ihren Mörder überrascht, bevor er hier irgendwo einbrechen konnte«, vermutete die Beamtin, während sie Rebecca in ihre Wohnung folgte. *Bei den anderen Mietern ist doch viel mehr zu holen als da unten bei der toten Frau*, sagte der Blick, mit dem sie Rebeccas minimalistische Einrichtung musterte. Die Lampen von Luceplan und Milan Dau, die Le-Corbusier-Liege, ein leuchtendes Gemälde von Shinique Smith – eines der Geschenke von Noël.

»Sehen Sie sich in Ruhe in allen Räumen um und schauen Sie nach, ob irgendetwas fehlt oder anders ist als sonst«, sagte die Beamtin. »Ich denke jedoch nicht, dass er hier drinnen war … Sie stehen nach dem Erlebnis unten noch unter Schock. Das ist völlig normal. Ich warte, bis Sie sich wieder sicher fühlen.«

Nie wieder wird das der Fall sein, dachte Rebecca. Nicht nach dem Anblick der Ermordeten. Sie folgte der Aufforderung der Polizistin und schritt durch Wohn- und Esszimmer. Alles sah aus wie immer, dennoch fühlte sich ihre Wohnung irgendwie fremd an. Sie warf einen Blick in die Küche, ins Schlafzimmer. Nichts Auffälliges, bis auf … den Geruch. Hatte sie immer noch den schrecklichen Gestank aus Madame Bertrands Wohnung in der Nase? Nein … Im Badezimmer war der eigenartige Geruch am deutlichsten. Sie hatte das schon einmal gerochen – aber wo?

»Würden Sie bitte einmal herkommen«, stieß Rebecca angespannt hervor. Sie hörte die quietschenden Laute von Gummisohlen auf dem Parkett. Die Beamtin trug im Dienst bequeme Schuhe. Wie sie sich wohl in ihrer Freizeit kleidete, mit dem stabilen Körperbau? Die Frau trat hinter ihr ins Bad. »Riechen Sie das?«, fragte Rebecca.

»Hier könnte mal gelüftet werden.«

»Ich meine, dieses ... als hätte ich ein Haustier, einen Hamster oder Mäuse. Ich habe aber keine Haustiere!«

»Tut mir leid, ich kann nichts feststellen. Fehlt denn etwas?«

»Ich glaube nicht.«

»Sie stehen unter Schock, Madame Stern. Soll ich jemanden für Sie anrufen?«

»Nein, danke.« Noël war in Deutschland, Paul ... Warum dachte sie jetzt an Paul? Und Moira war tot. Es war alles ...

Sie merkte, wie ihr die Tränen über das erhitzte Gesicht liefen.

Die Polizistin legte mitfühlend den Arm um ihre Schultern, führte sie in die Küche, wo sie Rebecca auf einen Stuhl setzte, und begann, Tee zu kochen. Diese Tätigkeit verrichtete die muskulöse Frau mit geschmeidigen Bewegungen und gleichmütiger Miene. Rebecca beobachtete sie dabei, und das half ihr, sich wieder zu fassen.

»Sie müssen das nicht tun, nicht wahr? Sie sind sehr freundlich«, sagte Rebecca, als sie schließlich einen Becher Tee in beiden Händen hielt.

»Bei mir wurde auch mal eingebrochen«, erklärte die Polizistin. »Ist schon ein paar Jahre her. Aber ich weiß noch, wie beschissen hilflos ich mich danach gefühlt habe. Ich musste wegziehen, weil ich es nicht vergessen konnte. Das geht übrigens vielen so. Seien Sie froh: Hier ist ja niemand drinnen gewesen. So, wie der Täter unten gewütet hat, würden wir hier sonst auch ein paar Spuren sehen.«

»Und was ist mit dem Geruch?«

»Sie sind nur aufgeregt, das ist vollkommen normal. Aber Ihre Wohnung ist unberührt, Madame Stern. Vertrauen Sie mir.«

Madame Bertrand war von einem Mann erstochen worden, der sich als Paketbote ausgegeben hatte. Eine Verkäuferin aus einem Geschäft im gegenüberliegenden Haus hatte gesehen, wie er am Nachmittag gegen kurz nach fünf Uhr mit einem Paket unter dem Arm ins Haus gegangen war. Entsprechend ihrer Aussage hatte er einen gelben Overall mit Aufdruck auf dem Rücken und eine rote Schirmmütze getragen.

Er musste mit dem Paket dann an Madame Bertrands Wohnungstür gekommen sein, wahrscheinlich unter dem Vorwand, eine Unterschrift zu benötigen. Dann hatte er sie anscheinend angegriffen; und Madame Bertrand war in ihre kleine Wohnung geflüchtet. In dem vorderen Raum hatte der Angreifer das erste Mal zugestochen, was die Blutflecken am Fenster und auf dem Knüpfteppich erklärte. In Todesangst war die Concierge weiter ins Wohnzimmer geflohen und hatte dabei wohl den Stuhl umgestoßen. Der Mörder hatte sie dorthin verfolgt und sie durch mehrere Stiche in den Oberarm und in den Rücken schwer verletzt. Sie war zusammengebrochen und schließlich innerlich verblutet.

All das hatte Rebecca von der Polizei am nächsten Tag erfahren ... Aber der Mord ergab für sie keinen Sinn.

Die Ermittler hofften natürlich, dass Spuren am Tatort sie zum Mörder führen würden. Mit etwas Glück war er früher schon einmal wegen irgendeines Deliktes erkennungsdienstlich behandelt worden. Doch warum schienen sie der Frage nach dem Motiv überhaupt keine Beachtung zu schenken?, dachte Rebecca. In keiner der Wohnungen im Haus war eingebrochen worden, obwohl hier mehrere wohlhabende Mieter lebten, die wertvolle Objekte zu Hause aufbewahrten. Der Kunsthändler, die Ärztin und auch sie selbst wären sicherlich lohnenswerte Opfer für einen Einbrecher – aber doch nicht Madame Bertrand mit ihren Knüpfbildern.

In einem hatte die Polizei jedoch recht: Rebecca fühlte sich in ihrem Zuhause nicht mehr sicher. Schon in der letzten Nacht hatte sie kaum geschlafen, und auch am heutigen Abend fand sie keine Ruhe. Aufgeregt lief sie in ihrer Wohnung herum. Sie war so in Gedanken versunken, dass sie entsetzt aufschrie, als ihr Telefon plötzlich die Stille zerriss. Mit zitternder Hand nahm sie den Hörer auf.

»Rebecca, hier ist Paul.«

»O Paul, Gott sei Dank!«

»Was ist los mit dir?«

»Nichts«, log sie.

»Ich fliege morgen Mittag nach Hamburg. Streng geheime Mission ...«

»Das ist gut. Sehr gut.«

»Weißt du vielleicht, in welchem Hotel Noël wohnt, wenn er in Hamburg ist?«

»Er nimmt immer ein anderes. Und ich weiß nicht, in welchem er diesmal abgestiegen ist. Ich habe heute ein paar Mal versucht, ihn zu erreichen, aber er geht nicht ans Telefon.«

»Schade. Darf ich die Visitenkarte ... benutzen?«

»Fühl dich frei. Wenn es hilft«, sagte sie tonlos.

»Rebecca, was ist los mit dir?«

»Ich hab gestern Abend eine Tote gefunden«, brach es aus ihr heraus. »Madame Bertrand, meine Concierge. Sie wurde ermordet.«

»O verdammt, Rebecca. Das tut mir leid.«

Sie schilderte ihm, was passiert war, durchlebte den ganzen Albtraum noch einmal. Dabei ging sie in ihrer Küche auf und ab. Irgendwann blieb sie vor dem amerikanischen Kühlschrank stehen, an dessen Metalloberfläche ein paar Fotos und Postkarten mit Magneten befestigt waren. Andenken an die schönen Momente in ihrem Leben: Noël auf der *Aurelie*, Moira und sie in den Tuilerien, Noël und sie unter dem Eiffelturm, Noël und Moira … Verdammt!

Sie hörte, wie Paul beschwörend auf sie einredete, aber sie konnte ihm nicht folgen. Sie starrte auf eine Stelle an ihrem Kühlschrank: Es fehlte ein Foto, das hier – ganz sicher, genau hier – befestigt gewesen war. Der Magnet hielt nichts mehr fest.

»Paul!«, stieß sie hervor. »Er war hier drinnen.«

»Was sagst du da?«

»Ich hab es gleich gespürt. Und jetzt fehlt ein Foto.«

»Wen meinst du?«

»Den Mörder von Madame Bertrand. Wen sonst?«

»Du musst dich täuschen. Wenn die Polizei sagt, bei dir wurde nicht eingebrochen, dann ist das so. Sie haben doch sicherlich auch dein Türschloss untersucht.«

»Wer sollte das Bild denn sonst weggenommen haben?«

»Vielleicht ist es heruntergefallen und liegt nun unter dem Kühlschrank. Oder deine Putzfrau hat es gefunden und weggeworfen.«

Sie ging auf die Knie, sah über den Fliesenboden und unter den Kühlschrank. Nichts. »Das Foto ist weg. Es war ein Bild von mir – im Bikini, beim Sonnen auf der *Aurelie*.«

17. Kapitel

Hamburg, Deutschland

Paul Renard traf um vierzehn Uhr fünfunddreißig mit einer Maschine der Air France in Hamburg ein. Hatte er etwas anderes als grauen Himmel und Nieselregen erwartet? Er war seit Jahren – ach was, seit Jahrzehnten – nicht mehr hier gewesen und erkannte den Hamburger Flughafen kaum wieder. Sein Bordcase hinter sich herrollend, schlängelte er sich durch die Menschentrauben zum Ausgang. Vor dem Flughafengebäude warteten cremefarbene und schwarze Taxis, die er jedoch nicht beachtete. Er hatte sich einen Mietwagen reserviert, denn für das, was er vorhatte, musste er sich frei bewegen können. Entsprechend seinem Kontostand war es ein kleines Auto.

Er hatte ein Zimmer in einem anonymen, neuen Hotel an der Ludwig-Erhard-Straße reserviert, unweit der Reeperbahn und des leeren asphaltierten Platzes, auf dem die Hamburger ihr Volksfest feierten, das sie kurioserweise »Dom« nannten. Hier war er auch in der Nähe des Geschäftssitzes von Serail Almond, wohin Catherine Almond die anderen Vorstandsmitglieder und wohl auch die Mitarbeiter des Corporate Centers gerufen hatte. Krise, Krise, Krise!, fuhr es ihm durch den Kopf. Er hoffte, dass Rebecca recht behalten würde und ihm der Aufenthalt in Hamburg einen saftigen Brocken bescherte, bevor seine Kollegen überhaupt erst von der Sache Wind bekämen.

Nach dem Einchecken im Hotel fuhr er direkt zum Firmensitz. An einem Tag wie heute erschien ihm die neue Hafencity kühl und abweisend: Es gab weder Baum noch Strauch, dafür aber Böen der Windstärke acht bis neun, die durch die engen Häuserschluchten pfiffen. Er hatte sich telefonisch einen Termin bei der Pressesprecherin geben lassen, sodass er nach einer oberflächlichen Zugangskontrolle mit seinem gemieteten schwarzen Polo direkt hinunter in die Firmenparkgarage fahren konnte. Er unterdrückte ein Grinsen. Schon war er drin. Manchmal war das Leben einfach …

Bei der Pressesprecherin, die ihn zehn Minuten später am Empfang abholte, wo er nach dem Aushändigen eines Besucherausweises mit Argusaugen von einer Empfangsdame beobachtet worden war, biss er allerdings erst einmal auf Granit. Er erhielt nicht einmal die Bestätigung dafür, dass der Vorstand tatsächlich in Hamburg anwesend war. Auf die Worte »Krise« oder »Schwierigkeiten« reagierte sie mit einem Lächeln und demonstrativer Ungläubigkeit. Sie schaffte es, ihn sehr schnell mit einem Stapel Hochglanzbroschüren wieder aus dem Büro zu expedieren.

Rebecca, liebe Rebecca, hast du dich etwa getäuscht?, dachte Paul. Was, wenn Noël Almond seinen Urlaub auf der *Aurelie* zwar gecancelt, die Krisensitzung in Hamburg aber nur vorgeschoben hatte? Was, wenn Frau Wilson samt Kindern nur deshalb allein in Davos saß, weil ihr Ehemann keine Lust auf Familie, Ski und Schnee hatte?

Nachdem die Pressesprecherin ihn wieder hinunterbegleitet hatte, nickte Paul Renard der Dame am Empfang noch einmal freundlich zu und nahm dann den Fahrstuhl hinunter in die Parkgarage. Er war sich sicher, dass sie die Anzeige des Fahrstuhls im Auge behielt. Aus Erfahrung wusste er aber ebenso, dass die Sicherheitsbestimmungen der Unternehmen meistens irgendwelche Lücken aufwiesen. Entweder führte die Routine bei Security-Mitarbeitern zu Langeweile und Nachlässigkeit, oder sie begingen Fehler, weil sie unter Stress standen.

Er trat aus dem Fahrstuhl auf das unterirdische Parkdeck. Ihm war bewusst, dass er sich unterhalb der Wasserlinie befand. Direkt neben ihm, nur durch eine Betonwand getrennt, floss eiskaltes, schmutziges Elbwasser. Man wurde hier ständig daran erinnert, wie mächtig der Strom war: Alles, was tiefer lag als eine bestimmte Hochwassermarke, war mit Flutschutztüren versehen, sodass man sich so beklommen fühlte wie in einem Atomschutzbunker. Draußen erinnerten höher gelegene Stege und Brücken für die Fußgänger daran, dass man hier mit dem Hochwasser lebte. Sein Ding wäre das nicht, dachte Paul.

Er schaute sich um: Sein Blick glitt über glänzende Wagendächer in Schwarz oder Grau, die sich eng nebeneinander befanden. Er schritt die Autoreihen ab, suchte nach einem gekennzeichneten Sonderparkplatz, vorzugsweise in unmittelbarer Nähe eines Fahrstuhls, oder nach Fahrzeugen, die den Firmenvorständen würdig wären. Nichts.

»Kann ich Ihnen helfen?«, ertönte plötzlich eine laute, barsche Stimme aus dem Nichts.

Paul zuckte zusammen und fuhr herum. Wie blöd von ihm! Er hatte nicht an die Kameras gedacht.

Zwei Männer in dunkelblauer Uniform näherten sich Paul Renard vom Treppenhaus her. Auf den ersten Blick hätte man sie für Polizisten halten können, da die Gesetzeshüter in Hamburg neuerdings genau diese Farbe trugen und nicht mehr wie früher grün-beige gekleidet waren. Doch es handelte sich um Wachleute, die nun direkt auf ihn zukamen. Einer der Männer war schon älter. Er watschelte schweren Schrittes voraus, da er einen Großteil seines Gewichts in seinem Bauch vor sich hertrug.

»Kann ich Ihnen helfen?«, fragte er nochmals in barschem Ton.

Paul schüttelte den Kopf. »Ich hatte eben einen Termin bei Serail Almond«, erklärte er auf Englisch. »Mit Frau Nicolai von der Presse.« Mit etwas Glück sagte dieser Name dem Wachmann etwas. Oder auch nicht ... denn der Mann, der ihn angesprochen hatte, zuckte mit den Schultern.

»Wonach suchen Sie? Und wo ist Ihr Auto?«, verlangte sein junger Kollege, dessen Gesicht von Akne malträtiert war, in holprigem Englisch zu wissen.

Paul grinste und hob die Hände, als ob ihn jemand mit einer Pistole bedrohen würde – er wollte die Situation wie einen Scherz erscheinen lassen. »Alles ist okay. Mein Auto ist da drüben. Ich muss jetzt jedenfalls weg.«

Der Ältere fragte seinen Kollegen etwas auf Deutsch, ohne den Journalisten dabei aus den Augen zu lassen.

Hier sorgte man sich offenbar in ganz besonderer Weise um die Sicherheit, was vermuten ließ, dass der Vorstand tatsächlich im Hause war. Das hob Pauls Laune ein wenig. Er winkte den beiden Wachleuten noch mal lässig zu, die inzwischen heftig miteinander diskutierten, und marschierte an ihnen vorbei zu seinem Mietwagen, der in der Nähe der Fahrstühle parkte. Der dicke Wachmann verschwand schnaufend im Treppenhaus, nachdem er sich davon überzeugt hatte, dass tatsächlich eines der Fahrzeuge von Paul geöffnet wurde. Der junge Wachmann, offenbar angewiesen, die Parkgarage noch auf weitere unliebsame Personen hin abzusuchen, tat erst so, als schritte er die Reihen ab, und stellte sich dann nahe der Ausfahrt hin und zündete sich eine Zigarette an.

Na bitte, dachte Paul. Schlamperei, Langeweile oder Stress ... irgendwas traf immer zu. Er schlenderte auf den jungen Mann zu. Der Uniformierte blickte ihn erst erschrocken, dann trotzig an. Rauchen war hier natürlich strengstens verboten, doch auch Paul verhielt sich nicht korrekt, denn er hätte längst in seinem Auto auf dem Weg nach draußen sein müssen.

»Ich glaube, ich hab eben meinen guten Kugelschreiber verloren«, sagte er und deutete auf den Fußboden, wo er ihn vorsichtshalber vorhin hatte fallen lassen. Er ging ein paar Schritte, hob ihn auf und schlenderte dann zurück zu dem jungen Wachmann. »Übrigens, Ihr Englisch ist exzellent!«

Der sah ihn fragend an, konnte aber nicht verbergen, dass ihn das Lob freute. Von seinem Kollegen bekam er offenbar nichts dergleichen zu hören. Der junge Mann hielt Paul seine Zigarettenschachtel hin. »Ich hasse diesen Job«, stieß er hervor.

Paul lehnte dankend ab. Er zog seine eigene, zerknitterte Schachtel hervor und ließ eine Zigarette in seine Hand gleiten.

»Sie sind nicht wirklich ein Wachmann, oder?«, fragte er in vertraulichem Tonfall.

»Ich studiere Geschichte und Germanistik«, antwortete der Uniformierte, zwischen Stolz und Verlegenheit schwankend. Er sog konzentriert an seiner Zigarette. »Hier sehen einen die Kameras übrigens nicht. Toter Winkel.«

»Ich konnte mir auch nicht vorstellen, dass Sie ein Wachmann sind. Sie sehen zu ... clever aus. Ganz im Gegensatz zu Ihrem Kollegen.«

Der Junge zuckte bloß mit den Schultern. Beim Ausblasen des Rauchs stieß er Kringel aus.

Paul hoffte, dass er sich nicht zu weit vorgewagt hatte, doch die Antipathie zwischen den beiden Männern war fast greifbar gewesen. Er ließ seine nicht angezündete Zigarette in seiner Hand hin- und herrollen. »Gibt es nicht bessere Möglichkeiten, nebenbei Geld zu verdienen?«, fragte er vorsichtig.

»Ach ja?«, entgegnete der Mann bitter. »Was denn? Das Geld liegt ja nicht gerade auf der Straße.«

»Ich arbeite in Frankreich für verschiedene Zeitungen. *Le Monde, Capital* ... Manchmal beschäftige ich auch Rechercheure.«

»Ach nee?«, erwiderte der junge Mann ungläubig. Seine Augen glänzten. »Witzig.«

Paul zog zwei Hundert-Euro-Scheine hervor. Hoffentlich war das jetzt nicht zu plump. »Ich schreibe gerade etwas über Serail Almond. Sie wissen sicher, dass das einer der Mieter in diesem Gebäude ist.« Er setzte darauf, dass der Wachmann, der ja nur bei einem privaten Sicherheitsdienst angestellt war, sich nicht zu übertriebener Loyalität verpflichtet fühlte.

»Klar, die oberen drei Etagen plus Penthouse. Aber mehr weiß ich nicht«, antwortete der junge Mann und drückte die Zigarette sorgfältig an der Betonwand aus.

»Das tut nichts zur Sache.« Paul sah ihn eindringlich an. »Rufen Sie mich einfach nur an, wenn der Vorstand von Serail Almond das Gebäude verlässt. Ich muss mit denen sprechen. Das ist alles.«

»Ich kenn die aber gar nicht ...«

Paul steckte die Scheine wieder ein.

Der Wachmann guckte enttäuscht. Dann sagte er: »Die wichtigen Leute werden meistens nur vorgefahren, dann verschwinden die Wagen wieder ... Aber ich weiß jetzt, wen Sie meinen. Vier Leute, und es ist eine Frau dabei, oder? Heute Morgen kamen mehrere schwarze S-Klassen hier an. Ich kann Sie anrufen, wenn die wieder auftauchen.«

»Damit wäre mir schon geholfen.«

»Ich weiß wirklich nicht ...«

Renard drückte ihm die Scheine und seine Telefonnummer in die Hand.

Paul Renard betrat am Kaiserkai ein Café, wo er sich an einen Tisch direkt hinter der Glasfront setzte. Von dort aus hatte er die Straße gut im Blick. Er war vorher ein paarmal um den Block gefahren, bis er einen Parkplatz in unmittelbarer Nähe des Cafés gefunden hatte. Wenn der Wachmann ihn informierte, dass die Vorstände das Gebäude verließen, musste er schnell reagieren können.

Er bestellte sich einen Espresso und ein belegtes Baguettebrötchen und bezahlte sofort. Dann machte er sich auf eine längere Wartezeit gefasst. Er wagte es nicht, sein Notebook vor sich auf den Tisch zu stellen, weil es ihn ablenken würde und außerdem seinen Aufbruch entscheidend verzögern konnte. Einen Wagen in einer fremden Stadt zu verfolgen, ohne gesehen zu werden und ihn zu verlieren, würde sein ganzes fahrerisches Können erfordern. Doch welcher Limousine sollte er folgen? Er vermutete, dass mehrere Wagen den Firmensitz verlassen würden, da die *Travel Policy* eines Unternehmens wie Serail Almond bestimmt vorschrieb, dass die Vorstände nicht zusammen in einem Fahrzeug oder Flugzeug reisen durften.

Während er wartete, dachte er noch mal an Rebeccas Anruf. Sie hatte nervös geklungen, fast hysterisch. Dass man in ihrem Haus die Concierge ermordet hatte, war sicherlich beunruhigend. Aber ihre Vermutung, dass sie das eigentliche Ziel des Verbrechers gewesen sein sollte, fand Paul zu weit hergeholt. Er kannte das Haus, in dem sie wohnte. Da lebten einige wohlhabende Zeitgenossen, sodass Rebecca nicht unbedingt das lohnenswerteste Ziel für Kriminelle war. Und die arme Concierge war wahrscheinlich zu neugierig gewesen; das hatte sie das Leben gekostet. Dieses Verbrechen brauchte ihn nicht weiter zu bekümmern, und die Ermittlungen waren eh eine Sache der Polizei.

Er war bei seinem dritten Espresso angelangt, als der junge Wachmann anrief und ihm mitteilte, die erste Limousine sei jetzt vorgefahren. Sofort griff Paul nach Jacke und Tasche und eilte nach draußen, ohne sich noch die Zeit zu nehmen, die kleine Tasse auszutrinken. Im eisigen Wind lief er zu seinem

Wagen und fuhr Richtung Firmensitz. Er war keinen Moment zu früh: Ein schwarzer S-Klasse-Mercedes steuerte behäbig um die Ecke wie die *Queen Mary II* und fuhr dann direkt an ihm vorbei, doch er konnte nicht erkennen, wer darin saß. Er hoffte, dass es einer der Vorstände wäre – am besten Noël oder Catherine Almond. Da bog schon der zweite schwarze Wagen um die Ecke. Paul sah zu, dass er wendete und in dieselbe Richtung wie die Mercedes-Limousinen fuhr. Inständig hoffte er, dass es ihm gelingen würde, wenigstens einen der Wagen zu verfolgen.

Sie verließen die Hafencity über die Niederbaumbrücke und fuhren unter der U-Bahn-Haltestelle Baumwall hindurch. Das Auto, das er gemietet hatte, besaß ein Navigationssystem, sodass er stets wusste, wo er sich befand. Der Wagen, den er verfolgte, fuhr an den Landungsbrücken und die Hafenstraße entlang; mal war Paul direkt hinter ihm, mal ließ er es zu, dass sich ein oder zwei Autos zwischen sie drängten, damit es nicht zu sehr auffiel. Als sie sich schließlich auf der Palmaille dem Altonaer Rathaus näherten, passierte das Malheur: Die Ampel vor ihnen sprang von Grün auf Gelb, und der Fahrer der Mercedes-Limousine gab Gas, während der Minivan vor Paul abrupt bremste. Der verfolgte Wagen brauste über die Kreuzung. Paul hingegen kam zum Stehen und konnte der schwarzen Limousine nur noch hinterherschauen: Sie sauste in die Elbchaussee und verschwand Sekunden später aus seinem Blickfeld. *Merde!* Wütend schlug Paul mit der Faust aufs Lenkrad.

Als die Ampel wieder auf Grün schaltete, überholte er den Windelbomber mit einem halsbrecherischen Manöver und fuhr mit überhöhter Geschwindigkeit weiter. Doch vom Mercedes war nichts mehr zu sehen …

Paul Renard fuhr die Elbchaussee noch ein Stück hinunter, blickte in jede größere Einfahrt und bog auch in einige Nebenstraßen ein. Nichts. Schließlich hielt er am Fahrbahnrand an und überlegte. Vielleicht hatte der Wachmann ja gehört, wohin die Herrschaften fahren wollten.

Paul zog sein Telefon hervor und wählte die Nummer des jungen Mannes, die er gespeichert hatte. Und dieses Mal war ihm das Glück hold.

»Sie wollen ins *Landhaus Renner*«, informierte ihn der Wachmann mit gedämpfter Stimme, nachdem er ein weiteres Honorar ausgehandelt hatte. »Ich hab's gehört, bevor sie hier aufgebrochen sind.«

Mithilfe seines Navigationssystems erreichte Paul recht bald das Restaurant, das noch an der Elbchaussee lag. Auf dem Parkplatz standen die beiden schwarzen Limousinen. Er betrachtete das Lokal und ärgerte sich, dass er vorhin nicht daran gedacht hatte, sich einen Anzug anzuziehen. Die passende Begleitung fehlte ihm ebenfalls. Rebecca würde gut hierher passen ... Er parkte den Polo zwischen einem Lamborghini und einen weißen BMW SUV und hastete, um nicht auch noch vom feinen Hamburger Landregen durchnässt zu werden, auf den Eingang zu.

Im Restaurant war kein Tisch mehr frei, weder im großen noch im kleinen Speisesaal, noch im Hamburger Raum. Es sei immer ratsam, rechtzeitig zu reservieren, informierte ihn der Angestellte, den Paul angesprochen hatte. Er hatte bereits gesehen, dass sich in den drei Räumen niemand befand, der einem der Vorstände von Serail Almond ähnelte. Catherine Almond war eine auffallende Erscheinung: klein und dünn, mit schwarz gefärbtem, halblangem Haar. Meistens trug sie rote oder schwarze Kostüme. Und Stefan Wilson sah aus wie der Traum einer amerikanischen Schwiegermutter: blaue Augen, kantiges Gesicht, breitschultrig und an die zwei Meter groß.

»Gibt es hier noch kleine separate Räume, die man für besondere Gelegenheiten reservieren kann?«, erkundigte sich Paul. Der Angestellte erwiderte, es gebe für solche Anlässe die Vinothek, und blickte zu der verschlossenen Tür zu seiner Linken. Die sei heute aber schon reserviert ... Und nein, er könne nicht hineinschauen. Da müsse er leider noch einmal wiederkommen ...

Paul wurde schließlich ein Platz im *Ö1* angeboten, dem angeschlossenen Bistro nebenan. Er wäre gern in der Nähe der Vinothek geblieben, aber wichtiger war, dass er hier überhaupt irgendwo unterkam. Zudem entsprachen die Preise im Bistro, das kurioserweise in einem ehemaligen Toilettenhäuschen untergebracht war, eher seinem Budget. Er wurde zu einem kleinen Tisch in einem Erker geleitet und bestellte sich eine glasierte Entenkeule mit Rotkohl und Serviettenknödeln und einen Cabernet Sauvignon dazu. Falls Catherine Almond und ihr Gefolge ein mehrgängiges Menü zu sich nahmen – und darunter taten sie es ja wohl kaum –, hatte er nun Zeit, sich einen Plan zurechtzulegen.

Als er zu Ende gegessen hatte, bestellte er sich noch einen Cognac und schlenderte hinaus, vorgeblich, um sich eine Zigarette anzuzünden. Es hatte aufgehört zu regnen, doch der Boden war voller Pfützen, und von den Bäumen tropfte das Wasser. Er wanderte zum Hauptgebäude hinüber, ging an den Fenstern vorbei und schaute in die Räumlichkeiten hinein. Und dann sah er sie in der Vinothek sitzen: Catherine Almond und zu ihrer Rechten Noël. Die anderen beiden am Tisch konnte er vom Fenster aus nicht erkennen. Dafür erblickte er eine Kellnerin, die Wein nachschenkte. Sie trug eine lange weiße Schürze, hatte kurzes, sehr frech geschnittenes Haar und war jung und hübsch ... aber nicht zu hübsch.

Er musste es versuchen.

Paul Renard holte sein Notebook aus dem Wagen, setzte sich wieder an seinen Tisch und recherchierte im Internet. Er war erfreut, als er entdeckte, dass auf der Homepage des Lokals auch die Angestellten mit Bild und Namen aufgeführt wurden. Lisa Perleberg hieß die junge Frau, die er in der Vinothek gesehen hatte. Sie war noch in der Ausbildung. Eher unerfahren, sagte er sich. Mit etwas Glück würde er sie vielleicht überreden können, das zu tun, worum er sie bitten wollte. Er musste sie nur kurz irgendwo allein antreffen.

Mit dem Cognac ging er ins Haus, beobachtete die Wege der Angestellten, die sich um das Wohl der Gäste kümmerten, und passte Lisa Perleberg vor dem Kamin in der Empfangshalle ab.

»Ich glaube, ich habe mich verlaufen«, sagte er lächelnd auf Englisch. »Verdammt weitläufig, der Laden hier. Da wissen Sie abends bestimmt, was Sie getan haben, nicht wahr?«

Sie schien erfreut zu sein, ein paar Worte Englisch anbringen zu können. »Kann ich Ihnen helfen? Wo wollen Sie denn hin?«

»In die Vinothek«, antwortete er. »Ich war eben kurz draußen, um zu rauchen, und nun ...«

Sie zog misstrauisch die Augenbrauen hoch. »Da ist heute eine geschlossene Gesellschaft.«

»Ich weiß; aber das sind Bekannte von mir«, log er. »Vorstandsmitglieder von Serail Almond. Ich habe vorhin noch mit Herrn Almond gesprochen, und er sagte mir, dass sie nach der Sitzung alle vier hierherfahren wollten. Nun muss ich ihm noch etwas Wichtiges zu dem Thema mitteilen, über das sie gerade sprechen, aber er hat leider sein Telefon ausgestellt.«

»Moment, ich hol lieber den Oberkellner«, erwiderte die junge Kellnerin und wollte davoneilen.

Er fasste sie mit einer vertraulichen Geste sanft am Arm und legte all seinen Charme in seinen Blick. »Ganz im Vertrauen gesprochen: Sie sind noch neu hier, nicht wahr? Vorgesetzte schätzen es im Allgemeinen nicht, wenn man sie wegen jedem Kleinkram belästigt. Tun Sie sich den Gefallen, und lassen Sie das Herrn Almond selbst entscheiden. Etwas anderes würde Ihr Vorgesetzter auch nicht tun. Geben Sie Herrn Almond meine Karte, und sagen Sie ihm, dass ich im Wintergarten auf ihn warte. Es ist wichtig!«

Widerstrebend nahm sie die Visitenkarte entgegen, die Rebecca ihm überlassen hatte, und ging davon. Hoffentlich nicht zu ihrem Vorgesetzten, sondern zu Almond persönlich, dachte Paul und machte sich auf den Weg in den heute nicht genutzten Wintergarten. Er nahm seinen Cognac mit und wartete.

Paul Renard wartete fünf Minuten, zehn ... Als er schon glaubte, dass die Kellnerin die Karte nicht übergeben oder aber Almond nicht angebissen hatte, kam dieser mit verschlossener Miene um die Ecke gebogen. Rebeccas Lover oder Exlover wich fast erschrocken zurück, als er nicht den Mann antraf, den er erwartet hatte.

»Guten Abend, Monsieur Almond.«

»Kennen wir uns?«

»Renard ist mein Name. Tut mir leid, dass ich zu dieser kleinen Täuschung greifen musste, Monsieur Almond. Aber ich freue mich, dass Sie so bereitwillig mit Monsieur Lars Wagenknecht sprechen wollen. Es geht um die *Aurelie*, nicht wahr?«

»Was wollen Sie?«, blaffte Almond. Sein Gesicht war von zu viel Wein und der Wärme in der Vinothek gerötet. Vielleicht reagierte er aber auch etwas zu erregt auf das angesprochene Thema?

»Was hatte Monsieur Wagenknecht samt Gefolge eigentlich

so lange auf der *Aurelie* zu suchen? Drei lange Wochen. Und warum hat er sich so schlecht benommen?«

»Schlecht benommen?«, krächzte Almond und sah sich um.

»Das schöne Deck mit Straßenschuhen verkratzt, die Weinvorräte ausgetrunken, den Whirlpool verdreckt und Ihre Stewardess angegrabscht?«

»Unsinn!«, fuhr Almond ihn an. In seinen Augen sah Paul Wut aufflackern. Das Thema *Aurelie* setzte ihm zu, so als würde er erfahren, dass eines seiner Kinder gequält worden war. »Wenn das alles ist, was Sie zu sagen haben, gehe ich wieder.«

»Lassen Sie mich raten: Monsieur Wagenknecht soll etwas für Sie tun, was nicht an das Licht der Öffentlichkeit geraten darf? Und es hat mit der heutigen Krisensitzung zu tun.«

»Erstens weiß ich von keiner Krise, und zweitens ist Monsieur Wagenknecht ein uralter Freund von mir, noch aus Schulzeiten, den ich eingeladen habe.«

»Ein Schulfreund?«, fragte Paul spöttisch.

»War das alles?« Almond wirkte schon wieder sehr selbstsicher.

Paul sah seine Felle davonschwimmen und wechselte das Thema. »Ich suche nebenbei auch noch nach der Ingenieurin, die in Ihrem Forschungszentrum in Indien gearbeitet hat. Hat sie sich wieder eingefunden?«

Almond starrte ihn verblüfft an.

»Julia Bruck ist ihr Name.«

»Ich habe keine Ahnung, wovon Sie überhaupt reden«, entgegnete Almond, aber seine Augen flackerten nervös.

Erwischt!, dachte Paul. »Sagen Sie mir lieber gleich, was mit Julia Bruck los ist, damit ich es in meinem Artikel über Serail Almond auch richtig darstelle.«

»Das ist Zeitverschwendung, Monsieur … Renard? Gehen Sie freiwillig, oder soll ich Sie aus dem Haus hier entfernen lassen?«

18. Kapitel

HAMBURG, DEUTSCHLAND

Julia kam um zweiundzwanzig Uhr siebenundvierzig mit dem ICE aus Frankfurt am Main in Hamburg an. Nach ihrer Ankunft in Deutschland hatte sie zwei Tage in Wiesbaden beim Bundeskriminalamt zugebracht. Das Generalkonsulat in Kolkata hatte dies organisiert. Zwei Tage, die von endlosen Fragen und dramatischen Erinnerungen geprägt gewesen waren, ohne dass Julia den Eindruck gewonnen hatte, das BKA würde etwas gegen das Forschungszentrum von Serail Almond unternehmen. Doch jetzt, in Hamburg angekommen, fielen der Ärger und die Anspannung ein wenig von ihr ab.

Sie stieg am Dammtor-Bahnhof aus dem Zug und nahm sich ein Taxi, das sie in die Dorotheenstraße im Stadtteil Winterhude brachte. Während der Fahrt überlegte sie, wie sie Sonja alles sagen sollte und wie ihre Freundin es wohl aufnehmen würde. Nach den vergangenen zwei Tagen sehnte sich Julia danach, dass ihr einfach mal jemand vorbehaltlos glaubte. Sonja war von ihrer natürlichen Veranlagung her gutgläubig und ehrlich, es kostete sie einige Überwindung, schlecht von anderen Menschen zu denken. Allerdings war sie auch nüchtern und pragmatisch. Hoffentlich besaß sie die Fantasie, sich das Ungeheuerliche vorzustellen, von dem Julia ihr erzählen musste.

In diesem Teil der Stadt spiegelten die Fassaden Wohlstand, Beständigkeit und hanseatische Lebensart wider. Es ließ sich nicht mit Julias Erlebnissen in Indien unter einen Hut bringen, nicht einmal mit dem, was ihr in den letzten zwei Tagen beim BKA in Wiesbaden widerfahren war.

Als das Taxi vor der Jugendstilfassade des Mehrfamilienhauses anhielt und Julia ausstieg, klopfte ihr Herz vor Wiedersehensfreude, aber auch vor Unsicherheit, wie Sonja wohl reagieren würde. Außerdem war sie körperlich erschöpft, auch wenn sie die letzten vier Stunden nur in der klimatisierten Bahn gesessen und Kaffee getrunken hatte. Sie war mit zwei vollgepackten Koffern, voller Abenteuerlust und Tatendrang nach Indien abgereist – trotz Sonjas Bedenken und Warnungen, die Julia noch lebhaft im Gedächtnis hatte. Und jetzt stand sie vor der Tür ihrer Freundin, mindestens fünf Kilo leichter, um etliche Erfahrungen reicher, ohne einen festen Wohnsitz in ihrer Heimatstadt, denn sie hatte ihre Wohnung für die Zeit ihrer Abwesenheit untervermietet, und mit nichts als einer größeren Tasche als Gepäck. Es war immer noch die, die sie sich in Patna gekauft hatte – in einem anderen Leben.

Sie klingelte, und Sonja fragte durch die Gegensprechanlage nach, wer da sei, auch wenn sie wusste, dass Julia um kurz nach elf ankommen sollte. In Winterhude erkundigte man sich immer, wem man die Tür öffnete.

Sonja stand im zweiten Stock auf dem Treppenabsatz, als Julia die Stufen hochkam. Ihre Freundin trug eine grüne Jogginghose und einen Sweater, sah zerzaust und ansonsten wie immer aus. Julia fiel ihr in die Arme. Sie ließ ihre Freundin aber schnell wieder los, als sie merkte, wie ihr der Hals eng wurde.

»Komm erst mal rein. Du siehst schrecklich aus.«

Das war unzweifelhaft wahr. Julia erinnerte sich wieder an Sonjas herzerfrischende Ehrlichkeit. Sie ließ sich auf das ausladende Sofa im Wohnzimmer fallen und atmete tief durch.

»Hast du schon was gegessen? Ich kann dir eine Kürbissuppe warm machen oder ein Brot schmieren.«

»Nein, danke. Ich hab schon was gegessen. Aber durstig bin ich.«

»Möchtest du von dem grünen Tee?«

War da eine seltsame Anspannung zwischen ihnen zu spüren?, dachte Julia und erwiderte: »Hast du was Kaltes – eine Cola oder so?« Im selben Moment fiel ihr wieder ein, dass Sonja nie Cola trank. Auch wenn ihr eigenes Leben komplett auf den Kopf gestellt worden war, ihre Freundin hatte einfach so weitergemacht wie immer, rief Julia sich ins Gedächtnis.

»Ich habe Wasser da und Bier«, bot Sonja an.

»Seit wann trinkst du Bier? Aber ich nehme eins, danke.«

»Mein Bruder war gestern hier«, antwortete Sonja eher widerstrebend.

Also kein neuer Freund. Auch hier also keine Veränderung. Eine ganze Weile tauschten sie nur Belanglosigkeiten aus und schienen sich gegenseitig zu taxieren. Dann gab Julia sich einen Ruck und erzählte, was sie in den letzten Tagen erlebt hatte. Über das, was ihr in Indien bei Serail Almond und auf ihrer Flucht passiert war, hatte sie Sonja im Wesentlichen schon am Telefon berichtet. Es würde noch etwas dauern, bis sie im Detail darüber sprechen konnte. Das, was sich in Wiesbaden beim Bundeskriminalamt zugetragen hatte, war für Sonja noch neu und außerdem weniger mit emotionalem Sprengstoff angereichert. Julia konnte immer noch nicht von Robert Parminski und den anderen in dem geheimen Labor berichten, ohne dass ihr die Tränen in die Augen traten.

Sonja hörte ihr konzentriert zu und nickte nur ab und an.

»Was mir fehlt, sind Beweise«, schloss Julia nach einer halben Stunde frustriert. »Im Grunde habe ich nichts. Gar nichts. Ich konnte nicht einmal mit dem Handy ein Foto von dem Labor machen. Das findet das BKA unglaubwürdig. Im Grunde steht jetzt mein Wort gegen das der Leute von Serail Almond.«

»Warum solltest du dir das ausdenken? Und was ist mit dem Überfall auf dich in dem Hotel in Kolkata? Gibt es dafür keine Beweise?«

»Ein umgekipptes Frühstückstablett, Teeflecken auf dem Teppich und ein vorgetäuschter Anruf aus dem Generalkonsulat: Das ist alles, was ich habe. Die Waffe, mit der Gallagher mich bedroht hat, ist seltsamerweise auch nicht mehr da. Ich habe sie damals einem Polizeibeamten gegeben, und dann war sie plötzlich verschwunden … Eine Rezeptionsangestellte des Taj Bengal erinnert sich sogar, dass mich jemand sprechen wollte, der sagte, er sei vom Generalkonsulat. Es hatte zu der Zeit aber niemand von dort angerufen. Als einziger Beweis dafür, dass ich die ganze Zeit über verfolgt wurde, taugt das herzlich wenig. Außer mir hat im Hotel übrigens niemand die Typen gesehen.«

»Kaum zu glauben«, sagte Sonja düster. »Ich meine … dass diese Leute, wenn es denn wirklich so war, damit durchkommen werden.«

»Wenn es denn wirklich so war?«, wiederholte Julia ungläubig und richtete ihren Oberkörper auf.

Sonjas Ohren färbten sich rot. »Das alles ist wirklich schwer zu glauben. Ich meine, es gibt ja keine echten Beweise. Und Stefan sagt …«

»Du hast mit ihm darüber geredet?«, fiel Julia ihr ins Wort. Sie war fassungslos: Die eigene Freundin schien sie für eine Lügnerin zu halten und unterhielt sich auch noch mit dem Bruder darüber!

»Ich hab die Geschichte mit dir am Telefon erwähnt, weil ich so aufgebracht und besorgt war. Er kam dann extra zu mir, um mit mir darüber zu sprechen.«

Verständlich, dass sie ihn da nicht abgewiesen hatte, dachte Julia. Sonja war nicht gerade daran gewöhnt, dass sich ihr Bruder allzu sehr für sie und ihre Anliegen interessierte. Trotzdem, es war ein Vertrauensbruch, der Julia schmerzte. »Ich hatte dich gebeten, nicht mit ihm darüber zu reden. Er sollte nicht einmal wissen, dass ich für Serail Almond arbeite.«

»Aber warum denn nicht? Ihr hattet doch gar nichts miteinander zu tun.«

»Aber du weißt, dass dein lieber Bruder Vorstandsmitglied von Serail Almond ist, oder? Das ist dir doch bekannt?«, entgegnete Julia böse.

»Sei bloß nicht so sarkastisch. Das ist auch für mich nicht einfach, wenn du plötzlich aus Indien anrufst und mich um Hilfe anflehst, und anschließend höre ich tagelang nichts von dir und kann dich nicht erreichen. Als ich deine alte Nummer probiert habe, ging auf einmal jemand ran, der nur Indisch gesprochen hat ... oder was weiß ich. Was sollte ich da denken? Dass du tot bist?!«

»Ich hatte dich gebeten, nicht darüber zu reden«, wiederholte Julia enttäuscht.

Doch irgendwie verstand sie auch das Verhalten ihrer Freundin. Sonja hatte seit jeher wenig Kontakt zu ihrer Familie. Sie war mehr oder weniger in Internaten aufgewachsen, weil niemand Zeit für sie, die ungeplante Nachzüglerin, gehabt hatte. In einem dieser Internate, einer reinen Mädchenschule, hatten sie und Julia sich kennengelernt. Wegen der wechselnden Engagements ihrer Eltern war Julia oft bei einer Tante oder im Internat gewesen. Das ähnliche Schicksal hatte die beiden Mädchen wohl zusammengeschweißt, auch wenn der familiäre Hintergrund völlig unterschiedlich war. Wenn Julia es genau bedachte, hatte sie Sonja immer um ihr gutbürgerliches Elternhaus beneidet und sich deswegen benachteiligt gesehen. Durch dieses Unterlegenheitsgefühl war sicherlich auch ihre Berufswahl beeinflusst worden. Sie hatte etwas Grundsolides machen wollen und später das Glück gehabt, dass ihre naturwissenschaftlichen Neigungen von den Lehrern besonders gefördert worden waren. Das alles ging ihr jetzt durch den Kopf, während sie ihre Freundin betrachtete. Sie konnte ihr nicht lange böse sein. An Familie war nur der Bruder für Sonja da, die zudem keinen Partner hatte, mit dem sie reden konnte.

»Was sagt dein Bruder denn dazu?«, fragte Julia schließlich in versöhnlichem Ton.

Sonja strich mit den Fingernägeln über die Armlehne ihres Sessels und malte Muster auf den Alcantarabezug. »Er hat es jedenfalls nicht auf die leichte Schulter genommen oder ins Lächerliche gezogen, falls es das ist, was du vermutest.«

»Hast du ihm erzählt, dass ich unbefugt in eines der Labors in Bihar eingedrungen bin? Was ich dort gesehen habe?«, wollte Julia wissen.

Sonja wischte über den Stoff und strich ihn wieder glatt. Dann glitten ihre Fingerspitzen erneut über die Armlehne. »Musste ich doch. Wie hätte ich denn sonst erklären sollen, dass du mitten in der Nacht dort abgehauen bist? Dass du dich ohne Geld, Pass oder sonst etwas allein durch Indien schlägst? Dass du dein Handy verschenkst, um nicht … ausfindig gemacht zu werden?«

»Du hättest es als eine Spinnerei von mir abtun können. Er hält mich doch sowieso für nicht ganz zurechnungsfähig«, erwiderte sie mit einem mühsamen Lächeln. Ihr gefiel nicht, dass die Dinge damit eine neue Wendung bekommen hatten.

Sonja winkte ab. »Das war doch früher. Damals waren wir noch Kinder, oder?«

Wie wahr, dachte Julia. Zumindest du und ich.

»Es hat sich einiges geändert seitdem«, fuhr Sonja fort. »Er hat sich geändert. Und es hat Stefan sehr wohl zu denken gegeben, was du mir da erzählt hast. Aber er behauptet auch, dass es so nicht gewesen sein kann, wie du erzählt hast. Er kennt das

Werk in Indien. Du musst irgendwas falsch interpretiert haben. Als du plötzlich verschwunden bist, haben sie dich natürlich überall gesucht. Die haben ja auch eine gewisse Verantwortung für ihre Expats dort, nicht wahr? Stefan sagt, dass der für das Projekt mitverantwortliche Facility-Manager ziemlichen Ärger mit der Vorstandsvorsitzenden bekommen hat, weil du verschwunden bist.«

Tony Gallagher – geschieht ihm recht, dachte Julia.

»Stefan würde wirklich gern mit dir darüber reden.« Sonja fixierte sie mit ernstem Blick. »Ich weiß, dass ihr euch früher nicht so toll verstanden habt, aber mein Gott, ihr seid jetzt erwachsen!«

»Ich kann ihm nicht trauen«, stieß Julia hervor, bereute ihren Ausbruch jedoch augenblicklich. Sie hatte Sonja nie erzählt, was in jener Unfallnacht zwischen ihr und Stefan passiert war.

Zum Glück reagierte Sonja nicht auf ihren Einwand, sondern fragte: »Was wird das BKA in deiner Angelegenheit unternehmen?«

»Ach die …« Julia winkte müde ab. »Die sind sehr wichtig, haben aber wenig Zeit. Sie haben sich das alles mehrfach angehört und werden in der Sache natürlich ein paar Nachforschungen anstellen. Sie kümmern sich um alles, und ich bin raus. Es sei denn, sie brauchen mich später mal, um eine Zeugenaussage zu machen, was wohl sehr, sehr unwahrscheinlich ist.«

»Kein Zeugenschutzprogramm oder so?«

Julia lachte auf. »Dafür besteht kein Grund, Sonja. Sie denken nicht, dass ich in Gefahr bin. Weshalb auch? Es gibt keine Beweise.«

Sonja kniff die Augen zusammen. »Was ist eigentlich mit diesem Mann, Parminski oder so, den du im Labor gesehen haben willst? Suchen sie den nicht?«

Julia spürte, wie sich die Härchen auf ihren Armen aufrichteten. »Es gibt keinen Robert Parminski«, antwortete sie und bemühte sich, mit ruhiger Stimme zu sprechen. »Es hat ihn anscheinend auch nie gegeben.«

»Wie bitte? Da müssen doch Leute sein, die bestätigen können, dass er dort gearbeitet hat. Was ist mit deinen Arbeitskollegen?«

»Das tun sie wohl auch. Sie bestätigen, dass ein Mann dort gearbeitet hat, der sich Robert Parminski nannte. Und dann ist er verschwunden, auch das ist belegt. Er hat fristlos gekündigt. Aber in Deutschland ist dieser Robert Parminski vollkommen unbekannt. Ich weiß nicht, wer er wirklich ist ... oder war. Jedenfalls hat er nicht seinen richtigen Namen angegeben. Seine Papiere müssen gefälscht gewesen sein.« Sie starrte in die Kerzenflamme auf der Fensterbank, die unruhig flackerte. Sie musste die Gedanken an Robert verdrängen, bevor sich ihre Stimmung zu sehr verdüsterte. Wenn sie überleben wollte, musste sie es schaffen, ihre Empfindungen für diesen Mann zu vergessen. »Das sieht nicht gerade gut aus, was meine Glaubwürdigkeit betrifft, oder?«

»Du musst mit meinem Bruder darüber reden«, beharrte Sonja.

Nach dem Fiasko im *Landhaus Renner* war Paul Renard in sein Hotel gefahren, hatte es sich mit dem Notebook auf seinem Bett bequem gemacht und das Internet zurate gezogen: *Lars Wagenknecht* ... Ein aufstrebender Unternehmer aus dem Bereich der New Economy, der den Crash 2001 überlebt hatte und wahrscheinlich gestärkt daraus hervorgegangen war, da die Konkurrenz sich selbst dezimiert hatte. Anscheinend ein Selfmade-Millionär, den auf den ersten Blick nichts, aber so gar nichts mit Serail Almond oder Noël Almond verband. Was hatte der Kerl auf der *Aurelie* zu suchen?

Die Schulfreunde-Story nahm Paul seinem Landsmann nicht ab. Nach dem, was er im Netz so fand, hatte Wagenknecht mehr schlecht als recht ein stinknormales Gymnasium in Hannover besucht. Almond, Kind reicher Eltern, war hingegen ausschließlich auf Privatschulen gewesen. Wo bitte sollten Wagenknecht und Almond sich da nicht nur über den Weg gelaufen, sondern sich auch gegenseitig in ihr Herz geschlossen haben? Etwa ein Schüleraustausch zwischen Deutschland und Frankreich? Immerhin eine Möglichkeit, aber keine sehr wahrscheinliche, wie Paul befand. Doch das war schwer nachzuprüfen. Vielleicht hatte Almond die *Aurelie* auch einfach gegen Geld vermietet, ohne es Rebecca gegenüber zuzugeben? Dann musste es um Serail Almond aber noch schlechter stehen, als er vermutete. Noël Almond liebte seine Jacht. Das hatte seine Reaktion vorhin quasi bewiesen. Außerdem hätte er es zahlenden Kunden bestimmt nicht durchgehen lassen, wenn sie schluderig mit seinem Boot umgegangen wären.

Da! In einem Artikel über Wagenknecht fand er etwas, das seinen Puls schneller schlagen ließ. Das Engagement für Menschen, denen es weitaus weniger gut ging als ihm selbst, sei ihm ein großes inneres Bedürfnis, hatte er einem Reporter gegenüber behauptet. Denen zu helfen, die nicht auf der Sonnenseite des Lebens standen ... blabla, Herr Stewardessen-Angrabscher.

Deshalb habe er im letzten Jahr *Hanseatic Real Help* gegründet, einen Verein, der Spenden sammele, um Flüchtlingen eine Chance zu geben, die als blinde Passagiere auf den Weltmeeren aufgegriffen werden und die in Lebensgefahr geraten, weil sie für Kapitäne und Reedereien eine enorme Belastung darstellen.

Der Verein *Hanseatic Real Help* besaß ein eigenes Schiff, ein ehemaliges Lotsenfahrzeug, Baujahr 1960. Es handelte sich um ein sechsundvierzig Meter langes Motorschiff, das zweiunddreißig Mann Platz bot und das eine Höchstgeschwindigkeit von elf Knoten machte. Die Organisation hatte zusätzliche Navigations- und Kommunikationssysteme installieren lassen, sodass sie blinde Passagiere direkt von den Containerschiffen abholen konnte, auf denen diese Menschen aufgegriffen worden waren. Der Verein nahm den Reedern den mühsamen Papierkrieg und die damit anfallenden Kosten ab. Zudem kümmerte er sich um Asylanträge, versorgte die Flüchtlinge in der Zwischenzeit und verschaffte ihnen eine kostenlose Rechtsberatung.

Das alles hätte Paul nicht weiter aufgeregt, wäre ihm die Visage, die neben Lars Wagenknecht in die Kamera grinste, nicht bekannt vorgekommen: Stefan Wilson, Vorstandsmitglied von Serail Almond, war ebenfalls bei *Hanseatic Real Help* involviert. Und das war gewiss kein Zufall.

Er surfte weiter und suchte nach Informationen über die verschwundene Ingenieurin. Sie stammte ebenfalls aus Hamburg. Das traf sich gut. Nun wusste er, wie er weitermachen sollte.

PARIS, FRANKREICH

Rebecca Stern fand das von der Kühlschranktür verschwundene Foto, das sie beim Sonnenbaden auf der *Aurelie* zeigte, am nächsten Morgen inmitten ihrer schmutzigen Kleidungsstücke in der Wäschetonne im Badezimmer wieder. Zunächst war sie erleichtert. Sie hob das Bild auf, strich es glatt und legte es auf die Ablage unter ihrem Badezimmerspiegel. Wahrscheinlich hatte sie doch überreagiert nach dem Überfall auf Madame Bertrand. Nur, wie war das Bild in die Wäschetonne geraten? Hatte ihre Putzfrau es versehentlich mit einem Haufen Schmutzwäsche hier hineinbefördert? Aber die kam doch immer nur donnerstags. Oder war sie es selbst gewesen? Nur wie und warum? Egal, es war wieder da. Niemand hatte sich Zutritt zu ihrer Wohnung verschafft. Ihre Befürchtungen waren offenbar reine Hysterie gewesen, nachdem sie die Concierge ermordet aufgefunden hatte.

Sie sortierte weiter die schmutzige Wäsche. Plötzlich hielt sie einen dunkelroten Spitzenslip in Händen, der sie stutzen ließ. Wie sah der denn aus? Und was machte er in der Wäsche? Es war Ewigkeiten her, dass sie das Teil zuletzt getragen hatte. Noël hatte ihn ihr geschenkt, zusammen mit einem passenden BH, der zwar schön, aber auf Dauer unbequem war, weil er die Brüste so zusammendrückte und anhob, dass es in Kombination mit bestimmten Oberteilen aufreizend und billig aussah. Der Slip war zusammengedrückt und ... verklebt.

Sie zog ihn auseinander: Eine getrocknete, helle Flüssigkeit war darin – etwa Sperma? So als hätte sich ein Mann nach der Ejakulation damit abgewischt. Aber an ein solches Vorkommnis müsste sie sich doch erinnern. Noël war seit Wochen nicht mehr hier gewesen. Auch kein anderer Mann. Und vor ihrer Reise nach New York war die Wäschetonne leer gewesen. Ihre Arme überzogen sich mit Gänsehaut. Rebecca ließ den Slip angewidert fallen.

Das Foto ... der Slip ... Spermaspuren.

Rebecca musste unwillkürlich an den Geruch in ihrer Wohnung denken, kurz nachdem sie die tote Concierge entdeckt hatte. Im Badezimmer war er am deutlichsten zu riechen gewesen. Und sie hatte an jenem Abend diesen speziellen Geruch nicht zum ersten Mal in der Wohnung bemerkt. Irgendwann, bevor Moira sie besucht hatte, war er ihr schon einmal aufgefallen ... und auch ein schmutziger Slip in der Wäsche, den sie gar nicht getragen hatte, wie Rebecca plötzlich einfiel.

Die Schlussfolgerung, die sie daraus ziehen musste, war so absurd und schrecklich, dass ihr schwindelig wurde. Rasch hielt sie sich am Waschbeckenrand fest. Konnte es ... Täuschte sie sich nicht? Ihr Blick fiel auf das verklebte Wäschestück, dann auf das Foto, das sie nur leicht bekleidet zeigte ... Sie schaute wieder hoch und sah ihr Gesicht im Spiegel – blass, mit weit aufgerissenen Augen. Doch Angst war falsch, sie sollte vielmehr wütend werden. Mit Wut war man wehrhaft, Angst jedoch lähmte. Ich muss mich wehren, dachte sie. Nur nicht aus Scham und Angst schweigen ... Ich muss etwas tun ... Die Polizei muss etwas tun. Aber würde man ihr glauben?

Rebecca Stern saß der Polizistin gegenüber, die sie nach der Entdeckung des Mordes in ihre Wohnung begleitet hatte. Die Beamtin, die Juliette Reyer hieß, war eine sehr aufmerksame und mitfühlende Zuhörerin gewesen. Rebeccas Befürchtung, man würde ihr nicht glauben oder den Vorfall herunterspielen, hatte sich nicht bewahrheitet. Nachdem ihre Erstarrung nach dem Fund überwunden war, hatte sie eine Plastiktüte aus der Küche geholt und den Slip und das Foto mit spitzen Fingern hineinfallen lassen. Ihre Sachen befanden sich inzwischen auf dem Weg ins Labor, wo man eine DNA-Analyse durchführen und nach anderen Spuren suchen würde.

»Ich muss also wirklich davon ausgehen, dass sich ein Fremder – einfach so, ohne das Wohnungsschloss aufzubrechen – Zugang zu meiner Wohnung verschafft hat?«, fragte Rebecca. Jetzt erst wurde ihr bewusst, dass sie gehofft hatte, die Polizei könnte ihr eine harmlose Erklärung für den Vorfall geben.

»Es muss kein Fremder sein. Das ist sogar eher unwahrscheinlich«, antwortete Reyer. »Da Ihr Türschloss unversehrt ist, müssen wir davon ausgehen, dass Sie den Täter möglicherweise kennen. Sie sollten noch einmal in Ruhe überlegen, wer alles in den Besitz Ihres Wohnungsschlüssels gekommen sein kann.«

»Aber wenn Sie die Spuren analysiert haben, dann wissen wir doch, wer es war«, wandte Rebecca ein. »Heutzutage haben wir technische Möglichkeiten. Daten im Computer …«

»Wenn die DNA des Täters noch nie irgendwo erfasst worden ist, dann haben wir nicht viel. Eine Blutgruppe … Ich würde Ihnen raten, umgehend Ihr Türschloss auszutauschen und über eine Alarmanlage nachzudenken.«

»Sie glauben, er könnte es noch einmal versuchen?«

»Das ist gut möglich.«

19. Kapitel

Hamburg, Deutschland

Stefan Wilson erwartete sie in der hintersten Ecke des Bistro-Restaurants *3 Tageszeiten*, das sich am Mühlenkamp befand, nur zwei Häuserzeilen und eine Kanalbreite von Sonjas Wohnung entfernt. Die Art und Weise, wie er dasaß, ließ erkennen, dass er hier möglichst nicht gesehen werden wollte.

Julia ging zu ihm hinüber und nickte ihm zur Begrüßung zu, während sie ihn musterte. Wie sehr hatten ihn die Jahre verändert? Immer noch hatte er eine athletische Figur und drahtige blonde Haare, die jedoch langsam über der Stirn zurückgingen. Er hatte vor der Zeit Fältchen um die Augen bekommen: Folgen von exzessiven Solarium-Sitzungen oder von sportlichen Aktivitäten im Freien wie Tennis, Segeln oder Golf. Sie erinnerte sich, dass er damals ein erfolgreicher Hockey-Spieler gewesen war. Die überkronten Schneidezähne sahen ungewohnt aus – zu glatt und weiß. Der breite goldene Ehering an seiner rechten Hand glänzte neu.

»Lange nicht gesehen. Du siehst gut aus, Julia«, bemerkte er gönnerhaft.

»Ich komme gerade aus Bihar, Indien.«

»Ich weiß.«

Julia bestellte sich einen Milchkaffee, Wilson ein Glas stilles Wasser. Sie warteten beide schweigend, bis die Kellnerin ihre Getränke gebracht hatte und wieder verschwunden war. Heutzutage würde das nicht funktionieren, dachte Julia, was er sich damals geleistet hatte. Sie hatte als Schülerin in einem Lokal gejobbt, und er war mit einer Meute angetrunkener Freunde dort aufgetaucht. »Ich will nur von Fräulein Bruck bedient werden!«, hatte er durch das Lokal gebrüllt. Heute wurde mit subtileren Mitteln gekämpft. Meistens jedenfalls.

»Wie kann ich dir denn nun helfen?«, fragte er und verschränkte die Arme vor der Brust.

»Du bist Vorstandsmitglied des Konzerns, für den mich meine Firma nach Indien geschickt hat«, sagte Julia ohne Umschweife. »Ich frage mich, ob du weißt, was dort vor sich geht.«

Er kniff die Augen zusammen. »Was hattest du dort eigentlich zu tun?«

»Mein Arbeitgeber hat den Auftrag, die Klimaanlage in dem Forschungszentrum in Bihar von Grund auf zu sanieren. Die Klimatechnik-Ingenieure vor Ort sollen einen reibungslosen Betrieb garantieren, auch während der Planungs- und Umbauphase. Einer meiner Kollegen ist während seines Aufenthaltes in Indien ums Leben gekommen. Ich war seine Nachfolgerin.«

»Ich glaube, davon habe ich schon gehört. Ein Schwede namens Tjorven Lundgren. Kam von einem Ausflug nicht zurück, verdammtes Pech.« Er sah sie mit kühlem Blick an. »Du warst also seine Nachfolgerin.«

»Genau. Ich habe an seinem Arbeitsplatz gesessen, mit seinem Computer gearbeitet, seine Aufzeichnungen geprüft. Dabei bin ich auf ein paar Ungereimtheiten gestoßen. Es gab verdeckte Hinweise in seinen technischen Zeichnungen, die, gelinde gesagt, merkwürdig waren.« Sie schilderte ihm, wie sie dem nachgegangen war und was sie in dem geheimen Labor gesehen hatte. Sonja hatte ihn eh schon ins Bild gesetzt, aber er sollte es noch mal aus ihrem Mund hören. Während sie sprach, suchte Julia nach Anzeichen dafür, dass er genau wusste, was in Bihar vor sich ging. Doch sein Gesicht blieb regungslos.

»Woher willst du überhaupt wissen, dass es ein ›inoffizielles‹ Labor war?«, fragte er, nachdem sie mit dem Bericht über Gallaghers Überfall im Hotel geendet hatte.

»Ich kann Pläne lesen.«

»Okay, okay. Es gibt Räumlichkeiten in dem Forschungszentrum in Bihar, die aus Sicherheitsgründen nicht an die große Glocke gehängt werden. Dabei geht es vor allem um den Schutz vor Betriebsspionage. Nicht jeder Klimatechnik-Ingenieur oder Techniker darf Zugang zu so einem Bereich haben. Das sollte dir doch klar sein. Das macht die Forschung dort aber noch lange nicht illegal.«

»Warst du mal da? Hast du die ›inoffiziellen‹ Labors besucht?« Seine überhebliche Art und Weise, darüber zu sprechen, ging Julia gegen den Strich. Aber Wut war schlecht, wenn sie etwas bei dem Gespräch hier herausbekommen wollte. *Durchatmen, Gedanken sammeln ...*

»Ich weiß in etwa, was da passiert. Als Vorstandsmitglied kann man sich natürlich nicht mit jedem Detail auskennen. Wir widmen uns in Indien einem völlig neuen, die medizinische Kosmetik revolutionierenden Forschungsgebiet. Die Wissenschaftler, die für uns arbeiten, sind auf ihrem Gebiet die Besten der Welt. Unsere Arbeit in Indien verändert die Zukunft der Menschheit! Wenn wir Erfolg haben, können wir den Alterungsprozess der menschlichen Haut nicht nur stoppen, sondern sogar umkehren. Alterung ist bald kein Schicksal mehr, das wir hilflos hinnehmen müssen. Und wir sollten uns da nichts vormachen: Altern ist ...« – er setzte sein Werbelächeln auf – »... eine Krankheit mit unausweichlich tödlichem Ausgang. Unsere Wissenschaftler haben einen Wirkstoff entdeckt und extrahiert, der den Alterungsprozess umkehrt!« Seine Augen leuchteten.

»Die Frage ist, zu welchem Preis«, entgegnete Julia. »Der Zweck heiligt noch lange nicht jedes Mittel.«

»Welche Mittel? Vor Werksspionage geschützte Labors? Was denkst du, wie verzweifelt die Konkurrenz hinter unserer Entdeckung her ist?«

»Eine Entdeckung, die Menschen als Petrischalen für irgendwelche Züchtungen missbraucht?« Nun war es heraus. Sie rührte etwas zu heftig in ihrem Kaffee. Bewusst versuchte sie, ihre Erregung zu unterdrücken, und drängte die Erinnerung an die armen Menschen im Geheimlabor zurück, die sie gesehen hatte.

»Wie bitte?«

»Ich war, wie schon gesagt, in diesem ›supergeschützten‹ Labor«, sagte sie mit gepresster Stimme. »Du nicht, oder?«

Er schüttelte langsam den Kopf.

»Es war ...« Sie senkte die Stimme, auch wenn der Geräuschpegel im *3 Tageszeiten* so hoch war, dass das Gespräch vermutlich weder abgehört noch mitgeschnitten werden konnte. »Es war monströs. Da lagen Menschen in Becken mit einer Flüssigkeit, einer Nährlösung vielleicht, ich weiß es nicht. Sie befanden sich in einem koma-ähnlichen Zustand: Ihr Gesicht war unter Wasser, und man hatte sie an Schläuche und Apparaturen angeschlossen. Auf der Haut dieser Menschen waren Raster eingezeichnet, darauf befand sich ein pelziger Belag ...« Sie stockte. Für das, was sie gesehen hatte, fehlten ihr die richtigen Worte – Worte, die nicht abgeschmackt oder verharmlosend klangen.

»Das glaubst du doch selbst nicht?«

»Wenn du mir nicht glaubst, dann ist dieses Gespräch sinnlos.«

»Ich glaube dir, dass du überzeugt davon bist, das gesehen zu haben. Aber es ist doch so ...« Er ließ seinen Blick durch den Raum schweifen, doch niemand im Lokal interessierte sich für ihr Gespräch. »In dem Labor arbeiten wir mit einer Nährlösung für bestimmte Pilzkulturen, die das Enzym hervorbringen, das in einer der Wissenschaft bisher vollkommen unbekannten Art und Weise auf die elastischen Fasern wie Kollagen und Elastin in der menschlichen Haut wirkt. Diese Lösung beinhaltet eine chemische Verbindung, ähnlich der von Diphenhydramin, die auf Menschen eine halluzinogene Wirkung hat. Das ist auch einer der Gründe, weshalb wir die hohen Sicherheitsvorkehrungen brauchen. Wenn du dort ohne Atemschutz reingegangen bist, dann hast du die Dämpfe eingeatmet und dadurch wahrscheinlich Dinge gesehen, die gar nicht da waren.«

Julia kniff die Augen zusammen. »Du behauptest, ich habe die Menschen, die reglos – wie tot – in diesen Becken lagen, nur halluziniert?«

»Eine andere Erklärung gibt es nicht, außer der, dass du unserer Forschung aus einem mir noch nicht bekannten Grund massiv schaden willst.«

»Das ist unglaublich, Stefan.«

»Deine Behauptungen sind unglaublich.«

»Das zumindest hat das BKA anders gesehen.«

»Und?«, fragte er provozierend. »Was werden sie unternehmen?«

»Zumindest haben sie nicht behauptet, dass ich unter Drogeneinfluss stand, als ich das gesehen habe.«

»Ich würde dir ja gerne helfen, aber du brauchst Beweise, wenn du so etwas Ungeheuerliches behauptest. Ansonsten rammen dich unsere Anwälte unangespitzt in den Erdboden.«

»Ist das eine Drohung?«

»Nein. Ich meine es nur gut mit dir. Du bist Sonjas beste Freundin, und außerdem …«

»Außerdem was?«

»Da war doch mal mehr zwischen uns. Erinnerst du dich nicht mehr?« Er lächelte herablassend. »Ich mag dich, Julia. Bevor du weiter irgendwelche unhaltbaren Anschuldigungen aussprichst, solltest du noch einmal nachdenken. Du hast keine Ahnung, was du in dem Labor in Bihar gesehen hast. Deine Fantasie hat dir einen Streich gespielt.«

»Tatsächlich, jetzt erinnere ich mich wieder«, sagte Julia.

»An was?«

»Daran, was für ein Mistkerl du bist. Ich glaube kein Wort von dem, was du behauptest. Ich weiß, was ich gesehen habe.«

»Unter dem Einfluss von Diphenhydramin?«

»Ich habe nicht halluziniert. Außerdem bin ich nicht die Einzige. Der damals in Bihar angestellte Security Officer hat Lundgrens Pläne ebenfalls gesehen. Und kurz darauf ist er verschwunden. Sein Assistent Ayran Bakshi ist seltsamerweise kurz darauf im Pool ertrunken. Es hieß, der Security Officer habe fristlos gekündigt. Zeig mir, wo er jetzt ist, und ich denke noch mal über dieses Diphenhydramin-Zeug nach!«

»Du sprichst von Robert Parminski, hab ich recht?« Wilson lächelte süffisant.

»Wo ist er?«

»Sehe ich da etwa emotionale Beteiligung? Der Mann, der sich Robert Parminski genannt hat, ist verschwunden. Damit hast du recht. Aber er befindet sich nicht in einem unserer Labors, das kann ich dir versichern. Er ist ein Werksspion, der sich ausgerechnet in unsere Security-Abteilung eingeschmuggelt hat. Er selbst bezeichnet sich allerdings als CI-Agent – als *Competitive Intelligence Agent.* Das war ein absolut perfides Vorgehen der Konkurrenz, um an unsere Forschungsergebnisse zu gelangen.« Er schüttelte ärgerlich den Kopf, dann sah er ihr wieder in die Augen. »Jedenfalls wissen wir nicht, wie der Mann in Wirklichkeit heißt. Er hat sich abgesetzt.«

»Ich glaube dir nicht.«

»Doch, das tust du. Tut mir leid, Julia.« Er stand auf und schaute auf sie herab. *Du stehst jetzt ganz allein da,* besagte sein Blick.

Julia sah ihm hinterher, wie er am Tresen bezahlte und das Lokal verließ. Seine Lässigkeit wirkte einstudiert. Was hatte sie bloß mal an ihm gefunden? Und stimmte das, was er über Robert behauptete? *Competitive Intelligence* – Wettbewerbserkundung? Die CI arbeitete angeblich mit öffentlich zugänglichen und ethisch einwandfreien Informationen, aber der Weg von der CI zur Wirtschaftsspionage war zum einen nicht weit, zum anderen sicherlich verlockend. Sich mit gefälschten Unterlagen und unter einem falschen Namen in die Security-Abteilung eines Unternehmens einzuschleusen, um dessen Vorgehensweisen und Forschungsergebnisse herauszufinden, war eindeutig illegal. Hatte Robert das getan? Sie suchte in ihrer Erinnerung nach Hinweisen, ob er so etwas gemacht haben könnte. Leider entbehrte Stefans These nicht einer gewissen Logik. Zumindest erklärte sie, warum es Robert Parminski laut den Nachforschungen des BKA gar nicht gab. Er hieß definitiv nicht so. Ihr Magen fühlte sich auf einmal leer an. Weil sowieso Mittagszeit war, bestellte sich Julia einen Salat mit Schafskäse und eine Apfelschorle.

Gerade als das Essen vor ihr abgestellt worden war, sprach sie jemand auf Englisch an. »Darf ich mich zu Ihnen setzen?«

»Wer sind Sie?« Julia hatte den Mann, der sich an ihren Tisch herangeschlichen hatte, noch nie zuvor gesehen.

»Paul Renard. Ich bin Journalist.« Sein Akzent wies ihn als Franzosen aus, aber er sprach fließend Englisch. Er sah aus wie ein Filmschauspieler für Low-Budget-Produktionen oder wie ein Musiker.

»Kein Interesse.«

»Darf ich mich setzen?«

»Nein.«

»Überaus charmant, die deutschen Frauen«, sagte er sarkastisch.

»Verschonen Sie mich mit der Nummer. Ich will hier nur in Ruhe etwas essen.«

»Es ist wichtig.«

Sie musterte ihn kurz. Er sah auf seine nachlässige Art so gut aus, dass sich darauf wahrscheinlich sein gesamtes Lebensgerüst gründete. Lässiger französischer Charme, schokoladenbraune Augen. Wahrscheinlich kam er bei Frauen sonst gut an.

»Ich möchte mit Ihnen über Stefan Wilson sprechen. Sie haben eben mit ihm hier gesessen.«

»Das ist meine Privatangelegenheit.«

»Auch Ihre Verbindung zu Serail Almond?«

»Wie bitte?«, rief sie verblüfft.

Er nahm ihr gegenüber Platz. »Wir müssen das nicht durch das gesamte Lokal brüllen. Aus Ihrer Reaktion schließe ich, dass eine gewisse Verbindung zwischen Ihnen und Serail Almond besteht.«

»Schließen Sie, was Sie wollen.« Julia griff nach Messer und Gabel.

»Sie stecken in Schwierigkeiten.«

»Nicht mehr als Sie, wenn Sie es als nötig erachten, mich hier so zu bedrängen. Woher soll ich wissen, ob Sie wirklich der Journalist Paul Renard sind?« Wenn sie mit jemandem über Serail Almond sprechen sollte, wollte sie schon gern wissen, um wen es sich dabei handelte.

Er lächelte andeutungsweise und bestellte sich einen Espresso und einen Tequila. Dazu hielt er die Kellnerin kurz am Handgelenk fest, um ihre Aufmerksamkeit zu erlangen. »Na schön. Hier ist mein Pass.« Er schob ihn ihr hinüber.

Julia warf einen kurzen Blick darauf und zuckte bloß mit den Schultern.

»Also gut: Zuerst ich, dann Sie«, fuhr er fort. »Eine gut informierte Freundin von mir hat mir den Tipp gegeben, über

Serail Almond zu recherchieren. Der Vorstand von Serail Almond trifft sich gerade in Hamburg, um einige kurzfristig angesetzte Krisensitzungen abzuhalten. Dafür wurden auch Urlaubsreisen abgesagt. Tja, und obwohl Herr Wilson eigentlich großen Stress hat und seine gesamte Energie in die Krisenbewältigung stecken müsste, trifft er sich am hellichten Tag mit einer Frau in einem Lokal wie diesem. Könnte ich so weit noch verstehen. Zumindest, wenn die Frau, also Sie, angemessen erfreut über seine Gesellschaft gewesen wäre. Aber Sie sind nicht seine Freundin oder Geliebte, das ist eindeutig. Bleibt nur die Möglichkeit, dass Sie direkt oder indirekt mit seinen geschäftlichen Aktivitäten zu tun haben. Mit einer wichtigen Angelegenheit, die meine Recherchen betrifft, wenn er Sie ausgerechnet heute trifft.«

»Ich muss Sie enttäuschen. Es war rein privat.«

»Hübscher Versuch. Sagen Sie mir doch einfach die Wahrheit.«

»Ich kenne seine Schwester. Sie ist meine Freundin. Es war wirklich privat.«

»Komisch. Ich glaube Ihnen schon wieder nicht.«

Julia bedachte ihn mit dem Blick, der ganze Semester hormongetriebener Studenten der Ingenieurwissenschaften in die Flucht getrieben hatte. »Das geht zu weit. Lassen Sie mich jetzt in Ruhe essen.«

»Warum sind Sie so schön gebräunt?«

»Wie bitte?« Die Gabel mit dem Salatblatt verharrte in der Luft.

Er riss die Augen auf und schlug sich vor die Stirn. »Sie sind Ingenieurin, nicht wahr? Sie kommen gerade aus Indien. Von Serail Almond? Julia Bruck?«

Offensichtlich war der Journalist gut informiert. Möglicherweise wusste er etwas über Serail Almond, das ihr unbekannt war – etwas, das ihr weiterhelfen konnte. Er war an einer Geschichte dran, und dafür gab es einen Grund. Möglich, dass seine Recherchen überhaupt nichts mit ihren Erlebnissen in Bihar zu tun hatten. Aber im Grunde glaubte Julia das nicht. Sie entschied, ein wenig offener zu ihm zu sein, um mehr von ihm zu erfahren. »Das stimmt. Ich habe für eine Firma gearbeitet, die mich für eine gewisse Zeit in ein Forschungszentrum von Serail Almond nach Indien geschickt hat. Ich war allerdings mit der Klimatechnik des Gebäudes betraut und hatte mit der medizinischen oder kosmetischen Forschung nicht das Geringste zu tun.«

»Hmm. Aber kaum sind Sie wieder da, will Stefan Wilson, ein Vorstandsmitglied von Serail Almond, mit Ihnen sprechen. Oder hatten Sie vorher schon Kontakt?«

»Nein.«

Er überlegte einen Moment, schien dann zu einem Entschluss gekommen zu sein. »Frau Bruck, kennen Sie eine Hilfsorganisation namens *Hanseatic Real Help*?«

Das war ein Verein, der sich für Flüchtlinge einsetzte, wie Julia wusste. Sonja arbeitete seit Kurzem dort, hatte sie ihr erzählt. »Was haben die mit alledem zu tun?«, fragte sie beunruhigt.

»Wir können einander behilflich sein, denke ich.« Er sah sich nervös über die Schulter. »Wenn Sie mehr wissen wollen, kommen Sie heute Abend um elf ins *Kaschinsky's* am Hamburger Berg 19.«

»Ich kann nichts versprechen«, sagte Julia unentschlossen.

Er hob die Augenbrauen, trank seinen Espresso und schüttete danach den Tequila in sich hinein. »Gegen die Müdigkeit«, erklärte er und stand auf. »Überlegen Sie es sich. Wir können einander vielleicht helfen.« Sie tauschten ihre Mobilnummern aus, bevor er ging.

»Ich habe eine gute und eine schlechte Nachricht«, sagte Juliette Reyer, die zuständige Polizeibeamtin, als Rebecca Stern ihr gegenüber Platz genommen hatte.

»Die gute würde mir heute reichen«, antwortete Rebecca. Sie fühlte sich schlapp und müde, und sie sah auch so aus: mit Ringen unter den Augen, die nicht einmal das dick aufgetragene Make-up hatte kaschieren können. »Aber ich vermute mal, Sie wollen beide loswerden«, setzte sie hinzu.

»Die gute ist, dass es einen Passer zu der DNA-Probe gibt, die wir in Ihrer Wohnung gefunden haben.«

Nett ausgedrückt, dachte Rebecca. *Die wir auf Ihrem Slip gefunden haben*, das wäre präziser – und persönlicher.

»War es ... Sperma?«

»Ja. Und die DNA-Analyse weist auf einen Mann namens Frank Gellert hin.« Juliette Reyer sah sie aufmerksam an, doch bei Rebecca klickte es nicht. Sie hatte den Namen noch nie gehört.

»Ein Deutscher?«

»Ja, er stammt aus Passau. Er hat schon mal eine Haftstrafe wegen bewaffneten Raubüberfalls und schwerer Körperverletzung abgesessen. Zurzeit ist er aber auf freiem Fuß.«

Rebecca zuckte hilflos mit den Schultern. »Ich kenne diesen Mann nicht. Was hatte er in meiner Wohnung zu suchen, ich verstehe das nicht ...«

»Wir gehen davon aus, dass Frank Gellert auch der Täter im Mordfall Simone Bertrand ist. Er ist jetzt zur Fahndung ausgeschrieben.«

»Soll mich das beruhigen?«

»Es ist immerhin ein Anfang. Wir sind nach kurzer Zeit schon recht weit, da wir einen DNA-Beweis haben. Er hat übrigens auch Spuren in der Wohnung von Madame Bertrand hinterlassen. Hautschuppen, ein paar Haare.«

»Aber warum das Ganze? Was wollte er?« *Von mir,* fügte Rebecca in Gedanken hinzu. *Was wollte ein fremder Mann in meiner Wohnung mit einem Foto von mir? Warum zum Teufel hat er in meinem Badezimmer in meinen Slip onaniert?* ... Aber sie konnte es nicht aussprechen. Diese Juliette Reyer ahnte sowieso, was sie dachte. Ihr Gesicht war angespannt.

»Ehrlich gesagt, wissen wir es nicht. Es war kein klassischer Wohnungseinbruch. Bei niemandem im Haus fehlt etwas. Der Mord war aber auch keine Verdeckungstat, durch die eine Vergewaltigung vertuscht werden sollte. Allenfalls wollte der Täter verhindern, dass durch Madame Bertrand jemand erfährt, dass er in Ihrer Wohnung war.«

»War er denn nicht auch in den anderen Wohnungen im Haus?« Rebecca hörte, dass ihre Stimme flehentlich klang, und sie hasste das. Aber hätte dieser Frank Gellert auch in anderen Wohnungen Einbrüche verübt, dann wäre das ... Ja, was eigentlich? Ein Trost? Eine Erleichterung? Der Hinweis darauf, dass er es nicht exklusiv auf sie abgesehen hatte. Vor ihrem inneren Auge sah sie plötzlich Madame Bertrand ermordet vor sich liegen und schämte sich. Was der Täter ihr angetan hatte, war schlimm, aber sie lebte, sie war gesund. Er hatte sie nicht einmal angefasst.

»Wir gehen momentan davon aus, dass er nur in Ihrer Wohnung gewesen ist. Aber da es an keiner der Türen Einbruchspuren gibt, auch nicht an Ihrer, können wir das nicht mit hundertprozentiger Sicherheit sagen«, erklärte Reyer.

»Warum sollte dieser Mann nur bei mir einbrechen? Ich kenne ihn nicht, und ich besitze und bin auch nichts Besonderes!«

»Irgendwie müssen Sie seine Aufmerksamkeit erregt haben. Sie sind eine gut aussehende Frau, die sich auffallend zurechtmacht.« Die Polizistin registrierte Rebeccas wütenden Blick und hob beschwichtigend die Hand. »Verstehen Sie mich nicht falsch. Sie trifft dadurch ja keine Schuld. Ich will nur sagen, dass es vorstellbar ist, dass er Sie irgendwo, auf der Straße oder in einem Geschäft, gesehen hat und Ihnen gefolgt ist. So etwas kann sich eine lange Zeit hinziehen und bis zur Besessenheit steigern.«

»Ein Stalker?«

»So in etwa. Ist Ihnen nichts aufgefallen?«

»Das hätte ich Ihnen wohl schon längst mitgeteilt, oder? In meinem Haus ist ein Mord geschehen.«

»Unser Psychologe sagt, dass es bei so einem Typ von Täter eine Vorgeschichte geben muss. Der Täter hat sich Ihnen mit hoher Wahrscheinlichkeit vorher schon mal genähert, hat Sie beobachtet, Sie getestet, wie Sie reagieren ... Er ist nicht spontan, nachdem er Sie nur einmal gesehen hat, in Ihr Haus marschiert, hat die Concierge ermordet und sich dann mit Ihrer Unterwäsche beschäftigt. Es muss vorher schon was passiert sein. Dann hat es sich gesteigert. Langsam.«

Rebecca fühlte Übelkeit in sich aufsteigen. »Es steigert sich, sagen Sie? Es ist noch nicht vorbei?«

Die Polizistin sah unbehaglich in Richtung Tür. »Ich würde gern einen Kollegen hinzuholen, wenn Ihnen das recht ist.«

»Habe ich eine Wahl?«

»Nein.«

20. Kapitel

PARIS, FRANKREICH

Der Mann, der kurz darauf hinzukam, hatte ein schmales Gesicht mit scharfem Profil. Er betrachtete Rebecca wie ein Insekt, das er studieren wollte – interessiert, aber vollkommen emotionslos. Er trug eine ausgefranste Jeans und ein zerknittertes Hemd; es sagte mehr über ihn aus, als ein Anzug oder eine Uniform es getan hätten: *Seht her, ich hab es nicht nötig, mich über Kleidung zu profilieren.* Auch Juliette Reyer schien sich in seiner Gegenwart unwohl zu fühlen. Sie sah so aus, als sei ihr plötzlich bewusst geworden, dass ihr Blazer unter den Achseln spannte und ihr korrekt zu einem Zopf zusammengebundenes Haar schon wieder fettig wurde.

»Frank Gellert«, sagte der Polizist und blätterte in der Akte. »Wir werden da eng mit den deutschen Kollegen zusammenarbeiten müssen. Haben Sie Verbindungen nach Deutschland, Madame Stern?«

»Nein, keine besonderen. Ich bin Amerikanerin und lebe und arbeite seit acht Jahren in Frankreich.«

»Und die nicht besonderen?«

»Ich arbeite als Personalberaterin. Natürlich haben wir gelegentlich deutsche Manager, die wir vermitteln, und hin und wieder auch deutsche Firmen als Kunden. Aber da gibt es nichts, was ich mit dem Mord an Madame Bertrand in Verbindung bringen kann.«

»Das zu beurteilen müssen Sie schon uns überlassen. Wir benötigen eine Liste Ihrer Kontakte der letzten, sagen wir, zwei Jahre.«

Rebecca nickte. »Da ist noch etwas«, merkte sie zögernd an. Sie ärgerte sich, dass sie es nicht schon zur Sprache gebracht hatte, als sie noch mit Juliette Reyer allein gewesen war.

Er zog fragend die Augenbrauen hoch.

Sie berichtete von ihrem Eindruck, dass der Mann schon einmal in ihrer Wohnung gewesen war. Damals hatte sie aber nichts gehabt als ein schmutziges Wäschestück und diesen seltsamen Geruch im Bad, der schnell wieder verflogen war.

Er hörte ihr aufmerksam zu. »Hat Madame Bertrand Ihnen gegenüber mal erwähnt, dass jemand Sie besuchen wollte oder nach Ihnen gefragt hatte?«

Rebecca dachte nach, doch sie konnte sich an nichts dergleichen erinnern.

»Wann genau hatten Sie zum ersten Mal den Eindruck, dass jemand bei Ihnen in der Wohnung gewesen ist?«, fragte die Polizistin.

»Das kann ich nicht sagen«, meinte Rebecca hilflos. »Es war, bevor meine Schwester aus New York mich besucht hat, denn wenn sie schon da gewesen wäre, hätte ich sie gefragt, ob sie während meiner Abwesenheit jemanden in die Wohnung gelassen hat.« Moira hatte tatsächlich jemanden hereingelassen – und zwar Noël –, und das war ein Fehler gewesen. Rebecca drängte den Gedanken beiseite. »Und nach der Abreise meiner Schwester kann es nicht gewesen sein. Dann würde ich mich besser daran erinnern.«

»Ach, so ist das«, sagte der Polizeibeamte und drehte sich zu seiner Kollegin. »Jetzt haben wir noch eine zweite Möglichkeit. Und zwar die, dass Frank Gellert nicht an ihr«, er ruckte den Kopf in Rebeccas Richtung, »sondern an ihrer Schwester interessiert ist. Besser spät als nie.« Er wendete sich wieder Rebecca zu. »Wie heißt Ihre Schwester, und wo wohnt sie?«

»Moira Stern«, antwortete Rebecca. »Ehemals wohnhaft in Manhattan, New York, USA.«

»Und weiter? Wie können wir mit ihr in Kontakt treten?«

»Sie können sie nicht sprechen. Es sei denn, Sie wollen es auf dem Cimetière de Montrouge an der Porte d'Orléans versuchen.«

An Bord der *Aurora*

Das Schiff der Hilfsorganisation *Hanseatic Real Help* sah, von hier oben betrachtet, winzig aus. Kamal gewann im Licht der Scheinwerfer den Eindruck, dass das ehemalige Lotsenfahrzeug auch schon mal bessere Tage gesehen hatte. Es lag seit einer Viertelstunde an der Backbordseite der *Aurora*. Sie befanden sich noch in internationalen Gewässern; so hatten es der Kapitän des Frachters und der des anderen Schiffes miteinander abgesprochen.

Kamal stand mit Navid und zwei Besatzungsmitgliedern an der Lotsenpforte der *Aurora*, die ihm in den letzten Tagen recht vertraut geworden war. Er sah zweifelnd hinunter. Zwei Offiziere hatten sie bis hierher begleitet. Einer von ihnen hielt Funkkontakt mit der Brücke, um das Übersetzen zu koordinieren. Alles war vorbereitet. Nun war Kamal an der Reihe. Er blickte hinab. Die Strickleiter schwang an der nackten Stahlwand des Frachters hin und her. Darunter tanzte das aus dieser Perspektive winzige Schiff im schäumenden Wasser. Es war kurz nach elf Uhr am Abend, der Himmel bewölkt, die See aufgewühlt. Alles in Kamal sperrte sich gegen den Abstieg, und auch Navids Augen waren vor Angst weit aufgerissen. Doch es nützte nichts. Nach all den Mühen, die andere auf sich genommen hatten, um ihnen beiden diese Chance zu geben, konnten sie jetzt nicht kneifen.

Er war angegurtet, sagte er sich. Er würde nicht abstürzen und zwischen die Schiffe fallen, die sich durch den starken

Wellengang immer wieder aufeinander zubewegten und dabei fast zusammenprallten. Niemand hatte gesagt, dass der Weg in die Freiheit einfach oder ungefährlich sein würde. Und gegen das, was die kleine Hadia erdulden musste, gegen das, was Davut erlitten hatte, war das hier doch ein Kinderspiel.

Er griff nach der Leiter und tastete mit dem rechten Fuß in der Luft herum, bis er die erste Sprosse spürte. Der Mann, den er immer noch als seinen Retter betrachtete, rief ihm etwas zu, doch der Wind heulte so laut, dass Kamal ihn nicht verstand. Sprosse für Sprosse kletterte er hinunter. Einmal rutschte er ab, und einen furchtbaren Moment lang hing er mit den Füßen in der Luft. Aber mit den Händen hielt er die Leiter fest umklammert und strampelte, bis er wieder Halt gefunden hatte. Als er sich der Wasseroberfläche näherte, wurde er mit jedem Wellenschlag gegen die Bordwand geschleudert. Er spürte, wie die eisige Gischt seine Kleidung durchdrang. Seine Hände und Füße wurden gefühllos. Nur nicht nach unten sehen, dann würde er die Nerven verlieren und fallen.

Endlich packten ihn Hände und zogen ihn an Bord des kleineren Schiffes. Die Männer hier lösten die Gurte, beachteten ihn aber nicht weiter, sondern konzentrierten sich auf Navid, der als Nächster nach unten stieg. Kamal sah ein letztes Mal an der Stahlwand der *Aurora* hoch und fühlte sich von der ganzen Welt verlassen, als er die nun winzig aussehenden Gestalten oben an der Lotsenpforte sah. Was ihn auf diesem Schiff erwartete, war ebenso ungewiss wie alles andere auch.

HAMBURG, DEUTSCHLAND

Die Hotelsuite war weitläufig und mit dem unterkühlten Charme der ersten Dekade des neuen Jahrtausends eingerichtet: geradlinige Möbel, schlichte Dekoration und über zwei Wandflächen hinweg bodentiefe Fenster. Nicht, dass sie die Innenausstattung für die eine Stunde, die sie hier verbringen würde, sonderlich interessierte. Catherine Almond warf einen Blick auf die Elbe, die sie aus ihrem Zimmer im Riverview Hotel von weit oben sehen konnte. Ein Containerschiff schob sich gerade an den Docks vorbei in Richtung Nordsee. Am anderen Ufer ließ die Hafenbeleuchtung den grauen Abendhimmel orangefarben leuchten.

Hafenstädte werden allgemein überschätzt, dachte Catherine. Und wenn sie schon hier in Hamburg sein musste, zog sie den Prunk und die Lichter an der Alster vor. Daher bewohnte sie mit Noël eine Suite im Hotel Vier Jahreszeiten, das direkt an der Binnenalster lag. Aber hier im Riverview war die Gefahr geringer, jemandem zu begegnen, den sie kannte. Außerdem interessierte sie sich sowieso nicht für schöne Ausblicke. Es war eher so, dass sie prüfen wollte, ob es die angepriesenen Vorteile der Junior-Suite im achtzehnten Stockwerk, unter anderem den Elbblick, auch tatsächlich gab, unabhängig davon, ob sie persönlich darauf stand oder nicht.

Kaum hatte sie die schlichten weißen Vorhänge zugezogen, klopfte es an die Tür.

Frank Gellert war ein pünktlicher Mensch, obendrein zuverlässig, präzise und einfach gestrickt. In seinem abgetragenen Anzug und dem Anorak darüber wirkte er wie ein Fremdkörper in einem Hotel wie diesem, aber das schien ihn nicht zu kümmern, so selbstbewusst, wie er ins Zimmer stapfte.

»Nett, nett.« Er durchquerte den Raum und schob einen der Vorhänge zur Seite. »Hier in der Gegend kann man ja hinterher noch ein wenig Spaß haben.« Er reckte den Hals, um direkt nach unten zu schauen, wo man die Lichter der Davidstraße erkennen konnte. Sogar die davon abgehende Herbertstraße, wo Frauen als Passanten nicht erwünscht waren, und auch das blickdichte Tor davor waren von oben noch gut zu sehen.

»Erst die Arbeit«, sagte Catherine. »Wie ist es in Paris gelaufen?« Sie zog den Vorhang mit einem Ruck wieder vor die Fensterfront.

»Wie geplant. Ich habe den Austausch noch einmal vorgenommen, genau so, wie Sie es wollten. Es gab allerdings einen Zwischenfall.«

»Wie bitte?«

»Die Hausmeisterin hat mich gesehen. Sie hat mir hinterhergerufen und wollte die Polizei alarmieren. Da musste ich ein wenig handgreiflich werden.«

»Wie handgreiflich?«

»Na so, dass sie die Polizei nicht rufen konnte und auch zukünftig nichts ausplaudern wird.« Gellert sah sie mit unbewegtem Gesicht an. »Ich habe sie aufgeschlitzt.«

Catherine merkte, wie das Blut in ihren Ohren zu rauschen begann. »Sie haben die Concierge in Rebecca Sterns Wohnhaus ermordet?«

»Dumm gelaufen.«

»So war das nicht abgesprochen. Verdammt! Wenn es sein muss, ist das in Ordnung. Aber nur, wenn es vorher mit mir abgesprochen wird.«

»Sollte ich etwa zulassen, dass die Alte die Polizei anruft? Oder um Hilfe schreit? Oder der Lady oben brühwarm erzählt, dass jemand in ihrer Wohnung war?«

Catherine sah auf seine kräftigen Arme und die großen, dunkel behaarten Hände. Stellte sich vor, was er damit getan hatte. Sie spürte ein Kribbeln. »Es wird nicht nachverhandelt. Es gibt nicht mehr Geld dafür. Das war Ihre Ungeschicklichkeit und Ihre eigene Entscheidung. Ich habe damit nichts zu tun. Aber ich kann damit leben, solange Sie keine Spuren hinterlassen haben, Gellert. Den Schlüssel.« Sie hielt ihre Hand auf.

Er zog das Duplikat des Wohnungsschlüssels von Rebecca Stern aus seiner Hosentasche hervor und ließ es in ihre Handfläche fallen. Catherine hatte es von dem Schlüssel nachmachen lassen, den Noël mit sich herumschleppte. Es war so einfach gewesen. Der Schlüssel in ihrer Hand fühlte sich sehr warm an.

»Die Spuren lassen Sie mal meine Sorge sein, Madame«, erwiderte Gellert. »Die kriegen mich nicht, und wenn ich hundertmal meine Spuren hinterlasse.« Sein Gesichtsausdruck zeigte eine Mischung aus Wahnsinn und Debilität.

»Ich weiß nicht, was daran komisch ist«, entgegnete Catherine eisig. Sie wusste nie so recht, woran sie bei ihm war. In der Regel verhielt er sich berechnend, gerissen, regelrecht geschäftstüchtig, doch wenn ihn irgendeine Emotion packte, wurde er zum Tier. Er war dann völlig triebgesteuert.

»Ich habe so viele Spuren hinterlassen, dass die im Polizeilabor ausflippen werden. Es hat mich eben angemacht, in der Wohnung dieser Frau zu sein. Es roch nach ihr, und ihr Bett war nicht gemacht. Ich habe ein Foto von ihr gefunden und in ihre Unterwäsche gewichst.«

Catherine starrte ihn an. Bis zehn zählen, dachte sie. Langsam bis zehn zählen. »Haben Sie auch Ihre Visitenkarte dazugelegt?«

»Wie? Warum? Es ist einfach über mich gekommen. Ich war wohl noch aufgeputscht von der Sache vorher. In dem Zustand vergesse ich sogar, wie ich heiße.« Er sah sie überlegen lächelnd an und streckte seine Hand vor. »Meine Kohle.«

Catherine hatte die Scheine zusammengerollt in ihrer Kostümtasche. Jeden anderen hätte sie jetzt scharf zurechtgewiesen. Mit Gellert lief das Spiel jedoch anders. Er sagte es ja selbst – wenn er erregt war, schaltete sich sein Gehirn ab. Fast beneidenswert. Sie drückte ihm die Scheine in die Hand. Als sie dabei seine Haut berührte, hatte sie den Eindruck, als fließe Starkstrom durch sie hindurch. Sie atmete scharf ein. »Das nächste Mal erwarte ich, dass Sie Arbeit und Vergnügen voneinander trennen.«

»Und wann ist das nächste Mal?«

»Schon bald. Richten Sie sich darauf ein, ein paar Tage in Hamburg zu bleiben.« Sie merkte, dass er sie eigenartig anstarrte. »Stimmt was nicht?«

»Ich mag Ihren Ton nicht.«

»Und ich gebe Ihnen Bescheid, wenn ich Sie brauche.«

»Wenn ich hier länger rumhängen muss, wird das teuer.«

»Das verhandeln wir dann. Ich verlasse mich darauf, dass Sie zu jeder Stunde bereit sind, unabhängig von Ihren sonstigen Aktivitäten.«

»Wo wir gerade davon reden«, sagte er und trat dichter an sie heran. »So ganz erledigt ist dieser Job noch nicht, oder?«

Er roch nach billigem Aftershave und Schweiß. Seine Haare waren fettig und seine Hände rau. Unter ihrer Neunhundert-Euro-Seidenbluse von Escada wurde ihr warm.

»Kann ich sonst noch was für Sie tun?«, fragte er in diesem falsch klingenden, neckenden Tonfall, der sie schaudern ließ.

Du hast einen verdammt schlechten Geschmack, Catherine, sagte sie im Stillen zu sich selbst.

»Kannst du etwas über einen Mann namens Frank Gellert für mich in Erfahrung bringen, Paul?«

Rebecca rief an, als Paul Renard sich gerade am Büfett sein Frühstück zusammengestellt hatte und mit seinem Plastiktablett auf einen freien Fensterplatz zusteuerte. Doch im weitläufigen Frühstücksraum des Hotels herrschte um diese Uhrzeit Hochbetrieb, und schon bemerkte er, dass sich zwei junge Frauen dem von ihm angepeilten Tisch näherten. »Rebecca, *chérie!* Einen Moment bitte.«

Er steckte das Telefon ein, eilte den Gang hinunter und

schob sein Tablett auf den Tisch, bevor die zwei Teenager ihn mit ihren Taschen und Jacken besetzen konnten. Wie in einer Jugendherberge. Musste er sich das in seinem Alter noch zumuten? Er ließ sich auf den Stuhl fallen und nahm das Handy wieder ans Ohr. »Rebecca? Kannst du mir diesen Namen nicht mailen? Und alles, was du sonst noch über den Mann weißt. Spontan sagt er mir gar nichts. Warum interessiert er dich überhaupt?«

»Ich war gestern noch mal bei der Polizei ... wegen meiner Concierge, du weißt schon.« Ihre Stimme klang, als unterdrücke sie ein Schluchzen. »Sie haben mir gesagt, dass wohl doch jemand in meiner Wohnung gewesen ist. Ein gewisser Frank Gellert.«

»Woher wollen die das wissen?«

»DNA-Spuren an der Leiche und in meiner Wohnung«, antwortete sie knapp.

»Wenn ich dir helfen soll, musst du mir alles sagen, was du weißt, Rebecca.«

»Wie weit bist du mit deinen Recherchen?«, fragte sie.

»Ich unternehme viel, rede viel, erfahre noch mehr; aber ich bin dem Kern der Sache noch nicht näher gekommen«, gab er zu.

»Was ist mit Noël? Ist er noch da?«

Das gab Paul einen Stich. Er strampelte sich hier in Hamburg für sie ab, und sie interessierte sich immer noch für diese Kröte. »Sie sind alle noch da. Ich hab ein Vöglein singen hören, dass auch das gesamte Corporate Center anmarschiert ist. Aber weißt du ... sie lassen mich nicht an ihren Sitzungen teilnehmen.«

»Du kriegst es schon noch raus.«

»Eines der Vorstandsmitglieder, Stefan Wilson, hat sich übrigens zwischen den Sitzungen mit einer Frau getroffen. Nix Privates. Ich hab herausgefunden, dass es die Frau ist, die du erwähnt hast. Sie hat als Ingenieurin bei Serail Almond in Indien gearbeitet. Julia Bruck ist ihr Name.«

»Und? Kann sie uns nützlich sein?«

»Nettes Ding«, bemerkte er beiläufig. »Ich habe mich mit ihr verabredet. Nur für den Fall, dass sie etwas weiß. Sie scheint nicht gerade gut auf Wilson zu sprechen zu sein.«

»Vielleicht war es ein Fehler«, sagte Rebecca. »Wenn nun doch keine Story dahintersteckt. Und ich hab dich extra nach Hamburg gescheucht ...«

»Hättest du mich lieber bei dir?«, fragte er scherzhaft.

»Darum geht es nicht. Ich weiß, dass du von deiner Schreiberei leben musst. Gut möglich, dass Serail Almond in Schwierigkeiten steckt, es aber keine Geschichte dazu gibt.«

»Ich vertrau meinem Instinkt, *mon cœur.* Es ist in jedem Fall was im Busch. Als ich deinem Noël Almond die Visitenkarte von dem Typen habe zukommen lassen, der auf der *Aurelie* gehaust hat, da kam er sofort angesprungen. Mensch, war der nervös. Bei diesem Typen handelt es sich übrigens um einen bekannten Unternehmer; er ist im Hamburger Feierabendparlament und angeblich mit ein paar Senatoren auf Du und Du. Doch er hat offenbar keinerlei Kontakt zu Serail Almond oder dem Ehepaar Almond. Stattdessen ...« – Paul sah sich noch einmal prüfend um – »... gibt es eine Verbindung zu Wilson: Beide sind in einer neu gegründeten Hilfsorganisation engagiert, die sich für Flüchtlinge einsetzt.« Er konnte den fragenden Ausdruck in Rebeccas Gesicht genau vor sich sehen.

»Klingt im Prinzip nach einer guten Sache«, sagte sie.

»Eher nach einem höchst merkwürdigen Zufall«, entgegnete er.

»Wilson könnte seinem Hamburger Freund den Kontakt zu Almond und der *Aurelie* vermittelt haben«, vermutete Rebecca.

»Macht Noël so etwas? Sein Schiffchen über einen Kollegen an Dritte vermitteln lassen?«

Stille.

Paul beschloss, sie durch eine provokante Äußerung zu einer Antwort zu bewegen. »Du hast mir doch mal erzählt, dass Noël seine Jacht eifersüchtiger überwacht als seine Frau, nicht wahr?«

»Als mich«, korrigierte Rebecca ihn lakonisch. »Eifersüchtiger als mich.«

Über das Parkett der Altbauwohnung strich im Winter ständig ein kühler Luftzug, während unter der drei Meter sechzig hohen Decke zweiunddreißig Grad herrschten. Julia blinzelte und bewegte ihre tauben Zehen, die in einem Paar dicker Wollsocken von Sonja steckten. Sie schob den Computer ein Stück von sich weg. Bei ihren Recherchen über *Competitive Intelligence* und Robert Parminski sowie diesen Journalisten Paul Renard hatte sie nichts Neues erfahren. Und ihre Suche im Internet nach einer vorübergehenden Unterkunft in Hamburg war auch nicht erfolgreich gewesen. Wie auch, wenn in der Hansestadt zurzeit etwa vierzigtausend Wohnungen fehlten, wie der Mieterverein behauptete. Sie hatte jedenfalls bislang kein günstiges möbliertes Zimmer, keinen freien WG-Raum in passabler Lage oder Ähnliches gefunden. Und es würde noch ein knappes halbes Jahr dauern, bis der befristete Mietvertrag für ihre Wohnung in Ottensen auslief. So lange müsste sie wohl entweder weiter bei Sonja oder im Hotel wohnen. Aber beides wollte sie unbedingt vermeiden. Obwohl Sonja betonte, sie dürfe so lange bleiben, wie es notwendig war, hatte sie nicht die Absicht, die Gastfreundschaft ihrer Freundin über Gebühr zu strapazieren. Sonja hatte schließlich auch ein Privatleben. Doch für so lange Zeit in ein Hotel zu ziehen war schlichtweg zu teuer. Zumal die letzten Gespräche mit ihrem Vorgesetzten bei ICL Thermocontrol nur suboptimal gelaufen waren. Aus seiner Sicht hatte sie völlig willkürlich einen bedeutenden Auftrag nicht ausgeführt, so einen wichtigen Kunden verprellt und damit dem eigenen Arbeitgeber einen schweren Schaden zugefügt. Das sei Grund genug für eine fristlose Kündigung, hatte er am Ende erklärt.

Sie hörte Schritte im Treppenhaus, kurz darauf das Scharren des Schlüssels im Wohnungsschloss. Einen Augenblick später steckte Sonja ihren von Regen und Sturm zerzausten Kopf zur Tür herein.

»Na, wie sieht es aus? Alles gut?«

»Bestens«, antwortete Julia. »Ich bin wohnungs- und arbeitslos.«

»Herzlichen Glückwunsch. Appetit auf chinesisches Fastfood?« Sie hob eine braune Papiertüte hoch.

»Das ist eine lebensrettende Maßnahme.« Julia nahm die Tüte entgegen, die noch ziemlich warm war und sich unten etwas feucht anfühlte. Beim Duft des Essens knurrte ihr sofort der Magen. Sie stellte die Tüte auf dem Herd ab, schob den Laptop zur Seite und deckte den Tisch. Als sie fertig war, kam Sonja mit frottiertem Kopf und gerötetem Gesicht zurück in die Küche und ließ sich auf einen Stuhl fallen.

»Gibt es sonst noch was Neues bei dir?«, erkundigte sich Sonja und öffnete die erste Packung: Bratnudeln.

»Nein, nichts«, antwortete Julia. »Und wie war es bei deinem Verein? Was machst du da eigentlich genau?«

Sie fand es seltsam, dass Sonja, eine gut ausgebildete Ingenieurin, als Teilzeit-Sekretärin bei einer Hilfsorganisation arbeitete. Ein paar Monate bevor Julia nach Indien gegangen war, hatte Sonja einen Burn-out erlitten; sie war deswegen sogar im Krankenhaus gewesen. Danach sollte sie erst mal nicht mehr in ihrem alten Beruf arbeiten. Doch ihr war irgendwann die Decke auf den Kopf gefallen. Ihr Bruder hatte ihr den Job bei der Hilfsorganisation als Übergangslösung vermittelt. Das war der letzte Stand der Dinge, den Julia kannte. Geldsorgen plagten ihre Freundin sicherlich nicht, obwohl die Organisation bestimmt nicht gerade üppig zahlte.

Sonja füllte sich den Teller. »Ich bin Mädchen für alles: Ich beantworte Presseanfragen, E-Mails, lasse Flyer drucken und verteilen; und ich bin auch in die Planungen für unsere Spenden-Gala involviert. Das wird richtig nett. Wir haben die Fischauktionshallen angemietet. Das war übrigens meine Idee. Du musst unbedingt kommen, Julia.«

Die beiden Frauen begannen zu essen.

»Was kosten eigentlich die Karten?«

»Du bist natürlich eingeladen«, antwortete Sonja.

»Das ist aber nicht der Sinn einer solchen Veranstaltung.«

»Ach, komm schon. Du gehörst doch fast zur Familie.«

Julia ließ das unkommentiert.

»Was sagt Stefan denn so zu dem, was du in Indien erlebt hast?«, fragte Sonja. Sie schien Julias Unbehagen, was dieses Thema anging, nicht zu bemerken.

»Er hat eine Theorie, was mein Erlebnis bei Serail Almond betrifft«, erklärte Julia zurückhaltend.

»Darin ist er gut. In der Theorie – solange er nichts Praktisches tun muss. Weißt du noch, wie er bei seinem Golf Cabriolet mal einen Reifen wechseln wollte …«

»Ich war nicht dabei.« Nicht, dass er sie mal mitgenommen hätte …

»Egal. Aber was meint er denn nun zu den Vorkommnissen bei Serail Almond in Indien?«

Julia sah ihrer Freundin in die Augen, die denen von Stefan irritierend ähnlich waren. »Dass ich das alles nur halluziniert habe.«

»Bitte?« Die Gabel mit den Nudeln verharrte einen Moment lang in der Luft.

»Er war selbst schon mal in dem Forschungszentrum in

Bihar. Angeblich arbeiten sie in einigen der Forschungslabors mit Stoffen, die halluzinogen wirken können. Er meint, dass ich davon etwas eingeatmet haben muss, als ich unbefugt eingedrungen bin.« Sie betonte das Wort »unbefugt« in besonderer Weise.

»Na ja.« Sonja spießte noch mehr Bratnudeln auf. »Zumindest erklärt das so einiges.«

»Wie bitte? Denkst du jetzt auch, dass ich mir das alles nur eingebildet habe?«

»Ich sage nur, dass es eine Erklärung sein könnte. Julia, tut mir leid, deine Schilderung ... Ich fand es von Anfang an schwer vorstellbar.«

Julia schob ihren Teller von sich weg. »Das ist nicht dein Ernst, Sonja! Du hättest mir übrigens auch gleich sagen können, dass du mir nicht glaubst. Ohne Umwege über deinen Bruder.«

»Ich glaube dir ja, dass du es glaubst ...«

»Genau das hat dein lieber Bruder auch gesagt.«

»Aber die halluzinogenen Stoffe erklären es doch. Oder kannst du dir wirklich vorstellen, dass in einem Konzern wie Serail Almond solche Menschenversuche angestellt werden, ohne dass jemand so was mitbekommt? Die kosmetische Forschung – da wird doch alles genau kontrolliert ...«

»Ja, das kann ich mir nun vorstellen. Ich habe es schließlich ›mitbekommen‹, und außer mir auch noch Tjorven Lundgren, Robert Parminski, Ayran Bakshi ... Und die sind alle tot.« Julia sah aus dem Fenster, blickte auf die düsteren Wolken und in den vor Nässe deprimierend grauen Hinterhof. Sie schluckte. Es war nicht mehr zu leugnen: Sie hatte versagt. Nichts war bisher geschehen. Die Leute im deutschen Generalkonsulat in Kolkata, die Beamten des BKA: Niemand hatte ohne echte Beweise die Möglichkeit oder die Notwendigkeit gesehen, sofort einzugreifen. Und nun ... Selbst wenn Robert noch hätte geholfen werden können, als sie ihn entdeckt hatte – jetzt war es bestimmt zu spät dafür.

So wie es aussah, war die Presse ihre einzige Chance. Die lebten doch davon, dass sie Skandale aufdeckten. Sie dachte an diesen Renard. Wahrscheinlich war die Sache bei Serail Almond für ihn eine Nummer zu groß. Aber es war immerhin eine Chance … Im Zusammenklauben von Informationen hatte er bestimmt mehr Erfahrung als sie. Immerhin hatte er sie aufgespürt, als sie gerade mit Stefan Wilson, einem Vorstandsmitglied von Serail Almond, zusammen gewesen war. Und Julia konnte sich lebhaft vorstellen, wie misstrauisch die Mitarbeiter renommierter Zeitungen reagieren würden, wenn sie einfach in die Redaktion marschierte und ihnen eine haarsträubende Geschichte präsentierte, aber ohne einen einzigen Beweis. Wenn sogar Sonja, ihre älteste Freundin, dazu tendierte, Stefan mehr zu glauben als ihr, wie konnte sie da Vertrauen von Unbekannten erwarten? Dieser Renard hingegen schien genauso überzeugt zu sein wie sie, dass Serail Almond Dreck am Stecken hatte. Heute Abend um elf im … Etwas Besseres hatte sie sowieso nicht vor.

Sonja legte ihr plötzlich eine Hand auf den Arm. »Es tut mir leid, Julia. Das ist bestimmt schrecklich für dich. Aber du musst vorwärtsschauen, nicht zurück.«

»Du meinst, ich soll Serail Almond vergessen?«

»Du bist spitze in dem, was du tust. Wenn ICL dich nicht mehr will, dann geh eben zu einer anderen Firma. Was du brauchst, ist ein interessantes, neues Projekt, an dem du dich austoben kannst.«

»Ich kann nicht einfach zur Tagesordnung übergehen.«

»Doch, ich denke, das musst du.«

»So wie du? Alles aufgeben und für einen Hungerlohn Sekretärin spielen?«, brauste sie auf.

Sonja lächelte gelassen. »Genau so. Das mit dem Hungerlohn ist in deinem Fall nicht so ratsam. Aber etwas Neues anfangen, warum nicht? Und in der Zwischenzeit solltest du dich einfach ablenken. Kommst du mit auf die Gala? Ich kann uns zwei Plätze an einem guten Tisch besorgen.«

Paris, Frankreich

Mein Leben geht den Bach runter, dachte Rebecca Stern, als sie in ihrem Büro die Texte überflog, die Pauls E-Mail beigefügt waren. Er hatte ihr eine Vielzahl von Informationen zugeschickt, wohl so ziemlich alles, was er über Gellert herausgefunden hatte. Und das, was sie da las, war äußerst unerfreulich.

Frank Gellert war kein »normaler« Schwerverbrecher, der seinen Lebensunterhalt mit Wohnungseinbrüchen finanzierte und dabei, wenn es denn sein musste, auch die Concierge ermordete, um nicht entdeckt zu werden. Frank Gellert war ein Psychopath. Aufgewachsen in kleinbürgerlichen Verhältnissen in der Nähe von Rosenheim, war er wegen seines aufbrausenden Temperaments und seiner Brutalität von allen Schulen geflogen, die er besucht hatte. Seine Eltern wollten irgendwann nichts mehr mit ihm zu tun haben, und ein Lehrherr hatte ihn ebenfalls rausgeschmissen. Gerade achtzehn Jahre alt, war Gellert auf sich allein gestellt gewesen. Er hatte damals Autos gestohlen, mehrere Tankstellen überfallen und dabei einen Pächter schwer verletzt; wenig später war er verhaftet und zu einer längeren Jugendstrafe verurteilt worden. Er hatte die Haftstrafe abgesessen und war, um »wertvolle« Erkenntnisse und Fähigkeiten reicher, wieder in die Freiheit entlassen worden. Danach hatte Gellert seine kriminelle Karriere sofort weitergeführt. Auch seine späteren Verbrechen zeichneten sich durch wenig Raffinesse und große Brutalität aus. Er tat nichts, um Spuren zu vermeiden, sondern verschwand nach einem Verbrechen einfach von der Bildfläche, um an einem anderen Ort mit einem neuen Pass und einer neuen Identität wieder sein Unwesen zu treiben. Die Polizei vermutete, dass er mehrere Wohnsitze im Ausland und wohlhabende, einflussreiche Auftraggeber hatte. Fantasie und Lust auf Abwechslung bewies er nicht nur bei seinen kriminellen Machenschaften, sondern auch bei der Wahl der Namen und der Verwandlung seines Äußeren.

Rebecca war zutiefst schockiert. Und dieses ... Subjekt war in ihre Wohnung eingedrungen, hatte in ihrer Unterwäsche gewühlt und beim Onanieren ein Foto von ihr betrachtet? Hatte er sie etwa auch früher schon beobachtet? Beobachtete er sie jetzt noch immer? Und was wollte er überhaupt von ihr?

Paul hatte auch Fotos von Gellert an die Mail gehängt. Nach einem Blick auf sein flächiges Gesicht mit den stumpfen Augen, die herausfordernd in die Kamera sahen, wusste Rebecca, dass es ihr nicht mehr aus dem Kopf gehen würde. Könnte sie ihn erkennen, wenn er ihr auf der Straße begegnete? Im Supermarkt oder gar hier im Gang vor ihrem Büro? Und selbst wenn? Wer sollte ihr dann noch helfen, bei jemandem, der ohne Rücksicht auf die jeweilige Situation einfach zuschlug?

Ob die französische Polizei das alles über Gellert wusste? Natürlich wussten sie es – und wahrscheinlich noch einige unerfreuliche Details mehr. Aber sie sagten es ihr nicht. Warum sie ängstigen, wenn sie sie doch nicht schützen konnten? Nicht vor einem Mann wie Gellert.

Rebecca hatte Angst. Vorher, das wurde ihr nun klar, hatte sie nicht gewusst, was Angst überhaupt war. Jetzt spürte sie sie mit allen Fasern ihres Körpers. Es war ein kaltes Gefühl, das sich in sie hineinfraß; es rumorte in ihren Eingeweiden. Dann kroch es über ihre Haut, die Arme und den Rücken zum Nacken hoch, ließ sie kribbeln und sich spannen. Ihr Gesicht fühlte sich starr an, und jede Bewegung, selbst ein Lächeln und ein Stirnrunzeln, tat ihr weh.

Es klopfte an der Tür. Sie zuckte zusammen, doch es war bloß das wohlbekannte, rhythmische Trommeln mit langen Kunst-Fingernägeln.

Im nächsten Augenblick betrat Sandrine Aubert, ihre Assistentin, den Raum. Sie hielt ein paar Blätter in der Hand und wollte offenkundig zum Schreibtisch gehen, blieb aber abrupt stehen. »Alles in Ordnung, Rebecca?«

»Ja, alles bestens. Ich bin nur ... etwas müde heute.«

Sandrine betrachtete sie argwöhnisch. »Ich hab hier noch ein paar Unterlagen. Die sollst du bis morgen durchsehen und unterzeichnen.« Sie kniff die Augen zusammen. »Möchtest du vielleicht, dass ich dir einen Kaffee mache, Rebecca?«

Sandrine bot freiwillig an, ihr einen Kaffee zu kochen? Ansonsten hielt sie streng an ihrem Grundsatz fest, dass eine solche Tätigkeit für eine Frau mit ihrer Ausbildung und ihren Fähigkeiten indiskutabel war. Das hatte sie schon beim Vorstellungsgespräch erwähnt und so bei Rebecca, nicht aber bei ihrem Kollegen, Pluspunkte gesammelt. Doch Rebecca hatte Sandrines Einstellung durchgesetzt und es bisher nicht bereut. Fürs Kaffeekochen gab es schließlich Praktikanten ...

»Kaffee wäre meine Rettung«, sagte sie eilig und wandte sich den Unterlagen zu, weil ihr Gesicht sich seltsam starr anfühlte. »Ich revanchiere mich bei Gelegenheit, Sandrine.«

Sie wollte mit einem kleinen Lächeln andeuten, dass diese Bemerkung ironisch gemeint war, doch dann fiel ihr Blick auf den Computerbildschirm. Von dort starrte sie immer noch Frank Gellerts Gesicht mit den stumpfen Augen an. Sie fürchtete plötzlich, dass ihr das Lächeln misslingen könnte.

»Wer ist das?«, hörte sie ihre Assistentin fragen.

»Niemand.« Sie klickte das Foto weg. »Absolut unwichtig.«

21. Kapitel

HAMBURG, DEUTSCHLAND

Kein Job, keine Wohnung, aber eine Einladung zu einer Wohltätigkeitsgala in den Fischauktionshallen: Das war also ihr Status quo. Immerhin hatte sie genügend Geld auf dem Konto, um sich ein dafür passendes Kleid zu kaufen. Julia lächelte schief.

Es war halb elf Uhr abends, und sie war auf dem Weg zur Bushaltestelle am Mühlenkamp. Sonja hatte sie erzählt, sie träfe sich mit einem früheren Kollegen. Es war furchtbar, so zu lügen, aber sie hatte das Gefühl, ihre Freundin schützen zu müssen. Sie wollte nicht, dass Sonja ebenfalls in Schwierigkeiten geriet. Außerdem befürchtete sie, dass ihre Freundin Informationen über ihre Aktivitäten an den Bruder und somit an Serail Almond weitergeben würde, falls er gezielt danach fragen sollte.

Die Busfahrt zum Hauptbahnhof dauerte eine gefühlte Ewigkeit. Julia wechselte in die U 3 und fuhr weiter in Richtung St. Pauli. Es fühlte sich gut an, unter Menschen zu sein, die ein ganz normales Leben führten, so wie Julia es früher auch getan hatte. Zwischen Leuten, die im täglichen Trott gefangen waren und vielleicht an nächtliche Vergnügungen dachten, an das nächste Wochenende mit dem oder der Geliebten ... Hinter der Haltestelle Mönckebergstraße tauchte die U-Bahn aus dem Untergrund auf und fuhr auf einer über Straßenniveau gelegenen Trasse zum Hafen. Julia sah zu den beleuchteten Speichern aus rotem Backstein jenseits des Fleets hinüber. Bald tauchten linker Hand das Feuerschiff, die Rickmer Rickmers und das Museumsschiff Cap San Diego auf.

An der Haltestelle St. Pauli stieg Julia aus. Um diese Uhrzeit strömten jede Menge Vergnügungssüchtige und Nachtschwärmer durch das Viertel. Niemand interessierte sich für sie, als sie ein Stück weit die Reeperbahn hinunterging und dann in die Straße Hamburger Berg einbog, wo sich das *Kaschinsky's* befand. Vielleicht hatte dieser Renard den Treffpunkt vorgeschlagen, weil Fremden als Erstes immer die Reeperbahn einfiel, wenn sie an die Hamburger Szene dachten.

Julia kannte das *Kaschinsky's* von früher. Die Scheiben der Kneipe waren beschlagen, und drinnen roch es nach Schweiß und verschüttetem Bier. Sie schaute sich kurz um; anscheinend war Renard noch nicht da. Sie suchte sich einen der kleinen Tische am Fenster aus. Es war noch nicht viel los, aber später würde man im Gewühl kaum noch einen Fuß auf den Boden bekommen.

Sie spielten gerade ein Stück von Fleetwood Mac, als ein Mann, der sein langes Haar zu einem Zopf gebunden hatte und eine schmuddelige weiße Daunenjacke trug, sie als mögliche Beute erspähte und von der Bar auf sie zugetorkelt kam. Er murmelte etwas, das wie »Rehbein« klang. Sie wollte ihn gerade wegschicken, als er von der weiblichen Bedienung grob zurechtgewiesen wurde.

Die Frau beugte sich anschließend zu ihr hinunter. »Julia?«

Sie nickte erstaunt.

»Dein Typ hat eben hier angerufen. Ist wohl ein Franzose – er hat so komisch Englisch gesprochen. Jedenfalls soll ich dir sagen, dass er nicht kommen kann.«

»Ach ja?«

Die junge Frau grinste; an einem ihrer Schneidezähne blitzte ein hellgrüner Zirkonia-Stein auf. »Tja, Schätzchen. Er will dich nun woanders treffen. Aber ob ich mir so was gefallen lassen würde ... Ich meine, wo soll das enden?«

»Und wo?«, fragte Julia, die auf das Problem, was eine solche

Verhaltensweise über die Beziehungstauglichkeit aussagte, nicht eingehen wollte.

»Hab den Namen des Kerls vergessen, wo er auf dich wartet. Vielleicht ein Freund von ihm.« Sie grinste anzüglich. Flotter Dreier, schien sie zu denken.

»Keine Idee, wie er hieß?«

»Schätzchen: Richte dem Typen aus, dass wir hier eine Kneipe betreiben und nicht die Vermittlung sind. Hat dein Freund kein Handy?«

Julia wartete, bis sie wieder abgezogen war, und zog ihr Telefon hervor. Sie hatte eine SMS empfangen, das aber wegen des Lärms in der Kneipe nicht gehört. Er hatte ihr auf Englisch geschrieben, weil weder ihr Französisch noch sein Deutsch zur Verständigung ausreichten. Sie las: »Bin verfolgt worden. Treffe dich um 12 bei *Bobby Poor* in der Nähe des Wassers. Sei vorsichtig.«

Was sollte das? Machte er sich lustig über sie? Litt der Typ unter Verfolgungswahn? Ein gewisser Hang zur Theatralik war ihr bei ihrem ersten Treffen schon aufgefallen. *Bobby Poor?* Sie kannte niemanden dieses Namens. Und irgendwie klang es gar nicht wirklich wie ein Name. Hatte Renard Angst, dass die SMS von jemandem abgefangen wurde? War sie verschlüsselt? Aber auf welcher Basis? Sie besaß keinen Dechiffriercode. Himmel, sie war eine Klimatechnik-Ingenieurin. *Bobby Poor* – Robert Arm ... Was hieß das auf Französisch? *Robert Pauvre.* Das sagte ihr nichts. Julia erhob sich und verließ die Kneipe, ohne etwas bestellt oder getrunken zu haben.

Draußen hatte ein feiner Nieselregen eingesetzt. Julia hatte natürlich nicht daran gedacht, einen Regenschirm mitzunehmen. Sie ging zurück zur Reeperbahn, deren Anonymität eine beruhigende Wirkung auf sie hatte. Hier war sie eine Passantin unter vielen. Niemand beachtete sie. Hoffte sie zumindest. Sie las noch mal die kurze Nachricht und versuchte angestrengt, die Botschaft zu entschlüsseln: *Bobby Poor?* Arm und Reich. *Bobby Rich*, Bobby Reich ... Verdammt: Es gab ein Restaurant namens »Bobby Reich«! Das Lokal lag direkt am Wasser, an der Alster, hatte sogar einen Bootssteg und war nicht weit von Sonjas Wohnung entfernt. Sie hatte im Sommer mit Sonja zusammen dort Eis gegessen. Doch im Winter, um diese Uhrzeit und bei diesem Wetter war draußen am Steg sicherlich nur Totentanz angesagt. Ein einsamer Treffpunkt mitten in der Stadt. Konnte er das meinen? Und wenn ja, warum formulierte er es so kompliziert? Weil er fürchtete, dass man ihnen nicht nur folgen, sondern auch die SMS abfangen würde? Aber jeder konnte das Rätsel lösen ... es sei denn, er war nicht von hier. Googeln mit dem Stichwort *Bobby Poor* würde jedenfalls nicht das richtige Ergebnis bringen. *Bobby Reich* lag, was den öffentlichen Nahverkehr anging, quasi im Nichts. Wenn sie die U-Bahn nahm, müsste sie anschließend noch eine ziemlich weite Strecke zu Fuß zurücklegen.

Kurze Zeit später saß sie im Fond eines Taxis, in dessen Lederpolstern noch abgestandener Zigarettenrauch hing: ein Überbleibsel aus der Zeit, als das Qualmen in diesen Fahrzeugen noch nicht verboten war. Der Fahrer steuerte seinen Wagen zügig durch das nächtliche Hamburg und hielt schließlich in der Straße, wo sich das Lokal befand. Er blickte kurz zu den Fenstern des Restaurants, die alle dunkel waren, und drehte sich zu Julia um.

»Sind Sie sicher?«, fragte er. »*Bobby Reich*?«

»Oder vielleicht zu *Bobby Poor*«, erwiderte Julia spontan. »Sagt Ihnen das vielleicht irgendwas?«

»Nicht, dass ich wüsste. Klingt aber nach etwas Armseligem. Dann schon lieber *Bobby Reich*, oder? Macht fünfzehn Euro fünfzig.«

Julia zahlte und stieg aus. Das cremefarbene Taxi wendete und brauste davon. Nun war sie allein. Die Reeperbahn und ihre Nebenstraßen hatten ihr als konspirativer Treffpunkt besser gefallen. Der Nieselregen war inzwischen in einen Landregen übergegangen, und die Regentropfen schlugen Blasen in den Pfützen, die sie im Licht der Straßenbeleuchtung gerade noch sehen konnte. Sie könnte jetzt auch auf Sonjas komfortabler Schlafcouch liegen ... Julia straffte die Schultern und ging den Weg hinunter zu dem Lokal am Wasser. Der Wind zerrte an ihrem Haar und den kahlen Zweigen der Bäume.

Das Restaurant war wie erwartet geschlossen. Sie umrundete das Gebäude und betrat die Ausflugsterrasse mit den langen Bootsstegen. Es war niemand zu sehen. Hatte sie sich bei der Entschlüsselung von Renards SMS geirrt? Ihre Schritte klangen auf den Holzbohlen wie ein hohles Klopfen. Rechts von ihr lag nun die Alster, gesäumt von beleuchteten Wohnhäusern und dem Alsterpark. Als sie das Ende der Terrasse erreicht hatte, nahm sie zwischen den Bäumen am Ufer eine Bewegung wahr.

»Renard?«, fragte sie halblaut, aber ihre Stimme wurde vom heulenden Wind und prasselnden Regen geschluckt. Zwischen den Bäumen blitzte ein Lichtpunkt auf: einmal ... zweimal ... Da war jemand in dem kleinen Parkabschnitt zwischen der Straße und dem Fluss. Es konnte jemand sein, der einen letzten Gang mit seinem Hund unternahm. Oder es war der Journalist, der sie erwartete. Doch von hier aus kam sie nicht dorthin.

Renard, verdammt, dachte sie. Er hatte wohl in seiner Jugend zu viele Spionagegeschichten gelesen. Sie sollte jetzt einfach nach Hause gehen – besser gesagt, zu Sonjas Wohnung. Was ihr den Grund ihres Hierseins schmerzlich ins Bewusstsein rief. Sie hatte gerade kein Zuhause, weil sie bei Serail Almond in eine merkwürdige kriminelle Geschichte hineingeraten war, deren Ausmaß sie noch nicht durchschaute. Und Paul Renard, der Journalist, zog anscheinend gerade am selben losen Fadenende wie sie. Julia zog ihr Telefon hervor und wählte Renards

Nummer. Sofort erklang seine Ansage, doch auf die Box sprechen wollte sie nicht. Sie kehrte zur Straße zurück, marschierte auf ihr ein kurzes Stück und bog dann durch eine Lücke in der Hecke nach rechts in den kleinen Park ein.

Der Regen ließ nun nach, dafür wurde der Wind heftiger. Der Rasen war zum Alsterufer hin abschüssig, und sie musste aufpassen, dass sie nicht ausrutschte. Die Kronen der Bäume bogen sich im Wind, und der Boden war übersät mit herabgefallenen Zweigen. Julia fühlte sie unter ihren Füßen, als sie über das aufgeweichte Gras ging. Hinter den Büschen und Baumstämmen glitzerte die Alster, und die Wolken reflektierten die Lichter der Nacht.

Julia erschauerte. Angst kroch ihr langsam den Rücken hoch, schien sie mit einer Art Klammergriff zu würgen. Sie fühlte sich beobachtet. Doch wo war Renard? Laut rief sie: »Renard? Sind Sie hier?«

Plötzlich sah sie eine Bewegung zwischen zwei Baumstämmen. Da war jemand. Er schien ihr zuzuwinken. Sie heranzuwinken ... Endlich. Er hatte sie herbestellt, jetzt sollte er auch reden. »Renard!«, sagte sie noch einmal genervt.

Keine Antwort. War der Mann da drüben doch nicht Renard? Aus der Ferne sah er eher wie ein dunkler Schatten unter den Bäumen aus, der sich leicht hin und her bewegte. Sie ging auf den Mann zu.

Aber was war los mit ihm? Und warum berührten seine Füße nicht den Boden?

Paul Renard war tot. Aufgehängt am Hals mit etwas, das wie eine Plastikwäscheleine aussah.

Julia konnte nicht einmal schreien. Sie war unfähig, sich zu bewegen, unfähig, wegzulaufen. Sie schaute in Renards entstelltes Gesicht mit den hervorquellenden Augen und der

Zunge, die aus seinem offenen Mund ragte. Sein Haar hing ihm wirr ins Gesicht. Er schien sie anklagend anzustarren. Mit einem Mal hatte Julia entsetzliche Angst. Lähmende, kalte Angst. Sie hatte das Gefühl unterdrückt, seit sie wieder in Hamburg war. Weggeschoben mit der Begründung, dass Indien Indien und Deutschland Deutschland war. Hier in der Heimat passierten keine Morde in ihrem Umfeld, hatte sie geglaubt. Und es passierte doch! Direkt vor ihren Augen.

Unter Aufbietung all ihrer Willenskraft ging Julia noch einen Schritt auf Renard zu und fühlte am Handgelenk nach seinem Puls. Seine Haut war kühl und feucht, aber das bedeutete nicht viel bei diesem Wetter. Sie konnte keinen Pulsschlag feststellen. Ihr Gefühl sagte ihr, dass er tot war. Doch sie wusste, dass noch eine winzige Chance bestehen konnte. Dass sie ihn losmachen musste. Nur womit? Seine Füße waren nur Zentimeter vom Boden entfernt. Zentimeter, die über Leben oder Tod entschieden hatten. Schließlich taumelte sie zurück und rief einen Rettungswagen und die Polizei.

Später fragte sie sich, warum sie nicht weggelaufen war. In dem Moment, als sie den Journalisten am Baum hatte hängen sehen, war für sie klar gewesen, dass jemand ihr Treffen mit Renard um jeden Preis hatte verhindern wollen. Und es bestand die Möglichkeit, dass man sie ebenfalls ermorden wollte.

Die zuständigen Polizeibeamten hielten sich bedeckt, was Spekulationen über Renards Ableben anging. Ein Selbstmord oder ein Mord? Beides sei denkbar, meinten sie. Eine leere Bierkiste, die in der Nähe der Leiche gefunden worden war und die als Tritt hätte benutzt werden können, schien die Möglichkeit eines Selbstmordes zu untermauern. Für Julia war die Suizid-Hypothese schlichtweg absurd, und sie beharrte darauf, dass umgehend das Bundeskriminalamt über den Mord informiert werden sollte. Sie war überzeugt davon, dass ein Zusammenhang zu den Vorgängen bei Serail Almond bestand.

Catherine Almond, Vorstandsvorsitzende von Serail Almond, stand am Kopfende des Besprechungstischs. »In den letzten Tagen ging es um die finanziellen Herausforderungen, vor denen der Konzern steht«, sagte sie und musterte die drei anderen Vorstandsmitglieder der Reihe nach. »Aber das ist nicht der einzige Grund, weshalb wir hier sind.«

»Wird auch langsam Zeit, dass wir zur Sache kommen!«, rief Stefan Wilson forsch.

Sie überging die Äußerung, die ein indirekter Vorwurf war, und blickte schweigend zur gegenüberliegenden Wand. Wilson brauchte hin und wieder einen Hinweis darauf, wo sein Platz am Tisch war. Er entsprach, angefangen von seinem kantigen Kopf mit dem nach hinten gegelten Haar bis hin zu den Budapester Schuhen, exakt dem Klischee eines Managers. Seine Außenwirkung war ihm zu wichtig, als dass er in jeder Situation optimal reagieren konnte. Das Problem aller Feiglinge, die einen Teil ihres Selbstbewusstseins aus der Anerkennung durch andere zogen. Außerdem wusste sie so einiges über ihn, das er ungern vor der Öffentlichkeit ausgebreitet sähe. Nein, Stefan Wilson stellte keine Gefahr für ihre Pläne dar.

Noël Almond, ihr Ehemann, saß in sich zusammengesunken auf seinem Stuhl. Er hatte sich zu viel Aftershave ins Gesicht geklatscht, sie konnte es bis zu ihrem Platz riechen. Ihr Mann durchlitt wieder eine seiner Phasen, wie Catherine es nannte. Dann kreisten seine Gedanken nur noch um die *Aurelie* und vielleicht noch um die Gespielin, die er beim nächsten Segeltörn mitnehmen wollte. Früher hatte er während seiner depressiven Schübe nur im Bett gelegen. Tage-, manchmal wochenlang. Da war die *Aurelie* eine bessere Alternative, weil ein Urlaub auf der Jacht für Außenstehende keine Fragen aufwarf. Aber gerade wenn er schlecht drauf war, neigte er zur Opposition und zu einem gewissen Scharfblick, den sie heute fürchtete.

Dann war da noch Ralph Kämper, das Vorstandsmitglied, das offiziell für die Finanzen zuständig war. Die farblosen Augen, mit denen er durch seine Goldrandbrille blickte, waren die eines Buchhalters. Catherine erwartete von ihm den wenigsten Widerstand. Kämper lebte mit, durch und für Zahlen. Alles, was sich nicht in Ziffern ausdrücken ließ, besaß keine Bedeutung für ihn. Und er identifizierte sich völlig mit Serail Almond: Ging es der Firma schlecht, dann ging es ihm mindestens genauso schlecht.

Sie wartete, bis alle Augen auf sie gerichtet waren. »Der wahre Grund unseres Treffens ist, dass sich eine Sicherheitslücke aufgetan hat, die unser neues Produkt mit dem Wirkstoff CRRA 24–15, die Wundercreme für ewig junge Haut, ernsthaft gefährdet. Eine gravierende Sicherheitslücke, durch die das gesamte Unternehmen und unser aller Zukunft auf dem Spiel stehen könnte.«

»Wovon sprichst du, Catherine?«, fragte Kämper besorgt.

»Ihr wisst, dass es in unserem Forschungszentrum in Indien ein paar Zwischenfälle gab. Norman Coulter hat darüber berichtet, und wir haben das auch schon auf einer der vorangegangenen Sitzungen thematisiert. Lundgren, ein Ingenieur von ICL Thermocontrol, musste kurzfristig aus dem Verkehr gezogen werden. Ein Problem, das unser Vertrauensmann und Facility-Manager Tony Gallagher in Bihar zuverlässig gelöst hat. So dachten wir zumindest! Dann ist Lundgrens Nachfolgerin, ebenfalls von ICL, plötzlich verschwunden, nachdem sie in den Hochsicherheitstrakt unseres Labors eingedrungen war.«

»Mitarbeiter von Fremdfirmen auf dem Gelände sind immer ein Risiko«, merkte Noël an. Seine Stimme klang teilnahmslos.

»Eine nicht funktionsfähige Klimaanlage aber auch«, erwiderte Wilson scharf.

»Ich dachte, wegen dieser Ingenieurin bestünde keine Gefahr«, warf Kämper ein.

»Tut es auch nicht«, sagte Wilson eisig. »Ich habe mich schon darum gekümmert.«

»Gekümmert?« Noël tauchte für einen Moment aus seiner Lethargie auf. »Ich habe gehört, die ist, nachdem sie aus Indien zurückgekehrt war, als Erstes bei der deutschen Polizei gewesen und hat eine Aussage gemacht«, sagte er ungewohnt heftig.

»Beim Bundeskriminalamt«, präzisierte Catherine.

»Die haben ihr doch kein einziges Wort geglaubt«, erklärte Wilson. »Das ist eine Information, die ich quasi aus erster Hand habe. Julia Bruck hat keine Beweise, und sie steht mit ihrer Aussage auch ganz allein da.«

»Was ist eigentlich mit dem Security Officer, der ebenfalls aus dem Forschungszentrum verschwunden ist?«, fragte Noël.

»Untergetaucht«, zischte Catherine.

»Der wird aber wohl kaum zur Polizei gehen«, meinte Wilson. »Den können wir getrost vergessen.«

»Das musst du uns schon näher erläutern«, forderte Kämper, der sich vom allgemeinen Misstrauen hatte anstecken lassen.

»Weil er es sich nicht leisten kann«, sagte Wilson. »Er hat für die Konkurrenz gearbeitet – ein CI-Agent, der sich als Security Officer getarnt hat. Damit bekommt er nie wieder irgendwo einen Fuß auf den Boden.«

»Das sind bloße Annahmen, Stefan«, entgegnete Noël. »Willst du darauf die Zukunft unseres Projektes bauen? Er könnte ja auch weiter gegen uns arbeiten und mit seiner Geschichte an die Presse gehen.« Er sah von einem zum anderen.

»In Bihar ist so ziemlich alles schiefgelaufen, was schieflaufen kann«, erklärte Catherine schneidend. »Und das wird für verschiedene Leute Konsequenzen haben. Auch in Hamburg. Diese Ingenieurin, Julia Bruck ... Wo wohnt sie zurzeit noch gleich, Stefan?«

»Bei meiner Schwester«, presste er trotzig hervor. »Dadurch habe ich sie unter Kontrolle.«

»Ist schon klar«, höhnte Catherine. »Ich konnte nur noch mit Gellerts Hilfe verhindern, dass sie sich mit einem französischen Journalisten trifft, der sich aus uns bisher noch unbekannten Gründen für ihre Erlebnisse in Indien interessiert hat. Der Kerl hatte sogar den Nerv, Noël hier in Hamburg zu belästigen und nach seiner Beziehung zu Wagenknecht zu fragen. Und jetzt müssen wir noch das Problem mit dieser Ingenieurin beseitigen. Ein gewaltsamer Tod würde die Aussagen von Julia Bruck allerdings glaubwürdiger erscheinen lassen. Es sollte eher wie ein Unfall aussehen.« Sie sah Wilson an.

»Was hast du vor?«

»Es ist besser, wenn so wenige Leute wie möglich darüber Bescheid wissen«, erwiderte sie. »Überlasst diese Angelegenheit mir. Alles, wofür wir hart gearbeitet haben, steht auf dem Spiel. Es ist unser aller Traum und gleichzeitig der Traum der Menschheit: ein Produkt von Serail Almond, das ewige Jugend ermöglicht.«

Nach dieser Erklärung beendete sie die Sitzung. Mit starrem Blick sah sie den anderen hinterher, wie sie den Besprechungsraum verließen. Dann massierte sie sich die Schläfen. Ihren Vorstandskollegen Kämper und Wilson hatte sie manches verschwiegen, doch mehr als das, was hier in Hamburg besprochen wurde, brauchten die beiden gar nicht zu wissen. Außer

Professor Konstantin, der in der Privatklinik in St. Bassiès den Wirkstoff CRRA 24-15 an seinen Probanden testete, kannten nur sie und ihr Ehemann den neuesten Stand ihrer Forschungen. Während die anderen ausschließlich die Erfolgsmeldungen zu sehen bekamen, waren Catherine und Noël auch über die Rückschläge informiert.

Vor ein paar Wochen hatte Konstantin sie verzweifelt um Hilfe gerufen. CRRA 24-15 rief unter bestimmten Bedingungen, die noch nicht genau erforscht waren, eine paradoxe Reaktion hervor. Einige der Probanden hatten schwere Entstellungen erlitten: Ihre Haut war durch den Kontakt mit dem Enzym binnen zwei Wochen zerstört worden. Nicht nur die behandelten Hautflächen, sondern die gesamte Haut war erst trocken und dann schuppig und faltig geworden, bis sie an die eines Reptils erinnerte. Die Erkenntnis, dass das Enzym, das sie in Indien unter so aufwendigen Bedingungen synthetisierten, sowohl dramatisch verjüngend als auch zerstörerisch wirken konnte, war revolutionär. Noël war entsetzt gewesen. Catherine hingegen sah darin nicht nur einen Rückschlag, sondern auch neue Möglichkeiten. Wenn man die Wirkung nur noch zuverlässig steuern könnte. Einmal schon war es ihr gelungen ...

Die neu festgestellte Wirkung gab ihr eine ungeheure zerstörerische Macht an die Hand. Sie hatte nun einen Stoff, der die schlimmsten Albträume eines Menschen innerhalb kurzer Zeit wahr machen konnte.

An Bord des Schiffes der Hilfsorganisation

Die ersten zwei Tage auf dem Schiff der Hilfsorganisation erschienen Kamal wie das Paradies. Sie teilten sich zwar zu viert eine Kabine, aber die war warm, sauber und beinahe gemütlich. Zudem gab es gutes Essen an Bord. Außer Navid, der sich körperlich zusehends erholte, aber im Grunde der schweigsame, in sich gekehrte, wohl auch traumatisierte Junge blieb, als den ihn Kamal kennengelernt hatte, waren da noch Irfan und Jamal. Irfan kam wie er aus Afghanistan. Es tat ihm gut, sich mit Irfan mal wieder in der Muttersprache zu unterhalten und sich gegenseitig von der für sie verlorenen Heimat zu erzählen.

Und selbst wenn Kamal weniger gut versorgt gewesen wäre – es hätte seine Stimmung nicht trüben können. Er war auf dem Weg nach Europa! Der Hamburger Hafen war ihr Ziel. Nicht Thamesport in England ... aber gut. Der für ihn zuständige Berater – ja, so etwas gab es hier! – hatte ihm in einem ersten kurzen Gespräch Mut gemacht, dass ein Antrag auf Asyl erfolgversprechend sei. Es würde noch etwas dauern, aber irgendwann könne er arbeiten gehen und dann endlich Geld nach Hause schicken. Zum ersten Mal seit seiner Flucht schien sich das Schicksal zu seinen Gunsten zu wenden. Was für ein Glück, dass der Offizier auf der *Aurora* sich für seine und Navids Verlegung auf dieses Schiff stark gemacht hatte. Er würde ihm schreiben und sich für die Unterstützung bedanken, sobald er in Hamburg angekommen war. Der einzige Wermutstropfen bestand für Kamal darin, dass sie alle keine Möglichkeit hatten, sich mit ihren Leuten zu Hause in Verbindung zu setzen. Seine Familie war jetzt seit zwei Wochen ohne eine Nachricht von ihm. Sie würden vor Sorgen vergehen.

Am Morgen des dritten Tages erschien sein Berater, ein hellhäutiger, kahler Mann, der sich nur Peter nannte, in der Kabine und forderte Kamal auf, ihm zu folgen. Kamal hatte bisher noch nicht viel von dem Schiff gesehen. Seit dem halsbrecherischen Abstieg von der *Aurora* über eine schwankende Leiter war er kein einziges Mal an Deck gewesen. Man hatte ihn anschließend nach unten geführt und dann in die Vier-Bett-

Kabine mit der Ecksitzgruppe und dem kleinem Bad gebracht, wo er sich die ganze Zeit mit den drei anderen aufhielt. Ansonsten kannte er nur noch Peters »Büro«, das sich weiter hinten im Gang befand und wo das erste Gespräch zwischen ihnen stattgefunden hatte. Kamal steuerte nun automatisch darauf zu. Doch Peter schüttelte den Kopf und führte ihn weiter.

Sie gelangten in einen Bereich, wo der Schiffsdiesel lauter dröhnte und die Gänge enger waren. Kamal musste sich mehrmals bücken, um nicht mit dem Kopf gegen Stahlträger oder Rohre zu stoßen. Sie bogen schließlich um eine Ecke, und sein Begleiter stieß eine Metalltür mit einem roten Kreuz darauf auf. Die beiden Räume dahinter schienen die Krankenstation des Schiffes zu sein. Von oben, von der *Aurora* aus, hatte dieses Schiff winzig ausgesehen, sodass es Kamal wunderte, dass für die Versorgung von Kranken zwei Räume zur Verfügung standen.

»Setz dich einen Moment«, forderte Peter ihn auf und zeigte auf eine Trage.

Der Berater sah ihm dabei nicht in die Augen. Schon bei ihrem ersten Gespräch war Kamal das unangenehm aufgefallen. Dieser Widerspruch – Menschen zu helfen, ohne je wirklich mit ihnen in Kontakt treten zu wollen. Schweigend nahm Kamal auf der Trage Platz.

Eine Frau in einem weißen Arztkittel kam aus dem Nebenraum. Kamal war sprachlos. Ein weiblicher Arzt ... davon hatte er schon gehört. Aber auf einem Schiff? Sie war kräftig und schien stark zu schwitzen. Ihre Augen waren so blau wie das Meer an einem bedeckten Tag, und sie sah ihn an wie ein wertloses Stück Fleisch, das ihr zum Kauf angeboten worden war.

»Hallo«, grüßte Kamal die Ärztin. »Soll ich jetzt hier untersucht werden? Das ist nicht nötig. Ich bin vollkommen gesund.«

»Aber natürlich«, antwortete Peter an ihrer statt. »Dr. Philips macht nur ein paar harmlose Routine-Tests, wie bei jedem Neuen bei uns an Bord. Vielleicht brauchen Sie eine Impfung oder ein Vitaminpräparat.«

Vitamine ... Das klang harmlos. Kamal versuchte, sich zu entspannen. Doch sein Herz klopfte schneller, als sich die Ärztin Latexhandschuhe überstreifte, näher zu ihm trat und mit dem rechten Daumen sein Kinn hob, um ihm mit einer kleinen hellen Lampe in die Augen zu leuchten. Er roch ihren scharfen Geruch: Desinfektionsmittel und Schweiß.

»Dr. Philips nimmt Ihnen nur etwas Blut ab«, sagte Peter, als die Ärztin ihm die Manschette um den Oberarm legte.

Es wurden drei Kanülen voll. Sie etikettierte die Proben und klebte ein kleines Pflaster über die Einstichstelle.

»War es das?«, fragte Kamal. Der Geruch der Frau und ihre Finger in den Gummihandschuhen ekelten ihn.

»So gut wie ...« Peter blickte inzwischen unverwandt aus dem Bullauge hinaus auf das graue Wasser.

Kamal fühlte plötzlich ein Ziepen am Kopf, verbunden mit einem Ruck. Schon hatte ihm die Frau ein paar Haare herausgerissen und in ein Plastikdöschen befördert. »Wofür ist das jetzt?«

»Nissen-Test ... Wir wollen keine Läuse an Bord.«

»Ich hab keine Läuse. Kann ich jetzt wieder gehen?« Kamal erhob sich, doch die schwere Hand der Ärztin drückte ihn wieder auf die Trage.

»Warten«, sagte sie. Wie Peter sprach sie Englisch mit ihm, doch sie hatte einen seltsamen Akzent.

»Sie können mich nicht gegen meinen Willen und ... ungefragt untersuchen.« Kamal suchte nach den richtigen Worten. Wenn er sich aufregte, war es schwieriger für ihn, Englisch zu sprechen, und die seltsame Situation gefiel ihm nicht.

»Wir wollen nur helfen«, entgegnete Peter. »Wenn Sie unsere Hilfe nicht in Anspruch nehmen möchten ...«

»Schon gut. Sagen Sie mir doch einfach vorher, was Sie tun ... und weshalb.«

Die Ärztin blickte seinen Berater fragend an, der daraufhin kaum merklich nickte. Laut sagte er: »Wir sind gleich hier fertig. Nur noch ein winziger Test.«

Aus dem Augenwinkel sah Kamal, wie die Ärztin eine kleine Spritze aufzog.

»Es geht darum, Infektionskrankheiten auszuschließen – zu unser aller Sicherheit«, fügte Peter hinzu.

Nach drei Tagen?, dachte Kamal. War es da nicht schon längst zu spät für so eine Maßnahme? Er spürte den harten Griff der Frau an seinem Oberarm und den Stich einer Nadel, die seine Haut durchbohrte. Etwas Kaltes wurde ihm injiziert. Peter trat neben ihn, hielt ihn fest. Kamals Blickfeld verengte sich, die Ränder wurden unscharf. Dann sank er ins Nichts.

22. Kapitel

An Bord des Schiffes der Hilfsorganisation

Kamal öffnete die Augen, blinzelte. Das Licht blendete ihn, und ihm war schwindelig. Es dauerte eine Weile, bis er wieder klar sehen konnte. Er befand sich immer noch in dem Untersuchungsraum. Peter stand an der Tür und hatte die Arme vor der Brust verschränkt. Die Ärztin war verschwunden.

»Was ist passiert?« Kamal richtete sich zum Sitzen auf. Er spürte ein Brennen und Ziehen in seinem Rücken.

»Sie sind ohnmächtig geworden. Nur ganz kurz. Kommt vor, wenn man so viel hinter sich hat wie Sie. Die schlechte Ernährung, der Schlafmangel, Dehydration und der Stress.«

»Ich dachte, es ginge mir hier schon besser«, meinte Kamal. Er hatte Mühe, seine Gedanken zu fokussieren. »Was war das für eine Spritze, die ich bekommen habe?«

»Vitamine.«

Er erinnerte sich wieder. Die Ärztin hatte ihm etwas injiziert, und direkt danach war ihm schwarz vor Augen geworden. Vitamine, von wegen! Mehr noch als die Vorgehensweise an sich ärgerte er sich über die unverschämte Lüge. Dass man ihn für dumm verkaufen wollte. Er schwang die Beine nach unten und atmete tief durch, um zu prüfen, ob sein Kreislauf wieder stabil war. Seine Hand tastete über seinen Rücken. Unter dem Hemd fühlte er mehrere Pflaster. »Was ist das?«

»Sie hatten ein paar kleinere Verletzungen am Rücken, wie von entzündeten Insektenstichen. Die Ärztin hat sie desinfiziert und verbunden. Ansonsten sind Sie kerngesund. Herzlichen Glückwunsch.«

»Kann ich jetzt gehen?«

»Ich begleite Sie.« Peters Stimme klang spöttisch. Seine Augen fixierten, wie immer, wenn er in seine Richtung sah, einen Punkt oberhalb seines Kopfes.

»Besteht die Möglichkeit, dass ich mich bei Gelegenheit ein wenig auf dem Schiff umsehe?«, fragte Kamal, als sie den Gang hinuntergingen. Er versuchte, sich zu orientieren. »Ich interessiere mich für Schiffe«, setzte er hinzu.

»Ich werde das mit dem Kapitän besprechen.«

»Wie heißt er?«

»Wer?«

»Der Kapitän dieses Schiffes. Wie ist sein Name?«

»Äh ... Miller. Kapitän Miller.«

Peter ist wirklich ein schlechter Lügner, stellte Kamal im Stillen fest. Die Frage war nur, warum der Name des Kapitäns ein Geheimnis sein sollte.

Sie stiegen eine steile Treppe hinauf und kamen wieder in den Gang, der zu der Vier-Bett-Kammer führte, wo Kamal und die anderen drei untergebracht waren. Eine Tür öffnete sich rechts von ihm, und ein junger Mann kam heraus, nickte zur Begrüßung und eilte davon. Kamal hatte einen kurzen Blick in das Innere des Raumes werfen können: eine Kajüte wie die, in der er untergebracht war, allerdings etwas kleiner und nur mit zwei Kojen ausgestattet. Auf dem Tisch stand ein aufgeklappter, eingeschalteter Laptop mit Internetverbindung, denn auf dem Bildschirm befand sich ein E-Mail-Programm.

Kamal dachte daran, dass sie sich bei Peter erkundigt hatten, ob sie Nachrichten an ihre Familien schicken könnten. Peter hatte gesagt, dass er nachfragen würde, aber es war nichts darauf gefolgt. Wenn Kamal in jene Kajüte gelangen und sich dort nur ein paar Minuten aufhalten könnte ... er und dieser Rechner. Doch da stand er schon wieder vor ihrer Vier-Bett-Kabine. Peter schloss auf und hielt ihm die Tür auf.

»Moment noch …« Kamal überlegte. »Wenn wir alle gesund und bei Kräften sind, dann können wir bestimmt irgendwas an Bord tun, um uns nützlich zu machen.« Er versuchte ein verbindliches Lächeln, was ihm in Peters Gegenwart nur mühsam gelang. »Nichts für ungut. Aber es ist verdammt langweilig, den ganzen Tag dort drinnen herumzuhocken. Wir könnten uns für die Gastfreundschaft revanchieren und arbeiten.«

Peters Augen wurden schmal. »Ich werde mit dem Kapitän darüber sprechen.« Er schubste den jungen Mann in die Kajüte und schloss von außen die Tür.

Kamal wartete einen Moment. Dann versuchte er, sie von innen zu öffnen, doch es gelang ihm nicht. »Mist!« Frustriert schlug er mit der Faust gegen das Türblatt, sodass die anderen drei ihn erstaunt ansahen.

»Was ist passiert?«, fragte Irfan.

»Wir sind Gefangene«, meinte Kamal.

»Ist das was Neues?«

»Habt ihr auch Vitamine gespritzt bekommen, die einen außer Gefecht setzen? Haben sie euch auch den Rücken zerkratzt?«

»Meinst du das?« Irfan zog sein Hemd hoch. Auf seinem Rücken gab es sechs wunde Stellen, jede kreisrund und rosa auf der sonst braunen Haut. Sie waren symmetrisch in zwei Reihen angeordnet: die eine rechts, die andere links neben der Wirbelsäule.

Kamal starrte erschrocken darauf. Er wusste nicht, wie sein Rücken aussah, aber es fühlte sich so an, als ob dort ebenfalls wunde Stellen waren – nur dass er noch die Pflaster darauf spürte. Insektenstiche! »Warum hast du das nicht vorher gesagt?«

Irfan zuckte mit den Schultern.

Kamal konnte ihm ansehen, wie unangenehm ihm das Ganze war. »Hast du Peter und die Ärztin danach gefragt?«

»Sicher. Sie haben behauptet, ich hätte Ungeziefer. Würmer, die sich in meine Haut gebohrt haben. Die Krätze oder so. Na ja ... nach dem, wo ich überall war in letzter Zeit, da hab ich es geglaubt. Bis Navid mir erzählt hat, wie regelmäßig die Stellen sind. Ordnungsliebendes Ungeziefer, was?«

Kamal zeigte ihm seinen Rücken.

Irfan nickte. »Genau das Gleiche. Aber ich verstehe es nicht.«

»Ich auch nicht.« Kamal zog sein Hemd wieder herunter. »Ich weiß nur eins: Spätestens wenn wir in Hamburg sind, will ich wissen, was hier los ist.«

»Das kann dauern«, meinte Irfan bitter.

»Was soll das heißen?«

»Ist dir nichts aufgefallen? Wir fahren jetzt nach Süden, jedenfalls ungefähr in diese Richtung.«

»Wie kommst du darauf?«

Irfan deutete auf das kleine Fenster. »Ich beobachte die Sonne. Und außerdem wird es wärmer. Um diese Jahreszeit müsste es aber kühl werden, wenn man gen Norden fährt.«

»Das kann nicht sein. Du täuschst dich. Das ist wahrscheinlich die Heizung ...«

»Mach dir nichts vor, Kamal. Erinnerst du dich an den Lärm und das Licht neulich in der Nacht?«

»Schon. Aber was soll das gewesen sein?«

»Ich glaube, wir haben den Suezkanal passiert und befinden uns jetzt im Roten Meer. Möglicherweise sind wir auf dem Weg in den Indischen Ozean.«

»Was bedeutet das?«, fragte Kamal verunsichert.

»Dass sie uns anlügen«, antwortete Irfan. »Es bedeutet, dass wir nicht nach Hamburg fahren.«

Die Hausverwaltung hatte einen Wachdienst beauftragt, solange noch keine neue Concierge gefunden war. Vielleicht war das mit dem professionellen Objektschutz auch eine Dauerlösung? Sie würde jedenfalls nicht in diese Wohnung hier unten einziehen wollen, in der die Vormieterin ermordet worden war, sinnierte Rebecca Stern, während sie zum dunklen Fenster in der Wand schaute. Ein Uniformierter der Wachfirma stand nun den ganzen Tag in der Halle herum und kontrollierte jeden, der hineinwollte. Er hatte eine Plastikbox bei sich, in der er die Post und die Zeitungen sammelte, um einen prüfenden Blick darauf zu werfen, bevor er sie an die Mieter weitergab.

Was für ein Job, dachte Rebecca zum wiederholten Mal, als sie ihren Ausweis vorzeigte, der vom Wachmann gewissenhaft studiert wurde, genau wie an den vorherigen Tagen auch. Anschließend steckte sie ihn wieder ein und nahm ihre Briefe entgegen. Oberhalb seines Hemdkragens und an den Handgelenken hatte der Mann Tattoos, wahrscheinlich war sein ganzer Oberkörper damit geschmückt. Von der Statur her hatte er Ähnlichkeit mit einem Orang-Utan, nur dass er ein klein wenig spärlicher behaart war. Doch solange er sie vor einem Kretin wie Gellert beschützte, war Rebecca alles recht. Sie lächelte ihn an und steckte ihm einen Geldschein zu. Es konnte nicht schaden, wenn er sie besonders im Auge behielt.

Sie stieg die Treppe zu ihrer Wohnung hinauf, schloss auf und ging hinein. Hastig warf sie die Tür hinter sich zu, drehte den Schlüssel zweimal im Schloss herum und legte die Sicherheitskette vor. Dann kickte sie die hohen Pumps von den Füßen. Ihre Kopfhaut spannte, und sie hatte das Bedürfnis, sich zu kratzen. *Alles psychosomatisch*, dachte sie müde. *Ich fühle mich nicht wohl in meiner Haut, und das spüre ich auch.*

Sie warf die Post auf den Esszimmertisch und ging einmal durch die Wohnung, um die Thermostat-Ventile an den Heizkörpern höher zu drehen. Als sie zum Esstisch zurückkehrte, nahm sie erneut ihre Briefe zur Hand. Ein gefütterter Umschlag aus braunem Papier fiel ihr besonders auf. Sie fühlte durch die Noppenfolie hindurch, dass etwas Flaches, Hartes darin war. Ihre Adresse war auf einem weißen Aufkleber gedruckt, doch es gab keinen Absender … Ungeduldig riss sie den Umschlag auf. Was sie an ihrer derzeitigen Situation so zermürbend fand, war nicht die Gefahr selbst, sondern die ständige Erwartung, dass gleich etwas Furchtbares passierte. Sie sah schon Gespenster und hatte das Gefühl, hinter jeder Straßenecke würde Gellert lauern. Einmal hatte sie sogar im Bürogebäude anstelle des Fahrstuhls die sechs Treppen nach oben genommen, nur weil ein unbekannter Mann in der Kabine gestanden hatte. Doch es war ein Bewerber auf dem Weg zum Vorstellungsgespräch gewesen, wie sie später erfahren hatte …

Rebecca schüttete den Inhalt des Umschlags auf die Tischplatte, nicht in ihre Hand. Es war ein silberfarbener, rechteckiger Anhänger an einem Lederband. Der Knoten war noch vorhanden, aber das braune Band war gerissen. Sie nahm den Anhänger und betrachtete ihn von allen Seiten. Als sie die Aufschrift las, schnappte sie nach Luft: *Von Ideen kann man nicht leben: man muss etwas mit ihnen anfangen.* Das war Pauls Lieblingszitat – ein Satz von Alfred North Whitehead, einem berühmten britischen Philosophen und Mathematiker. Und es war auch Pauls Anhänger.

Aber er hielt sich doch momentan in Hamburg auf! Und er trug diesen bescheuerten Anhänger quasi immer, weil er ihn angeblich immer daran erinnerte, dass er etwas Sinnvolles mit seiner Zeit anfangen sollte. Was machte sein Anhänger dann auf ihrem Esstisch? Warum schickte er ihn ihr? Das ergab keinen Sinn. Im nächsten Augenblick wurde ihr eines klar: Paul hätte sich niemals freiwillig von seinem Anhänger getrennt. Sie spürte, wie sich ihr Magen zu verknoten schien. Unbehagen, Vorahnung, Angst?

Und dann tat Rebecca etwas, das sie noch nie getan hatte. Sie ging zu ihrem Sideboard, holte eine Flasche Wodka heraus, die Noël ihr irgendwann mal aus St. Petersburg mitgebracht hatte, und schenkte sich ein Wasserglas voll ein. Sie mochte das Zeug nicht mal, aber das Brennen und die Wärme im Magen beruhigten sie. Sollte sie noch ein Glas trinken? Nein, sie musste einen halbwegs klaren Kopf behalten. Widerwillig nahm sie den Umschlag noch einmal zur Hand und sah sich Briefmarke und Poststempel an. Eine deutsche Marke, ohne Zweifel. Der Poststempel war unleserlich. Sie nahm ihr Telefon aus der Handtasche und wählte Paul Renards Nummer. Er meldete sich nicht. Sie sprach ihm auf die Mailbox und bat ihn, sie zurückzurufen, dann bereute sie es schon.

In der Nacht schlief Rebecca unruhig. Zweimal wachte sie auf und dachte, Gellert sei in ihrer Wohnung. Sie lief umher, machte überall Licht: Doch sie war allein. Als sie nach dem zweiten Mal zu ihrem Bett zurückwankte, fiel ihr Blick auf den Anhänger. Pauls Anhänger – den er immer getragen hatte, solange sie ihn kannte.

An Bord des Schiffes der Hilfsorganisation

Am späten Abend begann Irfan vor Schmerzen zu stöhnen. Kamal vermutete, dass es so zwischen zehn und halb elf war, denn ihr Abendessen, das zwei Crewmitglieder auf Tabletts in die Kammer gebracht hatten, war schon vor einiger Zeit wieder abgeholt worden.

Irfan wälzte sich in seiner Koje hin und her. Er riss sich seine restlichen Pflaster ab und kratzte an den frisch verschorften

Stellen auf seinem Rücken, sodass sein Hemd und das Laken Blutflecken bekamen. Laut klagend trat er gegen die Kabinenwand, die zum Gang führte. Navid und Jamal starrten mit ängstlich aufgerissenen Augen zu Irfan hinüber. Kamal ging schließlich ins Bad nebenan, hielt ein kleines Handtuch unter den Wasserhahn und wischte anschließend damit über Irfans Gesicht, bis es feucht glänzte und sein dunkles Haar nass in die Stirn hing. Dann rief er um Hilfe.

Peter kam als Erster und fragte, was zum Teufel denn los sei. Als er einen Augenblick später sah, wie Irfan sich den Bauch hielt und krümmte, fluchte er leise, lief hinaus und schmiss die Tür hinter sich zu. Es dauerte nicht lange, da erschien er mit der Ärztin, die einen Lederkoffer mitbrachte. Peter versuchte, den mittlerweile um sich schlagenden Irfan zu beruhigen, damit er sich untersuchen ließ. Die Ärztin tastete schließlich den Bauch ab, betrachtete die abgerissenen Pflaster und schüttelte genervt den Kopf, dann zog sie eine Spritze auf. Als Irfan die Kanüle sah, tobte er noch mehr, sodass Peter ihn mit ganzer Kraft festhalten musste. Kopfkissen und Laken wurden durch die Kajüte geschleudert, Stühle fielen um. Navid bedrängte die Ärztin, ihnen zu sagen, woran Irfan erkrankt war. Unterdessen begann Jamal, gegen die Badezimmertür zu klopfen und Kamal zu bitten, ihn hereinzulassen, weil er dringend aufs Klo müsse.

Nach einem kurzen Kampf gelang es der Ärztin, Irfan die Spritze in den Oberschenkel zu setzen. Er beruhigte sich innerhalb weniger Minuten. Sie schüttelte den Kopf, warf noch einen Blick auf das Chaos in der Kajüte und ging zusammen mit Peter hinaus.

Was die beiden nicht bemerkt hatten – Kamal war während des Tumults aus der Kabine entwischt. Er lief den Gang hinunter zu der Tür, hinter der er den Computer gesehen hatte. Sie war nicht abgeschlossen, und der Platz am Schreibtisch war unbesetzt. Weit konnte der Mann jedoch nicht sein, denn auf dem Schreibtisch stand eine angebrochene Flasche Bier, und auf dem Bildschirm war ein Computerspiel zu sehen. Im nächsten Moment hörte Kamal Schritte im Gang. Er sah sich um, erblickte den Spind, riss ihn auf. Hastig quetschte er sich, schmal und beweglich, wie er war, in den kleinen Schrank hinein. Sekunden später hörte er, wie jemand die Kabine betrat und sich auf den Stuhl fallen ließ. Eine männliche Stimme seufzte vernehmlich, dann begann die Tastatur zu klackern. Das konnte dauern ... Doch Kamal zweifelte daran, dass er so eingequetscht lange in diesem Schrank stehen konnte.

Kamal war gezwungen, zu warten, bis das Besatzungsmitglied den Raum noch mal verließ oder schlafen ging. So ein verdammtes Pech! Er brauchte doch nur ein paar Minuten. Eine kurze Nachricht, die er absetzen wollte, um seine Familie zu beruhigen und ... um ein Lebenszeichen von sich und seinen drei Schicksalsgenossen zu hinterlassen: damit auch andere wussten, dass sie sich auf einem Schiff der *Hanseatic Real Help* befanden. Inzwischen fühlte er sich hier an Bord nicht mehr gerettet, sondern gefangen, ohne jedoch den Sinn und Zweck des Arrests zu verstehen.

Endlich – nach einigen Krämpfen in den Waden und im Nacken, die er der verspannten Haltung im Schrank verdankte – hörte er, wie der Mann sich erhob. Die Tür wurde geöffnet und schloss sich wieder. Kamal lauschte. Als er nichts hörte, öffnete er die Spindtür ein Stück weit und sah sich vorsichtig um. Der Raum war verlassen, aber der Computer noch an. Also würde der Mann wahrscheinlich bald zurückkommen, dachte Kamal. Er hatte nicht viel Zeit! Rasch trat er an den Schreibtisch und machte sich mit dem Rechner vertraut. Davut hatte einen Laptop besessen und ihm den Umgang damit gezeigt. Als sein Bruder getötet worden war, hatte er das Gerät geerbt und benutzt, sodass er über einige Computerkenntnisse verfügte.

Er fand das E-Mail-Programm und setzte oben im Menü die Adressen seines alten Rechners, den er seiner Schwester anvertraut hatte, und seiner Verwandten in London ein. Seine Hände zitterten vor Aufregung; jeden Moment konnte er entdeckt werden. Den Wortlaut der Nachricht hatte er sich schon genau überlegt: »Bin in Patras auf die *Aurora* und dann auf ein Schiff der *Hanseatic Real Help*-Organisation gelangt. Bin dort mit drei Gefährten. Alle okay. Reiseziel soll Hamburg sein. Kamal.«

Natürlich fehlten in diesem Text wichtige Informationen. Er wusste weder, wie dieses Schiff hieß, noch, wo genau es ankommen würde. Dennoch machte sich ein Gefühl der Zufriedenheit in ihm breit, nachdem die Mail verschickt war: Er hatte ein Lebenszeichen gesetzt, eine Spur hinterlassen.

Er überlegte, ob er noch etwas tun sollte, solange er die Gelegenheit dazu hatte, aber er wusste nicht, was. So löschte er seine Spuren auf dem Computer, schloss das E-Mail-Programm und verließ die Kajüte. Er versteckte sich unter einer Treppe hinter einer Kiste mit Rettungswesten. Irgendwie musste er in die Vier-Bett-Kabine zurückkehren, und zwar spätestens zum Frühstück. Mit den anderen hatte er verabredet, dass sie für einige Aufregung sorgen sollten, wenn morgen früh das Essen geliefert würde, um ihm Gelegenheit zu geben, unentdeckt zurückzugelangen.

Der Plan war einfach, allerdings auch riskant. Aber einen besseren hatte er nicht.

Rebeccas Wecker klingelte am nächsten Morgen um halb sieben, wie immer an einem Werktag. Doch sie fühlte sich unfähig, aufzustehen. Es war, als würden Gewichte auf ihrem Körper lasten. Ihre Augen waren wie verklebt und ließen sich nicht richtig öffnen. Sie hatte ein paar Termine heute, also raffte sie sich nach einer Viertelstunde endlich auf und wankte ins Badezimmer. Als sie ihr Gesicht im Spiegel sah, runzelte sie die Stirn.

Was war los mit ihr? Die Nächte mit schlechtem Schlaf machten sich allmählich bemerkbar. Zerknittert sah sie aus, mit schlaffen Gesichtszügen und geröteten, hängenden Lidern. Ihr Blick fiel auf ihre Hände, die ihr ebenfalls fremd vorkamen: Die Haut an ihren Unterarmen war trocken wie Lehm, den die Sonne ausgedörrt hatte.

Sie riss sich mit einiger Anstrengung zusammen und griff nach einer Feuchtigkeitslotion. Wie rau sich ihre Haut anfühlte. Wahrscheinlich waren das nur Anzeichen von zu viel Stress, fuhr ihr durch den Kopf. Die Haut reagierte empfindlich auf Stress, das wusste jeder. Und zu wenig getrunken hatte sie auch. Wahrscheinlich war der Wodka auf leeren Magen auch nicht das Richtige für sie gewesen. Sie hatte nichts, was sich nicht mit etwas Entspannung, gesunder Ernährung und einer dieser superteuren Masken bei ihrer Kosmetikerin wieder beheben ließe. Das einzig Vernünftige war, jetzt zurück ins Bett zu gehen, sich richtig auszuschlafen und dann den Tag noch einmal zu beginnen.

Während sie sich wusch, mied sie den Blick in den Spiegel. Sieh hin, flüsterte eine Stimme in ihrem Kopf. Oder traust du dich etwa nicht? Sieh der Realität ins Auge. Das verlangst du von deinen Kunden doch auch: eine schonungslose Bestandsaufnahme, wenn ihre persönliche Karriere ins Stocken geriet.

Meinst du nicht, dass das, was du siehst, real ist? Läufst du plötzlich vor der Realität davon, Rebecca?

»Unsinn!«, sagte sie laut.

Als sie im Bad fertig war, suchte sie im Wohnzimmer nach ihrem Telefon. Sie wollte im Büro anrufen. Es war kurz nach sieben, Sandrine würde schon an ihrem Platz sein. Dann konnte sie ihr Bescheid sagen, dass sie heute später kam, noch einen Arzttermin wahrnehmen wollte ... was auch immer.

Sie entdeckte das Telefon. Eine Taste blinkte: Gestern Abend hatte jemand zweimal versucht, sie zu erreichen, wie sie rasch feststellte. Sie hatte wohl schon geschlafen und es nicht mehr mitbekommen, so geschafft, wie sie gewesen war. Sie rief zurück und landete bei Juliette Reyer, der Polizeibeamtin, die in dem Mordfall Simone Bertrand ermittelte.

»Kennen Sie einen Paul Renard?«, fragte Reyer direkt nach der Begrüßung.

Rebecca bejahte. Ihre Knie wurden weich.

»Wissen Sie, wo er sich befindet?«

»In Hamburg, soweit ich weiß.«

»Wissen Sie, was er dort wollte?«

»Ich bin eine Freundin von ihm, nicht sein Kindermädchen«, antwortete sie ausweichend.

»Die Polizei in Deutschland hat festgestellt, dass Sie gestern Abend auf seine Mobilbox gesprochen haben.«

»Ist das verboten?«

»Nein. Es tut mir leid, Madame Stern. Paul Renard ist tot. Man hat ihn erhängt in einem Park in Hamburg aufgefunden.«

23. Kapitel

MANHATTAN, NEW YORK, USA

Ryan Ferland saß in dem Besprechungszimmer seines Arztes und studierte ein Poster, das die Schichten der menschlichen Haut darstellte. Er tat es nicht zum ersten Mal, und so kannte er inzwischen die Fachbegriffe »Epidermis«, »Dermis« und »Subcutis« auswendig. Besonders widerlich fand er die Darstellung des dicken Haares, das aus dem sackartigen Haarbalg, dem Follikel, herauswuchs. Er suchte etwas anderes, das er betrachten konnte. Wo blieb der Kerl, dieser Dr. Kenneth Wilmington, heute nur? Ferland schwitzte, und er konnte nur noch mühsam atmen. Ein, aus, ein, aus ...

Er zuckte zusammen, als sich die Tür hinter ihm öffnete und Gummisohlen über den Fußboden schmatzten. Im nächsten Moment drückte er eine zu warme Hand, versuchte, etwas in dem Gesicht des Arztes zu lesen.

Im Sprechzimmer blickte Wilmington ihm zunächst nicht in die Augen. Er korrigierte den Stand der Jalousien, setzte sich seufzend und schob dann die Unterlagen auf seinem Schreibtisch zurecht. »Aha, soso. Ja genau. Hm, hm ...« Er saß über die Akte gebeugt da, blätterte hin und her.

Schließlich sah er Ferland durch seine Brillengläser hindurch prüfend an. »Leider keine guten Neuigkeiten für Sie.«

»Und das heißt, Doc?«

Er ließ einen Sermon an Fachausdrücken über Ferland niedergehen und schloss mit: »Noch drei Monate. Vielleicht auch sechs, vielleicht auch nur noch sechs Wochen. Wir sind Ärzte, nicht der liebe Gott.«

»Ich werde also sterben. Und so schnell? Es geht mir doch gar nicht so schlecht«, protestierte Ferland.

Der Arzt zuckte mit den Schultern. »Freuen Sie sich darüber. Trotzdem ist Ihre Prognose nach neuestem Kenntnisstand so, wie sie ist. Tut mir leid.«

»Und ... was soll ich Ihrer Meinung nach jetzt tun?«

»Genießen Sie jeden Tag. Nehmen Sie es, wie es kommt.«

Damit verließ sein Arzt gehetzt und scheinbar über Gebühr beansprucht das Sprechzimmer.

Die Nachricht über seine Beurlaubung erreichte Ferland kurz nach seinem Arztbesuch. Die Begründung lautete, er habe im Fall Moira Stern seine Kompetenzen überschritten. Dr. Fiona Rungford hatte ihre Drohungen also wahr gemacht. Normalerweise hätte er Beschwerde dagegen eingelegt. Doch er war zu müde und zu deprimiert, um sich zu wehren. Der Schock, dass er nur noch wenige Monate oder Wochen leben würde, und die Enttäuschung über das Verhalten seines Vorgesetzten saßen tief. Lähmten ihn. Er konnte sich einfach zu nichts mehr aufraffen.

Wie oft hatte Ryan Ferland sich in den vergangenen Jahrzehnten gewünscht, morgens einfach im Bett liegen zu bleiben. Den ganzen Tag über tun und lassen zu können, was ihm in den Sinn kam. Er hatte gedacht, sein Job – der Zwang, Geld für Brötchen und Miete verdienen zu müssen – hätte ihn daran gehindert, dem süßen Nichtstun zu frönen. Und im Urlaub und an den Wochenenden war es seine Frau gewesen, die mit ihren detailliert ausgearbeiteten Freizeitplänen und überzogenen Erwartungen an die Zweisamkeit dafür gesorgt hatte, dass er nicht in den Tag hineinleben konnte. Nun war das eingetreten, wonach er sich so lange gesehnt hatte: Er war allein und ohne Verpflichtungen, hatte keine wie auch immer gearteten

Pläne, nicht einmal eine Idee. Ein Tag folgte auf den nächsten, ohne dass etwas passierte. Doch spätestens vormittags gegen halb elf wurde das Nichtstun regelmäßig öde. Am Nachmittag erfasste ihn dann eine leichte Panik, die er abends, sobald die Sonne untergegangen war, in der irischen Eckkneipe in der Nähe seiner Wohnung mit Bier bekämpfte.

Er wünschte sich sehnlichst, mehr als nur noch diese maximal sechs Monate zu haben. Aber wofür wollte er eigentlich länger leben, als das Schicksal ihm mit dieser heimtückischen Krankheit zugedacht hatte, wenn er gar nichts damit anzufangen wusste? Er hatte versucht, diese Frage mit Ed, dem Wirt, zu erörtern. Doch der hatte meistens nur ein bestätigendes »Hm« von sich gegeben und genickt und nichts zur Lösung des Problems beigetragen. Ansonsten hatte er darauf hingewiesen, er habe ein offenes Bein und wäre froh, nicht jeden Abend am Tresen stehen zu müssen.

Eines Nachmittags lief Ferland ziellos durch die Straßen. Er sah nach oben und stellte milde erstaunt fest, dass der Himmel heute klar und blau war. Die Sonne schien. Wenn er ein Stück die Straße runtergehen und dann den kleinen Park betreten würde, ergatterte er vielleicht noch ein paar Sonnenstrahlen im Gesicht. Er sollte bewusster leben, dachte er. Er könnte sich ein Steak zum Mittagessen gönnen. Wozu sparen? Wozu noch Gewicht halten?

In dem Schaufenster eines Reisebüros lachte ihm ein verliebtes Paar vor dem Eiffelturm entgegen. Die Frau erinnerte ihn an Paula, als sie jung gewesen war und die Unzufriedenheit noch nicht die tiefen Linien neben ihrem Mund gegraben hatte. Das Foto war ein Klischee vor einem Klischee, aber Paris … Da wohnte doch Rebecca Stern, die Schwester der toten Moira, die ihn so sehr beschäftigt hatte, dass er deswegen beurlaubt worden war – zum Nichtstun verdammt. Da war noch eine Rechnung offen, die er wohl nie mehr würde begleichen können, wenn er sich nicht beeilte. Er zeigte seinem Spiegelbild in der Scheibe einen Vogel, grinste, was sich ungewohnt anfühlte, und stieß die Tür zu dem Reisebüro auf.

Ein Flug nach Paris in der Economy Class war günstiger, als Ferland gedacht hatte. Als er seine Kreditkarte zückte, spürte er den widrigen Umständen zum Trotz eine gewisse Vorfreude. Er fragte sich, warum er nie mit seiner Frau nach Paris geflogen war. Sie hatte es sich immer gewünscht. Die Angestellte im Reisebüro buchte gleich noch ein Zimmer in einem Touristenhotel am Fuße des Montmartre, sodass er sich auch darum nicht mehr zu kümmern brauchte. Er sprach zwar kein Französisch, aber er würde sich schon durchschlagen. Und Rebecca Stern sollte schön blöd gucken, wenn er plötzlich bei ihr auftauchte. Allein für den Moment, wenn er ihr überraschtes Gesicht sehen durfte, lohnte sich der ganze Aufwand.

Er fühlte sich leichter, fast beschwingt, als er zehn Minuten später ein Steakhouse betrat und sich einen Tisch am Fenster zuweisen ließ. Das Leben konnte so schön sein. Warum war er nicht schon viel früher darauf gekommen? Was ihm gefehlt hatte, war ein Ziel, eine lohnende Aufgabe. Er wollte wissen, was Moira Stern passiert war. Er wollte, so pathetisch das auch klang, Gerechtigkeit für sie. Und Rebecca Stern war seines Wissens die einzige Person, die jetzt noch dabei helfen konnte, die Umstände des Todes ihrer Schwester aufzuklären.

Zuerst dachte Ferland, es wäre am besten, wenn er einfach vor Rebecca Sterns Wohnungstür auftauchen würde, um das Überraschungsmoment zu nutzen. Ihre Adresse in Paris befand sich in den von ihm ausgedruckten Unterlagen, die er aus seinem Büro hatte schmuggeln können, bevor er unter den Blicken von Kollegen seinen Schreibtisch geräumt hatte. In all den Jahren war es ihm oft so vorgekommen, als sei er der korrekteste und langweiligste New Yorker Polizist aller Zeiten. Er hatte nie Bestechungsgelder oder Präsente angenommen wie der eine oder andere seiner Kollegen – nicht das kleinste Geschenk! – und niemals auch nur einen Bleistift oder einen Block Papier aus dem Büro mitgehen lassen. Und nun befanden sich vertrauliche Unterlagen in seinem Privatbesitz, und er gedachte, sie zu nutzen. Natürlich hatte er dafür eine Entschuldigung, die sein Gewissen besänftigte: Beim NYPD interessierte sich sowieso keiner mehr für den Fall Moira Stern. Ihr Leichnam, das Beweisstück schlechthin, war verbrannt und die Asche nach Frankreich verschickt worden.

Er spielte seine Ankunft in Paris ein paarmal gedanklich durch, und das Überraschungsmoment erschien ihm immer weniger sinnvoll. Was, wenn er sie durch sein plötzliches Erscheinen so vor den Kopf stieß, dass sie auf keinen Fall mit ihm zusammenarbeiten wollte? Doch ein Minimum an Kooperationsbereitschaft war unerlässlich. Ferland baute darauf, dass sie wenigstens so tun würde, als interessierte es sie, wie und warum ihre Schwester ums Leben gekommen war.

Am Abend vor seinem Abflug suchte er ihre Telefonnummer heraus und rief sie an. Es dauerte eine Weile, bis sie abhob. Schon am Tonfall, mit dem sie sich meldete, konnte er merken, dass es ihr nicht gut ging. Sein Anruf hatte ihr zu ihrem Glück bestimmt gerade noch gefehlt.

»Es geht noch mal um Ihre Schwester«, sagte er, nachdem er sich vorgestellt und sie begrüßt hatte. »Es sind noch Fragen offen. Ich muss dringend mit Ihnen reden.«

»Nur zu. Fragen Sie.«

»Nicht am Telefon.«

»Ich bin in Frankreich, Detective. Nicht in New York.«

»Und ich komme morgen Vormittag um elf Uhr zehn in Paris an. Wir können uns am Nachmittag oder am Abend irgendwo treffen.«

Er hörte sie schwer atmen. Über Tausende von Kilometern hinweg spürte er ihren Widerwillen und ihre nicht sehr freudige Überraschung. »Sie lassen nicht locker, was?«

»Nein.«

»Ich habe gerade wahnsinnig viel zu tun.«

»Und ich habe nichts anderes mehr zu tun, als diesen Mord aufzuklären.«

»Sie kommen ... auf eigene Rechnung, oder?«

»Spielt das eine Rolle für Sie?«

»Eigentlich nicht. Es geht eh alles den Bach runter.«

»Was meinen Sie damit?«

»Sie rufen zu einem ungünstigen Zeitpunkt an. Ein guter Freund von mir ... Ich habe erst vor wenigen Tagen erfahren, dass er gestorben ist.«

»Der Tod scheint gerade Ihr ständiger Begleiter zu sein«, merkte er eher mitfühlend als sarkastisch an. »Wie ist er ums Leben gekommen?«

Er hörte sie wieder schwer atmen. »Er ... wurde in einem Park gefunden. Die näheren Umstände sind noch unklar.«

»Das tut mir leid. Hatte er ... irgendwas mit Ihrer Schwester zu tun?«

»Ich weiß gar nichts mehr. Er war Journalist. Und ich ... hatte ihn auf eine Spur gesetzt. Ich habe vertrauliche Informationen weitergegeben, und nun ist er tot.«

»Glauben Sie, dass da ein Zusammenhang besteht?«

»Was denn sonst? Er hat sich doch nicht einfach so an einem Baum aufgehängt. Nicht Paul! Niemals!«

»Wir müssen wirklich reden.«

»Ich bin morgen um neunzehn Uhr im L'Hôtel du Nord am Quai de Jemmapes.« Sie wiederholte die Adresse, diesmal langsamer – für dumme Amerikaner sozusagen. »Nehmen Sie sich ein Taxi, dann verfehlen Sie es nicht«, setzte sie hinzu.

Nie wieder fliegen! Mit diesem Vorsatz taumelte Ryan Ferland nach seiner Atlantiküberquerung aus dem Flugzeug ... Die Maschine mit den engen Sitzplätzen war so voll gewesen, dass er schon befürchtet hatte, dass einige Passagiere stehen müssten. Beim Start hatte ihn minutenlang ein höllisch lautes Geräusch, vielleicht eine lose Schraube im Triebwerk, wie sein Sitznachbar vermutet hatte, bewusst gemacht, dass er jetzt und hier noch nicht bereit war zu sterben. Und dabei hatte er gedacht, mit seiner Diagnose flöge es sich vollkommen entspannt. Nachdem der Sitznachbar seine beunruhigende Vermutung ausgesprochen hatte, war der Mann fast augenblicklich eingeschlafen. Gegen sein Schnarchen und Grunzen hatten auch die Ohrstöpsel nicht geholfen. Und die zwei »Mahlzeiten«, die Ferland vorgesetzt worden waren, hatten ihn an die Spiel-Lebensmittel im Kaufmannsladen seiner Großnichte erinnert. Sollte er je wieder nach New York zurückkehren wollen, würde er sein Rückflugticket verscherbeln und sich eine Kabine auf der *Queen Mary II* buchen.

Doch erst mal war er hier: in Paris, der Stadt der Liebe und in seinem Fall, so hoffte er, ein Ort der Erkenntnis. Er nahm sich ein Taxi und ließ sich zum Hotel am Fuße des Montmartre bringen. Wozu noch sparen? In seinem Zimmer angekommen, legte er für zwei Stunden die Füße hoch, woraufhin er sofort einschlief. Als ihn der Weckruf seines Handys hochschrecken ließ, war ihm kalt. Ferland duschte unter einem sparsam sprühenden Duschkopf, zog sich um und machte sich langsam auf den Weg zum verabredeten Treffpunkt.

Die Bar, die Rebecca Stern ausgesucht hatte, war dunkel und die Musik zu laut. Als er mit steifen Beinen den Raum durchquerte, fühlte er sich von allen beobachtet. Sie war noch nicht da, also suchte er einen abseits gelegenen Tisch und bestellte sich einen Kaffee, um richtig wach zu werden. Innerlich fröstelte er. Er hatte zur falschen Zeit geschlafen und vor allem viel zu kurz. Er war noch nicht wieder auf Betriebstemperatur. Das war wohl das, was die Leute Jetlag nannten. Die wenigen Gäste in der Bar sahen durch die Bank dreißig Jahre jünger aus als er, und ihr Jahresgehalt übertraf wahrscheinlich das seinige um mehr als das Doppelte, wie ihre Luxuskleidung und ihr Auftreten erahnen ließ. Es schien Ferland, als habe Rebecca Stern diesen Ort aus purer Bosheit gewählt: Hier in Paris war er der Fremde, und so sollte er sich auch fühlen. Ihre subversive Taktik, ihn zu verunsichern, bestätigte ihn nur darin, dass sie verdächtig war. Sie wusste etwas über den Tod ihrer Schwester, und im Zweifelsfall war sie auch nicht ganz unschuldig daran.

Der Kaffee kam in einer lächerlich kleinen Tasse aus dickem weißem Porzellan. Er war so stark, dass man ihn kauen konnte. Ferland unterdrückte gerade, sich zu schütteln, als Rebecca Stern plötzlich neben ihm stand.

Sie setzte sich ihm gegenüber, ohne Mantel, Hut und Sonnenbrille abzunehmen. Ferland wollte gerade dazu ansetzen, ihr Divengehabe zu kommentieren, doch die Worte blieben unausgesprochen. Ihr Gesicht ...

»Ja, ich bin es«, sagte sie; ihren Kopf hielt sie außerhalb des Lichtkegels der kleinen Lampe über dem Tisch. »Schön, Sie wiederzusehen, Detective. Oder soll ich hier lieber Ferland sagen?«

Immer noch konnte er sie nur stumm anstarren. Ihre Haut war fahl und schlaff, kräuselte sich an ihrem Hals wie bei einer Schildkröte.

»Sie sind überrascht? Ich dachte, Sie wüssten es. Ehrlich gesagt, habe ich bis eben gehofft, dass Sie mir sagen können, was los ist.«

Er hob hilflos die Schultern. »Ist es dasselbe Phänomen wie bei Ihrer Schwester? Eine Erbkrankheit?«

»Ich weiß es nicht. Und auch die Ärzte sind ratlos. Bisher hat keine Creme, keine Salbe, keine Therapie irgendwie angeschlagen. Anscheinend ist es unausweichlich, dass ich mich vorzeitig ... in eine Greisin verwandele.«

»Ist es nur die Haut, oder ...« Er wusste nicht, wie er es ausdrücken sollte.

»Nur die Haut – allerdings die ganze.«

Die wenigen Quadratzentimeter ihrer Haut, die er sehen konnte, waren schon schlimm genug. Im nächsten Moment drehte sie den Kopf zur Seite, weil der Kellner an den Tisch trat.

»Noch einen Kaffee bitte«, sagte Ferland schnell.

»Ob Sie es glauben oder nicht, Sie sind meine letzte Hoffnung«, offenbarte Rebecca, nachdem der Kellner wieder gegangen war. »Ich will wissen, woher das kommt. Was mit Moira passiert ist und was mit mir ... Ist das nicht der reinste Hohn? Dass ich nicht weiter nachforschen wollte, als ich bei Ihnen in New York war? Dass Sie mir lästig waren mit Ihren Fragen? Und dass ich Moira habe verbrennen und beerdigen lassen, um es möglichst schnell zu vergessen? Dabei war mir von Anfang an klar, dass da etwas nicht stimmte. Und Sie haben es auch gleich gewusst. Es kommt mir fast so vor, als wäre das hier meine Strafe.«

»Unsinn«, versuchte Ferland sie zu beruhigen. »Reden Sie sich das bloß nicht ein. Übrigens, ich bin Polizist. Ich muss Fragen stellen.«

Sie lächelte schwach. »Dann fragen Sie jetzt. Wie es aussieht, haben wir beide nicht mehr viel Zeit.«

»Erzählen Sie mir von Ihrem Freund, der ums Leben gekommen ist. Dem Journalisten. Hatte er etwas mit unserer Geschichte zu tun?«

24. Kapitel

Hamburg, Deutschland

Julia hörte das Rumpeln und Kreischen der Räder auf den Schienen und fühlte die Erschütterung, als die U-Bahn über ihren Kopf hinweg in Richtung Landungsbrücken raste. Das Ding, das von den Brückenstreben unter der U-Bahn-Trasse herabhing, pendelte leicht hin und her. Der Untergrund begann zu schwanken, und Julias Brustkorb verengte sich. Ruhig weiteratmen, befahl sie sich. Das da waren nur ein paar Kabelenden in einem Plastiksack, die da von den Stahlstreben herunterhingen. Der Luftzug der U-Bahn hatte dazu geführt, dass sie sich bewegten. Oder die Vibration der Stahlstreben. Durch langsame Atemzüge bekam Julia die Angst unter Kontrolle, aber die Beklemmung blieb. Ihre Beine zitterten. Eine Panikattacke am helllichten Tag mitten in der Stadt.

Seit Renards Tod war Julia nicht mehr sie selbst. Sah in jedem Schatten gleich eine Bedrohung. Sie rieb sich die Oberarme; das hatte eine beruhigende Wirkung auf sie. Da vorne war schon die Ditmar-Koel-Straße. Dort an der Ecke arbeitete Sonja in einem Büro schräg gegenüber der schwedischen Gustav-Adolf-Kirche, hatte sie ihr gesagt. Das Backsteingebäude mit dem kleinen Turm war leicht zu erkennen: Über dem Eingang wehte die schwedische Flagge. Julia überquerte die Straße und betrat das Gebäude, in dem die Hilfsorganisation, Sonjas neuer Arbeitgeber, ihr Büro hatte. Es war verabredet, dass sie ihre Freundin nach der Arbeit abholte und beide dann im Portugiesenviertel etwas essen gingen. Sie beschloss, Sonja nichts von der Panikattacke – oder was immer das eben gewesen war – zu erzählen, auch wenn sie sich immer noch flau fühlte. Sie wollte ihr nicht unnötig Sorgen bereiten. Außerdem half es nichts, darüber nachzudenken; sie wollte sich lieber ablenken. Neugierig drückte Julia die Tür im dritten Stock auf und betrat das Büro von *Hanseatic Real Help*.

Aktenschränke, Poster an den Wänden, zerschrammtes Mobiliar – so weit keine Überraschung. Sonja saß an einem Schreibtisch vor einem Fenster mit vor Schmutz matten Scheiben, sodass die gegenüberliegende Häuserzeile aussah, als läge sie im Dunst.

»Es dauert noch einen kleinen Moment, Julia. Nimm dir was zu trinken, und mach's dir gemütlich.«

Die Umgebung passte nicht zu Sonja. In der rückwärtigen Ecke des lang gestreckten Raumes stand ein durchgesessenes Ledersofa mit einem Couchtisch davor, auf dem stapelweise Broschüren und zerfledderte Zeitschriften lagen. Auf dem staubigen Sideboard daneben gab es eine Kaffeemaschine und einen Wasserspender. Julia setzte sich aufs Sofa, sank tief darin ein und griff sich eine der Infobroschüren.

»Das versteh ich jetzt nicht«, sagte Sonja nach ein paar Minuten.

Julia legte ihre Lektüre beiseite, drückte sich aus den Polstern hoch und schlenderte zum Schreibtisch hinüber. Sonja zeigte ihr auf dem Bildschirm eine Mail, die sie erhalten hatte. Sie war auf Englisch verfasst und lautete übersetzt:

Sehr geehrte Damen und Herren,

wir sind sehr glücklich, endlich Nachricht von unserem Neffen Kamal Said erhalten zu haben. Er musste seine Heimat Afghanistan unter Lebensgefahr verlassen, nachdem man seinen Bruder ermordet hatte und sein Vater aus politischen Gründen in Gefangenschaft geraten war. In den letzten Wochen seiner Flucht hatten weder seine Eltern noch wir Nachricht von ihm erhalten, doch jetzt kam eine Mail von Bord eines Schiffes der Hanseatic Real Help, *wo er sich mit drei Schicksalsgenossen aufhält. Zuvor ist er auf einem Schiff namens* Aurora *gewesen. Wir würden sehr gern wissen, wann und wo Ihr Schiff eintreffen wird, damit wir ihn in Empfang nehmen können.*

Mit freundlichen Grüßen
Farid Said

»Was verstehst du denn daran nicht?«, fragte Julia.

Sonja wechselte zu einem neuen Fenster und scrollte durch ein Namensverzeichnis. »Hier: Wir haben keinen Kamal Said in unserer Liste. An Bord unseres Schiffes sind augenblicklich nur zwei Flüchtlinge, und die kommen auch nicht von der *Aurora.*«

»Vielleicht ist dieser Kamal noch nicht erfasst. Oder er hat einen anderen Namen angegeben.«

»Das kann natürlich sein.« Sonja sah erleichtert aus. »Ein falscher Name. Aber es wird ein bisschen dauern, bis sie hier eintreffen, weil unser Schiff noch eine ganze Weile unterwegs ist, um weitere Flüchtlinge aufzunehmen. Schade eigentlich. Wäre das Schiff hier, könnten wir einen der geretteten Flüchtlinge auf der Gala-Veranstaltung zu Wort kommen lassen. Das ist viel persönlicher und motiviert die Leute zum Spenden.«

»Wie bist du eigentlich dazu gekommen, ausgerechnet hier zu arbeiten?«, fragte Julia. »Ich meine, es entspricht nicht gerade deiner Ausbildung.« Nicht nur die Arbeit, sondern auch die ganze Umgebung entspricht Sonja nicht, fügte sie in Gedanken hinzu.

»Ich wollte endlich mal was Sinnvolles tun. Und Stefan hat mich auf diese Organisation gebracht. Sie haben gerade jemanden fürs Büro gesucht. Serail Almond unterstützt uns übrigens sehr großzügig, und das ist auch Stefans Verdienst.«

»Seit wann interessiert *er* sich für andere Menschen?«

»Du kannst ihn immer noch nicht leiden, oder? Aber er hat auch seine guten Seiten. Er sagt, wenn die blinden Passagiere, die man auf den Schiffen entdeckt, allein den Reedereien oder deren Versicherungsleuten überlassen werden, kommen viele nicht einmal dazu, überhaupt erst einen Asylantrag zu stellen, sondern werden gleich wieder abgeschoben.«

Julia war verblüfft. Stefan Wilson als Unterstützer der Armen und Rechtlosen. Kaum zu glauben. »Kann es den Reedereien oder auch den Versicherungen nicht egal sein, was die Flüchtlinge nach ihrer Ankunft tun?«

»Es ist, wie immer, eine Kostenfrage. Der Beförderungsunternehmer, in diesem Fall die Reederei, muss für die Kosten der blinden Passagiere aufkommen, und zwar von ihrer Ankunft bis zu ihrer Abschiebung, wenn das zuständige Bundesamt ihren Asylanträgen nicht stattgibt. Das umfasst wirklich alles: die Kosten der Abschiebehaft und für Übersetzungen ebenso wie die Verpflegungs-, Unterbringungs-, Verwaltungs- und Personalkosten. Dazu kommen noch mögliche Reisekosten, wenn ein Flüchtling zum Beispiel per Flugzeug in die alte Heimat zurück muss oder in ein anderes Land gebracht wird. Um sich dagegen zu schützen, sind die meisten Reedereien versichert. Deshalb mischen die Versicherungen bei der ganzen Abwicklung kräftig mit.«

»Und was genau tun die?«

»Kommt ein Schiff, auf dem ein blinder Passagier aufgegriffen wurde, hier bei uns an, autorisiert der Kapitän auf einem Formblatt der Hansestadt Hamburg einen Versicherungsagenten, die Angelegenheiten für ihn zu regeln. Die Vollmacht wird vom Kapitän, dem Agenten und dem zuständigen Polizeibeamten unterschrieben. Der Versicherungsmitarbeiter führt dann häufig die Erstbefragung durch, nicht die Polizei, und er kümmert sich auch um die Übersetzung. Wundert es dich da, dass die Antworten der Flüchtlinge oft so übersetzt werden, dass man sie so schnell wie möglich wieder abschieben kann?«

»Ist das wirklich so?«

»Klar doch. Nehmen wir mal ein Beispiel: ein junger Mann aus Mali, der wegen der Kämpfe zwischen der malischen Armee, Tuareg-Stämmen und anderen bewaffneten Gruppen aus seiner Heimat fliehen musste. Er hat deswegen in Mauretanien auf der Straße gelebt. Seine Schilderungen werden so übersetzt, dass es in dem Bericht heißt, er sei nach Deutschland gekommen, weil er mal wieder in Ruhe schlafen möchte.«

Julia sah ihre Freundin entsetzt an.

»Den Reedereien werden auf städtischen Formularen die Dienste eines privaten Rückschiebers angeboten«, fuhr Sonja fort. »Als Gegenleistung übernehmen die Mitarbeiter dieser Firma die offizielle Erstbefragung, wiederum mithilfe von Amtsformularen. Die Übersetzer werden im Bedarfsfall gleich mitgebracht und auch aus deren Kasse bezahlt. Viele Flüchtlinge bekommen so nicht mal den Hauch einer Chance, hier Asyl zu beantragen.«

»Und was ist nun eure Rolle dabei?«

»Die Interessen der blinden Passagiere zu vertreten. Sie zu beraten, ihnen Anwälte zur Verfügung zu stellen und auch ganz praktische Hilfestellungen zu geben. Unser Schiff war ursprünglich dazu gedacht, sogenannte *Boatpeople* zu retten. Aber jetzt nehmen wir auch immer öfter blinde Passagiere von anderen Schiffen an Bord, wenn wir darum gebeten werden. So vermeiden wir hoffentlich, dass blinde Passagiere einfach auf hoher See ins Wasser geworfen werden. Auch das ist schon passiert ... Und dann wollen wir natürlich auch die Öffentlichkeit auf das Problem aufmerksam machen.«

»Wie finanziert ihr euch?«

»Fast nur durch Spenden.«

»Vorwiegend von Serail Almond?«, hakte Julia nach und sah ihre Freundin misstrauisch an.

Sonja verdrehte die Augen. »Julia, ich glaube dir ja, dass du in dem Forschungszentrum in Indien etwas sehr Unangenehmes erlebt hast. Etwas, das du offenbar nicht richtig verstehst. Ich hatte gehofft, Stefan wäre in der Lage gewesen, dir das zu erklären. Aber auch wenn ihm das nicht gelungen ist, kannst du doch jetzt nicht hinter allem und jedem ... Sogar wenn irgendein Typ sich im Alsterpark an einem Baum aufhängt ... Tut mir leid, wenn das jetzt mitleidlos klingt, aber du kannst doch nicht Serail Almond für alles Schlimme, was in deinem Umfeld passiert, verantwortlich machen!«

»So siehst du das also?«

»Tut mir leid, ja.«

»Du findest, ich stelle mich an?« Ihre Stimme klang kalt vor Enttäuschung.

Sonja zögerte. »Nicht direkt. Du bist nur so auf deinen ehemaligen Kunden fixiert. Als wären diese Leute schuld an allem Leid der Welt. Engagiere dich doch lieber für andere, statt jemanden zum Buhmann zu machen.«

Julia spürte, wie ihr der Hals zuschwoll. »Ich bin nicht auf Serail Almond fixiert, weil die Firma mein Kunde war und ich für die gearbeitet habe – und schon gar nicht, weil dein Bruder dort im Vorstand sitzt. Mir sind in letzter Zeit ein paar schreckliche Dinge passiert: Menschen, die ich gekannt habe, sind ermordet worden; ich selbst wurde verfolgt und sollte getötet werden. Und jetzt versuche ich herauszufinden, warum das passiert und wer hinter alledem steckt. Ich habe mir das nicht ausgesucht, aber die Fakten sprechen für sich. Und Serail Almond hängt da mit drin, ob es dir passt oder nicht.«

Julia zwang sich, in langsamem Tempo den Uferweg entlangzulaufen. Für siebeneinhalb Kilometer musste sie ihre Kräfte einteilen, obwohl sie viel lieber schnell gerannt wäre. Seit Renards Tod verspürte sie eine lähmende Angst, die sie nur mit Bewegung in Schach halten konnte. Sie fühlte sich in Hamburg angreifbarer als auf ihrer Flucht in Indien. Dort hatte sie sich auf das Ziel konzentriert, Kolkata zu erreichen, ohne vorher geschnappt oder umgebracht zu werden. Aber hier?

Sie hatte sich eingeredet, dass ihr mitten am Tag im Alsterpark keine Gefahr drohen würde. Und nun standen etwa fünfzig Meter vor ihr auf dem Weg zwischen den Bäumen zwei Männer in Jeans und dunklen Jacken. Sie hatten Julia einen flüchtigen Augenblick lang seltsam angeschaut und schienen sie anschließend nicht im Geringsten zu beachten. Doch wieso blieben die da einfach stehen?

Kurz bevor sie die beiden erreicht hatte, trat der Erste blitzschnell vor und versperrte ihr den Weg. Sein Gesicht war ausdruckslos, sein Körper eine massive Barriere. Verdammt, ein Perverser, und das mitten am Tag, schoss es Julia durch den Kopf. Sie stoppte ab, starrte den Kerl wütend an und drehte sich um, weil sie zurücklaufen wollte. Im nächsten Moment prallte sie gegen den zweiten Mann, der sich, von ihr unbemerkt, hinter sie gestellt hatte, sodass der Rückweg für sie ebenfalls versperrt war. Die beiden hielten sie zwar nicht fest, aber sie wollten Julia offenbar auch nicht passieren lassen.

»Lassen Sie … mich vorbei!«, verlangte sie und rang nach Luft.

Doch die Männer reagierten nicht.

Julia schaute sich um. Ausgerechnet jetzt war außer ihr niemand in diesem Teil des Parks zu sehen. Die dunkel aufziehenden Regenwolken über der Alster hatten die Mutter mit dem kleinen Kind vertrieben, die eben noch auf demselben Weg spazieren gegangen waren. Und die dicht beieinander stehenden Bäume verhinderten, dass Leute auf der nächstgelegenen Rasenfläche und der Straße dahinter sie sehen konnten. Julia erwog, sich mit Gewalt aus der misslichen Lage zu befreien, die Kerle zu treten und zu schubsen, verwarf diese Idee aber wieder. Die Männer waren breitschultrig und von athletischer Statur; bei einem Kampf hätte sie keine Chance.

»Was soll das? Lassen Sie ... mich durch!«, forderte sie die beiden noch einmal auf.

»Nur mit der Ruhe«, sagte der erste Mann.

»Wir tun Ihnen nichts«, behauptete der andere, der annähernd zwei Meter groß war.

»Wer sind ... Sie? Was wollen ... Sie überhaupt?« Das Sprechen fiel ihr immer noch ein wenig schwer, da sie zwischendurch nach Luft schnappen musste.

»BKA. Mit Ihnen reden, was sonst?«

Das konnte ja jeder sagen. Selbst als einer der Männer ihr seinen Ausweis zeigte, dachte sie das noch. Peer Stahnke hieß er angeblich – na und? Was wusste sie, wie ein echter Ausweis aussah? Sie hatte die beiden noch nie zuvor gesehen. »Warum haben Sie nicht vorher angerufen wie jeder normale Mensch?«, fragte sie, weil sie immer noch nicht durchgelassen wurde. Immerhin konnte sie wieder normal atmen und sprechen.

»Ging nicht. Sowohl Frau Wilsons Anschluss als auch Ihr Handy werden möglicherweise überwacht. Kommen Sie ...«

»Moment!« Sie überlegte krampfhaft, doch ihr Gehirn schien in einer Art Schockstarre zu sein. »Nennen Sie mir meinen Ansprechpartner beim BKA«, forderte sie schließlich etwas lahm.

Der kleinere der beiden, der angebliche Peer Stahnke, grinste. »Schöne Grüße von Andreas Samuelson.«

Gut, so hieß wirklich einer der Beamten, mit denen sie beim

BKA gesprochen hatte. Da aus dem leeren Park immer noch keine Hilfe zu erwarten war, ging sie erst einmal mit den beiden mit, als sie sich in Bewegung setzten. Sie nahmen Julia in ihre Mitte und sahen sich immer wieder prüfend über die Schulter.

»Und wohin soll es gehen?«, fragte Julia und spürte, wie die Kälte langsam unter ihre verschwitzte Joggingbekleidung kroch und sie zittern ließ. Sie hoffte, dass die beiden es nicht merkten.

»Der Wagen steht da vorn«, antwortete Stahnke.

Sie führten Julia zu einem Auto auf dem Parkplatz am Fährdamm. Wider Erwarten war es keine schwarze Limousine mit getönten Scheiben, sondern nur ein dunkelgrauer, mittelgroßer Audi. Julia sah, dass ein ganzes Stück den Fußweg hinunter zwei Spaziergänger mit ihren Hunden näher kamen. Sie waren zwar noch sehr weit entfernt, aber wenn sie Zeit gewann ... Julia wollte ja gern glauben, dass zwei Polizisten sie angesprochen hatten. Es war möglich, dass die beiden Männer vom BKA waren, aber genauso gut konnten sie diejenigen sein, die Paul Renard an einem Baum aufgeknüpft hatten.

»Wer ist eigentlich der längere von Ihnen«, fragte sie den Zwei-Meter-Mann, als sie neben dem Auto standen. »Sie oder Samuelson?« Etwas Besseres fiel ihr im Moment nicht ein, um zu überprüfen, ob die beiden tatsächlich vom BKA waren.

Der Angesprochene stutzte, wusste offensichtlich nicht, was er ihr darauf antworten sollte, und Julias schnell schlagendes Herz schien einen Augenblick lang auszusetzen.

Sein Begleiter sah sie mit zusammengekniffenen Augen an. »Gar nicht mal schlecht, Frau Bruck. Aber mein Kollege hier kennt Samuelson nicht persönlich. Ich schon: Samuelson ist nur eine Handbreit größer als ein Schweineeimer. Wenn Sie jetzt bitte einsteigen würden, bevor wir hier einen Volksauflauf hervorrufen.«

Nachdem ihm der Flug von New York nach Paris den letzten Nerv geraubt hatte, war Ryan Ferland zu der Einsicht gelangt, dass das ihm verbleibende Leben zu kurz dafür war, sich mit zu vielen Leuten in einen Metallsarg sperren zu lassen, der dann, gegen jede menschliche Vernunft, vom Boden abhob und in halsbrecherischem Tempo durch die Luft raste. Er kaufte sich eine Fahrkarte, die ihn mit dem Zug von Paris nach Hamburg bringen würde.

Das Gespräch mit Rebecca Stern hatte alles auf den Kopf gestellt: Ferland glaubte nun nicht mehr, dass sie direkt oder indirekt Schuld am Tod ihrer Schwester hatte. Auch wenn das Verhältnis zwischen den beiden trotz Moiras Besuch in Paris, oder auch gerade deswegen, nicht besonders innig gewesen zu sein schien. Beide Frauen litten augenscheinlich unter derselben, ihm unbekannten Krankheit – ein schlimmes Leiden, das Moira Stern verunstaltet und sie höchstwahrscheinlich dazu veranlasst hatte, sich das Leben zu nehmen. Er erinnerte sich, wie sie zusammen auf der Feuertreppe gestanden hatten, kurz bevor sie in den Tod gesprungen war. Sie hatte ihn beschworen, sie nicht anzusehen: Für ein Model musste es absolut grauenhaft sein, das jugendliche Äußere zu verlieren und hässlich zu werden. Was würde Rebecca nun tun? Gaben ihre Lebensumstände, ihr guter Job und der feste Freund – darüber hatte sie kurz erzählt – ihr mehr Halt in dieser Situation? Immerhin hatte die Beschäftigung mit dem Mord an dem befreundeten Journalisten sie ein wenig von ihrem eigenen Leid abgelenkt.

Eigentlich sollte nach der Erkenntnis, dass Moira durch eine heimtückische Krankheit in den Tod getrieben worden war, wohl Schluss sein mit den privaten Ermittlungen. Auch war er kein Arzt und konnte Moiras Schwester nicht helfen. Aber die

Tatsache, dass Rebecca Stern buchstäblich vom Tod verfolgt wurde – ihre Schwester, die Concierge, dann ihr Freund, der Journalist – und dass von Moiras Leichnam in New York mit einiger Wahrscheinlichkeit unautorisiert Proben genommen worden waren, stachelte weiterhin Ferlands Jagdinstinkt an. Es lenkte ihn von seiner eigenen tödlichen Krankheit ab und beschäftigte ihn ... In Paris schien die Spur ins Nichts zu laufen. Aber warum sollte er eigentlich nicht weiter nach Hamburg fahren, um herauszufinden, womit sich dieser Journalist befasst hatte? Nach New York zurückkehren, um bald dort zu sterben, wollte er jedenfalls noch nicht.

Rebecca hatte ihm erzählt, dass ihr Freund Renard in Hamburg mit einer Deutschen namens Julia Bruck hatte sprechen wollen. Er hatte sich für ihre Erfahrungen in einem indischen Forschungszentrum interessiert, das einer Firma namens Serail Almond gehörte. Serail Almond war ein Kosmetikkonzern, bei dem Rebecca Sterns Freund, Noël Almond, in leitender Position arbeitete, wie Ferland herausgefunden hatte. Renard war anscheinend ermordet worden, bevor er die Gelegenheit dazu gehabt hatte, mit Julia Bruck zu reden.

Nun wollte Ferland mit ihr sprechen. Er hoffte, dass er sie finden würde, dass sie gut genug Englisch sprach – und dass sie noch lebte, wenn er in Hamburg eintraf.

HAMBURG, DEUTSCHLAND

»Sie sind hier, weil wir Sie warnen müssen«, sagte Peer Stahnke.

Sie saßen in dem sternförmig angelegten Gebäude des LKA in der City Nord, wo den beiden BKA-Beamten ein Büro für ihre Ermittlungen in Hamburg zur Verfügung gestellt worden war. Julias Zweifel, was die Identität ihrer »Entführer« anbelangte, hatte großem Ärger Platz gemacht, und ihre Furcht manifestierte sich gerade in einem dicken, harten Knoten in ihrem Magen.

»Haben Sie auch herausgefunden, vor wem?«

»Zunächst einmal sollten Sie nicht mehr allein durch irgendwelche Parks laufen. Das nächste Mal sind vielleicht nicht wir es, die dort auf Sie warten.«

»Woher wussten Sie überhaupt, wo Sie mich finden können? Lassen Sie mich beobachten?«

»Ach was, viel zu aufwendig – viel zu teuer.« Stahnke winkte ab. »Ein höflicher Telefonanruf genügt. Ihre Freundin Sonja Wilson hat uns sofort und bereitwillig gesagt, dass Sie gerade um die Alster joggen. Sie hat uns sogar genau erklärt, wo Sie immer laufen.«

Julia biss sich auf die Lippe. Sonja glaubte ihr nicht, dass Renards Tod mit den Vorfällen bei Serail Almond zusammenhing. Ihr letztes Gespräch hatte ihr gezeigt, dass ihre Freundin ganz allgemein an ihren Aussagen und Vermutungen zweifelte. Sie fühlte sich mit einem Mal von aller Welt allein gelassen, und die von sich überzeugten, emotionslos dreinblickenden Männer ihr gegenüber vermittelten auch nicht gerade den Eindruck, dass sie in ihnen Unterstützer gefunden hatte.

Stahnkes baumlanger Kollege, der Julia als Christian Klingbeil vorgestellt worden war, ließ seine Fingergelenke knacken. »Wir haben einen Verbindungsbeamten in Paris, der mit der dortigen Polizei zusammenarbeitet. Bei Paul Renard sind fremde DNA-Spuren entdeckt worden. Sie stimmen mit denen überein, die man bei einem Mord im achten Arrondissement in Paris gefunden hat. Sagt Ihnen der Name Simone Bertrand etwas?«

»Nein.«

»Oder Rebecca Stern?«

»Auch nicht. Worum geht es hier?«

»Hmm.« Klingbeil musterte sie unzufrieden. »Sie sind sich ganz sicher?«

»Die gute Neuigkeit ist: Wir wissen, wer Paul Renard ermordet hat«, bemerkte Stahnke. »Es ist definitiv dieselbe Person, die auch Simone Bertrand getötet hat.« Er sah sie mit seinen kaffeebohnenbraunen Augen an. »Kennen Sie einen Frank Gellert, Frau Bruck?«

»Nein. Jedenfalls nicht, dass ich wüsste. Das ist also Ihr mutmaßlicher Mörder? Was hat er mit Renard zu tun gehabt?«

Stahnke tauschte mit Klingbeil einen Blick, bevor er antwortete: »Wir denken nicht, dass er persönlich etwas mit seinen Opfern zu tun hatte. Aber Sie sollten sich vor ihm in Acht nehmen.«

»Wie stellen Sie sich das vor?«

»Einfach die Augen offen halten. Hier ...« Er drehte den Computerbildschirm zu ihr, sodass sie das Foto darauf sehen konnte. »So sieht er aus, oder zumindest hat er mal so ausgesehen ...«

Julia betrachtete das Porträt eines Mannes mit groben, leicht asymmetrischen Gesichtszügen und kalten Augen. Er entsprach so vollkommen dem Klischee eines Verbrechers, dass sie sich im ersten Moment auf den Arm genommen fühlte. Doch die beiden Beamten meinten es anscheinend todernst mit ihrer Warnung.

Julia zögerte einen Moment, dann entschloss sie sich, die beiden in alles einzuweihen, was ihr jüngst noch aufgefallen war. Allein kam sie in dieser Sache nicht weiter; sie musste jede Hilfe annehmen, die sie bekommen konnte. Sie berichtete Stahnke und Klingbeil von der Hilfsorganisation, für die Sonja Wilson arbeitete, und der großzügigen Unterstützung, die Serail Almond ihnen angedeihen ließ. Erst wollten die beiden nicht glauben, dass Julia mit ihren Verdächtigungen recht haben könnte, aber als sie von der E-Mail des nicht vorhandenen Kamal Said berichtete, schienen sie doch genauer hinzuhören.

»Wir kümmern uns darum«, sagte Stahnke abschließend. »Halten Sie sich bitte auf jeden Fall aus allem raus, verstanden?«

Sein Ton provozierte Julias Widerspruch. »Wie sollte ich? Sie sagen mir, mein Leben ist in Gefahr ... Bei dem Tempo, in dem die Ermittlungen voranschreiten, kann ich mich doch nicht hinsetzen und Däumchen drehen! Haben Sie denn in meiner Sache gar nichts Neues herausgefunden? Ist das Forschungslabor in Indien immer noch nicht durchsucht worden? Und wo ist Robert Parminski? Falls er noch leben sollte, so ist das nicht gerade Ihr Verdienst!« Ihre Stimme zitterte, und sie ärgerte sich, dass sie ihre Gefühle nicht besser verbergen konnte.

»Es gibt keinen Robert Parminski. Sie sind getäuscht worden.«

»Aber es gibt den Mann, der in Bihar bei Serail Almond als Security Officer gearbeitet und sich Parminski genannt hat. Das wird sich doch wohl feststellen lassen!«

»Da hat jemand eine falsche Identität angenommen.«

»Moment ...« Sie sah von einem zum anderen. »Ist er vielleicht einer von Ihnen? Ist es deshalb ein Geheimnis?«

Die Gesichter der beiden gaben nicht das Geringste preis. Stahnke schüttelte langsam den Kopf. »Nein, wir wissen nichts von dem Mann. Ich wollte, es wäre anders.«

Julia glaubte ihm nicht. Gefühle zu verbergen und Geheimnisse zu hüten war gewissermaßen sein Beruf. »Er kann doch nicht vom Erdboden verschluckt sein!«, rief sie verzweifelt. »Ich bin sicher, Sie haben viele Leute, die dafür ausgebildet sind, vermisste Personen zu suchen. Warum passiert das nicht?«

Ein unbehagliches Schweigen trat ein.

Nach einigen Augenblicken erklärte Stahnke: »Ich kann verstehen, dass Sie aufgeregt sind, Frau Bruck. Aber wie wollen Sie beurteilen, was bei uns im Referat passiert und was nicht?«

»Ja, wie soll ich das? Ich gebe Ihnen alle Informationen, die ich habe, und Sie geben mir nichts. Sie speisen mich mit unheilvollen Warnungen ab.«

»Immerhin sind Sie jetzt gewarnt«, sagte Klingbeil. »Mehr können wir nicht tun.«

Julia schnaubte. »Wenn die Bedrohung wirklich so ernst ist, warum werde ich dann nicht beschützt?«

»Das würden wir wirklich gern, Frau Bruck. Aber dazu fehlen uns die nötigen Mittel.«

Was Julia auf dem Weg zurück zu Sonjas Wohnung dahingehend übersetzte, dass die Gefahr für nicht sehr groß gehalten wurde. Man wollte sie warnen und vielleicht von eigenmächtigen Nachforschungen abhalten, aber für ernsthaft bedroht hielt man sie wohl nicht.

25. Kapitel

HAMBURG, DEUTSCHLAND

Julia hatte Kamal Saids Verwandte in London kontaktiert und auf diese Weise einiges über den jungen Mann und seine Flucht erfahren. Die Beschäftigung mit seinem tragischen Schicksal lenkte sie ein wenig von ihren Ängsten ab, die durch das jüngste Gespräch mit den Leuten vom BKA nicht geringer geworden waren. Die engagierten, aber durch und durch bürokratischen Jäger des Verbrechens hatten ihr nicht wirklich weitergeholfen. Jeden Mann, dem sie begegnete, scannte sie nun als Erstes auf seine Ähnlichkeit mit dem Foto von Frank Gellert ab.

Als irgendwann ihr Handy in die Stille von Sonjas Wohnung hineinklingelte, zuckte sie zusammen, und ihre Hand begann zu zittern. Eine Null im Display: eine unterdrückte Nummer. Sollte sie rangehen? Und seit wann war sie eigentlich so ein Nervenbündel? Was war an einem Anruf schon gefährlich? Sie nahm den Anruf entgegen und sagte entschlossen: »Hallo ...«

»Frau Bruck, Julia Bruck? Marita Eggert hier.«

»Hallo, Frau Eggert«, antwortete Julia erleichtert. »Wie geht es Ihnen?« Es war die Untermieterin ihrer Wohnung, in der sie laut Vertrag noch knapp fünf Monate sein würde – eine relativ lange Zeitspanne, in der Julia aufgrund ihrer vorzeitig beendeten Arbeit in Indien gezwungen war, anderswo unterzukommen. Sofort regte sich die Hoffnung, vielleicht doch eher in die eigenen vier Wände zurückzukommen.

»Mit der Wohnung ist alles in Ordnung, keine Sorge.« Marita

Eggert lachte verlegen auf. »Ich ruf nur an, weil eben jemand hier war, der Sie dringend sucht.«

Julia wurde flau im Magen. »Hat er seinen Namen genannt? Gesagt, was er will?« Sie sah Frank Gellerts Gesicht vor sich, und der Gedanke, dass er ihr Zuhause aufgesucht hatte, war alles andere als angenehm. Sie stand noch unter »Julia Bruck« mit ihrer Adresse im Hamburger Telefonbuch. Ein großes Kunststück wäre es also nicht, ihre Wohnung ausfindig zu machen.

»Er war Ausländer … Amerikaner, würde ich sagen. Sein Name war Ryan Ferland. Er sagte, dass Sie ihn wohl nicht kennen …«

»Nein, tue ich auch nicht. Was wollte er von mir?«

»Er hat nur gesagt, dass er Sie unbedingt sprechen muss. Und er hat eine Telefonnummer hiergelassen.«

»Okay. Ich schreib sie mir auf und ruf ihn an. Einen Moment …«

Eine Stunde später betrat Julia die Lobby des Hotels, in dem der amerikanische Polizist in Hamburg logierte. Er wohnte zentral, im St. Raphael in der Nähe des Hauptbahnhofes. Der Vorschlag, sich hier zu treffen, war von Ryan Ferland gekommen, weil er sich nicht in der Stadt auskannte und es ihm, wie er eher widerstrebend eingeräumt hatte, gesundheitlich nicht besonders gut ging.

Sie schlenderte zu einer Sitzgruppe im hinteren Bereich der Lobby, setzte sich und beobachtete die Leute. Julia erkannte den Polizisten aus New York sofort, als er aus Richtung des Fahrstuhls auf sie zukam, denn er musterte alle Anwesenden mit durchdringendem, misstrauischem Blick. Da sie als Einzige in der Lobby untätig herumsaß, wusste auch er sofort, dass sie es war, mit der er sich verabredet hatte. Er betrachtete sie aufmerksam, als er sie begrüßte, und bedankte sich höflich, dass sie sich Zeit für ihn nahm. Dann fragte er sie, ob sie lieber in die Hotelbar oder ins Restaurant gehen wollte. Julia, die keinen Hunger verspürte, entschied sich für die Bar. Nachdem sie im *Captain's Corner* einen ruhigen Platz auf einer der Eckbänke gefunden hatten, fragte Ferland sie mit diesem intensiven Blick, mit dem er auch die anderen Leute beobachtet hatte, nach Paul Renard.

Sie berichtete, wie der Journalist sie in dem Café in Winterhude angesprochen hatte, dass er mit ihr über Serail Almond hatte reden wollen und was dann geschehen war, als sie sich hatten treffen wollen. »Insofern bin ich froh, dass wir einen belebten Ort gewählt haben«, ergänzte Julia mit einem leicht schiefen Lächeln.

Ferland, ganz Cop, ließ seine Umgebung sowieso keinen Moment aus den Augen. Dann erzählte er ihr, wie er in diese Geschichte hineingeraten war. Von dem Selbstmord einer jungen Frau in New York, den Versuchen von offizieller Seite, seine Ermittlungen zu stoppen, und von der Schwester Rebecca Stern aus Paris, die wiederum den erhängten Journalisten gekannt hatte. Sie hatte ihm erzählt, dass Paul Renard mit einer Julia Bruck aus Hamburg hatte sprechen wollen. Es ging ihm dabei um ihre Erfahrungen in Indien bei einer Firma namens Serail Almond – einem Konzern, in dessen Vorstand Rebecca Sterns Freund Noël Almond saß. Alles war irgendwie miteinander verbunden, resümierte Ferland, und er wollte diese Zusammenhänge herausfinden. Davon würde ihn auch der Mord an Renard nicht abhalten.

Julia berichtete in knappen Worten von ihren Erlebnissen in Indien. Als sie geendet hatte, sah Ferland auch nicht viel schlauer aus als zu Beginn der Unterredung.

»Wir wissen immer noch viel zu wenig«, sagte er und rieb sich müde die Stirn. »Fällt Ihnen noch irgendetwas ein?«

»Renard hat mich nach einer Hilfsorganisation namens *Hanseatic Real Help* gefragt.«

»Wer oder was ist das?«

»Sie kümmern sich um Flüchtlinge. Meine Freundin Sonja arbeitet dort.«

»Wissen Sie, warum Renard Sie danach gefragt hat?«

Julia zuckte ratlos mit den Schultern.

»Okay.« Ferland schien auf einmal rastlos zu sein. Er erhob sich und winkte dem Barkeeper. »Danke, dass Sie sich die Zeit genommen haben, mit mir zu reden.«

»Was ist los mit Ihnen?«

Er antwortete nicht, sondern wandte sich zum Gehen. »Seien Sie vorsichtig«, sagte er noch über seine Schulter hinweg.

Julia ließ ihren Blick über die Gäste in der Bar schweifen. Ihr jedenfalls schienen die Leute alle harmlos zu sein.

Das Erste, was einem ins Auge fiel, wenn man Catherine Almonds Büro betrat, war der auf eine Platte laminierte Hochglanzdruck, der eine gesamte Wand bedeckte. Ein überdimensionales Werbeplakat für ihre neue Kosmetik-Serie. Der Cremetiegel strahlte in einem transluzenten Türkiston. Der kantige Deckel glänzte matt. Er war aus echtem Silber. Auf dem Glas war schemenhaft ein orientalischer Palast zu sehen, Anspielung auf den Konzernnamen, der für märchenhafte Pracht und Luxus stehen sollte. Die Verpackung an sich war schon ein Kunstwerk ... und die Creme darin würde ihrer Anwenderin die Pfirsichhaut einer Fünfzehnjährigen zurückgeben, dachte Stefan Wilson. Ruhm, Macht und Reichtum waren zum Greifen nah.

Catherine Almond besaß in der Hamburger Zentrale das größte Büro von ihnen allen: ein Eckbüro mit einer Fensterfront, die sich über zwei Seiten erstreckte und von dem aus man einen grandiosen Panoramablick über die Elbe und die Hafencity hatte. Die Vorstandsvorsitzende sah von ihrem gläsernen Schreibtisch auf, als Wilson auf sie zuschritt. Er fragte sich, wie sie es anstellte, dass weder Staub noch Fingerabdrücke auf der Glasplatte zu sehen waren. Wahrscheinlich hinterließen ihre Finger keine Abdrücke. Sie hatte sie sich womöglich bei einer der zahlreichen kosmetischen Eingriffe glatt schleifen und die Drüsen, die Hautfett produzierten, gleich mit entfernen lassen.

Sie sparte sich die Begrüßung. »Was macht deine Hilfsorganisation?«, fragte sie mit kaltem Lächeln.

»Die Krisenregionen dieser Erde werden nicht weniger, insofern ist uns permanenter Nachschub sicher.«

»Und deine Schwester?« Catherine stand auf und schlenderte durch den Raum. Das tat sie immer, wenn sie jemanden in die Zange nehmen wollte. Sie umkreiste ihn.

»Meine Schwester hat fantastische Arbeit geleistet. In Zukunft wird sich Serail Almond aus der Finanzierung der Hilfsorganisation weitgehend zurückziehen können, weil die Gelder von anderer Seite fließen«

»Das wird auch höchste Zeit. Serail Almond sollte möglichst gar nicht mehr in irgendeinen Zusammenhang mit *Hanseatic Real Help* gebracht werden können. Schlimm genug, dass du als unser Vorstandsmitglied mit diesem Verein zu tun hast. Das habe ich euch aber von Anfang an gesagt.«

Wilson blickte irritiert. Er beobachtete, wie sie ein paar Früchte aus der Schale auf dem Sideboard nahm und damit zu dem Wandbord ging, auf dem die hässliche Statue stand. Shitala, die indische Pockengöttin – oder wen auch immer das Ding darstellen sollte. Es passte gut zu Catherine …

»Wie laufen die Vorbereitungen für die Spendengala?«, fragte sie, als er sich neben sie stellte.

»Wir sind ausverkauft. Das wird in Hamburg eines *der* Ereignisse des Jahres werden. Die Event-Agentur, die Sonja beauftragt hat, überschlägt sich fast.«

»Wunderbar. Apropos, ich benötige noch eine Eintrittskarte für einen ganz bestimmten Tisch. Die bekomme ich doch bestimmt über deine liebe Schwester?« Sie legte die Früchte neben der Statue ab und strich über deren pockennarbiges Gesicht.

»Sicherlich. Sag ihr einfach Bescheid, wie viele du brauchst. Sonja hat alles im Griff, was die *Hanseatic* und diese Gala betrifft ... Ähm ...« Er zögerte.

»Ja?« Sie nahm eine Orange und ritzte die Schale mit ihren spitzen Fingernägeln auf.

Er musste es ihr sagen, auch wenn sie sich aufregen würde. »Sonja hat kürzlich eine unerfreuliche E-Mail bekommen. Es geht um einen Flüchtling, dessen Verwandtschaft irgendwie davon Kenntnis erhalten hat, dass er auf dem Schiff unserer Organisation gelandet ist. Sie haben sich nach seinem Aufenthaltsort erkundigt.«

»Und wo ist dieser Flüchtling jetzt?«

»Der Mann ist auf dem Weg nach Bihar.«

»Und das erwähnst du so beiläufig, als wäre es ein Kratzer im Autolack?«, brauste Catherine auf. Die Frucht wurde unter ihrem festen Griff fast zerquetscht.

»Wir können den Transport jederzeit stoppen. Zumindest, wenn der Flüchtling noch nicht zu viel mitbekommen hat. Ansonsten hat er eben bedauerlicherweise einen Unfall und ist über Bord gefallen.«

»Na wunderbar! Das erregt ja überhaupt kein Aufsehen. Hast du eine Vorstellung, wie das aussehen würde? Es ist doch gerade die Aufgabe eurer Organisation, Flüchtlinge vor einem solchen Schicksal zu bewahren.«

»Ich hab's im Griff. Es ist nichts.«

»Weiß sonst noch jemand von diesem Flüchtling? Andere Mitarbeiter bei *Hanseatic Real Help?* Die Ausländerbehörde? Amnesty International?« Sie drapierte die Orangenstücke zu Füßen der Statue.

»Niemand. Und Sonja hat mir die Mail überlassen. Ich kümmere mich darum.«

»Denkst du, dass deine Schwester den Vorfall vergisst, nur weil es dir besser in den Kram passt?«

»Nein. Aber ich weiß definitiv, dass sie es vergisst, weil sie seit Tagen ständig überlegt, welches Kleid sie für das große Fest kaufen soll. Und weil sie drei Minuten auf der Bühne stehen wird und immer wieder über den Inhalt ihrer kleinen Ansprache nachdenkt. Ihre Gedanken sind so sehr auf diese beiden Sachen fixiert, dass alles andere innerhalb von Minuten aus ihrem Gedächtnis gelöscht ist.«

»Meinst du?«

»Ich hab Sonja unter Kontrolle.«

»Du neigst dazu, Frauen zu unterschätzen, Stefan.« Catherine starrte auf die Statue, deren entstelltes Gesicht im Halbdunkel lag. Die aufgebrochenen Fruchtstücke unter ihr hatten eine kleine Lache aus Fruchtsaft gebildet.

»Und du neigst dazu, Kleinigkeiten überzubewerten, Catherine«, entgegnete er. »Du kannst dich nicht um jeden Dreck kümmern. So eine kleine Klitsche wie die Firma, von der du einst gekommen bist, ist Serail Almond eben nicht.«

Sie sah ihn verächtlich an. »Ich kümmere mich für dich um die Sache mit diesem Flüchtling. Bis zu der Gala ist ja noch Zeit dazu.« Dann fügte sie mit einem bösen Lächeln hinzu: »Du solltest Shitala auch etwas opfern. Man muss die Göttin bei Laune halten.«

Am nächsten Morgen zeigten sich erste Vorboten des Frühlings in der Hansestadt. Der Himmel war blau, und Julia hörte seit langer Zeit wieder Vögel zwitschern. Sie schaute aus dem Küchenfenster und bemerkte Inseln von Krokussen, die sich scheinbar über Nacht durch den spärlichen Rasen am Kanalufer ans Tageslicht gekämpft hatten, wo sie nun dem kühlen Wind trotzten, der über das dunkle Wasser strich. Im Radio lief *N-Joy*; Sonja hatte Franzbrötchen zum Frühstück besorgt und einladend auf den Küchentisch gelegt, zusammen mit einem Umschlag, in dem sich die zwei Karten für die heutige Veranstaltung befanden: Die Spendengala zugunsten von *Hanseatic Real Help*. Tisch neun, ganz nah an der Bühne, hatte Sonja ihr freudig versichert.

Julia öffnete den Umschlag und sah sich die Karten an. Der Text war in goldener Schrift auf dickem, samtigem Karton gedruckt – alles auffallend hochwertig. Unwillkürlich fragte sich Julia, wie viel die Leute denn ausgeben und spenden mussten, damit allein die Kosten für die Veranstaltung wieder hereinkamen, ganz zu schweigen davon, dass man noch viel Geld für die Hilfsprojekte erhalten wollte. Sie wusste, dass eine Karte zwischen achtzig und fünfhundert Euro kostete. Dann war für sie wohl einer der Fünfhundert-Euro-Plätze vorgesehen …

Erst jetzt wurde ihr klar, auf was sie sich da eingelassen hatte. Sie war nicht nur Gast, sie hatte Sonja versprochen, sie zu unterstützen, wenn sie ihre Rede hielt, in der auch Kamal Saids Schicksal angesprochen werden sollte. Einzelne Schicksale rührten die Leute eher zu Spenden als nüchtern vorgetragene Zahlen und Fakten … Sie selbst würde kurz auf der Bühne und damit im Zentrum der allgemeinen Aufmerksamkeit stehen. Als ihr das angetragen worden war, hatte sie gedacht, dass Öffentlichkeit in irgendeiner Form sie schon schützen könnte. Das mochte ja zutreffen. Doch, verdammt, was sollte sie zu einem solchen Anlass anziehen?

Sonja hatte diese Frage schon seit Tagen mit ihr erörtern wollen, aber Julia hatte immer genervt abgeblockt. Sie hatte einen schlichten Hosenanzug tragen wollen, aufgepeppt mit hohen Schuhen und etwas Schmuck. Jetzt, mit den Karten in den Händen, schien ihr das unpassend zu sein. Sonja würde ein langes Kleid aus nachtblauem Satin anziehen, und sie hatte ihre Friseurin für heute Nachmittag herbestellt, um sich von ihr die Haare aufstecken zu lassen. Würde sie sich da in ihrem Hosenanzug nicht deplatziert fühlen?

Eine halbe Stunde später stand Julia in einem kleinen Geschäft in Eimsbüttel und probierte Abendkleider an. Sie entschied sich schließlich für ein bordeauxrotes Kleid mit einem netten Rückenausschnitt, eine dazu passende schwarze Clutch und hohe silberfarbene Sandaletten. Warum das Geld nicht ausgeben, solange sie noch welches hatte? Das Leben konnte sehr kurz sein.

In ihren neuen Outfits fuhren Julia und Sonja am Abend zu den Fischauktionshallen am Hafen, wo die große Feier stattfinden sollte. Sie fanden mit Mühe einen Parkplatz und stöckelten dann über das unebene Kopfsteinpflaster auf den Eingang zu. Der Vorplatz war großzügig von der eigens dafür angeworbenen Security abgesperrt. Die Lichter hinter den Fenstern der Fischauktionshallen leuchteten einladend vor der Kulisse des eindrucksvoll dahinströmenden Flusses und der am anderen Ufer liegenden, von Scheinwerfern angestrahlten Docks. Die Menschen strömten paarweise oder in kleinen Gruppen auf den von zwei Feuertonnen flankierten Eingang zu. Auch hier erwarteten sie Security-Mitarbeiter, die in die eine oder andere größere Tasche schauten und die Eintrittskarten kontrollierten.

Kaum war Julia mit ihrer Freundin in den Fischauktionshallen, kamen ihr zweifelnde Gedanken. Wie konnte sie nur hierherkommen und feiern?, fragte sie sich, während ein Kellner mit bodenlanger schwarzer Schürze sie und Sonja zu ihrem Tisch nahe der Bühne geleitete. Sie watete im übertragenen Sinne seit Bihar durch einen Sumpf aus Intrigen und undurchschaubaren Machenschaften eines Kosmetikkonzerns, ihr Leben war dadurch laut Aussage einiger BKA-Beamter in Gefahr, und sie stöckelte hier in einem Abendkleid durch die Fischauktionshallen ... Doch die Gefährdung fühlte sich inmitten der festlich gekleideten und überwiegend gut gelaunten Gäste so irreal an wie der Gedanke, dass sich Godzilla gleich über die Hafenstraße hermachen würde ...

Julia setzte sich und betrachtete ihre Freundin, die ihr schräg gegenüber Platz nahm. Sonja strahlte. Es war ihr großer Abend, sie hatte einen guten Teil von alldem hier organisiert. Auch wenn Julia immer noch nicht verstand, wieso Sonja ihre Arbeit als Ingenieurin aufgegeben hatte, der Job bei *Hanseatic Real Help* schien sie wirklich auszufüllen. Jetzt unterhielt sie sich mit einem älteren Paar, das gerade zu ihnen an den Tisch gesetzt worden war. Ein weiteres Paar um die vierzig saß zu Julias Rechten, doch sie hatte keine Lust auf Konversation. Ein Platz ihr gegenüber war noch frei, der Tisch war nur für sieben Personen eingedeckt. Da schob sich eine bullige Gestalt durch die Menschenmenge und trat zu dem freien Stuhl: Es war Ryan Ferland, der Polizist aus New York.

»Ferland? Sie hätte ich hier nicht erwartet«, sagte Julia erstaunt. »Ich dachte, die Karten seien seit Tagen ausverkauft.«

»Ich habe so meine Beziehungen«, vertraute er ihr an und ließ sich mit einem kleinen Ächzen auf seinen Stuhl fallen. Er konnte froh sein, so leger gekleidet überhaupt hereingekommen zu sein. Das Paar rechts von ihr starrte den Amerikaner unverhohlen neugierig an.

»Selbst wenn Sie einen guten Draht zum BKA haben sollten – die werden Ihnen die Eintrittskarte kaum besorgt haben«, meinte Julia und fügte spöttisch hinzu: »Etatkürzungen.«

»Sie glauben doch nicht, dass ich Ihnen meine geheimen Quellen verrate?«, entgegnete Ferland. Er schien gut gelaunt, geradezu euphorisch zu sein.

Julia bedachte ihn mit einem warnenden Blick. Da Serail Almond die Hilfsorganisation so großzügig unterstützte, war sicherlich auch Stefan Wilson nicht weit. Sie schaute sich um und fühlte sich beobachtet.

Er schien ihren Blick über ihre Schulter bemerkt zu haben. »Nicht hier, nicht jetzt«, sagte er beruhigend. Dann wechselte er abrupt das Thema und fragte: »Rauchen Sie, Miss Bruck?«

Als der Kellner die Getränkewünsche aufnahm, bestellte Ferland sich ein großes Bier und lud Julia auf eine Flasche Wein ein. Sie hoffte, dass er vorher die Preise auf der Getränkekarte gesehen hatte. Hier war alles für den guten Zweck – und damit extrem teuer. Als ihre Tischnachbarn hörten, dass Ferland aus New York kam, waren sie mit seinem legeren Outfit versöhnt und bemühten sich um eine Unterhaltung mit ihm.

Julia lehnte sich einen Moment zurück und verfolgte das Treiben um sie herum. Oben auf der Galerie gab es ein großes Büfett, auf der Bühne würden die Musikdarbietungen und Ansprachen stattfinden. Später sollte Tanzmusik gespielt und im hinteren Teil eine Disko veranstaltet werden. Am meisten Gedränge herrschte wie immer an den zwei Bars, die sie von ihrem Platz aus einsehen konnte. Dort entdeckte sie auch Stefan Wilson, wie sie es schon geahnt hatte. Er sah aufmerksam zu ihrem Tisch herüber und musterte Sonja mit gerunzelter Stirn. Hatte er etwa Angst, sie würde ihren großen Auftritt vermasseln? Julia wusste, dass ihre Freundin, wenn man sie ins kalte Wasser warf, zur Hochform auflief. Sie würde ihre Sache großartig machen. Allerdings erwartete Stefan Wilson noch eine kleine Überraschung. Der kleine Exkurs über das Schicksal des Flüchtlings Kamal Said – von dessen Flucht aus Afghanistan über Griechenland bis auf die *Aurora* und dann auf das Schiff der *Hanseatic Real Help* – würde den Gästen beispielhaft die Notwendigkeit der Organisation vor Augen führen. Außerdem, und das war Julias Hintergedanke, würde so die allgemeine Aufmerksamkeit auf die Tatsache gelenkt, dass Kamal Said seitdem verschwunden war. Dieser Teil der Rede war allerdings weder mit Wilson noch mit einem anderen Mitglied von *Hanseatic Real Help* abgesprochen. Das würde später noch Ärger geben. Die vielleicht brisanten Informationen öffentlich zu machen minderte aber auch Julias persönliches Risiko. Hoffte sie jedenfalls.

Nachdem die von Sonja bewunderten *Crocodile Hunters* ihren ersten musikalischen Auftritt hingelegt hatten, begrüßte ein hochbezahlter TV-Moderator, der durch das Veranstaltungsprogramm führen sollte, im Namen von *Hanseatic Real Help* die Gäste. Julia sah, dass ihre Freundin nervös an ihren aufgesteckten Locken zupfte, und nickte ihr beruhigend zu. Gleich war es so weit. Erst würde noch eine musikalische Darbietung folgen, dann kamen Sonjas und kurz darauf Julias Auftritt.

Sie selbst fühlte sich ganz ruhig. Niemand außer Sonja, Wilson und Ferland kannte sie hier. Und selbst wenn ... Doch bisher hatte sie kein einziges bekanntes Gesicht außer den dreien gesehen. Die Bühne war hell erleuchtet, die Zuschauer hier unten saßen im Dunkeln. Doch oben auf der Galerie wurden die Gäste, die an der Brüstung standen, zum Teil von den Bühnenscheinwerfern angestrahlt.

Da – plötzlich sah Julia ihn. Robert! Das konnte doch nicht wahr sein. Sie fuhr hoch. Die anderen am Tisch sahen sie verwundert an.

»Ist alles in Ordnung?«, wollte Ferland sofort wissen.

Julia hätte schwören mögen, dass er kurz unter seine Jacke

gegriffen hatte, dorthin, wo sonst wahrscheinlich seine Dienstwaffe steckte. Sie nickte langsam, dann starrte sie wieder hinauf zur Galerie.

War er es – oder war er es nicht? Das Gesicht des Mannes schien ihr schmaler zu sein als das von Robert, wie sie ihn in Erinnerung hatte; er sah zudem etwas älter aus. Aber die Ähnlichkeit … Ihr Herz klopfte wild zu den Bässen der Musik. Verdammt, sie wollte ihre neue Clutch auffressen, wenn das dort oben nicht Robert Parminski war!

Julia bahnte sich ihren Weg durch die eng beieinanderstehenden Tische. Dann hastete sie die Treppe hinauf, so schnell das mit dem langen Kleid und den hohen Absätzen möglich war. Die Gala, Sonja, Wilson, Ferland, ihre Rede – alles war unwichtig im Vergleich zu dem überwältigenden Verlangen, Robert wiederzusehen. Ihm leibhaftig gegenüberzustehen, ihn zur Rede zu stellen, ihn in die Arme zu schließen …

Immer eins nach dem anderen, sagte sie sich, während sie sich durch die Leute schob, die den Weg von der Treppe zum Geländer der Galerie blockierten. Dort an der Säule hatte er gestanden; sie hatte sich seinen Standort genau gemerkt. Doch da war niemand mehr, der Robert ähnlich sah. Sie blickte sich um. Systematisch suchte Julia den Bereich auf der Galerie ab, aber sie entdeckte niemanden, der Robert hätte sein können. Hatte er sich versteckt? Oder war er in der Zwischenzeit auf der anderen Seite die Treppe nach unten gegangen, um zu ihr zu gehen? Sie sah über die Brüstung zur Bühne und zum Tisch dahinter, wo Sonja und die anderen saßen. Kein Mann weit und breit, der dem Security Officer aus Bihar auch nur entfernt ähnelte. Hatte sie sich das alles nur eingebildet?

Die *Crocodile Hunters* begannen erneut zu spielen. Noch knapp zehn Minuten, dann war Sonja mit ihrer Rede dran. Julia musste wieder zu ihr runtergehen. Hier oben war Robert nicht. Dabei war sie sich so sicher gewesen, dass sie ihn gesehen hatte. Ihr Herz schlug immer noch zu schnell.

Am unteren Treppenabsatz kam ihr einer der Kellner entgegen. »Entschuldigung, sind Sie Frau Bruck?«

Julia bejahte die Frage. Zu ihrem Erstaunen hielt er ihr eine Packung Zigaretten hin. »Was soll das?«

»Der Herr dort hinten sagte, dass er Ihnen die noch schulden würde.«

»Welcher Herr?«

Der junge Mann sah über seine Schulter, zuckte dann mit den Achseln. »Na, so ein etwas älterer Typ eben.«

Julia musterte das glatte Gesicht mit den großen braunen Augen. *Student, erstes Semester, BWL,* dachte sie. Für den waren alle über dreißig »älter«. Er hielt ihr immer noch die Zigarettenschachtel hin. Julia griff danach, obwohl sie Nichtraucherin war. »Können Sie ihn mir bitte zeigen, diesen älteren Herrn?«

Er schüttelte den Kopf. »Nichts für ungut. Es ist zu viel los. Ich muss wieder ... Schönen Abend noch.«

Die Zigarettenschachtel war schon geöffnet. Julia sah hinein. Es schienen noch alle Zigaretten drin zu sein, und ihr fiel nichts Ungewöhnliches an der Schachtel auf. Sie verstaute sie in ihrer Abendtasche und schritt langsam auf ihren Platz zu. Ihre Tischgenossen schienen sich gut zu unterhalten. Julia sah, dass eine ihr unbekannte Frau in einem schwarzen Abendkleid mit tiefem Rückenausschnitt an ihrem Platz stand und mit Ferland redete. Doch wo war der Mann, der wie Robert Parminski aussah? Sie würde sich hier unten jeden einzelnen Gast genau ansehen, wenn Sonja und sie ihre Reden beendet hatten. Dann ging ihr auf, dass sie sich das sparen konnte. Entweder bemerkte Robert sie, wenn sie auf der Bühne stand, und gab sich zu erkennen, oder er wollte, aus was für Gründen auch immer, nicht mit ihr reden. Wenn nicht ...

Ihre Gedanken kamen zum Stillstand, als sie den Lichtblitz sah. Er kam aus Richtung ihres Tisches. Julia fühlte, wie eine Druckwelle wie ein unsichtbarer Lastwagen gegen sie raste. Sie hörte einen ungeheuren Knall, der ihr die Trommelfelle zu zerfetzen schien; und Sekundenbruchteile später flog sie durch die Luft und schlug mit Rücken und Hinterkopf gegen etwas Hartes. Julia rang nach Luft, und etwas in ihrem Kopf schien zu explodieren.

Dann war es still. Still bis auf den Schmerz und ein Rauschen in ihren Ohren, durch das, wie durch eine Wolldecke hindurch, langsam die Schreie und der Lärm der Menschen um sie herum drangen. Die Geräusche wurden immer lauter und mischten sich mit dem Geheul einer Sirene. Langsam hob Julia den Kopf. Der festlich hergerichtete Raum hatte sich innerhalb von Sekunden in ein Schlachtfeld verwandelt. Rauch quoll ihr entgegen, es regnete von der Decke, und dort, wo ihr Tisch gestanden hatte, züngelten Flammen. Der Boden war mit Scherben, Splittern und undefinierbaren Fetzen übersät. Hinter sich hörte Julia jemanden stöhnen. Eine Frau stieß hohe, spitze Schreie aus. Alles rannte durcheinander, Leute liefen über sie hinweg. Ein schwerer Mann stolperte über ihre Beine, fiel hin und bewegte sich dann auf allen vieren weiter. Sie sah eine Hand mit goldfarben lackierten Nägeln und Ringen neben sich liegen und wollte sie aus einem Impuls heraus ergreifen – aber dann merkte sie, dass der Arm daran abgerissen war.

Julia wurde augenblicklich schlecht. Sie versuchte aufzustehen, um von hier wegzukommen, doch der Boden erwies sich als sehr rutschig. Ihr war schwindelig, und vor ihren Augen zuckten Lichtblitze. Sie schaffte es nicht, sich aufzurichten. In diesem Moment setzte ein Pfeifen in ihren Ohren ein, und das Gesichtsfeld schrumpfte zusammen, wie wenn man durch den Boden eines Schnapsglases sah.

Dann wurde alles dunkel.

26. Kapitel

AN BORD DES SCHIFFES DER HILFSORGANISATION

Es war Kamal nicht gelungen, unbemerkt zurück in die Kabine zurückzukehren. Ein Maschinist hatte ihn in seinem Versteck entdeckt und andere Besatzungsmitglieder darüber informiert. Peter, der eilig hinzugekommen war, hatte von enttäuschtem Vertrauen, Undankbarkeit und möglichen Konsequenzen gesprochen und ihn schließlich in eine winzige Kabine gesteckt. Doch anscheinend war nicht bemerkt worden, dass er eine E-Mail an seine Familie verschickt hatte.

Nun saß Kamal allein in der kleinen Kajüte und starrte aus dem winzigen Bullauge nach draußen. Er beobachtete den blauen Himmel und verfolgte den Lauf der Sonne. Irfan hatte recht: Wohin auch immer sie unterwegs waren – es lag nicht im Norden.

HAMBURG, DEUTSCHLAND

»Frau Bruck, können Sie mich hören?«

Konnte sie hören, wollte sie hören? Julia ahnte, dass das, was sie erwartete, wenn sie die Augen öffnete, ihr nicht gefallen würde. Sie fühlte ein Brennen an verschiedenen Stellen ihrer Arme, ein pochendes Ziehen am rechten Oberschenkel – und tief in ihrem Unterbewusstsein schien ein noch viel größerer Schmerz auf sie zu lauern. Da war es leichter, sich in den Dämmerschlaf zurücktreiben zu lassen. Und sicherer.

»Frau Bruck, sehen Sie mich an!«, verlangte die männliche

Stimme, die sie aus ihrer Bewusstlosigkeit gerissen hatte. Sie klang ruhig und selbstsicher. Julia öffnete mit einiger Anstrengung die Augen. Sie sah ein unbekanntes Gesicht, ein Stück Vorhang und den grauen Himmel, dann fielen ihr die Lider wieder zu.

»Kommt sie zu sich?«, fragte eine Frauenstimme.

»Wir geben ihr noch eine Viertelstunde«, lautete die Antwort. Julia sank in den tröstlichen Dämmerzustand zurück. Kurz darauf – sie glaubte zumindest, es sei kurz darauf – fühlte sie eine Hand an ihrem Arm. »Frau Bruck, Sie müssen jetzt aufwachen!«

Konnten die sie nicht in Ruhe lassen? Sie wollte nicht wach werden. Sie wollte nichts als hier liegen und nicht denken müssen ... Denken war gefährlich. Doch weshalb? Und wo war sie überhaupt? Julia blinzelte, und dieses Mal konnte sie die Augen länger offen halten.

»Ah, wir haben Sie wieder. Willkommen zurück im Leben.« Ein Mann mit dunkelblonden Locken und einem runden Gesicht sah sie prüfend an.

Sie kannte ihn nicht. Ihr Blick glitt über seinen Oberkörper – er trug einen weißen Kittel – und dann über ihre Beine, die von einem Laken bedeckt waren. Sie lag in einem Krankenhausbett, das erklärte so einiges. Aber nicht alles. »Was ist passiert? Warum bin ich hier?«

»Woran erinnern Sie sich denn?«

»Ich habe zuerst gefragt.« Julia versuchte, sich ein Stückchen aufzusetzen, doch sie war zu schwach. Sie stöhnte entnervt und verdrehte die Augen. Über ihr hing ein Tropf, ihr Arm war bandagiert, ihr Körper tat an diversen möglichen und unmöglichen Stellen weh. »Ich glaube, ich muss mal«, sagte sie. Es klang vorwurfsvoll. Sie hasste es, hilflos zu sein.

»Keine Sorge, Sie haben einen Katheter; Sie müssen jetzt nicht aufstehen«, erklärte eine junge Asiatin, die neben den

Arzt getreten war. Sie hielt ein Klemmbrett in der Hand und trug ebenfalls einen Kittel.

»Was?« Diese Information war besorgniserregend. Warum wusste sie davon nichts? Sie fühlte etwas Fremdes, Unangenehmes zwischen ihren Beinen, jedenfalls dann, wenn sie wie jetzt darauf achtete. Zu der Verwirrung und Schwäche kamen Verlegenheit und Angst.

»Immer eins nach dem anderen«, meinte der blond gelockte Arzt. »Wissen Sie, wie Sie heißen und wer Sie sind?«

»Natürlich.« Julia ratterte ungeduldig ihre Daten herunter. Die Asiatin, die wohl auch Ärztin war, nickte und machte sich Notizen. Julia fühlte sich trotz ihrer Gereiztheit erleichtert. Dann war das immerhin keine komplette Amnesie, unter der sie litt. Offenbar waren nur die letzten Stunden irgendwie weg.

»Alles richtig. Wir mussten Sie vor ein paar Tagen in einen künstlichen Schlaf versetzen, weil Sie ein schweres Knalltrauma erlitten hatten, Frau Bruck. Hören Sie noch irgendwelche Nebengeräusche?«

Das Pfeifen ... Sie erinnerte sich wieder an das durchdringende Pfeifen in ihren Ohren. Es war verschwunden. Nun kam die Erinnerung zurück, stückchenweise, wie Treibeis auf einem Meer der Unwissenheit. Sie war auf der Gala-Veranstaltung gewesen. Die Fischauktionshallen. Ihre Freundin hatte eine Rede halten wollen. Sie sah Sonja wieder mit ihren geröteten Wangen, dem aufgesteckten Haar und in ihrem wunderschönen Kleid am Tisch sitzen. Tisch neun, ganz nahe an der Bühne. Und die *Crocodile Hunters* hatten gespielt. Und dann ein Schock! »Sagten Sie gerade ›vor ein paar Tagen‹? Wie viele Tage?!«

»Keine Sorge, Sie haben nicht viel verpasst. Das Wetter ist immer noch schlecht«, antwortete der Arzt.

Was sollte das hier? Was verschwiegen sie ihr? Sie konnte

doch nicht untätig hier herumliegen. Julia versuchte erneut, sich aufzurichten. Sie wusste, dass etwas Schreckliches passiert sein musste, an das sie sich nicht erinnern konnte. Warum ein Knalltrauma? Als sie nicht hochkam, versuchte sie eine andere Taktik. »Bitte«, sagte sie und sah erst die Ärztin, dann den Arzt durchdringend an. »Erzählen Sie mir, was passiert ist.«

»Sie waren auf einer Veranstaltung der *Hanseatic Real Help* in den Fischauktionshallen, als sich dort eine Explosion ereignet hat. Sie wurden leicht verletzt und dann hier ins Altonaer Krankenhaus eingeliefert. Ich bin HNO-Arzt. Wir haben Sie mit einer mehrtägigen Infusionsbehandlung gegen das Explosionstrauma behandelt.«

»Aber das ist nicht alles?«

»Sie haben oberflächliche Verletzungen durch herumfliegende Splitter und eine leichte Gehirnerschütterung erlitten, außerdem das Explosionstrauma, verursacht durch die Schalldruckwelle«, berichtete der Arzt in nüchternem Tonfall. »Die tiefen Frequenzen einer Explosion verletzen das Mittelohr, die mittleren und hohen eher das Innenohr. Zum Glück haben Ihre Trommelfelle keinen großen Schaden genommen. Aber ohne eine konsequente Behandlung bildet sich der Schaden eines solchen Traumas nur selten komplett zurück. Oft bleibt dann eine sogenannte kombinierte Schwerhörigkeit und gegebenenfalls ein Tinnitus zurück, deshalb entschlossen wir uns, sofort zu handeln.«

»Was war das für eine Explosion?«, fragte Julia alarmiert. Wieso wusste sie nichts davon? Sie erinnerte sich jetzt dunkel an die Veranstaltung in den Fischauktionshallen – auch, dass sie geglaubt hatte, Robert oben auf der Galerie zu sehen. Das Letzte, was sie sich ins Gedächtnis zurückrufen konnte, war, dass sie die Treppe wieder hinuntergegangen war, nachdem sie ihn vergeblich gesucht hatte.

»Die Polizei vermutet, dass es sich dabei um einen Sprengstoffanschlag gehandelt hat«, erwiderte die Ärztin. »Sie werden später noch dazu befragt.«

Julia entging nicht, dass der Arzt seiner Kollegin einen warnenden Seitenblick zuwarf. Ja, da war noch etwas Bedeutsames gewesen ... Sie versuchte, sich daran zu erinnern, doch es war wie hinter einer Wand aus dichtem Nebel verborgen. »Ist es sehr schlimm gewesen?«, fragte Julia mit rauer Stimme. »Gibt es viele Verletzte?«

»Sie sollten sich ausruhen«, sagte der Arzt. »Wenn Sie sich jetzt zu sehr aufregen, gefährden Sie den Behandlungserfolg.«

»Ich rege mich auf, wann und so stark ich will«, erwiderte Julia aufgebracht. »Ich muss wissen, was passiert ist.« Doch vor ihren Augen tanzten auf einmal Lichtpunkte, und sie fühlte sich plötzlich schon wieder unendlich müde.

»Die Schwester soll ihr was zur Beruhigung geben«, sagte der Arzt zu seiner Kollegin und wandte sich zum Gehen.

»Warten Sie! Ich rege mich erst recht auf, wenn Sie mir nicht alles sagen. Gab es Schwerverletzte? Tote?«

»... übernimmst du, ich hab noch eine OP«, hörte sie ihn noch zu der jungen Ärztin sagen. Dann eilte er aus dem Zimmer, dass die weißen Ecken seines Kittels wie Flügel in die Höhe wehten.

Jetzt erst fiel Julia auf, dass sie allein in dem Krankenzimmer lag. Die zwei Betten neben ihr waren mit einem Plastikbezug bedeckt.

Als ihr Kollege verschwunden war, zog sich die Ärztin einen Stuhl heran. »Ich weiß nicht viel mehr als Sie«, sagte sie vorsichtig. »Die Explosion, der Anschlag, ereignete sich gegen halb neun Uhr abends. Ich hatte gerade Nachtschicht. Die Leichtverletzten kamen hier ins Allgemeine Krankenhaus Altona und ins St. Georg. Die Schwerverletzten ins Unfallkrankenhaus nach Boberg.«

»Wie viele waren es?«

»Ich habe gelesen, es gab achtundsiebzig Verletzte, sieben davon schwer.«

Julia spürte, dass sie zitterte. »Und gab es auch Tote?«, fragte sie, obwohl sie die Antwort zu kennen glaubte.

»Elf Tote«, antwortete die Ärztin.

»Weiß man schon, wer sie sind?«

»Selbst wenn ich das wüsste ...«

»Ich war mit einer Freundin da«, sagte Julia. »Sonja Wilson. Sie arbeitet für die *Hanseatic Real Help*. Ist sie auch hier?«

»Auch das weiß ich nicht.«

»Das lässt sich doch herausfinden! Woher wissen Sie, wer ich bin?«

»Sie haben es uns bei Ihrer Aufnahme gesagt. Außerdem hing Ihre Abendtasche an Ihrem Handgelenk. Darin befand sich eine Brieftasche mit Ihrem Personalausweis, ein Lippenstift, Taschentücher und eine Schachtel Zigaretten.« Sie lächelte schwach. »Ihre Brieftasche haben wir weggeschlossen, die Tasche mit dem restlichen Inhalt ist in der Schublade hier.«

»Ich rauche nicht«, meinte Julia.

»Nun ja ...« Die Ärztin erhob sich. »Ich rauche eigentlich auch nicht. Nur auf Feiern. Sie sollten sich jetzt wirklich ausruhen. Vielleicht können Sie morgen schon Besuch empfangen. Dann wird sich vieles aufklären.«

Julia nickte. Ihr fielen schon wieder die Augen zu. Das Letzte, was sie beschäftigte, war die Frage nach dem Besuch. Warum beunruhigte sie der Gedanke daran?

Es klopfte, und Sekunden später standen Klingbeil und Stahnke vom Bundeskriminalamt im Krankenzimmer. Julia, inzwischen von Braunüle, Katheter und Tropf befreit, winkte die beiden heran und bot ihnen die zwei an der Wand stehenden Stühle an. Sie trug immer noch das verdammte OP-Hemdchen, ihr derzeit einziges verfügbares Kleidungsstück, aber das war ihr schon fast egal. Ihr Party- Kleid, in dem sie hier eingetroffen war, hatte sie kurz zuvor in einem Müllbeutel in dem Spind neben ihrem Bett entdeckt. Es stank bestialisch und wies zahllose Versengungen und Löcher auf. Unterwäsche und Strümpfe waren genauso unbrauchbar, und einer ihrer Schuhe fehlte. Julia hatte inzwischen erfahren, dass ihr Krankenzimmer – oder besser gesagt, sie selbst – unter Polizeischutz stand. Da niemand freiwillig über die Explosion mit ihr redete, hatte sie darauf bestanden, mit der Polizei zu sprechen. Doch dass ausgerechnet das Bundeskriminalamt seine Leute zu ihr schickte, war ein schlechtes Zeichen. Das Interesse dieser Beamten galt ganz sicher nicht bloß ihrem persönlichen Wohlergehen.

Nach einer kurzen Begrüßung sagte Stahnke: »Dieser Anschlag lässt unsere bisherige Arbeit in einem ganz anderen Licht erscheinen. Sie haben großes Glück gehabt.«

»Was wissen Sie über die Opfer des Anschlags? Ist meine Freundin Sonja Wilson verletzt worden?«, fragte Julia sofort.

»Hat es Ihnen noch niemand gesagt? Sonja Wilson ist tot. So wie alle anderen, die an Tisch neun saßen, und noch einige in der nächsten Umgebung.«

Julia starrte ihn an. Sie hatte es befürchtet – sie war schließlich da gewesen und konnte sich mittlerweile daran erinnern, dass sich genau dort die Explosion ereignet hatte. Es war schwer gewesen, sich einzureden, dass jemand an Tisch neun die Explosion überlebt hatte ... Trotzdem, es so nüchtern aus dem Mund dieses Beamten zu hören, zog ihr gewissermaßen den Boden unter den Füßen weg. Sie schloss die Augen, um nicht vor den beiden Männern zu weinen.

Als sie den ersten Schock überwunden hatte, meinte Klingbeil, der in beinahe größtmöglicher Entfernung zu ihr Platz genommen hatte: »Der Sprengsatz war ersten kriminaltechnischen Ermittlungen zufolge unter Tisch neun befestigt gewesen. Wer dort saß, hatte keine Überlebenschance.«

Ferland also auch ..., fuhr ihr durch den Kopf, während sie die Beamten weiterhin sprachlos anstarrte.

»Warum sind Sie eigentlich nicht an Ihrem Platz gewesen, als der Sprengsatz detoniert ist?«, hörte sie Klingbeil fragen. Er hatte seine langen Arme vor der Brust verschränkt.

Die Bestätigung, dass ihre schlimmsten Befürchtungen wahr waren – dass Sonja nicht überlebt und die Explosion sie wahrscheinlich in Stücke gerissen hatte –, war an sich schon grausam, aber der mit der Frage verbundene Verdacht wandelte das Grauen und die Trauer zunächst in eiskalte Wut. »Was wollen Sie damit andeuten?«, entgegnete Julia mit einem Beben in der Stimme. »Etwa, dass ich etwas mit dem Anschlag zu tun habe?«

»Wir deuten prinzipiell gar nichts an«, erwiderte Klingbeil. »Wir stellen nur Fragen.«

Stahnke zumindest sah ein wenig unbehaglich drein, wie Julia bemerkte. »Hat sie ... hat Sonja gelitten?«, brach es aus ihr hervor.

»Nun, eine Explosion von dieser Stärke zerfetzt für gewöhnlich ...«

Stahnke brachte Klingbeil mit einem scharfen Blick zum Schweigen und antwortete: »Nein. Es ging wahrscheinlich sehr schnell.« Er räusperte sich und setzte sich so, dass er das Fenster genau im Rücken hatte. »So schlimm das im Moment auch alles für Sie ist, wir brauchen Ihre Hilfe, Frau Bruck. Erzählen Sie uns alles, an was Sie sich von dem Abend der Detonation erinnern.«

»Der behandelnde Arzt sagte uns, dass Sie, was den Verlauf des Abends angeht, unter Gedächtnisverlust leiden«, merkte Klingbeil an, in dessen Stimme eine Spur Ungläubigkeit mitschwang.

»Wenn Sie diesen Ton anschlagen, erinnere ich mich tatsächlich an gar nichts!«, rief Julia wütend. Wut war die einfachere Reaktion. Besser als diese abgrundtiefe Trauer, die sie nach unten zu reißen drohte wie ein gewaltiger Strudel.

Stahnke beugte sich ein Stück vor. »Wissen Sie: Wir müssen der Frage nachgehen, ob der Anschlag Ihnen persönlich galt.«

Julia starrte ihn an. Es wurde immer schlimmer.

»Allerdings nicht nur Ihnen allein«, schob Klingbeil nach. »Dann hätte man es eleganter lösen können.«

»Das glaube ich nicht. Warum lebe ich dann noch?« Sich der Befragung durch die BKA-Leute zu verweigern würde Julia nicht weiterbringen. Was, wenn die Vermutung der Beamten stimmte? Sie dachte einen Moment nach. »Hatte der Sprengsatz etwa einen Zeitzünder, sodass ich aufgrund eines glücklichen Zufalls dem Mordanschlag entgangen bin?«, fragte sie Stahnke. Hatte Robert Parminski – oder derjenige, den sie für ihn gehalten hatte – ihr so, ohne es zu wissen, das Leben gerettet?

»Kein Zeitzünder. Der Sprengsatz wurde über Funk gezündet. Wahrscheinlich von jemandem, der sich ebenfalls in den Fischauktionshallen befunden hat.«

»Wenn ich das Ziel des Anschlags gewesen wäre, dann hätte er doch bestimmt einen Moment gewählt, an dem ich an meinem Platz war«, entgegnete Julia verwirrt.

»Genau das verstehen wir eben auch nicht«, sagte Klingbeil und musterte sie misstrauisch. »Eine Zündung per Funk macht nur bei Blickkontakt Sinn. Wo waren Sie überhaupt? Warum haben Sie Ihren Tisch so kurz vor der Rede Ihrer Freundin verlassen?«

»Ich habe plötzlich jemanden auf der Galerie gesehen, den ich nicht dort vermutet habe. Oder glaubte zumindest, dass es derjenige war. Ich bin dann nachsehen gegangen.« Julia hörte selbst, wie verdächtig das klang. Wie ausgedacht und einstudiert.

»Wen haben Sie gesehen?«

»Den Mann, den es Ihrer Ansicht nach nicht gibt: Robert Parminski.«

Julia sah, dass die Männer ihr kein Wort glaubten.

»Was passierte dann?«, fragte Stahnke betont neutral.

Julia berichtete, wie sie die Treppe heruntergekommen war und dann auf dem Weg zu ihrem Tisch gesehen hatte, dass an ihrem Platz eine unbekannte Frau in ein Gespräch mit Ferland vertieft war. »Sie sah mir auf gewisse Weise ähnlich, nur dass ihr Kleid schwarz war, nicht dunkelrot wie meines«, sagte Julia in der Gewissheit, dass auch diese Frau jetzt tot sein musste.

»Schwarz und Rot verwechselt man wohl nicht«, erwiderte Klingbeil.

»Es sei denn, man hat eine Rot-Grün-Blindheit«, wandte Stahnke ein. »Das kommt häufiger vor, als man denkt; und viele Männer wissen nicht mal, dass sie eine Farbschwäche haben. War Ihr Kleid dunkelrot?«

»Ja, ein Burgunderton«, antwortete Julia verwirrt.

»Über die Brücke mit dem Farbenblinden gehe ich noch nicht.« Klingbeil fixierte sie mit kalten Augen.

»Warum rede ich überhaupt mit Ihnen?«, fuhr sie den Mann aufgebracht an. »Das ist doch sinnlos, wenn Sie mir nicht glauben.«

»Glauben ist hier irrelevant«, entgegnete Klingbeil mit finsterer Miene. »Wir sammeln Fakten.«

»Brauche ich einen Anwalt?«

»Nein, wenn Sie nichts zu verbergen haben«, erwiderte Stahnke ruhig. »Aber Ihr Leben ist weiterhin in Gefahr.«

»Ewig können wir Sie nicht bewachen lassen«, warf Klingbeil ein.

»Schon klar – begrenzte Mittel«, meinte Julia lakonisch. Doch sie merkte, wie ihr Widerstand schmolz. Was hatte sie denn für eine Wahl? Sie holte ein wenig aus und erzählte den beiden Kriminalbeamten alles, was sich seit ihrem letzten Gespräch ereignet hatte. Als sie das erste Treffen mit Ferland erwähnte, wurden die Gesichter der Männer zu Stein.

»Warum haben Sie uns nicht umgehend darüber informiert?«, stieß Stahnke hervor.

»Ferland sagte, er habe selbst Kontakt zur Hamburger Polizei aufgenommen. Außerdem ... Es ging alles so schnell. Ich bin nicht mehr dazu gekommen.«

»Das ist wirklich das Dümmste ...«, brauste der zwei Meter lange Klingbeil auf.

»Wir halten Ihnen zugute, dass Sie unter besonderem Stress standen, Frau Bruck«, erklärte Stahnke. »Und die Entscheidung, Sie nicht sofort in einem ›Sicheren Haus‹ unterzubringen, war offensichtlich auch die falsche. Wir hatten nicht gedacht, dass Sie so tief drinstecken.«

»Tief drin? Aber in was?«, wollte Julia von ihm wissen. Seinen Kollegen Klingbeil schaute sie ganz bewusst nicht mehr an.

»Tut mir leid«, sagte Stahnke. »Bestimmte ermittlungsrelevante Erkenntnisse können wir nicht an Sie weitergeben. Vorerst werden wir Ihr Krankenzimmer weiterhin bewachen lassen. Wir warten ab, was die kriminaltechnische Untersuchung ergibt, und dann reden wir noch mal miteinander.« Die beiden Beamten erhoben sich.

Auf dem Weg zur Tür blieb Klingbeil plötzlich stehen und drehte sich zu ihr um. »Übrigens, wenn Sie an Ihre Sachen in Frau Wilsons Wohnung wollen, Kleidungsstücke zum Beispiel, dann wenden Sie sich am besten an mich. Noch ist die Wohnung abgesperrt, bis die polizeilichen Untersuchungen abgeschlossen sind.« Seine Stimme trug eine Spur Häme in sich. Er warf Julia noch einen kurzen Blick zu, bevor er hinausging und die Tür hinter sich schloss. Offensichtlich ließ er sich nicht gern ignorieren.

Kamal Said lag im Dunkeln in seiner Koje und starrte auf die Mondsichel hinter dem Bullauge. Immer wenn er glaubte, es würde ein klein wenig besser werden, wurde es kurz darauf noch viel schlimmer.

Er war so stolz auf sich gewesen, dass es ihm gelungen war, die Schiffsbesatzung, allen voran den staubtrockenen Peter, auszutricksen und eine E-Mail zu versenden. Nun saß er zur Strafe in einer Einzelkabine fest. Sein Essen wurde ihm wortlos hereingereicht, und sie kamen dabei immer zu zweit, sodass an eine Flucht nicht zu denken war. Er vermisste Irfan, Jamal und sogar den schweigsamen Navid. Hier, auf sechs Quadratmetern, wurde er langsam wahnsinnig vor Einsamkeit und Ungewissheit.

Er musste weggedämmert sein, denn plötzlich spürte er, dass er grob wachgerüttelt wurde, und als er die Augen öffnete, war es taghell in der Kajüte. Er wusste im ersten Moment nicht einmal mehr, wo er sich befand. Im Traum war er wieder zu Hause bei seinen Eltern und Geschwistern gewesen, und dann hatten ihn die Taliban holen wollen. Als er nun Peters wutverzerrtes Gesicht sah und seinen emotionslos blickenden Begleiter, der mit einer Waffe auf ihn zielte, da wusste er nicht, was schlimmer war: die Männer, die vor ihm standen, oder die Taliban.

27. Kapitel

An Bord des Schiffes der Hilfsorganisation

»Warum hast du die Kabine verlassen?«, schrie Peter ihn an. »Rede schon!« Er riss Kamal aus der Koje und drückte ihn gegen die Wand. »Na los, was hast du gemacht, als du nicht bei den anderen warst?«

Kamal war von dem Angriff so überrascht, dass er sich nicht wehrte. Er hob nur schützend die Arme und dachte fieberhaft nach, wie er reagieren, was er sagen sollte. Peters Wut, die sich wie übler Gestank in der kleinen Kajüte ausbreitete, war für ihn nicht nachvollziehbar. Dies hier war ein Schiff einer Hilfsorganisation! Doch Hilfe sah seiner Meinung nach anders aus.

»Hast du telefoniert?«, verlangte Peter zu wissen. Er beugte sich vor, sodass sein Gesicht ganz dicht vor dem des jungen Mannes war. Kamal konnte riechen, dass sein »Berater« nach dem Abendbrot Alkohol zu sich genommen hatte: ein scharfer, leicht minziger Geruch.

»Nein, hab ich nicht.«

»Und was dann?«

»Ich brauchte frische Luft« war das Erstbeste, das Kamal einfiel. Er würde sich tatsächlich besser fühlen, wenn er mehr frische Luft bekäme.

»Und warum haben wir dich dann nicht draußen, sondern hier unten gefunden?«, fragte Peters bulliger Begleiter.

»Weil ... ich hab mich verlaufen. Ich wollte zurück zu den anderen.«

»Wag es nicht, mich anzulügen.« Peter legte seinen Unterarm quer über Kamals Hals. Sein Begleiter steckte die Pistole in seinen Hosenbund und durchwühlte Kamals wenige Besitztümer.

»Warum sollte ich? Ihr habt mich gerettet. Ihr wollt mir helfen und bringt mich nach Europa. Oder etwa nicht?« Die letzte Frage hätte er sich vielleicht verkneifen sollen. Peter wirkte sowieso nicht wie ein Mensch, der mit sich und seiner Welt im Reinen war, aber heute Abend sah er so aus, als steckten seine empfindlichsten Teile in einem Schraubstock.

»Wo warst du? Alex, der Navigationsoffizier, hat erzählt, dass er glaubt, jemand sei in seiner Kabine gewesen. Und zwar genau zu der Zeit, als du stiften gegangen bist.«

Kamal schluckte, was den Druck auf seinen Hals verstärkte. Er bekam zu wenig Luft. Er hoffte, dass Peter nicht spürte, wie er zu schwitzen begann. »Ich war in keiner Kabine. Ich wollte nur an Deck.«

»Erfüllen wir ihm seinen Wunsch, dem kleinen Lügner. Erst soll er an die frische Luft und dann mit den Fischen schwimmen«, sagte Peters Begleiter und zeigte beim Grinsen seine großen Zähne.

Nicht schon wieder, dachte Kamal. Wann hört das endlich auf?

»Geht leider nicht«, stieß Peter hervor. »Sie haben ihn angefordert ...«

»Dann hat es sich doch eh erledigt.«

Peter verringerte den Druck auf Kamals Hals, sodass der Junge nach Luft schnappen konnte. Dann wandte Peter sich wieder seinem Begleiter zu. »Ich muss wissen, was er getan hat. Die Zentrale in Hamburg hat nachgefragt. Einer von ganz oben, Stefan Wilson höchstpersönlich, ist an der Sache dran. Aber wie kriegen wir diese Ratte dazu, dass sie redet?«

»Seine Sachen sind sauber«, meinte der andere und schmiss sie auf einen Haufen vor der Koje. Er trat ungerührt mit den Füßen darauf rum.

Peter blickte wieder Kamal an. »Soll ich deine Freunde fragen, was du vorhattest, als du abgehauen bist?«, fragte er mit einem fiesen Grinsen.

»Die können auch nichts anderes sagen«, behauptete Kamal.

»Irgendwie sind die auch verantwortlich«, meinte Peter boshaft. »Wenn sie was anderes sagen als du, müssen wir sie wohl bestrafen ...«

»Lassen Sie sie in Ruhe«, entgegnete Kamal wütend.

»Dieser Navid, der ist im Grunde wertlos, oder?«, fragte Peters Begleiter scheinheilig. »Malaria ... oder was hatte er noch gleich? TBC, die Krätze?«

In diesem Moment wusste Kamal, dass er verloren hatte. Die Angst um seine Gefährten stand ihm wohl ins Gesicht geschrieben; jedenfalls reagierte sein Peiniger sofort.

»Na, da haben wir doch eine Basis für weitere Gespräche gefunden«, zischte Peter und ließ Kamal plötzlich los, sodass dieser fast umfiel.

»Die anderen wissen nichts!«, beharrte Kamal.

»Dann sag du uns, was du getan hast. Sonst wird es deinem Freund sehr leidtun.«

Und Kamal, der nicht wollte, dass seine Gefährten wegen seines gewagten Ausflugs leiden mussten, redete. Als er geendet hatte, versetzte Peter ihm mit seiner Faust einen gezielten Hieb in die Magengrube und erklärte: »Das ist für den Ärger, den mir das einbringt. Für den Wertverlust überleg ich mir noch was.«

Und mit diesen rätselhaften Worten verließ er zusammen mit seinem Begleiter die Kabine.

Der Umzug vom Krankenhaus in das Hotel war gefühlt nicht wirklich eine Verbesserung. Man hatte Julia mit einer Großpackung Schmerzmittel und Verbandszeug zum Wechseln entlassen. Das Personal in der Klinik war bestimmt froh gewesen, sie los zu sein, denn dadurch hatten auf der Station alle Zwangsmaßnahmen ein Ende gefunden, die mit der polizeilichen Überwachung einhergegangen waren. Wenigstens für die Pfleger und Ärzte dort ging das Leben nun wieder seinen normalen Gang, falls in einem Krankenhaus überhaupt von so etwas die Rede sein konnte.

Julia starrte auf die Koffer und Taschen mit ihren Sachen, die ihr aus Sonjas Wohnung gebracht worden waren. Sie sträubte sich, sie in diesem anonymen Umfeld auszupacken. Die Polizei hatte bestimmt jedes einzelne ihrer Besitztümer durchwühlt und betrachtet. So jedenfalls stellte sie sich die gründliche kriminalistische Untersuchung des Eigentums einer verdächtigen Person vor. Vermutlich stand sie immer noch unter Beobachtung. Und jetzt brauchte sie Kleidung in gedeckten Farben für Sonjas Beerdigung. Schlimmer ging es kaum.

Julia war den anderen Trauergästen auf Einladung von Sonjas Eltern hin in ein Lokal nahe dem Friedhof gefolgt. Sie tat das hauptsächlich deshalb, weil sie das Gefühl hatte, dass Sonja dies gewollt hätte.

Die Gäste, die nach der Anspannung in der Kapelle langsam auftauten, unterhielten sich erst verhalten, dann immer lebhafter. Und die Umstände von Sonjas Tod waren natürlich Gesprächsstoff Nummer eins. Julia hörte verschiedene Gerüchte über die Explosion in den Fischauktionshallen und verschwieg nach Möglichkeit, dass sie dabei gewesen war. Von einem rechtsextremistischen Hintergrund war die Rede, aber auch von einer Verwicklung von Al Kaida oder einem Bekennerschreiben aus der linken Szene. Julia glaubte nichts von alledem, und sie fühlte sich schlecht, weil sie, wann immer über den Anschlag geredet wurde, nur bedauernd mit den Schultern zucken konnte.

Während sie mit einer Tasse Kaffee in der Hand herumstand, hatte sie mit einem Mal das seltsame Gefühl, beobachtet zu werden. Sie drehte rasch den Kopf, doch alle Umstehenden schienen sich auf ihre jeweiligen Gesprächspartner zu konzentrieren. Wer immer sie womöglich belauerte, er machte seine Sache gut. Oder handelte es sich gar um Polizei in Zivil? War es vielleicht der überaus kräftig gebaute Kellner mit dem akkuraten Haarschnitt, der sein Tablett nicht mit derselben Selbstverständlichkeit trug wie seine Kollegen? Julia bemerkte, wie er erst nach einem wachsamen Blick in die Runde in der Küche verschwand. Im nächsten Moment trat Stefan Wilson zu ihr.

»Herzlichen Glückwunsch, Julia«, sagte er zynisch und starrte sie aus roten Augen an.

»Wozu?«

»Du lebst. Sonja ist tot.«

»Du lebst auch«, entgegnete Julia. Sie wollte hier nicht mit ihm streiten. Er sah aus wie ein Zombie, blass und mit dunklen Augenringen, als hätte er die eine Woche seit dem Anschlag kein Auge zugemacht. Julia wusste nicht, wo er gewesen war, als sich die Explosion ereignet hatte. Aber er schien unverletzt zu sein, während an ihrem Körper noch langsam verheilende Schnitte und blaue Flecke waren, die der Sturz und herumfliegende Splitter ihr zugefügt hatten. Irgendwo in den Fischauktionshallen musste er gewesen sein, als sich die Explosion ereignet hatte, aber nicht in der Nähe von Tisch neun, wie es aussah.

»Wenn du nicht wärst, würde Sonja noch leben!«

»Wie kommst du denn darauf, Stefan?«, fragte Julia scharf, aber in gedämpfter Lautstärke. »Die Polizei weiß jedenfalls noch nicht, wer den Anschlag in den Fischauktionshallen verübt hat. Aber vielleicht bist du ja besser informiert als die Polizei? Du hast Sonja den Job bei *Hanseatic Real Help* ja überhaupt erst vermittelt.«

»Das hab ich, und zwar, weil sie in ihrem alten Job nicht mehr klargekommen ist. Es hat sie krank gemacht, sie wurde gemobbt, und sie war verzweifelt. Und du? Du hast sie in dieser Zeit im Stich gelassen, um an deiner Karriere zu basteln, und bist nach Indien abgehauen.«

»Das ist nicht wahr!«, protestierte Julia.

»O doch. Und ich denke das Gleiche, was die Polizei ganz offensichtlich auch denkt: dass der Anschlag etwas mit dir und deinen Aktivitäten zu tun hat. Ich wollte dich im Krankenhaus besuchen, aber dein Zimmer war besser abgesichert als Fort Knox.«

»Wenn es irgendeine Verbindung zwischen mir und dem Anschlag gibt, dann nur, weil ich für Serail Almond gearbeitet habe. Frag doch mal deine anderen Vorstandsmitglieder, was sie über die Vorgänge in eurem Forschungszentrum in Bihar und den Mord an dem Journalisten Renard in Hamburg wissen!« Julia biss sich auf die Lippe. Das Letzte hätte sie nicht sagen sollen. Aber Stefan hatte sie provoziert.

Seine Augen flackerten, und ihm standen Schweißperlen auf der grauen Haut. So außer sich vor Wut hatte sie ihn noch nie gesehen – hatte sie niemanden je gesehen, dachte sie. Er sah aus, als würde er in der nächsten Sekunde losbrüllen oder zuschlagen. Vorsichtshalber ging Julia einen Schritt rückwärts.

Stefan zeigte mit dem Finger auf sie und zog damit die Aufmerksamkeit einiger Leute auf sich, die in ihrer Nähe standen. »Ich habe dich schon einmal gewarnt, Julia: Deine lächerliche, unter Drogeneinfluss eingebildete Zombie-Geschichte aus

Bihar solltest du lieber für dich behalten. In deinem eigenen Interesse.«

»Weil sonst was passiert? Ich vielleicht auch in die Luft fliege?«

Beide sprachen zwar gedämpft, aber ihr zischender Tonfall und ihre aggressive Körperhaltung und Gestik bewirkten, dass sich ein Ring aus Menschen um sie bildete, wie bei einem Hahnenkampf.

Stefans Unterkiefer schob sich vor und zurück, sein Atem ging stoßweise. »Du bist ja verrückt!«, stieß er hervor. »Niemand will dich hierhaben, Julia. Verschwinde, bevor ich dich rausschmeißen lasse!«

Nun war sie also diejenige, die den Frieden von Sonjas Beerdigung störte. Die Menschen starrten sie entsetzt oder gar verächtlich an. Jeder wusste, dass Stefan der vor Schmerz gebeugte Bruder von Sonja war, aber die wenigsten kannten sie.

Beim Verlassen des Lokals gelang es ihr nur mit größter Anstrengung, die Tränen zu unterdrücken. Als sie draußen ein Taxi herbeiwinkte, spürte sie, wie ihr etwas aus der Nase lief. Sie wischte sich mit dem Handrücken über die untere Gesichtshälfte und sah, dass er voller Blut war. Nasenbluten – das hatte sie schon als Kind bekommen, wenn sie wütend war. Sie stieg ins Taxi ein, nannte dem Fahrer das Ziel und suchte nach einem Taschentuch, um nicht die Polster des Wagens zu verschmieren. Als sie ihre neue Clutch aus schwarzem Leder öffnete – sie hatte sie mitgenommen, da sie momentan keine andere gute Handtasche besaß –, fiel ihr mit den Papiertaschentüchern auch die Zigarettenschachtel in die Hände, die ihr die Bedienung in den Fischauktionshallen überreicht hatte. Das war direkt vor der Explosion gewesen. Sie hatte diesen Vorfall ganz vergessen, doch jetzt, wo sie die Schachtel in der Hand hielt, fiel er ihr wieder ein.

Während das Taxi nun in rasantem Tempo die Fuhlsbüttler

Straße am Ohlsdorfer Friedhof entlangfuhr, presste sich Julia mit der einen Hand ein Taschentuch vor die Nase und öffnete mit der anderen die Zigarettenschachtel. Ihre Neugierde war geweckt. Vielleicht war ja etwas am Boden der Schachtel? Um die Zigaretten aus der Packung zu bekommen, musste sie kurzfristig die zweite Hand zu Hilfe nehmen. Der Taxifahrer warf ihr einen kritischen Blick durch den Rückspiegel zu, als ihr zwei Blutstropfen über den Mund liefen. Rasch leckte sie sie ab, zum Glück ließ das Nasenbluten bereits nach. Sie schüttete die Zigaretten einfach in die Handtasche hinein und tastete das leere Innere der Schachtel ab. Da war doch was! Aufgeregt zerriss sie die Schachtel. Ein kleiner Zettel mit Text fiel ihr in den Schoß. Er erinnerte Julia an einen Spickzettel, wie ihn Schüler benutzten, denn er war nur wenige Quadratzentimeter groß und aus kariertem Papier.

Auf dem Papierschnitzel stand: *Bitte rufen Sie Rebecca Stern an. Ferland.* Darunter hatte er eine Mobiltelefonnummer hingekritzelt. Julia erinnerte sich wieder an ihr Gespräch im St. Raphael. Der New Yorker Polizist hatte ihr in der Hotelbar von einer Frau namens Rebecca Stern erzählt. Der ermordete Journalist Paul Renard war mit ihr gut bekannt gewesen, und ihr Freund sollte ein Vorstandsmitglied von Serail Almond sein. Doch warum hatte Ferland gewollt, dass sie mit dieser Rebecca Stern sprach? Und warum war er auf die Idee verfallen, ihr das auf so … ausgefallene Art und Weise mitzuteilen? Hatte er etwa geahnt, dass er in Todesgefahr schwebte?

Ein dunkelroter Blutstropfen fiel auf das Papier und ein zweiter auf das Lederpolster. Sie wischte ihn hastig weg und presste sich das Taschentuch wieder vor die Nasenlöcher.

Rebecca hatte sich gerade zwei Wochen Urlaub genommen: die längste freie Zeit an einem Stück, seitdem sie als Personalberaterin arbeitete. Das kam bei ihren Mitarbeitern natürlich seltsam an, weil sie erst kurz zuvor Urlaub für die Reise nach New York erhalten hatte. Zumal sie sich sehr kurzfristig dazu entschlossen hatte, aber es war besser, als sich krankschreiben zu lassen. Denn sie war ja nicht arbeitsunfähig, sondern nur nicht mehr präsentabel. Bei diesem Gedanken lachte sie bitter auf. Die Spiegel in ihrer Wohnung hatte sie mit Tüchern von Hermés und einem *Grand Foulard* verhängt, und Kopftuch sowie eine Sonnenbrille à la Fliege Puck gehörten nun zu ihrer Standardausrüstung. Eine Burka wäre freilich besser ...

Die drei Tage in der Hautklinik waren reine Zeitverschwendung gewesen. Die Ärzte wussten nicht, was Rebecca hatte und warum sich ihre Haut so dramatisch veränderte. Und deren Versuchskaninchen zu spielen, das wollte sie auch nicht. Haut und Psyche – das hing ganz eng zusammen. Und ihre größte, wenn auch nicht gerade erfolgversprechende Hoffnung war, dass sich ihr Zustand besserte, wenn sie ihre normale Umgebung verließ und Abstand zu allem gewann. Ganz besonders zu den Toten – zu Moira, Paul und Madame Bertrand –, die an ihr zu zerren schienen, vor allem in ihren Träumen. Und auch zu den Lebenden, wie etwa zu Noël, der niemals mit ihrem veränderten Äußeren klarkommen würde, zur Polizei, die noch keinen der Mörder gefasst hatte, oder zu diesem neugierigen Ferland. Ganz zu schweigen von ihren Kunden und Mitarbeitern, die, da war sie sich sicher, außer Mitleid auch Sensationslust und eine gewisse Schadenfreude verspüren würden, wenn sie wüssten, wie es wirklich um die wunderbare und erfolgreiche Rebecca Stern stand.

Morgen früh würde sie sich in ihr Auto setzen und in Richtung Bretagne fahren, wo sie in einem kleinen Ferienhaus unterkommen wollte. Dort würde sie entweder genesen – oder sterben.

HAMBURG, DEUTSCHLAND

Am Abend traf sich Julia in der Turmbar vom Feuerschiff mit einem Headhunter, der ihr schon mehrmals auf die Mailbox gesprochen hatte und einfach nicht lockerließ. Nicht selten zahlte sich Hartnäckigkeit im Geschäftsleben eben aus. War es gefühllos von ihr, wenige Stunden nach der Trauerfeier in eine Bar zu gehen?, fragte sie sich, während sie sich ein Glas Wein bestellte. Würde Sonja es lieber sehen, wenn sie allein in ihrem Hotelzimmer herumsaß, die Minibar plünderte und die Sekunden des Anschlags zum eintausendsten Mal vor ihrem inneren Auge Revue passieren ließe?

Diesen Ort hatte der Headhunter vorgeschlagen, ein kleiner, schlanker Mann mit einem auffälligen Brillengestell auf der Nase, das seine Augen stark vergrößerte. Er leitete das Gespräch mit ein paar allgemeinen Sätzen über den Ort ein: Die Bar bot einen fantastischen Blick über den Hamburger Hafen und auf die Zeltkonstruktion am gegenüberliegenden Ufer, in der *König der Löwen* gespielt wurde. Dann redete er über das Wetter: wie regnerisch und stürmisch es doch geworden war. Erst danach kamen sie auf Julias Qualifikationen und sein Jobangebot zu sprechen. Es ging um eine Stelle in Stuttgart ... Damit würde sich immerhin binnen Kurzem ihr Wohnungsproblem in Hamburg erledigen. Aber wollte sie wirklich von hier weg? Julia versprach, darüber nachzudenken, und blieb, als ihr Gesprächspartner sich verabschiedet hatte, einfach auf ihrem Platz sitzen. In Gedanken versunken blickte sie aus dem regennassen Fenster, schaute zu, wie die gelbe Fähre die Besucher des Musicals zurück zum Anleger am Baumwall transportierte, und bestellte sich noch einen Wein. Und dann noch einen.

Wieso hatte Ferland ihr diesen Zettel zugesteckt? Was hatte er überhaupt auf der Gala zu suchen? So viele Tote ... Julia war das alles leid. Sie wollte nichts mehr mit Serail Almond und all den schrecklichen Vorkommnissen dort zu tun haben, nachdem ihr Leben dadurch völlig aus dem Ruder gelaufen war. Was auch immer sie durch weitere Nachforschungen erreichen könnte, Sonja würde es eh nicht wieder zum Leben erwecken, ebenso wenig wie Paul Renard oder Robert – vorausgesetzt, dass das, was sie in Bihar zu sehen geglaubt hatte, der Wahrheit entsprach.

Sie seufzte. Robert ... Allmählich kam ihr der leblose Körper mit dem Dornteufel-Tattoo auf der Schulter, den sie in dem mysteriösen Labor entdeckt hatte, wie ein böser Traum vor. Ihr Verstand schien sich zu weigern, all die furchtbaren Verluste an Menschenleben zu akzeptieren. Inzwischen hatte sie selbst den Eindruck, dass ihre Erinnerungen arg fantastisch waren. Hatte sie womöglich doch unter Halluzinationen gelitten, die durch Chemikalien ausgelöst worden waren, so wie Stefan es behauptete? Julia trank ihr Weinglas aus, fühlte eine angenehme Benommenheit und Wärme.

Vergessen ... Sie wollte die Angst, die Zweifel und die Trauer für einen Moment vergessen. Also musste sie sich noch etwas zu trinken bestellen. Der Barkeeper sah sie prüfend an, schenkte ihr dann aber noch ein weiteres Glas ein. Sie war ja nicht betrunken, nur angenehm betäubt. Und was sollte ihr schon passieren? Anscheinend wurde sie ja von der Polizei beobachtet, falls sie nicht, das war die Alternative, unter Verfolgungswahn litt. Jetzt, in der warmen, gut zur Hälfte gefüllten Bar, wo die Leute eng beieinandersaßen und -standen, fühlte sie sich auch wieder beobachtet, ohne sagen zu können, durch wen. Sollte die Polizei doch ruhig auf sie aufpassen ... Die konnten sie gern nachher zurück ins Hotel bringen, dachte sie sarkastisch. Der Schmerz um Sonja, Robert und die anderen ließ jedenfalls mit dem vierten Glas Wein fühlbar nach. Oder war es schon das fünfte? Was kümmerte es sie, dass die Bar leicht schwankte – sie befand sich ja schließlich auf einem Schiff. Außerdem waren da weiße Schaumkämme auf der Elbe, was bedeutete, dass sie mindestens Windstärke fünf oder sechs hatten.

Die Turmbar auf dem Feuerschiff schloss um ein Uhr. Nicht nur Julias bevorzugte Weinsorte, auch die Gästeschar in der Bar hatte sich inzwischen spürbar dezimiert. Sie zahlte, mühsam mit Scheinen und Münzen hantierend, und schwankte dann erst durch die Bar und anschließend die Treppe hinab nach draußen. Der Wind heulte, und der Ponton schwankte mehr, als es Julias alkoholisiertem Zustand zuträglich war. Sie brauchte noch ein bisschen frische Luft, bis sie in die U-Bahn steigen konnte. Statt über die Brücke hinauf zum Kai ging sie auf dem Ponton weiter. Ein Schild unter der Laterne warnte vor Rutschgefahr. Die Eisenketten knarrten, als sie den Verbindungssteg zum nächsten Ponton überschritt. Weiter hinten schimmerte im Lichtschein des Hafens die Glasfassade der im Bau befindlichen Elbphilharmonie. Die Windböen aus Richtung Nordsee rissen an ihren Haaren und wehten sie ihr in die Augen.

Sie wankte ein wenig. Warum gab es hier eigentlich keine Geländer? Die wärmende Leichtigkeit in der Turmbar und der angenehme Schwindel im Kopf waren an der frischen Luft einer bedenkenswerten Orientierungslosigkeit gewichen. Auf dem dritten Ponton, auf Höhe der Container, hörte sie plötzlich Schritte hinter sich. Der Ponton vibrierte. Vielleicht war das jemand, der auf einem der Schiffe wohnte, die rechts von ihr festgemacht lagen? Er würde sie doch nicht ausgerechnet an der schmalsten Stelle des Pontons überholen? Sie fühlte einen Stoß im Rücken, gerade als sie sich zu ihm umdrehen wollte.

Julia fiel auf die Knie und bekam gerade noch den Rand des Pontons zu fassen. Sie klammerte sich daran fest, so gut es ging, spürte einen Tritt in die Seite, dann noch einen ... Das Wasser war so verdammt nah, und ihr wurde entsetzlich schwindelig. Da vibrierte der Ponton wieder unter schnellen Schritten.

28. Kapitel

HAMBURG, DEUTSCHLAND

Julia spürte eine Hand auf ihrer Schulter und versuchte, sie von sich zu schütteln. Im nächsten Moment zog jemand sie von der Kante weg, setzte sie hin und lehnte ihren Oberkörper gegen die Wand eines Containers. Sie hielt sich benommen den Kopf. Was war los mit ihr? War sie von dem bisschen Wein wirklich so stark betrunken?

»Julia, was hast du denn? Geht es dir gut?«, erkundigte sich eine männliche Stimme.

»Was ist denn los?«, murmelte sie. »Ich wär ja beinahe ins Wasser gefallen.«

»Es hat dich jemand gestoßen, aber er ist weg.«

»Wer war das? Ich verstehe nicht ...«

»Hast du den Typen erkannt?«, verlangte der Mann von ihr zu wissen.

Das war doch ... Die Stimme. Das war nicht möglich! Julia wollte aufstehen, doch sie schaffte es nicht. »Robert? Was ... machst du denn hier?«, fragte sie mit tauben Lippen.

»Ich war wohl gerade noch rechtzeitig da.« Er half ihr hochzukommen und lehnte sie gegen die Metallwand. Musterte sie kurz. »Verstehe! Vollkommen betrunken, wie es aussieht, Frau Ingenieurin.«

»Ich hab nicht viel getrunken«, erwiderte sie so würdevoll wie möglich. Aber was war dann mit ihr los?

»Zumindest hattest du das Glück, dass ich in der Nähe war. Keine Ahnung, wer dich da eben gestoßen hat. Du musst für eine Weile von hier verschwinden.«

»Warum?« Sie versuchte, mit tiefer Atmung ihre Müdigkeit in den Griff zu bekommen, aber es gelang ihr nicht so richtig.

»Weil du in Gefahr bist.«

»Wieso soll ich dir glauben?«, murmelte sie. »Es gibt dich nicht.«

»Weil ich gerade deinen entzückenden kleinen Arsch gerettet habe.«

»Kann mich selber retten ...«, fuhr Julia ihn an. Sie war zu benommen, um vernünftig zu denken. Irgendwo, in einem halbwegs nüchternen Teil ihres Bewusstseins, wusste sie, dass sie sehr viel fragen wollte. Aber sie konnte ihre Gedanken nicht sammeln und formulieren schon gar nicht.

Ihren nächsten halbwegs klaren Moment hatte sie in einem Taxi, das direkt vor ihrem Hoteleingang stand. Robert Parminski – oder wen auch immer sie gerade getroffen hatte – war verschwunden.

PARIS, FRANKREICH

Als das Telefon direkt neben ihrem Bett zu klingeln begann, schreckte Rebecca hoch. Es war kurz nach halb zwei in der Nacht. Sie sah auf das Display: Es war der Wachdienst, der immer noch die Aufgabe von Madame Bertrand wahrnahm.

»Hier ist Monsieur Almond für Sie. Soll ich ihn zu Ihnen hochschicken, Madame?«

»Keinesfalls. Ich ... möchte Monsieur Almond nicht sehen. Nicht zu dieser nachtschlafenden Zeit, und auch sonst nicht.«

»Er sagt, es sei sehr dringend«, entgegnete der Wachmann.

Er hat dem Mann Geld gegeben, und er wird nicht lockerlassen, dachte Rebecca und versuchte, gänzlich wach zu werden.

»Geben Sie sie mir«, hörte sie Noël sagen. »Rebecca, lass mich reinkommen. Ich bin extra hierhergeflogen, um dich zu sehen.«

»Tut mir leid, Noël. Ich verreise gleich morgen früh, und jetzt brauche ich meinen Schlaf.«

»Unsinn, du verreist nie allein!«

»Dieses Mal schon. Auf Wiedersehen.«

»Rebecca! Hör mir zu! Rebecca ...«

Sie unterbrach die Verbindung. Er konnte ihr nicht mehr helfen, und das Schlimmste, das Allerschlimmste wäre für sie, erst das Entsetzen und dann das Mitleid und den Ekel in seinen Augen zu erblicken, wenn er sie in diesem Zustand sehen würde.

Doch mit dem Schlaf war es jetzt vorbei. Rebecca stand auf und machte sich ein Glas Milch mit Honig in der Mikrowelle warm. Sie hoffte, dass sie deutlich genug geworden war und Noël sein Vorhaben aufgab, sie zu sehen. Er würde jetzt ins Hotel Scribe zurückfahren, das zu Fuß nur fünf Minuten von ihrer Wohnung entfernt lag. Dort wohnte er immer während seiner Aufenthalte in Paris, und selbst wenn er die ganze Nacht bei ihr gewesen war, hatte er offiziell im Scribe logiert.

Hatte ... war das nun wirklich ihre Vergangenheit? War ihr Leben vorbei? Sie wusste eines: Wenn sie in der Bretagne nicht genesen würde, käme sie nie mehr wieder nach Paris zurück. Der Weg, den Moira beschritten hatte ... War sie mutig oder verzweifelt genug, ihn ebenfalls zu gehen? Oder erforderte es mehr Mut, weiterzuleben mit einem Gesicht und einem Körper, die sie nicht mehr wiedererkannte? Und wo sollte das überhaupt enden – so schnell, wie diese Krankheit voranschritt?

Heimgesucht von solchen Gedanken, saß sie noch da, als der Morgen graute. Sie blickte auf den hellen Streifen über den Dächern ihres Arrondissements, der ihr, so lächerlich das auch war, wieder etwas Hoffnung machte. Haut und Psyche. Sie musste fort von hier: weg von einem aufreibenden Job, weg von einer Umgebung, die sie an ihre tote Schwester erinnerte, und weg von einem Liebhaber, der niemals ihr gehören konnte. Sie duschte sich, zog sich an und band ihr Kopftuch so, dass es einen guten Teil ihres Gesichts verbarg. Dann setzte sie die Sonnenbrille auf – lächerlich bei diesem Wetter –, ergriff Koffer und Handtasche. Als Rebecca ihre Wohnungstür hinter sich zusperrte, hatte sie den Eindruck, ein langes Kapitel ihres Lebens für immer abzuschließen.

Doch sie kam nicht weit. Sie überraschte einen eingenickten Wachmann unten im Treppenhaus, der sich eilig hochraffte und sich verstohlen über den Mund wischte, als sie an ihm vorüberging. Sie fragte sich, was er verdienen mochte mit diesem todlangweiligen, aber anstrengenden Job. Ob er wohl davon leben konnte? Sein Gesicht war noch fast jugendlich, mit glatter Haut und ein paar späten Aknenarben auf der Stirn; und sie dachte, dass sie sofort mit ihm tauschen würde, wenn sie die Chance dazu hätte.

Sie erklärte ihm, dass sie verreisen würde und die Wohnung mindestens zwei Wochen leer stünde. Rebecca gab ihm eine Nummer, unter der sie zu erreichen wäre, und wünschte ihm einen schönen Tag. Sie spürte, dass er ihr verwundert nachsah.

Das Taxi, das sie bestellt hatte, wartete schon unter einem der gerade ergrünenden Straßenbäume auf sie. Das Frühjahr ist die schönste Jahreszeit in Paris, dachte Rebecca. Und sie fuhr davon. Der Fahrer stieg aus, um ihr mit dem Gepäck zu helfen. Er sah ihr nicht ins Gesicht, was ihr sehr recht war. Trotz der frühen Stunde war die Rue Tronchet schon belebt: von den

Berufstätigen, die auf dem Weg zur Arbeit waren, und den älteren Herrschaften, die ihren Hund Gassi führten. Im Café gegenüber saßen die ersten Touristen und frühstückten. Die Besitzerin des Hemdladens nebenan polierte ihre Schaufensterscheibe.

Er musste in dem Hauseingang rechts von ihr auf sie gelauert haben ... Als sie, mit eingeschränkter Sicht durch das unsägliche Kopftuch, das sie trug, einen Schatten direkt auf sich zukommen sah, schrie sie auf und wich zurück. Zu spät – er hatte ihren Arm zu fassen bekommen.

Noël hatte tatsächlich die ganze Nacht über auf sie gewartet. Sein Gesicht war knittrig vor Müdigkeit, sein Kaschmirmantel verstaubt, und seine Nase leuchtete rot. Bei seinem Anblick hätte sie beinahe Mitleid verspürt, wenn sie sich nicht bewusst gewesen wäre, dass sie weitaus schlimmer aussah. Sie musste verschwinden, bevor er sie richtig anschauen konnte.

»Rebecca! Warte. Was zum Teufel ist denn los?«

»Nichts. Ich will dich nicht sehen. Ich bin nicht dein Eigentum, Noël. Und deine Kronjuwelen gehören doch sowieso Catherine, die sie unter ihrem hübschen spitzen Absatz hat, nicht wahr?«

»Lass Catherine aus dem Spiel. Das eine ist Geschäft, und das andere ...« Er bemühte sich, sie herumzudrehen, um ihr ins Gesicht sehen zu können.

»Ja, was denn? Überleg dir jetzt gut, was du sagst. Nur nicht zu lange, weil ich jetzt losfahre.« Sie versuchte, sich loszumachen, um ins Taxi zu steigen, doch er ließ sie nicht.

»Ich liebe dich«, gestand er ihr.

Es war das erste Mal, dass er dies zu ihr sagte. »Ironie des Schicksals. Es ist zu spät.«

Statt einer Entgegnung zog er ihr das Kopftuch herunter

und nahm ihr die Sonnenbrille ab. Selbst das noch trübe, kalte Morgenlicht blendete Rebecca, da sie so lange nicht mehr ungeschützt dem Tageslicht ausgesetzt gewesen war. Ihr traten Tränen in die Augen. Noël reagierte anders, als sie erwartet hatte. Er sah sie aufmerksam an, und seine einzige Reaktion war in seinen Pupillen zu erkennen, die sich erschrocken weiteten. Dann löste sich seine Hand von ihrem Arm, und er strich ihr mit den Fingerspitzen über die Wange, als müsste er fühlen, was er erblickte, um es wirklich glauben zu können.

»Deshalb wollte ich dich nicht wiedersehen«, erklärte sie.

»Wer oder was hat dir das angetan?«

»Ich weiß es nicht. Es ging plötzlich und ohne erkennbaren Grund los. Die Ärzte, bei denen ich war, sind allesamt ratlos.«

»Seit wann geht das schon so?«

»Etwa seit zwei Wochen, glaube ich. Zuerst dachte ich, es wäre nur Einbildung.«

»Das ist keine Einbildung, Rebecca. Das ist ernst.«

»Meinst du, das ist mir nicht klar? Ich gäbe mich irgendwelchen Illusionen hin? Moira hatte es auch. Das war bestimmt der Grund dafür, dass sie sich umgebracht hat. Vielleicht ist es eine Erbkrankheit? Unsere Mutter ist bei einem Autounfall gestorben, als sie ungefähr so alt war wie ich jetzt. Aber vielleicht stimmt das auch gar nicht. Vielleicht hatte sie es auch und konnte nicht länger damit leben, und die lieben Verwandten, bei denen wir aufgewachsen sind, haben es uns verschwiegen.«

»Haben die Ärzte so was gesagt? Gibt es so eine Erbkrankheit?«

»Nein. Zumindest ist sie nicht bekannt.«

Noël näherte sein Gesicht dem ihren, sodass sie einen Tropfen Nasensekret an seiner Nasenspitze glänzen sah. Er schien es nicht mal zu merken. »Wenn du jetzt wirklich in dieses Taxi steigen willst, musst du mich mitnehmen«, sagte er eindringlich. »Oder wir gehen wieder hoch in deine Wohnung und reden über alles.«

»Es gibt nichts mehr zu reden, Noël. Mir kann niemand helfen. Lass mich in Ruhe.«

Noël schaute sich um, dann erwiderte er mit gesenkter Stimme: »Du irrst dich, Rebecca. Ich bin wahrscheinlich der Einzige, der dir noch helfen kann.«

HAMBURG, DEUTSCHLAND

Julia kannte gegen einen Kater dieses Ausmaßes nur eine Kur: eine Riesencurrywurst mit einer großen Portion Pommes frites. Dazu einen Eimer eiskalte Cola und zwei Aspirin. Sie wünschte, sie könnte sich an mehr erinnern. War der Mann, der sie betrunken auf dem Ponton aufgelesen und in das Taxi gesetzt hatte, wirklich Robert Parminski gewesen? War sie tatsächlich in Gefahr gewesen? Er hatte sich jedenfalls noch nicht bei ihr gemeldet. Dafür hatte das BKA eine Nachricht auf ihrem Mobiltelefon hinterlassen: eine spröde Aufforderung zum sofortigen Rückruf. Doch ein noch nicht formulierter Gedanke, mehr ein leichtes Zwicken in der Hirnregion, wo Zweifel und Misstrauen generiert wurden, hinderte Julia daran.

Nach ihrem Gelage in einem Imbiss in der Langen Reihe, der wichtigsten Einkaufsstraße im Stadtteil St. Georg, war sie in ihr Hotel zurückgekehrt. Jetzt saß sie im Schneidersitz auf ihrem Bett und versuchte, sich an die Ereignisse von gestern Nacht zu erinnern. Sie sollte verschwinden, in Urlaub fahren und niemandem sagen, wohin. Das hatte Robert oder der Mann, der ihm ähnlich gewesen war, zu ihr gesagt. Aber Urlaub war das Letzte, an das sie jetzt denken konnte. Sie wühlte in ihren Sachen und zog Ferlands Spickzettel hervor: Rebecca Sterns Telefonnummer. Was hatte sie zu verlieren?

Nach endlos scheinenden Sekunden meldete sich eine Frau auf Französisch. Den Hintergrundgeräuschen nach zu urteilen schien sie sich auf einem Bahnhof oder in einem Schnellrestaurant zu befinden. Julia erklärte ihr auf Englisch, wer sie sei und woher sie die Nummer habe. Es folgte ein kurzes Schweigen, und Rebecca schien sich ein Stück aus dem Trubel zu entfernen, denn die Hintergrundgeräusche waren anschließend nur noch gedämpft zu vernehmen. Julia erzählte ihr dann, wie Ferland ums Leben gekommen war.

Rebecca Stern schien erschrocken zu sein, aber nicht wirklich überrascht. Dann stellte sie Julia ein paar Fragen, wie um die Richtigkeit ihrer Angaben zu überprüfen. Auch nach Renard und wie er gestorben war. Der Tod des Journalisten schien ihr nahezugehen, denn sie atmete mit einem Mal schwer. Schließlich teilte sie Julia mit: »Ich bin auf dem Weg in eine Klinik in St. Bassiès. Das liegt in den Pyrenäen.«

»Können wir uns nicht vorher noch persönlich sprechen? Ich habe das Gefühl, dass wir uns alle Informationen, die wir besitzen, gegenseitig mitteilen müssen – auch die scheinbar unwichtigsten Einzelheiten. Vielleicht können wir dann ja verstehen, was vor sich geht.«

»Das geht nicht, denn mir bleibt nicht mehr viel Zeit«, antwortete Rebecca Stern.

»Zeit wofür?«

»Ich leide unter einer sehr schweren Hautkrankheit, die rasch fortschreitet, und kein Arzt hier in Paris kann mir helfen. Die wissen noch nicht einmal, was für eine Krankheit das ist. Wenn Sie also mit mir reden wollen, müssen Sie nach St. Bassiès kommen. Es ist die einzige Möglichkeit.«

»Aber ich kann doch nicht ...«

Rebecca Stern brach das Gespräch mitten in Julias Satz ab

und war danach auch nicht mehr zu erreichen. Sie hatte ihr Telefon abgeschaltet.

St. Bassiès? Julia nahm ihren Laptop, tippte den Namen in verschiedene Suchmaschinen ein und fand heraus, dass es keinen Ort namens St. Bassiès gab. Wohl aber den Pic Rouge des Bassiès, einen 2676 Meter hohen Berg in den französischen Pyrenäen. Nacheinander probierte sie den Namen des Berges und von Orten in seiner Nähe in Verbindung mit verschiedenen Stichworten aus, bis schließlich der Name Almond zu einem Ergebnis führte. Catherine Almond, Vorstandsvorsitzende von Serail Almond, saß auch im Vorstand einer Privatklinik: Château de St. Bassiès. Die Meldung bestand nur aus einer Zeitungsnotiz über eine Feier anlässlich der Erweiterung und Modernisierung der Klinik, was sicherlich eine nennenswerte Finanzspritze vorausgesetzt hatte. Dann fand Julia die Homepage der Privatklinik selbst, deren Beschreibung sich vordergründig mehr wie die einer luxuriösen Schönheitsfarm las. Die Klinik war in einem schlossähnlichen Gebäude untergebracht, das sich in Alleinlage an einem Berghang befand. Bei Betrachtung der Fotogalerie stieß sie auf lächelnde, faltenfreie Gesichter von Frauen, die gerade bei einer Rückenmassage oder in einem Whirlpool entspannten. Es sah nicht so aus, als ob der Schwerpunkt der Klinik auf der Behandlung gravierender Hautkrankheiten lag, an deren Diagnose und Heilung die klassische Medizin gescheitert war. Die Fotos vom Schwimmbad, von der Sonnenterrasse und dem Panoramablick erweckten eher den Eindruck, dass Lidstraffungen, Silikonimplantate und Fettabsaugungen dort das Höchste der medizinischen Kunstfertigkeiten darstellten. Aber stimmte das auch? Wenn Rebecca Stern wegen einer Hautkrankheit in diese Privatklinik gefahren war und Ferland diese Information möglicherweise an sie hatte weitergeben wollen, sollte sie sich vielleicht besser auf den Weg dorthin begeben.

Sie massierte sich die Schläfen und ging in das muffige Bad, um sich kaltes Wasser ins Gesicht zu schaufeln … Es nützte nichts. Die Kur gegen den Kater hatte zwar weitestgehend die Übelkeit beseitigt, aber gegen die Kopfschmerzen konnte sie wenig ausrichten. Unten neben der Rezeption stand ein Kaffeeautomat. Sie ging hinunter, um sich zwei Espressi zu besorgen, was für gewöhnlich ihre Gehirnaktivität anregte, und setzte ihre Recherchen fort. Als der Kaffee ausgetrunken war, fasste Julia einen Entschluss: Sie wollte nach St. Bassiès fahren und mit Rebecca Stern persönlich sprechen. Ferland hätte es so gewollt. Und nach den Ereignissen der letzten Nacht zum Tagesgeschäft überzugehen war sowieso undenkbar.

Was hinderte sie schon daran? Sie war faktisch arbeitslos und ohne festen Wohnsitz. Vermutlich hätte dieser Zustand ihr mehr zu schaffen machen müssen, aber es pulsierte wohl noch genug Nomadenblut ihrer Eltern in ihren Adern. Varietékünstler durch und durch, hatten sie trotz unsicherer Engagements und häufiger Ortswechsel immer betont, die Hauptsache sei, dass sie sich und ihr Publikum hätten und gesund wären. Und dann waren sie beide viel zu früh ums Leben gekommen. Betroffen erinnerte sich Julia daran, dass sie den außergewöhnlichen Lebensstil ihrer Eltern in ihrer Jugend abgelehnt hatte. Sie hatte lieber ein normales, ja, langweiliges Leben führen wollen. So wie alle anderen. Auch so wie Sonja? Jetzt war es definitiv zu spät für Gefühle wie Verbundenheit oder Bewunderung für den Mut und die Unabhängigkeit ihrer Eltern. Aber vielleicht sollte sie die Dinge endlich in die Hand nehmen, anstatt sich von Menschen, die sie nicht einmal genau benennen konnte, in Angst und Schrecken versetzen zu lassen.

Bis gestern hatten Abwehr und … ja … Angst ihr Handeln bestimmt. Doch plötzlich fühlte sie eine kühle Entschlossenheit. Sie wollte nicht länger das hilflose Opfer sein, das nicht wusste, wann und wo der nächste Überfall auf sie zu erwarten war. Ein Vorfall wie der gestern auf dem Ponton sollte sich nicht wiederholen. Sie wollte sich nicht ertränken oder gar in Stücke reißen lassen, wie es Sonja und Ferland passiert war. Und aufgehängt an einem Baum im Alsterpark wollte sie auch nicht enden.

Sie brauchte einen Plan.

Nachdem sie alles genau durchdacht hatte, packte Julia eine Umhängetasche mit dem Allernötigsten zusammen. Sie zog Jeans, Stiefel und eine warme Jacke an und verließ das Hotel. Komplett auszuchecken erschien ihr wegen ihres großen Gepäcks, des beweglichen Teils ihres Hausstandes sozusagen, und auch wegen des damit verbundenen Aufsehens an der Rezeption nicht ratsam.

In der Hotellobby war tagsüber eine Menge los. Julia musterte all jene, die mit zu viel Zeit und ohne erkennbare Aufgabe herumlungerten. Inzwischen war sie sich so gut wie sicher, dass sie auch hier beobachtet wurde. Vom BKA? Oder von ihren Verfolgern, wer auch immer sie waren? Sie hätte die Polizei ja gern von ihrer Reise nach Frankreich in Kenntnis gesetzt, aber sie wusste nicht mehr, ob sie ihr trauen konnte. Ferlands Schicksal ließ sie vermuten, dass es irgendwo im Polizeiapparat eine undichte Stelle gab. Sonst hätten ihre Verfolger wohl kaum von Ferlands Anwesenheit in Hamburg und seinen Nachforschungen gewusst. Es konnte schließlich kein Zufall sein, dass er an eine der schwer zugänglichen Karten für die Gala gekommen war – und dann auch noch ausgerechnet an ein Ticket für den Todestisch neun. Julia nahm an, dass man ihm, nachdem sein Interesse an Renards Tod und den Zusammenhängen bekannt geworden war, gezielt eine Einladung hatte zukommen lassen:

eine Eintrittskarte in den Tod. Also keine Polizei. Sie würde allein ihren Verfolgern nachstellen.

Julia verließ das Hotel durch den Haupteingang und marschierte zu Fuß in Richtung Alster. Das Wetter war kühl und trocken, der Himmel leicht bedeckt. Sie unterdrückte den Reflex, schnell zu gehen oder sich umzuschauen. Dafür sah sie in regelmäßigen Abständen auf die Uhr. Sie hatte einen Zeitplan ausgearbeitet, den sie einhalten musste. Wenn ihre aktuellen Verfolger auch nur halbwegs professionell arbeiteten, würden sie sich abwechseln. Wer auch immer ihr vom Hotel aus nachgegangen war – ein paar Kilometer weiter hatte er sicherlich diesen Job einem anderen Kollegen übergeben. Allerdings musste sie wissen, wie derjenige aussah, der ihr in die U-Bahn-Station nachfolgen würde.

Sie überquerte die Straßen, um auf der der Binnenalster abgewandten Seite weiterzugehen. An einem Schaufenster stoppte sie und sah dann kurz über ihre Schulter. War es der ältere Herr mit dem Gehstock? Oder die zwei jungen Typen mit Baggyjeans und Basecaps auf dem Kopf? Etwa die junge Frau in dem rosafarbenen Trenchcoat? Unwahrscheinlich. Da sah sie ein Stück weit hinter ihr einen Mann, der sich die Schaufenster eines Trachtenladens ansah. Er trug Jeans und einen Parka, hatte dunkles, kurzes Haar und führte einen kleinen Rucksack bei sich. Er wirkte … unauffällig, doch sein vorgebliches Interesse an bayerischen Dirndln und Lederhosen passte überhaupt nicht zu seinem Äußeren und verriet ihn. Er musste wohl dort stehen bleiben, denn würde er weitergehen, bestünde die Gefahr, dass er ihr wahrscheinlich zu nahe käme oder sie sogar überholte.

Julia sah noch einmal unauffällig auf ihre Uhr und ging weiter. Sie betrat die Treppe, die zur U-Bahn-Station Jungfernstieg hinunterführte. Es war exakt sechzehn Uhr vierundfünfzig. Sie ging eilig den kurzen Gang entlang, warf noch einen prüfenden Blick durch die Glastüren, die links in die Europapassage führten. Sie hörte, wie unten die U 1 einfuhr, und beschleunigte ihre Schritte. Julia lief die nächste Treppe hinunter, die sie direkt auf den Bahnsteig der U 1 führte. Es war sechzehn Uhr sechsundfünfzig, wie geplant: Rushhour. Die U 1 in Richtung Norderstedt war gerade abgefahren, die nächste würde in acht Minuten kommen. Julia schlenderte den Bahnsteig entlang, als warte sie auf genau diese U-Bahn. Sie ging immer weiter: an den Säulen mit den sieben »Jungfrauen« vorbei, geschnitzt aus einem alten Eichenstamm, der angeblich bei den Bauarbeiten für die U-Bahn gefunden worden war. Schließlich stellte sie sich in der Nähe der mittleren Treppe, die zu dem unter ihnen befindlichen Bahnsteig führte, zwischen die Wartenden. Unauffällig ließ sie den Blick wandern. Ihr aktueller Verfolger war hier irgendwo. Er hatte sicherlich vor, mit ihr in die Bahn zu steigen, und genau das musste sie vermeiden.

Kurz nach siebzehn Uhr schlängelte sich Julia so schnell und unauffällig wie möglich durch die Menschentraube und lief die Treppe hinunter zum Bahnsteig der S 1, S 2 und S 3, der unter ihr die Linie der U 1 kreuzte. Die S 1 in Richtung Poppenbüttel stand da, wie sie es berechnet hatte. Julia sprang hinein und schaute angespannt, ob ihr jemand die Treppe hinunter folgte und noch eilig in die S-Bahn stieg. Doch es kam keiner mehr. Das Warngeräusch erklang, die Türen klappten zu, und die S-Bahn setzte sich in Bewegung.

In Ohlsdorf musste sie noch einmal aufpassen, da es theoretisch möglich war, dass ihr Verfolger mit einer U-Bahn hierher gefahren war, um sie abzufangen. Dazu hätte er aber erraten müssen, wo sie hinwollte. Der vordere Zugteil der S 1 fuhr von hier aus zum Flughafen.

Um siebzehn Uhr achtundzwanzig kam Julia am Hamburg Airport an, mehr als rechtzeitig, um für ihren Direktflug nach Toulouse einzuchecken.

Das Gefühl, die Dinge voranzutreiben und nicht mehr nur zu reagieren, löste eine Welle der Euphorie in Julia aus. Egal, was ihr in den Pyrenäen und in St. Bassiès, dieser verdammten Klinik, begegnen würde. Alles schien ihr besser zu sein, als in Hamburg auf den Tod zu warten.

29. Kapitel

St. Bassiès, Frankreich

Rebecca Stern hatte seit vierundzwanzig Stunden nicht mehr in einen Spiegel gesehen. Das Tückische war, dass sie kurzfristig immer wieder vergaß, was mit ihr los war, wenn sie nicht damit konfrontiert wurde. Manchmal geschah dies nur für Sekunden oder Minuten, heute Vormittag jedoch sogar für eine halbe Stunde: Da waren sie durch eine malerische Berglandschaft gefahren, eine schmale Schotterstraße entlang, die sich in Serpentinen bergauf gewunden hatte. Die Erinnerung daran, was mit ihrer Haut passiert war und immer noch passierte, und damit auch an den Grund ihrer Reise traf sie dann jedes Mal umso härter. In unregelmäßigen Abständen betastete sie mit ihren Fingerkuppen das Gesicht. Ihre Haut an Wangen und Stirn fühlte sich trocken und schuppig an, mit kleinen, verhornten Erhebungen darauf. Zu ihrem Entsetzen erinnerte es sie an eine fremdartig aussehende Echse, die ein Freund von ihr in einem Terrarium hielt. Jedes Mal fühlte sie anschließend wieder die Wut und Sekunden später eine bodenlose Verzweiflung in sich aufwallen.

Noël wusste schon, warum er verhinderte, dass sie ihr Spiegelbild sah. Er hatte sich während der Reise hierher zuversichtlich gegeben und beteuert, dass man ihr helfen könnte. Doch sie spürte seine starke Unruhe, die nicht bloß mit der Tatsache zu erklären war, dass seine Geliebte sich langsam, aber sicher in einen Zombie verwandelte. Fühlte er sich etwa für sie verantwortlich? Das wäre eine gänzlich neue Erfahrung, wo doch sonst immer sie diejenige gewesen war, die sich um sein Wohlergehen gesorgt hatte. Aber war seine Zuversicht überhaupt berechtigt? Wenn die Klinik hier und dieser Professor Konstantin, von dem er ihr vorgeschwärmt hatte, wirklich Wunder vollbringen konnten, warum wusste die Welt nicht davon?

Sie hatte in der Privatklinik St. Bassiès ein großzügiges Zimmer mit Blick auf den verschneiten Pic des Trois Comtes bekommen. Es sah nicht aus wie ein Krankenzimmer und hatte einen großzügigen Balkon, auf dem zwei Liegen aus Teakholz standen. Der Innenarchitekt hatte sich in warmen Pastelltönen ausgelassen, die von einem ausgeklügelten Beleuchtungssystem perfekt in Szene gesetzt wurden. Nur die Spiegel fehlten, sogar in dem Marmorbad mit der großzügigen, in ein Halbrund eingelassenen Dusche, die Rebecca jetzt ausprobierte. Sie stellte das Licht so gedämpft ein, dass sie gerade noch ihr Duschgel fand, und vermied es nach Möglichkeit, sich beim Waschen anzusehen. Sie wollte nicht nach Schweiß riechen, wenn die Koryphäe der Dermatologie ihren Hautzustand begutachtete. Er würde sich dabei wohl nicht auf ihr Gesicht beschränken.

Frisch geduscht und in sauberer Kleidung lief Rebecca im Zimmer auf und ab. Sie stellte den Fernseher ein und sofort wieder aus. Sie hätte Noël jetzt gern angerufen, aber sie hatte ihr Telefon an der Rezeption abgeben müssen. Angeblich wegen der empfindlichen medizinischen Geräte, aber Rebecca vermutete, dass man nur über das teure Haustelefon abrechnen wollte. Sie trat an das Panoramafester. Die kitschig-schöne Bergansicht schien sie zu verspotten.

Schließlich schnappte sie ihre Tasche, die große Sonnenbrille und die Keycard für ihr Zimmer und trat auf den Flur hinaus. Wie viele Patienten es hier wohl gab, und ob welche darunter waren, die genauso entstellt waren wie sie? Brandopfer vielleicht? Würde man sie anstarren, wenn sie anderen Leuten begegnete? Aber sie traf niemanden, der Klinikflur lag verlassen da. Rechts von ihr befanden sich die Fahrstühle und das Treppenhaus.

Da sie einen Plan von der Klinik erhalten hatte, konnte sie sich allein einen Weg zum Büro des Professors suchen. Sie mied die Empfangshalle, wo jemand an der Rezeption stehen würde, sondern schritt durch Flure und Treppenhäuser, bis sie vor der Tür von Professor Konstantins Vorzimmer stand. Noël hatte zuerst mit ihm allein sprechen wollen, war aber am Empfang auf später vertröstet worden. Rebecca klopfte und trat ein, fand das Vorzimmer aber unbesetzt vor. Nebenan hörte sie jemanden reden, Professor Konstantin schien also da zu sein. Sie wollte schon an die Bürotür klopfen, als die Stimmen lauter und aufgeregter wurden. Sie meinte, Noël herauszuhören. Worüber regte er sich so auf? Sicherlich ging es dabei um ihr Schicksal ... Sie bemerkte, dass die Tür nur angelehnt war. Rebecca blieb direkt davor stehen und lauschte.

»Sie haben mir nichts zu sagen, Almond! Ihre Frau ist hier der Chef, und ich halte mich an ihre Wünsche.«

»Wann und wie hat sie eigentlich alles hier an sich gerissen, Konstantin? Ich dachte, Sie bestimmen in dieser Luxus-Klinik, wo es langgeht.« Noëls Stimme war rau vor Verachtung. Rebecca konnte seine Wut heraushören. Worum ging es in dem Streit?

»Ich arbeite schon lange mit Serail Almond zusammen, und ich weiß, wer das Sagen hat, Almond. Sie sind es jedenfalls nicht.«

»Wir sollten nie vergessen, wer das Unternehmen gegründet hat. Mein Großvater hat mit seiner Apotheke in Toulouse ...« Noël wurde so leise, dass Rebecca nichts mehr verstand, aber sie kannte die Geschichte vom Unternehmergeist der älteren Generation Almond zur Genüge. Schade, dass sie in dritter Generation nur so einen verwöhnten Kronprinzen wie Noël zustande gebracht hatten. Dennoch ... So, wie es jetzt aussah, war er ihre letzte Chance.

»Sie müssen sie sich einfach ansehen. Es ist das gleiche Krankheitsbild, ganz sicher. Sie müssen sie behandeln. Sie sind doch kein Unmensch, Konstantin!«

»Sind Sie sich da sicher, Almond?«

»Und was ist mit dem hippokratischen Eid?«

Ein Laut, der wie ein Bellen klang, ließ Rebecca zurückzucken. Konstantin – ja, er lachte tatsächlich. Es war ein desillusioniertes, hoffnungslos klingendes Geräusch.

Noël starrte sie erschrocken an, als sie nach kurzem Klopfen das Büro des Professors betrat. Konstantins Nussknackergesicht zeigte keine Gefühlsregung, als Rebecca ihn begrüßte. Sie stellte sich ihm vor, und er musterte sie ausgiebig. Rebecca fühlte sich irgendwie schutzlos, während der Arzt sie anstarrte. Noël sah sie nicht an. Er betrachtete die Bronzeskulptur eines deformierten Kopfes auf Konstantins Schreibtisch.

»Brille ab!«, befahl der Professor. Nachdem er Rebeccas unverdecktes Gesicht begutachtet hatte, sagte er zu Noël: »Wirklich interessant.« Er zog eine Lupe hervor und kam nun so dicht an Rebecca heran, dass sie seinen Pfefferminzatem riechen konnte, der den Alkoholgeruch nur unzureichend verbarg. Allem Anschein nach trank Konstantin gern Hochprozentiges. »Sieht mir aus wie die Haut der anderen Probanden. Wie die paradoxe Wirkung von CRRA 24-15. Allerdings verfrüht und ziemlich ausgeprägt. Wie alt ist sie?«

Rebecca schnappte nach Luft. Dass er es wagte, in ihrem Beisein in der dritten Person über sie zu sprechen! Der Kerl war einfach unverschämt, aber sie beherrschte sich.

Noël blickte sie fragend an. »Ende zwanzig«, antwortete er dann vage und fast entschuldigend.

»Seit wann zeigt sie diese Symptome?«

»Rebecca, wann ging das los bei dir?« Noël sprach zu ihr wie zu einem Kleinkind.

Eins, zwei, drei ... zählte sie im Stillen. Bleib ruhig. Wenn dieser Kauz, der sie musterte wie ein Insekt, ihre letzte Hoffnung war, dann musste sie sich eben so gut es ging zusammenreißen. »Vor ungefähr zwei Wochen. Da hab ich zuerst ein ungewohntes Spannungsgefühl bemerkt, ein Jucken, und die Haut um die Augenpartie herum wurde runzelig.«

»Aber wie soll sie damit in Berührung gekommen sein?«, fragte der Professor. Gefühllos kniff er in Rebeccas Hals, zog an der Haut, ließ sie wieder los und sah sich die Stelle an.

Rebecca ballte die Fäuste, sodass sich ihre Fingernägel in die Handflächen bohrten. Es war mehr Demütigung als Schmerz, aber es war schwer auszuhalten, vor allem in ihrem jetzigen psychischen Zustand, wo sie sowieso immer kurz vor dem Abgrund stand.

»Tz, tz, tz, was haben Sie mir hier bloß angeschleppt, Almond?«, sagte der Professor, als hätte Noël eine zertretene Küchenschabe im Keller gefunden, die er jetzt in einem Schuhkarton gesund pflegen wollte. »Ich verstehe es nicht. Sie sieht so aus wie einige der Probanden, aber es muss etwas anderes sein. Oder wollen Sie mich hereinlegen?«

»Wieso hereinlegen?«, fragte Noël mit belegter Stimme. »Es ist die paradoxe Reaktion. Ich meine, sehen Sie sie sich doch an.«

»Ich kann sie nur behandeln, wenn Sie offen zu mir sind. Wie ist diese Frau mit unserem Wirkstoff in Kontakt gekommen?«

Noëls Gesicht, das gerade noch blass gewesen war, errötete plötzlich. »Das ist doch vollkommen egal. Tun Sie was!«

Der Professor wandte sich von Rebecca ab und setzte sich hinter seinen Schreibtisch. »Tut mir leid«, meinte er und griff nach dem Telefon. »Ich muss erst Rücksprache halten.« Er schaute zu Rebecca. »Wie war noch mal gleich Ihr Name?«

»Warten Sie«, stieß Noël hervor, bevor sie auch nur den Mund öffnen konnte.

»Dachte ich es mir doch«, sagte der Professor mit einem bösartigen Lächeln und stellte das Telefon behutsam auf die Station zurück. »Catherine soll es nicht wissen, oder?«

Midi-Pyrénées, Frankreich

Die Air-France-Maschine setzte um einundzwanzig Uhr fünfzig auf der Landebahn des Flughafens Toulouse-Blagnac auf. Julia, die nur ihr Handgepäck bei sich hatte, konnte sofort durchgehen. Da sie heute Abend nicht mehr viel würde ausrichten können, übernachtete sie in einem Hotel nahe des Flughafens.

Am nächsten Morgen startete sie mit einem gemieteten Renault Clio in Richtung Pyrenäen. Auf der Peripherie-Autobahn rund um Toulouse staute sich der Berufsverkehr, sodass Julia eine Weile Stoßstange an Stoßstange dahinrollte. Sie bereute schnell, dass sie keinen Wagen mit Navigationssystem genommen hatte, und war erleichtert, als sie ein Hinweisschild nach Foix entdeckte, ihrem ersten Etappenziel in den Pyrenäen. Sie wählte die *Autoroute des Deux Mers*, eine kostenpflichtige Autobahn, auf der sie jedoch rasch vorankam. Als sie Toulouse und seine Vororte hinter sich gelassen hatte, rollte der Verkehr zügig dahin. Immer wieder sah sie rechts den Canal du Midi, der von Platanen flankiert wurde. An seinem Ufer waren viele Radfahrer unterwegs. Die Natur war hier schon weiter als in Norddeutschland. Büsche und Bäume zeigten erstes Grün, und einige Rapsfelder begannen zu blühen. Sie durchfuhr eine flache Ebene, doch am Horizont zeichneten sich die schneebedeckten Gipfel der Pyrenäen ab. Dort würde sie Rebecca Stern treffen und mehr über Serail Almond erfahren. Nach knapp anderthalb Stunden erreichte Julia den Ort Foix. Sie hielt in einer Seitenstraße und kaufte sich einen detaillierten Plan der Gegend. Dann ging sie weiter zum Marktplatz und setzte sich in ein Straßencafé, um einen Kaffee zu trinken. Sie wusste, dass sie auch etwas essen sollte, nachdem sie schon auf das Hotelfrühstück verzichtet hatte, aber sie war zu angespannt. Die Ereignisse der letzten Wochen strebten auf ihren Höhepunkt zu, das spürte sie deutlich. Wie auch immer es ausgehen mochte – sie würde dann zumindest wissen, was es mit den geheimen Machenschaften von Serail Almond auf sich hatte. Und sie würde sich nicht mehr länger zum Narren halten und sich wie eine hilflose Jagdbeute verfolgen lassen.

Trotz des hellblauen Himmels über ihr hatten die schmalen Gassen des Bergortes mit den steingrauen Hausfassaden und den dunklen Holzfensterläden eine düstere Ausstrahlung. Das mochte daran liegen, dass um diese Jahreszeit die Sonne niedrig stand und die sich rundherum erhebenden Felswände noch größtenteils im Schatten lagen. Julia hoffte, dass sie die Klinik relativ schnell finden würde, doch angesichts der wenigen Hinweisschilder und der nicht gerade präzisen Wegbeschreibung kamen ihr erste Zweifel. Wahrscheinlich informierte das Krankenhaus zukünftige Patienten, wie man dorthin gelangte. Doch Julia wollte nicht dort anrufen, damit man nicht im Vorhinein wusste, dass sie kam. Zur Not würde sie sich eben durchfragen müssen.

Nach der kurzen Pause in Foix fuhr Julia weiter in Richtung Süden, bis sie Tarascon-sur-Ariège erreichte. Dahinter nahm sie eine kleinere Straße bis Auzat, einem touristisch geprägten Ort, wo die Skisaison beendet war, die Wandersaison aber noch nicht begonnen hatte. Von dort wand sich ein Fahrweg entlang eines Baches immer weiter bergauf. Sobald sie Auzat verlassen hatte, schien sie allein in der ihr fremden Bergwelt unterwegs zu sein. Rechts und links stiegen die Hänge steil an, und im Hintergrund sah sie immer wieder schneebedeckte Gipfel. Beinahe hätte sie die Abzweigung zu dem Dorf verpasst, das sie suchte. Das Schild hatte sich am Ende einer sehr kurvigen, kleinen Straße befunden. Es war sozusagen ihre letzte gesicherte Landmarke. Über den Ort, wo die Klinik genau lag, ließ sich von hier ab nur mutmaßen: Irgendwo weiter in den Wald hinein und den Berg hinauf. Sie machte sich auf die Suche nach einem Fahrweg, wie schmal er auch sein mochte, und hoffte, dass ihr kleiner Clio den Straßenbedingungen gewachsen war.

St. Bassiès, Frankreich

Das Krankenzimmer, das auf den ersten Blick wie die Suite in einem Fünf-Sterne-Hotel aussah, war zu Rebeccas Gefängniszelle geworden. Ihre Arme und Beine fühlten sich so schwer an, als lägen Kartoffelsäcke darauf. Sie konnte sie nur mit äußerster Anstrengung bewegen. Und da war ein Druck unterhalb ihrer Brust. Obwohl sie nicht dorthin sehen konnte, weil die Bettdecke darüberlag, ahnte sie, dass sie mit einem Gurt am Bett festgebunden worden war.

Sie erinnerte sich, dass sie bei dem Streit mit Professor Konstantin, diesem Kretin, die Beherrschung verloren hatte. Noël hatte dem Professor am Ende geholfen, sie zu überwältigen. Danach wusste sie nichts mehr. Sie war schon einmal aufgewacht, hatte nach Noël gerufen, dann um Hilfe geschrien. Mit dem Ergebnis, dass eine Schwester, schön wie ein Mannequin, aber ohne Gefühlsregungen in den blauen Puppenaugen, ihr eine Spritze verpasst und sie so wieder ins Nirwana befördert hatte.

Rebecca hatte jedes Zeitgefühl verloren. Draußen war es

noch hell. Aber war es noch derselbe Tag oder schon der nächste? Ihre Haut juckte und schmerzte; doch Konstantin würde sie nicht behandeln, so viel war ihr nach dem Streitgespräch klar geworden. Noëls Frau schien hinter allem zu stecken. Catherine Almond, diese Hexe! Ihre Situation machte Rebecca unglaublich wütend und bereitete ihr gleichzeitig eine Höllenangst. Das Schlimmste aber waren in diesem Augenblick die Scham und die Pein, vollkommen hilflos zu sein. Zur Bewegungslosigkeit verdammt – so wie damals ihr Urgroßvater William, der in seinem Pflegeheim regelmäßig an sein Bett gefesselt und unter Drogen gesetzt worden war, weil er sich immer wieder »selbstständig« gemacht hatte. »Es ist doch nur zu seiner eigenen Sicherheit, Becky«, hatte ihre Tante behauptet. Und so war er kurz darauf gestorben: in Sicherheit. Es war nicht recht gewesen, ihm das anzutun, sondern ein himmelschreiendes Unrecht: genau wie das, was man ihr gerade antat.

Ein Schrei kroch ihr die Kehle hoch, doch sie unterdrückte ihn. Es würde ihr nichts nützen. Sie würden sie nur wieder betäuben. Wenn sie sich aber bewusstlos stellte, wenn wieder jemand ins Zimmer kam, hatte sie vielleicht eine winzige Chance, den Betreffenden zu überraschen und zu überwältigen.

Midi-Pyrénées, Frankreich

Der einspurige Fahrweg schlängelte sich durch die immer schroffer werdende Bergwelt und wurde ständig schmaler. Die Kehren wurden so eng, dass sie nicht mehr in einem Schwung zu durchfahren waren. Julia vermutete, dass sie inzwischen nicht mehr weit von der spanischen Grenze entfernt war, und auch Andorra lag laut ihrer Karte irgendwo hinter den nächsten Bergen. Der Weg war nur noch eine Schotterpiste, und Julia stand kurz davor, umzukehren, weil der Clio nun häufiger bedrohlich ins Rutschen kam.

Doch plötzlich entdeckte sie die Abzweigung und ein diskretes Hinweisschild auf die Klinik. Darunter stand die Erklärung, dass es sich um eine Privatstraße handelte, deren Zugang untersagt war. Obwohl sich Julia nach ihrem Exzess auf dem Feuerschiff noch nicht wieder fit fühlte, wollte sie nicht anhalten. Sie hatte die Befürchtung, dass sie den Sinn dieser Unternehmung gar nicht mehr erkennen würde, wenn sie eine Regenerationspause einlegte. Immerhin befand sie sich in einem Land, dessen Sprache sie nur unzureichend beherrschte, und auf der Fahrt zu einem Ort, wo sie nicht willkommen sein würde.

Ihr kleiner Renault schaffte den letzten Teil der Strecke zwar nur im zweiten Gang, und einmal war sie auf dem losen Kies sogar ein kleines Stück in Richtung Hang gerutscht, doch nach der Umrundung einer Felsformation lag es vor ihr: ein mächtiges Gebäude aus grauem Stein und mit hohen Fenstern. Dem Aussehen nach handelte es sich eher um ein in die Jahre gekommenes Schloss oder eine alte Befestigungsanlage denn um eine Klinik.

Julia stellte den Mietwagen auf einem gekiesten Parkplatz ab, auf dem nur drei weitere Fahrzeuge standen: ein schwarzer Lancia, ein BMW Cabriolet und ein Land Rover Defender mit offener Ladefläche. Es war wohl gerade keine Besuchszeit ... Nicht, dass man hier überhaupt viele Besucher erwarten konnte, wo doch der Weg so beschwerlich war. Aber wo ließen die Angestellten ihre Fahrzeuge? Hinter einer Lorbeerhecke sah Julia einen Hubschrauberlandeplatz, was die geringe Vegetation auf dem umliegenden Gelände zum Teil erklärte.

Sie umrundete das hohe, dunkelgrau verputzte Gebäude. Es sah nicht sehr einladend aus. Alle Fenster begannen mindestens zwei Meter über dem Erdboden und waren vergittert. Julia entdeckte Kameras am Gebäude und in den umliegenden Bäumen und Felswänden. Man hatte sie auf jeden Fall bereits gesichtet. So ging sie, in Ermangelung eines besseren Plans, direkt durch den Haupteingang in die Eingangshalle und zum Empfang. Eine Frau in hellblauem Kostüm und mit aufgestecktem Haar saß hinter einem Kirschholztresen und hörte Julia geduldig zu, als sie in holperigem Französisch sagte, wen sie suchte.

Die Empfangsdame nickte und befragte ihren Computer. Dann erklärte sie Julia in glasklarem Englisch, dass es eine Patientin namens Rebecca Stern hier nicht gebe.

St. Bassiès, Frankreich

Catherine Almond stand am weit geöffneten Fenster des Konferenzraumes und atmete die kühle Bergluft ein. Sie versuchte, sich zu beruhigen. Die Dinge liefen ganz und gar nicht nach Plan, und jetzt mussten sie sich alle plötzlich hier treffen. Professor Konstantin war ein Genie auf seinem Gebiet, aber bei allen anderen Angelegenheiten hilflos wie ein kleines Kind. Sie hörte ihn und Stefan Wilson plaudernd den Raum betreten und fuhr herum.

»Können wir anfangen?«, blaffte sie die beiden an. »Oder möchten die Herren doch noch ein Tässchen Kaffee trinken?«

Wilson, der von der Eingangstür geradewegs auf dem Weg zu dem Servierwagen gewesen war, auf dem Kaffee und Kekse bereitstanden, blieb stehen. »Schlechte Laune, Catherine? Ich dachte, du bist gern hier. Es ist doch so schön ruhig und friedlich in St. Bassiès.«

Die Spottlust würde ihm gleich vergehen, dachte Catherine. Nach Professor Konstantins panischem Anruf hatte sie den

Vorstand rasch zusammengetrommelt; lediglich der erkrankte Kämper war nicht gekommen. Es war besser, die anstehenden unpopulären Entscheidungen nicht allein zu treffen. Nicht, dass sie nicht genau wusste, was zu tun war. Sie musste es den anderen nur noch verkaufen. Doch dafür würde sie bei Adam und Eva anfangen und Wilson über die paradoxe Reaktion ihres Wirkstoffes aufklären müssen.

Sie begann mit ihrem Vortrag. Noël, der zunächst mit hängenden Schultern am Tisch gesessen hatte, wurde stocksteif, als Professor Konstantin die Fotos herumzeigte. Der Anblick der entstellten Gesichter der Probanden, die von der paradoxen Wirkung des Enzyms betroffen gewesen waren, ließ ihn blass werden. Auch Wilson zeigte deutliche Anzeichen von Unbehagen.

»Noël hat uns übrigens eine neue Patientin angeschleppt, die ähnlich aussieht wie unsere betroffenen Probanden«, sagte sie, als sich die ersten Wogen über diesen Rückschlag geglättet hatten. »Und er will sie unbedingt von Konstantin behandeln lassen.«

»Ist denn unser neues Mittel auch an ihr ausprobiert worden?«, fragte Wilson.

»Nein. Wir wissen nicht, ob und wie sie mit dem Wirkstoff in Berührung gekommen ist«, log Catherine.

»Sie muss hier behandelt werden«, beharrte Noël. »Das ist ihre einzige Rettung.«

»Sie sieht zumindest genauso aus wie unsere betroffenen Probanden«, warf Professor Konstantin ein. »Wir könnten an ihr ausprobieren, ob sich die Wirkung in diesem Stadium noch umkehren lässt.«

»Würde Ihnen das zu neuen Erkenntnissen verhelfen?«, erkundigte sich Catherine bei dem Professor.

»Ich gehe davon aus, ja.«

»Dann versuchen Sie Ihr Glück.«

Noël sah seine Frau ungläubig an. »Aber du warst vorhin strikt dagegen, du ...«

»Ich habe eben meine Meinung geändert«, unterbrach sie ihn. »Kümmern Sie sich noch heute darum, Professor Konstantin.«

»Natürlich. Obwohl es schon sehr stark fortgeschritten ist ...«

»Das interessiert jetzt nicht«, erwiderte Catherine scharf. Insgeheim fand sie, dass seine Anmerkung eine gute Erklärung dafür war, dass die Behandlung nicht anschlagen würde. Nicht bei dieser Frau. Dafür würde sie sorgen.

»Das war noch nicht alles, oder?« Wilson stand auf, um sich jetzt doch seinen Kaffee zu holen.

»Professor?« Sie sah den Wissenschaftler auffordernd an.

»Wie wir ja gerade berichtet haben, ist es bei einigen unserer Probanden während der klinischen Tests zu unerwarteten Problemen gekommen. Dabei stießen wir unter anderem auf eine so grundlegende Schädigung der elastischen Fasern der Haut, des Kollagens und Elastins, dass wir keine Hoffnung hatten, es je wieder rückgängig machen zu können.«

Er hob zu einer ausführlichen Erklärung an, doch Catherine unterbrach ihn mit einer raschen Handbewegung. »Schon gut, so genau brauchen wir das nicht zu wissen. Die von der paradoxen Reaktion betroffenen Probanden – haben Sie die alle nach Hause geschickt?«

»Das war unmöglich! Wir mussten die vier ... Ich meine, wenn das jemand gesehen hätte, wenn es bekannt geworden wäre ...«

»Ihr musstet sie also verschwinden lassen«, stellte Stefan Wilson mit emotionsloser Stimme fest. »Na ja, zum Glück waren es nur ein paar arme Schlucker, die im Winter für ein Dach über dem Kopf und für drei Mahlzeiten am Tag alles getan hätten.«

Außer vielleicht zu sterben, dachte Catherine. Laut verkündete sie: »Für die Forschung und zum Wohle der Allgemeinheit müssen Opfer gebracht werden. Jeder von uns weiß das. Diese vier waren eben die Opfer, die unser Projekt erfordert hat. Was passierte dann?«

Der Professor schluckte, sodass sein sich scharf abzeichnender Adamsapfel hüpfte. »Ich habe die Probanden, als es vorbei war, – ich meine, ihre Leichen – wegschaffen lassen. Es gibt ein paar hundert Meter von hier entfernt eine Höhle, die nicht sehr bekannt ist. Sie ist kein Touristenziel wie die Höhlen von Mas-d'Azil und Niaux. Und sie liegt fast unzugänglich und gut versteckt. Außerdem ist sie wegen Einsturzgefahr gesperrt. Ich bin als Jugendlicher mal dort gewesen. Mein Onkel war Hobby-Höhlenforscher. In einem der Seitengänge gibt es einen etwa vierzig Meter tiefen Schacht, den er mir damals gezeigt hatte. Dort hinein haben wir die Leichen geworfen.«

»Klingt doch gut«, meinte Wilson und schüttete sich Zucker in seinen Kaffee. »Da wird ja wohl keiner nach Leichen suchen.«

»Nun ... wir haben eines nicht bedacht: Wenn es jetzt wärmer wird, lockt der Verwesungsgeruch die Tiere an«, erklärte Konstantin mit unbewegter Miene. »Noch dazu, wo über Ostern die Touristensaison wieder beginnt.«

»Tiere?« Noël schien seine Sprache wiedergefunden zu haben. »Was denn für Tiere? Ratten?«

»Hunde: verwilderte Hunde, Dorfhunde, streunende Hunde. Was weiß ich!«

»Ja, und?«, entgegnete Catherine. »Kommen sie dort hinunter? Besteht etwa die Gefahr, dass einer der Köter mit einer menschlichen Hand im Maul bei seinem Herrchen auftaucht?«

Die anschaulichen Worte führten dazu, dass die Männer betreten dreinschauten. Die vor Pein und Verlegenheit eingefrorene Miene des Professors hatte fast schon etwas Komisches.

»Ich höre sie jede Nacht«, sagte er düster. »Ich höre die Viecher in der Nähe der Höhle heulen und kläffen.«

»Gibt es nicht auch Wölfe in den Pyrenäen? Und Bären?«, fragte Wilson scheinheilig lächelnd.

»Ja, die gibt es. Es sind allerdings slowenische Braunbären und ihre Nachkommen, die angeblich den ausgestorbenen Pyrenäen-Bären genetisch besonders ähnlich sind«, wusste der Professor zu berichten, der die Abschweifung vom Thema begierig aufgriff. »Die ausgewilderten Bären sind hier aber umstritten. Und es kommt vor, dass sie vergiftet oder von Jägern oder Viehzüchtern erschossen werden.«

»Jäger?«, rief Wilson ein wenig verwundert aus. »Ach, und was passiert, wenn die Hunde hier weiter Terz machen? Kommt als Nächstes ein Jäger, um mal nachzusehen?«

»Genau das ist meine Befürchtung«, antwortete der Professor steif.

»Wer ist in dieser Gegend für die Jagd zuständig?«, erkundigte sich Catherine.

»Der Bürgermeister vom nächsten Ort.«

»Wenn die Gefahr besteht, dass sie entdeckt werden, dann müssen Sie die Leichen eben wieder da rausholen und ordentlich vergraben«, sagte Catherine. »Es nützt ja nichts.« Ihre Augen funkelten amüsiert. »Sie sollten doch wieder in Ruhe schlafen können, Professor. Die Idee mit der Höhle war nicht gut, nur gut gemeint.«

Der Professor riss erschrocken die Augen auf. »Aber ... das geht nicht!«

»Diesen Satz kenne ich nicht!« Catherines Mobiltelefon klingelte. Sie meldete sich und hörte einen Moment zu. Dann befahl sie: »Halten Sie sie einen Moment hin. Ich schicke jemanden runter.« Nachdem sie aufgelegt hatte, blickte sie Stefan Wilson voller Zorn an und sagte mit bebender Stimme: »Was hattest du mir vorhin noch erzählt? Deine Leute haben diese Ingenieurin, diese Julia Bruck, in Hamburg aus den Augen verloren? Nun, stell dir vor: Sie ist gerade hier angekommen.«

30. Kapitel

St. Bassiès, Frankreich

Die Empfangsdame telefonierte leise, während Julia nervös auf und ab ging.

Dann sah sie noch mal auf ihren Bildschirm und blickte verlegen lächelnd zu Julia auf. »Sie haben recht gehabt, dass sie hier ist: Ich habe sie jetzt endlich gefunden. Entschuldigen Sie bitte die Verzögerung, aber Frau Stern ist eine private Patientin des Professors; die werden in einem besonderen Verzeichnis geführt.«

»Kann ich Frau Stern sprechen? Es ist wichtig.«

»Natürlich. Ich werde Sie bei ihr anmelden. Nehmen Sie doch einen Moment Platz.« Sie deutete auf die elegante Sitzgruppe in einem der Erker.

»Danke, aber ich stehe lieber.« Julia hatte genug gesessen in den letzten vierundzwanzig Stunden.

Die kleine Empfangshalle war so überheizt, dass sie sich die Jacke auszog und über den Arm legte. Oder war ihr warm vor Nervosität? Jetzt, wo sie endlich hier war, zweifelte sie am Sinn ihres Vorhabens. Es schien ihr nun mehr eine Flucht nach vorn als ein durchdachter Plan zu sein. Wer war diese Rebecca Stern? Und was genau wollte sie eigentlich von ihr wissen? Der Ort wirkte so friedlich und fernab von der Realität. Es kam ihr nicht so vor, als könnte sie ausgerechnet hier etwas über die Machenschaften des Bösen in Erfahrung bringen.

Die Empfangsdame sah sie besorgt an, tippte dann entschlossen auf der Tastatur ihres Telefons herum. Wieder klingelte es, und sie lauschte angespannt. »Alles klar. Ich habe verstanden«, sagte sie und wandte sich wieder mit professionellem Lächeln Julia zu. »Sie haben Glück. Frau Stern hat gerade keine Anwendungen, und sie freut sich, Sie zu sehen. Ich bringe Sie am besten gleich zu ihr.«

Die perfekt gestylte kleine Person führte Julia durch zwei Flure und blieb vor einem Lift stehen. »Gehen Sie nur rein. Sie werden unten erwartet.«

Julia betrat die Kabine, und die Türen schlossen sich hinter ihr. Sie stand allein in einem verspiegelten Patientenfahrstuhl, der so groß war, dass ein fahrbares Krankenbett hineinpasste. Die Kabine sackte nach unten. Julia sah auf die Anzeige über der Tür. Sie bewegte sich in Richtung Kellergeschoss. Vielleicht waren dort das Schwimmbecken, die Sauna oder das Dampfbad untergebracht, die Annehmlichkeiten, mit denen auf der Website geworben wurde?

Der Fahrstuhl kam jedoch erst im zweiten Kellergeschoss zum Halten. Die Türen glitten auseinander – und Julia erlebte eine böse Überraschung: Vor ihr stand Stefan Wilson, und sein Gesichtsausdruck war nicht freundlicher als auf der Trauerfeier vor ein paar Tagen. Hinter ihm befand sich kein erleuchteter Gang in den Wellnessbereich, gefliest und mit Grünpflanzen dekoriert, wie sie es erwartet hatte, sondern ein Korridor mit grauen, massiv aussehenden Steinwänden und flackerndem Neonlicht.

Nachdem Julia den ersten Schreck überwunden hatte, wurde ihr bewusst, dass sie in großer Gefahr war. Rasch schlug sie mit der flachen Hand auf den Knopf, der die Türen schloss, und dann auf die Taste fürs Erdgeschoss. Doch sie war nicht schnell genug. Stefan sprang in den Eingang des Fahrstuhls, seine Hand krallte sich in ihren Nacken, und er zog sie mit sich aus der Kabine.

»Ich finde, diese Unannehmlichkeiten hättest du uns beiden ersparen können«, sagte er leicht außer Atem.

Zum zweiten Mal in ihrem Leben richtete jemand eine Waffe auf sie. Nur dass dieses Mal kein Frühstückstablett in der Nähe war, das sie ihrem Gegner hätte entgegenschleudern können. Julia hätte ihm gern alles Mögliche entgegengeworfen, unter anderem auch ein paar erboste Worte: Denn so, wie sich ihr die Dinge gerade darstellten, musste er zumindest eine Mitschuld an Sonjas Tod haben. Und an noch ein paar Morden mehr. Nur, wofür das Ganze?

Er bugsierte sie in einen Kellerraum, der aussah, als wäre er mal das Refugium eines Hausmeisters gewesen. Das musste allerdings schon mindestens fünfzig Jahre zurückliegen, nach den Gerätschaften und der dicken Staubschicht auf ihnen zu urteilen.

»Setz dich!«, befahl Stefan. Er lehnte sich ihr gegenüber an die Werkbank und hielt die Pistole weiter auf sie gerichtet.

»Hast du so eine große Angst vor mir?«, fragte sie. »Was soll das? In was zum Teufel bist du hier bloß hineingeraten?«

»Halt die Klappe.« Er sah auf seine Uhr, dann zur Tür.

»Allein bist du nichts, oder? Auf wen warten wir? Auf den, der dir sagt, was du zu tun hast?«

Er betrachtete sie ruhig, ließ sich nicht provozieren.

Julia überlegte fieberhaft, wie sie sich befreien konnte. Ein wütender Stefan wäre ihr lieber gewesen. Jetzt, wo es Sonja nicht mehr gab, verband sie nichts mehr miteinander. In seinen Augen lag eine kalte Grausamkeit. Wieso hatte sie das nicht schon früher gesehen?

Die Tür flog auf, und zwei Personen, eine zierliche Frau Mitte vierzig und ein Mann Ende fünfzig, traten ein. Seine Augen wanderten ziellos im Raum umher, ohne Julia anzuschauen. Die Frau hingegen betrachtete sie abschätzig von Kopf bis Fuß.

»Darf ich vorstellen, Catherine«, sagte Stefan auf Englisch. »Das ist Julia Bruck.«

»Und von der haben sich unsere Leute an der Nase herumführen lassen?«, rief sie. Ihr Akzent verriet, dass sie Amerikanerin war, auch wenn sie eher wie eine Französin aussah. »Die verspeise ich doch mit Marmelade zum Frühstück.«

So, wie sie von ihr angeschaut wurde, glaubte Julia ihr das aufs Wort.

Die Frau nahm Stefan die Waffe ab und befahl ihm, Julia festzubinden. In einer Kiste fand er ein Elektrokabel und fesselte damit ihre Hände. Dann drückte er Julia auf einen alten Stuhl, an dessen Beine er mit anderen Kabeln ihre Füße festband. Zum Schluss fesselte er ihren Oberkörper an die Stuhllehne. Sie roch seinen Schweiß – beißend, offenbar vom Stress und von der Erregung. Er vermied es, ihr ins Gesicht zu sehen.

Die Frau, die er Catherine genannt hatte, sah ihm dabei zu, ohne mit der Wimper zu zucken. »Also, Julia Bruck«, sagte sie. »Du bist die Ingenieurin von ICL Thermocontrol, die für uns in Bihar arbeiten sollte, nicht wahr? Und seitdem machst du uns nichts als Ärger.« Fehlte noch, dass sie »Tz, tz« machte. Sie legte die Pistole hinter sich auf die Bank, wohl, weil sie für ihre schmächtige Hand zu schwer wurde. Stefan nahm die Waffe sofort wieder an sich. Offensichtlich traute er seinen eigenen Fesselungskünsten nicht.

»Erzähl uns einfach von Anfang an, was du herausgefunden und mit wem du alles gesprochen hast. Lass niemanden aus. Dann ersparst du uns und dir, dass wir dir wehtun müssen.«

Julia sah, dass Stefan bei ihren Worten entschlossen die Lippen zusammenpresste, während der andere Mann sich verstohlen Schweißperlen von der Stirn wischte. Es war nicht besonders warm in dem Kellerraum, aber auch Julia fühlte, dass sie schwitzte. Mit einer so entsetzlichen Entwicklung, einer so rasanten Zuspitzung der Lage hatte sie nicht gerechnet. Ihr war nicht bewusst gewesen, in was für eine Gefahr sie sich begeben würde. Himmel, sie hatte doch glauben müssen, in ein Krankenhaus zu fahren, wo sich ganz normale Ärzte und Pfleger um ganz normale Patienten kümmerten.

Und sie hatte stets gedacht, dass dramatische Wendungen im Leben Vorboten haben müssten. Dass sich alles langsam zum Schlechten wendete. Die Anzeichen dafür hatte es wahrscheinlich auch gegeben, aber sie hatte sie übersehen, und so kam das Ende jetzt überraschend für sie. Eines war klar: Nach dieser Konfrontation konnten die Verbrecher sie nicht mehr laufen lassen. Julias einzige Möglichkeit war, auf Zeit zu spielen, was allerdings nicht sehr erfolgversprechend war, da sie niemandem mitgeteilt hatte, wohin sie fahren wollte. Doch eine andere Chance hatte sie nicht.

»Ich weiß nicht, was das hier soll«, erklärte sie und wunderte sich, dass ihre Stimme fest klang. »Das muss ein Irrtum sein. Ich will nur eine Freundin besuchen, die hier Patientin ist.«

»Falsche Antwort«, entgegnete Catherine und neigte leicht den Kopf.

»Soll ich mich darum kümmern?«, fragte Stefan.

»Fühl dich frei«, sagte Catherine. Sie schien splitternden Lack an ihrem Ringfingernagel entdeckt zu haben und betrachtete ihn mit gerunzelter Stirn.

Ihre kühle Sachlichkeit erschreckte Julia genauso wie Stefans spürbare Erregung. Wie hatte sie übersehen können, was er im Grunde seines Herzens war? Ein Sadist. Diese Frau dort wusste es, und sie würde ihn gewähren lassen, solange es ihren Zwecken diente.

Stefan zündete sich ein Zigarillo an. Solche dünnen Zigarren hatte er damals schon geraucht, wenn er zu viel trank oder es etwas Besonderes zu feiern gab. Und Julia befürchtete nun, dass es ihm nicht reichte, wenn ihr von dem Qualm schlecht wurde. Er ging vor ihrem Stuhl in die Hocke, streifte fast sanft den linken Ärmel ihres Shirts hoch und legte so die Haut an ihrem Unterarm frei. Er sog noch einmal kräftig an dem Zigarillo, dass die Spitze aufglühte, dann presste er die Glut auf die weiße weiche Stelle kurz unterhalb ihrer Ellenbogenbeuge.

Als die Glut das dritte Mal ihre Haut versengte, sie zum dritten Mal ihr verbranntes Fleisch roch und das kreisrunde, rote und blasige Gewebe sah, glaubte Julia, den brennenden Schmerz nicht mehr aushalten zu können. Sie sagte immer wieder, sie wolle doch nur Rebecca Stern besuchen, eine Freundin, die hier Patientin war. Doch als Stefan mit konzentriertem Blick ihren zweiten Ärmel hochstrich, fühlte sie eine Welle der Panik in sich aufsteigen. Der Schmerz der drei Brandwunden war schon kaum noch zu ertragen. Die Folterung zermürbte sie, je länger sie dauerte. Julia wusste, es war nur eine Frage der Zeit, bis sie alles sagen würde, nur um keinen weiteren Schmerz mehr erleiden zu müssen.

Sie sah, wie Stefans Mundwinkel sich nach oben bogen, als er die Stelle ihres Armes betrachtete, an der ein herumfliegendes Trümmerteil bei der Explosion ihren Unterarm verletzt hatte. Die kaum verheilte Haut war noch dünn und schimmerte rosa. Julia schnappte nach Luft. Ihr linker Arm schmerzte schon höllisch; das Gleiche jetzt noch einmal auf der anderen Seite zu erleiden ... Sie wusste, wo genau er die nächste Glut platzieren würde. Nur mit äußerster Konzentration widerstand sie dem Drang, an den Fesseln zu zerren, zu wimmern oder zu stöhnen. Das würde seinen Spaß an der Quälerei noch erhöhen. Sie spürte, dass sie bald schwach werden und reden würde.

»Sag einfach, wer dich hergeschickt hat. Wer weiß, dass du hier bist, Julia?«, fragte Stefan in sanftem Tonfall. »Wer immer es ist, er ist es nicht wert, dass du das für ihn erleidest.« Das Zigarillo verharrte über ihrer rechten Ellenbogenbeuge, genau über der frisch verheilten Verletzung.

Julias Shirt war inzwischen klatschnass, und sie atmete gepresst.

»Niemand, verdammt. Ich bin auf eigene Faust hier.«

»Falsche Antwort«, sagte Catherine gelangweilt.

Stefan presste die Glut auf Julias frisch verheilte Haut. Sie schrie auf und sah durch den Tränenschleier ein zufriedenes Lächeln über sein Gesicht huschen. Sie versuchte, sich auf ihre Umgebung zu konzentrieren, weg von dem Schmerz, der in ihrem Körper wütete. Das Gesicht des Mannes in dem weißen Kittel, den sie Professor nannten, war grau. Er hüstelte.

»Gehen Sie ruhig«, sagte Catherine nun zu ihm. »Wir schaffen das auch allein. Nur später bei der Entsorgung brauchen wir dann wieder Ihre Hilfe. Damit haben Sie ja mehr Erfahrung als wir.« Sie grinste, als hätte sie gerade etwas von sich gegeben, das sie amüsierte.

Julia jedoch wurde eiskalt bei ihren Worten. Ihr Verstand hatte ihr von Anfang an gesagt, dass sie sterben würde, sobald ihre Peiniger wussten, was sie wissen wollten. Sie konnten sie unmöglich gehen lassen – nach dem, was hier geschah. Aber das Wort »Entsorgung« …

»Geht klar, Madame Almond.« Der Professor sah Julia nicht mehr an, sondern verschwand eilig.

»Memme«, meinte Stefan verächtlich. »Hast du jetzt schon genug, Julia, oder brauchst du noch eine Motivationshilfe, bis du uns sagst, was wir wissen wollen?«

Er sog wieder an dem Zigarillo, das schon sehr kurz geworden war, und hielt die Glut dann wieder einen Zentimeter über Julias Arm. Sie spürte die Hitze, und ihr Arm zuckte und ruckte an der Fessel, ohne dass sie etwas dagegen tun konnte.

»Mit wem hast du geredet? Wer weiß, dass du hier bist?«

»Niemand!«

Als daraufhin die Glut auf ihre Haut gepresst wurde, schrie Julia: »Niemand! Wirklich niemand!«

»Lass mich mal«, sagte Catherine und kam näher. Sie fächelte mit ihren manikürten Fingern vor Julias Gesicht herum. Ihr Parfüm, das aufdringlich nach Lilien und Narzissen roch, mischte sich mit dem Gestank von Rauch und verbrannter Haut.

»Er wird nicht aufhören, Schätzchen«, versicherte Catherine. »Nach den Armen kümmert er sich um deinen Hals, und dann wird er langsam zu deinem Gesicht hochwandern, bis zu deinen Lippen und Augenlidern. Und wenn er keine Lust mehr hat, diese Dinger zu rauchen, gibt es hier noch einen Lötkolben.«

Julia starrte sie nur trotzig an, da sie wusste, dass ihre Stimme ihr nicht mehr gehorchte.

»Heute Abend wirst du vielleicht gar nicht mehr so gut aussehen«, fuhr Catherine ungerührt fort. »Da kann dir dann auch unsere beste Creme nicht mehr helfen. Oder was meinst du, Stefan?«

»Kaum«, antwortete er. »Obwohl die ja Wunder vollbringt.«

»Wir verkaufen Wunder«, sagte Catherine. »Wunder, die die Menschen wollen, die sie brauchen! Jeder will schön und begehrenswert sein. Ein Leben lang. Dafür zahlen die Menschen jeden Preis.«

»Das ist mir egal. Lasst mich los! Ich weiß nichts!« Julia hörte, dass ihre Stimme flehend klang, und sie hasste sich dafür. Der Schmerz an ihren Armen fraß sich immer tiefer, und die Angst lähmte ihren Verstand.

»Wenn du uns nicht sagst, was wir wissen wollen, bringst du unser Projekt und damit ganz Serail Almond in Gefahr. Der neue Wirkstoff ist mein Leben, das lasse ich mir nicht zerstören. Ich werde jeden vernichten, der das Projekt gefährdet, weißt du. Um jeden Preis. Mach den Lötkolben an, Stefan!«

»Nein!«, schrie Julia und biss sich auf die Unterlippe.

»Ich will Namen!«

»Das BKA hat mich befragt. Direkt, als ich aus Indien zurückgekommen bin. Die wissen sowieso schon alles! Die werden kommen und nach mir suchen!«

»Ich weiß, was das BKA weiß. Und das ist nicht genug für die, damit die ihren Arsch hochkriegen, weißt du? Die selbsternannten Jäger des Verbrechens sind manchmal eben mehr die Verwalter des Verbrechens. Und *du* solltest uns nicht anlügen!«

Stefan kam nun näher. In seiner rechten Hand hielt er einen Elektro-Lötkolben, dessen nicht ganz saubere Spitze qualmte. Eine Panikwelle brandete in Julia hoch, als er sich damit ihrem Gesicht näherte.

Sie keuchte, und ihr wurde schwindelig. »Sie werden kommen und mich suchen, wenn ich mich nicht melde.«

»Die schicken doch keine Laien wie dich los«, erwiderte Catherine. »Falsche Antwort.«

»Und langsam verliere ich die Geduld«, sagte Stefan mit glitzernden Augen.

»Weißt du, wo der Professor dich hinbringt, wenn wir mit dir fertig sind – ohne zu wissen, was wir wissen wollen?«, fragte Catherine. »Zu den anderen Leichen. Wo war das noch gleich? Die liegen alle beisammen in einer tiefen Felsspalte in einer Höhle. Nachts hört man die wilden Hunde heulen, weil sie den Aasgeruch wittern.«

»Red schon, Julia«, forderte Stefan sie auf. »Oder muss ich noch ein wenig nachhelfen?«

Er sah allerdings nicht so aus, als hätte er es eilig damit, dieses Spiel zu beenden. Er war mit dem Lötkolben nur noch ein paar Zentimeter von der linken Seite ihres Gesichts entfernt. Julia konnte die Spitze des Lötkolbens sehen und das warme Metall riechen. Plötzlich drückte er lächelnd zu.

Ein unerträglicher Schmerz durchzuckte Julia, und sie begann zu kreischen. Dann wurde ihr Blickfeld rasch enger.

»Wir machen eine kleine Pause, ich habe Hunger«, hörte sie Catherine Almond sagen, bevor sie das Bewusstsein verlor.

Rebecca Stern fühlte sich besser. Sie saß in ihrem Bett in dem luxuriösen Krankenzimmer und ließ mit der Fernbedienung das Kopfteil erst nach oben, dann wieder herunter und schließlich erneut nach oben klappen. Man konnte es automatisch verstellen, und es gab sogar eine mehrstufige Massagefunktion. Die Fernbedienung dazu hatte sie auf dem Tisch neben ihrem Bett gefunden. Dort stand auch ein Tablett mit ihrem Abendbrot. Es war halb sechs, etwas früh zum Essen, und besonders hungrig war sie auch nicht – aber es sah verlockend aus. Mal den Kalender nach den nächsten Terminen befragen, dachte sie und lächelte ironisch: Sie hatte für heute nichts anderes vor, als gesund zu werden. Dafür war die glasklare Flüssigkeit in dem Tropf da, an dem sie hing. Die Behandlung hatte begonnen, wie Noël ihr vorhin mit Tränen in den Augen mitgeteilt hatte. Da war sie noch zu müde gewesen, um nach den Details zu fragen. Und seitdem war nur die nette Schwester mit dem Essen hier gewesen. Aber was für ein Essen!

Wenn man sie jemals in diesem Bett angebunden hatte, so nur zu ihrem eigenen Schutz, dachte Rebecca. Im Grunde glaubte sie schon nicht mehr, dass dies tatsächlich geschehen war – wahrscheinlich hatte sie sich das nur aufgrund von Medikamenten eingebildet. Die Dinge hatten sich eindeutig zu ihren Gunsten entwickelt, einschließlich ihrer Stimmung, die positiv, fast euphorisch war. Das war das alte Rebecca-Glück, das sie kannte. Das Gefühl, dass sich letztlich immer alles zum Guten für sie wenden würde, egal, wie mies es zwischenzeitlich auch aussehen mochte.

Ihre Beine fühlten sich allerdings recht schwer an, und sie war auf angenehme Weise benommen, sodass an Aufstehen nicht zu denken war. Wie nach drei Gläsern Rotwein. Aber sie hatte ja auch alles, was sie im Moment brauchte. Die matten Glasflächen gegenüber ihrem Bett fungierten als Fernsehbildschirm oder als Computermonitor. Auch das regelte die Fernbedienung. Ob sie Internetzugang hatte, wollte sie gar nicht erst ausprobieren. Sie würde erst wieder mit der Welt in Kontakt treten, wenn die gesunde und gut aussehende Rebecca wieder zum Vorschein gekommen war.

Tropf, tropf, tropf ... Sie sah fasziniert der Infusion zu, die durch den dünnen Schlauch über die Braunüle in ihren Körper rann. Ihn heilte. Dann griff sie nach dem Schälchen mit dem Garnelensalat. Er sah appetitlich aus.

Mit einem brennenden Schmerz wurde Julia wach. Der Lötkolben – hatte Stefan ihr Gesicht entstellt? Konzentriert achtete sie auf ihre Schmerzempfindungen ... Neben den Brandwunden an den Armen tat ihr eine Stelle nah an ihrem Ohr weh. Offenbar hatte Stefan sie dort mit dem Lötkolben berührt. Dann war jetzt wohl ihr Gesicht dran ...

Plötzlich vernahm Julia draußen im Gang energische Schritte; offenbar kehrten ihre Peiniger zurück. Rasch schloss sie wieder die Augen. Sie wollte so tun, als wäre sie noch bewusstlos. Dann würde man sie vielleicht fürs Erste nicht mehr foltern.

Sie hörte, wie ihre Peiniger hereinkamen. Zum Glück hatte sie auch das Plätschern von Wasser vernommen. Sonst hätte sie womöglich die Augen aufgerissen, als die kalte Flüssigkeit sie traf. Es brannte auf ihren frischen Brandwunden, und trotz der Hitze in ihrem Körper zitterte sie in ihren nun klatschnassen Sachen. Ein erneuter Wasserschwall ergoss sich über ihren Kopf, doch sie versuchte, sich weiterhin bewusstlos zu stellen. *Eine erneute Tortur mit dem Lötkolben überlebe ich nicht*, dachte sie. *Ich überlebe das sowieso nicht* ... Warme Finger fühlten an ihrem Hals nach dem Puls.

»Sie lebt, aber sie ist bewusstlos, verdammt«, sagte Stefan. »Was machen wir nun?«

»Dass du auch immer gleich übertreiben musst«, tadelte ihn Catherine. »Wie sie jetzt ausschaut!«

»Ist das nicht egal?«

»Ich bin eben eine Ästhetin. Schaffen wir sie weg.«

»Wie bitte?«

»In die Höhle. Wenn die Schmerzen sie nicht zum Reden bringen, dann vielleicht die Angst. Der Geruch dort wird ihrem Erinnerungsvermögen guttun.«

Julia spürte, wie die Fesseln vom Stuhl gelöst wurden.

Sie kämpfte gegen den Impuls an, sich aus eigener Kraft zu bewegen, sondern ließ sich einfach auf den Boden fallen, als die Kabel sie nicht mehr hielten. Ihre Hände und Füße blieben zusammengebunden, zusätzlich schmerzten nun Kopf und Schultern von dem unsanften Aufprall. Dass Stefan sie nicht festgehalten hatte, sondern sie einfach wie eine Marionette zu Boden hatte fallen lassen, erschien ihr fast grausamer als die Tortur mit Zigarillo und Lötkolben. Es war unfassbar, dass sie diesen Mann einmal gemocht, ja begehrt hatte – es musste Jahrtausende her sein. Stefan hob sie auf wie einen Sack Mehl, und sie ließ es geschehen. Sie wollte raus aus dem Folterkeller, auch wenn das, was sie erwartete, ihr eine Höllenangst machte. Doch das Schreckliche in der Zukunft war leichter erträglich als das Grauen hier und jetzt. Und so stellte sie sich weiterhin leblos.

Unterwegs musste sie tatsächlich erneut das Bewusstsein verloren haben. Als Nächstes spürte sie, dass ihr kalt war und sie auf etwas Hartem lag. Sie blinzelte ein wenig: blaues, gedämpftes Licht. Dann bewegte sie sich vorsichtig, und eine Plane raschelte. Julia öffnete die Augen: Sie lag auf einer geraden, festen Fläche unter einer blauen Plastikplane, die auch ihren Kopf bedeckte. Gefesselt war sie immer noch, und ihre Arme und ihr Gesicht brannten. Es roch nach Diesel, nach Wald und altem Kunststoff. Von den Schmerzen und der Angst wurde ihr übel. Sie zwang sich, sich auf ihre Umgebung zu konzentrieren: Es war nichts zu hören als der Wind in den Bäumen und der krächzende Ruf eines Vogels. Keine Schritte, keine Stimmen. Sie glaubte, allein zu sein. Jetzt hatte sie möglicherweise eine Chance zur Flucht. Vielleicht war es ihre einzige.

Julia drehte sich auf die Seite, zog die Knie an und versuchte, sich mit der schmerzenden Schulter hochzudrücken.

Sie zerrte an ihren Fesseln, aber die Kabel schnitten nur tiefer in die Haut. Sie würde sich nicht alleine von ihnen befreien können. Dann gelang es ihr, den Kopf so weit aufzurichten, dass er nicht mehr unter der Plane war: Sie sah den inzwischen bewölkten Himmel über sich und Baumwipfel. Mühsam drückte sie sich weiter hoch, erblickte den Parkplatz ... und ihren knallroten Mietwagen, der immer noch dort stand, wo sie ihn vor einer gefühlten halben Ewigkeit abgestellt hatte. Sie befand sich also noch auf dem Klinikgelände. Vermutlich auf der offenen Ladefläche des Geländewagens, den sie bei ihrer Ankunft gesehen hatte.

O Gott, die machten wirklich ernst damit, sie zu der Höhle zu bringen.

31. Kapitel

St. Bassiès, Frankreich

Julia hörte Schritte, die sich ihr näherten. Sie duckte sich runter, die Plane fiel wieder über sie, doch es war zu spät. Die Fläche, auf der sie lag, schwankte, und Metall ächzte. Dann verschwand das Blau vor ihrem Gesicht, und sie sah wieder die kahlen Zweige über sich und den grauen Märzhimmel, der verdunkelt wurde, als eine Gestalt sich über sie beugte. Julia versuchte, sich wegzudrehen, instinktiv ihr Gesicht zu schützen.

»Julia! Mein Gott! Was ist mit dir passiert?«

Es war seine Stimme. Julia hatte sich vorgestern Nacht – ja, es war erst achtundvierzig Stunden her, dass sie ihm auf dem schwankenden Ponton am Feuerschiff begegnet war – doch nicht getäuscht. »Robert – verdammt!«, zischte sie ihn wütend an, um nicht vor Erleichterung zu heulen.

Er zog ein großes Messer aus einer Scheide unter seinem Hosenbein hervor und durchtrennte die Kabel. Es stach erbärmlich, als die Nerven an Hand- und Fußgelenken nicht mehr abgeklemmt wurden.

»Kannst du aufstehen? Laufen?«, fragte er.

Julia nickte und zog sich an der Rückseite der Fahrerkabine hoch. Es tat einfach alles weh. Beim Runterspringen von der Ladefläche fuhr wieder ein scharfer Schmerz in ihren linken Fußknöchel wie damals bei ihrer Flucht aus dem Forschungszentrum in Bihar.

»Mein Auto steht ein paar hundert Meter den Berg hinunter. Ich wollte nicht, dass mich jemand ankommen sieht, sondern erst mal die Lage erkunden.« Er lachte freudlos. »Schaffst du es bis dorthin? Es ist eine kleine Klettertour.«

Die Frage kam ihr so abwegig vor, als wolle man sie dazu überreden, über den Nordostgrat des Mount Everests abzusteigen. »Keine Chance. Warum fahren wir nicht einfach schnell weg?«

»Dann hören die beim Starten des Motors sofort, dass du abhaust«, sagte er. »Außerdem kann es dauern, bis ich die Karre kurzgeschlossen habe.«

»Wir nehmen meinen Clio.« Julia wollte nach dem Schlüssel fühlen, doch der befand sich in ihrer Jackentasche, und die war in dem Folterkeller zurückgeblieben. Niedergeschlagen schüttelte sie den Kopf. »Den Schlüssel hab ich leider nicht mehr.« Sie musste sich am Wagen festhalten, so weich waren ihre Knie.

Robert sah sie prüfend an und schien zu dem Schluss zu kommen, dass sie wirklich nicht gut laufen konnte. »Okay, dann der Land Rover. Das ist einfachste Technik, den bekomme ich mit meinem Fingernagel aufgeschlossen und angelassen.«

Entschlossen schlug er die Seitenscheibe des Geländefahrzeugs ein. Während er anschließend im Inneren des Wagens hantierte, begann Julia, die Reifen der anderen Autos auf dem Parkplatz zu zerstechen. Das Klinikgebäude ließ sie dabei immer nur kurz aus dem Blick. Es war mühsamer, als sie gedacht hatte, trotz des scharf geschliffenen Messers, das Robert ihr überlassen hatte. Sie war noch nicht fertig, als sie hörte, wie der Dieselmotor des Land Rovers ansprang. Julia beeilte sich, zum Geländewagen zu kommen, und kletterte hinein. Robert gab Gas, noch bevor sie die Tür zugezogen hatte. Julia klammerte sich an das Armaturenbrett und versuchte, sich anzugurten. In der ersten Kurve rastete das Lenkradschloss plötzlich wieder ein. Robert musste es mit einer ruckartigen Lenkbewegung lösen, die Julia erst gegen die Tür und dann gegen seine Schulter warf. Sie rasten am Hinterausgang der Klinik vorbei, als dort gerade Stefan Wilson hinaustrat, der ihnen mit offenem Mund nachstarrte. Er zog sofort sein Handy hervor und lief in Richtung Parkplatz.

»Verdammt!« Auch Robert zeigte Nerven.

»Gib mir dein Telefon, ich ruf die Polizei«, sagte Julia, als sie Stefan sah. Ihr eigenes Handy befand sich ebenfalls in ihrer Jacke im Keller der Klinik.

»Hab ich schon versucht, hier ist kein Netz. Wilson muss ein mobiles Festnetztelefon bei sich haben.«

»Wir können keine Hilfe holen?«, rief Julia entsetzt. Sie starrte auf den abschüssigen, gewundenen Schotterweg vor sich, der sie weg von der Klinik führte. »Aber wir haben einen Vorsprung«, sagte sie wie zu sich selbst. »Ich hab nicht die Reifen aller Wagen geschafft; aber wir haben einen Vorsprung.«

Sie fuhren in halsbrecherischem Tempo die schmale Schotterpiste hinunter. In jeder Kehre musste Robert mit brutaler Gewalt gegen das Lenkradschloss arbeiten. Julia presste die Lippen zusammen, um nicht bei jedem Stoß gegen die Tür oder die Holme einen Schrei auszustoßen. Ihr ganzer Körper wurde vor Schmerz, Kälte und Panik geschüttelt. Sie warf einen Blick in den Rückspiegel, um zu sehen, ob ihnen jemand folgte. Doch der Wald hinter ihnen lag ruhig da; die Schatten der Dunkelheit waren unergründlich.

»Wo steht dein Auto?«, fragte sie.

»Ganz woanders«, presste er hervor. »Wir werden fürs Erste mit diesem Schätzchen hier vorliebnehmen.«

Als sie eine Felsformation mit einer einsamen Birke passierten, an die Julia sich von ihrer Hinfahrt erinnerte, atmete sie erstmals auf. Die öffentliche Straße war nicht mehr weit, und von dort würden sie rasch das nächste Dorf, dann Auzat und Foix erreichen ... und schließlich Toulouse. Sie konnten es schaffen. Unvermittelt bremste Robert scharf ab, und das Auto geriet dabei auf dem unbefestigten Untergrund ins Schlingern.

»Was ist? Warum hältst du an?«

Er deutete den Hang hinunter, wo man durch die Bäume hindurch eine Kehre tiefer zwei Wagen erkennen konnte, die die Straße versperrten. Zwei dunkel gekleidete Männer standen davor, mit Gewehren im Anschlag.

»Polizei? Das wäre doch gut«, meinte Julia.

»Ich kann nicht erkennen, dass die da unten Polizisten sind. Eher private Sicherheitsleute, würde ich sagen. Sicher ist, dass sie auf uns warten.«

»Wir können aber nicht zurück«, sagte Julia heiser. Beim Gedanken an das hinter ihr liegende Klinikgebäude verkrampfte sich etwas in ihrer Magengegend zu einem festen Knoten.

»Ich weiß.« Robert hieb den Rückwärtsgang rein, das Getriebe knirschte. Dann gab er Gas und fuhr rückwärts die Schotterpiste entlang, bis sie an einer Stelle vorbeikamen, wo ein Weg abzweigte. Er riss das Lenkrad herum, ruckte wieder daran und bog in den Weg ein, der parallel zum Hang in den Wald hineinführte.

»Robert, das ist keine Straße! Nicht mal ein Weg. Das ist ein Trampelpfad!«, rief Julia nur Sekunden später, als sie noch heftiger hin- und hergeschüttelt wurden.

Er schaltete die Geländeuntersetzung ein. Zweige peitschten gegen die Windschutzscheibe und kratzten über das Dach. Julia hörte Steine und Äste gegen den Unterboden des Wagens schlagen. Vor ihnen verlor sich der Weg in immer dichter werdendem Dickicht.

»Das ist unsere einzige Chance.« Robert Parminski hielt die

zusammengekniffenen Augen auf den Pfad vor ihnen gerichtet. »Wenn wir tief genug in den Wald hineinkommen, können wir uns vielleicht eine Weile vor ihnen verstecken.«

Julia kam nicht mehr dazu, ihm klarzumachen, was sie von diesem Plan hielt, denn das Auto tat einen heftigen Ruck, und es knallte. Metall knarrte, das Fahrzeug schien sich aufzubäumen und dann nach vorn abzusacken. Der Land Rover kam nicht mehr voran, die Räder drehten durch. Ein dicker Ast quer vor der Windschutzscheibe schien ihnen wie ein ausgestreckter Arm die Weiterfahrt zu verwehren.

»Na klasse.«

Robert unternahm noch zwei vergebliche Versuche, weiterzufahren, dann gab er es mit einem wütenden Hieb auf das Lenkrad auf.

»Los, raus!«, kommandierte er. Die Fahrt war definitiv zu Ende.

Um ihren malträtierten Körper zu schonen, glitt Julia vorsichtig aus dem Wagen. Sie suchte den Wald hinter ihnen mit den Augen ab. Ohne das Dröhnen des Dieselmotors in den Ohren konnte sie in nicht allzu großer Entfernung Motorgeräusche, ja sogar Stimmen hören. »Sie sind uns ganz dicht auf den Fersen«, sagte sie leise, als Robert zu ihr trat.

»Ja, dieses Auto hat eine Schneise in den Wald gefressen wie ein Panzer«, flüsterte er; seine heisere Stimme verriet seine Verärgerung. Er griff Julia am Ellenbogen, und sie musste einen Aufschrei unterdrücken, da er genau auf eine der Brandwunden fasste. Robert, der davon nichts ahnte, zog sie unbeirrt mit sich, den Hang hinauf.

»Warum gehen wir hoch und nicht runter?«, fragte Julia wenig später, als sie einen Moment stehen blieben, um Luft zu holen und sich umzuschauen.

»Weil die denken, dass wir runterwollen.«

»Und wo wollen wir wirklich hin?«

Er zuckte mit den Schultern. »Erst mal weg.«

»Ich hab vorhin auf der Karte gesehen, dass es hier alte Bergwerke gibt. Ich glaube, sie haben hier früher Eisenerz gefördert. Eine stillgelegte Mine liegt nicht allzu weit von hier in Richtung Südwesten. Dort können wir uns verstecken.« Der Plan klang auch in ihren Ohren verrückt. Doch weitaus verrückter war, davon auszugehen, dass sie in ihrem schlechten körperlichen Zustand noch einen Gewaltmarsch hinlegen und dabei ein paar kräftige, ortskundige Männer abhängen könnte. Robert allein vielleicht, aber sie ... Gegen ihren Willen gab sie ein gequältes Stöhnen von sich. Nicht nur die Brandwunden schmerzten, sondern auch der linke Knöchel, zudem zitterte sie in den nassen Klamotten.

»Findest du denn den Eingang zu der Mine?«

»Ich werde mich bemühen«, sagte sie und versuchte, sich an die detaillierte Karte mit den Höhenlinien und Landmarken zu erinnern. Die Höhenlinien hatten vor dem verzeichneten Mineneingang eine markante Nase gebildet, also einen Vorsprung markiert. Wenn sie sich nicht täuschte, könnte es weiter hinten am Hang so eine Stelle geben.

Julia zeigte die Richtung an, und dann marschierten sie los. Doch auch quer zum Hang kamen sie nur langsam voran. Immer wieder schallten die Rufe ihrer Verfolger durch den Wald, wurden mal lauter, mal leiser.

»Zum Glück haben sie keine Hunde«, meinte Robert nach einer Weile, als er mal wieder stehen bleiben musste, um auf Julia zu warten.

Vorhin hatten sie ab und zu in der Ferne einen Schuss gehört. Nun war es kurze Zeit ruhig geblieben, sodass sie schon dachten, sie hätten ihre Verfolger abgehängt. Da hallte wieder ein Schuss durch den Wald. Und noch einer. Julia ließ sich instinktiv fallen. Sie blickte durch die Gräser hindurch auf Robert, der zurücktaumelte, stolperte und dann nicht weit von ihr zu Boden fiel. Sie robbte zu ihm und sah zu ihrem Entsetzen, dass sich auf seinem Oberschenkel ein dunkelroter Fleck ausbreitete. Robert keuchte und presste die Hand auf die Stelle. Zwischen seinen Fingern quoll Blut hervor.

»Los, lauf weiter«, stieß er hervor. »Die wollen dich, nicht mich.«

»Ich lass dich hier nicht allein«, erwiderte sie. Die würden ihn genauso wenig schonen wie sie. Julia hörte in der Ferne wieder Stimmen, aber es war eh zu spät, um davonzulaufen. Sie duckte sich tiefer in das Dickicht und presste Parminski warnend eine Hand auf den Mund, die andere gegen die Stelle, wo die Kugel ihn verletzt hatte. Er zitterte nun wie sie, und seine Haut fühlte sich feucht an. Während sie dicht beieinanderlagen, konnte sie seinen viel zu schnellen Herzschlag spüren und betete, dass er nicht verblutete.

So wie es sich anhörte, gingen ihre Verfolger nur in ein paar Metern Entfernung unterhalb des Hanges an ihnen vorbei. Julia glaubte, auch Stefan Wilsons verhasste Stimme zu hören. Robert hatte recht: Die zwei Männer mit den Gewehren gehörten in jedem Fall zu der Verbrechergruppe von Serail Almond.

Julia dachte über ihre Lage nach, und viel Positives vermochte sie nicht zu erkennen. Immerhin, der Wald war hier so dicht, dass ihre Verfolger sie fürs Erste verfehlt hatten. Und es war jetzt fast dunkel, sodass die Suche wohl bald für heute aufgegeben würde. Ohne Hunde war es sowieso schwer, hier im Wald jemanden ausfindig zu machen. Sie hatte keine weiteren Schüsse mehr gehört, und auch die Stimmen waren inzwischen verklungen. Ohne die Wunde an Roberts Bein loszulassen, richtete Julia sich vorsichtig ein Stück auf. Es waren keine Verfolger zu sehen.

Im spärlichen Licht der Abenddämmerung wirkte der Wald unheimlich. Fast kam es Julia vor, als wären sie und Robert die einzigen Menschen in einer ihnen feindlich gesinnten Umwelt. Sie erinnerte sich, mal gelesen zu haben, dass es in den Pyrenäen noch Wölfe und Bären gab. Damals hatte sie das faszinierend gefunden. Jetzt, abends im Wald, war das eher beängstigend. Durch die Baumkronen hindurch konnte Julia erste Sterne sehen – unendlich weit weg und überhaupt nicht tröstlich. Eine sternklare … eine eiskalte Nacht stand ihnen hier draußen bevor. Auf der Herfahrt war sie an vereinzelten Schneehaufen vorbeigefahren, und die höheren Gipfel waren sowieso noch mit Schnee bedeckt. Nachts wurde es hier bestimmt unter null Grad kalt. Und sie trug bloß Jeans, Stiefel und ein langärmeliges T-Shirt. Ihre warme Jacke lag in dem Raum, wo man sie »befragt« hatte. Immerhin war Robert wärmer angezogen als sie. Aber er war verletzt.

Sie dachte an das Messer in der Scheide an seinem Unterschenkel. Ein Messer gegen zwei Gewehre.

Was hatte sie geweckt? Eine unbedachte Bewegung mit dem Arm, sodass sich das Einstichloch der Braunüle schmerzhaft vergrößert hatte? Oder war es das Mondlicht, das durch einen Spalt im Vorhang auf ihr Kissen fiel? Rebecca ließ das Kopfteil hochklappen, sodass sie fast aufrecht saß. Sie war hellwach – kein Wunder, wenn man den halben Tag im Bett verbracht hatte. Zufrieden sah sie, dass der Tropf halb leer war und die Flüssigkeit immer noch durch den Schlauch in ihre Vene lief. Der Tropf hing an einem fahrbaren Ständer, damit sie aufstehen und allein zur Toilette gehen konnte. Und genau das befahl ihr die Blase, jetzt, wo sie daran dachte.

Auf dem Rückweg zum Bett blieb sie am Fenster stehen und zog die Vorhänge ganz auf. Der Nachthimmel sah wunderschön aus. Er war von einem klaren, fast unwirklichen Blau, das sich von der schwarzen Silhouette der Bergkette deutlich abhob. Die zahllosen Lichter der nächtlichen Großstadt fehlten. *Paris jedoch fehlt mir nicht,* dachte Rebecca. Dort schienen die Massen an Sternen, die sie jetzt sehen konnte, gar nicht zu existieren. Meistens bemerkte man sie kaum. Es gab eben doch viel mehr Dinge, als der menschliche Verstand in seinem Hamsterrad des täglichen Lebens erkennen konnte. Vielleicht hatte sie diese gemeine Krankheit bekommen, um diesen prächtigen Nachthimmel hier zu sehen und zu fühlen? Sie schüttelte den Kopf über so viel unausgegorenes Zeug in ihrem Hirn. Das waren wahrscheinlich die Medikamente: Keine Wirkung ohne Nebenwirkung, hatte sie immer ihrer Mitarbeiterin vorgehalten, die Kopfschmerztabletten wie Bonbons einwarf.

Am Hang, der sich hinter der Klinik hochzog, war ein unstetes Licht zu sehen. Das war seltsam, denn bei Tage hatte der Berg absolut unbewohnt ausgesehen. Die Straße – und damit die von Menschen in Beschlag genommene Welt – endete hier an der Klinik. Rebecca schirmte ihre Augen mit den Händen ab. Sie hatte sich nicht getäuscht: ein wandernder Lichtpunkt, der ab und zu zwischen den Baumstämmen aufblitzte. Jetzt war weiter oben am Hang ein zweiter zu sehen. Wanderer? Jäger? Ihr fiel keine Erklärung ein, weshalb jemand mitten in der Nacht auf einem Berg herumturnen sollte. Schließlich gab es hier keine Restaurants, Kneipen und Bars wie in der Stadt, wo zu jedem Zeitpunkt in der Nacht Menschen mit unterschiedlichen Zielen umherirrten: mit guten und schlechten. Rebecca blickte auf die Uhr in der Schublade ihres Nachtschrankes: Es war erst zwanzig nach neun. Ihr Zeitgefühl war komplett durcheinandergeraten. Sie konnte jetzt nicht mehr schlafen, sich nicht mehr zurück ins Bett legen. Sie legte sich den weißen Morgenmantel über, eine freundliche Leihgabe der Klinik, und schlüpfte in ihre Hausschuhe. Dann machte sie sich, den Tropf hinter sich herziehend, auf den Weg.

Im Gegensatz zu ihrem Zimmer, in dem nur das Leselicht brannte, war der Gang hell erleuchtet. Krankenhäuser kamen nie wirklich zur Ruhe, und dies hier war eines, obwohl es auf den ersten Blick wie ein Hotel aussah. Zum Fahrstuhl war es nicht weit. Sie betrat die Kabine und stand zunächst unschlüssig vor den Knöpfen. Nach unten zur Rezeption? In den Wellnessbereich? Oder nach oben? Sie wollte mehr sehen von dieser Nacht in den Pyrenäen, also ließ sie sich bis ganz nach oben befördern.

Dort ähnelte der Gang dem, der vor ihrem Zimmer lag. Ein anderer Teppichboden, doch die gleichen Leuchten. Der Berghang lag rechts von ihr, aber sie wollte ins Tal hinuntersehen, also versuchte sie die Türen an der linken Seite. Die letzte ließ sich öffnen. Ihren Tropfständer hinter sich herziehend, betrat Rebecca einen Konferenzraum mit einem ellipsenförmigen Tisch und einem großen Monitor an der Stirnseite. Die Vorhänge waren aufgezogen, und die bodentiefen Fenster gewährten im Licht des Mondes und der Sterne einen grandiosen Ausblick auf die Pyrenäen. Rebecca schaltete die Beleuchtung nicht ein, um besser in die Nacht hinaussehen zu können. Langsam, fast andächtig, schritt sie auf die breite Glasfront zu. Vor ihr lag eine Art Terrasse, die so breit war wie die gesamte Frontseite des Raumes und an deren Ende links und rechts jeweils ein kleiner Turm stand, wodurch die Bezeichnung *Château* für das Gebäude gerechtfertigt erschien. Dahinter erstreckte sich das enge Tal, schwarz und verlassen, und auf der gegenüberliegenden Seite lagen schneebedeckte Gipfel, die im Mondlicht schimmerten. Irgendwo hinter diesen Bergen befand sich Andorra – oder war es Spanien? Zwischen den Ländern gab es eine natürliche Grenze, die durch vereinzelte Pässe überwunden werden konnte.

»Wunderschön, nicht wahr? Ich kann mich auch nicht daran sattsehen«, hörte Rebecca eine Stimme hinter sich.

Sie fuhr herum. Catherine Almond musste sich schon im Raum befunden haben, als sie hereingekommen war, denn Rebecca hatte keine Tür gehört, die geöffnet worden war. Der dicke Teppichboden verschluckte jedes Schrittgeräusch.

»Warum haben Sie nichts gesagt? Ich dachte, ich sei allein hier!«, erwiderte Rebecca. Ihr Herz klopfte wild.

»Es war ein so schönes Bild, Sie als ›Frau in Weiß‹ und der Tropf im Mondschein ... Ich dachte zuerst, Sie würden schlafwandeln. Schlafwandler soll man nicht erschrecken, oder?«

»Kann schon sein, aber ich bin hellwach«, sagte Rebecca fest. Die Nähe dieser Frau war beängstigend, aber wenn sie ihre Furcht zeigte, war sie verloren.

»Eigentlich ein Wunder, bei dem Zeug, was wir Ihnen gerade zumuten«, meinte Catherine und schaute auf den Beutel mit der Flüssigkeit am Galgen.

»Ich komme damit klar, solange ...« *Solange es nur hilft*, hatte sie sagen wollen. Rebecca sah ein merkwürdiges Lächeln über Catherines maskenhaftes Gesicht huschen. Es verschwand ganz schnell wieder; und trotz des Mondlichts war es so dunkel im Raum, dass Rebecca sich ihres Sinneseindrucks nicht sicher war. »Was ist?«, fragte sie scharf.

»Solange was? Sprechen Sie ruhig weiter. Wir sind ganz unter uns ...«

»Solange ich nur wieder gesund werde«, stieß Rebecca hervor.

»Meine Liebe. Sagen Sie bloß, Sie zweifeln an uns? Zweifeln an dem guten Noël?« Catherine machte zwei, drei Schritte und blieb geradewegs vor der Glasfront stehen, sodass der Mond direkt auf das Gesicht mit den feinen, aber kalten Zügen schien.

In diesem Moment wurde Rebecca eines klar, und die Erkenntnis traf sie mit voller Wucht. »Ich werde nicht wieder gesund«, hauchte sie atemlos. »Nicht hier … und nicht durch Sie, nicht wahr?«

»Glaube versetzt bekanntlich Berge, und Noël glaubt fest an Ihre Genesung«, entgegnete Catherine trocken. »Und die Kochsalzlösung mit dem Beruhigungsmittel und einem Antidepressivum bekommt Ihnen ja auch recht gut«, fügte sie sarkastisch hinzu.

»Sie könnten es!«, flüsterte Rebecca heiser. »Sie könnten mich heilen, aber Sie wollen es nicht!« Sie spürte, dass ihr Körper vor Furcht und Abscheu wie erstarrt war.

»Warum sollte ich, wo es doch so mühsam und risikoreich war, Sie überhaupt erst mit dem Wirkstoff in Berührung zu bringen? Ich habe gehört, Ihre Concierge sei sogar deswegen gestorben. Für Sie!«

»Sie haben also mit dem Mord zu tun.«

»Nur indirekt. Es war nicht so geplant.«

»Frank Gellert«, murmelte Rebecca. »Was wollte er von mir?«

»Er hat nur einen kleinen Austausch vorgenommen: die Creme, die Sie regelmäßig benutzen, gegen eine andere. Es war Ihre Schuld, dass er zweimal bei Ihnen eindringen musste. Weil Sie unser neuestes Produkt nicht schon beim ersten Mal benutzt haben …«

»Ist es … war eine Creme schuld daran?«

»Wir haben einen ganz besonderen Wirkstoff für diese Creme entwickelt, der alles bisher Dagewesene in den Schatten stellt. Er wirkt nicht nur lokal, sondern beeinflusst den gesamten Organismus. Eine kleine Menge, irgendwo auf die menschliche Haut aufgetragen, genügt. Rein rechtlich gesehen handelt es sich dabei natürlich um ein Medikament und nicht um Kosmetik. Aber sei's drum. Ihre dämliche Schwester hat den ersten Tiegel mit der Creme geklaut, nicht wahr? Nur weil er teuer aussah.«

»Moira?« Rebecca schüttelte abwehrend den Kopf.

»Genau, Moira hieß die kleine, dumme Gans, die meinen Ehemann angebaggert hat. Nicht, dass Sie einen Deut besser wären. Sie haben Ihre Schwester rausgeschmissen, als es Ihnen zu bunt wurde, oder?«

»Moiras Auftrag in Paris war abgeschlossen«, antwortete Rebecca automatisch. Diese Version glaubte sie inzwischen fast selbst.

»Aus Rache dafür hat Ihre Schwester die schöne teure Creme mitgehen lassen. Das war ihr Pech. Sie haben beide trockene Haut, und Ihre Schwester meinte wohl, dass es ungerecht sei, dass Sie sich bessere Cremes leisten können als sie. Und das, wo sie doch als Model darauf angewiesen war, makellose Haut zu haben. Sie dachten beide, die teure Creme sei ein Geschenk von Noël, nicht wahr? Aber es war eine Liebesgabe von mir. Seine Handschrift zu fälschen ist meine leichteste Übung. Ich wollte die paradoxe Wirkung, die einige unserer Probanden erschreckenderweise in Greise verwandelt hat, auch mal an Ihnen ausprobieren.«

Rebecca schwieg entsetzt. Es stimmte, musste stimmen – denn es erklärte alles. Dabei war ihr das mit der Creme von Noël nicht einmal aufgefallen. Moira hatte auch andere teure Kosmetika, ein paar Kleidungsstücke und Schmuck von ihr mitgehen lassen. In Moiras Apartment in New York hatte sie nichts mehr davon gesehen, wahrscheinlich war es in der Pfandleihe gelandet. Sie hatte überlegt, ob sie es diesem Cop, Ferland, erzählen sollte, sich aber dann dagegen entschieden. Vielleicht war das ja ein schwerer Fehler gewesen.

»Moira sah so furchtbar alt aus, weil sie die Creme benutzte, die Sie mir zugedacht hatten?«, fragte Rebecca mit belegter Stimme.

»Falls es Sie tröstet: Inzwischen sehen Sie fast schon genauso runzelig aus wie Ihre Schwester.«

Rebecca fasste sich instinktiv an die Wange. Schuppige, lockere Haut … mitnichten besser als am Vortag. Sie sah den Triumph in Catherines Gesicht. Das war ihr Werk, und sie würde dieses Spiel gewinnen: diese durch und durch bösartige Person mit den eingefroren aussehenden Gesichtszügen einer Puppe.

»Wenn Noël erfährt, was Sie mir angetan haben, wird er mich rächen.«

»Er wird es nicht erfahren.«

»Ich werde es ihm sagen, daran können Sie mich nicht hindern. Und wenn es das Letzte ist, was ich tue.« Rebecca ging langsam rückwärts. Als der Ständer mit dem Tropf sie behinderte, zog sie den Schlauch mit einem Ruck von der Braunüle.

»Gar nichts werden Sie! Sie sind suizidgefährdet, wie Ihre Schwester.«

Rebecca lief in Richtung Tür, doch Catherine war schneller. Sie hielt jetzt eine kleine silberne Pistole in ihrer Hand. Rebecca hätte nicht gedacht, dass eine Waffe sie in ihrer jetzigen Lage noch aufhalten würde, doch sie erstarrte.

»Zurück. Sie wollten doch die Aussicht bewundern.«

»Erschießen Sie mich doch!«, forderte Rebecca sie mit belegter Stimme auf.

»Wenn ich Sie erschieße, muss ich Sie irgendwo in den Bergen beseitigen lassen. Tiere würden Ihren Körper finden, an ihm fressen, ihn zerreißen und einzelne Stücke in der Gegend verteilen. Und irgendwann würde ein Wanderer einen Handwurzelknochen oder den Schädel von Ihnen finden. Wenn wir es auf meine Weise erledigen, haben Sie noch einen Freiflug und eine schöne Beerdigung.«

»Als ob mich das interessieren würde«, sagte Rebecca, doch sie war unfähig, sich zu rühren.

»Vielleicht interessiert Sie, dass man nach einem Schuss mit einer 38er nicht zwangsläufig gleich tot ist. Kommt darauf an, wo ich hinziele. Sie könnten wieder aufwachen, schwer verletzt in einer Felsspalte, bei ein paar anderen Leichen ...«

»Das würden Sie nicht tun«, protestierte Rebecca.

»Raus auf den Balkon!«, befahl Catherine.

32. Kapitel

St. Bassiès, Frankreich

Julia versuchte sich die Stelle einzuprägen, an der sie Robert zurücklassen musste. Es gab keine Alternative dazu: Wenn sie beide hierblieben, würde er im Verlaufe der Nacht verbluten oder erfrieren. Sie musste also Hilfe holen – so schrecklich die Vorstellung auch war, ihn verwundet hier im Wald alleine zu lassen.

Sie hatte das Bein mit einem Streifen Stoff aus Roberts Hemd abgebunden, und es fühlte sich so an, als würde die Blutung schwächer werden; aber letztendlich war es zu dunkel, um das mit Sicherheit erkennen zu können. Julias Plan war, in das kleine Dorf unterhalb von St. Bassiès zu gehen, wo es sicherlich Telefone gab und wo sie Hilfe holen konnte.

Bevor sie aufstand, fasste Robert sie noch mal am Handgelenk. »Du nimmst das Messer mit.«

»Nein. Du brauchst es nötiger als ich. Ich kann weglaufen, du nicht.«

Er lachte zynisch auf. »Wenn du es nicht nimmst, stecke ich es dir zwischen die Rippen. Dann hat sich unser Problem auch erledigt.«

»Das wagst du nicht«, entgegnete sie. Dennoch nahm sie das Messer an sich, wog es kurz in der Hand und steckte es sich hinten unter den Gürtel. Wenn sie nicht durchkam, waren sie beide verloren. Sie prägte sich noch einmal den Baum ein, unter dem er lag. Er war nicht weit von der Felsformation entfernt, hinter der sie den Mineneingang vermutete.

»Beeil dich«, sagte er.

Mit dem Rücken zum Geländer stand Rebecca auf dem Balkon. Sie brauchte einen Plan, eine Idee – irgendwas, um nicht vor Angst den Verstand zu verlieren. »Wir können gewinnen, egal, wie hoffnungslos es auch aussieht, solange die Gegenseite uns nicht das Gegenteil beweist«, hatte sie ihren Mitarbeitern immer gepredigt. »Die anderen müssen es beweisen!« Diese Einstellung war stets das Geheimnis ihres Erfolges gewesen, und in der Vergangenheit hatte sie die eine oder andere aussichtslos erscheinende Lage tatsächlich in ihr Gegenteil verkehrt.

Doch nun ... Sie spürte die kalte Nachtluft an ihren nackten Beinen und im Gesicht, das wieder spannte und juckte, jetzt, wo sie wusste, dass sie bloß mit einer Kochsalzlösung »behandelt« worden war.

»Ans Geländer«, befahl Catherine. »Denk daran, es ist für uns beide die beste Lösung. Und für Noël.«

Rebecca tat, wie ihr befohlen. Sie fühlte das kühle, feuchte Metall unter ihren Handflächen. Die Balustrade kam ihr lächerlich niedrig vor. Ein altes Haus – nicht nach neuen Bestimmungen gebaut ... Ängstlich blickte sie nach unten. Dort schimmerte die gekieste Auffahrt im Mondschein wie frisch gefallener Schnee. Keine Bäume, Vordächer oder Büsche würden ihren Sturz bremsen.

Catherine hob die Hand und richtete den Lauf der Pistole genau auf das Gesicht von Rebecca. »Kletter über das Geländer!«

Sie schluckte. Ihre Kehle fühlte sich so trocken an wie Sandpapier. »Ich kann ... das ... nicht.«

»Los jetzt!«

Rebecca umklammerte mit den Händen fest das Eisen hinter sich und stellte vorsichtig einen Fuß aufs Geländer. Sie zwang sich, nicht nach unten zu sehen. Vielmehr blickte sie direkt in die Mündung der Pistole – und dann gab sie sich einen innerlichen Ruck. Mit dem Mut der Verzweiflung drückte sie sich vom Geländer ab und stürzte sich auf Catherine.

Ein Schuss hallte laut von der Fassade wider. *Sie schießt wirklich auf mich,* dachte Rebecca und spürte im selben Moment einen höllischen Schmerz in ihrer Seite. Mit einer ihr vollkommen unbekannten Wut packte sie ihre Feindin, die sie so sehr hasste. Catherine keuchte auf und wehrte sich, doch Rebecca krallte sich in ihre Haare, verbiss sich in ihrer Wange und riss an ihrem roten Blazer. Sie kämpften gegeneinander, bis sie beide mit den Oberkörpern weit über der Brüstung hingen. Catherine, die nur einen Meter fünfzig groß war, verlor zuerst den Halt unter ihren Füßen. Sie schrie ohrenbetäubend und trat um sich.

Rebecca war nun jenseits von Angst oder Schmerz. Kurz fragte sie sich, ob sie noch eine Chance hätte: Doch nein – diesmal hatte die Gegenseite klare Beweise vorgelegt. Sie würde ihr altes Leben nicht mehr zurückgewinnen können.

Moira, du weißt, wie es ist, dachte Rebecca, als sie ihre Entscheidung traf.

Sie lehnte sich, fest mit Catherine verkrallt, noch weiter über das Geländer und verlor den Halt unter den Füßen.

Julia lief den Weg zurück, den sie gekommen war: Sie hoffte es jedenfalls, denn es war nicht einfach, sich im dunklen Wald zu orientieren. Ihre Verfolger müssten jetzt weit hinter ihr sein. Keuchend und beinahe am Ende ihrer Kraft erreichte sie den Land Rover. Es hatte etwas Tröstliches, wie er dort im Wald stand; er erinnerte sie irgendwie an einen friedlich ruhenden Dinosaurier. Doch festgefahren, wie der Wagen war, nützte er ihr nichts. Er war ein Orientierungspunkt – der Hinweis darauf, dass irgendwo vor ihr noch so etwas wie die Zivilisation existierte.

Von hier aus musste sie der Schneise des Wagens bis zur Straße folgen. Die Spur des Land Rovers war nicht zu übersehen. Endlich lichteten sich die Bäume, und der befestigte Weg, der hinunter ins Dorf führte, lag vor ihr.

Sie atmete auf. Jetzt hatte sie es so gut wie geschafft.

»Hallo, Julia«, hörte sie eine bekannte Stimme in der Dunkelheit. »Ich habe auf dich gewartet.«

Stefan Wilson – er hatte also nicht mit den beiden Männern die Verfolgung fortgesetzt. Julia rannte los, doch sie war nicht schnell genug. Er eilte ihr sogleich hinterher, stürzte sich auf sie, und sie gingen beide zu Boden. Julia schnappte nach Luft. Da spürte sie kaltes Metall an ihrem Hals.

»Das ist die kleine Smith & Wesson, Schätzchen«, sagte er. »Die kennst du doch schon. Wenn du brav bist und langsam aufstehst, muss ich sie nicht benutzen.«

Beide erhoben sich. Auch wenn sie die Waffe nicht mehr spürte und sie auch nicht sehen konnte, wusste Julia, dass Stefan die Pistole weiterhin in der Hand hielt, die Mündung auf sie gerichtet.

»Wo ist der andere?«, fragte er. »Ihr wart doch zu zweit. Du hattest Hilfe ...«

»Tot«, antwortete sie. »Deine Leute haben ihn erschossen.«

»Dann waren sie ja wenigstens zu etwas gut«, meinte er. »Vorwärts. Die Höhle wartet.«

Julia humpelte demonstrativ und blieb immer wieder stehen, um Zeit zu gewinnen. Sie wollte die Höhle nicht erreichen. Der Gedanke an die Felsspalte mit den Leichen versetzte sie in Panik. Ab und zu vermeinte sie sogar ein Rascheln oder leises Knurren neben sich im dichten Unterholz zu hören.

»Wildernde Hunde«, sagte Stefan. »Sie wittern die Verwesung. Es ist so, wie wir es dir gesagt haben. Und wir sind auch gleich da.«

Vor dem Eingang der Höhle, die mit einem Gitter und

einem Vorhängeschloss gesichert war, befand sich eine kleine Lichtung. Der Mond leuchtete diese kleine Lücke im dichten Wald fast taghell aus, sodass der Höhleneingang dahinter wie ein finsterer Schlund aussah. Ein Warnschild am Gitter verwies auf die Einsturzgefahr und verbot den Zugang zur Höhle. Julia glaubte, sogar einen leicht süßlichen Geruch wahrzunehmen, aber das konnte auch Einbildung sein, nach allem, was sie über diesen Ort gehört hatte.

33. Kapitel

St. Bassiès, Frankreich

Als sie direkt vor der Höhle standen, verzog sich Stefans Gesicht zu einem Grinsen. Er warf Julia einen Schlüssel vor die Füße. »Schließ auf!«, befahl er.

»Nein«, entgegnete sie. »Warum sollte ich dir helfen?«

»Ich kann dir auch erst in die Knie schießen und dich dann in die Höhle schleifen«, meinte er. »Ich will dich doch nur einsperren, bis wir hier wieder Ordnung geschaffen haben.«

»Blödsinn«, widersprach Julia.

»Es gibt Dinge, die sind größer und wichtiger als das eigene Leben«, erklärte er großspurig. »Serail Almond zum Beispiel. Wir entwickeln die Zukunft.«

»Auch wichtiger als das Leben der eigenen Schwester?«, fragte Julia.

Sein Gesicht verzerrte sich. »Das war ganz allein deine Schuld!«

»Wer hat dir das denn eingeredet? Die Frau, die dich dazu angestachelt hat, mich zu quälen? Hat sie dich so sehr in der Hand?«

»Du verstehst gar nichts, Julia. Und du bist zu neugierig.«

»Ihr wollt einen Wirkstoff kreieren, der einem die jugendliche Haut zurückgibt, vorausgesetzt, man ist reich genug, um sich ein sündhaft teures Produkt leisten zu können. Und allein dafür – für das viele Geld – geht ihr über Leichen.«

»Das sind nur kleine Opfer für eine große Sache.«

»Das ist menschenverachtend und kriminell.«

»Aber du ... du bist so gut, oder was? Dann zeig es doch.

Beweis es: Wir haben Rebecca Stern. Die Frau, die du so gern sprechen wolltest. Sie hat nichts mit alldem hier zu tun. Wenn du alles machst, was ich dir sage, dann kommt sie mit dem Leben davon.«

»Noch mehr Blödsinn«, sagte Julia und stieß den Schlüssel mit dem Fuß zurück in Stefans Richtung. Dabei spürte sie den Druck des Messers an ihrer Rückseite. Plötzlich erinnerte sie sich wieder an ihre Ausbildung zur Messerwerferin. Es war die einzige Disziplin im Bereich des Varietés gewesen, in der die schwache Hoffnung bestanden hatte, dass aus ihr doch eine Artistin würde. Vielleicht ergab sich jetzt die Möglichkeit, ihre damals erworbenen Fähigkeiten einzusetzen, um ihr Leben und das von Robert zu retten. Sogleich rief sie sich die genaue Lage des Messers ins Gedächtnis, auch seine Größe, den Schwerpunkt …

Stefan sah kurz nach unten auf den Schlüssel, erstaunt, dass sie sich ihm widersetzte. Er schien zu überlegen, was er nun tun sollte. Der Lauf seiner Pistole sackte ein paar Zentimeter nach unten, wie Julia im Mondlicht genau sehen konnte. Er ist den Umgang mit einer Waffe nicht gewohnt, dachte sie. Und er wollte sie nicht wirklich erschießen, denn er hatte wahrscheinlich noch nie einen Menschen eigenhändig getötet. Menschen zu quälen war das eine – jemanden kaltblütig zu erschießen etwas völlig anderes. Sein Zögern war ihre einzige Chance.

Stefan stand knapp drei Meter von ihr entfernt. Wenn sie das Messer am Griff fasste und dann warf, konnte es nach nur einer Umdrehung mit der Klinge auftreffen, dachte sie. Plötzlich hörte sie wieder die Stimme von Carlos, ihrem unermüdlichen Lehrmeister, dem besten Messerwerfer weit und breit. »Du und der Wurf, ihr müsst eins sein«, hatte Carlos ihr erklärt. »Du darfst nicht so viel denken, Julia.«

Auf einmal kam es ihr so vor, als hätte ihr Körper nur darauf gewartet, die Wurfbewegungen mit dem Messer wieder auszuführen. Sie stellte den linken Fuß etwas mehr als einen halben Meter vor den rechten. Ihre beiden Arme streckte sie langsam nach vorn, in Richtung des Zieles. Stefan schaute sie verwundert an. Dann schwang Julias rechter Arm in einer runden Bewegung blitzschnell nach hinten und sogleich in einem Bogen wieder nach vorne, auf das anvisierte Ziel zu. Sie ließ das Messer los, ihre Finger schnippten zusammen, und der Arm bewegte sich noch ein Stück weiter vor.

Jedes Wurfmesser reagierte anders, und dieses war nicht einmal eines. Daher stellte Julia fast ungläubig fest, dass sie Stefan getroffen hatte, und zwar in den rechten Oberarm. Er riss die Augen auf, taumelte erschrocken zurück und schrie auf. Dann sah er auf seinen Arm hinab, aus dem das Heft des Messers ragte, und die Pistole entglitt seiner Hand.

Im nächsten Moment hechtete Julia auf die Waffe am Boden zu, nahm sie an sich und richtete sie sogleich auf Stefan. Doch er unternahm keinen Versuch, die Pistole zurückzubekommen, sondern packte sich mit der linken Hand an den rechten Oberarm und stöhnte vor Schmerzen. Rasch ergriff Julia den Schlüssel, erhob sich und sperrte das Gitter auf. Sie sah die Angst in seinen Augen.

Julia wusste, dass sie ihn nicht würde erschießen können. Aber ein paar Stunden in dieser Höhle, zusammen mit den toten Probanden aus der Klinik, würden ihm bestimmt nicht schaden. Über alles Weitere hatte glücklicherweise nicht sie zu entscheiden.

Maharashtra, Indien

Ich wollte doch schon immer mal fliegen, dachte Kamal sarkastisch, als der Learjet von der Startbahn abhob. Das Schiff der Hilfsorganisation hatte vor wenigen Stunden im Jawaharlal Nehru

Port von Mumbai angelegt. Von dort waren er und Irfan von uniformierten Männern wie eine Fracht abgeholt und zu einem kleinen Flughafen transportiert worden.

Kamal befand sich in einem Dämmerzustand, der immer wieder von Phasen tiefer Bewusstlosigkeit unterbrochen wurde. Es fiel ihm die meiste Zeit über schwer, die Augen offen zu halten. Auch seine Arme und Beine fühlten sich taub an. Peter und diese widerliche Ärztin an Bord hatten ihn wieder unter Drogen gesetzt. Zusätzlich war er auf seiner Liege im Flugzeug festgeschnallt worden. Der einzige Trost in dieser Situation war, dass Irfan neben ihm lag. Doch sein Freund schien noch weniger von ihrer Reise mitzubekommen als er. Wenn Irfan hin und wieder die Augen öffnete, starrte er blicklos nach oben. Vielleicht war das ja besser so: Dann bekäme wenigstens sein Freund nicht mit, was man mit ihnen beiden am Ende ihrer Reise anstellen würde.

St. Bassiès, Frankreich

Den Polizisten, die Julia aus dem kleinen Dorf unterhalb der Klinik verständigt hatte, bot sich ein grausiges Bild, als sie vor dem Krankenhausgebäude eintrafen: Dort lagen zwei Frauen mit verdrehten Gliedern in ihrem Blut. Zwischen den beiden kauerte mit starrer Miene ein Mann, der eine entfernte Ähnlichkeit mit einer Kröte besaß. Seine Augen waren stumpf vor Entsetzen, die Lippen murmelten eine unhörbare Litanei. Um die drei hatte sich eine kleine Menschenansammlung gebildet, Pfleger der Klinik und ein paar Patienten, die zur Seite wichen, als Polizei- und Rettungswagen vorfuhren.

Die Sanitäter konnten nur noch den Tod der beiden Frauen feststellen, deren Identität von den Beamten kurze Zeit später ermittelt wurde: Es waren Rebecca Stern und Catherine Almond.

Weiter oben am Hang sah man Suchscheinwerfer und hörte vereinzelt Stimmen hallen. Obwohl Julia so erschöpft war, dass sie kurz vor einem Zusammenbruch stand, hatte sie darauf bestanden, die Suchmannschaft zu der Stelle zu führen, wo sie Robert Parminski hatte zurücklassen müssen.

BIHAR, INDIEN

Gundula Keller wachte auf, weil sie leise Schritte neben ihrem Bett hörte. Seit sie in dem Forschungszentrum im indischen Bihar lebte, war ihr Schlaf leichter geworden. Und seit ihr Kollege Tjorven Lundgren gestorben war, sah sie in Indien nicht mehr nur das fremde, bunte Abenteuer, sondern auch eine Welt voller Gefahren. Sie blinzelte orientierungslos in die Dunkelheit: Das Fenster, durch dessen Jalousien die ganze Nacht über das Licht der Außenbeleuchtung vor ihrem Apartmenthaus schien, befand sich merkwürdigerweise auf der falschen Seite. Und ein Schatten bewegte sich davor. Der Umriss eines Mannes ... Dann fiel es ihr wieder ein.

Die Erkenntnis, dass sie sich in Barrys Apartment befand und nicht in ihrem eigenen, nahm der Situation die Bedrohlichkeit. Sie erinnerte sich wieder: zu viel Alkohol im *Garden Restaurant* und daran anschließend leicht verklemmter Sex in Barrys Bett. Danach war Gundula sofort eingeschlafen. Beinahe schade, denn Barry war nicht nur mit, sondern auch ohne Klamotten eine Augenweide.

»Hey«, flüsterte sie. »Was ist? Warum schleichst du herum?«

»Ich dachte, ich hätte was gehört da draußen.«

»Hier hört man ständig irgendwas. Komm wieder ins Bett.«

»Warte ...« Er bog die Jalousien auseinander und linste hinaus in den kleinen Park, der vor ihrem Apartmenthaus lag. »Wie spät ist es eigentlich?«

Gundula rollte sich zur Seite und zog seinen Wecker zurate: »Vier Uhr morgens. Die berühmte Wolfsstunde.«

»Da laufen lauter Leute rum …«

»Leute?«

»In Uniform. Sie sind bewaffnet.«

»Du spinnst.« Gundula erhob sich und stellte sich neben ihn ans Fenster. »Das ist bestimmt nur unser Wachdienst.«

»Doch nicht gut fünfzig Mann, oder?«

Als auch sie das erblickte, was Barry sah, floss es wie ein kühler Schauer über ihren nackten Körper und hinterließ eine Gänsehaut. Die Gestalten kamen von beiden Seiten, aus Richtung des Tores und des Verwaltungstraktes. Zwei Menschenketten, uniformiert und bewaffnet.

»Wie kommen die denn hier rein?«, flüsterte sie aufgeregt. »Wo ist unser Wachdienst, und warum gibt es keinen Alarm?«

»Gibt es ja«, antwortete Barry und deutete auf ein rhythmisch aufblinkendes, orangefarbenes Licht zwischen den Bäumen, dessen Quelle sich irgendwo in der Nähe des Haupteingangs befinden musste.

»Mist. Was sollen wir tun?«

»Abwarten. Bleibt uns nicht viel anderes übrig. Oder willst du vielleicht die Polizei verständigen?«

»Ich denke, das ist die Polizei«, sagte Gundula, die völlig gebannt war von dem Bild, das sich ihr dort draußen bot.

Sie hörte es neben sich rascheln und drehte sich um. Barry zog sich an. Gundula wollte seinem Beispiel folgen und klaubte ihre verstreut liegenden Sachen zusammen, mit denen sie dann im Badezimmer verschwand. Hastig kleidete sie sich an. Als sie sich kaltes Wasser ins Gesicht klatschte, erklang die Durchsage. Bisher war ihr gar nicht bewusst gewesen, dass in jedem Apartment Lautsprecher installiert waren, mit deren Hilfe die Zentrale zu allen Bewohnern des Forschungszentrums Kontakt aufnehmen konnte. Sogar in den Badezimmern …

»An alle Mitarbeiter: Dies ist eine Routine-Kontrolle. Es besteht keine Gefahr! Bitte bewahren Sie Ruhe und begeben Sie sich zu den offiziellen Sammelpunkten auf dem Gelände. Wenn Sie den Anweisungen der Polizei Folge leisten, wird Ihnen nichts geschehen. Es besteht keine Gefahr!« Die Durchsage wurde auch in Hindi gesprochen.

Gundula stand wie erstarrt am Waschbecken. Die wiederholte und emotionslos vorgetragene Beteuerung »Es besteht keine Gefahr!« löste ein seltsames Grauen in ihr aus. Hatte man nicht auch die Leute im zweiten Turm des World Trade Centers aufgefordert, ruhig an ihrem Arbeitsplatz auszuharren, nachdem der erste Turm von dem Flugzeug getroffen worden war? Bestimmt hatte es da auch geheißen, es bestünde keine Gefahr. Sie riss sich von ihrem Spiegelbild – ein leichenblasses Gesicht, umrahmt von feuerroten, zerzausten Haaren – los und eilte aus dem Bad. Barry stand neben dem Bett und hatte sein Handy am Ohr.

»Wen rufst du an?«, fragte sie.

»Ich habe es bei Tony Gallagher versucht. Bei unserem neuen Security Officer, bei unserem Sicherheitsdienst; sogar Norman Coulters Büronummer hab ich probiert. Aber es geht nirgendwo jemand ran.«

»Das gefällt mir nicht, Barry. Ganz und gar nicht. Weißt du was von irgendwelchen Sammelpunkten?«

»In den Gängen hängen doch an einigen Stellen diese Schilder ... die mit dem einen Punkt, auf den vier Pfeile zulaufen.«

»Wollen wir da hin?« Sie lauschten den Geräuschen aus den nebenan liegenden Apartments. Jetzt waren auch polternde Schritte auf dem Gang zu hören. Irgendwo schrie jemand.

»Ich nicht unbedingt«, antwortete Barry. »Und du?«

Gundula blickte noch mal durch einen Spalt in der Jalousie. »Ich traue diesen Uniformierten nicht. Und vor allem traue ich der Polizei in Bihar nicht. Es wurde uns doch die ganze Zeit über gepredigt, dass ganz viele Polizeibeamte korrupt seien. Und nun das. Ich will zuerst wissen, was hier los ist.«

»Dafür musst du aber rausgehen. Oder zumindest eine Verbindung nach draußen bekommen.« Er tippte wieder auf seinem Handy herum. »Ich habe kein Netz mehr. Es wird von irgendwo gestört.«

»Na, das ist aber ein Zufall«, sagte Gundula, die ihre Angst durch Zynismus ein wenig abmildern wollte.

Im nächsten Moment zuckten beide zusammen, als jemand gegen die Apartmenttür hämmerte und schrie: »Aufmachen. Polizei!«

Diejenigen, die vor der Tür standen und klopften, erwarteten sicherlich nur einen Bewohner pro Apartment, dachte Gundula. Es wäre wohl besser, wenn man sie nicht hier entdecken würde. Sie sah, dass Barry, dem wohl Ähnliches durch den Kopf ging, zum Fenster blickte – so, als ob da eine Möglichkeit zur Flucht bestünde. Aber das war Blödsinn; sie befanden sich schließlich im dritten Stock. Sie warf Barry einen beschwörenden Blick zu und verschwand wieder im Badezimmer. Sie stellte sich hinter die Tür und versuchte, nicht zu zittern oder vor Angst aufzuschluchzen.

Gundula hörte, wie Barry protestierte, doch es nützte ihm nichts. Er wurde hinausgebracht. Sekunden später flog die Tür zum Bad auf – zum Glück nicht allzu hart. Gedämpft von Barrys Frotteebademantel, der an einem großen Haken hinter der Tür hing, federte diese von Gundula ab. Sie hielt die Luft an und machte sich so flach wie möglich. Ihr Herz klopfte wild, während sie hörte, wie Männer durch das Apartment gingen. Schließlich fiel die Wohnungstür ins Schloss.

Auf dem Gang waren weiterhin Schritte, barsche Stimmen

und hin und wieder ein Aufschrei zu hören, gedämpft durch Wände und Türen. Drinnen im Badezimmer senkte sich die Ruhe wie eine erstickende Decke auf Gundula herab. Beinahe wünschte sie sich, sie wäre mit Barry und der »Polizei« mitgegangen. Sie hatte nichts verbrochen, also hatte sie auch nichts zu befürchten, oder? Sogleich schüttelte sie den Kopf über diesen naiven Gedanken. Trotzdem: Was hatte sie sich dabei gedacht, sich zu verstecken? Das sah ja so aus, als ob sie tatsächlich etwas verbrochen oder etwas zu verbergen hätte!

Sie verließ das Bad, ging wieder zum Fenster und lugte hinaus. Draußen war bis auf zwei einsame Wachposten, die mit dem Rücken zu ihr standen, niemand zu sehen. Es schien beinahe wieder eine ganz normale indische Nacht im Forschungszentrum zu sein. Dennoch blieb die Angst.

Dabei hatte Gundula sich hier eine Zeit lang richtig wohlgefühlt. Alles war so unkompliziert gewesen, als hätte sie den ganzen Ballast ihres vorherigen Lebens einfach in der Schleuse abgegeben. Ihr war natürlich klar geworden, dass es auch hier Schattenseiten gab. Etwas Dunkles, das man vor ihnen geheim zu halten versuchte. Erst war Tjorven Lundgren verschwunden, dann Robert Parminski und kurz darauf auch sein Assistent Ayran Bakshi. Sogar diese selbstbewusste Deutsche, Julia Bruck, war von einem Tag auf den anderen fort. Und Tony Gallagher, der sonst über alles Bescheid wusste, was im Forschungszentrum vor sich ging, hatte nicht eine einzige glaubwürdige Erklärung für diese Zwischenfälle liefern können.

Gundula zog ihr Telefon aus der Jackentasche und versuchte es mit der Notfallnummer der Schweizer Botschaft, die sie sich nach Lundgrens Tod einprogrammiert hatte. Doch es war, wie Barry es gesagt hatte: kein Empfang.

Auf dem Gang war es seit einer Weile still. Gundula atmete tief durch und öffnete vorsichtig die Wohnungstür. Niemand war im Korridor zu sehen. Leise verließ sie Barrys Apartment. Wenn diese Männer – wer auch immer sie waren – inzwischen entdeckt hatten, dass ihr Apartment leer war, würden sie bestimmt nach ihr suchen. Sie hatte keine Möglichkeit, sich hier lange versteckt zu halten, aber sie wollte wenigstens wissen, was das für eine Razzia war, in die sie da hineingeraten war.

Sie lief den verglasten Gang hinunter und sah, dass man die Angestellten im *Garden Restaurant* zusammengetrieben hatte. Die Leute standen in kleinen Gruppen herum, einige redeten aufgeregt miteinander, andere standen stumpf brütend oder ängstlich schauend da ... Sie wurden von bewaffneten Männern in Polizeiuniform bewacht; die gesamte Außenbeleuchtung brannte und leuchtete die Szenerie fast taghell aus. Was sie da beobachtete, gefiel Gundula nicht. Nie hätte sie gedacht, dass sie in so eine verfahrene Situation schlittern könnte. Doch nicht sie, Gundula ... aus dem schönen, ruhigen Bern!

Sie presste ihre Stirn gegen die Scheibe, um sich zu sammeln. Sie könnte jetzt zu den anderen gehen – wie ein Schaf zur Schlachtbank, dachte sie. Oder aber ... Ein Versteck fiel ihr nicht ein. Das Forschungszentrum war so akkurat geplant, dass es keine uneinsehbaren Winkel und Nischen gab. Aber es gab ja noch die zum Teil ungenutzten Technikräume neben der Tiefgarage. Vielleicht konnte sie sich dort verstecken? Sie hatte den Zugangscode und die Keycard für diese Räume, und es war gar nicht weit bis dorthin. Wenn sie sich dort verbergen könnte, bis die Aktion vorbei war ... Aber was wäre damit gewonnen? *Irgendjemand muss der Nachwelt berichten, was hier passiert ist,* dachte sie grimmig. Und Handeln war allemal besser, als passiv zuzuschauen – bei was auch immer.

Entschlossen machte sich Gundula auf den Weg. Vorsichtig schlich sie voran, lauschte dabei stets auf Schritte und Stimmen und schaffte es schließlich bis zur Tiefgarage.

Nur ein einsamer Wachposten stand dort an der Rampe. Er schien niemanden in seinem Rücken zu erwarten, sondern sah nach oben, die Auffahrt hinauf. Gundula zog ihre Schuhe aus, um geräuschlos an den geparkten Wagen vorbeizugehen und ungesehen in den Technikraum zu gelangen.

Plötzlich trat ein Mann hinter einem der geparkten Fahrzeuge hervor und schaute zu ihr. Tony Gallagher. Ihm war es also auch gelungen, der Razzia zu entkommen. Klar, er kannte das Gebäude besser als jeder andere. Nun waren sie immerhin schon zu zweit. Er sah vollkommen geschafft aus und schien tatsächlich ebenfalls erleichtert zu sein, sie zu sehen. Er legte den Zeigefinger auf die Lippen, dann winkte er sie zu sich heran.

»Was zum Teufel ist hier los?«, wisperte sie.

So nah bei ihm fiel ihr auf, dass er stechend nach Schweiß stank. Er trug nur ein T-Shirt und Boxershorts. Offensichtlich hatte auch ihn die nächtliche Aktion aus dem Schlaf gerissen.

»Wir sollten zügig von hier verschwinden«, antwortete er leise. »Das sieht nicht gut aus.«

»Polizei?«, fragte Gundula.

Er schüttelte erst den Kopf, zuckte dann mit den massigen Schultern.

Im nächsten Moment erklang hinter ihnen ein knackendes Geräusch. Sie fuhren beide herum und blickten in die Mündungen von zwei Gewehren. Gundula wollte schon die Hände heben, als Gallagher sie grob zu sich riss und sie wie einen Schutzschild vor sich presste.

»Dies ist eine amtliche Razzia des Staates Bihar«, sagte einer der zwei Uniformierten. »Heben Sie die Hände über den Kopf. Widerstand ist zwecklos.«

»Die Frau hier ist eine Schweizer Staatsbürgerin. Ihr wollt sie doch nicht erschießen, oder?«, keuchte Gallagher.

»Lassen Sie sie los, und heben Sie die Hände über den Kopf.«

»Ich lass mich nicht von euch einbuchten!«, tönte Gallagher.

Entweder ist er betrunken oder trunken vor Angst, dachte Gundula und versuchte, sich von ihm loszumachen. Doch seine Arme umklammerten sie zu fest, und seine große, fleischige Hand packte ihre Kehle, sodass sie zu röcheln begann.

Die Bewaffneten kamen einen Schritt näher. »Lassen Sie sofort die Frau los, und ergeben Sie sich. Das gesamte Areal ist unter Polizeikontrolle.«

Gallagher bewegte sich rückwärts und versuchte, sie mit sich in Richtung Ausgang zu schleifen. Gundula war in Panik, weil sie zu wenig Luft bekam. Trotzdem machte sie sich so schwer wie möglich. Der Druck auf ihre Kehle verstärkte sich, sodass sie überall in der Tiefgarage weiße Pünktchen sprühen sah. Gallaghers Kraft schien nachzulassen, denn sie rutschte immer weiter hinunter.

Da hörte sie einen scharfen Knall, der mehrfach in der Tiefgarage widerhallte. Gallagher zuckte, taumelte und riss sie mit sich zu Boden. *Sie haben ihn angeschossen!*, dachte Gundula. Gallagher fiel schwer wie ein Felsbrocken und begrub sie unter sich.

Er kam tatsächlich noch mal ein Stückchen hoch, wie um sich aufzubäumen, als ein zweiter Schuss erklang. Tony Gallagher fiel wie in Zeitlupe zur Seite. Mit ungläubigem Entsetzen sah Gundula, wie sich ein roter Blutstrahl aus seinem Mund auf den Betonboden ergoss.

34. Kapitel

Bihar, Indien

Eine Fliege surrte gegen das geriffelte, blickdichte Fensterglas an. Wo befand er sich? War das Flugzeug schon gelandet? Aber ja doch, und es musste schon vor längerer Zeit passiert sein, fiel es Kamal wieder ein, denn sie hatten ihn inzwischen in einen Krankenwagen getragen. Nach allem, was er durch die halb geschlossenen Lider sah, lag er dort immer noch. Nur dass sie nicht mehr fuhren, sondern standen. Der Motor lief schon seit Längerem nicht mehr, der Hitze im Fahrzeuginneren nach zu urteilen.

Kamal wollte sich vorsichtig aufrichten, doch er konnte es nicht. Auch daran, dass ein breiter Gurt quer über seinen Brustkorb lief, hatte sich nichts geändert. Sie hatten ihn »fixiert«, wie man das Anbinden von Patienten wohl nannte. Obschon ... in Wirklichkeit war er ja gar keiner. Er drehte den Kopf hin und her, soweit ihm das mit seinem steifen Nacken möglich war. Die Bewegung verursachte Kopfschmerzen und nachfolgend Übelkeit. Sein Gehirn schien wie ein runder Stein in seinem Schädel umherzutrudeln. Konnte es möglich sein, dass er ganz allein im Wagen war? Hatten sie eine Autopanne?

»He-ey«, lallte er, seine Zunge und seine Lippen gehorchten ihm kaum. »Ist hier jemand?« Der Gedanke, festgeschnallt und ganz allein in diesem Krankenwagen zu sein, der im Nirgendwo stand, war fast noch erschreckender als der Albtraum, den er zuvor durchlebt hatte.

Er bekam keine Antwort. Fragte noch einmal, lag dann still

und lauschte angestrengt. Die Augenlider wurden ihm wieder schwer, aber er durfte nicht wieder einschlafen. Etwas ... war passiert. Etwas stimmte nicht. Stimmte ganz und gar nicht.

Seine tauben Finger tasteten sich zu dem Gurt über seiner Brust, doch er vermochte ihn nicht zu öffnen. Der Verschluss schien sich außerhalb seiner Reichweite zu befinden. Und er hatte Durst ... schon wieder. Die unauslöschbare Erinnerung an seine Zeit in dem Container hatte wohl zur Folge, dass er sein Leben lang durstig sein würde. Und mit dem Durstgefühl kam die Panik. Wann hatte er eigentlich das letzte Mal etwas getrunken? Und was wäre, wenn er wirklich allein hier lag und wenn niemand kam? Es musste etwas Unvorhergesehenes passiert sein, wenn die Männer, die ihn vom Schiff abgeholt hatten, plötzlich wegliefen und ihren Wagen einfach zurückließen.

»Hallo? Hört mich jemand?«

Die einzige Antwort war das Kläffen eines Hundes außerhalb des Fahrzeugs. Etwas scharrte am Auto. Er hörte sogar, wie etwas am Wagen schnüffelte. *Ruhig, Kamal, das müssen keine ausgehungerten wilden Hunde sein,* sagte er sich. In einigen Gegenden Afghanistans waren allein gelassene Hunde, die verwilderten, eine ernst zu nehmende Gefahr für die Menschen. Aber die Tiere hier würden sicherlich nicht in den Wagen hineinkommen, beruhigte er sich selbst.

Oder doch? Er drehte noch mal den Kopf in Richtung Fahrerkabine. Auf einmal spürte er einen leichten Luftzug; offenbar war die Beifahrertür nur angelehnt. Wieder dieses Kratzen, dann das Schnüffeln. Und ein Kichern!

»Hallo?« Kamal hörte leichte Schritte, die sich schnell entfernten. »Hilfe!«, rief er mit trockener Kehle.

Es raschelte im Inneren des Fahrzeugs, und ein braunes, kleines Gesicht mit leuchtenden Kulleraugen und einem wirren schwarzen Haarschopf sah Kamal neugierig an. Es war ein etwa achtjähriger Junge, der mit einem schmutzigen T-Shirt und Shorts bekleidet war. Kamal versuchte, sich auf Englisch mit ihm zu verständigen, doch der Junge kicherte wieder und winkte in Richtung Tür. Kurz darauf befanden sich mehr als ein halbes Dutzend Jungen und Mädchen in dem engen Abteil hinter der Fahrerkabine, die Schubladen aufzogen, an Instrumenten herumspielten und Verbandsmaterial auseinanderrollten. Offenbar durchsuchten sie den Rettungswagen nach Dingen, die sie und ihre Familien vielleicht gebrauchen oder verkaufen konnten. Dabei beobachteten sie Kamal immer wieder misstrauisch oder lächelten ihn an, die einen entschuldigend, die anderen eher herausfordernd. Sie sahen, dass er an die Liege gefesselt war, halfen ihm jedoch nicht.

»Macht mich sofort los«, forderte er sie mehrfach auf und riss an dem Gurt, der ihn festhielt.

Nach einer Weile erbarmte sich eines der älteren Mädchen, nahm eine Schere und befreite ihn. Sie zeigte ein entzückendes Zahnlückenlächeln, das Kamal an seine Schwester erinnerte – an ihr glückliches Gesicht, das sie gezeigt hatte, bevor sie von der Mine verletzt worden war. Es war ihm egal, dass die Kinder den Wagen plünderten. Er wollte nur noch raus.

Benommen stand er auf, torkelte aus dem Fahrzeug und sah sich erst einmal um. Der Rettungswagen stand am Straßenrand in der Abendsonne, unweit eines kleinen Hüttendorfes unter ausladenden Bäumen. Von den Fahrern war weit und breit keine Spur zu sehen. Etwa fünfzig Meter entfernt befand sich ein zweiter Rettungswagen; den Bewegungen des Fahrzeugs nach zu urteilen war es ebenso von Dorfkindern geentert worden wie dieses hier. Und dann trat Irfan hinter dem Wagen hervor. Er erblickte Kamal und schritt sogleich auf ihn zu. Sein Gang war unsicher, und er rieb sich immer wieder den Rücken, aber er schien ansonsten unverletzt zu sein.

Kamal war niemals zuvor so froh gewesen, endlich wieder ein vertrautes Gesicht zu sehen. »Verdammt, was ist los? Und wo zum Teufel sind wir?«, fragte er, nachdem sie einander umarmt hatten.

»Ich denke, wir sind irgendwo in Indien«, antwortete Irfan.

»Meinst du wirklich?«

»Ich habe die Männer im Wagen eine Weile miteinander sprechen gehört. Sie sollten uns in ein Forschungszentrum nach Bihar bringen ... Aber dann hat irgendetwas diese Typen so erschreckt, dass sie abgehauen sind.«

»Sie haben die Wagen aufgegeben. Das ist kaum zu glauben.«

Sie beobachteten, wie die Kinder auf den Wagendächern herumturnten. Ein Junge montierte gerade die Scheibenwischer ab.

»Und weißt du was?«, sagte Irfan. »Es ist mir so was von egal.«

»Was sollen wir jetzt tun?«

»Abhauen.« Irfan grinste. »Diese Chance, in Indien unterzutauchen, bekommen wir nie wieder. Und wie es von hier aus weitergeht, sehen wir dann.«

HAMBURG, DEUTSCHLAND

Ein paar Wochen später zog Julia wieder in ihre eigene Wohnung im Hamburger Stadtteil Ottensen ein. Die Untermieterin hatte inzwischen etwas Eigenes gefunden, sodass es dann doch schneller als geplant zu einer Übergabe gekommen war.

Es fühlte sich seltsam an, wieder in der vertrauten Küche zu stehen, die sie – in einem anderen Leben – eigenhändig gestrichen hatte. Das Zimmer roch jetzt anders und war trotzdem vertraut. Julia stellte sich an das Dachfenster und sah über den Flickenteppich aus Dächern den Hamburger Fernsehturm in den grauen Nachmittagshimmel ragen. Das erwartete Gefühl der Ruhe und des »Angekommenseins« stellte sich nicht ein. Julia quälte eine ihr bisher unbekannte Ruhelosigkeit. Nachts hatte sie nach ihren Erlebnissen in den Pyrenäen jetzt regelmäßig Albträume. Die entsetzliche Folterung durch Stefan und seine grausame Chefin Catherine Almond würde sie wohl bis ans Ende ihres Lebens verfolgen. Glücklicherweise verheilten die Brandwunden recht gut, und die vernarbte Stelle vor ihrem Ohr konnte sie mit ihrem Haar verdecken, das sie jetzt etwas länger trug. Ein weiterer Grund für die Albträume war auch, dass die Ermittlungsarbeit der Polizei noch immer nicht abgeschlossen war und die Männer vom BKA sie häufig anriefen. Julia vermied es, die Berichterstattung über die Ereignisse in der Presse zu verfolgen. Sie wollte etwas Neues beginnen, um sich abzulenken. Zwei Jobs hatte sie in Aussicht, die sie allerdings nicht besonders reizten. Doch das Nichtstun und Grübeln brachten ihr Sonja nicht zurück und erweckten auch die anderen Toten nicht zum Leben.

Plötzlich kündigte die Türklingel an, dass jemand unten vor der Haustür stand und zu ihr wollte. Julia fragte über die Gegensprechanlage, wer da sei.

»Robert Parminski«, klang es durch den Lautsprecher. »War gar nicht so leicht, dich zu finden.«

Sie drückte den Türöffner. Das letzte Mal, als sie ihn gesehen hatte, waren sie in Toulouse in der Notaufnahme eines Krankenhauses gewesen. Sie hatte sich später vergewissert, dass er durchkommen und außer einer Narbe keine bleibenden Schäden am Bein haben würde. Sie selbst war nach Hamburg eskortiert worden und während tagelanger Befragungen kaum zum Nachdenken gekommen. Als sie sich danach telefonisch noch einmal in dem Krankenhaus nach Robert Parminski erkundigt hatte, hieß es, es gäbe keinen Patienten dieses Namens, hätte es in letzter Zeit auch nicht gegeben. Das alte Spiel. Es hatte sie so frustriert, dass sie versucht hatte, ihn aus ihrem Gedächtnis zu streichen.

Nun öffnete sie ihre Tür, stellte sich in den Eingang und sah zu, wie er auf sie zuschritt. Er war etwas blasser geworden, aber er wirkte beinahe so selbstbewusst, wie sie ihn in Erinnerung hatte. »Ich lasse niemanden in meine Wohnung, dessen Namen ich nicht kenne«, beschied sie ihm. »Robert Parminski heißt du jedenfalls nicht.«

»Müssen wir das im Treppenhaus diskutieren?«

»Du hättest mich bei Serail Almond in Bihar beinahe auch nicht hereingelassen, und das aus einem weitaus nichtigeren Anlass.« Es war lange her, dieses Geplänkel um Notebook und Handy ...

»Das war eine Rolle, die ich spielen musste.«

»Genau das ist das Problem«, sagte Julia. »Rollenspiele.«

»Ich bin hier, um dir alles zu erklären.«

Sie sah ihn einen Moment an. Versuchte herauszufinden, ob sie das überhaupt hören wollte. Doch die Angelegenheit bedurfte noch eines Abschlusses. Wie auch immer ... »Komm rein«, forderte sie ihn auf und trat zurück. Sie führte ihn in die Küche. Er sah verändert aus, und das lag nicht nur daran, dass er heute Jeans und T-Shirt trug.

»Wer bist du wirklich?«, fragte sie, nachdem sie ihm und sich ein Glas Wasser eingeschenkt hatte. *Wie kommt es, dass du überhaupt noch am Leben bist?*, hätte sie hinzusetzen können. Sie dachte an die leblosen Körper in dem geheimen Labor – und an den tätowierten Dornteufel. Ihre Horrornacht bei Serail Almond.

»Ich heiße eigentlich Christian Kempke«, antwortete er. »Und ich arbeite im Bereich CI, *Competitive Intelligence.* Deshalb die Geheimniskrämerei.«

Dann hatte Stefan also doch die Wahrheit über ihn gesagt. »Das ist so was wie Wirtschaftsspionage, oder etwa nicht?«

»Wir ziehen den Begriff Wettbewerbserforschung oder auch Konkurrenzanalyse vor. Es ist legal.«

»Das glaub ich dir aufs Wort«, entgegnete sie sarkastisch. »Deshalb arbeitest du ja auch unter einem falschen Namen.«

»Okay, manches ist nicht hundertprozentig legal. Und wenn ich unter einem anderen Namen als Security Officer arbeite, dann ist das grenzwertig. Aber ich hab dort einen guten Job gemacht.« Er erlaubte sich ein ironisches Lächeln.

Julia sah ihm in die Augen. »Was genau war denn deine Aufgabe bei Serail Almond – als CI-Agent?«

»Um am Markt bestehen zu können, müssen sich die Unternehmen informieren, was ihre Wettbewerber vorhaben. Das gilt vor allem, wenn ein neues, scheinbar bahnbrechendes Produkt kurz vor der Marktreife zu stehen scheint.«

»Die Creme mit dem ultimativen Wirkstoff gegen Hautalterung?«

»Genau die. In diesem Fall war das eine Fehlinformation, denn das geheime Produkt, an dem Serail Almond wie besessen gearbeitet hatte, stand ja alles andere als kurz vor der Marktreife.«

»Woher wusste die Konkurrenz überhaupt davon, wenn es so geheim war?«

»Bei *Competitive Intelligence* werden winzige Informationsteilchen aus verschiedensten Quellen zusammengesetzt, bis sich ein Gesamtbild ergibt. Das Konkurrenzunternehmen, das meine Agentur mit der Wettbewerbserkundung beauftragt hat, wusste natürlich, dass die Forschung von Serail Almond hauptsächlich in Indien stattfand. Und dass sehr große Summen in das Forschungszentrum gepumpt wurden, obwohl nach außen hin keine nennenswerten Resultate vorgelegt wurden. Da lag der Verdacht nahe, dass dort mehr passiert, als die Öffentlichkeit, ja selbst die meisten Mitarbeiter, wissen durften. Um rechtzeitig informiert zu sein, mussten sie jemanden nach Bihar schicken, direkt in das Forschungszentrum. Serail Almond hatte die Stelle für einen Security Officer offen ausgeschrieben. Ich habe einige Erfahrung im Security-Bereich und wurde eingestellt. Es passte wunderbar.«

»Und was hast du getan, außer für die Sicherheit zu sorgen, deren Aufrechterhaltung du dann selbst sabotiert hast?«

»Der Verdacht, dass es dort die offizielle Forschung gab und etwas, von dem nur wenige Leute wissen durften, lag ja schon auf der Hand. Ich habe allerdings lange gebraucht, bis ich erste Beweise für diese These hatte. Sie hatten sich ziemlich gut abgeriegelt. Ich war kurz davor, aufzugeben, als ich mehr durch Zufall Kontakt zu Tjorven Lundgren bekam.«

»Was hatte mein Vorgänger damit zu tun?«

»Er hatte in den Plänen für die Klimatechnik gewisse Unstimmigkeiten entdeckt, die er sich nicht erklären konnte. Er sprach zuerst mit Tony Gallagher, seinem direkten Ansprechpartner bei Serail Almond. Das war wohl ein entscheidender Fehler. Gallagher hat Alarm geschlagen. Er leitete es nach oben weiter, womit Lundgrens Schicksal besiegelt wurde.«

»Welche Rolle spielte Tony Gallagher?«, fragte Julia. Die Szene in dem Hotelzimmer, als er sie mit der Pistole bedroht hatte, stand ihr wieder vor Augen.

»Er hatte eine Vertrauensposition inne und war in groben Zügen in alles eingeweiht. Das musste er sein. Wenn du ein geheimes Labor unterhältst, kannst du das nicht ohne Wissen deines Facility-Managers tun. Ich vermute, er hat zum Teil sogar Norman Coulter, seinen Vorgesetzten, übergangen und direkt an Catherine Almond berichtet. Sie hatte ihn in der Hand. Es gibt Gerüchte, dass Tony Gallagher eine Frau und ein kleines Kind in Indien hatte und dass dieses Kind entführt worden war. Es sollte angeblich in einer Gallagher unbekannten

Pflegefamilie aufwachsen, und man drohte ihm damit, dass man dem Kind etwas antun würde.«

»Das ist ekelhaft!«, empörte sich Julia. »Deshalb war er so panisch und zu allem bereit.«

»Hattest du noch mal mit ihm zu tun?«

Julia berichtete von dem Vorfall im Hotel. Robert, der in Wirklichkeit Christian hieß, nickte anerkennend.

»Das war ein ziemliches Husarenstück, dass du ihnen entkommen bist«, sagte er.

»Und wie zum Teufel bist du ihnen entkommen? Ich hab dich im Labor gesehen; du hast in einem dieser grässlichen Tanks gelegen. Die Tätowierung, der Dornteufel auf deiner Schulter ...« Sie stockte – merkte, dass der Schock dieser Entdeckung immer noch nachwirkte.

»Ich erkläre es dir. Erinnerst du dich an die Hochzeit in Patna?«

»Wird mir ewig unvergesslich bleiben.«

»Ich habe mich auf der Feier mit einem Informanten getroffen. Jemandem, der aus erster Hand wusste, was für eine Art von Forschung Serail Almond in den geheimen Labors betreibt. Wir konnten nicht riskieren, uns auf dem Gelände von Serail Almond zu treffen, deshalb das Manöver mit der Hochzeit. Ich war in der Grünanlage des Hotels mit ihm verabredet.«

»Der Typ im weißen Anzug?«

»Genau. Harish Prajapati.«

»Dann war ich also nur ein Teil deiner Tarnung.«

»Eine ziemlich dumme Idee von mir. Offensichtlich war es ja nicht Tarnung genug. Sie waren trotzdem misstrauisch und haben mich und Prajapati beobachten lassen.«

»Der Verkehrsunfall vor dem Hotel. War das etwa dieser Prajapati?« Ein paar Puzzleteilchen fügten sich in Julias Kopf zusammen.

»Sie haben sich ihn geschnappt, nachdem sie uns zusammen in der Hotelanlage hatten reden sehen. Entweder wurde er betäubt oder schon getötet, bevor sie ihn vor ein Auto geworfen haben. Der Zeitpunkt war genau geplant: Ich sollte es mitansehen.« Seine Stimme bebte vor Wut.

»Wieso haben sie dich dann am Leben gelassen?«

»Prajapati war einer von ihnen. Coulters Assistent. Daher war ihnen definitiv klar, dass er zu viel wusste. Bei mir waren sie sich nicht sicher, was ich schon in Erfahrung gebracht hatte und für wen ich arbeitete. Ich denke, dass sie das erst noch herausfinden wollten.«

»Wäre das für dich nicht der richtige Zeitpunkt gewesen, mit der Sache aufzuhören?«, fragte Julia. »Wenn es Tote gibt.«

»Mir war durch Prajapatis Tod klar geworden, dass du durch mich, indem ich dich mitgenommen hatte – auch aus purer Selbstsucht, nebenbei bemerkt –, in große Gefahr geraten warst. Das wollte ich zuerst noch in Ordnung bringen.«

Julia schnaubte, als sie an die Szene auf dem Dach des Hotels dachte. »Da hättest du schon etwas deutlicher werden müssen, um mich zur Abreise zu bewegen.«

»Ich weiß. Als Lundgrens Nachfolgerin warst du sowieso schon einem hohen Risiko ausgesetzt. Und du hast dann ja auch bald dieselbe Entdeckung gemacht wie er: dass die Pläne nicht stimmen können ... Dass es mehr in Trakt C geben muss als ein paar verschüttete Lagerräume.«

»Warum musste Ayran Bakshi sterben?«, wollte Julia nun wissen. »Etwa weil ich nach deiner angeblichen Kündigung mit ihm über dich sprechen wollte?«

»Nein. Das war höchstens der letzte Auslöser. Ich vermute, es gab einen anderen Grund: Ayran war sowohl mein offizieller Assistent bei Serail Almond als auch mein inoffizieller über meine Agentur. Er wusste, was meine eigentliche Aufgabe war und hat ebenfalls als CI-Agent gearbeitet. Nach Prajapatis Tod wussten wir zum ersten Mal eines definitiv: In dem Konzern waren illegale Praktiken im Gange, die eine solche Größenordnung besaßen, dass man für sie bereit war, sogar Menschen zu ermorden. Lundgren hätte vielleicht noch ein Unfall gewesen sein können, aber Prajapati nicht. Ich habe dann nach der Hochzeit darauf geachtet, keinen zu engen Kontakt mit dir zu haben, um dich, soweit es mir möglich war, zu schützen. Nachdem ich die Pläne bei dir abfotografiert hatte, musste ich handeln. Ich bin mit Ayrans Unterstützung durch den Klimaschacht in das geheime Labor gelangt. Vorher hatte ich die Videoüberwachung in Block C außer Kraft gesetzt. Tja, du weißt, was ich in dem Labor vorgefunden habe. Es war schlimmer als meine schlimmsten Befürchtungen. Die Gerüchte, dass früher immer mal wieder mittellose Inder aus der Umgebung des Forschungszentrums verschwunden waren, nachdem sie eine bestimmte ärztliche Anlaufstelle besucht hatten, beruhte also auf Tatsachen, auch wenn man darüber seit längerer Zeit nichts mehr gehört hatte.«

»Sie sind wohl vorsichtiger geworden und haben sich ihre Opfer dann über eine Hilfsorganisation für Flüchtlinge besorgt«, sagte Julia düster.

»Als ich das Labor sah, die leblosen Menschen dort, wusste ich, dass ich sofort handeln musste. Das war kein Projekt mehr für CI, das war Sache der Polizei. Ich bin auf demselben Weg zurückgegangen und habe meine Spuren beseitigt, so gut es ging. Ayran hat mich danach in seinem Privatwagen rausgeschleust. Ich habe versucht, ihn zu überreden, mit mir zu kommen. Doch er sagte, er dürfe nicht abhauen, weil dies für seine Familie in Bihar zu gefährlich wäre. Dann machte ich mir Sorgen um dich. Ich konnte keinen Kontakt mehr zu dir aufnehmen, musste aber befürchten, dass du eher früher als später den gleichen Weg nehmen würdest wie ich. Du warst zu neugierig. Mein Plan war, dich irgendwie wissen zu lassen, dass du bei Serail Almond auf dich allein gestellt bist. Dass du wirklich niemandem dort trauen kannst. Und ich wollte, dass du nach der Entdeckung des geheimen Labors auch sofort von dort verschwinden würdest. Zu deiner eigenen Sicherheit. Daher die Idee mit der gefakten Tätowierung. Ich besaß noch die Originalzeichnung von dem Dornteufel, nach der ich mir das Tattoo habe stechen lassen. Das Bild habe ich Ayran gegeben, und der hat davon eine Art Folie gemacht: Damit hat er die Zeichnung vom Dornteufel auf die Schulter eines der Opfer im Labor übertragen.«

»Wie die Abziehbildchen für Kinder?« Julia schüttelte den Kopf, als sie sich daran erinnerte, wie echt die nachgemachte Tätowierung ausgesehen hatte. In allen Details, über die seltsamen Dornen bis hin zu der schuppigen Haut ... Wie sehr sie überzeugt davon gewesen war, dass der Mann, den sie als Robert Parminski kannte, dort in einem der Becken lag. Der Dornteufel hatte sie glauben lassen, dass ihr Freund tot war. Ansonsten hätte sie sich vielleicht anders verhalten, wäre erst mal dort geblieben. Nicht auszudenken ...

»Ayran hat ganze Arbeit geleistet. Es ist ihm gelungen, jemanden zu schmieren, der in dem Labor gearbeitet hat. Er hatte erstaunliche Verbindungen bei Serail Almond, und er war schlau. Ich kann kaum glauben, dass sie ihn erwischt und ermordet haben.«

»Es tut mir sehr leid«, sagte Julia, die sich immer noch schuldig an Bakshis Tod fühlte. »Euer Plan ist zumindest aufgegangen: Als ich in das Labor eingedrungen bin und geglaubt habe, dich dort unter den Opfern zu sehen, bin ich sofort geflohen.« Eine Frage beschäftigte sie noch, wenn sie an ihre Flucht durch Indien dachte. »Wenn du vor mir entkommen bist, wo zum Teufel hast du dich dann die ganze Zeit aufgehalten?«

»Ich musste mich, nachdem ich das Forschungszentrum verlassen hatte, erst einmal bei Ayrans Familie versteckt halten.

Dort habe ich unglücklicherweise Dengue-Fieber bekommen. Sie konnten mich nicht in ein Krankenhaus bringen, sondern mussten mich heimlich von einem Arzt, dem sie vertrauten, behandeln lassen. Und so war ich ziemlich lange außer Gefecht gesetzt. Als ich schließlich einigermaßen genesen zurück nach Deutschland kam, warst du schon längst wieder in Hamburg.«

»Warum hast du dich nicht bei mir gemeldet?«

»Ich hatte rausgefunden, dass du bei Sonja Wilson wohntest. Der Schwester von einem Vorstandsmitglied von Serail Almond. Das hat mich, gelinde gesagt, ziemlich verwirrt. Ich bin mir nicht sicher gewesen, auf wessen Seite du stehst.«

»Beim BKA sagten sie mir klipp und klar, dass es keinen Robert Parminski gäbe. Die Tatsache, dass ich von dir erzählt habe, hat nicht gerade dazu beigetragen, meine Glaubwürdigkeit zu erhöhen.«

»Diese Idioten«, schimpfte Robert alias Christian. »Sie waren sehr wohl über mich im Bilde.«

»Aber du als CI-Agent hast ihnen nicht gerade deine bedingungslose Mitarbeit angeboten, oder?«

»Ich habe ihnen alles gesagt, was ich wusste. Was die dann daraus gemacht haben, ist eine andere Geschichte. Die waren ja nicht mal bereit, uns Personenschutz zu geben. Erst nach dem Sprengstoffanschlag in den Fischauktionshallen sind die überhaupt erst richtig wach geworden. Und trotzdem haben sie dich kurz darauf wieder allein herumrennen lassen. Als du aus dem Feuerschiff gekommen bist, wärst du ohne mein Eingreifen wohl die nächste Wasserleiche geworden, die man aus der Elbe gefischt hätte.«

»Meinst du wirklich?«, fragte Julia skeptisch. »Ich glaube, ich war da ziemlich betrunken.« Die Ereignisse dieser Nacht lagen für sie immer noch im Dunkeln. Der Kater am nächsten Morgen hatte es zumindest in sich gehabt. »Ich wusste am nächsten Tag nicht einmal mehr, ob du wirklich da gewesen bist oder nicht.«

»Hast du denn wirklich so viel Alkohol getrunken? Ich glaub eher, du bist betäubt worden. Mit Rohypnol oder irgend so einem Dreck. Waren viele Leute in der Bar?«

»Es herrschte ein ziemliches Gedränge.«

»Dann hat dir vielleicht jemand was ins Glas getan.«

»Hast du denn gesehen, wer versucht hat, mich ins Wasser zu stoßen?«

»Ich bin jetzt versucht zu sagen, dass es wohl dein Stefan Wilson war. Aber ich habe den Typen nicht erkennen können. Nein.«

»Mein Stefan Wilson?« Julia sah ihn fassungslos an.

»Ihr kennt euch doch von früher, oder?«

»Ja und?« Sie konnte kaum glauben, was er da andeutete. »Er hat mich mit einem Lötkolben verbrannt. Er wollte mich bei lebendigem Leib zwischen Leichen in einer Höhle verrotten lassen!«

»Das lässt auf eine ehemals intensive Beziehung schließen.« Robert alias Christian schob sein Wasserglas auf der Tischplatte hin und her.

»Das ist jetzt wirklich zu blöd!«

»Vergiss es einfach«, lenkte er ein. »Du hast mit meinem Messer nach ihm geworfen und ihn so außer Gefecht gesetzt, haben sie mir in Frankreich erzählt. Bemerkenswert.«

»Es war ein recht brauchbares Messer.«

»Nur wenige Menschen können ein Messer so werfen.«

»Du bist nicht der Einzige mit ein paar Geheimnissen«, sagte sie im Konversationston.

»Und zwar?«

»Eigentlich weißt du gar nichts über mich.«

Er beugte sich zu ihr vor. »Ich gehe nicht eher, als bis du mir alles erzählt hast, Julia.«

»Dann mach dich auf eine lange Wartezeit gefasst«, erwiderte sie.

Sein Mundwinkel zuckte. »Ich kann warten.«

»Wir werden ja sehen, wie lange du das aushältst.«

Epilog

KOSMETIKKONZERN SERAIL ALMOND
AUF SCHADENSERSATZ VERKLAGT

Wegen seiner Menschenversuche in einem Hautforschungszentrum in Bihar klagt Indien gegen den multinationalen Kosmetikkonzern Serail Almond

Bihar. Die Verwaltung des Bundesstaates Bihar wirft dem Konzern vor, in seinem Forschungszentrum in der Nähe von Patna zahlreiche Menschen gegen ihren Willen als Probanden missbraucht zu haben. Sie sollen dorthin verschleppt und dann in ein künstliches Koma versetzt worden sein; anschließend ist ihre Haut zur Züchtung eines seltenen Pilzes benutzt worden. Bei den Opfern handelte es sich anfangs um Bewohner des Staates Bihar, die aufgrund ihrer Lebensumstände in den Slums um Patna nicht vermisst wurden, später auch um Flüchtlinge aus verschiedenen Ländern, die das Forschungszentrum über eine von Serail Almond unterwanderte Hilfsorganisation erhielt. Der gezüchtete Pilz synthetisiert auf der Haut von Menschen mit bestimmten genetischen Eigenschaften ein Enzym. Dieses Ferment sollte als Wirkstoff für eine neue Hautpflegeserie eingesetzt werden. Serail Almond erwartete von dem neuen Mittel, das angeblich stark hautverjüngend wirkt, ein Milliardengeschäft. Nun muss der Konzern wahrscheinlich allein an den Bundesstaat Bihar weit mehr als eine Milliarde Dollar Schadensersatz zahlen. Außerdem wurden der weitere Einsatz von Probanden sowie die Züchtung des Pilzes gerichtlich untersagt.

Nachwort

Die Idee, eine Ingenieurin zur Protagonistin eines Romans zu machen, kam mir 2010 beim Saalfrühstück in der »Dachkammer«, einem Arbeitssaal für Studentinnen und Studenten der Fachrichtungen Elektrotechnik, Technische Informatik, Wirtschaftsingenieurwesen und Angewandte Informatik der Leibniz Universität Hannover. Seitdem haben viele Menschen, Freunde und bis dahin Unbekannte zu diesem Roman beigetragen. Ihnen allen möchte ich danken.

Mit Petra Hildebrandt und Klaus Rathjen saß ich zu Beginn der Planungen in der Remise in Lübeck. Klaus hat mich auf die Idee gebracht, die Klimaanlage eines Gebäudes zu nutzen, um das Labor zu entdecken. Petra hat mir die Kontakte zum deutschen Ingenieurinnenbund e.V. und zu Monika Giese vermittelt, mit der ich mich getroffen habe, um über die Pharmaindustrie zu sprechen. Wir sind dann auf ein anderes, spannendes Thema gekommen, das dem Roman noch mal eine neue Wendung gegeben hat. Von der Pharmaindustrie kam ich auf das Thema Hautforschung. Ich stieß dabei auf Artikel von Prof. Dr. Dr.-Ing. Jürgen Lademann, Bereichsleiter Hautphysiologie der Klinik für Dermatologie, Venerologie und Allergologie der Charité Universitätsmedizin Berlin. Er war so freundlich, mir Fragen zu diesem Thema zu beantworten. Kerstin Löffler, die ich in der Bundesakademie in Wolfenbüttel kennengelernt habe und die in Paris lebt, hat mir bei einigen Paris-Szenen, vor allem der in dem Haus in der Rue Tronchet, geholfen.

Das Hintergrundwissen, ob und wie man durch die Schächte einer Klimaanlage in ein Labor gelangen kann, vermittelte mir Stefan Beneke. Meine Fragen zur Handelsschifffahrt beantwortete mir Heiko Hoffmann, der zu jener Zeit als Erster Offizier auf einem Handelsschiff von Singapur nach Hongkong unterwegs war.

Meinen unentbehrlichen Testlesern möchte ich an dieser Stelle danken: Britta Langsdorff, Anja Höhnl, Melanie Schnittker, Günther Thömmes, Wiebke Leander, Edith Becker-Almstädt, Hans-Christian Esch, Petra Hildebrandt und meiner Agentin Franka Zastrow für ihre vielen hilfreichen Anmerkungen. Ganz besonders danke ich meinem Mann Hans-Christian, der mich von Anfang an beim Schreiben unterstützt hat, sowohl moralisch als auch mit Geschichten aus dem wahren Leben.

Großer Dank gebührt meiner Lektorin Karin Schmidt, die mich bei diesem Projekt begleitet und sich sehr dafür eingesetzt hat. Weiterhin danke ich Dr. Arno Hoven für seinen genauen Blick auf das Manuskript, von dem es sehr profitiert hat.

Die Handlung des Romans habe ich mir ausgedacht, ebenso sämtliche Personen, Firmen und Produkte. Mögliche Ähnlichkeiten sind nicht von mir gewollt und rein zufällig. Fehler in dem Roman, die sich möglicherweise eingeschlichen haben, gehen zu meinen Lasten.

Tiefe Wasser und ein Ostseedorf in Angst

Eva Almstädt
OSTSEEANGST
Pia Korittkis
vierzehnter Fall
DEU
416 Seiten
ISBN 978-3-404-17821-6

Während eines Ausflugs finden Jugendliche eine menschliche Hand. Die Lübecker Mordkommission ermittelt. In der folgenden Nacht verschwindet die Gruppenleiterin aus der Jugendherberge spurlos. Bei der Suche wird in einem nahe gelegenen Stall ein abgetrennter Unterarm gefunden, doch er gehört nicht zu der verbrannten Hand. Zur gleichen Zeit gerät Kommissarin Pia Korittkis Leben nach dem Tod ihres Freundes immer mehr aus den Fugen. Als ein Konflikt mit Kollegen eskaliert, rät Pias Vorgesetzter ihr zu einer Auszeit. Aber dann bergen Taucher in einem See weitere Leichenteile ...

»Zum Begräbnis der Wahrheit gehören viele Schaufeln« DEUTSCHES SPRICHWORT

Eva Almstädt
OSTSEEGRUFT
Pia Korittkis
fünfzehnter Fall
DEU
400 Seiten
ISBN 978-3-404-17967-1

Kommissarin Pia Korittki steht am Grab einer Freundin, als ein Unbekannter die Trauerfeier stört und erklärt, dass der Tod kein Unfall gewesen sei, sondern Mord. Als Pia später nachhaken will, ist der Mann verschwunden. Pia beginnt zu recherchieren – und findet heraus, dass sich die Freundin von jemandem verfolgt gefühlt und große Angst gehabt hat. Und dann behauptet die Ex-Frau des Witwers, dass auch auf sie während ihrer Ehe ein Mordanschlag verübt worden sein soll …

Pia Korittki ermittelt in ihrem persönlichsten Fall

Lübbe